대지의 딸

대지의 딸

지은이 | 아그네스 스메들리
옮긴이 | 태혜숙
펴낸이 | 이명회
펴낸곳 | 도서출판 이후
편집 | 김은주, 신원제
마케팅 | 김우정

첫 번째 찍은 날 2011년 11월 24일

등록 | 1998. 2. 18(제13-828호)
주소 | 121-754 서울시 마포구 동교동 165-8 엘지팰리스 1229호
전화 | 대표 02-3141-9640 편집 02-3141-9643 팩스 02-3141-9641
홈페이지 | www.ewho.co.kr

ISBN 978-89-6157-053-4 03840

이 도서의 국립중앙도서관 출판시도서목록(CIP)은 e-CIP홈페이지(http://www.nl.go.kr/ecip)와 국가자료
공동목록시스템(http://www.nl.go.kr/kolisnet)에서 이용하실 수 있습니다.
(CIP제어번호: CIP2011004749)

자기만의 방 **1**

아그네스 스메들리의 자전적 소설

대지의 딸

태혜숙 옮김

이후

억압을 뚫고 대륙을 횡단한 백인 하층계급 여성의 이야기

『대지의 딸』은 오랫동안 영미 문학을 맴돌던 내가 예기치 못하게 만나게 된 경이로운 소설이다. 이 소설은 1929년에 뉴욕에서 처음 출판되었다. 그러나 많이 읽히지도 않았고, 아그네스 스메들리Agnes Smedley도 그다지 알려진 작가가 아니었다. 그나마 1980년대 이래 백인 남성 위주의 영미 문학계를 비판하는 새로운 연구 분위기가 조성되면서 『대지의 딸』은 겨우 빛을 볼 수 있었다. 여성해방운동 및 페미니즘 비평에 힘입어 1970년에 뉴욕에 설립된 〈페미니즘 출판사 The Feminist Press〉가 『대지의 딸Daughter of Earth』을 1987년에 다시 출판했는데, 이 1987년 판본으로 1993년에 내가 우리나라에 처음 소개했다. 그랬던 것을 이제 다시 손보아 출간하게 되었다.

아그네스 스메들리는 1892년에 돌투성이 구릉들로 둘러싸인 미국 미주리 주의 가난한 농가에서 둘째딸로 태어났다. 스메들리의 아버지는 아메리카인디언의 피를 조금 이어받았고 어머니는 검푸르고 아름다운 눈을 가진 조용한 분이었다. 스메들리는 '아메리칸드림'을 실현할 수 있다는 '자유롭고' '민주적인' 미국에서, 가난한 백인 여성이 부딪히는 비참한 노예 같은 삶에 당혹해하며 그 근원을 이해하고자 애쓴다. 이 과정에서 스메들리는 성별이나 피부색의 차이를 넘어 사회의 밑바닥에서 척박하게 살아가는 사람들과 강한 유대감을 갖는다.

이러한 유대감은 한 국가와 민족을 넘어 아시아 대륙의 남녀들에게로 확장되었다. 스메들리는 앞선 자본주의 국가들의 제국주의적 침략에 맞서는 인도 독립운동을 돕고 중국 독립운동에도 직접 가담한다. 이러한 삶의 궤적 때문에 스메들리는 조국에서 배척받았다. 그러나 1930년대, 1940년대 중국의 혁명적 해방 운동에 저널리스트로서, 중국 인민의 친구로 참여함으로써 중국인들에게는 사랑받았다. 몸이 안 좋아 1941년에 미국으로 돌아갔던 스메들리는 중국에 다시 가기 위해 잠시 들렀던 런던에서 1950년, 파란만장한 생애를 마감한다. 스메들리의 유골은 1951년에 베이징 근교에 묻혔고, 묘비에는 "중국 인민의 벗"이라고 씌어 있다.

『대지의 딸』은 스메들리가 아시아의 반식민 해방운동에 적극 개입하기 직전까지의 삶을 자전적으로 그리고 있다. 여주인공 마리 로저스Marie Rogers는 몇몇 사소한 부분만 빼면 스메들리 자신과 일치한다. 이 소설은 완성도 높은 형식미를 내보이기 위해서가 아니라, 사랑과 결혼의 파국에 이른 작가가 자신의 삶을 이해하고 치유하기 위해 쓴 작품이다. 『대지의 딸』과 동시대 미국 소설 중 피츠제럴드Fitzerald의 『위대한 개츠비The Great Gatsby』, 헤밍웨이Hemingway의 『해는 또다시 떠오른다The Sun Also Rises』, 포크너Faulkner의 『음향과 분노The Sound and the Fury』는 많이 읽혀 왔고 높은 평가를 받아 왔으며 지금도 그렇다. 『대지의 딸』은 그러한 정전의 반열에 올라서지는 못했다. 그러나 이 변방의 소설이 담고 있는, 미국 백인 하층계급 여성의 선구적인 통찰과 행동반경은 어떤 방식으로건 살아남을 것이다.

1990년대 이후 지금까지 미국뿐만 아니라 우리나라에서도 많이 쏟아져 나왔던 여성 문학작품 중에는 남녀 관계를 중심으로 사랑과 결혼의 의미를 좀더 집중적으로 파헤치는 부류가 많았다. 이들 작품에서는 결혼 제도가 안고 있는 근본적인 문제에 과감하게 부딪히기보다는 문제점을 피상적으로 드러내는 정도였다. 이에 비해 반세기도 훨씬 전에 나온 『대지의 딸』은, 결혼 관계의 진면목을 파격적으로 드러낼 뿐만 아니라 성관계가 계급 문제, 민족(인종)문제와 얽히는 양상을 면밀하고도 생생하게 그려 주고 있다. 이러한 점은 『대지의 딸』을 토니 모리슨Tony Morrison, 앨리스 워커Alice Walker 같은 미국 흑인 여성 작가의 작품과 같은 계보 속에 있게 한다.

스메들리의 특별한 시야는 20세기에 두 번의 세계대전을 거치면서 백인 하층 계급 여성이 겪어야 했던 비참하고 혹독한 경험들을 예리한 감각과 관찰력으로, 지식과 사상으로 담금질하는 가운데 형성되었을 것이다. 소설의 서두에 나오는 대로 "우리는 대지에서 나왔으며, 우리의 투쟁은 대지의 투쟁"이기 때문에, 스메들리는 결혼과 운동이라는 엄청난 파국 속에서도 살아남아 중국 인민의 친구가 될 수 있었다.

스메들리와 함께, 또 따로, 대지의 투쟁 대열에 섰던 이름 없는 사람들의 고통과 고뇌, 절망과 한은 성, 계급, 민족(인종)의 얽힌 관계에 대한 작가의 급진적인 통찰과 어우러지는 가운데, 오늘날 세계화 시대의 우리에게 고스란히 전달된다. 『대지의 딸』의 깊고도 드넓은 시각은 인간에 대한 우애와 대지에 대한 사랑을 바탕으로 형성된 것이다. 자본주의, 제국주의, 군사주의, 가부장주의로 복잡하게 얽힌 문제들에 대한 스메들리의 선구적인 안목은 더 값지고 오랜 생명력을 발휘할 것이다.

묻혀 있던 『대지의 딸』을 재출간하게 된 것을 기쁘게 생각하며 그 기회를 준 이후출판사에 감사드린다. 성, 계급, 민족(인종)의 측면에서 하위에 있지만 여전히 당당한 이 땅의 남녀들에게, 헐벗고 한없이 나약하지만 더 나은 세상을 꿈꾸는 불굴의 독자들에게 이 책을 바친다.

2011년 11월
태혜숙

차례

대지의 딸

Daughter of Earth

1 부

지금 내 앞에는 차가운 잿빛의 북해가 끝없이 펼쳐져 있다. 바다와 잿빛 하늘
이 한데 어우러져 있을 뿐, 수평선은 보이지 않는다. 그 위로 날개를 활짝 편 새
한 마리가 심연을 뚫고 제 갈 길을 가고 있다.

　나는 여러 달 동안 이곳에서 바다를 바라보면서 한 인간의 삶에 관해 쓰고 있
다. 내가 쓰고 있는 이야기는 사람들이 그저 한 시간 정도 즐거운 기분으로 읽고
치울 만한 이야기가 아니다. 그렇다고 황량한 현실에서 인간을 해방시켜 정신을
고양시킬 교향악도 아니다. 내 이야기는 절망과 불행 속에서 쓴 인생 이야기다.

　나는 묘한 인연으로 우연히 발붙이고 살게 된 대지에 관한 이야기를 쓰려고
한다. 그중에서도 비천한 사람들이 겪는 즐거움과 슬픔, 외로움과 고통, 그리고
사랑에 관해 쓰려고 한다.

　내 앞에 펼쳐져 있는 하늘은 요즘의 내 마음처럼 온통 잿빛이다. 그리고 내 사
랑처럼, 수평선 같은 것은 보이지 않는다. 나는 삼십 년 동안 인생의 쓰디쓴 샘
물만 마셔 왔다. 물론 사랑하는 동안만큼은 회한이 사라지는 것 같기도 했다. 그
러나 사랑 자체가 원망스러울 때도 있었다.

　나는 지금 인생의 막바지에 이르러 있다. 생각에 잠기기도 하고 울기도 하면
서 새로운 인생으로 막 들어서려는 참이다. 내 주변에는 인생의 부스러기들이
흩어져 있다. 지금 나에게는 맹목적인 신념 대신 솔직함과 무한한 힘이 있고, 모

호함 대신 경험을 통해 얻은 지식이 있다. 그리고 엄청나게 넓고 큰 뜻을 지닌 일이 있다. 이런 것들이야말로 사랑 같은 것은 없어도 될 만큼 내게 충분한 의미를 갖는 게 아닐까?

나는 바다를 응시하며 다시금 생각에 잠긴다. 내가 가야 할 더 나은 길은 저 바다 속으로 들어가 버리는 것이라고 여러 날 생각해 왔다. 그러나 지금 나는 다른 길을 선택하기로 마음먹는다.

어머니의 멋진 누비이불이 불현듯 떠오른다. 어머니는 밝고 아름다운 짜투리 면을 모아서 누비이불을 만들었는데, 아주 짙은 푸른색의 이불도 만들었다. 나는 종종 그 푸른색 이불을 한참이나 바라보며 서 있었다. 그때마다 그 빛깔에 홀려, 시간 가는 줄 모르고 몇 시간이나 보내곤 했다. 무슨 모험이라도 하고 있는 것처럼 말이다.

나는 이제 내 삶의 편린을 모아 멋진 이불을, 그러니까 근사한 모자이크를 만들 작정이다. 다양하면서도 흥미진진하게 하나로 엮이는 모자이크를 말이다. 이런 일은 그야말로 모험이리라.

죽음을 택하는 길이 아름답게 보일 수도 있을 것이다. 그러나 나는 단지 아름답다는 이유 때문에, 그 무리에 낄 수는 없다. 나는 아름다움과는 다른 이유들, 즉 가난에 지쳤거나 부와 권력에 희생되었거나 대의명분을 위해 싸워야 하는 사람들 편에 속하는 사람이다. 우리 중 어떤 이들은 사랑의 고통과 환상에서 깨어나는 아픔을 이기지 못하고 절망에 빠져 죽기도 했다. 그러나 대부분의 사람들에게는 오히려 "지진이 새로운 샘을 열어 보였다." 우리는 대지에서 나왔으며, 우리의 투쟁은 바로 대지의 투쟁이기 때문이다.

내 인생의 첫 기억은 은밀한 사랑이 뿜는 이상한 느낌에 관한 것이다. 내가 아주 어린 아기였을 때는 그 느낌 말고는 아무것도 생각나는 게 없다. 아버지는 당신의 커다란 품 안에 나를 꼭 끌어당겨 안고 주무시곤 했다. 아기 때 겪은 일을 내가 실제로 기억하는 것인지, 꿈을 실제라고 믿는 것인지는 모르겠다.

내가 막 첫 돌을 지났을 무렵이라고 짐작된다. 햇빛 찬란한 초원 저 아래쪽의 아름드리 호두나무 밑에서 언니 애니와 함께 놀던 1890년대 중반, 아름답고 영롱하던 내 유년기보다 훨씬 전의 일이었으니까. 나는 언덕 위에 있는 건초 밭에서 일하는 아버지의, 깊고도 아름다운 목소리를 들었다. 어머니는 언덕 위에 있는 자그마한 통나무집으로 물 두 통을 길어 나르느라 먼 길을 걸어 내려왔다. 헐렁하게 흘러내린 어머니의 옥양목 옷 새로 스며든 바람은 신발도 신지 않은 어머니의 가냘픈 몸을 휘감고 돌았다.

여러분도 나의 추억을 따라 상상해 보시라. 먼저 우물 너머 계단을 두 개 올라가 보면 울창한 잡목과 큰 느릅나무로 그늘진 도랑에 이를 것이다. 도랑을 따라 쭉 가다가 덤불더미 아래쪽으로 내려가면, 햇볕이 한줄기만 내리쬐어도 금방 시들어 버릴 만큼 부드럽고 탐스러운 꽃들이 뒤편에서 자라고 있는 모습이 보일 것이다. 꽃들은 하나하나 외따로 떨어져 자랐고 꽃봉오리들은 부드러운 잔가지에 매달려 있었다. 그곳에는 꽃들의 섬세한 비밀이 있었다. 야생 꽃들은 어린 내 영혼 안에 살아 있는 존재들이었다. 나는 초원 저 아래쪽에 있는 호두나무 꼭대기에 스치는 바람과도 이야기했고, 꽃들과도 이야기를 나누었다.

우리는 몹시 가난했는데 나는 그 사실을 몰랐다. 나는 온 세상이 우리 집과 꼭 같은 줄로만 알았다. 나는 북부 미주리 지방을 가로질러 약 320킬로미터 정도 펼쳐져 있는 세계 전부가 우리 집과 다르지 않다고 여겼다. 땅에서 뭔가를 길러 먹는 것을 꺼리는 듯 기복도 심하고 돌도 많은 대지가 지평선 너머 멀리까지 뻗어 있어, 빤히 보이는 태양이 지는 하늘과 맞닿아 있는 것 같았다. 나에게 세상은 군청 소재지에서 시작하여 미주리 강에서 끝났다. 북쪽 경계는 몇백 명이 모여 사는 도시였다. 남쪽은 아버지의 상상에 따르면 미주리 강가의 성 요셉이라는 신비한 도시에서 끝났다. 그때만 해도 아버지는 방랑자의 영혼과 상상력을 가지고 있었다. 사람들은 현란한 모험으로 가득 찬 아버지의 이야기를 들어주기는 했지만 그 이야기를 늘 믿는 것은 아니었다. 아버지만 해도 원래 그 지방 출신이 아니고 사실 거의 이방인이나 다름없었기 때문이다. 아버지의 가계에 대해서는 우리 마을에 알려진 게 거의 없었는데, 어떤 이들은 농부 출신은 아니었고 불안정하고 믿음직하지 못한, 한마디로 주변머리 없는 사람들이었다고 말했다. 그리고 아버지 혈통에는 인디언 피가 섞여 있다고들 했다. 여러분 역시 외국인 이나 인디언을 쉽게 믿을 수는 없을 것이다.

내 시야가 캔자스 시까지 넓어지는 데는 한참 더 시간이 필요했다. 젊은 사촌 이 가출하여 온통 우리 마을을 들쑤셔 놓은 덕분에 그럴 수 있었다. 3개월 만에 사촌은 교육받은 사람이 되어 돌아왔다. 이발사 일을 배웠다는 사촌은 가게 점 원들이 입는 옷을 입고 있었다!

나는 여기에 앉아 사랑… 불… 붉은 빛깔을 어렴풋하게 생각해 낸다. 우리 버 찌나무에 날아왔던 붉은 새였을까? 아니면 내가 아이 때 입었던 붉은 외투였을 까? 아무튼 아주 오래전 일이었다.

나는 불을, 아주 아름다운 불을 지피고 있었다. 우리 집 난로는 돌로 만든 것 이었는데, 난로 바로 뒤는 방이 두 칸인 우리 통나무집 벽이었다. 나는 큰 삼목 나무 두 그루 가까이서 불을 지피고 있었다. 나무들 사이에는 해먹이 매달려 흔 들렸다. 불은 아주 밝고 아름답게 타올랐다. 어머니가 당신의 강철 같은 골무로 나를 툭툭 치지 않았더라면 더욱 아름다웠을 것이다. 어머니가 딱딱한 강철 골 무로 나를 건드릴 때마다 내 증오심은 커졌다. 내가 아름다운 불, 영광스러운 불 을 볼 때마다 어머니는 그 불을 여지없이 꺼 버렸다. 마치 내 안에 있는 무엇인 가를 짓이겨 없애 버리려는 것 같았다. 불꽃이 타오르는 모습은 얼마나 따뜻하 고 다정했던가! 지금의 나는 불과 사랑의 본능 사이에 어떤 정신적인 연결고리 가 있다는 것을 안다. 그렇지만 어머니는 그걸 몰랐다. 어머니는 초등학교 6학년 밖에 다니지 못했다. 아버지도 초등학교 3학년을 겨우 마쳤을 뿐이니 무지하기 는 마찬가지였다. 남자에게는 그 이상의 교육이 필요 없다고 아버지는 말했다. 아버지에게 교육은 여자들, 혹은 도시에서 멋이나 내는 남자들에게나 필요한 것 이었다.

어머니의 골무 꼭지를 생각하노라니 거칠고 조그만 회초리도 떠오른다. 그 회초리는 맞으면 칼에 찔린 것처럼 아팠다. 어머니가 왜 그리 자주 나를 때렸는지 지금도 그 까닭을 잘 모르겠다. 어머니 당신도 그 까닭을 잘 모르실 것이다. 어머니는 내가 불장난을 하고, 거짓말을 하기 때문에 때린다고 하셨다. 그것 말고도 내가 도저히 알 수 없었던 어머니 자신의 문제가 분명 있었다. 어머니의 불행한 결혼 생활은 해를 거듭할수록 나를 더 많이 때리게 만들었다. 지독하게 나를 때려 대는 어머니에게 내가 때때로 덤벼들 수도 있다는 사실을 처음에는 몰랐다. 그러나 시간이 지나자 어머니가 단지 나보다 몸집이 크다는 이유로 나를 때릴 권한을 누릴 뿐이라는 것을 알게 되었다. 나는 어서 커서 어른이 되기만을 간절히 바랐다.

어머니는 나를 때리는 새로운 방법을 고안해 냈다. 어머니는 손에 회초리를 들고 서서 당신 앞으로 오라고 명령했다. 나는 제발 때리지 말아 달라고 간청하거나 도망치기 일쑤였지만 끝내 어머니에게 갈 수밖에 없었다. 어머니는 나를 손으로 붙잡지도 않은 채 나 자신의 미약한 의지로 서 있도록 몰아붙인 다음, 내 몸 곳곳을 때렸다. 급기야 내가 보통 아이들처럼 계속 흐느끼자 어머니는 나에게 울음을 그치지 않으면 "땅에다 뭉개 버리겠다"고 말하곤 했다. 한번은 내가 계속 울음을 그치지 않자 나를 와락 덮치더니 머리와 등, 맨살인 다리까지 마구 때렸다. 두려움과 괴로움을 견디다 못한 나는 결국 아버지를 소리쳐 부르며 집 밖으로 도망치고 말았다. 그렇지만 내가 아버지에게 무슨 말을 할 수 있었겠는가? 나는 아주 어렸고 제대로 설명할 수도 없었다. 아버지도 내 말을 믿지 않았으리라.

어머니는 내가 거짓말을 하고 있다고 말했다. 그러나 나는 무엇이 진실이고 무엇이 상상인지, 도무지 알 수 없었다. 나무 꼭대기를 스치는 바람이 제 등에다 싣고 온 이야기가 나에게는 진실이었다. 우리 집 버찌나무로 날아온 그 붉은 새는 정말로 나에게 여러 이야기를 들려주었다. 숲 속에 피어 있는 부드럽고 통통한 야생 꽃들은 나를 향해 웃었으며, 나 역시 웃음으로 답했다. 나는 들판의 조그만 송아지하고도 오랫동안 대화를 나누었다.

그러다 마침내 나는 거짓말이 무엇인지 알게 되었다. 나는 어머니의 매를 멈추려고 거짓말을 했다. 내가 "그래요, 거짓말해서 죄송해요" 하고 거짓말을 하면 어머니는 "왜 그 말을 이제야 하냐"며 또 때렸다. 시간이 흐를수록 나는 매를 맞지 않기 위해서 어머니가 듣고 싶어하는 말만 하려고 애썼다.

어머니는 낯선 사람들이나 이웃 사람들에게 "저에게는 고집쟁이에다 거짓말쟁이인 애가 딱 하나 있는데, 바로 마리랍니다." 말하곤 했다. 처음에는 모욕감에 눈물만 흘리던 나도 나중에는 냉담해져서 어머니 말씀을 기정사실로 받아들이고 부정하려고도 하지 않았다.

이렇게 해서 진실을 말하는 법을 배우는 일이 내 삶에서 가장 큰 싸움 가운데 하나가 되었다. 진실이 아닌 어떤 것을 말하는 버릇이 거의 본능처럼 굳어졌기 때문이다. 어머니가 나의 미숙한 정신에 주입시킨 모든 것을 나는 고통과 눈물 속에서 잊어버려야만 했다. 어머니의 사랑을 갈구하는 내 마음을 깡그리 짓밟는 일은 어머니에게도 힘든 일이었다. 그래서 여러 해가 걸렸다. 어머니가 조금만 다정한 기미를 보이면 어머니에 대한 내 사랑이 금방 되돌아왔기 때문이다. 나는 어머니와 아버지, 그리고 여러 조건들이 내 사랑과 삶을 왜곡시켰다는 사실을 이제야 깨닫는다. 내 주위의 모든 것이 나를 나쁜 아이라고 믿게끔 만들었다. 나는 내가 거짓말했다는 것을 받아들였듯, 내가 나쁜 아이라는 사실을 받아들였다. 왜냐하면 내 주변 사람들의 잘못은 아닌 것 같아 보였기 때문이다. 어린아이의 눈물은 아무 의미 없다고들 말하지만, 나에게는 결코 잊을 수 없는 눈물들이다. 어린아이들은 곧 잊어버린다는 고통을 나는 잊지 못하고 있다. 나는 눈물과 고통의 기억들 때문에 지쳐 있다.

서쪽 하늘로 검푸른 구름이 올라오더니 바람을 타고 우리 쪽으로 달려왔다. 그 구름은 검게 변했다. 곧이어 구름의 가운데에서 이상한 느낌의 노란색 줄이 점점 커지더니 구름과 함께 앞으로 휘몰아쳐 왔다. 우리는, 애니 언니와 아장아장 걸음마를 하는 동생 베아트리체와 나는, 겁에 질려 노란 줄을 쳐다보았다. 그 노란 줄은 이제 곧 회오리바람이 몰아칠 거라는 위험을 알리는 징조였다.

아버지와 어머니는 집에 안 계셨다. 나는 집 뒤에서 또 불을 피우고 있었는데, 언니가 외치는 소리 때문에 그 짓을 멈추었다. 언니는 넓은 옥수수 밭을 지나 꽤 멀리 떨어져 있는 농부의 집으로 우리를 데려가려고 했다. 그러다 갑자기 걸음을 멈추고 환호성을 질러 댔다. 나와 베아트리체도 앞을 쳐다보았다. 평소에 아버지가 늘 자랑스럽게 생각하는, 눈처럼 하얀 두 마리 말을 타고 아버지와 어머니가 구부러진 길을 돌아 빠른 속도로 돌아오고 있었다. 어머니와 아버지는 몰아쳐 오는 폭풍우보다 더 빨리 길을 따라 내려왔다. 말발굽 소리는 딱딱한 하얀 길을 날아갈 듯 밟아 댔다. 말발굽 소리는 점점 더 크게 들렸다. 부모님은 대문을 휙 돌아오더니 현관문으로 급히 왔다. 어머니는 말안장에서 뛰어내리고, 아버지는 지체 없이 말들을 마구간으로 몰고 가는 것이었다.

우리는 순식간에 지하 굴로 갔다. 아버지는 깃털로 된 침대, 바닥에 깔 요와 덮을 이불과 도끼를 들고 우리 뒤를 쫓아왔다. 어머니는 당신이 가장 아끼는 두 가지 소지품인 새 재봉틀과 시계를 가져오라고, 또 현관문을 단단히 걸라고 소리 질렀다. 폭풍우가 다가오기도 전에 바람이 우리에게 손을 뻗쳤다. 아버지는 계단을 쏜살같이 내려오더니 평평한 땅을 뒤로 하고 굴 문을 꽉 잡아당기고는 빗장을 질렀다. 그런 다음 우리는 기다렸다.

손전등 하나로만 굴을 밝혔다. 눅눅한 땅 냄새가 물씬 났으며, 과일 통조림 냄새, 멜론과 사과 냄새, 항아리에 담긴 달콤한 버터와 진한 크림 냄새가 감돌았다. 일부러 회오리바람을 불러들여, 부드럽고 따뜻한 깃털 침대에 누워서 만물을 보고 듣고 느끼기 위해 소풍을 나온 사람들 같았다!

마침내 비바람이 사납게 포효하며 몰아쳐 왔고, 굴 문에 무엇인가가 떨어지는 소리가 들렸다.

"가만히들 있어!"

아버지가 어머니에게 말했다.

"우리가 파묻히더라도 내가 도끼를 갖고 있으니까 괜찮다고."

"통풍구로 뭐가 떨어지면요?"

그러더니 어머니는 굴 천장 한복판에 있는 조그만 공기 배출구를 쳐다보았다.

"내가 우리 식구를 건사할 거라고 말하잖소. 무슨 일이든 닥치고 봐야지, 죽을까 봐 미리 안달할 필요는 없소."

나는 아버지 목소리에 귀 기울였고 어떤 거센 폭풍우가 닥쳐와도 아버지는 끄떡없을 사람이라고 믿었다.

우르르 꽝 하는 소리는 계속되었다. 아버지의 목소리는 현관문에 이르는 계단과 이어지는 통로에서 들렸다. 아버지는 "회오리바람은 안 부나 보다" 말씀하시더니 빗장을 풀어 살짝 문을 열고 문틈으로 바깥을 쳐다보았다.

"아직 집은 무너지지 않고 그대로 서 있군. 삼목나무들이 바람 가르는 소리만 들려."

긴 침묵이 흘렀다.

"바람이 약해지고 있어. 이제 위험하지 않겠군."

"그래도 아직은 알 수 없는 것 아니우."

"난 안다고. 조를 덮쳤던 회오리바람을 잘 알지. 그놈은 소와 말뿐만 아니라 사람과 집, 그리고 울타리까지 몽땅 삼켜서는 몇 킬로미터 바깥으로 날려 버렸다고. 바람이 시속 96킬로미터나 되는 속도로 마을 전역을 강타하는 바람에 사람들은 다이너마이트를 써서 소용돌이를 깨부수려고까지 했다니까. 수킬로미터 떨어진 곳에서 기다란 검은 굴뚝 모양으로 바람이 날아오는 모습을 보았지. 어떤 훈제실을 삼켜서 몇 미터쯤 날려 버렸는데도 아주 깨끗하게 그 모습 그대로 서 있기도 했어. 그 바람 때문에 길을 잃은 사람이 백 명쯤은 됐을 거야."

어느덧 오랜 세월이 지난 뒤, 회오리바람이 우리 훈제실을 마소들과 함께 모조리 휩쓸어 버렸고 우리 집은 몇십 킬로미터를 날아갔는데도 원래 모습 그대로 깨끗하게 서 있었다는 얘기를 친구에게 들려주던 때가 떠오른다! 또 그 회오리바람 때문에 백 명쯤 되는 사람들이 길을 잃어버렸고 집과 울타리, 사람과 말들이 우리 주위에 내동댕이쳐진 광경을 보았다고 말해 준 적도 있었다.

난 어김없는 내 아버지의 딸이었다!

언덕 너머에서 이상한 남자들이 우리 농장에 커다랗고 검은 말을 데리고 왔다. 아낙들은 우리 집 말들이 아무렇게나 뛰어다니는 들판으로 남자들을 따라갈 수 없었고, 아이들에게는 집 뒤에서 놀라는 명령이 내려졌다. 그러나 하지 말라고 하면 더 하고 싶은 법이다. 아버지는 어머니에게 돈을 받아 들판으로 갔는데 얼마 뒤 그 이상한 남자들은 검은 말을 데리고 가 버렸다. 모든 것이 의문투성이였다. 아무도 입 밖에 내지 못하는 비밀스런 분위기가 우리 주위를 맴돌았다.

그 며칠 전에 아기 송아지가 태어났다. 그 모습을 지켜본 뒤 경이로운 사건 소식을 전한 당사자가 바로 나였다. 그런데도 아버지와 어머니는 잠시 전만 해도 나와 어미 소와 송아지가 있었던 그 들판에 다시 가지 못하도록 나를 떠다밀었다. 내가 보았던 일은 감히 이야기해서도, 물어서도 안 되는 일이었다. 만일 그랬다가는 "따귀나 숱하게 얻어맞기 십상"이었다.

나는 서서히 성性의 수치와 비밀을 배워 가고 있었다. 성행위란 수치스럽고 비밀로 해야 하는 일이란 것 말고도 수컷이 암컷보다 값도 더 나갈 뿐만 아니라 더 가치 있는 존재이며 더 조심스럽게 선택된다는 사실도 알게 되었다. 남동생이 태어날 때도 언니와 나, 여동생은 옆집으로 재빨리 쫓겨 갔으며, 비밀과 수치는 우리 주위의 모든 것에 누더기 옷처럼 끈적끈적하게 들러붙어서 떨어지지 않았다. 해질녘에 억지로 기쁜 체하며 신비한 어투로 말하던 어떤 아낙네가 우리에게 남동생을 보고 싶으냐고 물었다. 우리는 황새가 남동생을 물어 오나 보다, 생각했다. 그러나 세상 돌아가는 이치를 아주 일찍 깨우친, 그 아낙네의 열 살 먹은 딸은 우리를 양계장 뒤로 데려가더니 황새가 갖다 준다는 아기 이야기를 몹시 끔찍한 세부 사항들과 함께 많은 상상을 덧붙여 설명해 주었다.

다음날 아버지는 도시에 나가 담배 한 보루를 사 왔다. 그러고는 무슨 굉장한 일이라도 성취한 양 우리 집에 말을 타고 축하해 주러 온 사람들에게 담배를 나누어 주었다. 마을 사람들은 위스키 병을 쭉 돌렸다. 기다리던 아들을 마침내 보았구려! 나는 아무렇게나 취급받고 있다는 느낌을 받았다. 그래서 아버지에게 달려가 기둥같이 생긴 아버지의 다리 하나를 팔로 감았는데 아버지는 나를 떨쳐 버리면서 저리 가라고 했다. 나에게 무슨 잘못이, 아무리 해도 헤아리기 어려운 잘못이, 울 수조차 없는 잘못이 있는 것 같았다.

"왜 그럴까?"

수없이 물었지만 나는 아무 답도 얻지 못했다.

우리 통나무집에는 방이 두 개밖에 없었다. 방 하나에는 침대 두 개가 놓여 있었고 나머지 방이 부엌, 식당, 재봉실, 작업실을 모두 겸했다. 침대 하나에서 부모님과 아기 남동생이 함께 잤고 나머지 침대에서 언니와 여동생, 내가 잤다.

어느 날 밤 나는 알 수 없는 소리 때문에 잠을 깨어 몸을 불편하게 뒤척였다. 그 소리는 또 들렸다. 나는 눈을 꼭 감고 알 수 없는 공포와 긴장에 떨며 가만히 누워 있었다. 내가 있는 바로 그곳에서, 그것도 가장 천박한 형태로 본능이 고개를 치켜들었다. 인간 존재의 근원에 놓여 있는, 공포와 혐오의 이미지를 새긴 그 본능은 내 생애의 가장 좋은 시절을 망가뜨렸다. 그 순간부터 어떤 잘잘못도 초월해, 완벽하던 어머니는 사라져 버렸다. 그 뒤 나는 어머니가 아닌 '여성'과 부딪히게 되었다. 나의 내면에서는 사랑과 혐오가 뒤섞인 이상한 감정들이 싸움을 벌였다. 그리고 어머니가 내 몸을 때리는 행위는 원초적인 증오심을 더욱 불러일으킬 뿐이었다. 시간이 더 흐르자 나는 진실이 아닌 것을 말하는 어머니의 소리를 들을 줄 알게 되었다. 나는 어머니가 완벽하다고 믿었다. 그러나 그날 이후, 잔인하기는 하지만 내가 완벽하다고 생각했던 어머니의 모습은 영영 사라지고 말았다. 그 이후 숱한 세월 동안 어머니와 나는 서로를 깊은 적대감으로 바라보았다. 어머니는 당신의 말이나 희망이 내게 아무런 영향도 미치지 못한다는 점을 깨닫자, 아버지를 들먹거리며 나를 위협했다. 그 방법에서도 어머니는 실패했다. 아버지는 나를 때린 적이 한 번도 없었을 뿐 아니라 앞으로도 나를 때리지 않으리라는 것을 나는 잘 알고 있었다. 어머니는 어떤 일에서건 틀릴 수 있는 분이었지만 아버지는 달랐다. 아버지는 말씀만으로도 충분했고 나는 순종했다. 아버지같이 되는 것, 아버지가 말을 모는 것처럼 말을 모는 것, 아버지가 건초더미를 던지는 것처럼 던지는 것, 아버지가 아기 동생 조지를 자랑스럽게 여기는 만큼 나를 자랑스럽게 여기도록 만드는 것이 내 삶의 유일한 욕망이었으니까.

어느 날 우리가 마차 바퀴 자국투성이인 울퉁불퉁한 길 위로 마차를 이리저리 막 몰고 갈 때였다. 어린 조지가 우리 짐마차 바닥에 납작하게 앉아 있는 모양을 보고 어머니께서 웃으셨다. 조지의 살찐 볼은 덜컹거리는 마차 때문에 떨렸는데 어머니까지 그 모습을 보고 웃자 조지의 볼 위로 눈물이 주르르 흘렀다.

"그래, 내 아들을 놀려먹다니!"

아버지께서 원망스러운 듯 소리쳤다.

나는 묘한 감정에 북받쳐서 아기 동생에게 기어가 팔로 안아 주었다. 조지는 나에게 바싹 다가붙어서 위로를 받았다. 아버지는 나를 힐끔 쳐다보시더니 더 이상 아무 말씀도 않으셨고, 어머니도 웃음을 멈췄다. 그 순간부터 내 동생 조지는 나에게 이 세상 무엇보다도 소중한 존재가 되었다.

외할머니는 얼굴 주위로 실오라기 같은 잿빛 머리카락을 날렸고, 달이 없는 깜깜한 밤처럼 검은 눈을 가진, 키가 크고 건장한 분이셨다. 외할머니는 옥수수 속대로 만든 곰방대를 피셨고, 헐렁하게 흘러내리는 호박색 옷을 입고 맨발로 다니셨다. 외할아버지께서 폐병으로 서서히 죽어 가는 동안 외할머니는 농장을 꾸려 갔으며 다 자란 딸 여덟 명과 아들 다섯 명도 건사했다. 그중 세 딸과 두 아들은 외할머니가 외할아버지한테 시집올 때 데려온 자식들이고 나머지는 외할아버지가 데리고 온 자식들이었다. 나와 동갑인 밀드레드만이 외할아버지와 외할머니 사이에서 태어난 자식이었다.

이상한 일이지만 우리 외할머니는 아버지의 누나였다. 그러니 내게는 또한 고모이기도 했다. 외할아버지는 외할머니 가계, 그중에서도 아버지 가계가 볼품없다고 늘 불평했다. 외할아버지는 애당초 외할머니와 결혼할 의사가 전혀 없었는데 뜻밖의 사건이 벌어졌다. 나의 아버지와 어머니는 만나자마자 첫눈에 사랑에 빠져 버렸다. 그때 어머니는 열일곱 살밖에 되지 않았는데 멀리 다른 도시로 도망가서 결혼해 버리고 말았던 것이다. 외할아버지는 당신 딸이 그런 보잘것없는, 그것도 인디언 피가 섞인 남자에게 몸을 내던져 버려서는 안 된다고 각오를 단단히 하고 격노한 상태로 내 부모님을 붙잡으러 뒤쫓아갔다! 그래서 우리 부모님을 바로 지금 외할머니 집에서 찾아냈는데 그때 외할머니는 자식들을 먹여 살리느라 비참한 생활을 하고 있던 과부였다. 외할아버지 당신께서도 홀아비인 데다 워낙에 다정하고 유순한 영혼의 소유자였던 점이 불운의 시작이었을 것이다. 자신의 뜻을 좀체 굽힐 줄 모르는 여자였던 우리 외할머니는 아버지를 어머니와 무사히 결혼시키자마자 재빨리 외할아버지를 교회에 끌고 가서 결혼해 버렸다. 이렇게 해서 고모는 충분한 시간이 흐르자 동시에 외할머니가 되었다. 두 가계는 어쩔 수 없이 서로 섞여 버렸고 나는 이 여인을 외할머니라고 불러야 할지 고모라고 불러야 할지, 외할머니가 낳은 자식들을 사촌이라고 불러야 할지 고모나 삼촌이라고 불러야 할지 정확하게 알 방도가 없었다. 나는 외할머니를 적당히 '메리 아줌마'라고 얼버무려 불렀다.

메리 아줌마는 남자 같은 체격과 정신을 가진 여자였다. 아줌마는 일단 결혼하자 새 남편과 그 소유물을 몽땅 당신 손에 쥐어 버렸다. 데리고 온 자식들이라도 아줌마 말을 듣지 않았을 때는 매로 다스렸다. 아줌마 손은 무척 컸는데 매일 아침과 밤마다 사내 같은 억센 힘으로 소젖을 짰다. 아줌마는 탈지유 통을 날랐고 돼지 밥을 날라다 주었다. 아줌마가 빵을 굽기 위해 밀가루를 반죽할 때면 손 밑에서 휙 소리와 철썩 소리가 났다. 아줌마 팔은 증기 피스톤같이 움직였다. 아줌마는 이른 새벽에 남자들을 깨웠고 잠자는 시간까지도 명령했다. 아줌마는 사과, 배, 복숭아, 살구와 같은 온갖 종류의 과일을 따는 일도 지시했으며 딸들에게는 겨울을 나기 위해 캔을 만들어 과일을 보존하고 말리는 일을 가르쳤다. 가을에는 소와 돼지를 도살하여 살코기를 정리하는 일을 감독했으며 고기 훈제도 직접 했다. 여름이 되어 사탕나무가 다 자라면 사탕나무를 자르는 모습을 지켜보았고, 언덕 밑에 있는 길고 낮은 사탕나무 맷돌에서 당밀을 만드는 일도 감독했다.

아줌마는 당신의 일솜씨를 딸들의 연애에까지 넓혀 나갔다. 아들들은 불행하게도 아줌마가 거의 뒤쫓아갈 수 없는 다른 농장들로 계속 구애하러 다녔지만 딸들은 달랐다. 딸들을 쫓아다니는 남자들이 아줌마 집을 방문할 때면 아줌마는 응접실을 잘 정돈하고 오르간을 활짝 열어 두었다. 그러면서 이 집안의 딸들은 결코 그냥 갖고 놀아서는 안 되는 존재라는 것을 남자 애인들이 똑바로 알아차리게끔 각별히 신경 썼다. 아줌마는 딸들에게 각자 지시 사항을 일러 놓았으며 희생양이 될 남자가 방문했을 때는 응접실 문을 잠그고 아이들은 뒤뜰에 가서 놀게 했다. 젊은 애인이 자기 마음을 결정하는 데 충분할 만큼 여러 번 방문한 뒤에야, 아줌마가 응접실에 나가서 의중을 떠보았다. 어느 젊은이도 아줌마의 눈을 똑바로 쳐다보지 못했으며 오로지 명예로운 생각만 해야 했으리라.

아줌마는 외국을 침입하는 군대 같았다. 모든 침입자들이 그렇듯이 독재자처럼 굴었다. 주일이면 아줌마는 항상 근사한 저녁 식사 시간을 마련하기 위해 집에 있었고, 어느 누구도 아줌마의 집을 아줌마 집 외의 다른 무엇으로 생각하는 법이 없었다. 아줌마는 식탁의 한쪽 끝에 앉았고 순하지만 불평을 일삼는 외할아버지는 다른 쪽 끝에 앉았다. 외할아버지 부부는 거의 소리쳐야 들릴 만큼 서로 떨어져 있었다. 두 사람 양편의 한쪽에 약 여덟 명의 남자아이와 여자아이가 앉았고, 맞은편에는 그보다 더 많은 아이들이 끼여 앉아 있었기 때문이다. 나는 어머니 옆에 앉아 얌전하게 저녁을 먹으려고 애썼던 편이다. 그러나 어느 날 아줌마가 내 접시에 썰어서 담아 준 검은 딸기 파이 조각에서 파리 한 마리를 발견하고는 한쪽으로 밀어낸 것이 화근이었다. 아줌마는 검은 눈초리로 나를 노려보더니 내가 결코 잊지 못할 법 하나를 만들어 내셨다.

"파리가 잘 익었을 텐데, 그냥 먹어도 괜찮을걸!"

식탁에서는 아무 소리도 들리지 않았고 침묵만 감돌았으며 감히 어느 누구도 말을 꺼내지 못했다. 모두들 오히려 잘못은 내게 있다는 듯이 나를 쳐다보기만 했다. 나는 잠시 머뭇거리다가 파리와 검은 딸기 파이를 함께 먹고 말았다.

이 메리 아줌마도 도저히 당해 내지 못한 아이가 둘 있었다. 그중 하나는 외할아버지와 결혼하여 낳은 딸 밀드레드였는데 버릇없고 막돼먹은 아이였다. 밀드레드는 내 물건이나 다른 아이들 물건 중에서 탐나는 것이 있으면 기어코 빼앗고 말았다. 밀드레드의 머리카락은 길고 숱이 무척 많았는데, 내 머리카락은 메리 아줌마를 닮아 숱도 없고 조그맣고 앙상한 돼지 꼬리처럼 매달려 있었다. 그런데도 메리 아줌마는 우리 둘을 함께 세워 놓고는 나를 비웃곤 하셨다.

그때마다 나는 "어른이 되면 내 머리도 길게 자랄 거야." 말하곤 했다. 그러나 아줌마의 비웃음은 나에게 깊은 상처를 남겼다. 주일마다 아줌마는 내 머리가 좀 자랐느냐고 묻곤 했다.

밀드레드가 오르간 건반에 손이 닿을 만큼 자라자마자, 아줌마는 밀드레드에게 오르간 레슨을 시켰다. 음악은 내게 심오한 감정들을 불러일으켰다. 나는 응접실에 혼자 살금살금 기어 들어가 아무도 듣지 못할 정도로 살짝 오르간을 치곤 했다. 그럴 때마다 아줌마는 응접실 문간에 나타나서, 서툰 오르간 소리를 당장 멈추지 않으면 "따귀를 때리겠다"고 호통을 치곤 했다.

외할머니가 손 한번 대지 못한 다른 아이는 의붓딸 헬렌이었다. 헬렌은 짙은 구릿빛 머리카락에 여기저기 번쩍번쩍하는 황금빛까지 띤 열다섯 살 소녀였다. 헬렌은 계모의 성화를 받지 않고 살았으며, 어느 누구도 두려워하지 않았고, 공공연하게 누구든 협박했다. 또한 야릇하고도 부드러운 농담으로 나를 놀렸다. 그러다 내가 울면 비웃었다. 헬렌은 어떤 새로운 긴 단어를 배워서는 "넌 폭도야" 또는 "넌 도둑년이야", "넌 얼굴을 가꾸지도 않아 여드름투성이에다 곱슬머리야!" 하고 나한테 써먹곤 했다. 나를 그런 이름으로 부르다니! 누군들 울지 않겠는가!

헬렌은 집을 떠나 일을 하고 싶어서 이웃 농부들에게 식모를 필요로 하는 사람이 없느냐고 물었다. 헬렌은 돈을 많이 벌어 옷을 살 작정이었다! 결국 헬렌은 일자리를 찾아냈고 자기 아버지와 많은 언쟁 끝에 드디어 멀리 떨어진 어느 농가에서 한 달에 3달러를 받는 식모가 되었다. 물론 앞으로는 더 나은 보수를 기대하며 말이다.

이것은 아주 오래전 일이다. 그때 이후로 나는 헬렌의 아름다움을 향한 욕망이나 삶에 대한 사랑이, 삶을 부정하는 모든 것이나 추악함과 병행하는 모습만을 보아 왔다. 왜 서로 반대되는 것들이 나란히 가야 하는지 나는 궁금하다. 왜 헬렌을 남다르게 했던 면모들이 오히려 헬렌을 파멸로 이끌어야 했을까?

오늘 어떤 여자가 나를 스쳐 지나갔는데 그 웃는 모습이 내 왕고모와 비슷해 보였다. 내게는 꼭 그렇게 웃는 왕고모 한 분이 있었다.

왕고모 댁에서 저녁을 먹으려고 식탁에 앉아 있을 때의 일이다. 그때 왕고모는 마흔 살쯤 되었고, 퍽 아름다웠다. 왕고모 옆에는 갸름한 얼굴의 목사님이 앉아 있었다. 목사님께 식사를 대접하는 것은 영광스런 일이었다. 좌중의 모든 사람들이 침묵을 지키며 존경하는 목사님 말씀에 귀를 기울였다. 목사님이 사람들에게 끼치는 영향력은 내게 깊은 인상을 주었다. 식사 전에 목사님은 접시에 고개를 숙이고 두 손을 모았다. 다른 사람들 역시 똑같이 하는 것을 나는 보았다. 목사님이 몇 마디 중얼거리는 동안 사람들은 눈을 꼭 감은 채 귀를 기울였다.

"어머니!"

나는 날카로운 목소리로 고함쳤다.

"도대체 저분은 뭐하는 거예요?"

"쉬잇!"

어머니는 손으로 내 어깨를 꼭 잡고 흔들었다. 너무도 수치스러웠다. 그러고는 얼빠진 사람처럼 목사님을 쳐다보면서 말없이 식사를 했다. 목사님은 계속 먹어 댔고 사람들은 존경심에 가득 차서 더 드시라고 권유했다. 마침내 식사가 끝났을 때 목사님은 의자를 뒤로 밀더니 하품을 크게 하면서 만족스러운 듯 힘차게 몸을 쭉 폈다. 다른 사람들도 목사님처럼 몸을 쭉 뻗었다. 그러나 여자들이 이렇게 하는 것은 예의범절에 어긋나는 일이었다. 이 모든 것은 내가 기독교나 기도를 난생 처음 접했기 때문에 생긴 일이었다.

목사님이 왕고모 댁을 찾은 것은 살인을 저지르고 감옥에 가 있는 왕고모의 남편 때문이었다. 왕고모부가 감옥에 간 뒤로 왕고모는 마을에서 모르는 사람이 없을 정도로 유명해졌다. 마을 사람들은 물 한잔을 얻어먹기 위해서, 혹은 곡식은 잘 되는지 궁금해서라든가, 또 그저 시간을 같이 좀 보내고 싶어서라는 등 이런저런 변명거리를 찾아내서는 언덕 위의 그 하얀 농가에 들렀다. 그런 다음 그들은 왕고모의 표정이 어땠으며 무슨 말을 하더라 같은 이야기를 다른 사람들과 나누기 위해 총총히 가 버렸다. 사람들은 수도 없이 우리 왕고모의 이야기를 되풀이했다.

오랜 세월을 함께한 왕고모부 내외는 자식을 일곱 두었다. 왕고모는 흠잡을 데 없는 아내이자 어머니였다. 나는 내 어머니와 다른 부인들이 모여서 왕고모가 유부남인 울프라는 사람을 만나기 위해 살짝 빠져 나간다고 이러쿵저러쿵하는 소리를 들었다. 왕고모와 울프는 오래전부터 몰래 만났고, 조그만 계곡의 밀밭 기슭에 있는 버려진 헛간에서 사랑을 나누었다는 것이다. 왕고모에게는 열세 살 먹은 쌍둥이가 있는데, 왕고모부의 성을 따르고 있는 이 아이들이 사실은 울프의 자식이라고 떠들었다. 누구라도 빤히 확인할 수 있듯이, 왕고모부 가계에 노란 머리는 없는데 그 쌍둥이는 노란 머리였던 것이다. 마을 아낙들이 여러 달에 걸쳐 그 이야기를 다듬고 살을 붙이고 하자, 나도 모르게 어느새 그 이야기를 믿게 되었다. 나는 정말로 커다란 황금색 밀밭과 그 기슭에 있는 헛간에 가 보았는데, 헛간 앞에 있는 밀밭은 동물들이 마구 굴러 댄 것처럼 망가지고 짓이겨져 있었다! 이야기가 더욱 무르익어 갔을 때는 무언가 일부러 구르기라도 한 것처럼, 편편해진 자리가 점점 더 넓어져 있었다.

왕고모부는 왕고모와 울프가 만나는 장소를 어쩌다가 알게 되었고 그곳에 가서 며칠씩 기다리며 감시했다. 그러던 어느 날, 마침내 왕고모부는 말을 타고 도시로 향하는 울프를 발견했다. 왕고모부는 멀리 떨어진 언덕에 있다가 울프가 나타나자 엽총을 꺼내 장전한 후 울프와 사생결단을 내려고 길을 따라 걸어 내려왔다. 어떤 사람들은 왕고모부가 울프에게 총을 쏘는 이유를 말해 주었다고들 하고, 또 다른 이들은 왕고모부가 아무 말도 하지 않고 그냥 울프 앞으로 가서 방아쇠만 당겼다고들 했다.

왕고모부는 평생 힘든 노동을 해야 하는 무기징역형을 받았다. 왕고모부가 살던 마을에서 수킬로미터 떨어진 주변 마을 농부들은 재판을 보러 군청 소재지까지 말을 타고 왔다. 마을 농부들은 자신들이 왕고모에 대해 어떻게 생각하는지 말해 주려고 단단히 준비하고 왔다. 하지만 왕고모부 내외는 농부들과 세상 사람들을 반박하듯, 더욱 다정한 모습만을 보여 주었다. 왕고모는 왕고모부의 형량이 판결났을 때도 낮은 목소리로 소곤소곤 왕고모부를 위로했다. 게다가 왕고모는 "우리가 오랜 세월 힘들게 모은 재산을 다 써 버리더라도, 꼭 당신의 사면을 받아 내고 말 거예요!"라고까지 말했다.

그 이후로도 왕고모는 사람들의 관심에 둘러싸여 아첨의 말을 들으며 지내야 했다. 당신의 처지가 사람들이 부러워할 만한 것이라는 것도 알고 있었다. 그러면서도 평상시와 다름없이 침착하고 평온하게 삶을 영위해 나갔다. 왕고모의 아들들은 왕고모를 항상 명예롭게 생각했으며, 들판에서 성실하게 일했다. 마을 사람들이 가끔 들러서 문제의 그 쌍둥이를 슬쩍 훔쳐보려고 애썼다. 왕고모는 지금도 왕고모부가 풀려나도록 애쓰고 있다. 왕고모는 자존심을 잃지 않은 솔직한 태도로, "남편은 감옥에서 기술을 배우고 있지!" 하고 사람들의 질문에 답하곤 했다. 왕고모부는 왕고모에게 긴 편지를 써 보냈고, 왕고모도 답장을 썼다. 왕고모부는 감옥에서 멋진 부츠까지 만들었다! 왕고모는 왕고모부가 먼 도시의 훌륭한 기관에서 일하기라도 하듯, 남편을 아주 자랑스럽게 여겼다. 마을의 사내들은 왕고모를 찬탄해 마지않았으며 아낙네들은 질투했다. 전에는 왕고모의 집에 찾아올 생각도 않던 목사님도 주일 저녁 식사는 반드시 왕고모 집에 와서 하게 되었다. 식사를 마친 목사님은 왕고모의 장성한 아들들과 추수에 관해 이야기를 나누었으며, 신발 짓는 왕고모부의 기술이 나날이 나아지고 있다는 이야기를 귀 기울여 들었다. 그러면서도 목사님은 갈망하는 눈초리로 왕고모를 쳐다보곤 했다.

우리 왕고모는 항상 웃었다. 하지만 어떤 사람들은 그건 웃음이 아니라 얼굴 표정일 뿐이라고 말했다.

추수 후 먹고 마시고 춤추는 절기가 돌아왔다. 올해는 우리 집이 이 성대한 축제의 무대가 되었다. 일꾼을 고용할 여유가 없는 가난한 농부들은 벌써 수주일째 이 농장 저 농장으로 다니면서 추수를 도와주었는데 우리 집이 맨 마지막 차례였다.

농부와 그 아낙들은 동쪽 하늘이 아직도 냉랭한 한기를 품은 칙칙한 잿빛일 때 말을 몰고 우리 농장으로 내려왔다. 우리 집에는 이미 한 무리의 농부들과 아낙네들이 몰려와 있었다. 날씨는 춥고 풀은 이슬에 젖어 차가웠지만 사람들의 목소리는 즐거운 기대로 가득 차 있었다.

이곳이야말로 아낙네들의 천국이었다! 남편들과 있을 때는 아낙네들은 그저 불평하면서도 순종하며 재미없게 지냈고, 남정네들 역시 별말 없기가 일쑤였다. 하지만 여기 이렇게 모여 있으면……. 남정네들에게 명령하는 아낙들의 모습을 보라! 그리고 남정네들이 주위를 서성거리며 부인한테 희생적인 모습을 보이려고 사람들을 불러 대는 모습이라니! 남정네들은 긴 소나무 식탁 주위에 무리를 지어 서서 설탕도 안 넣은 커피를 마시거나 파삭파삭하게 구운 베이컨과 달걀부침과 도넛을 먹었다. 그러다가 부인네들이 남정네들을 들판이나 숲으로 몰아대야 남자들은 마지못해 일하러 갔다. 부인네들이 명령을 내리지 않으면 일할 생각일랑 아예 없는 사람처럼 구는 것이었다.

남정네들은 하루 종일 들판에서 일하거나 숲에서 나무를 잘랐다. 햇볕이 내리쬐는 넓은 개간지를 가로질러 남정네들의 도끼 소리가 희미하게 들려왔다. 숲속의 공기는 차가웠으며 땅은 훈훈했고 나무들은 막 넘어지려고 했다. 여러 무리의 말들이 높이 쌓은 나무 짐을 끌고 갔다. 사람들은 우리 집 북쪽과 길가를 따라 나무를 끈으로 묶어 차곡차곡 쌓았다. 우리가 겨울을 나는 데 쓸 나무 장작이었고, 찬 북풍을 막아 줄 바람막이였다.

하루 종일 부인네들은 과일 껍질을 벗기거나 얇게 저미며 캔에 담았다. 정오쯤에 경사진 우리 집 지붕은 햇빛에 말리기 위해 펼쳐 놓은, 아주 얇게 저민 하얀 사과 조각들로 가득 찼다. 오후가 되자 부엌 식탁 위에는 젤리와 잼을 담은 병들이 열을 지어 서 있었다. 여러분들이 그 많은 병을 본다면 마을 아낙들이 내내 일만 하느라고 조금도 쉬지 못했다고 생각할지 모른다. 주위에 말을 걸 사람이라곤 몇 안 되는 이웃, 그것도 인사를 나누기 위해 잠시 발걸음을 멈출 정도의 시간밖에 없는 이웃 사람들 말고는 정다운 사람이라고는 찾아보기 힘든 조그만 농장에서 수주일 동안 혼자 살다가 이렇게 한꺼번에 모였으니 얼마나 이야깃거리가 많겠는가. 부인들은 새로운 소문을 둘러싼 소식, 요리법, 유행하는 옷차림에 관해 이야기를 나눴고, 어느 녀석이 어떤 아가씨를 쫓아다닌다는 등 같은 이야기에 변함없이 관심을 갖고 있었다. 때로는 오전 내내 쉬지 않고 떠들 만한 비극적인 사건도 있었다. 부인들은 바로 우리 왕고모에 관한 이야기를 또 지껄이는 것이었다. 또 사람들은 헬렌이 일하고 있는 집 장남인 샘 워커와 놀아나고 있다고들 했다. 그러자 어떤 부인이 끼어들어, 가문의 명예를 지키는 상징인 엽총을 언덕 위에 사는 어떤 청년에게 주었는데, 그 젊은이가 헬렌과 결혼했다고 말했다. 때때로 부엌은 침묵에 휩싸이기도 했고, 또 한편에서는 아주 별난 소문을 수군거리기도 했다. 그럴 때 나는 방에서 나가야 했다. 근처를 어슬렁거리다가 어머니가 지르는 비명을 듣기도 했다.

"그 여자를 겁탈했다고! 자넨 그런 말 입에 담지도 말게! 설마 그럴 리가!"

저녁 식사 시간이 되면 남정네들이 돌아왔다. 큰 삼목나무 아래 식탁을 차렸고, 톱질할 때 쓰는 긴 널빤지에 음식을 차려 냈다. 무언가 심상치 않은 기운이 남정네와 부인네들의 혈기를 휘젓고 다녀서인지 부부들은 소유 계약을 파기하면서 공공연하게 서로를 희롱하기도 했다. 남정네들은 부인이 아닌 아낙들과 시시덕거렸고, 부인네들도 의기양양하게 다른 아낙의 남편들과 식사하러 몰려갔다. 그 남편들은 아낙들을 데리고 도망가겠노라고 떠벌리기도 했다. 서로 많이 놀려먹었으며 웃음거리로 만들기도 했다. 이런 자리에서 질투의 감정을 드러내는 것은 분위기를 깨는, 몹시 형편없는 태도로 보였을 것이다. 남정네들은 집에서라면 몇 마디 말이나 표정으로 부인들을 괴롭혔겠지만 이런 자리에서는 분개하는 심정을 감히 드러내지 못했다. 모든 사람들이 마을 공동체가 갖고 있는 어떤 감질 나는 종족의 기억 같은 것에 꼭 붙어 움직이는 듯했다.

그런 시간이 지난 후 일은 다시 시작되었다. 하루나 이틀, 사흘씩 계속 일할 때도 있었다. 일은 고되었지만 행복하고 유쾌한 시간으로 가득한 나날이었다. 남정네들과 부인네들이 함께 있을 때는 더 많이 흥분했다. 드디어 고대하던 마지막 밤이 왔다. 남정네들은 우리 집 바깥마당에다 사각형의 단을 높이 쌓았다. 그리고는 그 나무 단이 풀처럼 부드러워질 때까지 양초 깎은 것을 뿌렸다. 바로 춤을 추기 위한 장소였다.

장엄한 춤, 정말로 장엄한 춤이었다! 연주는 기타와 바이올린이 맡았다. 나는 늘씬하고 우아한 자세의 어머니와, 셔츠 바람이기는 하지만 멋진 모습으로 단 중앙에 서서 사람들에게 외치는 아버지가 자랑스러웠다.

"이제 여러분, 원무를 출 테니 각자 짝을 고르세요!"

그날 아버지는 얼마나 멋있었던가! 아버지 말에 따라 바이올린 연주자가 바이올린을 켜기 시작했고 부모님이 춤을 추기 시작했다. 구식 왈츠에 맞춰 빙빙 돌며 등을 약간 구부리자 어머니의 주름치마는 우아하게 휘날렸고 아버지는 어머니의 몸을 멋지게 돌렸다. 나는 너무나 흥분하여 정신없이 사람들 사이를 막 뛰어다녔다. 내가 어느 쪽으로 가든 춤추는 네모 단에서 물결치는 무리 가운데 우뚝 솟아 있는 아버지의 모습을 볼 수 있었다. 아버지는 항상 쓰고 다니는 커다란 모자도 벗어젖힌 채 춤을 추었다. 모자를 한쪽 눈 아래로 비스듬히 내려쓴 아버지의 활기찬 모습 때문에 아버지는 동네 부인들 사이에 '끼 있는 위험한 사내'라는 명성을 갖게 되었다.

달빛과 음악으로 가득 찬 밤이었다. 아버지는 낮에도 그랬지만 밤에도 지도자로서의 당신 위치를 지켰다. 아버지는 옷매무새도 남달랐다. 혁대의 장식은 진짜 은이었고, 넓은 가죽은 여러 가지 색깔로 꾸며져 있었다. 아버지는 이 혁대를 세인트 조St. Joe 시에서 샀다고 말씀하셨다. 다른 남자들 같았으면 그렇게 요란한 색깔로 꾸며진 혁대를 하는 것을 부끄럽게 여겼을 텐데, 우리 아버지는 남들이 감히 하지 못하는 것을 해 보는, 색깔 있는 사나이였다.

아버지는 춤을 추면서 노래를 불렀다. 목청을 돋우어 소리를 내기가 무섭게, 몸을 흔들던 남정네와 아낙들이 그 리듬에 맞춰 춤을 추었다. 아버지는 마을 사람들의 욕망을 분명하게 표현해 주는, 살아 있는 존재였다. 아버지는 지금껏 들어 본 적이 있는 노래는 모조리 다 기억하고 있었고 가락이 잘 생각나지 않으면 그 자리에서 작곡까지 했다.

음악이 잠시 멈추었다. 그때의 침묵이란 의식의 영역에 있는 정신 차원이 아니라, 그보다 더 깊은 무의식의 감화를 받아 생겨난 그런 침묵처럼 느껴졌다. 잠시 후 아버지는 다시 단에 올라섰다.

"네 쌍이 추는 춤을 추게 짝을 맞춰요!"

아버지는 소리쳤다. 밤은 이제부터 시작이었고 춤도 이제부터 시작이다. 나는 아버지가 내 사촌 헬렌에게 허리를 구부려 춤을 청하는 모습을 보았다. 구릿빛 머리카락의 헬렌은 아름다웠다. 헬렌은 주인집 아들인 샘 워커와 함께 이날 밤 춤을 추러 19킬로미터를 넘게 달려왔다. 헬렌은 "샘과 정기적으로 만나는 애인" 사이라고들 했다. 자기 힘으로 돈을 벌기 위해 식모가 된 헬렌 같은 여인은 이 마을에서 꽤 권위와 영향력을 갖게 된다. 춤을 추는 사람들은 모두들 헬렌이 한 달에 3달러를 벌고 있다는 사실을 알고 있었다. 이 사실은 애인인 샘을 대하는 헬렌의 자신만만하고 독립적인 태도에서 입증되기 때문이다. 그렇게 중요한 여자였으니 아버지가 두 번째 춤에서 헬렌을 선택한 것은 당연했다.

"상대에게 절을 하고!"

아버지는 소리쳤다. 각 쌍은 낮게 머리 숙여 절을 했다. 아버지의 목소리는 기운찬 음악 사이로 간간이 들렸다.

"모두 손을 맞잡고요!"

"숙녀들은 중앙으로 나오고, 신사 분들은 그 주위에 모이세요!"

"포도 넝쿨처럼 서로 꼬아요!"

바이올린이 "밀짚의 칠면조Turkey in the straw"라는 곡조를 타느라고 날카로운 소리를 내자 어떤 사람은 큰소리로 노래를 부르기 시작했다.

오- 오- 오! 원숭이 한 마리가 밀짚더미에 앉아

장모에게 윙크를 하네!

그러자 다른 사람들이 합창으로 그 노래를 불렀다.

밀짚의 칠면조, 호! 호! 호!

밀짚의 칠면조, 호! 호! 호!

샅샅이 찾아내 털을 깎아요,

무슨 방법을 써서라도,

밀짚의 칠면조 가락을 불러 봐요.

춤추는 사람들은 두 줄로 갈라섰다. 저 아래 두 줄로 늘어선 사람들 사이로 아버지와 헬렌이 춤추고 있었다. 아버지와 헬렌은 날아갈 듯 빠르게 발을 움직였다. 나무에 매달려서 흔들리는 전등 빛으로 헬렌의 머리는 불타는 것처럼 빛났다. 아버지와 헬렌은 가운데에서 다시 만나더니 절을 했고, 또 춤을 추었다. 한 번 더 중앙으로 오더니 오른편으로 한 번 더 갔고, 다시 왼편으로 간 다음 둥글게 돌았다. 그런 다음 중앙으로 한 번 더 내려갔다. 아버지와 헬렌의 발걸음은 흩날리는 구름처럼 경쾌했다. 아버지는 두 손으로 헬렌을 잡았고, 헬렌은 흔들리는 꽃처럼 둥글게 둥글게 몸을 돌렸다. 남자들은 여흥을 돋우느라고 부드럽게 손뼉을 쳐서 박자를 맞추기 시작했다.

"상대의 몸을 돌려요!"

하는 소리가 들리자 뒤이은 춤에서 두 마리 밤색 말을 모는 마부가 자기 짝을 한 팔로 받치면서 머리 위까지 들어올렸다. 상대 여자는 재빨리 자기 손을 남자 어깨에 놓았고 남자는 계속 둥글게 춤을 췄다. 그 여자는 남자 옆구리 쪽 공중에 매달린 채 엄숙한 표정으로 상대 남자의 힘을 자랑스럽게 여겼다. 그 모습을 대열 밖에 "나가 앉아 있던" 사람들이 경탄하며 쳐다보았다. 춤을 추던 다른 사람은 자기 상대에서 떨어져 나와 아주 낮게 몸을 굽히더니 여러분이 이제껏 한번도 본 적이 없을 탭댄스를 추는 것이었다! 그 남자는 가장 요란하게 춤추는 방법을 잘 알고 있었고 발뒤꿈치에서 나는 "타악- 탁탁, 타악- 탁탁" 소리는 음악 소리를 거의 안 들리게 할 정도였다.

몹시 흥분한 나는 무대에 올라가서 바이올린 켜는 아저씨의 팔 아래쪽에 섰다. 흔들리는 다리와 치마의 바다가 바로 내 앞에 넘실거렸다. 마침내 춤이 끝났고 주위는 쥐죽은 듯 조용했다. 뒤에서 어머니가 나를 끌어당기더니 어서 내려와 잠자리에 들라고 명령했다. 어머니는 움직이는 형상들의 바다를 헤치고 나를 앞으로 몰고 갔다. 나는 침실의 많은 유모차들 사이를 기어가야 했다. 게다가 짚으로 만든 잠자리가 깔린 바닥에 잠들어 누워 있는 다른 아이들 몸에 걸려 몇 번이나 넘어질 뻔했다. 나는 언니와 동생이 잠든 침대 옆으로 올라갔다. 그러나 어머니가 가자마자 다시 일어나 앉아 숨 막힐 듯 흥분한 목소리, 날카로운 바이올린 소리, 발을 끄는 소리, 네 쌍이 추는 춤에서 번호를 부르는 소리에 귀를 기울였다. 그러더니 갑자기 한동안 조용해졌다. 어른들은 밤참을 먹고 있었다! 닭고기, 초콜릿 케이크, 저민 고기 파이, 아이스크림과 그 밖의 이 세상에 있는 맛있는 것들을 모조리 먹고 있었던 것이다. 동녘 하늘이 잿빛으로 될 때까지 어른들은 계속 놀았다. 나는 울었다. 아버지도 노느라고 나 같은 건 생각조차 안 했다. 오, 어리다는 것, 나처럼 어리다는 것은 얼마나 원통한 일인가!

굽이치는 언덕들을 하얗게 덮으면서, 초원 너머 숲을 무겁게 내리누르면서, 겨울눈이 내렸다. 돼지, 그리고 확실하지는 않지만 송아지도 잡아서 훈제하는 일은 벌써 끝났고 오이 절임, 옥수수죽과 민스미트(다진 고기에 사과, 건포도, 비장, 향료 등을 섞어 파이 속에 넣는 음식. 옮긴이) 통은 훈제실에 늘어서 있었다. 민스미트 통은 맨 위에 놓여 있는 건포도들이 모두 내 손에 닿을 정도로 높이가 낮은 곳에 놓여 있었다. 지하실은 줄줄이 늘어선 과일 통조림으로 가득 차 있었고 노란 호박들이 한구석을 차지하고 있었다. 훈제실과 지하실 사이에 여자의 가슴처럼 연한 두 개의 부드러운 토루(土樓, 흙으로 된 망루 같은 것. 옮긴이)가 있었다. 붉은 사과를 먹고 싶을 때는 그중 한 토루 끝에 쌓인 눈을 삽질로 치워 내고, 누런 밀짚 켜로 나누어 놓은 붉은 사과 더미에 부딪칠 때까지, 눈 밑의 부드러운 흙을 삽질해 내면 되었다. 또 양배추나 감자를 먹고 싶을 때는 다른 토루를 파면 되었다. 헛간에 있는 여물통에는 옥수수가 수북이 쌓여 있어서 한 움큼 집어 손가락을 펼치면 옥수수 알들이 황금색 비처럼 손가락 사이로 빠져 나갔다. 위쪽의 건초 칸에는 달콤한 냄새를 풍기며 먼지를 풀썩이는 건초가 지붕까지 꽉 차 있었다. 그곳에 있는 건초는 어스름한 햇빛처럼 항상 부드러웠다. 거기 누우면 신비롭고 형체 없는 꿈을 꿀 수 있었으리라.

긴 겨울철에 할 수 있는 일로는 뜨개질이 있었다. 이제 어머니는 양탄자와 그 양탄자를 짜는 커다란 베틀도 갖게 되었다. 날씨가 좋은 오후면 때때로 이웃 마을 농장 아낙들이 "양탄자 시침질"을 하러 오곤 했다. 아낙들은 우리 집 부엌에 모여 앉아 각기 집에서 찾아온 오래된 색깔 천이나 헝겊 조각을 찢거나 가느다란 조각들로 잘랐고, 각 조각을 색상에 맞춰 가장자리를 박아 큰 공 모양으로 함께 감았다. 나중에 어머니가 다른 일을 하다가도 잠시 틈을 내어 양탄자를 짜려고 할 때 도움이 될 수 있도록 나는 이 공 모양 뭉치에서 재봉틀 밑실을 감아 냈다. 아낙들이 헝겊 조각을 시침질하는 동안 남정네들은 겨울에 먹을 옥수수의 껍질을 벗겼다.

또 부인네들은 각자 필요한 겨울옷을 재봉질하고 뜨개질하기 위해 집마다 돌아가며 바느질 모임을 열었다. 남정네들은 불을 지피기 쉽도록 땔나무로 쓸 장작을 패기도 했으며, 날씨가 좋은 날에는 울타리를 손보기도 했다.

우리는 언제나 당밀 당기는 행사(사탕수수나 사탕무를 설탕으로 가공할 때 나오는 찐득한 시럽을 던지거나 굴려 굳게 한다. 옮긴이)가 있기 몇 주일 전부터 들떠 있었다. 춤출 나이에 접어든 모든 젊은 쌍들이 이 일을 준비했다. 드디어 기다리던 그날이 오면 우리는 커다란 썰매 두 대를 연결해 한 무리의 말, 또는 두 무리의 말을 썰매에 맸다. 썰매 바닥은 건초로 채웠다. 발을 따뜻하게 해 줄 뜨거운 벽돌과 돌도 넣었고, 턱까지 감싸 줄 이불도 넣었다. 그런 다음 그 썰매는 달빛이 비치는 밤 속으로 미끄러져 갔다. 지나가는 길에 젊은 쌍들을 태우고 가다가 다른 연결 썰매나 단독 썰매를 만나면 즐거워서 소리치며 서로 인사하고는 앞으로 휙 지나갔다. 모두들 노래를 불렀고, 썰매에 달린 종도 쉬지 않고 울렸다. 비록 종마다 소리의 결이 고르지는 않았지만 말이다. 그러다 마침내 우리는 누군가의 크고 깨끗한 부엌에 털썩 내렸다. 그 부엌은 네댓 개의 전등과 삼목나무 가지, 붉은 딸기로 화려하게 장식되어 있었다. 난로에는 통나무들이 붉게 타고 있었으며 부엌 난로는 이미 김이 무럭무럭 오르고 있었다.

이윽고 사람들이 팝콘을 튀길 때 쓰는 철사 그물망을 내왔다. 그물망에는 긴 손잡이가 달려 있었다. 사람들은 거기다 옥수수를 한 주먹 던져 넣고 뚜껑을 차례로 닫았다. 남녀가 한 줄로 난로 앞에 서서 옥수수가 눈송이처럼 하얗게 터질 때까지 팝콘 그릇을 석탄 위에다 놓고 앞뒤로 흔들었다. 그리고 다른 여자들은 부엌 난로에서 검은 당밀을 삶았다. 우리는 소금과 녹인 버터를 바른 팝콘이든, 뜨거운 당밀을 묻혀 눈덩이처럼 둥글고 하얀 공 모양으로 뭉친 팝콘이든, 실컷 먹을 수 있었다.

먼저 잘 삶은 당밀을 바닥이 깊은 접시에 붓고 식기를 기다린다. 그런 다음 남자나 여자나 똑같이 크고 기다란 앞치마를 둘렀다. 서로의 모습에 킥킥거리며 웃다가도 서로 등의 단추를 채워 주었다. 사람들은 각기 짝을 골라 손에 버터를 칠하고 식힌 당밀을 손에다 놓고 굴렸다. 서로 얼굴을 맞대고 그 부드러운 과자를 당겼다. 과자가 식고 딱딱해질수록 더 멀리 떨어져서 앞뒤로 과자 끝을 서로에게 던졌다. 사람들은 과자를 당기면서도 웃고, 수다를 떨고, 장난을 쳤다. 사람들은 완전히 딱딱해진 과자를 버터 바른 접시나 기름 바른 부엌 식탁에 늘어놓고는 아주 하얗게 될 때까지 문질렀다. 그 다음 비튼 막대기, 타래송곳, 동물, 사람, 탑, 숫자, 화살을 맞아 피 흘리는 심장 등 여러 모양으로 만들었다.

그런 다음 사람들은 춤출 준비를 했다. 음악 몇 곡이 연주되는 사이에 아버지의 노래를 청하는 소리들이 들렸다. 아버지는 "사랑스러운 마리"라는 노래를 한 곡 불렀는데, 나는 지금도 그 곡을 잘 기억한다. 내 이름이 마리였으니까.

내 마음에 비밀 하나가 있다네, 사랑스러운 마리.

사랑하는 네게 이야기 하나를 들려주려네.

골짜기에 핀 국화도

내 비밀을 안다네,

잘 안다네.

그렇지만 난 사랑스러운 마리에겐

감히 아무 말도 꺼내지 못한다네.

내게 오렴, 사랑스러운 마리.

사랑스러운 마리여, 내게 오렴!

네 얼굴이 예뻐서가 아니라,

사랑하는 이여.

네가 깨끗하고 다정하기 때문에

나를 아주 행복하게 해 준다네.

나를 네 발밑에서 머뭇거리도록 한다네,

사랑스러운 마리여.

이상한 일이지만 나는 지금도 그때 아버지가 노래할 때의 목소리, 표정, 아버지의 입술에서 흘러나오는 모든 음률까지 생생히 기억한다. 나는 또 노래 곡조와 함께 각 연에서 마지막 가사를 길게 끄는 아버지의 발성법도 기억한다. 아버지가 노래 부르실 때 당황해서 어쩔 줄 몰라하던 내 느낌까지 또렷하다.

노래가 끝난 뒤 사람들은 춤을 추었다. 춤은 자정 무렵에 잠시 멈추었다가 새벽 두세 시 무렵에 커피나 케이크를 먹느라고 멈추었다. 별들이 하나둘씩 나오고 달빛도 희미해졌지만 사람들은 계속 춤을 추었다. 동녘 하늘에 여명이 밝아오자 비로소 사람들은 춤추기를 끝내고 마구를 챙겼다. 썰매에서 식은 돌과 벽돌을 가져와 달군 다음 먼 길을 달려 부랴부랴 집으로 돌아갈 채비를 하는 것이었다. 썰매는 다져진 눈 위를 조용히 미끄러져 갔으며, 썰매에 달린 종에서 나는 소리만 외롭게 울렸다. 동녘 하늘은 어스름 잿빛이었고, 춤추던 사람들은 모두 잠들었기 때문이다.

아버지와 어머니는 싸우고 계셨다. 얼마나 심하게 싸우는지 내 마음에 공포심이 일어날 지경이었다. 아버지는 막 욕을 해댔으며 어머니는 울기만 했다. 나의 유년기를 어둡게 한 부모님의 수많은 무서운 싸움은 바로 여기서부터 시작되었다.

아버지는 당신이 돈을 많이, 그것도 아주 많이 벌고 싶다고 했다. 돈을 많이 벌려면 지금이라도 다른 곳으로 이사를 가야 한다고도 했다. 아버지는 끝없이 자잘하게 손을 대야 하는 농장 생활을 그만두고 싶어했다. 우리 집은 정말로 가난했다. 그러나 우리 삶은 건강한 것이었고, 흙에 뿌리박은 확실한 삶이었다. 지금에야 겨우 그 사실을 깨달았을 뿐이지만. 어머니는 쉴 새 없이 일했고, 일 년에 몇 푼이라도 저축할 수 있으면 족했다. 그러나 아버지에게 그런 삶은 죽음과 같았다. 아버지로서는 한계치 이상으로 참아 오신 것이었다.

일 년에 서너 번의 축제 기간을 뺀 나머지 시간 내내 아버지는 거친 돌투성이 밭을 혼자 갈아야 했다. 그리고 맨발로 흙덩어리에 걸려 넘어져야만 했다. 아버지는 일 년 내내 신발을 신고 싶어했다. 그러나 어머니는 1.6킬로미터쯤 떨어진 우물에서 한 번에 두 양동이의 물을 길어오는 데 신발은 필요 없다고 생각하는 분이었다. 어머니는 "개처럼 일할" 수 있다고 말하곤 했다. 그러니 아버지는 그런 어머니에게 어떤 불평도 할 수 없었다. 그러나 아버지는 어머니처럼 일할 수가 없었다. 아버지는 찢어지게 가난해도 궁핍한 생활에 만족하며 지내는 어머니 가족들, 그러니까 '가필드 족속'이 아니라고 말했다. 아버지는 로저스 가문의 사람이었다.

"그래요, 당신은 틀림없는 로저스 가문 사람이에요."

어머니는 대꾸했다. 아버지의 모든 면모가 로저스 가문 사람임을 나타냈고, 아버지 스스로 말하는 당신의 단점도 모두 사실이었다. 이를테면 아버지는 무슨 일이든 일 년 이상 진득하니 붙어 있질 못했던 것이다! 아버지는 늘 일자리를 바꾸고 싶어했으며, 언제나 불평만 일삼았고, 사실이 아닌 이야기들을 지껄였으며, 일은 하지 않고 노래만 부르는 양반이었다. 게다가 죽도록 일만 하는 사람들은 당신의 진짜 모습을 절대 알 수 없다고 생각했다! 그 생각은 아버지를 사로잡았다. 아버지는 어머니를 떠나겠다고, 다시는 돌아오지 않겠다고 말했다.

"마리, 이리 오렴!"

"조지, 너도 이리 오너라!"

아버지는 조지와 나를 데리고 함께 떠나려고 하셨다!

어머니는 부엌 의자에 몸을 파묻고 울기 시작했다. 아버지는 어머니에게 "아이들을 개처럼 다루어서는 안 돼!" 하더니, "마리, 이리 오라니까!" 하고 한 번 더 소리쳤다. 그러나 웬일인지 그날 밤에는 아버지에게 갈 수 없었다. 그렇게 하지 못하게 하는 무언가가 어머니에게 있었다. 나는 어머니에게 뛰어가서 내 손을 어머니 무릎에 올려놓았는데, 내 손등 위로 어머니의 눈물이 굴러 떨어졌다.

아버지는 결국 집을 떠나지 못했다. 내 생각에는 내가 아버지와 함께 가려 하지 않기 때문인 것 같다. 그러나 결론적으로는 아버지가 이긴 셈이었는데, 우리 집 식구가 몽땅 이사를 했기 때문이다. 이사를 하면서 우리의 뿌리는 흙에서 떨어져 나왔다. 그러면서 우리는 늘 저 너머에 있다는 성공과 행복, 부를 찾아 헤매기 시작했다. 그 후로 나는 "내가 없는 곳에 행복이 있다네Where I am not, there is happiness."라는 속담을 죽 들어 왔다.

우리는 뚜껑 달린 짐마차로 여러 날에 걸쳐 먼 길을 여행했다. 짐마차 안에는 침대 두 개, 음식과 옷을 담은 상자, 요리용 풍로가 있었다. 밤에는 침대 하나를 다른 침대 위에서 끄집어내려 짐마차 밑에 놓았다. 부모님이 거기서 주무셨고 아이들은 마차 안에서 잤다. 숲에 이르러서야 마차를 멈추고 천막을 쳤다. 침대 틀을 끼워 맞춰 똑바로 세웠으며, 하얀 소나무로 식탁을 만들었다. 아버지는 언덕 위 하얀 집에 사는 어떤 남자 분을 위해 나무를 자르기 시작했다. 그 남자는 가끔 우리 천막집에 내려왔는데 어머니는 그분을 "선생님"이라고 불렀으며 커피를 준비하는 동안 좀 앉으라고도 권했다. 그 사람이 가 버렸을 때 어머니는 울었고, 아버지와 또 싸웠다.

숲에서는 갖가지 향기로운 냄새들이 났다. 우리는 소나무 가지를 모아 두었다가 밤이 되면 불을 피웠다. 나는 아무 말 없는 어두운 숲에서 하루 종일 놀았는데 땅이 폭신해서 맨발로 막 돌아다니기 좋았다. 이렇게 우리가 야외 천막에서 살고, 하늘을 지붕 삼아 밥을 먹게 되면서 우리 삶은 매혹적인 무상함과 함께했다. 미래에 대한 온갖 기대 또한 막 흘러나왔다. 급기야 우리가 나다니는 길은 언덕을 휙 넘어 신비한 먼 곳까지 뻗어 나갔다. 번번이 나는 십자로에 서서 이 세상 저 먼 곳을 가리키는 고속도로 표지판의 하얀 리본을 쳐다보았다. 어떤 때는 잘생긴 여자가 검은 말을 타고 지나갔다. 그 여자의 머리카락과 눈동자는 검은색이었으며, 승마복도 검었다. 검은 모자 밑으로 보이는 뺨은 아름답고 보드라웠다. 어머니는 다른 나무꾼들의 아낙들과 알고 지내게 되었는데, 그 아낙들은 내가 본 미인에 대해 이러쿵저러쿵 떠들었다고 한다. 아름다운 그 여자는 아주 부자였다. 몇 해 전, 강을 가로지르는 다리 아래 머물던 방랑자에게 나쁜 일을 당한 적이 있다고 했다. 그 여자가 과년한 스물두 살에 이르렀는데도 결혼하려고 드는 남자가 없는 까닭도 그 때문이었다!

그 이야기를 들은 뒤 나는 그 여자를 유심히 지켜보았다. 이상한 일이었다! 아무도 자신과 결혼하려고 하지 않는데도, 그 여자에게는 도무지 불행해 보이는 구석이라곤 조금도 없었던 것이다! 그 여자의 사랑스러운 얼굴은 위엄이 있었으며 평온했다. 결혼한 우리 어머니 얼굴보다 훨씬 더 평온해 보였다!

폭설이 처음 내렸을 때 우리는 그 말없는 숲을 떠나서 짙은 회색빛에 딱딱한 흙으로 된 우리의 작은 농장으로 되돌아왔다. 부모님은 서로 거의 아무 말도 하지 않았으며, 자꾸만 우는 바람에 어머니의 눈은 충혈되어 있곤 했다. 외할아버지가 우리 먹으라고 몇 자루의 식량을 가져다주었는데, 그때마다 외할아버지는 부엌에서 어머니와 무슨 이야기를 하곤 했다. 외할아버지의 얼굴은 보통 남자들의 얼굴과 달리 몹시 야위었고 매우 창백하여 순간적으로 아름답게 보일 지경이었다. 외할아버지의 수염은 검은 색이었으며, 외할아버지는 넓은 테를 두른 검은 모자를 썼다. 그리고 어머니와 이야기를 나누는 외할아버지의 눈빛은 어머니처럼 무정하고 원한에 차 있었다. 헐렁하고 빛바랜 옥양목 겉옷을 입은 어머니는 손을 앞으로 깍지 끼고 고개를 숙인 채 서서 아주 조용히 울었다.

어머니의 눈물⋯⋯. 어머니의 눈물은 내 인생을 얼마나 쓰라린 것으로 만들었던가!

그해 겨울에 나는 학교에 입학했다. 학교로 가는 길은 많이 멀었다. 페인트칠도 안 한 목조 학교 건물에는 교실이 하나밖에 없었다. 학교는 미끄럽고 끈적끈적한 누런 진흙 언덕 위에 있었다. 교실 끝에 칠판 하나가 있었는데, 나는 그 칠판 덕분에 칠판을 마주보고 앉은 쪽이 북쪽이고 내 어깨 뒤쪽이 남쪽이라는 사실을 배웠다. 따라서 동쪽은 내 오른편이었고, 서쪽은 내 왼편이었다. 스물다섯 살이 넘은 지금까지도 나는 북쪽이 늘 내 앞쪽이며 남쪽은 내 어깨 뒤쪽이라서 방향을 똑바로 맞추려면 그 조그만 학교 건물이 내 앞에 있도록 몸을 돌려야 한다고 생각한다. 방향도 이해하기 어려웠지만, 숫자 역시 내게는 아주 이상하고 자그마한 피조물로 여겨졌다. 1은 큰 사다리의 맨 아래쪽 발 딛는 곳에, 100은 사다리 맨 꼭대기에 있어서 구름 속으로 숨어 버린 것 같았다. 작은 숫자에다 큰 숫자를 더하라고 시키면, 나는 사다리를 내내 달려 올라가서 큰 숫자를 찾아 내려와 작은 숫자 옆에 앉혀야만 했다. 이런 셈하기는 나에게 몹시 지겨운 일이었다. 그래서 아주 오래 걸렸다. 그런 나를 선생님은 멍청하다고 꾸짖었다.

나는 누런 공책으로 낱말을 배웠다. 그 낱말 책은 너무나 싱싱하고 상큼한 냄새가 나서 밤에 잘 때도 안고 잤다. 아주 오랜 세월 동안, 아니 지금까지도 그 바삭거리는 공책에서 나던 냄새를 맡을 수 있다.

그 학교의 깡마른 남자 선생님은 또 얼마나 잔인하고 무서웠던지!

그 선생님은 숲속에서 나이 많은 남학생들과 게임을 하고 놀았지만 여학생들은 숲속에 데리고 가지 않았다. 언젠가 한번, 덤불 밑으로 살짝 기어가서 선생님과 남학생들을 지켜본 적이 있다. 남학생들이 외치는 소리가 나무 사이로 들려왔는데, 남학생들은 서로 거칠게 쫓아다녔다. 선생님은 긴장한 얼굴로 노려보며 어떤 남학생을 잡으려고 날 듯이 뛰어갔다. 마침내 선생님은 그 남학생을 잡았다……. 나는 숨 쉬는 것조차 무서워 벌벌 떨면서 덤불 밑에 웅크리고 앉아 있었다. 그 선생님은 결국 해고당했다. 그 뒤에도 사람들은 낮고 긴장된 목소리로 그 선생님에 대해 수군거리곤 했다.

그해 겨울에 내가 배운 중요한 것 또 한 가지! 내가 넘어지면서 팔이 부러지는 바람에, 나보다 나이 많은 남학생들이 집까지 나를 데려다 주었을 때의 일이다. 어머니는 내가 침대에 누워 있는 동안 다정하게 말씀하시며 여러 주 동안 잘 보살펴 주었고, 사람들은 내가 어떤 상태인지 궁금해했다. 그러다 보니깐 팔이 나아가는 게 오히려 우울하게 여겨졌다. 즐겁지도 않았다. 그래서 나는 팔이 다 나은 후에도, 부러진 팔이 여전히 아프다고 오랫동안 불평했다. 덕분에 내가 병들거나 다치면 사람들이 나를 사랑해 주고, 낫고 나면 사랑해 주지 않는다는 사실을 배웠다. 또한 고통만이 사랑을 찾게 해 준다는 모순은 내 존재의 깊숙한 곳에 뿌리박혔다. 그리하여 내 유년기는 잦은 병치레와 골골한 상태로 채워졌다.

어느 해질녘이었다. 나는 어두워지는 길을 따라 달리던 마차 한 대가 굽이를 돌아오는 모습을 보며 서 있었다. 눈같이 흰 두 마리 말이 끄는 그 마차는 빠르면서도 침착하게 달리고 있었는데 안에 타고 있는 두 사람의 거무스름한 형상이 보였다. 그 사람들은 꿈처럼 소리도 없이 왔으며 말들은 황혼으로 덮인 하늘을 향해 머리를 이리저리 흔들었다. 말발굽 소리가 점점 더 가까워지더니 마차는 우리 집 대문 쪽으로 구르듯 왔다. 그러더니 아버지가 마차 앞에서 훌쩍 뛰어내리시는 것이었다. 머리가 백발인 다른 남자분이 천천히, 조심스럽게 아버지를 따라 내렸다. 그분과 아버지는 둘 다 가게 점원 옷을 입고 있었다. 아버지는 챙이 넓은 부드러운 모자를 왼쪽 눈 밑으로 눌러쓰고 있었는데, 넥타이가 바람에 흩날렸다. 아버지가 몸을 돌렸을 때, 아니나 다를까 아버지의 혁대 장식이 화려하게 반짝반짝 빛나고 있었다.

일곱 달 이상 집을 떠나 있던 아버지가 돌아오신 것이다. 아버지는 그동안 막내아들 '대니'가 태어나 식구가 또 한 명 늘어난 것을 알게 됐다. 아버지는 말 몇 마리를 끌고 조셉 시로 갔는데 이런저런 방법으로 '눈 전문 치료사'가 되었다고 했다. 아버지는 "지금은 같이 온 의사 밑에서 마차나 몰지만, 언젠가는 의사가 될 수 있을 거야. 기술을 배우는 중이거든." 하고 말했다. 그 시절 미국 중서부 지역에서는 대학에서 정규 교육을 받지 않고 시술 경험만으로도 의사가 되는 일이 종종 있었다.

아버지는 어머니에게 줄 검은 비단을 가져왔다. 그러나 어머니는 헐렁한 옥양목 옷을 입고 신발도 신지 않은 채 팔짱을 끼고 그 비단을 슬프게 바라보았다.

아버지는 어머니에게, "이제 당신, 나한테 당신을 위해 내가 한 일이 뭐냐는 말은 입 밖에 못 내겠지!" 했다.

"어디 나한테 다정한 말 한마디라도 해 보는 게 어때?"

아버지는 원망에 찬 목소리로 계속 말했으나 어머니는 아무 대꾸도 없었다.

"아주 예쁘군요."

어머니가 겨우 대답하는 순간 그 빛나는 비단 위로 어머니의 눈물이 굴러 떨어졌다.

아버지는 몸을 돌려 부엌 쪽으로 쿵쿵거리며 가더니 백발의 의사와 함께 의자에 앉았다. 아버지와 의사는 위스키 병을 서로 주고받았다.

다음날 부엌에서는 화난 목소리와 울음소리가 뒤섞여 들려왔다. 그 소리는 나를 끌어당겼다. 나를 고통스럽게 할 것이란 사실에 두려움에 떨면서도 문 쪽으로 다가갔다. 아버지는 문 가까이에 서서, 어머니가 의사와 함께 위스키를 마셨다는 사실을 질책하고 있었다. 그것 말고도 어머니가 저질렀다는 여러 이상한 일에 대해 따지고 들었다. 처음에는 화를 내던 어머니가 나중에는 울었다. 아버지는 어머니에게 "다른 남자들과 수작을 부렸다"며 고함을 질렀다. 나는 어렸지만 아버지 입술에서 아무렇게나 흘러나오는 말들이 거짓이며, 아버지도 자신이 거짓말을 하고 있다는 것을 안다는 사실을 본능적으로 알아차렸다. 아버지는 당신 목소리가 누가 들어도 화난 목소리라는 걸 알게끔 억지를 부렸다. 그걸 듣고 있자니 내가 잘못을 저지르기라도 한 것처럼 부끄러웠다.

어머니는 아버지가 거짓이라는 걸 알면서도 말도 안 되는 소리를 한다고 비난했다. 아버지는 자신이 어머니를 잘못 가르쳐서 남편을 거짓말쟁이로 만들었다고 했다! 아버지는 몸을 돌려 마구간으로 달려가 마차에 말을 매고는 금방 돌아왔다. 그때 마침 의사가 길을 따라 걸어 내려왔는데, 아버지는 의사와 몇 마디 나누더니 부엌으로 돌아왔다.

"당장 나가서 의사 놈과 악수를 하고 작별 인사를 하시지 그래! 그게 내 마누라가 내 일행을 근사하게 대접하는 걸 테니까!"

어머니는 무릎을 꿇은 채 괴로워하면서 울었다.

"여보, 제발 가지 말아요. 제발요! 아이들을 생각해야죠!"

그러나 아버지는 돌아서서 떠나 버렸다. 어머니는 부엌 바닥에 늘어져서 아무 감정도 없는 사람처럼 메마른 눈물을 흘렸다. 나는 문간으로 뛰어갔다. 마차는 눈으로 하얗게 얼어붙은 길을 따라 내려갔으며, 눈처럼 하얀 말들은 민첩하고 침착하게 마차를 몰았다. 말들은 하늘을 배경으로 분명한 윤곽을 그리며 간간이 머리를 자랑스럽게 흔들어 댔다.

다음 해 가을, 외할아버지는 작은 마을로 우리를 이사시켰다. 우리는 마을 외곽에 버려진 방 두 개짜리 낡은 목조 집으로 옮겼다. 집 내부에는 회반죽도 바르지 않은 상태였다. 천장도 없었다. 방에서 위를 쳐다보면 구멍이 뻥뻥 뚫려 있어 하늘이 그대로 보였다. 그러나 나는 오히려 그게 좋았다. 그리고 집 주위의 땅은 구운 빵처럼 딱딱하게 굳어 있어서, 풀도 나무도 꽃도 자라지 않았다. 그것도 전에 살던 곳과는 달라서 나는 좋았다.

어머니는 이제 마치 친구 사이나 되는 양 내게 말을 걸었다. 아버지가 안 계실 때 어머니는 언제나 그랬다. 우리가 모두 함께 베틀을 세우면 어머니는 양탄자나 바닥 깔개를 짜기 시작했다. 마을 사람들은 어머니에게 일감과 함께 신문 뭉치도 가져다주었다. 덕분에 우리는 신문으로 도배를 할 수 있었다. 밀가루에 물을 개어 넓적한 그릇에 풀을 쑨 뒤, 내가 바닥에 신문을 펼쳐 놓으면 어머니가 풀을 발랐다. 그런 다음 우리는 신문을 한 장씩 벽에다 층층이 붙여서 차가운 겨울 추위를 막아 보려고 했다. 우리는 도배를 하면서 회반죽에 관한 이야기를 주고받았다. 언제나 현실의 끈 너머로 휙 날아가 버리는 내 상상력은 회반죽 안에서 살아 움직였다. 나는 온갖 종류의 꿈을 꾸었는데, 어머니가 어디 나가셨다가 집에 돌아오실 때쯤이면 방 두 개를 아름다운 회반죽으로 칠해 놓곤 했다! 그러면 어머니는 구석에 창문 하나가 달려 있는 앞쪽 방 한가운데 서서 버럭 소리를 질렀다.

"저런! 누가 집에다 이렇게 떡칠을 해 놨지?"

그러면 나는 어머니의 날씬한 몸매와 아름다운 눈을 쳐다보면서 자랑스럽게 "제가요!" 대답하곤 했다.

그러면 꿈은 깨졌다. 내가 꾸는 꿈은 늘 그런 식으로 더 이상 현실 가까이 다가가지 못했다. 지금까지도 때때로 나는 무엇이 현실이고, 무엇이 환상인지 궁금하다. 지금도 나는 가끔, 언젠가는 지나간 시간들도 내 기억에서 희미하게 사라질 것이라고 생각한다. 그리고 내가 현실이라 믿었던 것이 사실은 꿈이었음을 알게 되리라고 생각한다. 삶에서 지속되는 것이 무엇인지 누가 쉽게 알 수 있겠는가!

어머니와 나는 도배를 마친 뒤에, 봄에 완두콩을 심기 위해 집 주위의 굳은 땅을 일구려고 애썼다.(도배 일을 남동생들이나 언니, 여동생이 했다는 기억은 거의 나지 않는다.) 그러나 흙은 너무도 단단하고 메말랐다. 어머니는 거름이 필요하다고 애타게 말했다. 나는 양동이와 삽을 가지고 길거리로 나가서 향기로운 꽃밭을 꿈꾸며 거름이 될 만한 것을 모아 왔다.

우리는 이제 도시 사람이 되었다. 사람들이 모두 도시에서 사는 것은 아니니까 그것은 자랑할 만한 일이었다. 우리 마을 한편에도 포장된 주요 도로가 지나갔다. 마을 처녀들은 주일날 그 보도를 왔다 갔다 하면서 도로변에 늘어선 상점들에 기대어 빈둥거리는 총각들과 노닥거렸다. 내가 다니는 학교도 있었으며, 어머니가 "기독교 교회"라고 불렀던 조그만 교회도 하나 있었다. 도시에서 살게 된 이후로 어머니는 우리가 "뜨내기들처럼 행동해서는" 안 된다고 생각하여, 어느 주일날 우리 발을 아주 깨끗이 씻긴 다음 공터를 지나 그 기독교 교회로 우리를 데려갔다. 교회에서 어떤 여자가 우리 모두에게 조그만 그림엽서를 주었다. 그림엽서에는 길고 붉은 옷을 입은 남자가 어린 소년에게 이야기를 하는 그림이 그려져 있었다. 그 남자는 바로 예수였는데, 그때까지 예수가 누구인지 한 번도 들은 적이 없으므로 알아보질 못했다. 나는 여자 손에 들려 있는 형형색색의 그림엽서 묶음에만 관심을 기울였다. 그리고 그 여자가 손에 그림엽서를 쥐고 있었다는 사실을 잠시 잊어버리기만을 바랐다. 나는 그 그림엽서들로, 길게 늘어놓은 찬란한 붉은 그림들로 도배한 우리 집을 머릿속에 그려 보았다. 그러나 그 꿈 또한 실현하지 못했다. 교회 여자가 그림엽서를 꼭 쥐고 있었으므로!

며칠 후 아버지가 우리에게 돌아왔다. 아버지는 철길을 따라 걸어오면서, 우리 집이 어디인지 묻고 또 물어야 했다. 집에 돌아온 아버지는 의사가 되겠다는 꿈, 아주 빠른 시간에 돈을 많이 벌겠다는 꿈, 어머니에게 비단옷을 선물하겠다는 꿈에 대해 더 이상 아무 말도 없었다. 아버지에게서 영광은 모두 사라지고 말았다. 아버지의 세련된 옷차림은 더러운 윗도리와 푸른 작업복 두 벌로 바뀌어 있었다. 쏜살같이 달리던 아버지의 흰 말도 없어졌는데, 어디로 가 버렸는지 아무 말도 없었다. 그러나 나에게 아버지는 예전과 다름없는 분이었다. 아버지는 의사가 되겠다던 당신 꿈을 아예 잊어버렸는지 모르지만, 나는 잊지 않았다. 내가 다 큰 어른이 되도록 사람들은 부친의 직업이 무엇이냐고 많이 물었다. 그때마다 나도 모르는 사이에 "의사요." 하고 대답했다. 그렇게 대답한 뒤에야 아버지가 의사가 아니었다는 사실을 갑자기 깨닫곤 했다. 아버지가 진짜 의사였는지 아니었는지 야릇한 회의에 사로잡힌 채 말이다. 지금껏 나는 현실 같은 꿈을 꾼 것일까? 다시금 나는 무엇이 현실이며 무엇이 꿈인지 의아해한다.

아버지가 집에 돌아오신 지 몇 분도 지나지 않았을 때였다. 아버지는 신비한 목소리로 당신이 어떤 사람을 죽였기 때문에 이 나라를 떠나지 않으면 잡혀서 "교수형을 당하거나" 평생 "감옥"에서 살게 될 거라고 어머니에게 말하는 것이었다! 그때 흐트러진 아버지의 입가는 나를 몹시 부끄럽고 당황스럽게 만들었다. 어머니는 무정한 사람처럼 아무 말도 없었고, 울지도 않았다. 아버지는 화를 내며 남편 말을 안 믿는다고 어머니를 비난했다. 어머니는 등을 돌려 우리 집 밖 너머에 있는, 메마르고 거친 야생초로 뒤덮인 공터만 바라보았다.

"아이들 앞에서 그딴 소리를 지껄이다니! 부끄러운 줄 아세요!"

하는 게 대꾸의 전부였다. 그런 다음 어머니는 치미는 분노를 터뜨렸다.

"당신이 예전에 그랬던 것처럼 우릴 버리고 달아나고 싶으면 그냥 가면 돼요. 그따위 변명은 필요 없어요. 그러려거든 다시는 내 앞에 나타나지 말아요!"

어머니가 당신의 속셈을 훤히 알고 있자 아버지는 허를 찔린 듯 당황했다. 아버지가 어머니 등 뒤에서, "서부로 가서 돈을 많이 벌면 당신과 아이들을 데리러 오겠소." 하자, 어머니는 몸을 휙 돌리더니 아버지 입을 뚫어지게 쳐다보았다. 아버지는 낡은 옥양목 옷을 입고 서 있는 어머니를, 한때 아주 섬세한 얼굴이었지만 지금은 주름살투성이인 어머니의 얼굴을 빤히 쳐다보았다. 하지만 어머니의 주름살도 어머니의 동경과 갈망을 감추지는 못했다. 어머니는 아직도 매끄러운 속눈썹, 아름답고 진한 남빛의 부드러운 눈, 갈가마귀 날개처럼 반질반질하고 윤이 나는 검은 머릿결을 갖고 있었다. 아버지 앞에 서 있는 어머니는 무척이나 여려 보였다.

아버지는 입술을 꼭 다물어 턱을 네모 모양으로 만들 수 있었는데, 바로 그때도 그렇게 했다. 아버지가 너무 빨리 몸을 움직이는 바람에 나는 미처 잘 보지는 못했지만 아버지는 어머니를 팔로 안았다. 그러자 어머니는 가슴이 무너져 내리는 듯, 풀어헤친 윗도리 사이로 드러난 아버지 목에 얼굴을 파묻고 흐느꼈다.

그때까지는 두 분 사이의 이런 애정 표현을 한번도 본 적이 없었다. 나는 뒤뜰로 달려 나가 양계장 뒤에 누워서 막 울었다. 까닭 모를 눈물을 흘리는 내가 부끄러워졌다. 누군가 내 모습을 보고 비웃을까 봐 두려웠다. 눈물이 더 이상 흐르지 않자, 나는 왜 그렇게 눈이 충혈되었느냐고 누가 물어 올 경우를 대비해 마음속으로 이야기를 지어내기 시작했다.

'길을 걸어 내려가다가 넘어져 다리를 다쳤다고 해야지! 아니, 다시 홍역에 걸려 아프다고 해야지!'

나는 이런 대답을 해야 하는 상황과 맞닥뜨리기 싫었다. 그래서 양계장과 부엌문 사이를 걸어 독 있는 풀이 잔뜩 자라난 공터로 향했다. 그러고는 오랫동안 맨 땅바닥에 똑바로 누워 있었다. 내 위로는 잡초와 해바라기들이 흔들리고 있었고 더 위쪽에서는 푸른 하늘이, 등에다 이야기를 실은 바람에 떠밀려 부드럽게 떠다니는 아기 구름들로 덮여 있었다. 물론 저 하늘 높은 곳에는, 기회가 와도 바람 등을 타지 않겠다고 우기는 이야기들도 있었을 것이다!

다음날 아버지는 또다시 우리 곁을 떠났다. 아버지는 철길을 보수하는 작은 수동차railroad hand-car를 타고 가 버렸다. 남자들이 철길 주위에 많이 앉아 있었다. 우리 식구는 철길에 서서 떠나가는 아버지의 모습을 지켜보았는데, 어머니의 얼굴은 아주 깊은 생각에 잠긴 듯했다. 아버지는 때때로 손을 흔들다가 우리와 점점 더 멀어지자 모자를 흔들었다. 우리는 아버지의 모습이 점으로 보일 때까지 지켜보았다. 그때까지도 우리는 아버지의 마지막 모습을 놓치지 않으려고 눈을 치떴다. 그래, 아버지가 있었어⋯⋯. 그런데 더 이상 안 계셔⋯⋯. 분명 검은 점 하나가 있었는데, 그 다음 아버지는 완전히 가 버렸지. 반짝이는 철길은 지평선까지 쭉 뻗쳐 있었고 지평선과 한데 섞인 후 세상 끝으로 넘어가 버렸지……. 그리고 세상 끝으로 우리 아버지도 가 버렸어……. 행복이 있다는 저 먼 곳으로.

대지의 딸

Daughter of Earth

2 부

오늘 바다는 잿빛에다 칙칙하기만 하고, 태양은 추운 북쪽 안개 뒤에 숨어 있다. 오랜 세월 동안 내 인생은 저 바다처럼 어둡고 칙칙했다. 게다가 끝없이 버둥거려 봐도 되는 일은 하나도 없는 그런 삶이었다. 시작해 놓고 끝내지 못한 일들이 허다했다. 끝을 보았다면, 그 끝은 실패였다. 내가 의지할 수 있는 것이라곤 가난과 불확실함뿐이었다.

우리 집 천막은 딱딱하게 굳은 진흙 빛깔이었는데, 퍼거토리 강둑 가까이에 있었다. 아버지가 천막을 세운 곳은 시 외곽의 저지대였다. 저지대는 한 줄로 늘어선, 방이 두세 개인 집들의 뒤뜰과 철길 사이에 있었다. 철길은 광산에서 나온 돌과 점판암, 탄 찌꺼기로 만든 둑에 놓여 있었다. 언니와 나, 그리고 어린 두 남동생은 날마다 철길을 따라 마대를 끌고 다니며 지나가는 화차에서 떨어진 석탄을 주워 담았다. 여객 기차가 덜컹거리면서 올 때면 철길 옆으로 몰려가서는 획획 지나가는 창문들 사이로, 훌륭해 보이는 사람들에게 손을 흔들었다.

아담한 집들이 죽 늘어선 곳 너머에 강이 있었다. 그 강을 건너면 산꼭대기로 가는 길을 막아선 것처럼 보이는 짙은 자줏빛 언덕이 보였다. 로키산맥을 이루는 작은 구릉들이었다. 높이가 900미터쯤 되는 산꼭대기는 '어부의 꼭대기 Fisher's Peak'라고 불렀다. 그 산을 두고 아버지는 의기양양하게 이야기했다.

"내가 너희들을 위해 찾아 놓은 산을 보렴. 가을에는 너희들을 저 산에 데리고 가 야영을 할 거야. 사슴을 잡아 줄 테니 사슴고기를 먹자꾸나."

우리 주위에 있는 모든 것이 새롭고 경이로워 보였다. 천막 한쪽 면에는 침대 세 개를 잘 고정시켜 놓았고, 다른 쪽 면은 응접실같이 꾸몄다. 어머니가 갖고 온 시계와 보물처럼 여기는 재봉틀, 그리고 흔들의자가 놓였다. 나는 흔들의자, 시계, 재봉틀, 산과 사슴고기 등을 우리의 사치품으로 자랑스럽게 꼽았다.

아버지는 문 앞에다 나무를 쌓아 부엌을 만들었다. 아버지가 밖에서 하루 3달러를 버는 동안 어머니는 그 부엌에서 일했다. 아버지는 당신이 부리는 한 떼의 사람들과 짐마차를 갖고 모래밭에서 채취한 모래를 이곳저곳으로 끌고 다녔다. 때로는 벽돌도 운반했다. 나는 강을 가로지르는 다리에 서서 마차를 모는 아버지의 모습을 지켜보곤 했다. 그러다 저녁에는 아버지를 맞아들이느라고 뛰어다녔다. 아버지가 나를 말에 걸터앉히거나 하면 나는 이웃 사람들이 모두 나를 쳐다보기를 바라면서, 자랑스럽게 종종걸음으로 집에 왔다.

어머니는 내내 흥분을 꾹 누르면서 아버지 앞에서 조신하고 얌전하게 굴었다. 아버지가 정말로 엄청난 돈을 벌고 계셨기 때문이다. 아버지는 이전보다 훨씬 더 큰 허풍을 치곤 했다. 당신이 이제 정말로 부자가 될 거라고 했다. 그러면 어머니는 다시 침묵을 지켰다.

얼마 후에, 어머니가 보낸 간곡한 편지를 받고 헬렌 이모가 우리와 살기 위해 왔다. 헬렌 이모는 생기로 빛나고 있었는데 전보다 더 아름다워져서 어떤 장미 꽃잎도 이모 살결보다 보드라울 것 같지 않았다. 이 세상 어떤 여왕도 이모만 한 자신감을 갖지는 못했다. 이모가 웃는 모습은 또 얼마나 아름다웠던가! 이모가 웃을 때 사람들은 이유도 모른 채 따라 웃었다. 아름다운 이모를 미워할 수밖에 없는 못생긴 처녀들은 뒤뜰 울타리 너머에서 이모를 두고 쑥덕거렸다. 그러다 이모가 뒷문으로 서둘러 나오면, 부러움에 가득 찬 눈으로 이모를 바라보았다. 이모는 처녀들의 피부를 희고 깨끗하게 해 줄 로션을 바르는 일을 도와주었으며, 머릿결을 매끄럽게 하고 빨리 자라도록 달걀로 머리를 감겨 주었다. 이모는 또 옷본을 떠 재단해 주기도 했으며 주일 저녁에 마을 처녀들이 함께 있을 때는 머리를 부풀리는 손질까지 해 주었다. 심지어 어떤 때는 치마나 블라우스를 빌려 주기도 했다. 이모는 다른 사람들에게 썩 관대하게 대했다. 이모는 원래 이모가 가졌어야 할 몫보다 더 많은 아름다움을 가졌기 때문이다!

이모는 자신이 얼마나 아름다운지 잘 알고 있었다. 그래서 이모가 일할 만한 가치 있는 일자리를 구하려 했다. 이웃 처녀들이 세탁소 일이 좋겠다고 권했으나 월급 때문에 이모는 망설였다. 헬렌 이모는 숙식 제공에 6달러를 받던 식모였다. 이웃집 처녀들은 그걸 고려해야 했다! 약혼자인 주인집 장남을 떠올릴 때 이모의 뺨은 빨갛게 달아올랐다. 이웃집 처녀들은 이모의 애인이 주인집 장남이라는 것 또한 기억해야 했다!

부모님은 세탁소 처녀들이 "행실이 나쁘다"고 했다. 그러니 식모 일을 다시 하는 것이 좋겠다고 권했다. 이모는 눈을 반짝였다. 이모는 고된 일을 겁내지 않았으며 어디에 있건 자기 몸 하나는 건사할 수 있었다! 세탁소에서는 개인 집과는 달리 해뜰 때부터 해질 때까지, 때로는 자정까지 일하는 법은 없다. 하루에 열 시간만 일해도 식모 일보다 월급을 더 많이 받는다는 사실을 부모님은 생각하지 못했다. 이웃 사람들 모두와 많이 논의하고 자문을 구한 후에 이모는 양복 윗옷을 담당하는 기계 일을 하면서 일주일에 11달러를 받는 것을 목표로 삼았다. 그러기 위해 우선은 주름을 펴는 압축 롤러 일을 하면서 일주일에 7달러로 만족하기로 했다.

처음부터 이모는 주급으로 받은 돈을 어머니에게 내놓았으며, 어머니의 항의에 못 이겨 2달러를 이모 몫으로 집어 넣었다.

"언니, 난 좋은 것들을 많이 갖고 있지만 언니와 조카들은 없잖수. 언니네 식구들이 언제까지나 뜨내기처럼 살 순 없잖아. 언니네가 잘사는 날 내 몫을 더 챙길게."

이모는 화려하고 아름다운 것들을 사랑했는데 우리 때문에 얼마나 많이 희생했는지는 아무도 모른다. 여러 해 동안 이런저런 방법으로 이모가 벌어들인 돈 덕분에 지금 우리가 갖고 있는 화려하고 좋은 옷의 대부분을 마련할 수 있었다.

주급을 받아오는 이모는 우리 집에서 아버지와도 평등한 관계를 유지했다. 이모는 아버지만큼이나 소중한 존재였고 존경을 받았다. 이모와 아버지는 동등하게 대화했다. 웃을 때나 싸울 때도 마찬가지였다. 어머니는 배에다 팔짱을 끼고 생각에 잠겨 아버지와 이모의 대화를 듣곤 했는데, 우리들 중 한 아이가 끼어들면 이렇게 꾸짖곤 했다.

"넌 아버지와 이모가 말씀하고 있는 게 안 보이니?"

아버지와 어머니가 말다툼할 때면 어머니를 사랑하는 이모는 늘 둘 사이에 끼어들었다. 그러고는 아버지와 맞섰다. 그럴 때 흥분한 이모가 머리를 얼마나 흔들어 댔는지, 머리칼은 산발이 되곤 했다. 목청 역시 높아졌다.

"존 로저스 씨, 나한테 그렇게 말할 수는 없을 텐데요! 그리고 언니한테 주인 양반 행세하듯이, 날 꼼짝달싹 못하게 할 수도 없을걸요. 난 여기서 숙식비를 내고 있는 몸이니까요!"

과연 그랬다! 이모는 숙식비를 내고 있었으며 어떤 남자도 "이모에게 주인 행세할" 권한이 없었다. 그렇지만 어머니는 달랐다. 어머니는 결코 당신 머리를 당당히 자기 의사에 따라 설레설레 젓거나, "나도 이 집에 생활비를 내고 있단 말입니다!" 말할 수 없었다.

아버지는 화를 내고 있는 이모에게 어떤 태도를 취해야 할지 한 번도 확실하게 알지 못했다. 이모의 아름다움 이면에는 길들여지지 않은 거친 정신이 자리 잡고 있어서, 세상 남편들이 순순히 길들여진 아내들을 두고 말하듯 "고삐를 죄어 잘 길들여"지지 않았다. 이모는 자주 "아버지의 눈을 할퀴어 파내겠다"고 위협했는데, 이모 말은 한마디 한마디가 진심이었다. 이모는 자기 몸집의 세 배가 넘는 아버지를 공격할 수 있는 사람이었다. 화가 아주 많이 났을 때, 이모는 말을 제대로 잇지 못했다. 그럴 때 이모는 본능을 자극하는 원시적이고 저속한 방법으로 모욕을 주곤 했다. 이런 이모의 태도는 평상시의 고상한 행실과는 너무나 동떨어진 것이었다. 이모는 황급히 방을 뛰어나가다 막 방 밖으로 나서기 직전에 눈 깜짝할 새에 손으로 자신의 치마 뒤쪽을 허리까지 끌어올리곤 했다.(여성의 정숙함에 대한 아버지의 위선을 성적性的으로 조롱하는 행위였다. 옮긴이) 아버지는 분노로 치를 떨며 할 말을 잃고 멍하니 있었다. 그런 모욕에 대응할 방법이 없어 보였다!

우리는 이제 도시 사람이었다. 트리니다드 시 인구는 오천 명 정도였지만, 만 명이라고 주장하는 사람도 있었다. 트리니다드 시에는 초등학교와 고등학교가 있었는데, 고등학교 건물은 강 건너 언덕의 나무들 사이로 그 머리를 치켜들고 서 있었다. 부자들은 고등학교가 있는 동네에 살았다. 고등학교와 부는 함께 가는 것처럼 보였다. 어쨌든 철길 너머 쪽에 살았던 우리는 고등학교에 다니는 일은 꿈도 꿀 수 없다는 것만은 잘 알고 있었다.

초등학교 건물은 트리니다드 시의 또 다른 한편에, 오래된 유적지인 '산타페 트레일(Santa F Trail, 미주리 주 인디펜던스에서 뉴멕시코 주 산타페까지 연결된, 미국 역사상 유명한 마차길이자 중요한 상업로. 1821~1880. 옮긴이)'의 맞은편 언덕에 서 있었다. 이 유적지는 처음에 인디언들이, 그 다음에는 일찍이 신대륙에 들어온 스페인 사람들이, 그리고 나중에는 백인 개척자들이 저 광대한 남서부 지역으로 가기 위해 통과한 길이었다. 이 길은 불쑥 뛰어나온 어느 산봉우리 꼭대기에서부터, 서부 초기 개척자 중 한 사람이 잠을 잤다는 봉우리 기슭 가까이까지 구부러져 있었다. 트리니다드 시 초등학교는 내가 지금까지 본 학교 중 최고로 좋은 초등학교였다. 어머니는 늘 "학교는 신성한 곳이란다" 했다. 덕분에 남동생 조지의 손을 잡고 학교에 갈 때마다 신성한 땅을 밟고 있는 느낌이었다. 선생님들은 말쑥한 차림이었다. 보기 좋게 다림질한 맞춤 양복에 흰 셔츠를 입었다. 그러고는 내가 거의 알아듣기 힘든 말투로 이야기했다. 학교에 간 첫날, 어머니는 선생님 중 한 분에게 내가 열 살이 다 되어 가며, 저번 학교에서는 "3학년"이었다고 설명했다. 그 여선생님은 어머니의 옥양목 옷을 죽 훑어보았다. 혈관이 아주 커다랗게 불거져 나오고, 닳고 닳아 거의 검은 색이 다 된 어머니의 손, 그리고 동경에 가득 찬 아름답고 진한 남빛 눈을 반짝이며 자신을 바라보는 피곤한 기색의 어머니 얼굴을 오랫동안 쳐다보았다. 어머니의 눈은 아직 부드러웠지만 손은 영락없이 쉰 살 먹은 파출부의 손이었다.

"그래요, 잘 알겠습니다."

마침내 선생님이 이렇게 말했다. 선생님은 아주 젊고 친절했다. 잘 차려입은 소년소녀들이 빼곡하게 들어찬 교실 풍경을 머릿속에서 지우려 애쓰느라 책을 읽는 내 목소리는 떨리고 있었다. 그때 선생님은 나를 격려하는 웃음을 보여 주었다. 그런 다음 나를 교실 앞으로 불러 선생님이 부르는 숫자를 받아쓰도록 했다. 더 낮은 학년으로 떨어져서는 안 된다는 생각이 나를 몰아세웠다. 그래도 나는 잔뜩 겁에 질려 있었다. 숫자는 언제나 내겐 적이었다. 나는 닥치는 대로 숫자들을 적어 내려갔다. 타고난 운 덕분이었는지, 선생님은 그저 내가 단순한 실수를 저지른 것으로 생각하는 것 같았다. 내 짐작은 틀리지 않았다.

"넌 어떻게 이런 실수를 할 수 있니!"

선생님은 나무랐다. 나는 선생님을 멍하니 쳐다보며 아무 대답도 하지 못했다. 선생님은 분필을 잡더니 간단한 수학 문제를 다시 풀어 보였다. 나는 아주 열심히 선생님 손을 지켜보았는데, 거의 20여 년이 지난 지금까지도 선생님이 썼던 숫자와 세 번째 손가락에 금반지를 끼고 있던 길고 하얀 선생님의 손을 분명하게 기억한다.

선생님은 여러 주에 걸쳐 이 방법을 되풀이했다. 나는 선생님이 말하는 것이나 쓰는 것을 외우기는 했지만 그 뜻을 이해하지는 못했다. 내 눈앞에 늘어선 숫자들은 제일 높은 군인이 '발사' 명령을 내릴 때 총 쏠 준비를 갖추고 내 앞에 한 줄로 서 있는 군인들처럼 보였다. 그건 지금도 마찬가지다.

나는 학교에서 초라했고 또한 부끄러웠다. 바깥 줄 앞자리에 몸집이 자그마한 소녀가 앉아 있었다. 그 아이는 피부가 하얀 데다 숱이 많은 머리도 거의 흰색에 가까웠다. 게다가 그 아이는 옷이며 구두, 심지어 스타킹까지 흰색에 가까운 것을 입고, 신고 있었다. 선생님이 그 소녀에게 아버지 직업을 묻자 "의사세요!" 하고 대답했다. 나는 그 말에 깜짝 놀라 그 애를 쳐다보았다. 그 애는 자기 자리에 아주 꼿꼿한 자세로 앉아 있었고, 선생님은 소녀의 공책을 가져가서 같은 학급 학생들이 모두 볼 수 있도록 높이 걸어 놓았다. 그 아이의 글씨는 외모만큼이나 단정하고 깨끗했다. 여백은 널찍했으며 글씨 쓴 간격은 일정했다. 잘못 쓴 글자도 하나 없었다. 소녀에게 매혹된 나는 어느 날 방과 후에 소녀의 집까지 몰래 따라갔다. 그 애의 집은 꽃들이 많이 피어 있는 잔디밭으로 둘러싸인 크고 나지막한 벽돌 단층집이었다. 잔디는 창문 틀처럼 고르게 깎여 있었고 모든 게 평화롭고 질서정연하며 조용했다. 울타리와 대문까지도 하얀 페인트칠이 되어 있었다.

'어머니날'(매년 5월 둘째 주 일요일. 아버지날은 매년 6월 셋째 주 일요일이다. 옮긴이)에 그 백옥 같은 소녀의 어머니도 학교에 왔는데, 선생님 곁에만 앉아 있었고 다른 어머니들과는 일체 어울리지 않았다. 벨트를 매고 새 옥양목 옷을 차려입은 어머니 옆에 서서 나는 학교까지 자랑스럽게 걸었다. 어머니는 다른 훌륭하게 차려입은 어머니들과 떨어져 교실 뒤편에 서 계셨는데, 다른 어머니들이 서로 편안하게 대화를 나누는 모습을 놀란 눈으로 쳐다보고 계셨다. 그날 이후 어머니는 다시는 학교에 가지 않았다. 어머니에게 학교란 그저 당신 아이들이 다니는, 명예롭고 신성한 곳으로 남아 있다.

어느 날엔가는 담임선생님이 아니라 다른 선생님이 들어와서 도덕책을 읽어 주었다. 나는 그 선생님에게 포크로 음식을 먹는 방법을 배웠다. 그리고 무언가를 먹을 때는 입을 꼭 다물어야 한다는 것을 배웠다. 새로 온 여선생님은 양치질하는 법에 관한 부분도 읽어 주셨다. 나는 어머니가 가끔 손에 누런 비누를 묻혀서 이를 씻어 내는 장면을 보았을 뿐, 양치질에 관한 이야기는 들어 본 적이 없었다. 그러나 나는 학교에서 배운 대로 양치질을 하겠다며 칫솔을 사 달라고 어머니를 조를 수 없었다! 선생님은 또 날마다 목욕을 해야 한다고 말씀하셨다. 어떻게 날마다 목욕을 할 수 있단 말인가? 상상조차 할 수 없는 일이었다. 우리 어머니는 월요일마다 빨래를 하셨는데, 언니와 나, 그리고 두 남동생은 어머니가 마지막으로 빨래를 헹군 깨끗한 물에 차례차례 들어가 목욕을 했다.

그 다음에 여선생님은 불면증에 대한 내용을 읽어 주었다. 잠을 이룰 수 없다면 일어나 산책을 하거나, 방에 침대가 둘 놓여 있다면 이쪽저쪽 침대로 잠자리를 바꾸어 보든가, 새 침대 시트를 깔아 보면 잠이 온다는 것이었다! 나는 침대에 시트가 깔려 있는 걸 본 적이 없었다. 담요만 덮고 잤기 때문이다. 그리고 이쪽저쪽 침대로 잠자리를 자꾸 바꾸어 보라는 것도 수수께끼였다! 우리 집 식구는 여덟 명인데 침대는 네 개밖에 없었기 때문이다. 물론 그 백옥처럼 자그마한 소녀 같은 부자들은 이 침대 저 침대로 옮겨 가며 잘 수 있었을 것이다. 나는 그 하얀 아이가 밤중에 일어나 다른 침대로 기어가는 모습을 상상해 보았다. 부자들은 밤에 잠을 제대로 못 자는 존재들인 모양이었다. 귀족이라면 잠을 잘 못 자는 게 당연한 건지도 몰랐다. 나는 그 하얀 소녀를 쳐다보았는데 그 애는 선생님이 읽어 주는 내용을 모두 잘 이해하고 있는 것 같았다.

그러나 그해의 승리는 완벽한 조건을 모두 갖춘 그 소녀가 아니라 내 차지였다. 학교에 가면 나는 뒷자리 바깥쪽에 앉았다. 그 소녀는 늘 앞에 앉아 있었는데, 반년이 채 지나지 않아 내가 있는 뒷자리가 영예의 자리가 되었다! 뒷자리에 앉은 아이는 그 학급에서 가장 훌륭한 학생이어서 선생님의 도움도 수정도 필요없었다. 아무도 선생님 질문에 대답하지 못하고 있을 때 선생님은 확신을 갖고 "마리는 대답할 수 있겠니?" 하면서 영예로운 자리로 방향을 돌리곤 했다.

나는 선생님 얼굴에서 눈을 떼지 않은 채 일어나 대답했다. 아이들은 내가 잘못된 답을 내놓기를 기다리는 것처럼 나를 지켜보며 귀를 기울였다. 빛바랜 옷을 입고, 끈적끈적 달라붙는 볼품없는 머리를 가진 데다, 침대 시트는커녕 잠옷을 입고 자 본 적도 없는 내가, 옆구리에 손을 꽉 붙이고 서서 더듬지도 실수하지도 않고 대답한 것이다! 그리고 아버지가 의사인 그 하얀 소녀가 내 대답을 들어야 했으니! 그 일이 있고 난 후 그 소녀가 자기 생일잔치에 나를 초대했다. 어머니는 그 애 생일 선물로 바나나를 사 가는 데 반대했다. 그러나 내가 울어 대고 다른 애들은 모두 다 선물을 갖고 온다고 말하자 마지못해 바나나 세 개를 사 주었다.

"그 애들은 부자야. 부자한테 뭘 더 갖다 주는 게 무슨 소용이겠니?"

어머니는 소중한 바나나를 힐끔 보면서 가차 없이 통렬하게 항변했다.

나는 그 소녀 집에 도착해서야 다른 아이들은 내가 여태껏 한 번도 본 적이 없는 책이나 은으로 된 것들, 손수건과 그 밖의 멋진 물건을 선물로 갖고 왔다는 것을 알게 되었다. 물론 동화책에는 그런 것들에 대한 이야기가 나오기는 한다. 그러나 나는 그런 게 실제로 존재하리라고는 생각도 하지 못했다. 선물은 금박 천이 덮여 있는 식탁 위에 모두 펼쳐져 있었다. 나는 애들 앞으로 걸어 나가 금박 천이 덮인 식탁 위에 내가 들고 간 바나나 세 개를 올려놓았다. 그런 뒤에 벽에 기대 놓은 의자까지 걸어가 앉았다. 그러고는 내 발을 감추려고 애쓰면서 '여기 오지 말걸' 하고 후회했다.

다른 아이들은 아주 편안해 보였다. 그런 파티가 익숙했기 때문일 것이다. 그 애들은 말하거나 웃는 데도 스스럼이 없었으며 누가 무슨 질문을 해도 목소리가 기어들어 가거나 쉰 소리를 내지 않았다. 나는 순간순간 더더욱 비참해졌다. 내가 사는 세상에서 나는 누구보다 대답을 잘하는 아이였다. 또 다른 아이들을 이끄는 사람이었다. 선로를 따라 걸을 때조차 어떤 남자아이도 나는 물론, 내 동생 조지도 귀찮게 하지 못했다. 누군가 그럴 생각이 있다면 독이 있는 잡초로 무장한 나와 싸워야 했을 것이다. 그러나 이 생일잔치는 나에게 새로운 상처를 주었다. 학교에서는 이 하얀 소녀 앞에서 지금 느끼는 이런 기분을 전혀 느끼지 않았다. 학교에서는 그 애가 아무리 깨끗하고 단정하더라도 나는 그 애가 할 수 없는 것들을 할 수 있었다. 또한 그 애가 배울 수 없는 것들을 배울 수 있었기 때문이다. 나를 높여 주려는 선생님의 태도 때문에 그 여자아이가 만약 나를 생일잔치에 초대하지 않았더라면 자신을 부끄럽게 여길 수밖에 없었을 것이다.

"네가 바빠서 올 수 없다고 해도 난 괜찮아. 내가 초대했다고 해서 꼭 와야 한다는 부담은 갖지 않아도 돼."

그 여자아이는 말했다. 이제 겨우 열 살이 넘은 그 여자아이는 아주 교육을 잘 받은 아이였던 것이다. 나는 희미하게나마 뭔가 잘못되었다고 느끼면서도 고마운 표정으로 그 애를 보면서 대답했다.

"갈게. 할 일도 없고!"

그래서 어쩔 수 없이 지금 여기, 나를 별로 반기지도 않는 화려한 파티에 와 있게 된 것이다. 나는 커다란 희생을 치르고 바나나 세 개를 갖고 왔는데, 다른 애들은 그런 값싼 선물은 꿈에도 생각할 수 없을 거라는 사실만을 알게 되었을 뿐이었다. 집을 나설 때는 아주 우아하게 보였던 내 옷이 여기서는 형편없이 초라하게 느껴졌다. 나는 혼자 조용히 앉아 있었다. 곧 어머니들이 우리를 다른 방으로 불렀는데, 그 방에는 하얀 식탁보가 덮인 긴 식탁이 놓여 있었다. 식탁에 앉은 나는 내가 가져온 바나나 세 개와 비교할 때, 내 마음이 무너지고도 남을 만큼 넘치는 과일과 훌륭한 케이크 때문에 당황하고 말았다. 아무도 보지 않을 때 슬그머니 문 밖을 빠져 나와 집으로 달려가 버리고 싶었다. 내가 그러지 않은 것은 오직 어머니에게 이 모든 굉장한 일에 대해 말해 주고 싶었기 때문이다. 상처를 입더라도 세상 모든 일을 알고 싶은 내 욕망 때문이었다. 나는 식탁에서 어떤 남자아이 옆에 앉게 되었다.

"넌 몇 가에 사니?"

그 소년은 예의바르게 대화를 시작하려고 애쓰며 내게 물었다.

"저 철길 너머에."

그 소년은 놀란 표정으로 나를 쳐다보았다.

"철길 너머에 산다고! 거기에는 거친 애들만 산다고 하던데!"

나는 뭔가 대꾸할 말을 생각해 내려고 애쓰면서 소년을 쳐다보았다. 그러나 아무리 애써도 할 말이 생각나지 않았다. 그 아이는 다른 얘기를 꺼내려고 했다.

"우리 아빠는 변호사야. 네 아빠는 무얼 하시니?"

"벽돌 옮기는 일을 하셔."

내 옆자리 소년은 다시 나를 빤히 쳐다보았다. 그 표정을 보니 잘 차려입은 안경잡이 아이를 철길로 끌고 가고 싶다는 생각이 들었다. 우리는 그 애처럼 여자 같은 사내아이들을 고무줄 총으로 놀려 주곤 했던 것이다. 그 애는 지금 한껏 거드름을 피우고 있는 데다 건방지기까지 했다! 그러나 나는 무엇 때문에 그 애가 건방지게 구는지를 깨닫지 못했다.

"우리 아빠는 벽돌 옮기는 일 같은 건 안 해!"

그 아이는 마치 듣기 싫은 소리를 뇌까리듯, 나에게 말을 던졌다. 그 말 어디쯤에 모욕이 들어 있는지는 알 수 없었다. 그러나 내게 모욕을 주려 한다는 것만은 분명했다. 그래서 나도 그 소년에게 모욕을 되돌려 주었다.

"우리 아빤 네 아빨 혼쭐나게 패 줄 수 있어. 내기할까?"

내가 그렇게 말하는 순간, 우아하게 차려입은 밝은 표정의 아주머니가 커다랗고 노란 아이스크림 접시를 들고 와 우리 쪽으로 허리를 굽혔다.

"자, 클라렌스. 무슨 이야기를 하고 있니?"

아주머니가 다정하게 물었다.

"저 애 아버지는요, 벽돌을 옮기고요, 저 애는 철길 너머에 산대요. 그리고 저 애 아버지가 우리 아버지를 혼내 줄 수 있다는 거예요!"

남자아이가 대답했다.

"자, 아무것도 아니야, 아무것도 아니지! 자, 자, 아이스크림이나 먹어요."

그러나 나는 아주머니의 눈매에서 나를 못마땅해한다는 것을 눈치 챘고, 내 말에 문제가 있다는 것을 알았다.

클라렌스는 숟가락을 아이스크림 속에 집어넣더니, 나를 아예 무시했다. 나도 숟가락을 집어 들었다. 숟가락이 접시에 부딪혀 달그락거렸다. 땋은 머리에다 너울거리는 하얀 비단 리본을 묶고, 푸른 옷을 입은 우아한 소녀가 나를 새침하게 쳐다보았다. 나는 다시 숟가락을 들 용기가 생기지 않아 손을 아래에 놓았다. 그러고는 다른 애들이 완벽하게 침착한 상태로, 소리 하나 내지 않고 먹는 모습을 쳐다만 보며 앉아 있었다. 나는 도저히 저렇게 먹을 수 없다는 것을 알았다. 만일 내가 음식을 삼키면 여기에 있는 모든 사람들이 그 소리를 듣게 될 것도 알았다. 아까 아이스크림을 들고 왔던 아주머니가 돌아오더니, "왜 좀 먹지 않고?" 했다. 나는 대답했다. "저는 아이스크림도 케이크도 싫어해요." 세상에! 아주머니가 이번에는 과일을 주었다. 과일은 집에 가지고 가서 먹으려고 받아 두었다. 그러나 어떤 아이도 식탁을 떠날 때 과일을 갖고 가지 않았다. 결국 나는 받아 둔 과일을 그 맛있는 아이스크림과 케이크 옆에 두고 올 수밖에 없었다.

옆방에서 아이들은 게임을 하기 위해 각자 짝을 고르고 있었고, 그 하얀 소녀는 정말로 피아노를 치려고 피아노 앞에 앉아 있었다. 나는 그 여자아이를 뚫어지게 쳐다보았다. 피아노를 칠 수 있다니! 생각만으로도 감격스러웠다. 나를 뺀 모든 아이가 짝을 맞추었다. 내게 다가와 인사하고 "내 짝이 되어 줄래?" 말하는 남자아이는 한 명도 없었다. 나는 소년들이 의도적으로 나를 회피하고 있다는 것을 알았다. 그중 몇몇은 학교에서는 아주 멍청하기 짝이 없는 애들이었다!

이 집 안주인인 여자아이의 어머니는 내게 친절하려고 애썼다.

"마리야, 어디 아프니? 집에 가고 싶니?"

하고 물었다.

"네, 아주머니."

나의 목소리는 쉬어 있었고, 잔뜩 주눅 들어 있었다.

안주인은 나를 문으로 데려가더니, "마리가 멋진 시간을 보냈다면 좋겠구나." 하면서 친절하게 웃었다.

"네, 그랬어요. 아주머니."

나는 또다시 쉰 목소리로 대답했다.

내 뒤에서 문이 닫혔다. 안에서는 게임이 시작되었고 아이들이 떠들썩하게 웃으며 탄성을 질렀다. 혹시 어떤 아이가 창문 밖을 내다보다가 나를 보고는, 내가 파티에 미련이 남았다고 생각할까 봐 일부러 길 건너편으로 고개를 돌려 똑바로 쳐다보며 재빨리 걸어 나갔다. 그때 누군가 나를 아는 사람이 내 눈에 맺힌 눈물을 보았다면, 나는 어떤 말로 둘러댔을까!

평원과 낮은 구릉에 찾아왔던 봄은 이윽고 산에 쌓인 눈에까지 찾아갔다. 트리니다드에서 자라는 사시나무들은 희미한 녹색을 띠었으며, 퍼거토리 강은 눈

녹은 물 때문에 수위가 점점 더 높아만 갔다. 우리는 날마다 강둑에 나와 서서, 우리 집 천막 앞에 늘어선 작은 집들을 집어삼키는 강물을 바라보았다. 강물은 철교의 강철과 시멘트 더미까지 돌진해 왔다. 사람들은 그 커다란 철교의 강철 뼈대가 무너져 마을 전체를 쓸어 버렸던 십 년 전 봄을 떠올렸다. 강바닥이 완전히 새로워졌던 그때 일을, 치를 떨며 이야기했다. 매일 밤 우리는 밀어닥치며 포효하는 물소리를 들으며 잠이 들었다. 남자들은 밤중에도 몇 시간 간격으로 잠에서 깨어나 물소리를 유심히 듣거나 강둑 가까이 나가서 낮은 소리로 수군대며 불안하게 서성거렸다.

어느 이른 새벽, 여명이 밝아 올 무렵이었다. 어머니는 겁에 질린 목소리로 우리를 깨웠다. 아버지는 옷 입을 시간 정도는 있겠다고 생각했다. 그러나 밖을 한 번 더 내다보더니 두려움에 가득 차 소리쳤다.

"옷 입지 말고 들고만 나와, 얼른!"

아버지는 명령했다. 우리는 아버지를 따라 천막을 나왔다. 그러면서 추위에 오들오들 떨며 선로까지 이어진 산등성이를 따라 걸었다. 이미 둑이 터진 뒤였다. 물은 도랑을 덮치고, 낮은 곳을 덮치면서 잡초와 버드나무 사이를 무서운 소리와 함께 돌진했다. 참말로 무시무시한 소리였다. 물결은 미친 듯이 밀어닥치면서 솟아올랐다. 그 원초적이고 강력한 힘은 종말을 알리려는 듯, 울부짖었다.

여명 속에서, 작은 집들에서 빠져 나오는 사람들의 아우성이 들렸다. 우리는 철길 사이 도랑까지 갔지만, 이미 물이 불어나 우리를 집어삼키려 했다!

"여보, 도랑이 깊지는 않으니까 겁먹지 마오."

아버지가 어머니를 안심시키는 소리가 들렸다.

아버지는 도랑 아래쪽에 도착하자 조지와 댄을 한 팔에 한 명씩 움켜잡고서 간신히 홍수를 헤치고 건너갔다. 나는 울었다. 어떻게 아버지가 조지만 데리고 가고 나를 여기에 남겨 둘 수 있단 말인가! 조지는 저쪽에서 나 없이 혼자 있을 수 없을 텐데! 우리는 아버지가 저쪽 강둑에 겨우 닿은 뒤 화산재로 된 둑을 기어오르면서 희미하게 멀어지는 모습을 바라보았다. 아버지는 우리 쪽으로 다시

오더니 언니를 데리고 건너갔다. 아버지가 한 번 더 돌아왔을 때는 물이 아버지 엉덩이 가까이까지 차올랐다. 베아트리체와 나를 데리고 가던 아버지가 두 다리로 물살을 가르기 위해 발에 힘을 주면서 애쓰는 게 느껴졌다. 나는 강을 건너자마자 조지에게 달려가 조지의 작은 손을 꼭 잡아 주었다.

도랑 저쪽에서 어머니와 이모가 다투는 소리가 들렸다.

"헬렌, 네가 먼저 가."

어머니가 말했다. 그러나 이모는 동의하지 않았다.

"아냐, 언니 먼저 가. 난 여기 두고. 난 여기 그냥 있어도 괜찮아!"

이모가 대답했다. 이모는 마치 일요일 오후의 산책에 대해 이야기한다는 투였다. 자기를 단번에 쓸어 버릴지도 모르는 홍수가 차오르고 있는데 말이다!

"지금 다툴 틈이 어딨어!"

아버지가 소리 질렀다.

아버지는 당신 팔에 어머니를 끼고 들어 올리더니 물살을 헤치면서 넘어질 듯 건너왔다. 이제 도랑 저쪽 좁고 마른 땅에는 가늘고 희미하게 보이는 이모 한 사람만 남았다. 이모 역시 곧 우리와 함께 철로 위에 서 있게 되었다. 비록 아버지는 허리까지 흠뻑 젖기는 했지만 말이다.

철길을 따라 고지대로 조금 걸어가니 열차 선로를 시공하고 보수하는 보선구保線區 반장의 큰 집이 나왔다. 그 집에는 불이 켜져 있었는데 모두들 깨어 일어나 아우성 소리를 듣고 있었다. 우리는 불빛을 향해 서둘러 갔다. 우리가 베란다에 머물러도 괜찮겠느냐 물었더니, 반장은 "그럼요!"라고 했다.

"우리 집은 높은 지대에 지었기 때문에 아무리 물이 차오르더라도 절대로 휩쓸어 가지 못할 거예요. 겁먹지 말아요."

보선구 반장의 부인이 우리를 안심시켜 주었다. 설사 물이 집을 에워싸더라도 어쨌든 자기 집은 허물어지지 않을 거라는 말이었다. 부인은 독실한 가톨릭 신자였고 밤새도록 기도를 드렸으며, 하나님이 홍수를 물리칠 거라고 믿었다. 계속 웃음을 띠고 있는 부인은 어두운 밤의 계곡을 걸어 올라가면서 가끔 휘파람을 불어 대는 사람 같았다. 부인이 "자, 여러분도 기도를 해야 해요." 넌지시 말했다. 이런 때 주저해서는 안 된다는 것이었다. 알 수 없는 어떤 이유로 가톨릭 신자들과 외국인을 적대시하는 어머니는, 부인에게서 멀찍이 떨어졌다. 아버지 역시 아무 대꾸도 없었다. 부인의 말을 믿지는 않았으나 기도를 해서 따뜻한 방, 빛나는 양초, 밝게 빛나는 성체, 혹은 향냄새 같은 생생한 결과가 나온다면 얼마든지 기도를 하고도 남을 분이었다. 어머니가 보여 준, 엄하고 냉혹할 정도로 단호한 태도가 아버지가 그러지 못하게 했을 뿐이다.

웃음을 띤 독실한 그 부인은 배부른 동물처럼 여유롭고 느릿하게 걸었다. 우리와 몇 마디 이야기를 나누려고 나왔던 부인은 기도하기 위해 침실로 들어갔다. 강물이 철길 이쪽의 다른 집을 모두 집어 삼키더라도 하나님이 그 집만은 보호해 주실 거라고 확고하게 믿는 듯했다.

어머니와 이모는 부인의 태도에 분개했다. 베란다의 밤공기는 차가웠고 아버지는 허리까지 온통 젖어 있었으며 아이들도 옷을 반쯤밖에 못 입고 나왔다. 그러나 부인은 그런 우리에게 따뜻한 집 안으로 들어오라고 빈말로도 권하지 않았다. 부인이 우리에게 기도하라고 했지만, 어머니는 억지로 기도할 수 있는 분이 못 됐다. 어머니는 그런 일을 하기에는 너무나 정직한 사람이었다. 새벽이 밝아 오도록 물은 계속해서 차올랐고 베란다 끝에서 어머니와 이모는 희미한 윤곽으로만 남은 우리 천막을 바라보았다.

"재봉틀이 망가졌네, 아이고! 깃털 침대도 망가졌고!"

어머니와 이모는 절망적인 목소리로 서로 말했다.

"존, 존! 우리 집이 떠내려가요! 집이 떠내려가고 있다고요!"

우리 모두 베란다 가장자리로 달려갔다. 들끓으며 굽이치는 물 너머로 우리 집이 희미하게 보였다. 천막은 이쪽저쪽으로 흔들리더니 반쯤 돌다가 천천히 떠내려갔다. 마루에 박혀 있는 나무 기둥 덕분에 겨우 쓰러지지 않고 서 있을 뿐이었다. 우리 집은 버드나무에 잠시 걸려 있더니 더 멀리 떠내려갔고 다시 무언가에 붙잡혀 기우뚱한 뒤 우리 시야에서 사라져 버렸다. 어머니는 절망한 얼굴로 보선반장 집에 가려져 완전히 안 보일 때까지 우리 천막집을 바라보았다.

"이 세상에서 우리가 가지고 있던 모든 게 사라졌구나……. 내 깃털 침대, 재봉틀, 시계, 헬렌의 옷가지들하며……. 우리에겐 이제 몸에 걸친 옷 말고는 아무것도 없어!"

아버지는 어머니 어깨를 당신 팔로 감싸 안았다.

"여보, 그렇게만 보지 말구려! 집이 버드나무에 걸려 있을 테니 아침이면 다시 찾을 수 있을 거야."

말은 그렇게 했지만 아버지 목소리 역시 침울한 절망으로 무거웠다. 어머니는 축 늘어진 몸을 아버지한테 기댔다. 이미 오래전에 울 기력조차 잃어버린 어머니였기 때문에 더 이상 눈물은 흘리지 않았다.

아침이 되자 보선반장의 부인은 집에서 나오더니 베란다에서 떨고 있는 우리를 보며 웃었다. 자기 신앙의 힘을 확신하는 듯이 말이다. 부인은 홍수가 빠른 속도로 물러가고 있다고 말했다. 이로써 하나님의 자비와 기도의 능력은 증명되었다. 결국 보선반장의 집은 멀쩡했으니까.

일요일인 오늘, 내 혈육에 대한 기억을 다시 한번 더듬어 본다. 그러고 있다 보면 우리 비천한 사람들의 작은 드라마를 다시 살게 된다.

아버지와 어머니는 당신들 몸뚱어리의 힘으로 냉혹한 현실에 대항해 보려고 수십 번 시도했으나 번번이 실패했다. 내 부모님은, 힘든 노동에는 그만큼의 대가가 따르는 법이며, 열심히 일할수록 많이 번다고 순박하게 믿었다.

나는 비할 데 없는 아름다운 순간에 찾아온 패배를 똑똑히 기억한다. 우리 천막집이 홍수에 떠밀려 간 뒤에 아버지는 어떤 광산 주인과 석탄을 져나르는 일을 하기로 계약했다. 그 광산은 산 저 뒤편에 멀리 떨어져 있어서 어두운 골짜기에서 석탄을 실어 내 오는 일은 꽤 힘들었다. 내가 아버지 곁에 앉아 있을 때면 아버지는 내게 이런저런 이야기를 해 주었다. 아버지는 골짜기 위쪽에 있는 큰 돌무덤이 거기서 큰 전쟁을 치른 인디언을 매장한 무덤이라고 말했다.

"인디언들은 골짜기에서 왔대. 어떤 인디언들은 발가벗고 있었고, 또 어떤 인디언들은 담요나 동물 가죽을 둘러쓰고 있었지. 몇몇 인디언은 말 등에 누워 한쪽 손으로 말갈기를 잡고 발은 축 늘어뜨린 채 왔다는구먼. 바로 여기서, 한 명도 살아남지 못해서 이야기를 전해 줄 수도 없을 정도로 싸우고 또 싸우고 또 싸웠다는 거야."

아버지는 인디언 전쟁 이야기를 해 줄 사람이 한 명도 살아남지 못했다면서 어떻게 당신은 그 이야기를 들었는지 설명하지 못했다. 나에게도 그랬지만 아버지에게도 진실은 중요하지 않았고, 환상 자체가 나무 막대기나 돌멩이처럼 현실적인 것이었다. 아버지에게는, 골짜기에서 일하며 우리 집에서 살고 있는 외국인 광부들이 바로 낭만적인 소설 속 인물이었다. 광부들의 이야기는 신비롭고 화려했으며, 듣도 보도 못한 모험이 담겨 있었다. 저 멀리 있는 산등성이의 어두운 숲은 아버지에게 신비한 감상을 불러일으켰다. 숲에서는 산 사자와 야생 고양이들이 먹이를 찾아 헤맸으며, 땅에서도 날것 냄새가 났다. 벽 두께가 30센티미터 정도로 두꺼운 우리 찰흙 집은 멕시코인 집이나 인디언 집과 같이, 그냥 집이 아니라 부드러운 발을 가진 밤 짐승들의 공격에 대비하는 요새였다.

어머니에게 골짜기의 돌무덤은 방울뱀 무덤이나 다름없었다. 어머니는 높은 산꼭대기에 돌들이 어떻게 그렇게 쌓이게 되었는지 아무 관심이 없었다. 어머니는 상상을 믿은 적이 없는 분이었으니까. 어머니에게 외국인 광부들은 이蝨를 갖고 있는 사람들에 지나지 않았다. 그래서 어머니는 우리에게 이가 옮지 않도록 목 주위에 아위라는 독초를 넣은 주머니를 달아매도록 했다. 이가 아위를 싫어했기 때문이다. 하늘에 한가하게 떠다니는 구름들, 그래, 아냐, 어머니는 게으른 것을 증오했다. 저 어두운 숲은 벌써 오래전에 학교에 다녔어야 할 아이들이 도시에서 멀리 떨어진 낯선 땅에 살고 있다는 사실을 일깨워 줄 뿐이었다. 지금 난 궁금하다. 어머니의 눈이 꿈꾸는 듯했는지. 아마도 어머니는 구름이나 어두운 숲, 산허리에서 익어 가는 딸기를 멍하니 바라보도록 스스로를 가만 내버려 두지 않았을 거야. 노동하는 사람은 땅에서 눈을 뗄 여유가 없는 법이니까.

어머니는 광산 주인이 "품삯을 주러" 도시에서 우리 집에 오는 순간만을 손꼽아 기다렸다. 우리가 트리니다드에 돌아갈 수 있는 돈 말이다.

광산 주인이 왔을 때는 이미 11월이었다. 광산 주인은 검은 구레나룻을 기르고 중절모를 쓴, 키가 작은 사람이었다. 어머니는 정성껏 요리를 준비했고 빵을 구웠으며 몹시 들떠 있었다. 여러 해 동안 어머니는 그런 음식을 요리하지 않았던 것이다.

"자, 터너 씨, 여기 앉아서 맘껏 드세요!"

어머니는 광산 주인에게 당당하게 말했다. 터너 씨는 모자를 벗더니 자리에 앉았다. 광산 주인만 먹었고, 우리는 그 모습을 구경만 했다. 아버지는 식탁 끝에 앉아 남자들이 대화를 나눌 때처럼 호기 있게 광산 주인에게 말하고 있었다. 어머니는 광산 주인의 식사 시중을 들면서 더 먹으라고 권했다. 우리는 벽에 기대 앉아 터너 씨가 음식을 집어먹을 때마다 쳐다보았다. 우리 집에는 여러 사람에게 돌아갈 훌륭한 음식이 충분하지 않았다. 터너 씨가 식탁에서 물러났을 때 우리는 늘 먹던 베이컨과 콩을, 수없이 먹어 온 베이컨과 콩을 겨우 먹을 수 있었다.

그러고 나서 우리는 밖에 나가 놀았다. 깜깜해질 무렵 집으로 돌아와 문 앞에 이르니, 아버지의 고함 소리가 들려왔다.

"내 마누라도 개처럼 일했지. 그런데도 마누라에게 블라우스 한 벌 사 줄 돈이 나한테는 없소!"

터너 씨가 공손한 목소리로 대답했다.

"로저스 씨, 계약서를 보세요, 계약서를 보라고요!"

다시 아버지가 말했다.

"제기랄, 이보시오! 지난 5월부터 난 우리 일꾼과 마차를 끌고 해가 뜰 때부터 어두워질 때까지 일했단 말이오!"

키 작고 단정한 남자가 조용하고 나직하게 말했다.

"당신은 최소한 여기서 좋은 음식을 먹고 살 여유는 있어 보이는군요. 굶고 산

것은 아니잖소!"

"사장님, 우린 그런 음식을 입에 댈 수도 없지요. 그 음식은 사장님을 대접하기 위해 특별히 준비한 거라고요."

어머니는 울고 있었다.

터너 씨는 그 무렵, 화를 내는 남정네나 눈물 흘리는 부인, 자기들이 서명한 계약서의 법적인 내용을 하나도 이해하지 못하는 사내들과 아낙네를 지겹게 보아 온 터였다. 터너 씨는 언덕 뒤편에 있어 눈에 잘 띄지는 않지만 소규모 광산을 여러 개 갖고 있었다. 터너 씨는 우리 어머니를 마치 나무 조각인 것처럼 대하며 냉랭하게 대답했다.

"나는 계약서를 따를 뿐이오, 로저스 부인. 여기 당신 남편의 서명이 있어요."

아버지가 했다는 서명을 보니, 그저 아무렇게나 끄적거린 것에 불과했다. 우리 아버지는 글자를 거의 쓸 줄 몰랐기 때문이다. 서툴게 쓴 글자는 아버지의 무지와 허점을 조롱하는 것처럼 보였다. 아버지는 울컥했다.

"이 빌어먹을 자식아! 그래, 우리가 기껏 네 마누라에게 비단 옷을 사 주고 네 자식 놈들을 고등학교에 보내자고 여태 일한 줄 알아! 내겐 아내와 다섯 아이들이 있어. 내 아내를 봐. 이제 서른 살인데 쉰 살은 돼 보이지. 이 작자야, 한번 생각해 보라고! 여기 와서 종이 한 장 달랑 보여 주면 다냐고! 난 네놈 말을 믿었다고…… 나에게 사나이의 말은 곧 명예지. 이따위 종이 쪼가리 같은 건 없어도 충분히 자기가 내뱉은 말은 지키는 그런 곳에서 살아 왔단 말이다! 네놈이 여자들이나 아이들 입에서 빵이나 빼앗는, 신이 저주할 도둑놈이라는 걸 몰랐어, 이 자식아!"

아버지는 몸을 뻗치더니 사나운 개가 쥐를 물고 흔들어 대듯, 터너 씨의 목을 꽉 움켜쥐고 흔들었다. 그 작은 남자는 비명을 질렀다.

"존 로저스, 나를 놔주지 않으면 널 체포하라고 하겠어! 놔, 놓지 못해!"

어머니는 울면서 아버지를 말렸다.

"제발, 존, 놔줘요. 감옥에 갈 수는 없잖아요!"

그러자 그 작은 남자는 폭동이라도 겪은 사람의 얼굴을 한 채 그냥 가 버렸다. 집 안은 아주 조용했으며 착 가라앉은 분위기였다. 어머니는 침대에 몸을 던진 채 소리 없이 누워만 있었다. 아버지는 모자도 쓰지 않고 나가더니 밤늦게 언덕 쪽에서 돌아왔다. 아버지는 아무 말 없이, 옷도 벗지 않고 침대에 누웠다. 다음 날 우리는 몇 안 되는 우리 물건을 꾸려 마차에 실은 후 트리니다드로 가는 먼 길을 떠났다. 어머니가 하숙비 중에서 모아 놓은 얼마 안 되는 돈이 우리가 가진 돈의 전부였다.

희망과 실망은 함께 다니는 법이라고 했다. 이번에도 희망과 절망은 발걸음을 함께 했다. 어머니는 우리가 다시 학교에 다닐 수 있으리라는 희망으로 즐거워했다. 아버지가 좀 떨어진 광산 도시에 일자리를 얻었을 때, 어머니는 철길 너머 쪽 '틴 캔 하숙집'을 빌렸다. 그 하숙집은 꽤나 훌륭했다. 그리고 이모가 새로 만들어 준 무명옷도 아주 괜찮았다. 학교 선생님이 집 주소를 물었을 때 나는 신나서 큰 목소리로 자랑스럽게 대답했다.

"틴 캔 하숙집이요!"

"무슨 주소가 그러니?"

선생님은 내 대답에 놀라 눈을 조금 크게 뜨더니 이렇게 묻는 것이었다.

선생님이 이렇게 어이없는 질문을 하다니! 이층집에다, 멀리서 보면 벽돌집처럼 보이는 훌륭한 '틴 캔 하숙집'이 어디에 있는지 어떻게 모를 수가 있는가! 나는 당당하게 대답했다.

"철길 너머에 있어요!"

선생님에게는 내가 꽤나 인상 깊은 아이였을 것이다. 학교에 들어간 후 나는, 늦게 학교에 들어가면서 놓친 공부를 보충하려고 열심히 공부했다. 우리 반의 우등생인 소년을 보면서 생각했다. '3개월만 지나면, 그때는 저 애가 우등생 자리에 못 앉을걸!' 집에서는 더 이상 싸울 일이 없었다. 어머니는 온종일 집 주위를 날다시피 다녔다. 그러면서도 새로 갖춘 '거실'로 나를 밀어 대며 공부하라는 소리는 잊지 않으셨다.

두 달이 흘렀다. 나는 우등생 소년을 거의 따라잡고 있었다. 그리고 그 소년도 그 사실을 알았다! 내가 그 애 쪽을 쳐다보았을 때, 나를 쳐다보느라 눈을 들어 올리는 그 애와 가끔 눈이 마주쳤기 때문이다. 그런 뒤에는 우리 둘 다 다시 책에 열중했다.

얼마 못 가 집에서 뭔가 잘못되기 시작했다. 어머니가 손해를 보고 있었던 것이다. 하숙하는 사람들이 하숙비는 안 내면서 어머니 혼자 처리할 수 없는 무리한 청만 늘어놓았다. 그러니 수지가 맞을 턱이 없었다. 아버지가 집으로 돌아오자 어머니와 이모는 아버지에게 그 지겹고 처량한 이야기를 늘어놓았다. 다음날 아침 아버지는 아침 식탁에 앉아, 하숙생들이 못마땅한 표정으로 불평하면서 들어오는 모습을 바라보았다. 남편과 함께 나타난 뚱뚱한 여자는 지친 한숨을 내쉬며 자기 자리에 앉았다. 노인 한 명은 화난 얼굴로 식탁만 노려봤다.

"여러분, 드시지요. 이게 이 집에서 하는 마지막 식사일 게요!"

아버지가 쌀쌀하게 말했다.

"무슨 소리요?"

노인이 으르렁거렸다.

"무슨 말인가 하면!"

아버지는 호통을 쳤다.

그러자 이번에는 그 뚱뚱한 여자가 거만하게 말했다.

"아직 이번 주가 끝나지도 않았는데!"

"당신 여기서 먹은 날 수만큼 돈 내고 썩 나가!"

아침을 먹은 뒤 아버지는 이층으로 가서 방마다 노크를 하며 하숙비를 거뒀다. 아버지의 목소리와 태도에서 이번 일이 아버지의 삶에서 위대한 순간 중 하나가 될 거라는 느낌을 받았다. 아버지가 늘 품어 왔던 꿈은 바로 이렇게, 온전히 당신 힘으로 당신 앞에 놓인 일을 깔끔하게 처리하는 것이었기 때문이다. 이번 일은 정확히 말해 전쟁터는 아니었지만 때가 되면 그와 맞먹을 정황으로 부풀려질 것이다. 아버지는 당신 일자리로 돌아가서 그 일을 그럴듯하게 포장할 테니까.

내가 그렇게 짐작하는 데는 까닭이 있다. 언젠가 아버지가 이야기를 꾸며 내는 통에 실제 벌어진 일과는 완전히 달라진 이야기를 들은 적이 있었기 때문이다. 이야기는 간단했다. 여러 달 전에 우리 천막집을 휩쓸어 갔던 바로 그 홍수 때 어떤 남자가 물에 빠져 죽었다. 그 남자의 시체를 한 떼의 남자들이 여러 날 수색한 후에야 찾았다는 것이 이야기의 시작이자 결말이었다.

이 이야기를 선술집에서 들었던 아버지는 집에 돌아와, 당신과 몇몇 남자들이 물에 빠져 죽은 그 남자를 찾아 퍼거토리 강을 따라 죽 걸어 내려왔다고 말했다. 아버지는 시체를 발견하게 된 경위를 소름끼치도록 자세하게 말했는데 한 달쯤 후에 나는 아버지가 사람들에게 똑같은 이야기를 하는 것을 듣게 되었다. 하지만 그때는 이야기가 좀 달라져 있었는데, 아버지와 또 다른 남자 한 명만이 모래밭에서 시체를 파내 시체 안치소로 날랐다고 이야기하고 있었다.

한참 후에 나는 아버지가 그 이야기를 두 광부에게 들려주는 것을 들었다. 홍수기 끝난 후에 어떤 남자가 익사했다는 소문을 듣고 어떻게 된 일인지 당신이 직접 알아보려고 퍼거토리 강을 따라 죽 걸어 내려왔다고, 아버지는 인상 깊게 이야기를 시작했다. 아버지는 통나무가 시체일 수도 있을 테니까 이 통나무, 저 통나무를 들썩거리며 수킬로미터를 걸었다고 했다. 아버지는 자세히 묘사하느라고 잠시 머뭇거리기까지 했다. 그런 다음, "저기 진흙에 불쑥 튀어나온 게 뭐지?" 또 통나무! "아니, 맙소사!" 하며 아버지는 가까이 다가갔다. 튀어나와 있는 것은 팔 하나였는데 마치 죽은 사람이 아버지에게 '나 여기 있네, 존 로저스!' 하고 신호를 보내는 것처럼 공중에 삐죽 솟아 나와 있었다는 것이다.

아버지가 맨손으로 모래밭을 막 팠더니 어깨와 옆구리가 나오고 다음에 몸통 전체가 나왔다! "제발!" 아버지는 익사체의 주인공이 혹시 당신 친구가 아닌지 살펴보려고 익사체를 퍼거토리 강물에 씻었다. 이상하게도 익사체가 친구처럼 보였다는 것이다! 아버지는 잘 살펴보기 위해 물에 분 그 얼굴을 바로 쳐다보았다. 아버지 이야기를 듣고 있던 사람들은 이 대목에서 무서워 숨도 제대로 쉬지 못했다. 그런 다음 아버지는 익사체를 당신 팔에다 들어 올렸고, 이번에는 당신 혼자서 시체 안치소까지 날랐다고 했다. 그 익사체는 어떻게나 물에 흠뻑 젖었는지 아버지 말을 빌리자면 "지독히도 무거운 시체"였다고 했다. 이쯤 되면 광부 한 사람은 일어나 마구간으로 가 버리고 아버지 이야기를 듣는 청중은 반으로 줄었다. 나머지 광부는 시체에 염을 하고 장사 지내는 대목까지 남아 있었다. 이 이야기가 내가 마지막으로 들은 익사체 이야기였다.

이층에서는 뚱뚱한 여자가 아버지와 하숙비 때문에 논쟁을 벌이고 있었다. 어제 아침 계란은 개도 못 먹을 정도였다는 것이다!

"당신 이름이 뭐라고 했더라? 어쨌거나 여자지. 그렇지만 하숙비를 안 내면 네 남편의 살점은 하나도 남지 못할 테니 알아서 하라고!"

여자의 남편이 하숙비를 지불했다.

헬렌 이모는 층계 밑에 서서 만족스러운 표정으로 듣고 있었는데 웃지는 않았다. 이모 역시 손해를 보았지만 딸린 식구가 없는 독신인데다 약간의 손해쯤은 감당할 여유가 있었다. 그러나 어머니는 우울하고 낙담한 얼굴을 하고 부엌에 앉아 있었다. 어머니는 당신의 연약한 육신을 아끼지 않았다. 그동안 온갖 궂은 일을 마다하지 않았던 어머니는 이번 일로 완전히 힘을 잃고 말았다.

말로 표현할 수 없는 외로움이 내 영혼을 채웠다. 나를 따뜻하게 바라보는 사람은 하나도 없었고, 누구도 내 삶에 관심이 없었다. 나는 이제 학교 근처에 있는 어떤 집의 "부엌데기" 아이가 되었다. 방과 후에 그 집에서 설거지를 하고 아기를 돌보는 일을 하게 된 것이다. 내가 멍하니 아기 요람을 흔들면 아기는 앙앙 울었다.

어머니가 하숙집을 운영해 생계를 이어 나가 보려던 모험이 실패하자 어머니는 바로 이 집의 주인 여자와 이야기를 나누었다. 어머니와 주인 여자는 나한테 얼마나 일을 시킬 건지, 돈은 얼마나 줄 건지를 가지고 언쟁을 벌였다. 내가 일할 집은 기차 화부의 집이었는데, 부인은 매우 딱딱한 자세로 서서 식모를 어떻게 다루어야 하는지 자기가 잘 알고 있다는 것을 과시하듯, 아주 짧고 차갑게, 내가 할 일들만 늘어놓았다. 마침내 나는 주인 여자에게로 넘어갔다. 나는 접시에 음식을 담아 뒤뜰이 내려다보이는 낡은 부엌 식탁에서 먹었다. 주인 여자는 그런 나를 부엌 가구 중 일부로 생각하는 것 같았다. 나는 이 집 주인 여자가 고용한 첫 번째 '식모'였고, 주인 여자는 내가 우리 신분의 차이를 정확하게 알고, 어떤 실수도 저지르지 않기를 바랐다. 지금도 나는 주인 여자를 사랑하려고 노력하던 나를, 차갑게 대하던 주인 여자의 반응을 또렷이 기억한다. 내가 주인 여자에게는 '아이'가 아니고 한낱 '식모'일 뿐이라는 사실을 깨닫는 것은 쉽지 않았다.

남동생 조지와 댄, 여동생 베아트리체는 매일 나와 함께 학교에 갔지만 이제 더 이상 나를 필요로 하는 것 같지 않았다. 애니 언니는 세탁소에서 주름 펴는 일을 하게 되었다. 결국 셔츠 기계 일을 하기로 결정했던 이모가 애니 언니에게 그 일자리를 주는 데 영향력을 발휘했다. 방과 후 조지는 종종 작은 손을 내 손 안에 살짝 밀어 넣고는 자기는 집으로, 나는 일하러 가기 위해 헤어져야 하는 거리 구석까지 함께 걷곤 했다.

학교 공부는 이제 짐일 뿐이었고, 우등생 자리에 앉겠다는 내 꿈은 희미해져 아무것도 아니게 되었다. 늘 완벽한, 그 작고 백옥 같은 소녀는 내가 존재하고 있다는 사실조차 잊어버린 것 같았다. 새로 온 선생님의 눈길은 내게 아무 관심도 보이지 않고 나를 지나쳤다. 설거지를 하면서 그릇 위에 떨군 눈물은 얼마였으며, 울어 대는 아기를 보며 흘린 눈물은 또 얼마였던가! 몸이 아파 왔고 주인 여자가 어디가 아프냐고 물었지만, 나도 어디가 아픈지 몰랐다. 나는 주인 여자에게, 언젠가 부러졌던 팔이 또 아픈 모양이라고 말했다. 주인 여자는 결국 어머니에게 불평하더니 나를 해고하고 말았다. '식모' 일을 그만두자마자 내 몸은 씻은 듯이 나았다.

집에서는 많은 변화가 있었다. 우리는 방 네 개가 딸린 작은 목조 건물에 살았다. 식비와 방세를 내는 헬렌 이모와 애니 언니는 방 네 개 중 하나를 차지했다. 언니는 성인 여자 행세를 하면서 집 안에서 하던 일을 하지 않겠다고 선언했다. 그러면서 아버지나 어머니 의견을 존중하려 들지 않았다. 이모는 도시 아가씨들의 태도와 말투를 본떠, "없어." 하고 말하지 않고, "가지고 있다."거나 "가지고 있지 않다."고 문법에 맞춰 말했다. 이모는 사진의 감광판처럼 예민하게 새로운 방식들을 받아들이고 있었다. 이모는 침대 시트를 샀으며 속내의만 입고 자는 우리와 달리 얇은 잠옷을 입고 잤다. 어머니는 이모를 아주 존경했고, 이모가 가진 모든 것을 통해 이모와 자신을 동일시하는 것 같았다. 자기 삶에서는 이루지 못했던 것을 이모를 통해 대신 살고 있는 건지도 몰랐다. 토요일 저녁마다 두 자매는 실랑이를 벌였다.

"언니, 제발 받아 줘. 난 지금 좋은 것들을 많이 갖고 있지만 언니에게는 없잖아. 아니, 언니는 가지고 있지 않잖아."

어머니는 부드럽게 항의하듯이 대답했다.

"네 주급을 몽땅 빼앗고 싶지는 않아, 헬렌. 넌 너 자신을 위해서는 한 푼도 쓰지 않잖아."

"이제 그만 집어 넣어, 언니. 아무 소리 말고! 형부가 집에 돈 한 푼 갖다 주지 않는다는 걸 내가 모를까 봐."

이모가 도시 사람들이 하는 것처럼 말꼬리를 분명하게 발음하는 데는 꽤 오랜 시간이 걸렸다.

어머니는 마룻바닥에 난 구멍을 뚫어지게 쳐다보았고, 이모는 주급을 내려놓고 어머니 방에서 나갔다. 방과 후나 토요일, 공휴일마다 나는 이웃 아낙들의 설거지나 빨래를 도와주었고, 심부름을 해 주거나 장작이나 석탄을 날랐다. 내가 이런 일을 해 주면 이웃 아낙들은 어머니에게 돈을 주었다. 나는 밤이 되어서야 집에 돌아올 수 있었다. 이제 막 결혼한 부인을 위해 일한 적도 있었다. 그 부인은 이모와 함께 세탁소에서 일했는데, 결혼한 뒤 남편은 부인에게 일을 하지 말라고 했다는 것이다! 남편은 부인을 적극적이고 독립적인 삶에서 끌어내, 방 세 개짜리 집으로 밀어 넣었다. 집안일이라고 해 봤자 방과 후에 내가 대부분 해치울 수 있었던 그런 곳으로 말이다! 그 부인은 온종일 침대에 누워 있었고 때때로 오후가 될 때까지 옷도 제대로 갖춰 입지 않았다.

"결혼했다고 글래디스처럼 빈둥거리면서 살지는 않을 거야!"

이모는 고개를 도도하게 흔들며 말했다.

글래디스는 결혼하고 몇 주일 뒤부터 남편과 싸우기 시작했다. 이웃 아낙들은 늘어뜨린 블라인드 뒤에서 싸우는 소리를 들었다. 철길 너머 쪽에 사는 부인네들처럼 글래디스도 동네 부인들에게 결혼 생활의 불평을 늘어놓았다. 아낙들은 여자가 남자의 "말을 들어야" 한다는 데 모두 동의하는 것 같았다. 그런 얘기를 듣자니 속에서 무엇인가 치밀어 올랐다. 아낙들이 동의한다는 데 나는 분노했으며, 동네 부인들을 증오하고 경멸하게 되었다.

"도대체, 무슨 일로 그렇게 안달이지?"

어느 날 글래디스의 남편이 말을 끄집어냈다.

"난 다시 직장에 나가 일하고 싶어요. 당신은 하루 종일 나가 있고 난 그냥 집에만 있으려니……."

"뭐라고! 직장에 나가겠다고, 그래서 내가 마누라 하나 먹여 살리지 못하는 멍청이라는 소릴 듣게 하려고! 당신이 원하는 게 뭔지 내가 알 바 아냐! 당신은 입을 옷도 충분하겠다, 손에 물도 거의 묻힐 필요도 없잖아."

"그래도 나는 다시 일하고 싶어요."

"그래, 일한답시고 거리를 나돌아 다녀 네가 번 돈을 내 코밑에 들이밀려고? 다시 일을 하려거든 이 집에서 당장 나가!"

그래서 글래디스는 일을 다시 시작하지 못했다. 여러 달이 흘렀고 이웃 사람들은 웃었다. 글래디스가 "아기를 낳게 될" 거라는 소문이 있었기 때문이다. 그러고도 남편과 싸우는 일은 계속되었다. 그들 부부가 싸우는 중에 오고갔던 말들은 내 기억 속에 고스란히 새겨져 있다. 날카로운 비수처럼 내 머릿속을 무정하게 헤집고 지나가는 말들…….

"그럼 내가 네게 사 준 옷들 다 내놔!"

어느 날 남편은 글래디스에게 으르렁거렸다.

"제발……. 내가 당신을 얼마나 사랑하는지 잘 알잖아요!"

글래디스는 눈물을 흘리며 애원했다. 이제 글래디스가 아무리 원한다고 해도 다시 일하러 돌아갈 수 없을 터였다.

옆집에 사는 두 아낙이 창문으로 새어 나온 그 말을 듣고 웃었다. 아낙들은, 글래디스도 이젠 주제넘게 굴 수 없을 거라고 말했다. 나는 웃지 않았다. 내 마음을 좀먹는 무엇인가가 그 말에 있었다. 혼자서 되뇌기조차 힘겨울 만큼. 내가 사는 동안 그 말을 입 밖에 낼 수 있었던 것은 단 한 번뿐이었다. 단 한 번, 내가 왜 결혼을 증오하게 되었는지, 결혼한 여자들을 왜 싫어하게 되었는지, 그 감정이 어디에서 비롯된 것인지 찾으려 노력할 때였다. 그 두 문장("그럼, 내가 네게 사 준 옷들 다 내놔!" "제발……. 내가 당신을 얼마나 사랑하는지 잘 알잖아요!"를 가리킨다. 옮긴이)은 결혼 관계에서 남편과 아내의 진정한 지위를 분명하게 보여 주는 것이었다.

"누구든지 있는 자는 받겠고 없는 자는 그 있는 줄로 아는 것까지 빼앗기리라!"(누가복음 제8장 18절에 나오는 성경 구절. 옮긴이) 목사님은 이 성경 말씀을 갖고 설교를 하고 있었다. 목사님이 무슨 말을 하고 있는지 나는 이미 잘 알고 있었다. 우리는 가진 게 없어서 항상 모든 걸 빼앗기기만 하는 계급에 속해 있었기 때문이다.

교회는 위엄을 갖추고 있었고 색깔 있는 창문들 사이로 태양이 물결치고 있었다. 목사님 목소리는 거칠고 비난조였다. 나는 내 돈으로 산 새 녹색 무명옷을 생각했다. 이제 내 꿈은 지금 내가 일하고 있는 집의 주인 여자처럼 녹색 모자, 녹색 스타킹, 녹색 구두와 장갑을 사는 것으로 바뀌었다. 그 부인은 너무나 아름다워서 거리를 지나가면 사람들이 모두 멈춰 서서 바라보았다.

목사님 말씀은 나를 암담하게 만든다. 하나님은 가진 자들에게는 베풀고 가진 것이 없는 자들에게서는 다 빼앗아 간다니. 참으로 불공평한 존재로 여겨졌고,

보이지 않는 원수처럼 느껴졌다. 철길 너머 쪽에 사는 우리는 싸울 때 공개적으로 싸웠으며 상대편에게도 기회를 주었다. 내가 철길 너머에 사는 아주 비열한 소년과 싸웠을 때도, 아버지는 싸우는 우리를 뜯어 말린 뒤, 피를 흘리면서 반쯤 의식을 잃은 나를 집으로 데리고 오셨다. 나는 그 교회에서 내게 가르치려고 애쓰는 하나님에 대한 생각을 결코 이해하지 못했다. 나는 주일학교에 다녔으며 교회를 세 번이나 갔다. 갈 때마다 사람들은 하나님을 사랑하고 두려워하라고 내게 계속 말했다. 내가 우리 아버지를 두려워해야 한다면, 두려운 아버지를 어떻게 사랑할 수 있겠는가. 그렇다면 나는 악마를 무서워해야 할 것이다. 하나님과 악마는 내 머릿속에서 뒤범벅이 되었고, 악마를 두려워하는 마음으로 하나님을 두려워하게 되고 말았다. 모든 게 어리석기 그지없었다.

교회는 내게 커다란 실망을 안겨 주었지만 처음에는 아주 아름다웠다. 캐나다의 부흥회 목사 세 사람이 미국을 기독교로 개종시키기 위해 이 나라로 왔다. 나는 미국의 일부였고 적어도 3주 동안은 부흥회 목사들이 나를 개종시켰다. 목사님들은 훤칠한데다 젊고 미남이었다. 목사님들은 우리 학교 복도에 서서 '단풍잎이여 영원하라The Maple Leaves Forever'는 찬송가를 불렀다. 나는 황금빛 단풍잎들이 햇빛에 뜨는 모습을 보았고 나무 꼭대기에 이는 바람은 제 등에 이야기를 싣고 다녔다. 부흥회 목사님들이 이 교회로 오는 바람에 나도 그들을 따라 이 교회까지 왔다. 찬송가를 연거푸 부른 다음 목사님 중 한 분이 아주 부드러운 목소리로 사람들에게 물었다.

"여기 모인 분 가운데 그리스도의 팔 아래로 순한 양처럼 나올 분 없습니까?"

그런 표현은 좀 우스웠다. 그러나 나는 일어나서 복도를 걸어 목사님과 사람들 앞으로 나섰다. 누군가 나를 알아보고 비웃을지도 모른다는 두려움이 번쩍 들어 잠시 당황했지만 아무렇지도 않은 듯 걸어 나갔다. 철길 너머 사는 어떤 애가 나를 비웃는다면 적당한 때에 따끔한 맛을 보여 줄 참이었다.

"당신은 언제나 그리스도의 양이 되렵니까?"

목사님이 내게 물었다. 목사님의 눈동자는 푸르렀고, 머리 모양도 보기 좋았다.

"네, 목사님!"

나는 목사님의 그윽한 음성과 아름다운 눈에 감격해 눈물을 머금고 대답했다.

이렇게 해서 나는 기독교 신자가 되었다. 지금 여기 이 교회에서 나는 신앙을 유지하려고 노력했다. 그러나 주일만 되면, 내가 그리 오랫동안 기독교 신자로 살지는 못하겠다는 생각이 슬그머니 들곤 했다. 푸른 눈의 목사님이 가 버린 후로는 교회의 모든 일들이 너무나 지루하게 느껴졌다.

교회는 상업가에 있었다. 그곳에는 주요 간선도로가 뱀처럼 구불구불 도시를 관통하며 지나가고 있었다. 그 도로는 고대 산타페 트레일 유적의 일부이기도 했다. 교회와 선술집은 상업가의 두 경계였다. 선술집은 교회 맞은편으로 약간 올라간 언덕배기에 있었다. 우리 아버지는 일을 하지 않을 때는 항상 그 선술집에 가 있었다. 작은 단층 건물이었던 선술집의 출입구는 밀면 열리는 흔들 문이었다. 남자들은 출입문 뒤에 모여 카드를 하거나 술을 마시거나 "이야기를 주고받았다." 또 선술집 옆에는 담배 가게가 있었는데 남자들은 늘 그 앞에 모여 하루 종일 담배를 피우며 침을 뱉었고 음담패설과 불경스러운 이야기를 나누었다.

상업가가 끝나 가는 맨 아래쪽 다리를 건너면 도시의 자랑거리인 역이 있었고 바로 그 너머에 내가 지금 일하는 하숙집이 있었다. 학교가 끝나면 나는 곧바로 이 하숙집으로 갔다. 하숙집 주인인 햄튼 부인은 아름다운 젊은 과부였는데, 음식 솜씨가 대단했다. 덕분에 하숙비를 엄청 비싸게 받을 수 있었는데 철도에서 일하는 화부나 기술자들만이 그 하숙집에 살 수 있었다. 하숙집 응접실에는 오르간도 놓여 있었다. 자신을 위해서라면 아끼는 게 없는 사치스러운 여자였기 때문에 햄튼 부인은 그렇게 꾸밀 수 있었다.

어느 날 밤 나는 거실 소파에서 잠자다가 햄튼 부인의 방에서 흘러나오는 소리를 우연히 듣게 되었다. 내가 좀 더 귀를 기울여 듣자 분명히 내 이름을 언급하고 있는 것이었다! 그랬다! 햄튼 부인은 기술자와 이야기를 나누는 중이었다. 햄튼 부인은 이렇게 말했다.

"일 거드는 애가 매일 아침 내가 일어나기 전에 우유를 마시고 있나 봐요."

"그런데 왜 쫓아내지 않소?"

기술자는 남편이라도 되는 양 한껏 권위적인 목소리로 불만스럽게 말했다.

"쫓아내야죠. 헌데 저 애는 정식으로 고용된 사람 이상으로 일을 아주 많이 하고 있거든요……."

"그래도 정직하지 않은데 어쩌겠어!"

나는 더 이상 듣지 않았다. 나는 여러 시간 동안 잠들지 못하고 깨어 있었다. 두 사람이 하는 이야기는 사실이었다. 매일 아침, 나는 뒤쪽 계단에 놓인 우유를 집 안으로 갖고 들어오면서 햄튼 부인 몫의 우유를 조금 덜어 마셨다. 하숙생들이 먹다 남긴 것만 먹다 보니 때때로 배가 고팠기 때문이다. 햄튼 부인은 이 하숙집에서 중요한 여자였고 하숙생들과 함께 식탁 윗자리에 앉았다. 햄튼 부인은 친절한 여자였고, 나 또한 하숙집에서 일하는 동안 외로움을 느끼지 않았다. 그러나 햄튼 부인은 내 몫으로 남은 식사가 충분한가를 항상 꼼꼼하게 챙기지는 않았다. 햄튼 부인은 자신과 같은 여성에게 내줄 시간은 없었던 것이다. 그러다 보니 나는 쌓인 그릇을 씻으면서 하숙생들이 남긴 음식을 챙겨 먹을 수 있었을 뿐이다.

내가 지은 죄를 씻기 위해 다음날 아침 일찍 일어나 물을 끓이고 행주와 세수수건, 베갯잇을 빨았다. 햄튼 부인이 일어났을 때는 옷가지들이 빨랫줄에서 너울거렸고 우유병은 신선하고 꽉 찬 상태로 식탁 위에 놓여 있었다. 그날 해가 저물어 갈 무렵에 나는 몰래 부엌에서 물통 하나를 끄집어낸 뒤 철길 건너까지 걸어 내려갔다. 어머니는 잠깐씩 빨랫감을 빨아 주고 번 돈에 이모의 돈을 보태 암소 한 마리를 사서 소에게서 짠 우유를 내다 팔았다. 나는 어머니에게 사실을 말하고 "햄튼 부인에게 진 빚을 갚을 수 있게 우유 한 통만 주세요" 할 참이었다. 그런 뒤 햄튼 부인에게 죄송하다고 말하면 내 죄는 깨끗해질 거야. 내 죄를 갚기 위해서라면 교회에 다시 나갈 수도 있지 않겠는가, 곰곰이 생각했다.

집에 거의 도착했을 때는 다소 마음이 가벼워져 있었다. 그러나 대문 앞에서 나는 그냥 멈춰 서고 말았다. 아버지가 언니의 머리채를 휘어잡고 욕설을 퍼부으며 집 안으로 끌고 들어가고 있었기 때문이다. 언니는 비명을 지르며 빠져 나오려고 안간힘을 썼다.

"네년이 스물다섯 살에다 덩치가 조금만 더 컸더라면 훨씬 두들겨 패 줄 텐데!"

아버지는 버럭 소리를 질렀다. 어머니는 고통으로 가득 찬 목소리로 말했다.

"오, 애니야. 어젯밤 여관방에 있었는지 어쨌는지 말해!"

언니는 거칠고 속되게 말했다.

"내가 밀리와 함께 춤추러 가서 밤을 새고 올 때마다 백 번이고 그 사실을 부모님께 고해야 하는 거예요? 사실인지 아닌지 밀리 엄마에게 물어보세요!"

"넌 거짓말을 하고 있어!"

아버지가 소리쳤지만 목소리는 좀 진정되어 있었다.

"내가 거짓말을 하고 있다고요? 그렇다면 아버지는 왜 나한테 물어보시는 건데요?"

"자, 이번에는 널 그냥 놔주겠다. 하지만 한 번만 더 그 더럽고 추잡한 댄스장에서 놈팡이들과 어울려 밤을 새운다는 소리가 들리는 날에는 끝장인 줄 알아!"

"아빠는, 아빠 자신이나 잘 건사하라고요. 난 내가 잘 건사할 테니까요! 아빠는 늘 술집에서 살고 있잖아요. 내게 할 말이 하나도 없을 텐데요! 난 지금 생활비라도 벌고 있으니까요!"

언니는 열다섯 살이었고 세상 돌아가는 이치를 알고 있었다. 우리 세계의 기준으로 보자면 돈을 버는 여성은 자유로운 여성이었다. 오직 기혼 여성만이 명령을 받고 살았다. 아버지는 애니 언니를 괜히 건드려서, 철길 너머 쪽에 사는 사람들의 명예에 관한 규약을 깨뜨린 셈이었다. 아버지는 이웃 사람들이 모두 다 들을 만큼 큰 목소리로 언니에게 으르렁거리며 되받아쳤다.

"그래, 네가 돈을 번다고? 그 돈이 꽤나 살림에 보탬이 됐겠구나! 처제야 자기가 번 돈을 네 어머니에게 다 갖다 주지만 넌 옷치장하고 쏘다니느라고 다 써 버리고 있잖니!"

"그러는 아빠는 왜 아빠가 번 돈을 엄마에게 좀 갖다 주지 않나요? 술집에서 다 써 버리지 말고 말이에요."

"이 계집애야, 말대꾸 좀 그만두지 못하겠니! 넌 내 행실을 본뜨지 말고 내가 시키는 대로만 해! 안 그랬다간 네가 스물다섯 살 되는 날이면 다리몽둥이를 부러뜨리고 말 테다."

쾅 소리와 함께 뒷문이 세게 닫혔다. 언니는 아버지의 꾸지람을 경멸하기라도 하듯, 아버지 말이 끝나기도 전에 나가 버렸던 것이다.

나는 손에 물통을 든 채 문 쪽에 서 있기만 했다. 집 안에서 벌어지고 있는 싸움 소리를 듣고 있는 동안 증오와 원한의 수많은 감정들이 밀려들었다. 그러면서 혐오스러운 장면이 내 의식에 어슴프레 떠올랐다.

"언니가 밤새 여관에 있었다"는 것은 성性행위를 했다는 것을 의미했다. 아버지와 어머니는 바로 그 때문에 언니를 때리려고 했다. 도대체 무슨 권리로! 부모님 자신이 거짓말쟁이에다 위선자들이었다! 나는 한밤중에 그 행위를 하는 부모님들의 소리를 들었다. 그런데 새삼스럽게 부모님들이 충격을 받다니! 어른들은 굉장한 거짓말쟁이들이다! 얼마나 부정직한가! 언니는 몸이 자라 풍만한 가슴과 엉덩이를 가지게 된 것을 자랑스럽게 여겼다! 나는 그런 언니가 혐오스러워서 언니 옆에 가까이 있는 것도 싫었다. 거의 구역질이 날 뻔했다. 어른이 된다는 것은 성욕에 빠져 허우적거리는 것일 뿐이다. 어른들은 모두 한결같이 그 짓을 하고 있다!

동화와 '단풍잎이여 영원하라'라는 찬송가의 세계가 한편에 펼쳐져 있다. 지금 모든 게 순조롭다고 할 수는 없지만 행복한 결말이다. 동물들에게 친절한 작고 착한 소녀의 세계, 춤과 음악에 관한 이야기들로 이루어진 풍성한 세계가 한편에 있다. 또 다른 한편의 세계에는 깨진 창을 헝겊 조각으로 메워 놓은 너덜거리는 작은 집이 있다. 현관 앞, 햇볕에 그을린 흙 속에서 살아 보려고 외롭게 투쟁하는 아침의 영광이 그 세계에는 있다. 그 세계에는 헝클어진 머리를 휘날리며 끌려 들어오는 언니가 있고, 한때는 꼿꼿한 미남이었지만 지금은 담뱃진에 입가가 찌들고 어깨가 휜 아버지가 있다. 나는 뜰로 통하는 대문을 열지도 않은 채 그대로 발걸음을 되돌렸다. 퍼거토리 강둑을 따라 철길을 건너고 강으로 흘러드는 골짜기 개울물을 건너 기관차 차고를 지나 햄톤 부인 집으로 돌아왔다. 나는 부엌으로 살며시 들어와서 선반에다 물통을 갖다 놓았다. 그런 다음 잠자리로 가서 기다렸다.

"마리야, 이제는 내가 집안일을 할 수 있을 것 같구나. 더 이상 네가 필요 없게 되었어."

햄톤 부인이 말했다. 나는 뒷문을 통해, 바람에 너울거리는 빨래를 바라보았다. 결국 나는 주인 여자의 우유를 조금 먹었다는 이유로 해고된 것이다. 나는 햄톤 부인이 그 일을 잊어버린 줄 알았다. 나는 지난 며칠 동안 아주 열심히 일해서 내가 먹은 우유 값을 벌충하려고 애썼다. 햄톤 부인은 내가 그럴 수도 있겠다는 생각은 하지도 못했던 모양이다. 아니, 나를 해고하도록 시킨 것은 그 기술자가 틀림없어. 햄톤 부인은 아마 그 남자랑 결혼할 거야. 그 남자는 햄톤 부인을 기독교 신자들의 기준에서 볼 때 '존경할 만한' 기혼 여성으로 만들어 주겠지. 그러려면 햄톤 부인은 그 남자 말을 들어야 하는 거야.

"여기서 한 달만 더 일해 드리면 안 될까요? 한 푼도 안 받아도 좋아요."

나의 가슴은 팽팽한 북 가죽처럼 꽉 조여 왔다.

"아니야. 내 일은 내가 할 수 있어!"

잠시 동안 내 제안에 대해 생각하던 햄톤 부인이 그렇게 말했다. 부인은 좀 아쉬워하기는 했지만 결정을 되돌리지는 않았다.

집으로 가는 데는 많은 시간이 필요했다. 나는 커다란 기관차 차고 근처의 사시나무 아래 잠시 앉아 있었다. 날이 어두워진 뒤에는 개울 쪽을 향해 힘없이 늘어진 수양버들 아래로 옮겨 앉았다. 그럴듯한 변명거리가 없다면 어머니가 나를 때릴 것은 틀림없었다.

'어머니는 도둑질하다가 또 한 번 들키면 나를 '땅에다 뭉개 버린다' 고 소리를 지를 거야. 아니면 '피가 등줄기를 타고 흐를' 때까지 나를 때릴 거야. 내게는 생각할 시간이, 내 가슴에 얹혀 있는 무거운 짐을 벗겨 낼 시간이 필요해. 숫제 강물에 뛰어들어 빠져 죽는 게 좋을지도 몰라. 그러면 햄튼 부인과 어머니가 나에게 미안한 마음을 품겠지.'

강물은 저쪽 회색 모래로 된 희미한 둑을 배경으로 어둑어둑하게 넘실거리고 있었다.

'강은 혼잣말을 하고 있는 거겠지. 강물 소리는 참 이상해. 꼭 지난번 홍수 때 우리 집을 덮쳤던 그날 밤 소리 같아.'

이 강물 소리는 도저히 좋아할 수 없었다. 짐승 소리보다 더 싫었다. 저 소리의 공포가 나를 주춤거리게 했다. 나는 감정이 없는 사물을 믿을 수 없었다.

늦은 시간이었고 주위는 매우 어두컴컴했다. 햄튼 부인 댁을 나선 지 꽤 여러 시간이 흐른 것 같았다. 자정이 다 되어 갈 게 틀림없어. 나는 발걸음을 집 쪽으로 돌려 부엌문으로 가서 문을 열었다. 이제 어쩔 수 없으니 들어가서 거짓말이라도 해야지, 하는 마음이었다.

그런데 무슨 나쁜 일이 일어났던 것일까? 헬렌 이모와 애니 언니가 어두운 방 구석에 함께 서 있었다. 어머니는 팔에 머리를 파묻고 흐느끼느라고 몸을 들썩이면서 의자에 앉아 있었다. 아버지는 공격할 태세를 갖춘 황소처럼 문 가까이 서 있었다. 내가 들어오자 모두들 나를 쳐다보았다. 아버지는 "다시는 어머니가 우는 모습을 참지 않을 거예요!"라던 내 말을 기억하고 있었던 모양이다. 그러면서도 아버지는 가정의 불행을 만들어 낸 장본인인 당신이 오히려 약자의 입장이라고 생각한 모양이었다. 아버지는 내게 버럭 소리를 질렀다.

"마리야, 네 이모 헬렌을 한번 보렴. 네 이모가 남부 유럽 태생의 애인과 함께 현관 구석에 누워 뒹구는 현장을 내가 붙잡아 냈단다! 그 자식이 이모 옷에 달려 있는 브로치도 사 주고 멋진 옷도 사 줬단다! 그게 그동안 이모가 해 온 일이었어!"

"존, 아이에게 그런 말을 하는 의도가 당최 뭐예요?"

하더니 어머니는 몸을 부르르 떨며 숨을 헐떡였다.

"이모가 어떤 여자인지는 마리도 알아야지. 바로 그게 내 의도라고!"

침묵이 흘렀다. 빗자루 하나가 내 두개골 안에서 휘돌며 두뇌를 완전히 쓸어 버린 것 같았다. 나는 내 머릿속에서 동그라미를 그리는 빗자루 소리를 들을 수 있었다. 모두 제자리에 서 있기만 했다. 이모의 얼굴은 분노로 하얗게 질려 있었다.

"존 로저스, 어떻게 그렇게 말할 수 있어! 내 언니를 개 다루듯 하면서! 기껏 번 돈을 술집에서 다 써 버리는 주제에 나한테 무슨 할 말이 있냐고!"

"맙소사! 몸이나 파는 주제에, 네가……."

헬렌은 미친 듯이 비명을 지르며 아버지에게 달려들었다. 이모의 손이 번개처럼 아버지의 얼굴을 쳤다. 그러자 아버지의 한쪽 얼굴에 피가 맺혔다. 그러자 아버지는 이모 팔을 거칠게 낚아채 높이 추켜올렸다. 이모는 몸이 연약했는데도 아버지 배를 냅다 쳤다. 그러고는 이빨로 아버지를 물어뜯으려고 심하게 발버둥을 쳤다. 아버지가 격렬하게 대항하지 않았더라면 이모에게 물렸을 것이다. 겁에 질린 어머니가 일어서더니 아버지와 이모에게 달려갔다. 어머니는 몸부림치는 이모를 당신 팔로 감싸 안고 이모 머리를 매만지며 말했다.

"존, 헬렌을 놔 줘요! 헬렌, 헬렌, 가엾은 내 동생……. 이리 오렴!"

어머니가 아버지와 이모를 떼어 놓고, 하얗게 질린 얼굴로 숨을 헐떡이는 이모를 방의 다른 구석으로 끌고 갔다.

"네 남편에게나 창녀 짓 하지 그래!"

아버지가 소리쳤다. 이모는 또다시 아버지에게 덤벼들려고 했으나 어머니가 팔로 이모를 감싸고 있어서 그러지 못했다. 이모는 짐승처럼 헐떡이면서 외쳤다.

"언니, 날 놔 줘! 날 가게 해 줘, 언니!"

이모는 어머니 품속에서 몸부림을 쳤지만 어머니는 이모를 놓지 않았다. 이모는 하얗게 질린 얼굴을 한 채 어머니 어깨 너머로 아버지를 노려보며 말했다.

"날 또 한 번 창녀라 부르면, 개자식, 내 손으로 널 목 졸라 죽여 버리고 말겠어. 그땐 언니도 날 막지 못해!"

어머니가 이모의 사랑스러운 금발과 하얀 턱을 쓰다듬으며 떨리는 목소리로 이모를 달래려 했다. 그러나 이모는 나지막하면서도 열정적인 목소리로 말했다.

"그래 존 로저스, 내가 창녀라면 누가 날 이렇게 만들었는지 알아! 존 로저스, 바로 당신이야! 바로 너라고! 언니는 자신과 아이들이 먹을 음식이며 옷가지를 살 돈이 늘 부족했어. 주급 받는 날마다 내가 언니에게 돈을 줬지. 당신도 잘 알고 있을 거야! 내 돈이 없었더라면 언니는 아마 굶어 죽었을 거야. 넌 술집에서, 한 푼도 안 남기고 돈을 몽땅 써 버리고는 토요일 밤에 집에 오곤 했지. 그래 놓고 언니가 불평 좀 하면 거짓말을 하거나 위협하기 일쑤였어. 언니가 어떻게 살아 왔다고 생각해? 빨래를 해 주고? 나쁜 자식! 넌 비열한 개자식이야! 그런 네가 나를 욕해! 너, 넌 내가 어떻게 내 옷 살 돈을 마련해 왔다고 생각했니? 난 누더기 같은 옷은 입지도 않아. 난 결혼도 하지 않을 거야. 고작 결혼이란 것을 해서 어떤 남자가 내 주인 행세를 하며 날 때리고 굶어 죽게 하진 않을 거라고! 난 무슨 물건이든 가질 권리가 있어. 내가 창녀라면, 바로 네가 날 창녀로 만든 거야. 너, 존 로저스가, 네가, 네가, 바로 네가!"

"당장 네 옷 꾸려 가지고 나가! 다시는 내 집 문을 어둡게 하지 마!"

아버지 얼굴은 분노로 납빛이 되어 있었다. 이모가 말한 것은 진실이었다.

"지금 당장 이 집에서 나가. 네 놈팡이에게 가라고! 넌 개에게도 어울리지 않을 종자야!"

"내 생각엔 넌 개와 꼭 어울리는 놈이야! 지금 넌 이 집을 네 집이라고 부르는데, 넌 집세 한 번 낸 적이 없잖아. 넌 이 집 안에 아무것도 갖고 오질 않았어!"

"당장 내 집에서 나가지 못해! 그렇지 않으면 널 바깥으로 던져 버리겠어!"

어머니는 팔로 이모를 막았다.

"존, 내 동생이 오늘 밤 나가야 한다면 나도 함께 나가겠어요."

"그런 여자와 함께 거리로 나가겠다고 말하는 걸 보니 참 훌륭한 부인이구려! 그 여자는 가게 내버려 두고 이리 오지 못해!"

어머니는 가냘픈 몸을 곧추세우고 있었지만 얼굴빛은 창백했다. 어머니의 얼굴은, 오래 전에 보았던 광부의 얼굴과 비슷했다. 부상당해 죽기 직전이었던 광부의 얼굴 말이다. 어머니의 검푸른 눈이 빛났다. 이런 무서운 눈을 언젠가 본적이 있었어. 내 기억에, 자, 오래전, 네 살 때가 틀림없어. 내가 새끼 고양이를 죽였지. 고양이가 이상하게 생겨서 위험한 흉물이라고 우기며 길에다 막 던져 죽게 했지. 그때 보았던 어린 고양이의 눈빛, 죽음을 앞둔 고통에 찬 눈빛이 지금 어머니의 눈빛과 닮아 있었다.

"이리 오지 못해!"

아버지가 어머니한테 으르렁거렸다. 그러나 어머니는 이모를 팔로 감싸 안은 채 꼼짝도 않고 서 있었다.

"당신 이리 오지 않으면 이 저주받을 집구석에 있는 가구란 가구는 몽땅 부숴 버리겠어!"

어머니는 여전히 눈을 번뜩이며 얼음같이 차가운 침묵 속에 그대로 서 있었다. 아버지는 신음 소리를 내면서 뒷문을 통해 밖으로 나갔다. 우리는 어둠을 더듬으며 걸어가는 아버지의 발자국 소리를 들었다. 이모는 열에 들뜬 참혹한 목소리로 격렬하게 말했다.

"언니, 나 혼자 갈게. 지금 바로 갈게. 존이 언니가 갖고 있는 걸 모두 부숴 버릴 거야. 그런 다음 언니를 죽일지도 몰라."

"존이 나가야지, 넌 안 돼."

"존은 나가지 않을 거야. 그전에 우릴 모두 죽일 거야."

"그럼 존이 모두 부수도록 내버려 두는 수밖에. 어쨌든 이렇게 사느니 차라리 죽는 게 낫겠어!"

"아냐, 언니. 내가 나갈게. 내가 언니에게 돈과, 아이들이 쓸 물건들을 보내 줄게. 그래! 여기 그냥 있어, 나 혼자 갈게. 내 말대로 여기 남아! 아이들 생각을 해야지! 언니가 없으면 애들은 어떡해! 우리 모두를 위해서 내가 돈을 충분히 벌 때까지 기다려. 기다리기만 해!"

이모는 어머니를 밀어내더니, 애니 언니와 함께 쓰는 자신의 방으로 뒷걸음질치며 갔다. 언니가 이모를 뒤따라 방으로 들어갔고 열쇠로 문을 잠갔다. 더듬거리며 뭔가를 찾는 소리, 재빠른 발자국 소리, 문 뒤에서 살짝 속삭이는 소리들이 들려왔다. 어머니는 마룻바닥에 털썩 주저앉더니 얼굴을 파묻었다. 어머니의 숨소리가 사납게 헐떡였다. 잠시 후 뒷문이 열렸고 아버지가 손에 도끼를 들고 쿵쿵거리며 들어왔다. 아버지는 마룻바닥에 앉아 있는 어머니를 쳐다보았다. 아버지는 귀를 기울이며 서 있었다. 침실 안에서 서둘러 빠져 나가는 발자국 소리가 들렸다. 아버지는 도끼를 바닥에 내려놓고 기다리고, 기다렸다.

바깥문이 열렸다 닫히는 소리가 들려왔다. 현관 밖으로 두 걸음, 딱딱한 땅을 내딛는 발자국 소리, 거리로 들어서는 발자국 소리가 세 걸음 더 들렸다. 경첩하나에 걸려 있는 오래된 우리 집 대문이 마치 유령이 지나간 것처럼 끽끽 소리를 내더니 둔하고 불쾌한 소리를 내며 탕, 하고 닫혔다. 깨진 창유리에 붙어 있던 헝겊 조각은 계곡 쪽에서 불어오는 늦가을의 바람 때문에 안쪽이 불룩해졌다. 아버지는 무겁게 숨을 내쉬더니 말 한마디 없이 돌아서서 부엌문을 꽝, 하고 닫고 나갔다. 짤까닥거리는 아버지 발자국 소리는 철길로 향하는 도랑을 건너고 있었다. 도시를 구불구불하게 관통하고 있는 철길을 지나 몇 걸음만 가면 술집이 있었다. 부엌에서는 예전에도 늘 그랬고 앞으로도 그럴 것처럼, 어머니의 흐느낌 소리만, 흐르는 침묵 속에서 들려왔다.

그리고 몇 주 후 드디어 올 것이 오고야 말았다. 툭하면 집을 나가겠다고 위협하던 아버지가 마침내 집을 나가 버렸던 것이다. 어머니는 몸이 너무 약해서 우리를 모두 부양할 수 없다는 것을 아버지는 잘 알고 있었다. 이모한테는 아무 소식도 없었다.

어머니는 이모 때문에 아버지를 거역한 후 매일같이 더 이상 살고 싶지 않다는 표정으로 있었다. 그러자 아버지는 점점 더 난폭해졌다. 나는 한밤중에 처절한 울음소리를 들었지만 부모님의 침실로 통하는 문은 잠겨 있었기 때문에 아무 것도 할 수 없었다. 실체 없는 공포가 온 집 안을 떠돌았다.

그해에 우리 주에서는 여성에게 투표권을 주었다. 어머니는 턱을 약간 추켜올렸고, 그럭저럭 마음의 평정을 되찾고 있었다. 어머니는 말이 많은 여자가 아니었다.

"누굴 찍을 건데?"

아버지가 어머니에게 물었다. 어머니는 대답을 하지 않았다. 실랑이가 계속되었다. 아버지가 싸움을 걸었다. 마침내 어머니 손에 무기 하나가 쥐어진 것이다. 어머니도 그것을 느꼈다. 아버지가 어머니를 위협했지만 어머니는 여전히 대답하려 들지 않았다. 투표일에 아버지는 어머니가 말을 해 주지 않으면 집을 나가겠다고 위협했다. 그러나 어머니는 아무 대답 없이, 마치 아버지가 존재하지도 않는 것처럼, 아랑곳하지 않고 집 밖으로 걸어 나갔다. 그날 밤 아버지는 또다시 명령조로 물었다.

"이제 어느 편에 찍었는지 내게 말해 주겠지?"

"아뇨!"

다음날 아침 어머니는 부엌 문턱에 서 있었고 아버지는 금방이라도 마차를 몰고 나갈 태세로, 바깥에 있는 마차 위에 올라 앉아 고삐를 손에 쥐고 있었다. 내 마음은 무거웠고 아팠다. 아버지가 한 번 더 물었지만 어머니는 두 손을 깍지 끼고 서서 아무 대답도 하지 않았다. 그러자 아버지는 가 버렸다. 어머니는 약한 몸을 추슬러 새롭게 기운을 차렸다. 어머니는 세탁물을 받아다 집에서 하느니 나가서 돌아다니며 빨래를 해 주는 편이 더 낫겠다는 결정을 내렸다. 나가서 일을 하면 커피나 식사를 얻어먹을 때도 있어서 음식을 절약했기 때문이다. 매일 아침 어머니는 퍼거토리 강을 건너 고등학교 근처에 있는 안정된 주택가로 갔다. 어머니는 뒷문을 두드려 자신이 빨래도 아주 잘하고 다림질도 잘한다고 부인들에게 말했다. 이렇게 해서 어머니는 정식으로 세탁부가 되었다. 어머니는 매일 아침 일곱 시에 집을 나가서 저녁 여덟 시에 돌아왔다. 어머니가 받는 돈은 1달러 30센트였다. 어머니는 "그래요, 비록 이렇게 제 몸은 약해 보이지만 빨래를 얼마나 하얗게 잘 빠는지 몰라요. 한번 시켜 보세요" 하고 말했다. 부인들은 어머니의 눈과 생각에 잠긴 듯한 얼굴을 보고는 고개를 흔들었다. 하지만 고된 노동으로 툭툭 불거져 나온 혈관과 시커먼 손을 보고는 빨래를 시켜도 괜찮겠다고 확신했다.

어머니는 겨우내 빨래를 했다. 밤이 되면 어머니 스스로 시인하듯 "개처럼 피곤"해했다. 그러나 어머니는 저녁으로 먹은 음식 종류와 맛에 대해 이야기를 자세히 늘어놓지 못할 정도로 피곤한 적은 한 번도 없었다. 어머니는 부엌의 빨래하는 곳에서 식사를 했는데, 음식을 접시에 담아 주었음은 물론이고 가끔은 고기도 먹을 수 있었다. 그러면 어머니는 그렇게 훌륭한 음식을 주는 게 너무 고마워서 몇 가지 더 빨아 주거나 삼십 분쯤 더 남아 일해 주겠다고 자청했다. 어머니의 유일한 걱정거리는 어머니의 얼굴 근육과 머리를 고통스럽게 하는 신경통이었다.

언니는 매일 세탁소로 일하러 나가는 대신 집에서는 일하기를 거부했다. 애니 언니는 '직업' 여성이었다. 내가 맡은 일은 가사를 돕고 남동생들과 여동생 베아트리체의 등교 준비를 도운 뒤 학교에 데리고 가는 것이었다. 학교 갈 준비가 끝나면 나는 문을 잠그고 동생들과 함께 눈길을 터덜거리며 걸어갔다.

어머니가 집에서 빨래하는 날도 있었다. 그럴 때면 새벽부터 일을 시작해 부엌은 증기와 비누거품으로 가득 찼다. 오후가 외면 어머니의 얼굴은 홀쭉하게 일그러졌고 등이 아프다고 하소연했다. 나는 빨래를 짜서 널거나 바깥에 있는 급수전에서 물을 길어 왔다. 어머니와 나는 이제 함께 일하는 친구이며 동료였고, 우리는 세탁기를 살 계획도 함께 세웠다. 빨래 열두 감을 하고 다림질까지 끝내면 30센트였다. 부인들은 항상 침대 시트나 식탁보, 작업복, 셔츠와 같은 부피가 큰 빨랫감을 맡겼고 보통 덤으로 하나를 더 끼워 넣었다. 열셋은 불운의 숫자였지만 우리는 그것조차 행운이라고 여겼다. 적어도 어머니와 나는 그랬다.

우리 집은 온통 김이 나는 시트와 내의, 셔츠로 가득 찼다. 한 방에서 다른 방으로 가려면 마룻바닥을 기어야만 했다. 잠자는 방 하나를 빼고는 다 빨랫줄을 걸었으며 부엌 난로에만 불을 피울 수 있었다. 베아트리체와 나는 날마다 언 손을 비비며, 지나가는 화물차에서 떨어지는 석탄을 주우러 철길을 따라 죽 달렸다. 어두워지면 우리는 근처 목재소에서 우리가 운반할 수 있는 만큼의 나무를 "서리했다." 밤에 어머니와 나는 밀가루와 물, 어떤 때는 밀가루와 우유로 만든 소스와 감자로 저녁을 준비했다. 우리에게는 젖소가 있었지만 거기서 나오는 우유는 몽땅 내다 팔아야 했다. 우리는 부엌 식탁에서 말없이 식사했고 주위는 비누거품 냄새로 가득 찼다. 우리는 어머니의 고통을 덜어 줄 세탁기에 대한 꿈을 한 번도 버린 적이 없었다. 그러나 늘 구두나 학교 책들이 세탁기보다 먼저였다. 살림이 나아지는 기미가 없자 나는 일자리를 얻고, 어머니 혼자 집에서 빨래를 하기로 결정했다.

나는 얼굴이 가무잡잡하고 땅딸막한 유태인의 조그만 담배 가게에서 일하기로 했다. 학교가 끝나면 곧장 가게로 가서 저녁 여덟 시까지 일했다. 나는 서너 명의 다른 소녀들과 함께 어두운 뒷방에 앉아서 크고 부드러운 갈색 담배 잎사귀들의 엽맥葉脈을 벗겨 내는 일을 했다. 우리가 잎사귀들을 옆에 차곡차곡 쌓아 놓으면 남자들이 옆방으로 가져가서 일렬로 긴 테이블에 앉아 궐련을 말았다. 남자들의 방은 밝고 깨끗했지만 우리 방은 담배 먼지로 가득했다. 남자들은 웃을 수도 있고, 대화를 나눌 수도 있었지만 우리는 그럴 수 없었다. 다섯 시 종이 울리면 남자들은 일어나 앞치마를 벗어 던지고 나갔으며 토요일에는 오후 한 시까지밖에 일하지 않았다. 그 남자들은 노동조합에 가입한 사람들이었으므로 그렇게 과감하게 행동한다는 것을 나중에 알게 되었다. 우리 고용주는 남자들을 존중했지만 뒷방의 우리들까지 대우해 주지는 않았다. 강하고 굳이 존중받을 필요 없는 사람들은 우대받고, 존중해 줄 필요가 있는 사람들은 오히려 존중받지 못한다는 게 참 이상했다. 기독교도 그 점에서는 마찬가지였다. 무릇 있는 자는 받겠고 없는 자는 그 있는 줄로 아는 것까지 빼앗긴다고 했으니까. 이런 종교나 이런 보복 사회는 참으로 기이하기 그지없다.

담배를 마는 남자들 중에 아주 젊고 잘생긴 사람이 있었다. 나는 담뱃잎 엽맥을 벗겨 내는 일을 하는 동안 다른 방 불빛 속에서 그 남자의 갈색 머리를 훔쳐

보았다. 그 남자가 어느 날 여기 앉아 있는 나를 보게 된다면 동화 속의 왕자님처럼 내게 구혼할지도 모른다는 꿈을 꾸고 있었을까! 나는 궐련을 말며 그 남자의 옆에 앉아 있는 내 모습을 그려 보기도 했다. 언젠가는 실수인 척 내 담뱃잎 상자를 그 사람이 지나는 길에 놓아두기까지 했다. 그 남자는 지나가면서 그 상자 때문에 발걸음을 멈추어야 했다. 내가 바랐던 대로 그 남자는 나를 보았다. 그러나 남자는 "제기랄! 이렇게 사람들 앞에 물건을 놔두면 어쩌라는 거요!" 하며 면박을 주는 것이었다.

나는 담배 잎사귀를 앞에 두고 울었다. 일이 끝나는 여덟 시는 절대 오지 않을 것 같아 막막하고 답답했다. 이곳에는 사랑이라곤 없었다. 나는 나무토막에 지나지 않았다. 가끔 고용주가 와서 내 손놀림이 빠르지 못하다고 나를 꾸짖었다.

"넌 항상 꿈을 꾸는 모양이구나."

처음에는 고용주도 친절하게 말을 붙였다.

"이제 잠을 깨고 더 빨리 벗겨 봐, 이렇게."

고용주의 목소리가 친절하거나 내 옆에 앉아 있을 때면 엽맥을 벗기는 내 손길도 빨라졌다. 고용주가 가 버린 뒤에는 먼지 많은 방에 차가운 어둠이 내려앉았다.

"넌 집에 돌아가면 밤에 뭘 하니?"

어느 날 고용주가 내 옆에 앉으며 물었다. 나는 고용주가 내게 관심이 있어서 그런 줄 알고 얼굴빛이 밝아졌다. 따뜻하고 다정하게 느껴졌다.

"도서관에서 빌려 온 책을 읽어요."

"어떤 책들?"

"무엇이든요."

"넌 책 같은 건 읽어선 안 돼. 바로 그게 네가 일은 하지 않고 꿈만 꾸는 이유야. 마리, 경고하는데, 일을 좀 더 잘하지 않으면 해고해 버릴 거야."

내가 그때 얼마나 부끄럽고 비참했는지……. 그날 밤 나는 내 울음소리가 들리지 않도록 담요로 입을 틀어막고 막 울었다. 사람들은 나를 비웃겠지. 우리 세계에서는 어느 누구도 애정이나 고통을 드러내서는 안 되니까. 약자들이나 여자들만 그러는 거야.

어느 날 내 고용주는 내 주급 1달러 30센트를 주면서 말했다.

"이제 더 이상 일하러 나오지 않아도 돼."

나는 한마디도 하지 않고 걸어 나왔다. 그러고는 철길 너머 목재소에 들어가 목재더미 사이에서 울었다. 집에 가서는 세탁통 옆에 있는 내 자리에 앉았다. 그러나 너무 지친 어머니는 내가 돌아온 줄도 몰랐다. 어머니에게는 어떤 감정도 남아 있지 않았다. 학교에서도 나는 형언할 수 없을 정도로 비참했고 우리 반에서 공부를 가장 못하는 아이들 중 하나였다. 질문을 받을 때마다 내가 생각한 대답을 했지만 번번이 선생님은 내 답이 모두 틀렸다고 했다. 나는 철길 너머에 사는 '거친 소녀들'과 함께 운동장에 모여 놀았다. 그 애들은 자기 집에서 여는 키스 파티에 관해 떠들었다. 그 애들은 은밀한 장소에서 삶의 신비에 관한 이야기를 비밀스럽게 나누었다. 그 애들이 오라고 하기에 나도 밤에 가 본 적이 있는데, 게임에서 지면 벌로 키스를 해야 하는 파티였다.

그런 시간을 보내면서 나는 '철길 너머 사는 거친 애들'의 리더 중 한 명이 되었다. 이제 나는 선생님의 꾸지람에도, 못마땅한 표정이나 말에도 상처를 입지 않았다. 욕설은 내게 일상이었고, 자연스러운 것이었다. 아버지가 매우 훌륭한 욕설 선생님이었기 때문이다. 아버지는 심지어 단어 사이에 욕을 집어넣느라고 글자 사이를 갈라놓았다. 이를테면 "바로 그 생, 빌어먹을, 각" 하는 식이었다. 나는 철길 너머 쪽에 사는 아이들이라면 남자건 여자건 싸웠다. 덕분에 내 남동생들은 내 보호 날개 아래 안전하게 붙어 지냈다.

어머니가 실 한 뭉치, 소금 한 자루, 비누 한 개를 사 오라고 가게에 심부름을 보내기라도 하면, 나는 그 시간을 아주 유용하게 썼다. 가게 점원에게 물건을 찾아 달라고 한 다음, 점원이 등을 돌리고 물건을 찾으면 우리 집에서 필요한 물건을 재빨리 집어 호주머니나 외투 아래에 살짝 넣곤 했다. 그런 물건 중에는 마카로니 한 상자, 콩 통조림 한 개, 그리고 내 손이 미치는 곳에 있는 과일이면 무엇이건 항상 빠트리지 않았다. 점원이 다시 등을 돌렸을 때 내 얼굴 표정은 천진난만하고 평안해 보였을 것이다. 철길 너머에 사는 많은 소년소녀들은 물건을 훔쳤는데, 그중에서도 나는 물건을 가장 잘 훔치는 아이들 중 하나였다. 나는 그애들보다 도둑질 재주를 더 많이 타고났던가 보다. 내가 비누를 사러 가는 곳은 주택가 상점이었다. 내 어머니가 빨래를 해 주는 저택의 부유한 사람들이 물건을 사는 큰 상점에서는 아무도 나를 의심하지 않았기 때문이다. 그곳에서 나는 전혀 의심하지 않는 점원들 등 뒤에서 호주머니를 가득 채웠으며, 눈앞에 있는 모든 물건을, 훔칠 수 있는 물건과 훔칠 수 없는 물건으로 나누어 바라보았다. 그러면서 호주머니에는 어떻게 넣고, 상점은 어떻게 빠져나오며, 집에다가는 뭐라고 할 것인지 고민했다. 나는 이제 빈손으로 집에 돌아가는 적이 거의 없었다. 처음에는 어머니에게 누가 그냥 줬다거나 길거리에서 주웠다고 거짓말을 했다.

어머니는 곧 둔감해져서 대충 부드럽게 꾸짖었다. 나는 어머니의 표정에서 음식이 생긴 것을 기뻐하는 마음을 읽고 말았다. 겨울 날씨는 추웠고 우리는 배가 고팠기 때문이다. 한번 그 표정을 읽은 이후 나는 더욱 대담해져서 학교가 끝나면 곧바로 주택가 상가로 갔다. 그러고는 여기에서 콩 통조림 한 개, 저기에서 농축 우유 한 통, 또 다른 곳에서는 꿀 한 병을 훔치는 식으로, 점점 그 양이 많아졌다. 나는 들켰을 때 뛰어 달아나는 데 방해가 되는 계란은 훔치지 않았다. 어떤 때는 어머니가 벌어서 사 오는 양보다 내가 훔쳐 오는 양이 더 많았다. 그런 날은 밀가루와 물로 만든 소스, 감자로 때우던 식탁이 내가 훔쳐 온 통조림과 진짜 버터, 외투 호주머니와 팔 아래 감춰 온 것들 덕분에 아주 풍성해졌다. 당연히 맛도 훨씬 더 좋았다. 내가 돈을 주고 샀던 물건은 빨래비누뿐이었다. 그렇지만 비누 두세 개를 사면서 이 가게 저 가게를 골고루 들러야 했기 때문에 두세 시간 걸리는 건 일도 아니었다.

스타킹은 외투 호주머니에 넣어 오기가 쉽기 때문에 내 남동생들, 조지와 댄은 가끔 모로 짠 따뜻한 스타킹까지 신을 수 있었다. 늦겨울 무렵에는 옷을 싸게 파는 가게에 일자리를 얻게 돼 우리 집 식구들은 옷도 충분히 입을 수 있었다. 나는 옷가게에서 아주 적은 임금을 받으며 노예처럼 일했다. 내가 동생들에게 입히려고 따뜻한 면 셔츠를 집에 가지고 왔을 때 어머니는 엄한 눈초리로 쳐다보았다. 돈을 내고 산 옷이라고 말하자 어머니는 더 이상 아무 말도 하지 않았다. 어머니는 가게로 가서 내 말이 정말인지를 물어볼 시간도, 그럴 마음도 없었다. 설사 어머니가 그렇게 했더라도, 옷가게에서 가장 말 잘 듣고 신임받는 점원이 바로 나라는 사실만 알게 되었을 것이다!

대지의 딸

Daughter of Earth

3 부

봄은 숲과 산에 희망을 주었다. 미처 느낄 새도 없이, 멀리 보이는 산 중턱이 어두운 자줏빛에서 연한 초록빛으로 변해 갔다. 그러나 철길 너머에 사는 우리에게 봄은 희망은커녕 패배만 주었다.

그해 겨울 아버지는 두 번인가 세 번쯤 부엌 문간으로 마차를 몰고 왔다. 그리고는 마부석에 앉아서 "이제 어느 편을 찍었는지 말할 거야?" 하고 물었다. 어머니는 비누거품으로 김이 오르는 팔과 손을 드러낸 채 부엌문에 서서 "난 할 말 없수!" 하고 대답했다. 그 말을 하는 어머니 자세는 꼿꼿했으며 일종의 위엄마저 풍기고 있었다. 그래서 나는 어머니 곁으로 걸어가서 자랑스럽게 턱을 조금 추켜올리기까지 했다. 나마저 없다면 아버지는 당장에 회초리로 어머니 얼굴을 후려칠 것 같았기 때문이다. 언젠가 어머니는 아주 조용한 목소리로 아버지에게 말했다.

"난 당신과 이혼할 거예요."

이 통고를 듣고 아버지는 몹시 분개했다.

"점잖은 가정주부가 남편과 이혼하겠다는 말 따위를 하다니, 훌륭한 일이군 그래!"

"당신이 루드로우에서 여자 요리사와 살림 차린 걸 나도 알고 있다고요. 그러니 내게 그런 식으로 말하지 말아요!"

어머니는 대답했다.

"빌어먹을! 멋지군!"

아버지가 욕하는 동안 어머니는 몸을 돌려 문을 쾅 닫고는 부엌으로 들어가 버렸다.

드디어 봄이 왔다. 철길 너머에 사는 젊은이들은 달빛 아래 여럿이 모여 있거나 거친 관목덤불 속으로 숨어 버렸다. 그렇지 않을 때는 강둑을 배회하게 하는 정체 모를 불안에 대해 생각했다. 밤새 부드러운 웃음소리, 속삭임이 들렸으며 고통스러운 일들도 있었다. 바람은 젊은이들의 여린 뺨과 목을 부드럽게 어루만졌다. 그러나 어머니는 세탁 일을 멈추지 않았으며 밤이 늦어서야 좁고 어두운 침실로 갈 수 있었다. 그러고는 파김치가 되어 침대 위에 쓰러졌다. 겨우내 빨랫감을 내놓던 부인들도 봄이 되면 집에서 직접 빨래를 했다. 그러니 봄은 우리에게 견디기 힘든 계절이었다. 그래서 어머니는 빨랫감 열둘에 덤으로 하나를 끼워 주던 세탁비를 1달러로 내렸다가 나중에는 90센트로 더 깎아 주었다.

몇몇 부인들이 어머니에게 말했다.

"로저스 부인, 이제 돈 안 들이고도 식구들이 조금만 도와주면 집에서 혼자 할 수 있어요."

어머니의 얼굴은 홀쭉해졌고 유령처럼 파리해 보였다. 어머니 등은, 어머니 표현을 빌리자면 "제대로 서 있지도 못할" 것처럼 휘어 있었다. 어머니는 또 치통 때문에 엄청 고생했다. 치료보다는 뽑는 게 더 쌀 거라며 이를 하나씩 뽑아냈더니 결국, 어머니의 한쪽 잇몸에는 이가 하나밖에 안 남았다.

마침내 어머니는 어느 날 아침, 일어나기조차 힘들어 "침대에 조금이라도 더 누워 있기"를 바라는 상태가 되었다. 어쩔 수 없이 내가 방과 후에 빨래를 맡게 되었다. 어머니는 나중에 일어나기는 했지만 두통과 현기증 때문에 다시 자리에 눕고 말았다. 어머니는 여러 날을 앓았다. 의사들은 부자를 위해 존재하는 것이므로 우리들 중 누구도 의사를 부를 생각조차 안 했다. 우리는 언제나 병이 나면 시간이 흘러 저절로 낫기만을 기다렸다. 나는 하루 종일 벽돌을 구워서 어머니

등과 머리 옆쪽에 대 주었다. 그리고 날마다 감자 요리를 하고 밀가루와 물로 소스를 만들어 식구들을 먹였다.

그때쯤 아버지가 마지막으로 우리 부엌문 앞에 마차를 몰고 나타났다. 이번에 아버지는 그냥 가 버리지 않았다. 그 이후로 아버지가 어머니 있는 데서 여성 투표권에 대해 말하면 어머니는 시선을 마룻바닥에 난 구멍 쪽으로 돌리더니 아무 말도 못 하고 구멍 앞뒤를 훑기만 했다. 어머니의 침묵은 사무치게 쓰라린 것이었다. 또한 압박이었다.

어머니 몸이 좋아지자 우리는 도시를 떠나 광산촌인 델라과Delagua로 갔다. 아버지는 그곳에서 견인하는 일과 굴착하는 일을 해 주기로 계약을 맺었다. 어머니는 "일꾼들의 하숙을 치기"로 했고, 나는 식탁 시중을 들기로 했다. 아이들은 이제 학교에 갈 수 없었다. 그동안 우리가 너무 오래 굶주려 왔기 때문에 어쩔 수가 없었다. 애니 언니는 우리와 함께 오지 않았다. 봄이 언니 마음을 흔들어 놓았기 때문이다. 언니는 이제 열여섯 살밖에 안 먹었지만 결혼하려고 하는 중이었다.

언니가 결혼하겠다고 통보해 왔을 때 나에게는 혐오감 같은 감정이 밀려왔다. 내가 언니와 친해지기에는 언니가 너무 뚱뚱하고 이기적이었다! 언니를 바라보고 있자면 수천 가지 기억들이, 그것도 아주 추한 기억들이 머릿속을 헤집고 다녔다. 한번은 한밤중에 언니가 내 몸을 꽉 누르는 바람에 잠에서 깨어난 적도 있다. 또 언젠가 부흥회 목사가 내게 와서 기독교를 믿고 기도하라고 하길래 시키는 대로 한 적이 있었다. 식구들이 모두 잠든 뒤에 침대에서 기어 나온 나는 무릎을 꿇고, 내가 '무서워해야 하는' 하나님에게 내 죄를 용서해 달라고 기도했다. 무릎을 꿇은 채 '이제 무슨 일이 일어날까?' 기다리는 내게 언니가 소리쳤다.

"우~ 우! 내가 네 기도를 못 들었을 줄 알고! 내일부터 떠들고 다녀야지."

언니는 떠벌리고 다니지는 않았지만 여러 달 동안 그 비밀을 나한테 불리하게 써먹었다.

그 언니가 이제 결혼을 하려는 참이었다. 언니가 결혼에 대해 말할 때 언니 입은 찌그러져 보였다. 그러나 언니에 대한 혐오감은 결혼이라는 신비로운 행사가 결국 다 삼켜 버렸다. 언니가 결혼할 남자는 '우리 고향의 오지' 태생이었다. 헬렌 이모가 한 달에 6달러를 받으며 식모로 일했던 바로 그 가문의 장손이었던 것이다. 한때 이모의 약혼자였던 이 남자는 자기가 이모한테 보낸 편지에 아무런 답이 없자 이모를 찾아 나섰다.

남자가 우리 집에 왔을 때 나는 방에서 나가 있었다. 내가 나중에 방으로 돌아와 보니 헬렌 이모의 편지가 어머니의 무릎에 놓여 있었다. 그 남자 샘은 울고 있었고 어머니는 샘을 위로하려고 애썼다. 어머니는 샘이 이모를 데려오기 위해 떠났다고 나에게 말해 주었다. 그러나 두 달 후에 샘은 혼자 돌아왔다. 그리고 한 달도 채 못 되어 언니와 약혼했다. 애니 언니는 그 일을 매우 자랑스럽게 생각했다.

우리가 덜라과 광산촌으로 떠나기 며칠 전에 언니는 결혼식을 올렸다. 샘은 결혼식을 마친 후 어머니의 손을 잡고서 언니한테 좋은 남편이 되겠다고 말했다. 그것은 고통의 맨 밑바닥까지 맛본 사람들끼리 하는 맹세처럼 보였다. 몇 해 동안 샘은 그 맹세를 잘 지켰다. 사람들은 흔히 고상하고 아름답게 살기를 바라는 이들이 잘못을 저질렀을 때보다 사랑하지 않는 사람들이 잘못했을 때 더 쉽게 용서하는 모양이다. 그래서 샘도 이모의 똑같은 잘못을 용서할 수 없었던 것이겠지.

몇 년 뒤, 내가 이모를 만났을 때는 이모와 샘 사이에 십여 년의 고통스러운 세월이 흐른 뒤였다. 두 사람과 언니를 둘러싼 의문은 여전히 나를 괴롭히고 있었다.

"난 샘과 결혼할 수 없는 몸이었어."

이모는 내 질문을 막기 위해 결국 소리를 버럭 질렀다.

"물론 샘을 만났지, 내가 뭐 장님인 줄 아니? 왜 결혼하지 않았느냐고? 그래, 제기랄, 왜 내가 그 남자와 결혼을 해야만 하는 거지? 상관 마. 어쨌든 처음엔

별 문제 없을 거야. 하지만 여자가 결혼해서 생활비를 벌지 못하면 남자는 자기 부인의 과거를 들춰내기 시작한다니까."

나는 이해가 안 되는 세 사람의 행로를 사정없이 추궁했다. 이모는 똑같은 사실을 두고 부인하기도 하고 시인하기도 했다.

"물론 바로 그게 내가 샘과 결혼하려고 하지 않았던 이유야. 처음에 토니를 데리고 왔고 다른 애들도 데리고 왔지. 난 이제 아이를 가질 수 없어. 마리! 넌 시끄러운 애구나……. 네가 상관할 바 있니? 그래, 난 두 번 유산했기 때문에 아이를 가질 수 없는 몸이 된 거야. 해마다 난 치료받으러 스프링즈라는 곳에 가야만 해. 이제, 제발…… 됐니?"

그때의 나는 좀 모자라는 아이였던 가보다. 이모가 말하는 '스프링즈'를 부자들이 가는 여름 휴양소쯤으로 생각했으니까. 이모는 그때 부유한 여성처럼 보이는 옷차림을 하고 있었다. 시간이 지나서야 이모가 왜 '스프링즈'에 가야 했는지, 이모가 어떤 병을 치료한 것인지 알게 됐다. 내가 이모에 대해 너무 많이 알아 버려서 미안한 마음을 금할 길이 없다. 어린 나무의 뿌리에 늘 쓴 것만 주면 크고 반듯하게, 아름답게 자라지 못하는 법이다.

언니와 형부는 서부 오클라호마의 농장에 집을 지었다. 그리고 지평선까지 황량하고 쓸쓸하게 뻗어 있는 땅에 농사를 지었다. 언니는 남편과 격렬하게 싸우는 동물적인 아내였다. 동시에 더 우월한 힘에 복종할 줄 아는 좋은 아내이기도 했다. 그런 여자는 자신의 생각이나 원칙 때문에 갈등하는 일 없이 남편을 따라 무덤까지 갈 위인이었다. 언니는 너무나 육체적인 존재여서 생각이나 원칙이 끼어들 자리가 없었다. 형부는 거리, 댄스장, 파티장에서 엇비슷한 친구들과 어울려 놀고 있는 언니를 찾아왔다. 거기서 언니는 다른 친구들처럼 맨발에 옥양목 실내옷을 입은 데다, 머리를 뒤로 올려 조그만 매듭으로 묶은 뒤 선구적인 여자 행세를 하고 있었다. 2년 정도 그렇게 살던 언니는 다른 앞서 간 여자들처럼 침묵 속으로 사라져 버렸다. 언니가 죽을 때, 내가 늘 언니를 미워한 것 같아 유감이라고 했단다. 그 말을 내게 전하면서 어머니는 내 표정이 조금이나마 누그러지는지 살폈다. 그리고 간절한 눈빛으로 내 얼굴을 바라보았다. 그러나 내 얼굴에 부드러운 표정은 나타나지 않았다. 나는 잔인한 야수처럼 마음에 상처와 증오를 품고 있었다. 옳든 그르든 그것은 사실이다. 정말이다. 세상 돌아가는 방식이 내게는 어떤 다정함도 가르쳐 주지 않았다.

그렇게 언니는 어둠 속으로 사라져 갔다. 그리고 나는 뒤에 남아, 소위 빛 가운데 있었다.

언니와 형부가 서부 오클라호마의 집으로 떠난 뒤 우리는 트리니다드에 남았다. 그리고 콜로라도 연료회사와 제철회사의 석탄을 쌓아 놓은 벌판에서 일어났던 최초의 파업 중 하나가 어떻게 마무리되는지 지켜보았다. 3주 동안 주 군대가 트리니다드 시를 점령하고 있었다. 군인들은 "질서를 유지했다." 군인들의 진지는 우리 집 맞은편에 있는 퍼거터리 강의 비스듬한 언덕에 있었다. 군인들은 술을 마셨고 싸움이 일어나면 총으로 해결하기도 했다. 마구 날아다니는 총알은 강 이쪽 편의 아낙네들을 공포에 떨게 했다. 아이들은 집 뒤에 있는 뒤뜰에서 놀아야 했다. 그리고 아버지들은 날마다 해가 떨어지면 딸들을 찾아 나서기 시작했다. 철길 너머에 사는 많은 이들이 그랬듯이, 딸들이 세탁소에서 일하는 집에서는 식구 중 누군가가 딸을 무사히 데려오기 위해 나가서 기다렸다. 어떤 소녀가 철길을 따라 걸어 내려오면서 어떤 군인과 이야기를 나누다가 아버지한테 들켜 반쯤 죽도록 맞았다는 소문이 순식간에 퍼졌다. 그러나 그 군인은 오히려 능글맞게 웃었으며 뽐내며 걸어 다녔다. 군복을 입고 있는 미국 군인들을 어느 아버지도 감히 건드리지 못했다. 그로부터 며칠이 지난 뒤였다. 우리 다음다음 집에 사는 어떤 사람이 그날따라 딸을 데리러 나가지 않았다. 그랬는데 딸이 올 시간이 지나도 오지 않더란다. 딸을 찾아 나선 아버지는 목재 더미가 쌓인 뜰의 나무 사이에서 군인들에게 둘러싸인 딸을 발견했다. 보초병이 딸의 아버지가 왔다고 다른 군인에게 소리쳤으나, 군인에게 잡혀 있는 딸에게는 그 소리가 들리지 않았다. 외진 곳이었던 데다가 감히 '미국 군복'을 건드릴 수 없는 현실이 그런 상황을 만들었다.

소문은 철길 너머로 바람을 타고 날아갔다. 아버지와 딸이 열두 집 정도 지나 갔을 때 동네 사람들은 문을 열고 내다보거나 무리를 지어 모여 서서 구경했다. 아버지와 딸은 고개를 푹 숙이고 아무것도 보이지 않는 듯 말없이 걷고 있었다. 딸의 블라우스는 찢겨 있었고 울어서 퉁퉁 부은 눈은 벌겋게 충혈되어 있었다. 아버지는 손가락을 뻣뻣하게 움직이더니 주먹을 꽉 쥐면서 구부정하게 걸었다. 이 마을에서 군인이 살해되고, 그래서 철길 쪽 사람들이 배심원이 되었다면, 어떤 아버지에게도 혐의를 씌우지 않았을 것이다. 그리고 그 아버지에게 불리한 증언을 하는 사람 역시 한 명도 없었을 것이다. 결국 '질서'가 회복되었을 때 광부들은 다시 지하 갱 속으로 들어가야 했다. 그런 뒤 푸른 군복을 입은, 법을 수호하는 군인들이 철수하자 철길 너머 사람들은 깊은 안도의 숨을 내쉬었다.

우리가 광산 도시 덜라과에 도착한 것은 바로 이 무렵, 짙은 적대감이 팽배해 있을 때였다. 제법 규모가 큰 광산이 있던 덜라과는 황량하고 돌이 많은 협곡 서너 개가 만나는 곳에 자리해 있었다. 석탄을 쌓아 놓은 장소는 화산암 덩어리 쪽에 있었는데, 시커먼 광산 입구와 함께 계곡을 답답하게 만들고 있었다. 석탄을 만드는 가마는 줄지어 늘어서 있었다. 마찬가지로 줄지어 늘어서 있는 광부들의 집 뒤쪽에 자리한 가마는 밤마다 붉고 탁한 빛을 냈다. 가마와 광산은 좁은 철로로 연결되어 있었다.

사방 몇 킬로미터에 달하는 광산과 땅은 모두 회사 소유였다. 우리 집도 회사에서 빌린 것이었고, 회사 소유가 아닌 집은 한 채도 없었다. 음식과 옷가게도 회사 소유였고, 다른 가게는 차릴 수도 없었다. 사람들은 회사가 요구하는 비싼 독점 가격을 내거나, 일 없이 지내야 했다. 학교 건물도 회사 소유였으며, 교사도 회사 간부들이 뽑았다. 심지어 남자들이 모여 돈을 허비하는 술집도 회사가 술집 주인에게 빌려 준 것이었다. 그러니 술집 주인 역시 회사와 '잘 지낼' 수밖에 없었다. 또 한 달에 한 번 이 도시를 지나가는 목사는 하나님과 천국에 대해서만 설교해야 했다. 현실에 대해 설교하는 것은 금지되었다. 도시로 가는 철도도 회사 것이었다. 전지전능한 회사는 결국 회사 돈을 어음처럼 찍어 내기 시작했다. 광부와 노동자 역시 모두 국가의 돈 대신, 회사 돈으로 월급을 받았다. 트리니다드 시에 있는 은행은 그 돈을 10퍼센트 할인하여 현금으로 주었다. 현금 2달러를 받게 될 줄 알았던 어떤 노동자는 회사 돈 2달러를 받게 되었다. 그 노동자는 음식이 너무 비싸다고 불평했다. 그러자 사람들은 음식 값 역시 회사 돈으로 받고 있는데, 그 돈으로는 은행에서 제값을 받지 못하기 때문에 어쩔 수 없다고 말했다.

골목에는 방 두세 개짜리인 광부들의 집이 구불구불 늘어서 있었다. 골목 어귀에는 어깨가 떡 벌어진 사내들이 무리지어 버티고 서 있곤 했다. 사내들은 술집 앞이나 가게에서 만나 영어가 섞인 폴란드 말, 체코 말, 독일 말 등 갖가지 외국어로 지껄였다. 사내들은 억눌린 불안과 증오심으로 암울하게 이야기를 이어 나갔다. 주로 미련하게 살찐 사장과 긴 노동시간, 열악한 임금과 갱 내부의 위험한 작업 조건과 상황에 대해 퍼붓는 욕이었다. 사내들의 이야기를 통해 광부들이 어두운 굴속으로 깊이 들어가 석탄을 파내 석탄 차에 실으면, 노새들이 광산 입구까지 석탄 차를 끌고 간다는 것을 알게 되었다. 캐낸 석탄은 광산 입구에 있는 저울에 올라갔으며, 회사 간부들이 무게를 쟀다. 수년의 경험을 통해 광부들은 자신들이 캐낸 석탄이 어느 정도의 양인지 잘 알고 있었다. 그러나 간부들이 잰 무게는 늘 생각보다 적었다. 석탄 차 하나당 몇 파운드씩 줄인 결과, 토요일 밤에 받는 주급 봉투가 얇아지곤 했다. 파업이 깨진 것은 그달 마지막 날이었고, 매점에는 막대한 청구 금액이 밀려 있었다. 청구서는 항상 광부들이 벌어들이는 것보다 많았다. 매점 사람들은 광부들이 사지도 않은 담요 값이나 본 적도 없는 물건 값을 덧붙이면서 사정없이 돈을 내놓으라고 했다. 이상하게 여긴 광부들이 항의를 하기도 했다. 매점 측에서는 물건을 사 간 것은 틀림없는 사실이니까 돈을 내든가, 다시는 물건을 못 사게 되든가 알아서 하라고 으름장을 놓았다. 광부들은 돈을 내거나, 아니면 일자리를 잃어야만 했다.

도시의 간부들은 광부들을 "무식하고 더러운 외국 놈들"이라고 불렀다. 어떤 간부들은 광부들의 말을 알아들을 수 없다는 이유만으로 그들을 "위험한 고객"이라고 불렀다. 미국인에게는 자신이 이해하지 못하는 것들은 모두 다 위험한 법이니까.

"돈을 내든지 그렇지 않으면 나가라"는 게 회사 매점의 구호였다. 광부들은 어쩔 수 없이 돈을 냈다. 도시를 떠나려면 돈이 필요했다. 다른 광산 도시로 가 봐야 조건은 마찬가지였다. 설사 이곳을 떠나 다른 도시로 간다고 해도 그런 광부들 이름은 이미 블랙리스트에 올라 있어서 일자리를 얻을 수도 없었다. 광부들은 손발이 모두 묶인 사람들이었다. 사방에 회사의 땅과 도시들이 깔려 있었고, 북쪽으로 간다 한들 똑같은 조건을 가진, 이름만 다른 회사들이, 이름만 다른 도시들이 있을 뿐이었다.

나는 겁에 질린 채 더럽고 구불구불한 거리를 걸어갔다. 그러면서 광부들의 집 안을 훑어보았다. 가구도 거의 없는 작은 방에는 식탁 하나와 의자 한두 개, 주전자와 냄비 몇 개, 악기 정도가 놓여 있을 뿐이었다. 어쩌다가 책들도 있었다. 저녁이면 광부들은 집밖에 나와 앉아서 슬픈 곡조의 민요를 연주했다. 내가 지나가면 광부들은 알아들을 수 없는 외국 말로 공손하게 인사했다. 나는 미국 토박이였지만 간부 계급에 속하지 않았기 때문에 그럴 수 있었다. 여자들은 감히 거리로 나갈 엄두를 내지 못했다. 작업장에서 폭발음이 터져 나오면 죽은 광부들 시체가 거리로 운반되었다. 광부들은 부상자와 사망자를 널판에 싣고 우리 집을 지나가고는 했다. 한 무리의 군중이 그 뒤를 따라 지나갔다. 그런 사건들을 통해 갱 속의 기둥이 부족하거나, 뚜껑이 없는 램프 때문에 가스가 폭발해 광산에서 사고가 난다는 것을 거듭 알게 되었다.

광부가 곡괭이와 삽을 들고 일단 탄광의 칠흑 속으로 사라진 뒤에는 본인도, 그 가족도 광부가 살아나올 수 있을지 어떨지 알지 못한다. 미국의 모든 토박이 노동자들은 탄광을 무서워했다. 우리 아버지는 어머니를 협박할 때, "당신이 남편 대우를 제대로 해 주지 않으니 어쩔 수 없어. 뭔가 다른 일을 해야겠어. 광부라든지 말이야!" 하곤 했다. 아버지는 어머니의 침묵이 당신을 탄광으로 내몰 거라는 사실을 우리 모두에게 알리고자 했다. 덕분에 나 역시 탄광이 무서워졌다. 미국의 노동자들은 한결같이 생활에 쪼들려 어쩔 수 없이, 갓도 없는 전등 달린 모자를 쓰고 석탄 차를 타게 될까 봐, 어둠 속으로 끌려들어갈까 봐 두려워하게 되었다.

토박이 미국 남자들은 바깥에서 일을 하는 우리 아버지 밑에서 일했다. 아버지가 부리는 일꾼들은 여남은 그룹이나 되었다. 어떻게 아버지가 그런 자산을 갖게 되었는지 신기하기만 하다. 약 스무 명의 남자들이 아버지 밑에서 일했다. 회사의 요구에 따라 새 건물을 짓느라고 땅을 폭파하거나 삽질을 했다. 일꾼들은 식사 때가 되면 우리 집으로 쏟아져 들어왔고 어머니와 나는 쉴 새 없이 일했다. 어머니와 나는 설거지를 마치자마자 바로 다음 식사를 준비해야 했다. 어머니는 다시 한 번 희망을 품어 버렸고, 약한 몸을 아낌없이 혹사시키기 시작했다. 어머니는 젊음이 사라지기 전에 편안한 생활을 조금이라도 누리고 싶으셨을 것이다. 그러나 젊은 나이라고는 해도 어머니의 몸과 마음은 이미 늙은이와 다름없었다. 이도 거의 남지 않았다. 이제 어머니의 희망은 내게로 옮겨 와 나에게 피아노를 가르치고 싶어했다. 내가 손에 잡히는 악기마다 다 연주해 보려고 했기 때문이다. 어머니에게 피아노는 곧 '교육'이었다. 어머니 뜻대로 나는 '교육'을 받아야 했다. 어머니는 아버지에게 피아노를 사 달라고 졸라야 한다며 나를 다그쳤다. 어머니는 아버지가 말에 필요한 훌륭한 마구나 그 밖의 바깥일을 하는 데 필요한 것들을 사는 걸 보니까 그 정도 여유는 있을 거라고 말했다. 그러나 막상 내가 아버지에게 이야기를 꺼내자 아버지는 내 엉뚱한 생각에 웃었다. 대신 아버지는 내게 '한 가지 제안'을 하셨다. 아버지는 이제 꽤 돈을 벌고 있었으므로 '장부를 쓸' 생각이었다. 이전에 "터너 자식에게 당했던 것처럼" 다시는 누구에게도 사기를 당하지 않도록 조심할 작정이었던 것이다. 아버지는 장부에 모든 걸 다 기입해 놓은 뒤, 간혹 문제가 생긴다면 '셈' 해 놓은 것을 보여 줄 생각이었다. 아버지가 '교육'에 대해 품었던 경멸을 생각해 보면, '셈'과 '장부'에 대해 그토록 확신을 가지게 된 것은 놀라웠다. 어느 날 아버지는 집에 장부와 거래책을 하나씩 갖고 와서 부엌 식탁 위 내 앞에 놓았다.

"넌 배웠으니까 이제 장부책을 펼쳐 봐!"

아버지는 명령했다. 나는 아버지를 흘끔 본 뒤 장부책을 집어서 아버지 앞에다 펼쳐 놓았다. 아버지는 비꼬듯이 말했다.

"넌 8학년씩이나 되었지만 그래도 내가 너보다는 아는 게 많을 거다. 장부책을 열고, 내가 부르는 대로 받아 써! 자, 여기 앉아 저 연필로 쓰는 거야."

아버지는 숫자를 부르기 시작했고 나는 장부 한쪽에 길게 한 줄로 받아 썼다.

"이제 모두 합해!"

나는 합하고 또 합했다. 그러나 계산을 할 때마다 틀렸다. 아버지는 나를 내려다보고 비웃으며 서 있었다. '배운' 내가 덧셈도 제대로 못 하다니! 나를 부끄럽게 하는 과장된 몸짓으로 아버지는 책과 연필을 가로채더니 합산하기 시작했다. 아버지의 덧셈 결과도 역시 매번 달랐다. 아버지는 입술을 씰룩거리고, 웅얼웅얼하면서 종이에 점을 그었다. 이번에도 역시 계산은 틀렸다! 서서 바라보고 있는 내 모습에 아버지는 화가 났지만 위엄을 지키기 위해서 나를 보내 버리지는 못했다. 나 역시 내 위엄을 지키기 위해, 그 자리에 서 있었다.

"여보!"

결국 아버지는 부엌에다 고함을 쳤다.

"이리 와 더하기 좀 해. 8학년이나 됐는데도 더하기 하나 제대로 못 하는 당신 딸이 여기 있구려."

아버지는 지금 나를 '어머니 딸'이라고 불렀다. 아버지가 좋아하는 어떤 일을 했을 때 아버지는 나를 "사랑스러운 아빠 딸"이라고 불렀다. 바로 이 순간은 어머니께 자랑스러운 순간이었다! 어머니는 앞치마에 손을 닦고 자리에 앉았다. 어머니는 우리 모두 다 들을 수 있도록 "2 더하기 5는 7, 7 더하기 8은 15, 15 더하기 8은 23, 23 더하기 9는 32" 하고 큰 소리로 합산을 하여 셈을 끝냈다. 아버지는 어머니를 내려다보며 어머니가 덧셈하는 소리를 듣고 있었다. 아버지의 눈빛은 어린아이 같은 확신을 담고 있었다. 그 순간부터 아버지의 지적知的 삶은 어머니 수중에 놓이게 되었다. 나는 그 표정을 다른 사람들 눈에서 본 적이 있다. 바로 내 동생 조지가 나를 바라보는 표정이었다. 내가 사랑하며 나를 사랑하는 이가 나를 그렇게 응시하는 법이다. 그런 이에게 어떤 나쁜 짓도 할 수 없으리라는 것도 나는 잘 알았다. 그 표정은 한편으로 아주 무섭기도 했다. 그 표정은, 개인의 의지에 상관없이 개성을 상실한 채 다른 사람에게 파묻혀 버리는 것을 의미했다.

셈을 끝낸 어머니가 일어나서 아버지를 쳐다보았을 때 아버지는 매우 겸손해져 있었다.

"여보, 매일 밤 장부 정리를 당신이 해 주구려. 그 터너 새끼 때와 같은 문제가 생기면 당장 숫자를 보여 줄 수 있게 말이야."

그 일 이후로 매일 밤 부모님은 함께 식탁에 앉았다. 그러고는 아버지가 항목과 숫자를 부르면 어머니가 받아썼다. 아버지는 당신밖에 읽을 수 없는 서툰 숫자들을 길게 늘어 써 놓은 장부책을 호주머니에서 끄집어내곤 했다. 그 숫자들은 아버지가 매일 쓰는 지출과 감정가였다. 아버지는 '견적'이라는 말을 쓰면서 뜻을 설명하지도 않고 나를 흘깃 쳐다보았다. 아버지가 어떻게 그런 견적에 도달했는지는 아무도 모를 일이다. 아버지가 도급 계약을 맺을 때 과정은 이렇다. 먼저 아버지는 한쪽 땅만 내려다보며 생각에 잠겨 중얼거리다가 귀를 긁적긁적하면서 책에다 휘갈겨 써 놓았다. 그런 다음 아버지는 도시의 회사 간부들에게로 가서 그 일을 따내려고 온 다른 사람들과 입찰에 들어가곤 했다. 계약자 중에 몇몇은 타자를 친 견적서를 제출하기도 했으나, 아버지는 셔츠 바람에 부츠를 신고 말로 흥정을 붙였다. 아버지는 서류와 타자기가 없으면 아무것도 못 하는 남자들을 경멸했다. 아버지는 굴착하는 일과 시멘트를 바르고 돌로 기초를 만드는 일, 일꾼들과 말과 마차 작업조와 공구를 제공하는 조건을 내걸었다. 아버지는 대략적인 가격을 불렀으며 일을 시작할 때 반을, 나머지 반은 일을 끝냈을 때로 두 번 나누어 받겠다고 했다.

회사 간부들은 아버지가 셔츠 바람으로 서서 다른 사람들이 내건 조건과 경쟁하는 모습을 보곤 했다. 그 결과 회사에서 아버지에게 일거리를 맡기는 일이 종종 있었다. 회사 간부들은 아버지의 인간성이나 화술에 끌려 계약한 것이 분명했다. 아버지는 아버지 나름의 방식이 있었다. 그리고 아버지의 말과 태도는 다채로웠다. 아버지는 글을 쓰지 못했다. 살아 계시는 동안 아버지가 글을 읽는 모습을 본 적도 없다. 아버지의 세계는 책이 아니라 아버지 당신과 당신 주위에 있었다. 아버지에게 책이란 아무것도 아니었다. 그러나 현실 세계에 속한 것이라면 땅의 구멍조차 낭만으로 느꼈다. 아버지는 하늘의 별이 아니라 땅에 눈길을 주었다. 아버지는 흙에서 나왔고 또한 흙은 아버지에게서 나왔다. 아버지는 땅을 팠으며, 품었고, 흙과 함께 생각했다.

나는 저 아래 먼지 구름 사이에서 일하는 아버지의 모습을, 아버지가 파놓은 땅의 가장자리에 서서 내려다보곤 했다. 아버지는 일에 관한 것 말고는 아무것도 들리지 않는 사람 같았다. 내가 아버지 곁에 바짝 다가섰다 해도 아버지는 나를 못 보셨을 것이다. 아버지의 마음은 크게 원둘레를 돌면서 저 깊은 곳에서부터 아버지 삶의 지평선 그 너머까지, 멀리 더 멀리 내뻗고 있었다. 나는 그것을 알고 있었다. 아버지는 그저 땅에다 구멍을 파고 있는 것이 아니라 땅에 놓여 있는 모든 것, 모든 신기한 것을 파내고 있는 것이었다. 나는 아버지를 잘 알았기 때문에 그 사실도 알았다. 난 아버지의 딸이었으니까.

아버지 밑에서 일하는 일꾼 가운데, 야위고 호리호리한 스물여덟 살 카우보이가 있었다. 그 카우보이는 뉴멕시코에 있는 목장을 잠시 떠나 세상 구경을 나온 참이었다. 아버지 밑에서 일하는 다른 많은 일꾼과 마찬가지로 그 사람 역시 한곳에 진득하게 붙어 한 가지 일에만 매달리는 것을 견디지 못했다. 그래서 이리저리 일자리를 옮겨 다니고 있었다. 일꾼이라면 으레 총 한두 자루나 멋진 혁대, 박차 달린 부츠 한 켤레, 진기한 모자 끈, 멕시코산 가죽 말채찍과 장갑 같은 세속적인 물건을 지니고 있기 마련이었다. 일꾼들은 또 대개 말을 가지고 있었는데, 그 카우보이는 흔히 보기 힘든 말안장과 그에 어울리는 재갈과 고삐까지 갖추고 있는 것으로 보아 풍취를 아는 남다른 사람이었다. 일꾼들은 로키산맥 너머의 소목장에서 왔다고 했다. 말은 별로 없었지만 멋진 남자들이었다. 흙일을 하는 게 체질처럼 보였다. 일꾼들은 용감하고 친절했으며 신실했으나 입은 거칠었다. 임금을 받으면 일꾼들은 트리니다드 시에 있는 '언덕'에 갔다. 그곳에서 남자의 욕정에 몸을 파는 여자들에게 그 돈을 다 써 버렸다. 일꾼들이 결혼을 하는 일은 드물었다. 그러나 결혼한다면 처녀들하고만 했다. 여자들은 나머지 생애 동안 먹고 잠잘 곳을 마련하기 위해 팔 것이라곤 처녀성밖에 없었다. 아버지라는 사람들은 남자들이 은행 계좌를 지키듯, 엉덩이에 총을 비껴 차고 경고하는 눈초리로 딸들을 보호했다. 나도 이제 어른이 되어 가고 있었고 아버지는 모든 총각 일꾼들에게 내가 희롱할 대상이 아니라는 사실을 분명히 알려 주었다.

그러나 나는 모든 일꾼들의 친구였다. 나는 일꾼들을 아주 좋아했으며 부러워했다. 많은 일꾼들이 여러 해 동안 우리 집 근처에서 살고 있었다. 그러나 그곳에 일꾼들이 처음 왔을 때와 마찬가지로, 나는 그 사람들 삶의 깊은 속내에 대해서는 아무것도 몰랐다. 아마 일꾼들은 서로에 대해서도 잘 몰랐을 것이다. 감정의 소요를 일으킬 만한 어떤 것도 결코 화제로 삼지 않았기 때문이다. 어머니가 있는지, 여동생이 있는지도 본인들밖에 몰랐다. 누군가를 사랑한 적이 있는지 없는지도 자신들의 마음에 꼭 숨겨 놓은 비밀이었다. 장엄한 산이나 별이 빛나는 밤이 자신들을 고독에 빠뜨리는지 어떤지, 전지전능한 신 앞에서 자신들의 영혼을 겸손하게 낮추는지 어떤지도, 친구라곤 없는 일꾼들은 한사코 비밀로 간직했다.

아버지 밑에서 일했던 야위고 호리호리한 카우보이 일꾼도 그런 사람이었다. 카우보이의 이름은 짐이었는데 다른 일꾼들처럼 이름 말고는 아무것도 가르쳐 주지 않았다. 그러나 얼마간 시간이 흐른 뒤에 아버지에게 자기 성이 왓슨이라고 가르쳐 주었다. 그것은 관계가 친밀해졌음을 말하는데, 다른 일꾼들은 서로 뭔지 알겠다는 눈길을 주고받았다. 식사 때 늘 식탁 맨 끝자리에 앉는 빅 벅이 짐을 한번 쳐다보고 또 나를 쳐다보더니 어떤 즐거운 비밀을 감추고 있는 듯 눈동자를 반짝였다. 물론 전에도 종종 의심이 가득한 눈길로 우스운 농담을 던진 적이 있기는 했지만.

"마리야, 왓슨 씨에게 감자를 넘겨주지 그러니."

빅 벅이 말하자 사람들은 웃음을 참느라고 킥킥거렸다. 그 시절 서부 지역에는 여자가 드물었기 때문에 아내를 얻는 일이 쉽지 않았다. 짐 왓슨에게는 목장이 하나 있었는데 목장에는 여자도 필요했다. 나는 이제 여자였던 것이다.

짐은 내게 금목걸이를 선물했는데, 오래 끼고 있으면 목에 검은 띠가 생겼다. 춤추는 곳으로 나를 데려간 짐이 내 호주머니에 살짝 밀어 넣었던 선물이다. 어느 날인가는 빅 벅이 슬며시 웃으면서 다가와 "요긴하게 쓰일 거야"라며 연발 권총을 내밀었다. 내 나이와 몸집의 거의 세 배쯤 되는 빅 벅이 말이다. 빅 벅은 하찮은 목걸이 나부랭이를 여자에게 줄 그런 남자가 아니었다!

일요일 오후 나는 다람쥐를 잡으러 골짜기로 올라가기 위해 빅 벅의 조랑말을 빌렸다. 짐이 나를 부르더니 자기도 따라가겠다고 했다. 빅 벅은 두 팔로 머리를 받친 채 울타리에 기대 서서 작은 소리로 킥킥거렸다. 짐은 하얀 셔츠로 멋을 냈고, 허리에는 넓은 은박 혁대를 찼다. 그리고 혁대만큼 멋진 모자 끈이 달린 커다란 회색 모자를 썼다. 짐은 잘생기지는 않았지만 우아했다. 흰 셔츠를 입는다고 누구나 우아해 보이는 것은 아니었는데 말이다. 짐은 말이 어느 방향으로 가건 무슨 짓을 하건 아랑곳없이 편안하고 느리게 달렸다. 우리는 메역취 goldenrod와 흔들리는 백양나무, 소나무로 빽빽한 골짜기를 지나갔다. 짐은 안장 손잡이 위에 긴 다리를 걸친 채 담배를 말면서 뉴멕시코에 있는 자기 목장에 대해 이야기했다.

그러다 갑자기 물었다.

"내 목장 어때요?"

"굉장한 것 같군요."

"나랑 결혼하면 어떻겠소? 그러면 그 목장의 절반은 당신 것이잖소. 그리고 지금 내가 타고 있는 이 말도 당신이 가질 수 있고. 당신이 지금 허리에 차고 있는 장난감 같은 총 말고 45구경 총을 주리다."

오! 이런 게 바로 구혼이었구나! 물론 책에서와 똑같지는 않았지만 그것은 구혼임에는 틀림없다. 결혼, 그 이상하고 머나먼 일. 하지만 약혼해서 총과 내 말과 목장을 갖는다면!

짐은 다시 물었다.

"자, 나와 결혼하겠소?"

"그럼요!"

나는 대답했다.

"정말로?"

"그렇다니까요!"

짐은 그의 말을 빌리자면, "그 자리서 결단을 내겠다"고 결심했다.

"여기 이 말은 지금부터 당신 말이고 읍내에 도착하자마자 45구경 총과 장갑, 가죽 채찍을 당신 손에 쥐어 주겠소. 그럼 벅이 당신에게 준 총을 당장 돌려줄 수 있겠죠?"

"나는 아직 이 연발총을 쏘아 보지도 못했는걸요! 이 총에 무슨 문제가 있다고요?"

"그건 다른 남자가 준 총이오. 그리고 당신이 나와 결혼하면……."

"무슨 소리예요? 당신 정신이 번쩍 들게 달려가서 한번 펄쩍 뛰어 보세요! 이까짓 총이 뭐라고요!"

짐은 자기가 지금 위험한 땅을 밟고 있음을 알아차리고 웃었다.

"당신이 어떻게 나오는지 보려고 장난 좀 친 거요. 내가 총을 선물하면 당신은 총을 두 자루나 가지게 되겠군요. 세상에 총을 두 자루나 가진 처녀는 아마 없을 거요."

짐은 말했다.

나는 그저 "고마워요." 하고는 골짜기를 내려다보다가 눈을 돌려 어두운 연두색의 들판을 바라볼 뿐이었다. 지금 이 구혼이 책에서처럼 그럴 듯한 흥분을 자아내지 못한다는 것이 무척 유감스러웠다.

"자, 그럼 내게 키스해 주겠소?"

짐은 자기 말을 내 말 가까이로 바짝 갖다 붙이더니 낮은 목소리로 말했다.

나는 계속 골짜기만 굽어보았다. 짐을 쳐다보면 그나마 구혼의 분위기가 엉망이 될 것 같아서였다. 짐은 나이가 많이 들어 보이는 얼굴이었고, 구레나룻까지 있었다. 책에 나오는 주인공들과는 전혀 닮지 않았다. 짐은 내게 아주 가까이 다가오더니 자기 안장에서 내게로 몸을 굽혔다. 짐의 입술이 내 입술에 닿았고, 나는 짐의 담배 냄새와 숨결을 느끼지 않으려고 애썼다.

'아마 다른 대부분의 남자들에게서도 이런 냄새가 날 거야. 그래, 그럴 거야. 그래도 이렇게 내가 정말로 사랑하는 사람을 만난 게 나쁘진 않잖아.'

그런 생각이 내 피 곳곳을 침범해 왔다. 마치 낚싯바늘이 시냇물에 잠긴 나무에 걸리기라도 한 것처럼 말이다.

우리는 말을 타고 집으로 돌아왔다. 나는 내가 생각하는 결혼의 의미가 다른 사람들이 결혼에 갖다 붙이는 의미와 같다고는 생각하지 않았다. 보통의 일상적인 결혼은 너무나 소름끼치는 것이어서 생각조차 할 수 없었다. 그러나 막상 집에 도착하고 나니 걱정이 산더미였다. 짐이 뭐라고 지껄여 댈지도 모르는데, 저 다리만 긴 바보……. 짐은 단 몇 분도 입을 다물고 있지 않을 텐데!

내가 저녁 식사를 위해 식탁을 차리고 있을 때 아버지와 어머니가 문 앞에 나타났다.

"마리야!"

아버지가 부르자 너무나 무섭고 부끄러워 땅 속으로 꺼져 버렸으면 싶었다.

"마리야."

아버지가 나를 또 불렀다.

"짐이 너와 결혼하겠다고 하더구나. 그렇지만 넌 결혼하기엔 아직 너무 어려!"

"마리야, 엄마도 그렇게 생각한단다."

어머니는 앞에다 두 손을 꼭 끼고 선 채 슬픈 표정으로 말했다.

"난 열다섯 살이 다 되어 가요. 언니도 열여섯에 결혼했잖아요."

"그래도 넌 너무 어려. 애니는 너보단 성숙했고. 열여덟 살은 되어야 성인이 되는 거야. 그땐……."

아버지가 머뭇거리며 당황하는 목소리로 계속 말했다.

"그리고 결혼해 보면 지금 네가 전혀 모르는 일들이 있어. 지저분한 일들이……."

"지저분한 일들이라고요!"

나는 화가 나서 소리 질렀다.

"나는 지저분한 것들에 끼어들지 않을 거예요!"

나는 문 앞에 서 있는 부모님을 바라보았다. 바로 그때 수치심과 혐오감이 요동치더니 나를 휩쓸고 말았다.

"빌어먹을 더러운 것들 같으니, 더러운 것들은 다 저주받아야 해! 다 뒈져야 해! 어떤 일들이 나를 역겹게 한다고요. 어떤 일들은 나를 역겹게 해요! 더러운 것들은!"

발끈했다. 나는 모든 것을 증오했다. 저기 서 있는 부모님, 그리고 저 다리가 길고 호리호리한 몸집에 구레나룻까지 기른 멍청이 짐 왓슨도! 나는 몸을 돌려 집에서 빠져나왔다.

그날 밤 나는 식탁 시중을 들지 않았다. 대신에 짐이 내게 준 금목걸이를 베아트리체에게 주면서 짐에게 돌려주라고 했다.

"짐에게 나는 총도, 말도 필요 없다고 말해!"

나는 동생에게 명령했다.

다음날 짐은 도시를 떠났다. 짐이 떠날 때 일꾼들이 울타리 주위에 서서 웃었다.

다시 우리는 트리니다드 시의 철길 너머로 이사했다. 어머니는 몹시 괴로워했다. "무려 일 년이나 허비하고 말았어!" 어머니가 말했다. 우리가 벌어들인 돈은 다 없어져 버렸다. 아버지의 일꾼들도 한 그룹만 남았을 뿐이다. 우리 집에서는 늘 싸움이 벌어졌지만, 어머니는 더 이상은 도시를 떠나 살고 싶어하지 않았다.

아버지가 일꾼들에게 밥을 해 주러 다른 광산촌으로 함께 가자고 어머니에게 요구했다. 그러자 어머니는 비난하듯 말했다.

"그럼 우리 애들은 버젓한 학교를 또 못 다니게 되잖아요?"

어느 날 뒤뜰에서 화를 내며 싸우는 소리가 들려왔다. 나는 서둘러 부엌문으로 뛰어갔다. 어머니는 설거지통에 손을 담근 채 서 있었는데, 이모가 아버지와 싸우고 집을 나갔던 날 밤처럼 어머니 얼굴이 하얗게 질려 있었다. 어머니는 설거지통에서 손조차 들어 올릴 수 없는 상태였다. 아버지는 손에 두 겹으로 감은 짧은 밧줄을 들고 어머니 옆에 서 있었다. 어머니와 아버지는 내가 다가오는 소리를 듣고 쳐다보았다.

"마리야, 아버지가 저 밧줄로 나를 치려고 하는구나!"

어머니가 힘없이 말했다. 아버지가 못 때리게끔 내게 도움을 요청하려는 듯 어머니는 내 쪽으로 몸을 돌렸다. 아버지는 어머니 몸집의 두 배쯤 되는 데다 어깨가 쩍 벌어졌다. 그런 아버지가 어머니 앞에 버티고 서 있었다. 아버지가 어머니를 때리려고 하다니……. 최근 들어 아버지는 부인을 구타하는 남편들을 아주 칭찬해 왔다. 아버지는 지금까지는 어머니를 때리겠다는 위협을 실제로 행하지는 않았다. 무엇인가가 아버지를 말리고 있었다. 아버지는 때리고 싶은 마음을 참느라고 저주와 욕설을 마구 퍼부어 댔다. 이렇게 내가 아버지를 바라보며 서 있자니 지금까지 아버지가 해 온 일, 그리고 앞으로 할 일에 대해 잘 알 것 같은 기분이었다. 아버지와 나는 서로를 아주 잘 알았다. 그리고 나는 아버지를 증오했다……. 자신보다 약한 사람을 공격하는 비겁함 때문에 아버지를 증오했다. 남편은 아내에 대한 법적 권리가 있다며 어머니를 공격하는 아버지가 미웠다. 아버지를 너무나 깊이, 너무나 원초적으로 증오했던 나는 아버지를 죽이고 싶을 지경이었다. 나는 왜 당장 트렁크에서 권총을 꺼내 오지 않던 것일까!

어머니는 여전히 내 쪽을 보고 있었다.

"마리야, 아버지가 나를 치면 난 죽어 나자빠질 거야!"

"아버지!"

나는 아버지를 불렀다.

총을 가져오기에는 너무 늦었다. 그러나 내게 총은 필요없었다! 나는 재빨리 어머니 곁으로 가서 아버지 얼굴을 정면으로 노려보며 어머니를 내 뒤에 숨겼다.

"아버지, 때려 보세요. 어디 한번 쳐 보시라고요!"

내게 몸을 기대고 있는 어머니의 몸은 한없이 연약했다. 아버지의 번뜩이는 눈은 냉혹했고, 입에서는 술 냄새가 났다. 아버지가 나를 때릴지도 몰랐기 때문에 나는 공포에 질려 있었다. 만일 아버지가 나를 친다면 난, 그래, 난 이빨로 아버지 목을 물어뜯을 거야!.

우리는 원수처럼 서로의 눈을 노려보며 서 있었다. 얼마가 지났을까. 갑자기 아버지 손에서 밧줄이 툭 떨어지더니 발밑에 뱀처럼 구불거렸다. 한마디 말도 없이 몸을 돌린 아버지는 대문을 지나 무거운 발걸음으로, 큰 어깨를 둥글게 구부리고 잔뜩 웅크린 채, 다 헤어지고 더러운 셔츠 바람으로, 걸어갔다……. 아버지는 철길을 따라 비틀거리며 갔다. 아! 나는 이 세상에 태어나지 말았어야 했다!

아버지가 구부러진 철길을 돌아서 사라지는 데 얼마나 많은 시간이 흘렀을까! 아버지의 모습이 사라진 뒤, 나는 침대에 축 늘어져 있는 어머니에게 갔다. 그리고는 어머니 곁에 서서 빛바랜 푸른색 칼시민(calcimine, 물에 개서 쓰는, 흰색 또는 아연 빛깔의 칠. 주로 벽, 천장 따위의 석고 벽을 칠할 때 쓴다. 옮긴이) 벽을 하염없이 응시하고 있었다. 어머니 몸을 어루만지는 것은 불가능했다. 어릴 때는 나도 어머니의 몸을 다정하게 어루만졌을 것이다. 그러나 그것은 오래전 일이었고 기억조차 희미했다. 지금은 어루만지고 싶어도 할 수가 없었다. 나는 말 한마디 못 하고 나와서 뒤뜰로 갔다. 어머니가 다시 나왔을 때는 내가 설거지를 거의 끝낼 무렵이었다. 밖은 어두웠다. 어머니가 설거지를 마저 하려고 다가왔다. 나는 말했다.

"들어가세요, 이제 거의 다 끝나 가요. 얼마 남지 않았어요."

마침내 우리 사이에는 질긴 인연이, 좀체 끊어지지 않을 비참한 인연이 이어졌다.

또 한 남자가 있었다. 그러나 사랑은 아니었다. 그 남자 이름은 밥이었다. 밥은 스물한 살의 이발사였다. 춤추러 가기 위해 몰래 집을 빠져나온 날 밤에 나는 밥을 처음 만났다. 밥은 몹시 우아해서 퍽 인상 깊었다. 어머니는 내가 밥과 사귀는 것을 알았을 때도 별로 말리지 않았다.

"부드러운 손을 가진 도시 남자더구나."

어머니의 말대로 밥은 부드러운 손과 음흉한 혀, 반질반질한 태도를 가졌다. 나는 어머니에게 밥이 아버지 밑에서 일하던 거친 사람들과는 질이 다른 상류층 사람이라고 말했다. 어머니는 밥이 아버지 밑에서 일했던 사람들처럼, 처녀를 보호해 주고 이용해 먹으려 들지 않는 정직하고 부지런한 사람이었으면 좋겠다고 대꾸했다.

"여자를 보호한다고요!"

나는 소리를 꽥 질렀다.

"내게 남자의 보호 따윈 전혀 필요없어요! 나는 내 몸 하나는 건사할 수 있다고요!"

그날 밤, 나는 어머니에게 도전하듯 밥을 만나러 갔다. 어머니는 몹시 겁에 질려 당신 주장을 펴지 못했다. 밥은 환한 달빛을 받으며 마차를 탄 채 다리 건너에서 나를 기다리고 있었다.

달빛이 은빛으로 반짝이며 애무하듯 따뜻하게 흐르는 밤, 어슴푸레한 거리를 마차를 타고 달리는 풍경은 참 아름다웠다. 한 떼의 말이 빠르게 흘러가는 냇물처럼 앞으로 뛰어나갔다. 밥은 팔로 나를 안으려고 했고, 나는 아주 편안했다. 말들은 앞에서 속력을 냈고 긴 언덕길을 따라 내려가다가, 또 다른 언덕길을 올라가고 다시 또 다른 언덕길을 내려가더니, 어떤 구석진 곳을 천천히 돌아 어둑어둑한 다리 아래로 갔다. 밥이 힘껏 몸짓을 한번 하자 말들이 멈춰 섰다. 밥은 다른 팔로 나를 안았고 뜨거운 입술로 내 입술을 찾고 있었으며, 천천히 팔을 부드럽게 아래로 내리면서 내 가슴을 더듬었다. 밥을 따라온 내가 멍청이었다!

"당신, 그만두지 못해요! 제발……."

"아프게는 안 할게, 이리 와!"

"물러나라고 말했어요!"

나는 밥의 팔에서 빠져나오려고 발버둥을 쳤다. 밥의 입술은, 그래, 축축한 은빛이었지. 어떤 약한 것이 내 피를 엄습해 왔으며 나를 압도하고 말았다. 공포가 나를 사로잡았다. 밥은 팔로 나를 꽉 조인 채 떨면서 말했다. 그러더니 "제발 당신, 내가 당신을 얼마나 사랑하는지 잘 알잖아." 하고 애원했다. 나는 부모님과 이모, 언니, 그리고 또 다른 결혼한 여자들을 떠올렸다. 이런 기억들이라니!

나는 사정없이 밥을 물었다. 그 남자의 손은 부드러웠으나 내 손은 그렇지 못했다. 내면의 어떤 원시적인 공포가 나를 엄습했다. 나는 온 힘을 다해 공격했다. 밥의 입에서 두터운 살점이, 토할 것같이 만드는 따뜻한 어떤 것이 흘러나왔다.

"빌어먹을! 네가!"

밥이 내 가슴을 내리침과 거의 동시에 나는 마차에서 굴러 떨어지면서 바퀴에 부딪쳐 발목을 삐고 말았다.

두려움과 현기증으로 나는 폭신한 땅에 그대로 누워 있었다. 밥은 마차에서 내려오더니 길에 쓰러져 있는 내 옆으로 와 우뚝 섰다. 밥의 입 한쪽에는 피가 검게 엉겨 있었다. 그날 밤 우리는 사나운 짐승들처럼 서로를 노려보았다.

"타! 다리 너머까지는 태워 주지 못하겠지만!"

"걸어가겠어요!"

"사람들이 그 꼴을 보면 뭐라고 하겠어!"

"그건 당신이 상관할 바 아니에요! 난 걸어서 집에 갈 거예요!"

"그럼, 제기랄, 걸어가든가! 이제 두 번 다시 너의 그 못생긴 얼굴은 보고 싶지 않아!"

나는 도시로 뻗어 있는 황량한 회색 길을 천천히 걸어 내려가기 시작했다. 이제 달빛은 바람 부는 겨울 호수 위에 언 얼음처럼 차갑고 냉정했다. 비참함과 외로움이 눈물과 온통 뒤범벅이었다.

이렇게 고즈넉한 곳은 난생 처음이다. 자그마한 우리 목조 가옥은 소나무와 백양나무, 신비로운 자줏빛의 콜로라도산 매발톱꽃으로 뒤덮인 골짜기 한쪽에, 막 솟아 나오려는 모양으로 웅크리고 있었다. 서쪽 골짜기 위쪽으로는, 폭발로 거의 백 명 가까운 광부가 죽어 간, 버려진 탄광들이 입을 벌리고 드문드문 가스를 내뿜고 있었다. 이 탄광들 너머에는 나무가 무성히 자라고 있는 언덕과 산, 원시적인 광야가 펼쳐져 있었는데 한밤중이면 야생동물이 울어 댔다. 또한 남자의 팔뚝만큼 큰 방울뱀이 들쭉날쭉한 돌 주위에 똬리를 틀고 있거나 양지바른 산등성이에 늘어져 있었다.

골짜기 아래로 내려가 보면 오래된 빈 집들이 있었다. 우리가 '평지' 라고 부르는 편평한 넓은 들판이 가을이면 작달막한 거친 목초로 황금빛을 이루는데, 골짜기 입구가 바로 그 위에 있었다. 동쪽 끝에는 산들이 길게 연이어 있었고 그 너머로 다른 산의 꼭대기들이 보였다. 서북쪽은 여름이나 겨울이나 만년설로 빛나는 로키산맥과 경계를 이루는 언덕들에 이르기까지 평원이 쭉 펼쳐져 있었다. 이 평원을 사람들은 "그리스도의 피"라고 불렀다. 해가 져서 모든 골짜기들과 평원이 어둠에 물든 후에도 한참 동안 따뜻한 피처럼 눈을 부드럽게 빛나게 했기 때문이리라.

달빛이 고요한 평지에 하얗게 빛날 때쯤이면 어둡고 깊은 골짜기에서는 굴을 떠나 평원에서 만난 이리 떼들이 캥캥거리는 울음소리를 들을 수 있었다. 거의 수천 마리에 이르는 이리 떼의 높고 날카로운 울음소리로 주위가 가득 차면 우리 개는 집 안 깊숙이 기어 들어가 떨고 있었다.

평원을 지나 남동쪽으로 가면 평원에 사는 개들의 마을이 있었다. 수천이나 되는 토루土樓 들 위에서는 조그맣고 뚱뚱한 동물들이 굴 위로 나와 앉아 햇빛

속에 있는 세상을 응시했다. 그 마을 너머 높낮이 차가 심한 야산들이 있었고, 또 그 너머에 사람 사는 세상이 있었다. 그 세상에 접어들어 맨 먼저 보이는 것은 멕시코인들이 한 달에 한 번 미사를 드리는 벽돌 성당이었다. 아버지는 그곳 신부를 "죄밖에 모르는 순진한 늙은이"라고 불렀다. 그 신부가 영혼을 구원하기 위해 마을을 돌아다닐 때 멕시코인들은 미사를 드렸다. 성당에서 조금 더 가면 록펠러 문명을 상징하는 술집이 있었다. 이 술집은 아버지가 골짜기 아랫마을로 가면 곧잘 들르는 장소였다. 그 술집 너머에 콜로라도 연료회사와 제철회사 광산촌인 터쇼가 있었고 그 가장자리에 학교가 서 있었다.

덜라과와 마찬가지로 터쇼에서도 불만과 증오심이 터질 것처럼 끓어올랐다. 터쇼 역시 사장은 권위적이었고, 노동시간은 길었으며 임금은 형편없었다. 갱이 무너질 때를 대비해 세운 버팀목과 안전장치 역시 엉망이었다. 작업 환경은 열악했고, 매점에서 파는 물건은 턱없이 비쌌으며, 매점 주인은 정직하지 않았다. 미국 달러 대신 회사 돈으로 임금을 주는 것 또한 똑같았다. 광부들은 불만에 가득 차 있었다. 광부들은 매일 아침 산허리 쪽에 난 구멍으로 몸을 이끌고 들어가서는 밤이면 검은 석탄덩이로 변한 채 집으로 돌아갔다. 광부의 아이들은 열 살 전까지는, 그러니까 광부가 될 정도로 건장한 몸을 갖기 전까지는 탄광 주변에서 일했다. 우리도 마찬가지지만, 이런 광부들에게 삶이란 일하고 잠자고 먹을 수 있을 때 먹고 번식하는 것을 의미했다. 삶을 즐기는 일이라면 남자들에게는 그나마 술집이라도 있었지만 여자들에게는 아무것도 없었다. 책 하나도 여기서는 신기한 물건이었다. 우리 집에는 『연사演士』라는 책 한 권이 있었을 뿐이다. 신문도 거의 보기 힘들었다. 책을 읽는 것은 부자들의 오락이었다. 초등학교를 실제로 마치는 아이는 일부였고, 대부분의 아이들은 그러지 못했다. 회사의 고급 간부 자녀들은 고등학교에도 갔고 나중에는 대학에도 갔다.

또 한번 파업이 일어날 기미가 광산촌으로 퍼졌을 때 우리 식구는 감히 터쇼에 가 볼 엄두도 내지 못했다. 소문은 산불처럼 번져 갔다. 보안관은 조그만 광산촌의 지배자였다. 45구경 권총을 엉덩이에 찬 미국인 보안관은 충실히 일하라고 광부들을 위협했다. 그러고는 의무를 다한 값으로 월급을 받았다.

"내가 그 대가로 기껏 5센트도 못 받는다 해도 저 밉살스런 외국 놈들에게 총을 쏘고야 말 거야."

보안관은 말했다. 그게 아니더라도 보안관은 외국 놈들 중 하나를 "잔뜩 겁나도록" 해 줄 만반의 준비가 되어 있다고 했다.

모든 광산촌은 미움과 분노로 가득 차 있었다. 매점 말고 음식을 구할 데라고는 없었는데, 매점에서는 외상을 주지 않았다. 학교는 휴교했고 사람들은 길거리를 나다니지 않았다. 주 군대는 다시금 트리니다드와 좀 규모가 있는 모든 광산촌에 진지를 쳤다. 파업을 방해하는 구사대들이 몰려들었으며 구사대가 탄광을 왔다 갔다 하는 동안 군인들이 구사대를 지켜 주었다.

몇 주 동안의 쓰라린 투쟁과 굶주림 후에 파업은 끝나고 말았다. 광부들이 패배한 채 탄광으로 돌아가는 데는 아내의 잔소리와 아이들의 울음도 한몫을 했을 것이다.

어머니는 파업 캠프에서 오는 뉴스라면 무엇이건 귀를 기울였다. 어머니는 아버지나 아버지 밑에서 일하는 아저씨들이 주위에 있을 때는 거의 말씀이 없었다. 나는 어머니가 거의 본능적으로 광부들에게 확실한 공감을 가지고 있었던 것으로 기억난다. 어머니는 부자나 권세가 있는 사람들, 그리고 당국을 증오했다. 몇 해 동안 어머니는 가난한 농부의 아낙에서 미숙련 프롤레타리아로 변했던 것이다. 그러나 아버지는 어머니보다 덜 분명했다. 미국 토박이로서 고용주가 되겠다는 희망을 품고 있었던 아버지는, 주로 외국인인 파업 가담 노동자들보다는 그 반대편인 회사 간부와 보안관을 자신과 동일시하려고 했다. 아버지는 여전히 어느 편인지 분명하지 못했다. 아버지는 일하는 사람들을 거느리고는 있었지만 당신 역시 무지한 노동자에 지나지 않았으며 아무리 열심히 일해도 비참하고 가난한 상태를 벗어나지 못했다. 아버지는 너무나 무지해서 어떻게, 왜 이렇게 가난하게 살 수밖에 없는지를 이해하지 못했다. 그러나 어머니와 마찬가지로 아버지도 가장 많이 일하는 사람이 가장 많은 돈을 버는 것은 아니라는 사실을 분명히 깨달았다. 막연히 부자들의 잘못이라고 느끼기는 했지만 그 연유까지는 알지 못했다. 아버지는 자신의 불분명한 상태나 실망을 술로 잊거나 포커를 통해 적개심을 없애려 했다.

아버지 밑에서 일했던 남자들도 뭘 모르기는 마찬가지였다. 일꾼들은 이런 식으로 살든 저런 식으로 살든 별로 상관치 않는 것 같았다. 일꾼들은 결혼도 안 했고 부양해야 할 아내도 없었기 때문이다. 그렇지만 아버지의 일꾼들 역시 행복한 것은 아니어서 술을 많이 마셨다. 파업 중에 일꾼들은 광부들에게 전적으로 공감하고 있었다. 그러나 그들은 개인주의자일 수밖에 없는 카우보이였다. 그러니 투쟁의 의미를 이해하지 못했다. 저녁마다 우리 집 부엌문 밖에서 벌어지던 온갖 논의와 논쟁을 들으면서 왜 파업을 하는지에 대해 얻었던 미미한 지식마저 내 기억에 거의 남아 있지도 않았다. 모든 잘못은 일 년에 한 번쯤 감독하러 나오는 회사의 간부 같은, 저 멀리 있는 일단의 어떤 남자들에게 있는 것 같았다. 큰 광산 간부들이 광산을 시찰하는 동안 그런 큰 회사 사장 중 한 사람쯤 총을 맞지 않을까 사람들은 궁금해했다. 그러나 그런 일은 일어나지 않았다. 모든 사람들이 적개심을 품고 있었지만 사람들은 머리를 굽신거렸고, 파업이 지나가기를 기다렸다. 그리고 우리에게 임금을 주고 살 권리를 주는 사람들에게 우리는 끝내 굴복하고 말았던 것이다. 우리는 "네, 사장님!"과 "고맙습니다. 사장님!"이라고 말했다. 그 말이 꼭 필요하다는 것을 우리는 잘 알고 있었기 때문이다.

그 이후로 아주 긴 세월이 지나갔다. 내 개인의 삶에도 커다란 폭풍우가 여러 번 휩쓸고 지나갔다. 그래서 지금 나는 그 당시 나의 무지가 얼마나 뿌리 깊은 것이었는지 제대로 떠올리지 못한다. 나는 "사람이란 자기가 받을 만큼 받는 거야" 하고 사람들이 말하는 소리를 종종 들었다. 그런 이야기를 들을 때마다 우리는 골짜기에 있는 삶으로 돌아갔다. "자기가 받을 만큼"이라는 말은 많이 가진 사람들이 가진 게 없는 사람들에게서 무언가를 빼앗아 올 때 무기로 쓰는 말이다. 캄캄한 무지! 그런 상태를 겪으며 살아 보지 못한 사람이 어떻게 이 말의 뜻을 깨달을 수 있겠는가! "받을 만큼 받을 가치가 있는 사람들"에 관해 떠드는 사람들은 가장 무지한 사람이다. 앎의 세계는 우리와 너무 멀리 떨어져 있었다. 그래서 골짜기의 우리는 생각은 하지 못하고 그저 '반응' 할 뿐이었다.

어머니는 점점 더 말이 없어졌다. 아버지가 어머니를 때리려고 하면서까지 아이들은 학교조차 못 다닐 이 골짜기로 억지로 끌고 온 뒤부터, 어머니는 어느 때보다도 더 기력을 잃고 말았다. 수킬로미터 떨어진 주변 마을까지 둘러보아도 영어를 쓰는 사람들은 우리뿐이었다. 어머니의 삶은 고립되었다. 어머니는 당신 자식들에게 자신의 불행에 대해 이러쿵저러쿵 떠들지 않았으며 아버지도 어머니와 대화를 나눌 친구가 못되었다. 아버지는 회사를 위해 일했고, 어머니와 나는 아버지를 위해 일하는 남자들의 식사를 준비하고 빨래를 했다. 우리가 먹는 음식은 지지리도 형편없었다. 새 구두 한 켤레라도 사는 것은 우리에게는 커다란 사건에 속했다. 가끔 이모가 옷 꾸러미를 보내 오면 어머니와 내가 옷을 수선했다. 어머니는 당신을 위해서는 아무것도 만들지 않았다.

"난 아무것도 필요 없어. 내가 어디 나가길 하니, 만날 사람이 있니?"

어쩌다가 옷 꾸러미가 오는 날이면 아버지는 어머니에게 이모가 어떻게 사는지를 떠올리게 해 어머니의 침묵을 깨트리려고 애썼다. 어머니는 뺨을 한 대 맞은 사람처럼 움츠리고는 등을 돌리고 한마디 대꾸도 없이 계속 식사 준비를 했다.

그러면 아버지는 "제기랄, 잘났군!" 하며 욕을 툭 내뱉고는 집 밖으로 뛰쳐나가 버렸다.

어느 일요일이었다. 가까이 사는 멕시코인들이 골짜기 밑, 평원을 에워싼 구불구불한 야산에 모였다. 그러더니 서로 경쟁적으로 팀을 짜 내의만 입고 신나게 춤을 추었다. 멕시코인들과 함께 우리는 원형극장을 이루는 언덕에 앉아서 춤을 구경했다.

날씨가 좋은 저녁이면 저녁을 먹은 사람들이 우리 부엌문 바깥에서 이야기도 하고 노래도 불렀다. 그럴 때면 나는 사람들과 어울리려고 음식 접시를 서둘러 날랐다. 무리 가운데 한 사람이 노래를 선창하면 나머지 사람들이 따라 불렀다.

서부의 노래들은 이미 다 사라진 지 오래다. 대부분 열두어 줄 가사를 가진 노래들이었는데, 모두 같은 음조로 낮고 슬펐다. 모험의 노래, 목동의 기쁨과 애환을 읊는 노래, 죽어 가는 목동을 애도하는 노래, 재난에 관한 노래, 목장 노래와 연가도 불렀다.

　남자들 가운데 한 명이 하프를 꺼내 와서 연주할 때도 있었다. 그러면 다른 사람이 일어나서 춤을 추었다. 한번은 잘빠진 젊은 청년이 나와 춤을 추었는데 나는 그만 그 청년과 사랑에 빠지고 말았다. 그렇지만 나 혼자 몰래 한 짝사랑이라 아무도 몰랐다. 청년은 푸른 셔츠의 목 단추를 풀어 놓고 몸을 구부린 채 몸과 팔을 흔들며 춤을 추었다. 얼마나 오랫동안 딱딱한 땅에 서서 춤을 추었는지 부츠 뒤꿈치가 딱딱하게 엉긴 땅을 밟느라 총 쏘는 소리를 낼 정도였다. 키가 큰 그 청년이 꼿꼿하게 서서 손을 엉덩이에 갖다 대고 달을 향해 얼굴을 치켜들자, 달빛은 검은 부츠를 신은 청년의 다리 아래위를 작고 빛나는 개울물처럼 너울거렸지.

　마침내 음악이 그쳤다. 나무 꼭대기를 부드럽게 스치는 바람 소리만 들릴 뿐 주위에는 정적만 감돌았다. 춤을 추던 청년은 커다란 붉은 색 손수건으로 이마의 땀을 훔쳤다. 청년은 혁대를 다른 모양으로 조였다. 빅 벅은 달빛 아래 부츠를 신고 우리 집 그림자에 얼굴을 묻은 채 텍사스 팬핸들, 아니, 리오그란데였던가, 아무튼 어딘가에서 본 어떤 춤꾼 이야기를 하기 시작했지. 목장 불 주위에서 춤을 추던 사람이라고 했는데……. 틀림없이 15년 전 일이었어. 아니야, 생각해 보니 거의 20년 전 일이구나.

대지의 딸
Daughter of Earth

4 부

내 피에 아버지가 물려준 방랑벽이 흐르지 않았다면, 신이 정한 운명을 받아들이기를 거부하는 아버지의 성품을 이어받지 않았다면 어떻게 되었을까? 아마 나는 평생 광산촌에 남아 어떤 노동자와 결혼했을 것이고, 아이는 열두 명쯤 낳아 대지 위를 방황하게 했을 것이며, 그 덕에 30대 초반에 생을 마감하고 말았을 것이다. 그게 바로 내 주위 여성 누구나의 운명이었다. 그러나 나에게 정해져 있는 일이라는 것은 맞서 싸워야 할 적이었다. 신선하지도 않고 풍부하지도 않은 지루한 일일 뿐이었다. 미지의 알려지지 않은 것들이 나를 불렀다.

　우리가 터쇼에 이사 와서 일 년도 채 안 되었을 때 나는 학교 선생님이 되어 있었다. 문법 학교도 제대로 끝마치지 못했고 덧셈을 할 때마다 실수를 할 뿐만 아니라 문법 규칙 한 가지도 암기하지 못하는 내가 말이다. 나는 여섯 살짜리 애들과 내 나이 또래의 소년들을 뉴멕시코의 오지에서, 너른 평원과 분지에서 불쑥 솟아난 암석지대의 어느 꼭대기에서 가르쳤다. 암석지대는 자주색과 초록색, 붉은색이 섞여 있었는데, 넓고 평평했다. 암석지대는 고산의 수목한계선 위에 있었는데, 거센 폭풍우가 휩쓸고 지나가면 번개를 맞을 수밖에 없는 수직 벼랑들에 둘러싸여 있었다.

　나는 벼랑 끝 가까이에 있는 방 두 개짜리 학교 건물에서 혼자 살았다. 앞쪽 방은 교실로 쓰고, 뒤쪽 방은 내가 숙식하고 학생들의 과제물을 검사하는 거실로 썼다. 내가 그 학교에 도착한 것은 5월쯤이었다. 그때까지도 밤에는 눈이 흩날릴 정도로 추운 곳이었다. 바람이 집 한 귀퉁이에 매달린 학교 종 줄을 쳐서 종을 울리고는 했다. 바람은 거칠게 울부짖고, 종에서는 삐걱대는 소리가 났다. 그 와중에 음침하고 괴괴한 소리도 울렸다.

꽤 너른 암석지대에 사는 소년소녀들이 학교에 왔다. 아래쪽 골짜기에서는 멕시코인과 인디언 피가 섞인 학생들이 왔다. 남쪽으로 지평선까지 펼쳐져 있는 평지에서는 얼마 안 되는 소년들이 왔고, 목장에서는 소녀들이 조랑말을 타고 왔다. 물론 나도 배운 게 없는 무식한 사람이었지만 주변 사람들과 비교해 볼 때 그래도 배운 편에 속했다. 그리고 나에게는 타고난 재주가 있었다. 어린 학생이 산수 문제를 잘 풀지 못하고 있는데, 나 역시 모르는 문제일 때가 있다. 그럴 때 나는 나이 먹은 소년 중 하나를 불러 학생들 앞에서 자신의 지식을 과시하도록 했다. 그러면 그 나이든 학생은 의기양양하게 문제를 풀었고 우리는 모두 무언가를 배웠다.

나는 '선생님'이었으므로 내가 목장을 하는 집에 들르는 것을 모두들 영광으로 생각했다. 아이들은 선물로 음식을 가져왔고, 필요할 때면 말은 언제든지 탈 수 있었다. 그래서 나는 다소 거칠기는 하지만 친절한 땅에서 다른 여자들처럼 안전하게 말을 탈 수 있었다. 이 땅은 건장한 남자들만이 아니라 강한 여자들이 사는 땅이었기 때문이다. 그리 건장한 체격이 아니라면 옆구리에 찬 총으로 필요한 때 적절한 조처를 취할 수도 있었다. 그러나 육체적인 힘이나 총이 필요한 일은 그리 많지 않았다. 나는 지금도 저 멀리 떨어져 있는 서부 지역의 남자들 틈에서 보낸 내 소녀 시절과 처녀 시절을 생각한다. 그곳 남자들은 배운 것 없는 거친 노동자였다. 또한 인생의 가장 험악한 것을 다 맛본 사람들이었다. 읍내 조그만 이발사만 빼면 나는 남자들로부터 어떤 모욕도 받지 않았고, 내게 폭력을 쓰려 한 남자도 없었다. 내가 너무 어렸거나, 무지했기 때문일 것이다. 그 땅에는 여자가 별로 없었기 때문에 내게 결혼을 청하는 남자도 많았다. 그러나 나는 주변의 대부분 소녀들보다 더 현명했다. 나의 지성은 조야하고 다듬어지지 않았지만 내 감정보다는 지혜로웠다. 모든 처녀들이 결혼하고 말았다. 결혼에서 어떻게 도망쳐야 하는지는 몰랐지만, 나는 도망치기로 단단히 마음먹었다. 어머니는 거의 한마디 말씀도 없으셨지만 내 계획에 동조해 주고 있었다고 나는 기억한다.

뉴멕시코 지방에 있는 동안 나는 남자들과 따로따로, 혹은 떼를 지어 말을 타고 멀리 사방으로 다녔다. 때로는 어두운 골짜기 아래나 평지의 목장에 딸려 있는 집으로 춤추러 다녔다. 그곳 남자들은 명예를 아는 남자들이었고, 나는 수녀원 벽 안에 사는 처녀들과 있을 때보다 훨씬 더 안전하다고 느꼈다. 성性에 대해서는 조금도 생각하지 않았다. 내가 아이와 다름없었을 뿐 아니라 너무 바빴기 때문이다. 생각해야 할 일도 많았고, 더군다나 결혼할 의사는 추호도 없었다.

투박하지만 친절하고 가슴에 털이 수북한, 면도도 하지 않은 남자들을 회상할 때면 지금도 마냥 즐겁다. 광산촌에 살던 거칠고 불행한 남자들과 불행하게 살던 조용한 아내들도 떠오른다. 그 사람들을 떠올리면 연민이 앞선다. 물론 더 멋지고 고상한 것을 찾아다니던 시절의 나는 내 가족과 이웃들을 부정하기도 했다. 나는 그들이 부르던 노래를 다 잊어버렸고, 그 노래들 대부분이 사라진 지 오래다. 사투리를 부끄러워한 나는 말투를 고쳤고, 내 가족과 이웃이 살아가던 방식을 부끄럽게 여겼다. 그러나 지금은 내 가족과 이웃을 사랑한다. 그 사람들은 지금의 나를 이루는 혈육 같은 존재다. 내가 지닌 장점과 단점, 그리고 삶을 바라보는 시각을 형성하는 데 큰 역할을 했다.

터쇼에 있었을 때 나는 아주 우연한 기회에, 정상적으로 학교를 나와 광산촌 학교에 오게 된 여선생님을 만난 적이 있다. 처음에는 그 여선생님이 배운 여자라서 적개심을 품는 한편 신뢰하지 않았다. 우여곡절 끝에 우리는 서로 친구가 되어 광산촌 캠프에서 말을 빌려 타고 함께 언덕 여기저기 돌아다니는 사이가 되었다. 그 여선생님은 자기와 함께 공부해서 군에서 보는 교사 임용 시험을 본 뒤 교사가 되라고 자꾸 다그쳤다. 그해가 끝나기 전에 그 여선생님은 내게 블라우스와 치마를 빌려 주었고, 나는 로키산맥을 넘었고 교사 임용 시험을 치르는 뉴멕시코의 어느 도시로 갔다.

"나이는 열여덟 살이라고 해요. 거짓말이지만 누구를 해치는 건 아니니까요."

여선생님이 충고했다.

"거짓말하는 것은 두렵지 않아요."

나는 대답했다. 내가 그 일에 관해 나중에 빅 벅에게 말하자 이렇게 소리쳤다.

"거짓말을 한다고! 그래, 넌 토끼가 깡충 뛰는 순간보다 더 빨리 거짓말을 할 수 있을 거야."

나는 두렵고 떨리는 마음으로 나이도 더 많고 더 좋은 교육을 받은 여자들 틈에 끼여 시험을 보았다. 이틀 후 군 교육감이 사람을 보내 나를 불렀다. 교육감은 키가 크고 말랐으며 검은 눈을 가진 멕시코인이었는데, 영리해 보였고 친절했다. 교육감이 말해 주었다.

"당신은 산수, 문법, 교육법과 그 밖의 몇몇 분야에서 낮은 점수를 얻었어요. 그러나 당신이 멕시코 말을 조금 할 수 있다면 당신이 갈 만한 학교가 있어요. 아주 외로운 곳이지요. 그리고 아주 추운 곳이라 학교는 여름에만 열어요. 도시에서 멀리 떨어져 있는 험악한 곳이오. 식사며 빨래며 모두 손수 해야 할 거요. 그곳은 한마디로 거칠어요. 목동들도 그렇고……. 당신도 알다시피!"

나는 제대로 이해하지도 못했으면서 나의 지혜가 가르치는 대로 열심히 들었고, 알아들었다는 표정을 지어 보였다. 먹을 음식을 손수 짓지 않는 사람들도 있다는 것은 내게 아주 새로운 소식이었다. 그리고 부자들 말고는 모두 자기 옷은 자기가 빨아 입는 줄 알고 있었다. 그건 그렇고 사람들이 거칠다니, 그건 무슨 말이었을까, 나는 무척 궁금했다. 사람들이 술집을 어슬렁거린다는 뜻이었을까? 아니야, 그건 아니야. 그곳은 외로운 곳이라고 했으니까. 그냥 기다려 보는 수밖에. 나 역시 그가 말하는 거친 사람들에 속한다는 생각을 그때는 하지 못했다.

그렇게 나는 선생님이 되었다. 나는 고독이라든가 추위, 야생동물이 무섭지는 않았다. 그리고 거칠다는 것에 대해서는, 글쎄 거친 게 어떤 것일지 나는 기다려 보기로 했다. 그러나 나는 그곳에서 좀체 그 거친 것을 발견하지 못했다. 그곳의 사람들은 모두 나와 똑같이 행동했다. 한번은 우리 집에서 얼마 안 떨어진 곳에서 번개가 벼랑을 치고 가는 바람에 정신을 잃고 쓰러진 일이 있었다. 여러 시간 의식을 잃고 문에 쓰러져 있기는 했지만, 그 때문에 학교를 그만둬야겠다는 생각은 추호도 하지 않았다. 나는 그저 몸을 질질 끌고 가서 침대에 기어 올라가 상태가 나아지기를 기다렸을 뿐이다. 내가 여태껏 살아온 날들 가운데 학교생활은 최고로 좋았다. 나는 한 달에 40달러를 벌었으며 그 일부를 어머니에게 보냈다. 그러면 섬세하고 부드러운 어머니는 블라우스와 치마를 만들어 학교 선생님인 딸에게 자랑스럽게 보내왔다! 내가 꼭 '배운' 사람이 될 거라고 어머니는 믿고 있었다. 이제 어머니는 터쇼에서 교육감 부인을 만나도 혈관이 툭 불거져 나온 당신의 손을 감추지도 않았고, 눈에 띄지 않으려고 슬그머니 지나가지도 않았다. 오히려 어머니는 당신의 고개를 의기양양하게 치켜들고 말했다.

"안녕하세요, 리처드 부인! 참 좋은 날이죠?"

그곳 암석지대에서 싸구려 월간지도 하나 발견했다. 주부용 잡지였는데, 사랑 이야기가 연재되고, 옷 본, 조리법, 미용 상식과 여러 잡동사니 정보가 담겨 있었다. 또 그 잡지에는 서로 그림엽서를 주고 받기를 원하는 남녀의 이름과 주소가 있었다. 이 목록에서 나는 가장 아름답다고 생각되는 이름을 골랐다. 바로 로버트 햄턴이었다. 주소는 오하이오 주 콜럼버스였다. 그곳은 동부 지역에 있는 도시였고, 나는 도시들이 갖고 있는 아름다움과 지적인 면, 그리고 문화를 굉장하게 생각해 왔다. 나는 로버트에게 그림엽서를 보냈고 로버트는 답장을 보내왔다. 여름이 다 갈 무렵에는 카드 하나가 두 개로 늘더니, 그 다음에는 네 개를 한 봉투에 담아 보내 왔다. 로버트는 곧 고등학교를 졸업한다고 했다. 그러니 내게는 학식 있는 사람이었던 것이다! 로버트는 역사, 문학, 생물학에 관해 읽을 만한 헌 책들을 보내왔다. 재미없고 아무 흥미도 느끼지 못하는 부분이라도 열심히 읽었다. 내가 다 본 다음에는 공부하고 싶어했던 어머니에게 그 책들을 보냈다. 학교가 문을 달아 가을에 집으로 돌아갔을 때, 부엌 창문 옆에 앉아 참을성 있게 책을 읽고 있는 어머니를 볼 수 있었다. 어머니는 벌써 여러 주째 그 책을 읽고 있었지만 아직 반도 끝내지 못했다고 했다. 어머니에게 그 책은 아주 새롭고 어려웠지만 어머니 역시 내가 그랬던 것처럼, 이 새로운 것들을 알아 둘 필요가 있다고 생각했다.

그것은 내게는 위대한 귀향이었다. 이제 열여섯 살 딸은 승리자요, 정복자였다! 우리 가족을 부양하는 중요한 사람 중 하나가 되어 돌아왔기 때문이다. 아버지는 멀리 떨어진 목장에서 일하고 있었는데, 내가 집에 와 있는 동안 어머니가 계시는 터쇼로 다니러 왔다. 나는 지금도 집에 오시던 아버지의 모습이 생생하다. 내가 지금 가르치는 학교 이야기와 겨울 동안 가게 된 새 학교에 대한 이야기를 하는 동안, 어머니는 아주 열광하는 표정으로 창문 옆에 앉아 계셨다. 나는 로버트 햄튼에 대해서도 이야기했다. 사진을 받았는데 잘생겼고 책에 나오는 남자들처럼 학식이 풍부한 사람이라고 떠들었다. 어머니는 아무 대꾸도 하지 않았는데 가까이 있는 현실 속의 남자보다 멀리 있는 영웅과 사랑에 빠지는 게 오히려 낫다고 생각했던 것 같다. 이야기를 듣던 어머니가 언덕 쪽을 바라보았고, 어머니의 얼굴에는 갑자기 불행한 표정이 스쳐 지나갔다. 이제 겨우 30대 후반에 접어든 어머니의 머리카락이 회색빛이라는 걸 그때 알게 됐다. 그리고 넓은 어깨를 구부리고 땅 밑으로 고개를 떨어뜨린 채, 마치 상상 속의 사람과 이야기를 나누는 사람처럼 손가락을 움직이며, 무거운 발걸음으로 회사 매점 쪽에서 오고 있는 아버지를 보았다.

나는 곧 다른 학교로 가게 되었다. 그 학교는 콜로라도 연료회사와 제철회사 중 하나가 있는 프리므로 지역에서도 오지에 속하는 골짜기에 있었다. 거기에 머문 넉 달 동안, 학교 밖에서는 영어를 전혀 듣지 못했다. 학생들도 내게 멕시코 말을 했다. 밤이 되면 멕시코식 벽돌집에 있는 내 방으로 갔다. 그 집주인은 교육부에 근무하는 멕시코 사람이었다. 남자로서, 또 관리로서 이 시골에서 가장 지적인 여성과 긴 대화를 나누는 것이 자신의 마땅한 권리라고 생각하는 듯했다. 그 여성이 바로 나라는 게 문제였지만. 집주인의 부인은 몸집이 크고 품성이 좋은 여자였다. 아무런 야심도, 생각도 없어 보였다. 주인은 늘 나와 함께 식사를 했다. 부인은 부엌에서부터, 나의 침실이자 식당이며 거실이기도 한 내 방으로 왔다 갔다 하며 식사 시중을 들었다. 나중에 부인은 아이들과 함께 부엌에서 식사를 했다. 집주인은 자신이 완벽하게 유창한 영어를 하고 있다고 부인이 믿게끔 만들었다. 그러나 사실은 멕시코 말이 반, 영어가 반이었다. 그것도 사투리 영어였다. 그 남자는 부인을 경멸하고 있었다. 그러면서 자기만 한 지위와 지성을 갖춘 남자가 저런 여자와 결혼한 것이 얼마나 자신을 비참하게 만드는지 모른다고 내게 늘 하소연하고 싶어했다. 나는 그 부인에게 어떤 공감도 나타내지 못했다. 그랬다가는 그 남자에게 치명적인 모욕을 주었을 것이고, 내 일자리가 날아갔을 것이다.

나는 지껄이는 집주인의 말소리가 지겨웠다. 그러나 집주인은 여자란 남자 말에 늘 귀를 기울임으로써 지성을 높여야 한다고 생각하는 사람이었다. 여자가 남자보다 더 유식한 존재일 수는 없다는 식이었다. 그 여자가 누구든, 무슨 일에 종사하든 그것은 중요하지 않았다. 나는 동부의 로버트 햄튼이 보내 주는 새 책과 편지를 조용히 읽을 편안한 시간을 염원했다. 이제 그 편지들은 내게 가장 중요한 것이 되어 있었다. 로버트는 완벽한 필체로 잘 쓴 편지를 내게 보내 왔다. 내가 학교에 있는 동안 편지가 오면 집주인 남자가 허락도 없이 그 편지를 읽었다. 그러고는 편지 내용에 대해 내게 물었다. 집주인은 내용을 거의 이해하지는 못했으나 필체가 비교할 수 없을 만큼 훌륭하다는 것만은 알아차렸다. 그런 뒤부터 내게 지식인 친구들이 많은 줄 알고 더욱 경의를 표하는 것이었다. 밤중에 나는 그 편지들을 펼쳐 놓고 비슷하게 쓰려고 여러 시간 동안 연습을 했다. 덕분에 이날까지 내 필체는 로버트 것과 비슷하다. 내가 글씨를 아름답게 잘 쓰게 되면 내가 하는 교육이 더욱 완전해질 것 같았다.

나와 멀리서 편지를 나누던 로버트는 내 삶을 이끄는 지표가 되었다. 로버트는 로키산맥의 어느 외진 골짜기에 사는 여인이 더듬더듬 휘갈겨 쓴 보잘것없는 편지를 읽는 동안 자신이 신이라도 된 것처럼 느꼈을 것이다. 내 조그만 책상 위에는 로버트의 사진이 걸려 있고, 로버트가 보내온 책이 쌓여 있었다. 그런데도 내 감정은 이웃에 사는, 멕시코인과 인디언의 피가 섞인 검고 잘생긴 소년에게로 요동을 쳤다. 그런 일은 종종 일어났는데, 내가 모든 일에 방랑벽을 가졌기 때문이었다. 나는 방황하는 감정들과 싸웠으며 밤마다 부끄러움에 몸을 떨었다. 그러나 감정을 다잡는 일은 쉽지 않았다. 학교에는 내 또래 인디언 소년이 한 명 있었는데, 소년은 나같이 많이 배운 사람에게는 근처에도 못 가겠다는, 경애하는 눈빛으로 바라보기만 했다. 소년이 내게 바치는 경의는 다른 모든 학생들을 꼼짝 못하게 다스리는 데서 나타났다. 학생 가운데 내 말을 잘 듣지 않는 학생이 있으면 그 인디언 소년은 눈을 한번 흘긴 다음 쉬는 시간에 숲으로 끌고 가 혼내주었다.

어느 날 학생들과 내가 영어로 말하는 수업을 하고 있을 때였다. 학생들로 하여금 영어로 말하도록 하는 것이 내가 맡은 중요한 과제였다. 그때 문이 열리더니 멕시코인 집주인이 나타났다. 터쇼에서 전화가 왔는데 어머니가 위독하다고, 어서 집으로 오라고 했다는 것이다. 나는 주인 남자가 죽음의 사자라도 되는 양, 노려보며 서 있었다. 집주인이 같은 말을 되풀이하고 나서야, 나는 아무 말 없이 몸을 돌려 구석에 걸려 있던 모자를 쓰고 외투를 입고 학교를 떠났다. 학교를 그만둔다는 생각은 결코 하지 않았다. 내 머릿속에는 임종을 맞고 있는 어머니 생각뿐이었다. 바로 그제 밤에 어머니가 죽는 꿈을 꾸지 않았던가!

집주인이 나를 따라 집까지 왔다. 집주인의 말이 탄광에서 쓸 버팀목을 끄느라고 지금 숲 속에 있으니까 내일 마차로 데려다 주겠다고 말했다. 기차는 하루 한 번 트리니다드에서 이곳까지 왔으며 모든 석탄 야영지에 들렀다. 프리므로에는 오후 두 시쯤 기차가 올 텐데, 거기서 한 시간만 가면 터쇼에 도착할 수 있다고 했다. 그때 시간은 열한 시였다. 나는 프리므로까지 걸어가겠다고 했다. 그러자 주인 남자는 골짜기에 눈이 너무 많이 쌓인 데다 몹시 추워서 안 된다고 대답했다. 너무 위험하다는 것이었다. 집주인의 말은 듣는 둥 마는 둥 하고 나는 방으로 들어가서 외투 밑에 총을 단단히 차고 출발했다. 내가 골짜기로 올라가는 길로 접어들어 로키산맥을 가로지르는 지름길 쪽으로 몸을 돌릴 때까지 주인 남자와 부인은 놀라서 쳐다만 보고 있었다. 주인 남자의 말대로 눈이 엄청나게 쌓여 있었다. 그러나 양 떼들이 그 길을 지나갔는지 꽤 많이 다져져 있었다. 나는 언 땅에 버티고 선 떡갈나무를 껴안으며 미끄러운 산등성이를 타고 올라갔다. 로키산맥 꼭대기까지만 가면 나머지는 쉬울 것이다. 정상에서 기차역까지는 금방일 테니까. 오로지 정상으로 올라가야 한다는 생각뿐이었다. 그래서 추위나 야생동물로 인한 위험이나 눈에 미끄러져 다리가 부러져 외진 곳에 혼자 쓰러지게 될지 모를 위험 등은 안중에도 없었다. 그야말로 아무 생각도 않고, 아무것도 느끼지 못하고, 아무것도 보지 않고, 오로지 올라가기만 했다.

　마침내 정상에 도달했다. 맹렬한 바람 덕분에 정상의 눈은 모두 쓸려 가고 없었다. 그러나 바퀴 자국투성이에다 꽁꽁 얼어 있었다. 나는 잠시 뱃속을 따뜻하게 만들기 위해 외투 깃에 머리를 묻었다. 그런 다음 남은 길을 지치지 않고 가기 위해 편안하고 꾸준하게 종종걸음으로 걷기 시작했다. 정신이 몸에서 따로 떨어져 나온 것처럼 내 몸을 바라보았다. 내 몸은 산에 있는 떡갈나무처럼 투박하고 강했다. 너무 지쳐서 더 이상 걸어갈 수 없을 것 같다가도 새로운 힘이 흘러나왔다. '두 번째 바람'이 불어오리라는 것을 내 정신은 알았다. 내 정신은 바로 나였고, 내 등을 후려치는 바람과 함께 저 멀고 험한 언 땅을 걸어 내려가고 있는 내 몸은 낯선 존재였다. 나는, 바로 내 정신은, 겨울 공기처럼 분명하게 두 시까지 광산촌에 도착해야 한다는 한 가지 생각에 집중하고 있었다. 지금 내 몸은 그 일을 완수하도록 달래고 웃겨야 할 이질적인 존재였다. 내게 있어 지금 중요한 것은 두 번째 바람이 불어올 때까지 내 발걸음을 일정하게 유지하는 일이라고 스스로에게 거듭 다짐했다. 힘없이 다리를 떨며 비틀거린 때도 있었다. 마침내 구부러진 길을 돌아 저 아래쪽, 프리모로에서 나는 연기를 보았다. 나는 턱을 치켜들어 새롭고 따뜻한 힘이 내 피를 소용돌이치도록 했다. 그러고는 허파에 들어오는 공기를 조금이라도 데우려고 외투 깃에 입을 묻었다. 그리고 넘어질 경우에 대비해 팔을 벌려 몸의 균형을 잡고 산등성이 아래로 천천히, 꾸준한 종종걸음으로 흔들거리며 나아갔다.

드디어 프리모로 외곽에 도달했다. 그러고는 방향을 바꾸어 매점을 지나 역으로 가는, 석탄 가루로 검게 변한 길로 접어들었다. 그런데 달리고 있는 사람은 나뿐이 아니었다. 다른 사람들 역시 공포에 질린 얼굴로 거리를 가로질러 돌진하고 있었다. 매점 유리창들이 산산조각나 흩어져 있었다. 그뿐 아니라 거리 저편의 다른 집 창문들도 부서져 있었다. 머리에 나사 모양의 덮개를 쓴 어떤 부인은 공포에 질린 얼굴로 외국말로 사납게 울부짖으며 비틀거리고 있었다.

그런 속에서도 종종걸음을 멈추지 않고 회사 매점 모퉁이를 돌아 역 앞쪽으로 보이는 언덕 위 탄광 입구를 지나쳤다. 길에는 사람들로 꽉 차 있었고 거기서 만난 두 노동자가 서로 고함을 치면서 함께 탄광을 향해 달려갔다.

"놈들이 통풍구를 닫아 버렸대, 제기랄……."

탄광은 원시시대 괴물처럼 검은 연기를 내뿜고 있었다. 남자들이 화산암 잿더미 밑에서 밧줄을 당기고 있었고, 난폭한 짐승처럼 사납게 덤벼드는 부인들을 막으려고 애썼다. 남편이 갱 속에 갇혔다는 소식을 듣고 달려온 여인들이었다. 회사는 석탄을 손해 보지 않으려고 사람들이 안에 있는데도 통풍구를 막아 버렸다는 것이다. 그 사이 연기가 광부들을 질식시킬 것이다. 여인네들은 절규하듯 울부짖었다. 석탄은 소중하고, 사람의 생명은 헐값이었다.

나는 마구 달려 플랫폼에 발을 내딛었고, 기차표를 끊을 생각도 하지 않고 계단을 성큼 올라섰다. 그러고는 고개를 숙인 채 좌석에 몸을 던졌다. 내 허파는 긴장으로 꽉 조여 있었고 몹시 추웠다. 몇 킬로미터 너머, 웅성대는 소리, 북적거리는 소리가 들렸다. 그 너머에서는 울부짖는 어느 여인의 비명 소리까지 들려왔다.

나는 사흘 밤낮을 침대 곁에서 어머니를 지켜보면서 보냈다. 꾸벅꾸벅 졸다가도 어머니가 뒤척거리면 바로 깨어났다. 나를 아래위로 훑어보는 어머니의 검푸른 눈은 다정했다. 광산촌을 일주일마다 순회하는 의사는 참을성이 없었다. 의

사는 우리 어머니의 위는 좀 탈이 났지만, 다른 곳은 하나도 아프지 않다고 진찰했다. 많이 못 먹은 데다, 변변찮은 것만 먹어서 오는 통증이라고 했다. 의사는 어머니가 감자와 밀가루 소스만 계속 먹었으니 뭘 더 기대할 수 있겠느냐고 말했다! 어머니는 더 좋은 음식을 먹어야 낫는 '영양실조' 에 걸렸다고 했다. 나는 '영양실조' 가 무엇을 뜻하느냐고 물었다. 의사는 내 질문에 그동안 어머니가 고통을 줄이려고 먹어 왔던 중탄산소다조차 더 이상 먹을 수 없을 정도로 상태가 안 좋다는 뜻이라고 대답했다.

어머니는 처음 이틀 동안은 나와 이야기도 했다. 두 주 전에 죽은 애니 언니 이야기도 했다. 그때 어머니는 내게 편지를 썼지. 편지를 받고 나는 언니와 형부가 짐승처럼 일했던 서부 오클라호마의 황량한 벌판에 있는 농장으로 찾아갔다. 언니는 자그마한 아기를 남겨 두고 죽었다. 나는 우유를 데워서 아기에게 먹였고 아기는 동경 어린 푸른 눈으로 나를 쳐다보았다. 아기가 세상에 나오는 바람에 언니가 죽어야 했다니, 참 이상한 일이었다.

내가 어머니 곁에 앉아 있자 어머니는 매우 행복해했다. 그러나 어머니는 죽을 날이 멀지 않았다는 것을 알고 있었던 것 같다. 다른 때 같았으면 결코 말하려고 들지 않았을, 묘한 감정을 불러일으키는 말을 내게 했다. 우리한텐 부모와 자식 간의 애정을 표현하는 법이 좀처럼 없었다. 어머니는 처음으로 나를 "내 딸아" 하고 불렀다. 어머니는 이런 호칭을 한 번도 쓴 적이 없었다.

"네가 없었다면 난 지금까지 이렇게 살아남을 수도 없었을 거야."

어머니는 쥐어 짜내듯 이 말을 겨우 한 번 했다.

한번은 한밤중에 어머니가 나를 깨우더니 이렇게 말했다.

"앞으로 더 나은 교육을 계속 받도록 노력하겠다고 내게 약속하렴."

어머니는 서약이라도 받는 것처럼 차분하고 강하게 내 손을 꼭 잡았다. 낯선 감정에 사로잡힌 채 나는 어머니의 손을 꼭 잡았다.

다음날 의사가 왔을 때 나는 사정했다.

"제발 어머니께 아무 약이라도 좀 지어 주세요. 그냥 두었다가는 곧 돌아가실 것 같아요."

의사는 싫은 기색을 역력히 드러냈다. 좋은 음식을 먹는 것 말고는 다른 방도가 없는 어머니를 위해 먼 길을 와 달라고, 할 일 많은 의사에게 내가 자꾸 전화를 했기 때문이다.

나는 바삐 되돌아가는 의사의 모습을 지켜보았다. 그런 다음 어머니 침대 옆에 서서 우리 둘이서 죽음을 맞이해야 한다는 것을 깨달았다. 나는 무력했다. 어머니는 이제 먹어서는 안 되는 중탄산소다를 자꾸 달라고 애원했다. 나는 주지 않으려고 했지만 어머니가 나를 보는 시선은 섬뜩할 만큼 애절했다. 무지한 나는 결국 어머니에게 소다를 드렸다. 그러고는 학교로 달려가 내 동생들의 교실로 뛰어들어 베아트리체, 조지, 댄을 큰소리로 불러냈다.

동생들과 내가 어머니 침대맡에 와 보니, 그날 아침 집에 돌아왔던 아버지가 계셨다. 아버지는 무릎을 꿇고 얼굴을 시트에 파묻고 있었다. 어머니의 눈은 크고 빛났다. 어머니는 말로 형언할 수 없는 호소를 담은 애절한 눈길을 내게 던졌다. 나는 몸을 굽혀 생전 처음으로 어머니를 안았다. 떨리는 몸으로 내 팔에 어머니를 안은 것이다.

"마리아!"

어머니는 내 이름을 마지막으로 부르고 돌아가셨다.

어머니의 빛나는 눈은 눈꺼풀로 덮였고, 몸은 축 늘어졌다. 나는 어머니의 앞자락을 헤쳤다. 평평하고 홀쭉하며 빈약한 가슴에 귀를 갖다 대고 심장의 박동 소리를 들어 보았다. 심장은 두어 번 뛰더니 멈추었다가, 다시 한 번 뛰었다. 어머니 영혼의 소리에 귀를 기울이고, 무슨 소리라도 다시 들리기를 갈망했다. 그러나 아무 소리도 나지 않았다.

아버지가 내 몸을 일으켰다. 나는 간신히 두 발로 서 있었다. 그러나 눈물은 나지 않았다. 단지 내게 생명을 준 여인의 시신 옆에 지금 서 있다는 사실만 의식했을 뿐이다. 나는 죽음이란 이해할 수 없는 것이라는 사실 말고는 아무것도 이해할 수 없었다. 머릿속에서 밝게 빛나던 빛줄기가 원을 그리며 돌다가 점차 작아져 검은 점이 되더니, 결국은 사라졌다. 이제 무無가 벼랑에 부딪히는 파도처럼 박자를 맞추며 고동쳤다.

헬렌 이모가 왔다. 이모와 아버지는 어머니의 시신이 누워 있는 방에서 손을 마주잡았다. 어머니는 소나무로 짠 하얀 관 속에 누워 있었다. 이모는 여전히 탁한 금색으로 물들인, 반짝이는 금발 머리를 하고 있었다. 이모는 뺨과 입술에도 화장을 했고, 아주 아름다운 모피 코트를 입고 있었다. 이모는 방 주위, 춥고 세간도 없는 마루, 구석에 놓인 흔들거리는 낡은 서랍장, 조그맣고 녹슨 난로, 값싼 하얀 커튼 등을 눈으로 훑어보았다. 그런 다음 어머니 시신을 덮은 시트를 들춰 보았다. 살아서와 마찬가지로 죽어서도 꿈을 꾸고 있는 것 같은 주름살투성이의 지친 얼굴을, 하도 고되게 일을 해서 거의 검게 된, 굵은 혈관이 불거져 나온 손을 빈약한 가슴 위에 꼭 쥐고 있는 모습을, 아직 젊은 나이였는데도 거의 회색이 다 되어 버린 어머니의 머리카락을 뚫어지게 바라보았다. 우리에게서 얼굴을 감추려고 몸을 돌린 이모는 옆방 침실로 갔다. 그러고는 외투를 벗고 침대에서 발길질을 하고 있는 작은 아기를 바라보며 서 있었다. 그 아기는 이모가 처음이자, 단 한 번 사랑했던 샘의 아기였다.

우리는 어머니 시신을 오클라호마로 데려가 언니 옆에 묻기로 했다. 우리는 헬렌 이모가 올 때까지 기다리고 있었던 것뿐이었다. 오후에 소나무 관을 기차의 짐칸에 옮겨 실은 뒤, 우리는 여행을 시작했다.

우리가 서부 오클라호마의 평원에 있는 역에서 내렸을 때, 큰 짐마차를 끌고 나온 형부가 우리를 맞아 주었다. 이모를 보고 다른 쪽으로 걸어가 버렸던 샘은 다시 돌아와 이모의 손을 잡더니 이모 팔에 안겨 있는 자기 아기를 보았다.

1월이라서 땅은 굳고 차가웠으며, 평원을 가로지르는 차디찬 바람은 땅을 말끔하게 쓸어 놓았다. 여기저기 나무 덤불들이 외롭게 서 있었다. 평원은 저 멀리까지 춥고 황량하게 펼쳐져 있었으며, 바퀴 자국투성이의 길은 황무지를 구불구불 가로지르고 있었다. 한참을 달려 우리는 언니와 형부가 함께 살았던, 그러나 지금은 형부 혼자 살고 있는 앙상한 목조 가옥에 도착했다. 관은 가구가 없는 앞쪽 방에다 두었다.

다음날 아침, 볼품없는 나무 의자 몇 개를 관 앞에 줄지어 놓았다. 많은 남자와 여자들이 주위 농가에서 몰려왔다. 설교를 하러 무식한 목사도 한 사람 왔다. 목사는 어머니 관의 다른 쪽에 서서 우리에게 설교했다. 우리보다 글자를 더 모르는 그 목사는 조잡하고 저속했다. 목사는 거기 누워 있는 어머니의 시신과, 또는 어머니를 죽음으로 몰고 갔던 가난과 불행과는 아무 상관도 없는 것들을 이야기했다. 그러면서 모피 코트를 입고 앉아 있는 이모를 곁눈으로 바라보았다. 어깨를 동그랗게 만 채 고개를 숙이고 잎담배를 씹고 있는 아버지도 보았다. 우리 식구 한 사람 한 사람을 비난하듯 쳐다보던 목사는 결국, 각자의 이름을 부르지도 않고 우리 모두를 "기독교를 믿지 않는 사람들"이라고 했다. 그런 사람이 감히 우리 어머니 관에 손을 대다니! 목사는 우리가 죄의 길로 가고 있다고 경고했다. 우리 중 어떤 사람은 음란한 죄의 길을 걷고 있다고도 말했다. 목사는 먹이에게 덤벼드는 독수리의 눈빛으로 헬렌 이모를 뚫어지게 바라보았다. 하나님은 우리에게서 어머니를 데려감으로써 벌을 내렸지만 앞으로는 더 지독한 벌을 내리실 거라고 말했다!

아버지가 일어나서 목사에게로 가 무릎을 꿇었다. 아버지의 외투 자락 사이로 보이는 바지 뒷주머니에는 술병 자국이 뚜렷했다. 목사는 아버지에게로 다가와서 아버지 머리에 손을 얹더니 영혼이 구원받았다고 했다! 아버지는 헬렌 이모 쪽으로 몸을 돌려 뭔가 말하려고 입술을 실룩거렸다. 그러나 이모는 분노와 역겨움으로 숨을 몰아쉬며 일어나, 의도적이면서도 차분하게 위엄을 갖추고 방에서 걸어 나가 버렸다. 내가 이모를 따라 나가자 문상객들과 목사는 아연실색하여 아무 말도 못 하고 눈을 동그랗게 떴다.

장례식은 별다른 깊은 인상도 주지 못한 채 맥없이 끝났다. 그리고 이모와 나는, 충격을 받아 조용한 좌중을 뚫고 묘지로 가는 몇 안 되는 사람들 틈에 끼였다. 우리는 꽤 먼 길을 한참 동안 달렸다. 그런 다음 사방에 세워 놓은 기둥이 부실해지자 가시철조망을 얽어 놓은 울타리로 에워싸인 묘지로 들어갔다. 그 구역에는 대략 열두 개쯤 되는 무덤이 있었다. 무덤의 머리 쪽으로는 곧은 널빤지가 하나가 있었고 발쪽에는 그보다 작은 판자가 한결같이 놓여 있었다. 이 널빤지 위에 죽은 자들의 이름이 새겨져 있었을 텐데 오래전에 비바람과 눈에 씻겨 알아볼 수가 없었다. 하지만 애니 언니의 이름은 아직 읽을 수 있었고, 어머니를 묻기 위해 언니의 무덤 옆에 파헤쳐 놓은 흙더미도 보였다. 우리는 무덤 사이에 서서 어머니에게 하나님의 축복이 있기를 간구하는 목사의 기도와 자신의 기도에 귀 기울이지 않는 사람들에게 내리는 목사의 경고를 또 한 번 들었다.

그런 뒤에 목사는 마지막으로 어머니 얼굴을 보라고 말했다. 나도 헬렌 이모도 울지 않았다. 자신이 너무나 소중하게 사랑했던 언니의 얼굴을 마지막으로 바라보는 이모의 얼굴은 감정을 잃고 핏기도 없이 불행해 보였다. 왜냐하면 "사랑하는 언니를 위해 몸까지 판 여자보다 더 큰 사랑을 지닌 여자는 이 세상 어디에도 없을 테니까."

여러 달 동안 나는 스스로 작정한 대로 충실히 생활해 왔다. 남동생들과 여동생, 그리고 조카까지 돌보겠다는 대단한 결심을 했던 것이다. 그래서 나는 학교를 포기하고 터쇼로 돌아와 음식을 만들고 빨래하고 다림질하며 바느질을 했다. 아버지도 집으로 돌아오셨다. 나는 우리 집을 가정처럼 꾸미려고 애썼다. 어머니도 그런 노력을 했더라면 아버지가 그렇게 내내 멍청할 만큼 술에 취하지는 않았을 것 같았다. 나는 카펫을 샀고, 커튼도 새로 하고, 둥글고 갈색인 식탁도 샀다. 그리고 천사의 날개를 가진 아이들 그림 같은, 벽에 붙일 만한 그림 몇 점과 하얀 침대 시트를 샀다.

자잘하고 일상적인 집안일과 걱정거리는 나를 무겁게 짓눌렀고 나는 끊임없이 어머니를 생각했다. 어머니처럼 이런 삶을 몇 년이고 계속해야 한다는 것은 생각만 해도 끔찍했다! 아버지와 나는 자주 부딪쳤고 집을 나가고 싶은 욕망은 점점 더 강하게 자라 나를 괴롭혔다. 우리 삶에 늘 존재했던, 잠깐 머물다 곧 떠나는 불안의 분위기는 어느덧 내 삶의 일부가 되었다. 나는 불안하고 불행했으며 적개심으로 가득 찼다.

어느 날 아버지가 술에 취해 집에 돌아왔다. 댄은 아버지를 불쾌하게 하는 어떤 일을 저질렀는데, 아버지 손에 긴 말채찍이 들려 있는 것을 보고는 겁에 질려 있었다. 아버지는 댄에게 다가왔으나 댄이 내 뒤에 몸을 숨기고 내 허리에 팔을 두르는 바람에 나는 아버지와 댄 사이에 서게 되었다. 댄은 조그만 손으로 나를 꼭 잡고 있었다. 아버지는 욕을 해대며 아들을 훈계할 수 있도록 방 한가운데로 냉큼 나오라고 소리쳤다. 그런 다음 아버지는 댄을 향해 돌진해 왔는데 나는 꼼짝도 하지 않았다. 아버지는 내게 덤벼들려고 했으나 나는 온 힘을 다해 아버지를 밀어 버렸다. 아버지가 나를 밀어내려고 내 어깨를 잡는 게 느껴졌다. 나는 아무 생각 없이 주먹을 꽉 쥐고 아버지를 자꾸자꾸 밀치면서 아버지에게 덤벼들었다.

그러자 아버지는 꼼짝도 하지 않았다. 아버지와 나는 서로를 바라보았다. 아버지는 몸을 돌리더니 바닥에 떨어진 채찍을 집어 올렸다. 나는 뛰어오를 만반의 준비를 한 동물처럼 아버지를 지켜보았다. 아버지는 다시 채찍을 써서는 안 되는 거였다! 아버지는 채찍을 보더니 몸을 돌려 천천히 문 밖으로 나갔는데, 채찍은 아버지를 따라 마룻바닥에 질질 끌려 나갔다.

대지의 딸

Daughter of Earth

5 부

헬렌 이모와 나는 덴버의 내 방에 앉아 있었다. 내 조카는 이모 품에서 잠들어 있었다. 이모의 비단옷 주름 사이에 있는 아기는 꼭 이모 옷자락에 떨어진 꿀벌처럼 보였다. 토실토실한 손 하나가 열려 있는 앞섶을 움켜잡았고, 발 하나는 어디로 갔는지 보이지 않았다. 헬렌 이모는 그 아기에게 어른과 대화하듯 말을 걸었는데, 그러다 아기가 잠잠해지면 그 모습을 보고는 눈물이 나도록 웃었다. 형부는 이모와 이모의 애인인 토니를 뒤쫓아 덴버까지 왔다. 그러나 토니를 버리고 자신과 결혼하게 만들지는 못했다. 이모를 바라보니 형부가 떠올랐다. 이모는 말했다. "어쨌든 처음엔 별 문제 없을 거야. 하지만 여자가 결혼해서 생활비를 벌지 못하면 남자는 자기 부인의 과거를 들춰내기 시작한다니까."

이모에게도 가까운 사람이 있어야 했다. 어리기는 했지만, 내가 이모와 함께 있겠다고 하자 이모는 기뻐했다. 나는 이모가 자신과 토니의 생활비를 버느라 애쓰고는 있지만 충분하지 않다는 것을 알았다. 이모는 "나는 항상 네 어머니한테 여러 가지를 보내야만 했어. 너희들은 옷이 필요했으니까." 하고 당연한 듯 말했다. 결국 이모가 병들어 병원에 입원하자 토니는 더 건강한 다른 여자와 도망치고 말았다.

지금 이모 품에 누워 있는 아기는 오래전에 사라진 줄 알았던 이모의 욕망을 채워 주는 듯했다. 이모는 샘의 아기를 키우려고 마음먹었는데, 그 생각만으로도 기뻐 어쩔 줄 몰랐다. 이 세상에서 '헬렌'이라는 이름을 가진 여자들은 냉정하고 아이를 갖고 싶은 욕망도 없는 여자들이라고 했다.(트로이의 사절로 스파르타에 갔던 파리스가 거기서 만난 여인이 헬렌이다. 헬렌과 사랑에 빠지게 되어 두 사람은 트로이로 도망쳤고, 그 이후 십 년 동안 전쟁이 계속되지만 헬렌은 파리스와의 사랑 말고는 아무것도 안중에 없었다. 옮긴이) 그러나 내 이모는 그렇지 않았다. 나는 이모가 자랑스러웠다. 내가 보기에 이모의 직업은 주부라는 직업만큼 명예로워 보였다. 이모는 다른 주부들보다 더 나은 삶을 살고 있었다. 그리고 자신의 육체와 정신에 대해 더 많은 권리를 행사할 수 있다는 것 말고는, 다른 여인들과 똑같은 방식으로 삶을 꾸려 갔다. 언젠가 토니가 이모를 자기 아내라도 되는 것처럼 때리려고 한 적은 있었지만 어느 남자도 이모를 감히 함부로 대하지 못했다. 만일 어떤 남자가 "사 준 옷을 도로 내놔!" 하고 이모에게 소리친다면 이모는 그 남자에게 당장이 집을 나가라고 명령했을 것이다. 하지만 가정주부는 결코 그런 명령을 할 수 없었다. 만일 어떤 남자가 이모를 때린다면 이모는 경찰을 부를 수 있었지만, 가정주부라면 그럴 수 없었을 것이다. 이모는 어떤 남자에게도 복종하겠다는 서약을 하지 않았다. 나는 이런 일들이 품위와 자긍심을 지키는 일이라고 판단했다. 그리고 이모처럼 사는 것이 결혼해 사는 것보다 나아 보였다. 그러나 현재의 나로서는 이모처럼 사는 것이나, 결혼해 사는 것이나 둘 다 바람직하지 않아 보였다.

이모와 나는 여러 시간 동안 이야기를 나누었다. 내가 아버지와 말다툼을 한 후 왜 조카만 데리고 집을 훌쩍 떠나왔는지 이모는 이해하지 못했다. 그건 나 역시 마찬가지였다. 이모는 서툴게 설명하는 내 이야기를 미심쩍게 들었다. 그러면서도 말없이 다 들어 주었다. 마음속으로는 다시는 집에 돌아가지 않겠다고 다짐했으면서도 이모와 이야기하면서는 언젠가 집으로 돌아가겠다고 이야기했다. 내 말은 어쭙잖고 피상적으로 들렸을 것이다. 조급함과 불안감, 적개심이 안에서 솟구쳐 올랐기 때문에 말과 태도가 냉랭해졌다. 사랑과 의무, 따뜻함 따위는 일반적으로 여자들과 약자들의 천성이라고 했다. 나는 그따위 천성은 하나도 갖지 않을 것이다!

"그럼 베아트리체와 남동생들은 어떡하니?"

이모가 물었다. 베아트리체는 곧 뉴멕시코에 있는 어느 목장으로 가기로 돼 있었다. 그래서 아마 조만간 떠나거나, 어쩌면 지금쯤 벌써 가 있을지도 모르겠다고 했다. 그리고 조지와 댄은 아버지가 서부 오클라호마로 데려간다고 했으니, 소위 말하는 "성인이 될 때까지" 평원에서 자라면 될 것이라고 했다. 내 이야기가 끝난 후 이모와 나는 아무 말 없이 앉아 있기만 했다. 둘 다 오클라호마 무덤 속의 두 사람을 생각하고 있었기 때문이다. 이모는 그 황폐한 목조 가옥에서 살고 있는 형부를 생각했을 것이다. 나는 아버지가 거기 가서 형부와 함께 살고 있을 거라고 내키는 대로 말했다. 그러는 편이 우리 형편을 더 나아 보이도록 만드는 것 같았다.

오랫동안 이모와 나는 내가 앉은 쪽 창문 맞은편 건물의 밋밋한 정면을 쳐다보았다. 삶은 참으로 이상했다. 왜 모든 삶이 똑같지 않은지, 도무지 이해할 수 없었다. 우리는 왜 이렇게 늘 가난한 것일까? 그리고 나는 왜 여자로 태어나서 나 자신을 증오하며 모든 일에 한만 잔뜩 품게 된 것일까? 지금 이 순간 입을 다물고 있으면서 나에게 죄의식을 느끼게 하는 이모도 미웠다. 나에게 책임질 것을 강요하는 남동생과 여동생이라는 존재도 미웠다. 그리고 내가 부탁한 적도 없는데 나를 이 세상에 태어나게 한 부모님도 미웠다. 어찌하여 부모님은 무無에다 나를 혼자 남겨 둘 수 없었던가!

나는 수년 동안 품어 왔던 망각의 과정을 조금씩 밟아 나가기 시작했다. 나는 내 의식의 기억 앞에 검은 커튼을 드리워 내게 가족이 있었다는 사실조차 잊기 시작했다. 가족들이 내게 타인 이상의 무엇이었더란 말인가? 하는 물음이 내 안에서 거듭 맴돌았다. 그러나 누나가 없으면 어떻게 하나 하는, 신뢰로 가득 찬 조지의 눈이 나를 따라다녔다. 조지의 야윈 손은 늘 내 손을 잡고 있었다.

"그래, 이제 넌 뭘 할 거니?"

이모가 내게 두 번째 질문을 했다.

"공부를 하고 싶어요."

"공부를 한다고! 무슨 공부를?"

"나도 모르겠어요. 무엇이건 공부만 한다면……."

우리에게 '공부'란 우리가 잘 알지 못하는 어떤 막연한 사치를, 책이나 읽고 실제로 행하는 것은 아무것도 없는 무엇을 의미했다. 오로지 부잣집 소녀들과 몸이 허약해서 책 읽는 일 말고는 아무것도 할 수 없는 소녀들만이 그런 사치에 탐닉하는 것이었다. 그 밖에 다른 소녀들은 시간을 낭비한다고 "따귀나 맞기" 십 상이었다. 나는 과거에는 교육받은 남자였다가 지금은 결핵에 걸린 남자를 알고 있었다. 로버트 햄톤 역시 교육을 제대로 받은 남자였는데, 햄톤이 교육을 받은 것도 부자였거나 병들었기 때문일 것이다.

"넌 돈을 많이 벌 수 있게 해 주는 일을 배워야 해. 당분간 너를 도와줄 돈은 내게 있어. 그러나 나도 오래 뒷바라지해 줄 수는 없어."

이모는 말했다. 이모와 나는 돈을 벌 수 있는 게 무엇일까 의논하다가 속기사 일을 배우는 게 좋겠다고 결정했다. 바로 다음날 나는 속기사 일을 배우기 위해 덴버 남쪽에 있는 작은 읍으로 갔다. 이모는 내가 절대로 도시에 남아 있어서는 안 된다고 했다.

속기사 일을 배우는 몇 달 동안은 내가 지금껏 참아 온 어떤 세월보다도 비참했다. 학교에 나오는 소녀들은 종종 나를 보고 웃었으며, 내가 지나갈 때 서로 쑥덕거렸다. 나는 모든 것에 서툴렀고 투박했다. 아마 형편없는 내 말투 때문에 웃었을 것이다. 아니면 내 옷차림새 때문이었을지도 모르겠다. 나는 이모가 준 멋진 블라우스를 입으면 왠지 우습게 느껴져서 블라우스를 벗고, 전에 내가 입던 낡은 셔츠로 갈아입고 타이를 매고 다녔다.

이모가 사는 덴버로 온 것은 나에게는 어두컴컴한 땅속을 벗어나 햇볕이 환한 땅 위로 나온 것과 같았다. 그러나 막상 이모 자신은 불행했다. 형부가 지난주에 와서 아기를 데리고 가 버렸던 것이다. 이모가 형부 이야기를 하고 싶어하지 않았기 때문에 내 나름대로 불행한 이야기의 전말을 차례로 끼워 맞춰 보았다. 이모는 형부에게 아기를 자기가 키우겠다고, 아기가 크면 학교에도 보내겠다고 말했다. 이모가 살아가는 방식을 가혹한 말로 비난하던 형부는 갑자기 몸을 돌려 벽에 팔을 대고 얼굴을 파묻었다. 형부는 또다시 이모한테 결혼하자고 매달렸다. 이모는 다시 거절했다. 그러나 형부가 아기를 데리고 가 버린 후, 이모는 빈 팔을 늘어뜨린 채 마루를 서성이며 울었다.

"앞으로 이 고독을 어떻게 이겨 나가야 할까?"

걱정하는 이모의 목소리는 침울하기 그지없었다.

나는 작은 방을 얻었고, 이모와는 따로 살았다. 그러나 이모와 내가 함께 있는 시간도 종종 있었다. 이모는 전화로 누군가와 이야기를 나누기 시작했고, 우리가 점심 먹는 자리에 가끔 어떤 남자가 함께할 때도 있었다. 이모는 잿빛 머리카락을 가진 나이 지긋한 남자에게 나를 소개해 주었다. 말을 좀 더듬는 그분은 어떤 잡지사의 편집장이었는데 그 잡지사에서 나를 쓰기로 했다. 나는 곧 일을 시작했다. 나는 타자를 치면서 저축할 수 있는 돈과 베아트리체와 남동생들에게 옷을 보내는 일 등 현실적인 선을 넘어서는 꿈을 꾸었다. 그리고 이 훌륭한 노신사 편집장이 나를 딸처럼 생각하여 공부할 수 있게 도와주는 꿈도 꾸었다. 어느 날 편집장이 나더러 남아서 일을 마치고 가라고 했을 때는, 숙련된 타자수 대신 뽑힌 내가 자랑스러워 어깨를 으쓱거렸다.

다 끝낸 서류를 편집장에게 내밀자, 편집장은 "앉아요!" 하고 말하며 벽에 붙여 놓은 소파를 가리켰다. 뭔가 좀 심상치 않다는 느낌이 들었다. 그러나 나는 편집장 밑에서 일하고 있는 처지였다. 게다가 편집장은 교육도 웬만큼 받았고 나이도 지긋한 분이었기 때문에 그냥 시키는 대로 했다. 편집장은 일언반구 설명도 없이 다짜고짜 사진첩 하나를 갖고 오더니 내 옆에 앉았다. 나는 그 사진에 눈길을 주었지만 눈앞이 흐릿해져 잘 보이지도 않았다.

'아, 내가 나쁜 아이인가 봐. 편집장은 배운 것도 많은 훌륭한 분인데…….'

편집장의 팔이 뱀처럼 기어오르더니 내 몸을 감아 올렸다. 모든 게, 사진도 팔도 타자 친 것도 다함께 뒤엉켜 혼란스러웠다.

내 팔은 뻣뻣해졌다. 숙녀다운 태도가 무엇인지 알 만큼 문명인도 아니었던 나는 팔 힘을 쓸 수밖에 없었다. 내 팔은 힘도 좋았다! 그리고 편집장은 교육도 많이 받고 편집장 일까지 보는 양반이었지만 힘은 나보다 약한 남자였다! 나는 편집장을 거칠게 밀어내고 놀라움과 수치심에 정신없이 문 쪽으로 뛰어나갔다. 그러고는 몸을 돌려 편집장을 쳐다봤더니, 세상에, 편집장이 소파에 쭉 뻗어 있는 것이었다. 한껏 세웠던 편집장의 하얀 와이셔츠 깃은 앞이 찢겨져 있었다. 게다가 그 남자의 목에는 검은 반점까지 생겨 있었다. 틀림없이 내가 물어뜯은 자국이었다. 한 남자의 위엄이, 뻣뻣한 옷깃이 구겨지듯 그렇게 사그라질 수 있다는 것은 참으로 이상한 일이었다. 그리고 이빨로 사람을 물 때 살점이 고무처럼 느껴진다는 점도.

새로 온 편집장은 좀 달랐다. 온통 갈색이었던 그 편집장은 내게 타자 칠 일거리를 주었을 뿐만 아니라 아주 유쾌했다. 갈색 편집장을 보면 빅 벅이 떠올랐다. 편집장은 나를 자기 사무실 구석에 걸려 있는 인디언 양탄자에 기대 서게 하여 사진까지 두어 번 찍어 주었다.

"심각한 표정을 지어요! 하나님, 주를 생각해 보아요! 아니, 그런 표정 말고! 내 잡지에 실을 기사를 쓰고 있는 척해 봐요. 이제, 그럼 다시, 어깨 위로 머리칼을 내려요. 좋은데! 날 쳐다보고, 꿈을 꾸는 것같이, 꾸~움을 꾸는 것같이. 내가 당신 애인인 것처럼, 자, 하나, 둘, 셋!"

사진을 찍을 때 편집장은 그런 소리들을 늘어놓았다. 편집장은 호탕한 사람이었고 이모의 친구이기도 했다. 헬렌 이모는 나에게 전 편집장과 있었던 일에 관해 들은 후, 이 갈색 편집장과 이야기했다. 갈색 편집장은 손을 호주머니에 넣고 서서 나를 조심스럽게 살펴보았다. 그 사람이 웃는 모습은 아주 다정하고 정직해 보였다.

"바로 제 솜씨를 한번 시험해 보세요. 타자를 그렇게 빨랑 치지는 못하지만 배우면 늘 거예요."

나는 간청했다.

"빨리!"

편집장이 단어를 고쳐 주었다. 나는 편집장의 발음을 따라 "빨리"라고 했다.

편집장의 눈은 갈색이었다. 내가 아주 열심일 때나 삶이 곧 끝날 사람처럼 비장하게 내 일에 대한 각오를 이야기하려 들면 늘 눈 가득 웃음을 담고 있었다. 편집장이 큰소리로 웃어 버려 나를 진정시킬 기회를 주었다면 더 좋았으리라. 그러나 편집장은 그러지 않았다. 편집장은 늘 갈색 양복만 입었으며, 넥타이와 구두도 항상 갈색이었다. 게다가 머리칼도 갈색이었다.

"편집장님을 쳐다보고 있으면 늘 형사 생각이 나요."

어느 날 나는 편집장에게 말했다. 그러자 편집장은 이렇게 대답했다.

"나를 쳐다보지 말고 타자기나 쳐다봐요."

여러 주가 지난 뒤 우리는 좋은 친구가 되어 있었다. 편집장은 나를 자기 차에 태워 점심을 함께 먹으러 데려갔을 뿐만 아니라 내가 가 보고 싶어하는 곳이면 어디나 기꺼이 데려다 주었다. 한번은 내가 영화를 보러 가자고 했더니, 편집장이 살짝 웃었다. 이모는 저녁 시간을 나와 함께 보내려 하지 않았기 때문에 편집장이 유일한 친구였다. 로버트 햄튼은 아버지가 돌아가셔서 학교를 그만두고 일을 시작했다. 그러느라 내게 더 이상 책을 부쳐 주지도 못하게 됐다. 그래서 읽고 공부할 만한 게 하나도 없었다. 집에서 저녁을 보낼 때면 벽지 무늬만 보고 또 보았다. 비명을 지르고 싶어질 때까지 그러고 있다가 밖으로 나가 상점의 진열장을 구경하거나 지나가는 사람들의 물결을 바라보며 불 밝힌 거리를 걷곤 했다.

갈색 편집장과의 우정은 이 모든 일상을 확 바꾸어 놓았다. 편집장은 자기 잡지에 실을 사소한 기사들을 내가 직접 쓰게 도와주었다. 게다가 내가 쓴 원고를 들고 처음 내용이 단 한 줄도 남지 않을 때까지 고친 뒤, 내 이름으로 그 기사를 실어 주었다. 하지만 언젠가 사무실로 찾아온 자신의 딸을 내게 소개해 주지는 않았다. 편집장의 딸은 일을 하지 않고 대학에서 공부하고 있었다.

"뭐 잘못된 게 있나?"

딸이 간 뒤 편집장이 물었다.

"왜 편집장님은 내게 따님을 소개해 주지 않는 거죠? 그리고 왜 나를 편집장님 집에 한 번도 데려가지 않는 건가요? 내가 뭐 잘못한 것 있어요? 지가 아직 모지라나요?"

"내가 아직 부족한가요!" 하고 편집장이 내 사투리를 고쳐 주었다. 나는 편집장을 따라 "내가 아직 부족한가요?" 하고 다시 말했다.

그런 뒤에야 편집장은 사정을 설명했다. 자기 딸은 다른 도시에서 대학을 다니는데 속물이고, 부인과는 사이가 좋지 않아 서로 말도 나누지 않는 사이라, 나를 집에 데리고 갈 수 없다고 했다.

"오, 그렇다면 왜 진작 그런 말을 하지 않았나요?"

많은 남자들이 편집장 밑에서 일하고 있었다. '거리'에 직접 나가서 일한다고들 하는데 잡지 구독을 권유하거나 잡지를 선전하는 일이었다. 그 남자들은 나더러 사무실에 가만히 앉아서 일주일에 5달러를 버는 내가 바보 같다고 했다. 거리에 나가서 영업 일을 하면 돈도 벌고 세상 돌아가는 것도 잘 알 수 있다고 했다.

"아가씨, 나랑 함께 나가 보지 않을래? 그럼 내가 세상 구경시켜 줄 텐데."

남자들 중 한 명이 내게 말했다. 내가 '거리'에 나가 한번 뛰어 보겠다고 말했을 때 갈색 편집장은 얼굴을 찌푸렸다. 편집장은 나에게 책상머리에 단정하게 앉아 있으라고 했다. 그리고 그 남자들이 내 머리 속에 집어넣는 실없는 소리들을 귀담아들어서는 안 된다고 말했다. 그러면서 자기 사무실에 잘 있으면 훨씬 더 좋은 기회를 잡게 될 거라고 했다. 그런 다음 이렇게 덧붙였다.

"네가 생각하는 세상 구경과 남자들이 생각하는 세상 구경은 하늘과 땅 차이야."

어느 저녁, 편집장과 나는 편집장의 차를 타고 교외로 나갔다. 밤공기는 소리도 없이 빠르게 우리 곁을 스치고 지나갔다. 우리가 하고 있는 생각처럼 말이다. 하늘에는 별들이 황홀하게 빛나고 있었다. 우리는 산으로 올라가는 길목에 멈춰 서서 저 멀리 반짝이는 도시의 불빛을 바라보았다. 고개를 돌려 편집장의 얼굴을 바라보니 편집장의 눈동자가 나를 뚫어지게 쳐다보고 있는 것이었다.

"뭐 잘못된 거 있나요?"

나는 웃으며 말했다. 편집장은 브레이크를 허겁지겁 풀었고 우리는 도시를 향해 내려갔다. 편집장은 매우 유명한 고급 레스토랑 앞에 차를 세웠다. 두꺼운 카펫이 깔린 계단을 올라갈 때 내 자신이 매우 초라하게 느껴졌다. 타일 바닥과 대리석 식탁이 오히려 내게는 더 자연스러웠다.

우리는 식탁 하나가 달랑 놓여 있는 방으로 들어갔다. 구석에는 소파가 하나 있었다. 전 편집장과 그 일이 있은 뒤로 소파란 소파는 다 수상쩍게 보였고 그때도 마찬가지였다. 방 뒤로 난 문이 조금 열려 있었다. 레스토랑으로 통하는 문이라고 생각하면서 그 문을 살짝 들여다보았는데, 따로 꾸며 놓은 세면장이었다. 복도 쪽 문에서 인기척이 들리더니 웨이터가 들어왔다. 편집장의 주문을 받아쓰는 웨이터의 얼굴은 기분 나쁘게 멍한 표정이었다. 웨이터는 내 쪽으로 등을 내보이면서 민첩하게 식탁을 차리고는 등을 보이며 문을 살짝 닫고 문 밖으로 사라졌다. 어떤 정체 모를 수치심과 두려움이 나를 사로잡았다.

'그래, 이 곳, 오, 이곳 주위의 모든 것이 무섭다고 편집장에게 말해야겠어. 그래, 난 바보 멍청이인가 봐, 차라리 집에 가는 게 낫겠어. 편집장은 모든 일에 솔직한 분인 데다 두말할 것 없는 신사잖아. 편집장은 내가 자기를 좋아하지 않는다는 걸 몰랐을 뿐이야. 나는 모든 일에 대해 잘못된 생각을 갖고 있었고 내가 무슨 일을 저지르고 있는지도 몰랐잖아. 그러나 나는 편집장이 기꺼이 모든 일, 내가 원한다면 공부하는 것까지 도와주려고 하면서 진정한 친구가 되어 주고자 했다는 것을 알아야만 해. 대학도, 그래, 사실 내가 원하기만 한다면, 그분은 자기 잡지에 기사 쓰는 법까지도 가르치려고 생각했던 분이잖아. 오, 편집장님은 좋은 분이지요, 그렇죠? 그런데 왜 나는 사랑을 두려워하는 걸까? 그래, 사랑 말이야! 편집장의 목소리는 입고 있는 외투의 보풀처럼 부드러워. 만일 내가 무서워하는 게 아이를 갖는 것이라면 난 두려워할 필요 없어! 그분은 너무나 자상한 분이니까! 편집장은 나를 아주, 아주 많이 좋아했지. 그분은 혹 정신 나간 늙은 멍청이 아닐까? 사실이 그렇지 뭐. 아니라고? 그렇다면 내가 무서워하는 것은 무엇일까? 오, 나는 무서워. 성性 그 자체가? 그래!'

편집장은 나지막하게 웃었다.

'무슨 바보 같은 소리를 해! 그건 알약 하나 삼키는 것과 같아! 사랑받고 싶지 않아?'

편집장은 자기 손으로 내 턱을 받치더니 자기 얼굴 쪽으로 살짝 끌어올렸다.

"자, 자! 왜 이렇게 아기처럼 굴며 울고 그래!"

편집장은 너무나 놀라서 말을 멈추고 한 팔로 나를 감싸 안더니 내 얼굴을 자기 어깨에 묻도록 했다.

"자, 괜찮아! 울지 마. 내가 잘못했어, 우리는 친구로 지내면 돼. 그러면서 이 일도 다시 생각해 보자고."

편집장은 무겁게 말했다. 우리는 아무 말 없이 계단을 내려왔지만 내 얼굴은 뜨겁게 타오르고 있었고 똑바로 쳐다볼 수가 없었다. 나는 편집장을 미워하지도 않았고 싫어하는 것도 아니었다. 그러나 지금 편집장의 목소리는 왜 그렇게 딴 사람처럼 멀게만 느껴질까? 나도 한낱 여자에 지나지 않았단 말인가? 내가 여자란 사실을 얼마나 싫어했는지 모른다. 나는 내 마음속에 있는 모든 냉정함을 다 동원하여 그 사실을 증오했다. 나 자신을 증오했다. 내 마음속 깊은 곳에서는 이런 일이 일어날 것을 알면서도 따라왔던 것이다. 산에서 바라본 별들과 나를 바라보던 편집장의 눈동자가 이미 말해 주지 않았던가. 그런데도 그렇게 선선히 여기까지 따라오고 말았다니!

나는 미지의 것과 바람을 친구로 삼았다. 갈색 편집장은 내게 거리로 나서지 말라고 설득했으며 이모도 그랬다. 그러나 내가 갈망하는 것들은 바로 저 너머 어딘가에 있었다. '거리'에 나가는 것은 여자가 할 일이 아니라고 편집장은 우겼다. 오히려 그 주장이 내가 나서야 하는 이유가 되고 말았다. 결국 편집장은 마지못해 허락했고, 편집장의 순회 매니저(거리를 돌아다니면서 잡지 구독자를 끌어오는 일을 관리하는 사람. 옮긴이)가 내게 잡지 한 뭉치와 함께 구독자들에게 선물로 주는 값싼 볼펜 한 상자를 넘겨주었다.

"너한테만 주는 거야."

편집장은 마지막으로 이렇게 말하면서 손에 봉투 하나를 꼭 쥐어 주었다. 봉투를 열어 보았더니 그 주씨 안에서는 어떤 기차든 그냥 탈 수 있는 회수권이 들어 있었다. 편도만이 아니라 왕복으로도 쓸 수 있는 회수권이었다. 내가 마음을 바꿔 돌아오고 싶을 때 쓸 수 있게끔 말이다! 편집장은 자기 손으로 내 턱을 재빨리 들어 올리더니 마지막 순간에 어떤 반응을 일깨우기를 기대하듯, "기억할, 그리고 다시 돌아올 어떤 징표"라고 내 귀에 속삭였다. 그러더니 머뭇머뭇 내게 키스를 했다. 그러나 나는 몸을 돌려 뛰쳐나갔다. 거리에 나가서도 나는 고개를 세차게 흔들며 다른 일을 생각하려고 애썼다.

나는 구독을 권하며 도시에서 도시로 계속 옮겨 다녔다. 처음에는 가정집의 계단을 올라가 문을 열어 주는 여자들에게 웃음을 지어 보였다. 부인들은 내 말을 듣고는 면전에서 문을 쾅! 하고 닫아 버렸다. 어떤 부인들은 처음 잠시 동안 호기심을 보이다가 곧 의심하는 눈초리로 나를 훑어보았다.

깨끗하게 정돈된 점잖은 가정집이 늘어서 있는 거리에 들어가려고 다가갈 때면 나는 몹시 움츠러들었다. 그러다 나중에는 주로 사무실에서 남자들을 찾아다녔다. 남자들은 적어도 나를 문전박대하지 않았고 오히려 친절하게 굴었다. 잡지를 구독하지 않는 경우에도 개인적인 적의 같은 것은 보이지 않았다. 많은 남자들이 잡지 같은 데 아무 관심도 없다고 말했다가도, 그저 나를 기쁘게 해 줄 양으로 잡지를 뒤적거려 보곤 했다. 내가 잡지의 좋은 점을 열심히 설명할 때면 남자들은 손에다 볼펜을 굴리면서 빙긋이 웃었다. 그러다가 마침내 잡지를 보겠다고 하고 친구들을 소개해 주기도 했다. 어떤 남자는 내게 카드나 편지를 주기도 했으며 때로는 주소도 적어 주었다. 그래서 사무실에서 사무실로 계속 돌아다녔다. 구독하기로 한 많은 사람들이 선물로 주는 볼펜을 사양하면서 그 볼펜으로 멋진 편지를 써 달라고 말했다. 남자들의 세계로 발을 디뎠을 때는 누군가가 "바로 여기가 네 세상이야!" 말하기라도 하는 것 같았다. 전에는 느껴 보지 못한 자신감이 생기기 시작했다. 그 뒤로는 가정집에는 다시 발을 들여놓지 않았다. 점잔빼는 가정주부들을 생각만 해도 몸서리가 쳐졌다. 나는 웃옷 안에 봉투를 하나 꿰매 놓았는데, 그 봉투가 내게는 은행이었다. 그 봉투에 돈을 모아 보관했다. 밤에 잘 때도 그 옷을 벗지 않았고 베개 밑에 총이나 단도를 늘 놓고 잤다.

나는 순전히 호기심에서 트리니다드, 내 어린 시절의 무대에 들렀다. 내가 트리니다드에 도착한 것은 새벽의 잿빛 여명이 밝아 오던 때였다. 나는 작은 여관을 향해 상업가를 천천히 걸어 내려왔다. 나중에 철길 너머 쪽에 가서 옛 친구들에게 성공한 숙녀인 내 모습을 보여 주려고 했다! 거리는 조용했고, 바로 내 앞에서 술집 문을 나와 가끔 몸을 비틀거리며 걸어가는 남자 말고는 아무도 없었다. 그 남자를 유심히 쳐다보다 보니, 몇 년 전 이 술집을 드나들던 아버지가 떠올랐다. 그렇지만 고맙게도 아버지는 지금 술집과는 멀찍이 떨어진 오클라호마의 집에 가 계셨다. 거리 저쪽 맞은편에는 딱 세 번 간 적 있었던 붉은 벽돌로 된 교회가 보였다. 그 교회는 이제 전혀 위엄 있게 보이지 않았다. 적어도 그동안 겪었던 이런저런 세속적인 경험에 비추어 보면 하나도 장엄한 게 아니었다! 아니, 솔직히 말하자면 초라할 정도로 작게 느껴졌다.

내 앞에서 걷던 남자가 비틀거렸다. 둥글고 구부러진 그 남자의 어깨는 아주 친숙한 느낌이었다. 대부분의 노동자들은 대개 그런 어깨를 갖고 있었다. 그 남자는 더러운 검은색 조끼와 푸른색 셔츠를 입고 있었다. 챙 넓은 회색 모자는 난봉꾼처럼 한쪽 눈 위로 비스듬히 내려 썼다. 가까이 다가가면서 보니 상상 속의 누군가와 이야기라도 하는지, 손짓을 하고 있었다. 내 심장이 격렬하게 뛰기 시작했다. 내 심장이 뛰는 소리가 귀에까지 들렸다. 누군지 확인하고 싶지 않았다. 그러나 마음과 달리, 무엇에 홀리기라도 했는지 나는 점점 빨리 걸었다. 그러다 마침내 그 남자 바로 옆에서 걷게 되었다. 남자는 머리를 숙인 채 술에 취해 풀린 눈동자로 땅바닥을 내려다보고 있었는데, 입가에서는 담뱃진이 흘러나오고 있었다.!

나는 그때 일을 절대로 잊지 못한다. 그 남자는 바로 아버지였다. 나는 여전히 고개를 들지 않는 아버지 곁에서 말없이, 나란히 걸었다. 아버지는 중얼거리며 욕을 했고 손을 휘저어 댔다. 아버지와 내 앞에는 회색 거리가 구불구불 펼쳐져 있었다. 그리고 그 너머에는 헐벗은 산이 있었다. 길모퉁이를 돌다가 고개를 든 아버지가 드디어 나를 보았다. 아버지는 발걸음을 멈추었고 잠시 건물에다 몸을 기댔다.

"아버지, 어딜 가세요? 댄과 조지는요?"

이성의 기억 앞에 쳐 두었던 검고 두꺼운 커튼은 이제 갈가리 찢어졌다. 아버지는 입을 소매로 닦더니 길거리를 걸어 내려가기 시작했다.

"댄과 조지는 어디 있나요?"

"여기! 나와 함께!"

아버지와 나는 모퉁이를 돌아 더러운 골목으로 들어섰다. 그리고 낡은 건물의 흔들리는 계단을 올라갔다. 아버지는 1층, 2층, 3층까지 올라가 다시 좁은 사다리 같은 계단을 올랐다. 그리고 지붕 바로 밑에 있는 독방으로 갔다. 아버지는 문을 열어젖히고 방 안으로 들어갔다. 나는 주위를 살펴보았다. 방은 아주 좁았다. 마치 털이 군데군데 빠진 더러운 개처럼, 군데군데 벽지가 벗겨진 벽은 무슨 색인지도 알 수 없는 색으로 칠해져 있었다. 마루는 누추했고, 세간도 없었다. 수십 년은 쌓였을 법한 먼지가 벌어진 틈새마다 잔뜩 내려앉아 있었다. 방에는 의자 하나가 놓여 있었는데, 조지가 발을 그 의자에다 올려놓고 있었다. 아버지의 닳아빠진 구두를 그 조그만 발에 꿴 채 조지는 구두끈을 매고 있었다. 조지는 색이 바랜 셔츠와 얇디얇은 푸른색 작업복 바지를 입고 있었다. 외투는 입고 있지 않았다. 댄은 조지 곁에서 나와 아버지를 쳐다보았다. 아버지는 더러운 코트를 입고 있어서 상체는 거의 보이지 않았고, 소매는 거의 마룻바닥까지 늘어져 있었다. 조지와 댄 둘 다 더럽고 헝클어진 모습이었다. 힐끗 위쪽을 바라본 조지와 댄은 아버지 뒤에 있는 나를 겨우 발견했다. 그러고는 내가 무슨 말을 할까, 멍하니 바라보며 서 있었다.

나는 한사코 낡은 부츠와 외투만 쳐다보았다. 참을 수 없이 고통스러웠다. 그 고통에서 나를 보호하려고 안간힘을 썼다. 나는 냉정해지려고 애썼다. 그런 나를 응원이라도 하듯, 모든 것을 향한 증오가 달려들었다. 나는 아버지 쪽으로 몸을 돌렸다.

"난 아버지가 동생들을 오클라호마로 데려간 줄 알았어요!"

조지가 대답했다.

"우린 다음 주에 갈 거야!"

조지가, 그 가느다란 손을 항상 내 가슴에 대곤 하던 조지가, 내 비난에 맞서 아버지를 방어하고 있었다. 나는 이방인이었다. 우리는 모두 아무 말 없이 서 있기만 했다. 할 말이 없었다. 우리 넷이 이렇게 만나고 말았다. 조지는 의문에 가득 찬 눈길로 나를 바라보았다. 댄은 입술을 떨고 있었다. 나는 벌어진 마룻바닥 틈새를 눈길로 좇으며 여전히 내 감정과 싸우고 있었다. 내가 믿는 것은 돈이었다. 사랑이나 따뜻함이 아니었다. 사랑과 따뜻함은 고통과 아픔, 패배만을 뜻했다. 나는 다른 사람들을 망쳤듯이 사랑이 나를 망치게 놔두지 않을 것이다! 나는 오로지 돈, 감정이라곤 없는 돈에만 기댈 것이다. 지금의 나에게는 힘이 있었다. 엄청난 금액, 무려 80달러가 지금 내 옷 안에 있었다!

그날이 다 가기 전에 내 수중에는 10달러도 채 남지 않게 됐다. 남동생들에게 따뜻한 옷을 사 입히느라 그랬다. 이렇게 함으로써 양심에 거리끼는 내 죄의식을 돈으로 매수해 보려고 했던 것이다. 나는 사랑이나 보살핌을 베풀 수도 없었고, 베풀려고도 하지 않았다. 트리니다드에서 구독자를 확보하면 그 돈은 금세 메울 수 있을 것이라 생각했다. 그러나 웬일인지 여기서는 단 한 명의 구독자도 얻지 못했다. 이곳의 남자들은 나만이 아니라 누구라도 그렇게 무심한 눈으로 쳐다보았을 것이다. 정복자 같던 기분은 싹 사라지고 말았다. 그렇다고 적극적으로 사람들을 설득할 기분도 아니었다. 바깥에서는 조지와 댄이 나를 기다리고

서 있었다. 내가 남동생들을 버리고 떠나갔던 바로 그곳에서. 남동생들은 지금 인생 전부를 나에게 떠맡긴 사람 같은 표정으로 나를 바라보았다. 나를 사랑하고 믿었던 동생들과 내 영혼은 사랑과 맞서 싸우고 있었다. 내가 정복하려 애쓰는 바로 그 사랑과 말이다. 아버지는 내가 있는 동안에는 술에서 깨어나 단정하게 있으려고 노력했다. 아버지 눈에도 나에 대한 확실한 믿음이 있었다. 나는 밤마다 침대에서 몸을 뒤척이며 여자들은 모두 결혼해서 아이들을 낳아 주고 남편들에게 복종하는 약하고 바보 같은 존재일 뿐이라는 생각을 했다.

'나는 그런 여자는 되지 않겠어. 그런 여자가 되지 않고 돈, 돈, 돈을 벌 거야. 그리고 오로지 돈만 가지고 말할 거야. 돈을 버는 데 그리 오랜 시간이 걸리지는 않겠지. 이미 많은 돈을 벌어 봤으니까. 그러나 트리니다드에서는 실패했어. 뭔가 잘못된 거야. 저 너머에는 분명히 다른 세상이……'

결국 나는 두 번째로 동생들을 버렸다. 그렇게 해서는 안 된다고 말하는 내 감정을 억누르고……. 나는 내가 결코 다시 돌아오지 않을 거라는 걸 알았다. 그러면서도 그 분명한 사실을 인정할 수 없어서 돌아올 거라고 다짐했다. 나는 개의 목에 고리를 걸어 끌고 가듯, 기차 승강구로 스스로를 질질 끌고 갔다. 나는 뒤를 돌아보았고 남동생들의 얼굴을 보았다. 그 아이들이 얼마나 홀쭉하고 외로워 보였는지 모른다. 두 아이는 의심스러워하면서도 굳건한 믿음과 염원으로 나를 바라보고 있었다. 조지는 입술을 떨면서 댄의 손을 꼭 잡고 있었다.

아주 이른 새벽이었는데 어디선가 닭이 한 번, 두 번, 세 번 울었다.

곧바로 어느새 검은 커튼은 살며시 드리워지더니 사랑하는 이들의 얼굴을 지워 버렸다. 나는 그들을 너무 깊이 사랑했으므로 아예 잊기로 했다. 나도 모르는, 싫어하는 곳을 향해 한사코 더 멀리 가 버리는 꿈을 꾸다가 잠을 깨기도 했다. 그런 꿈속에서는 동생들을 잊지 않았다. 그러나 망각의 커튼은 두꺼웠고, 내 무정함은 삶의 원칙처럼 되어 버렸다. 나는 여성의 자유를 위협하는 사랑과 따뜻함으로부터 스스로를 보호하기 위해 요새를 쌓아 올렸다. 미처 그때는 인간이란, 자신의 약한 부분에만 요새를 쌓는다는 사실을 미처 알지 못했다.

텍사스 평원에서 때때로 신기루가, 해변가에 야자수가 늘어져 있는 넓은 호수의 신기루가 내 앞에 나타났다. 나는 거의 아무것도 먹지 못한 채 작은 정착지를 가로지르고 있었다. 철도 회수권은 더 이상 쓸모없었고, 철도 요금은 비쌌다. 남아 있는 돈으로는 먹을 것을 살 수가 없었다. 여자들은 잔인하고 무서운 존재들이어서, 주로 남자들만 만나고 어울렸다. 몸집이 크고 눈이 검은 카우보이가 나더러 자기 목장에서 같이 살자고 제의했다. 카우보이는 챙이 넓은 회색 중절모를 쓰고 있었다. 정식 구혼이 아니라 친구로서 초대를 한 것이라고 했기 때문에 나 역시 친구로서 거절했다. 그러자 카우보이는 의자에 힘겹게 주저앉더니 창문 밖을 내다보며 "이승의 삶은 지옥 같다"고 말했다.

작은 읍내의 어느 싸구려 여인숙에서 밤을 보내게 됐을 때는 이런 일도 있었다. 여인숙 주인이 내 방에 들어와서는 같이 밤을 보내자는 거였다. 안 된다고 거부했더니 자신의 위엄을 크게 손상당했다고 느꼈는지, 당장 자기 집을 나가라고 명령했다. 읍내에 있던 다른 숙박업소라고는 달랑 호텔 하나였는데, 몹시 비쌌다. 나는 역 대합실 나무 벤치에 누워 배기는 엉덩이를 이리저리 뒤척이며 밤을 보냈다.

어느 날 밤에는 환승역이 있는 볼품없는 읍의 싸구려 호텔에 묵게 되었다. 하얗고 부드러운 손을 가진 그곳 종업원이 나를 보고 희미하게 웃었다. 나는 외로웠고, 배가 고팠으며, 피곤했다. 새벽 세 시경에 나지막이 문을 두드리는 소리가 들려 잠에서 깨어났다. 방문 자물쇠가 부서져 있어서 문 앞에 의자를 받쳐 놓고 잠을 자고 있었는데, 불을 켜자 그 의자가 삐걱거리는 소리가 들리더니 종업원이 방으로 들어왔다. 종업원은 재빨리 문을 닫았다. 나는 본능적으로 베개 밑에 손을 뻗었고, 늘 머리맡에 두는 조그만 단도의 차가운 진주 손잡이를 잡았다.

종업원은 "같이 위스키나 한잔 하자고 왔는데!" 하면서, 우리가 잘 아는 사이라도 되는 양 나를 보며 능글맞게 웃었다. 몸이 벌벌 떨렸다. 나는 등 뒤로 단도를 감추고는 뒷걸음질쳐서 침대 뒤, 문이 열려 있는 창가로 갔다. 공포심이 목까지 치솟아 숨을 쉴 수가 없었다.

종업원은 역겹게 웃으며, 천천히 나를 향해 걸어왔다. 온몸이 떨리는 터라, 병에 걸린 사람처럼 힘도 하나도 없었다. 종업원이 내 팔이 닿는 거리까지 왔다. 그대로 조금만 더 있다가는 금방이라도 기절할까 봐 두려웠다. 나는 필사적으로 팔을 내뻗어 무조건 찔렀다. 잘못 찌른 것 같았는데 다시 쳐다보니 그렇지만도 않았던 모양이다. 칼은 종업원의 옷소매를 어깨에서부터 허리까지 찢어 놓았다. 겁에 질려 손에 쥔 단도를 내려다보니, 칼날에 핏자국이 조금 묻어 있었다. 종업원의 얼굴이 하얗게 질렸다. 웃음기 또한 흔적도 없이 사라졌다.

"빌어먹을 쌍년 같으니!"

종업원의 목소리가 멀리서 들려왔다. 종업원의 창백한 얼굴이 눈앞에서 가물거렸다. 그러나 욕설을 듣고 참을 수 없어 다시 차가운 손으로 칼을 쥐고는 한 번 더 추켜올렸다. 종업원은 경악한 표정으로 문 쪽으로 물러가더니 컴컴한 복도로 사라져 버렸다.

비틀비틀 세면대로 가서 얼굴과 머리에 물을 뿌렸다. 물은 차가웠고 내 몸은 추위로 바들바들 떨렸다. 허겁지겁 옷가지를 걸친 후 잘 여미지도 못한 채 총을 외투 밑에 단단히 찼다. 그러고는 어두운 복도와 삐걱거리는 계단을 더듬거리며 나왔다. 중간에 가방이 구석에 부딪히면서 소리를 내는 통에, 어둠 속에서 죽은 듯이 잠자코 서서 기다렸다. 그러다 아무 반응도 없자 손발을 조심스럽게 가누며 도둑처럼 살금살금 한 계단 한 계단 내려갔다. 그 종업원이 일을 보던 구석 자리에서 희미한 불빛이 새어 나와 데스크를 비추고 있었는데, 사람은 없었다!

그 길로 달려 나와 한밤중에 거리를 질주했다. 어둠 속에서 화물차 같은 것이 희미하게 보였고, 그 너머로 기차역의 불빛이 보였다. 서로 얽혀 있는 선로를 건너, 불빛을 향해 허우적거리며 갔다. 인기척을 듣고 늙은 역장이 나왔는데, 나를 보더니 깜짝 놀라 물었다.

"여보세요, 여봐요! 도대체 웬 난리요?"

"저, 전⋯⋯. 곧 여기 도착하는 기차는 없나요?"

"한 시간 있으면 도착하는 뉴멕시코행 기차 말고는 없소. 그걸 기다리는 거요?"

"예에, 그것 말고 다른 기차는 없나요?"

"그을쎄! 아가씬 자기가 어딜 가려는지도 모르우? 댈러스행 7번 기차가 아침 여덟 시에 온다오."

나는 댈러스에 가고 싶었다.

'댈러스는 큰 도시야. 거기 가면 돈을 많이 벌 수 있을 텐데. 그러나 아침 여덟 시까지 기다려야만 해. 그 호텔 종업원이 신고해서 나를 체포하려 들면 어쩌지! 남자들은 늑대 떼나 다름없어. 도대체 내가 언제, 어디로, 왜 가는지를 어떻게 설명할 수 있을까! 나도 모르는 일을 말이야. 이 모든 일이 도대체 왜 생긴 거지? 의심하는 눈초리로 나를 살피며 서 있는 저 늙은 역장도 똑같은 늑대일 뿐이야.'

"난, 난, 뉴멕시코행 기차를 타려고 하는데 너무 일찍 나왔군요. 전 손목시계도, 벽시계도 없거든요."

늙은 역장의 얼굴에서 의심하는 눈빛이 사라졌다.

"그래요, 당신이 너무 빨리 나왔어요. 자, 여기 흔들의자로, 이리 와서 난로 가까이 앉구려."

나는 의자에 털썩 주저앉은 후, 눈을 감고 침착해지려고 애썼다. 그러나 생각은 자꾸만 곤두박질쳤다. 도대체 어디로 가야 하나……. 뉴멕시코에는 황무지 말고는 아무것도 없지 않은가!

그곳은 칼즈배드(Carlsbad, 미국 뉴멕시코 주 남동부 에디 군의 군청 소재지다. 1887년에 건설되었는데 근처에 광천들이 많다. 대규모 관개 지역의 중심지이며, 면화·알팔파·모毛·기름·가축 등의 선적지다. 옮긴이)라는 이름의 작은 도시인데 전도유망한 곳이었다. 기차에서 신문을 파는 '신문팔이 사내'가 말하기를, 그곳에는 갖가지 질병을 치료하러 온 사람들이 머무는 호텔이 있는데 호텔비가 꿈에서도 지불하기 힘든 액수라고 했다. 칼즈배드는 뉴멕시코 평원에 세워진 작은 도시였는데, 도심은 이곳저곳에 흩어져 있었다. 나는 역 부근의 2층짜리 여관에 방을 잡고 집집마다 다니면서 잡지 구독을 권했다. 독선으로 가득한 단층 가정집 계단을 다시 오르는 순간, 내 용기는 거의 바닥나 있었다. 어쩔 수 없이 계단을 다시 내려올 때, 내 마음은 비참하기 짝이 없었다. 나는 '신문팔이 사내'가 말한 그 고급 호텔 앞을 왔다 갔다 해 보았다. 그러나 들어가서 호텔 투숙객과 직접 부딪힐 용기는 나지 않았다. 수중에는 거의 한 푼도 남아 있지 않았다. 절박해진 나는 어느 식당에 들어가 일할 사람이 필요 없느냐고 묻기까지 했다. 식당에서는 필요 없다고 했고 외상도 주지 않는다고 했다.

나는 마지막 남은 2페니를 이모한테 편지 쓰는 데 썼다. 빅 벅이 살고 있는 애리조나의 광산촌에서는 일자리를 쉽게 얻을 수 있으니, 거기 가는 데 필요한 차비만 좀 보내 달라고 말이다. 내가 덴버에 있을 때도, 빅 벅은 나만 좋다면 자신이 있는 곳에 와서 속기사가 되는 게 어떻겠느냐는 편지를 보내 왔다. 나흘 동안 나는 아무것도 먹지 못했는데, 여러 주 전부터 거의 굶다시피 했다. 사 두었던 마지막 빵 덩어리는 벌써 없어졌고, 빵을 쌌던 종이에 붙은 부스러기가 전부였다. 나는 손가락을 물잔에 담가 적신 뒤, 마지막 부스러기까지 모두 찍어 먹었다. 그리고는 빵 종이를 마지못해 버렸다. 그 뒤 네다섯 시간 동안 나를 찾아온 배고픔은 야만적일 정도였다. 먹을 것 말고는 아무것도 생각나지 않았다. 지나쳐 가는 말 한마디에서도 나는 먹을 것을 구할 방법만을 궁리했다. 어떤 정원 담벼락으로 비어져 나온 복숭아나무 가지에 푸른 복숭아가 가득 열려 있었다. 하나를 따 먹으려고 담벼락으로 손목을 올리는 순간 두 남자가 길모퉁이를 돌아오고 있었다. 남자들은 서로 곁눈질을 하면서 나를 지나쳐 갔다. 그중 마르고 날카롭게 생긴 한 젊은이는, 들리는 소문에 따르면 지금 내가 머물고 있는 방의 주인 여자 애인이었다. 젊은이는 우체국 가는 길에 내가 날마다 지나가는 모퉁이 술집 지배인으로 있었다.

복숭아나무로 손을 뻗던 나를 본 뒤, 술집 지배인은 매일같이 술집 문간에 서 있었다.

"아가씨, 외롭죠?"

지배인이 말을 걸었지만, 나는 서둘러 지나갔다.

저녁마다 광장에서 연주를 하는 스페인 관현악단의 공연을 듣고 있던 어느 날 저녁, 그 남자가 바로 옆 의자에 앉더니 내게 말을 걸었다.

"좋은 저녁이에요, 그렇죠?"

"그래요."

"아가씨, 외롭지 않아요?"

그러면서 술집 지배인은 내 옆구리 쪽으로 붙어 슬그머니 팔을 내 어깨 위로 올리더니 슬쩍 둘렀다. 어두운 광장에 그 남자를 홀로 내버려 둔 채, 나는 어둠을 뚫고 서둘러 내 방으로 왔다. 그 남자의 기분을 상하게 하는 어떤 일이 내게는 야릇한 공포를 느끼게 했다. 그 남자와 다른 사람들이 내가 굶고 있다는 사실을 알게 될까 봐 두려웠고, 그 남자가 내 방 주인에게 고자질하여 당장 방세를 내라고 할까 봐 겁났다.

그 주말에, 정말로 방 주인이 오더니 방세를 달라고 했다. 나는 돈을 보내 달라는 편지를 이모한테 보냈기 때문에 그 편지를 기다리고 있는 중이라고 설명했다. 그 여자는 내 나이가 몇인지, 무슨 일을 하는지를 물었다. 그 여자는 내가 열여덟 살이라는 것을 믿지 않았다. 나는 틀림없이 서른 살쯤 되어 보였고, "떠돌아다니는 여자는 사람들이 추켜세워 주는 만큼 항상 젊은 것은 아니"라는 말에 나만큼 꼭 맞는 보기도 없었을 것이다.

낮과 밤이 아홉 번 바뀔 때까지 나는 굶고 있었다. 배고픔은 이제 더 이상 나를 고통스럽게 하지 않았다. 단지 점점 몸에 힘이 없어질 뿐이었다. 매일 아침 일어나면 아직 내가 두 발로 설 수 있을지, 우체국에 갔다가 돌아올 수 있을지가 무엇보다 궁금했다. 아직 죽음은 이름일 뿐, 내 곁에 와 있는 것 같지는 않았다. 나는 창가에 앉아 나무들을 스쳐 지나가는 바람소리를 들으며 죽음을 생각했지만, 죽음에 대한 의식이 내 정신을 온전히 지배한 것은 아니었다. 어떤 비밀스러운 운명이 마지막 순간에 늘 나를 도와주었고, 나는 아직 그 운명을 믿고 있었다.

나는 매일 아침 침대에서 천천히, 침대 다리를 잡고 일어서서는 내 모습을 거울 속에 비쳐 보았다. 나는 거울 속의 내 모습을 신기한 듯 바라보면서, '그래, 사람이 굶어 죽어 갈 때는 저렇게 창백해지는구나.' 하고 생각했다. 게다가 얼마나 더 나이가 들어 보였던지! 빨랫감을 줄이려고 검은 옷을 입고 있었더니 더 창백해 보이고 나이 들어 보였다. 나는 보통의 가정집에서 적당히 예의범절을 차리며 안락하게 살아가는 사람들의 모습을 그려 보았다. 그 사람들은 마음껏 먹고 살겠지. 나는 그 사람들이 무서웠다. 그 사람들은 가난하고 배고픈 사람들을 수상쩍은 눈으로 바라보았고, 혹 문제가 생기면 경찰을 부르는 것이 유일한 해결책이라고 생각했다.

이 도시에 온 또 다른 여자가 내 방을 지나 계단 첫머리에 있는 방을 잡았다. 나는 문틈으로 연약하고 거무스레한 사람의 모습을 보았다. 바로 그날 밤, 뛰는 발걸음 소리와 비명 소리, 고함 소리에 잠을 깼다. 나는 얼떨떨한 상태로 누워서 귀를 기울이고 있었는데, 몇 분이 지나자 소리가 잠잠해지더니 마지막으로 서둘러 나가는 발자국 소리가 들려왔다. 다음날 아침 도시는 온통 그 이야기로 법석이었다. 밤에 내 방을 청소하는 흑인 짐꾼이 이야기해 주기를, 어젯밤 새로 온 그 여자가 누군가 방문을 두드리는 소리를 들었다는 것이다.

그 여자가 "누구죠?" 하고 물었더니 "짐꾼인뎁쇼. 얼음물이 필요하신가 해서요?" 하고 어떤 사람이 대답했다는 것이다.

여자가 문을 열자 남자 세 명이 들어와 폭력으로 그 여자를 능욕했다고 했다. 여자는 남자들 중 한 명을 알아보았는데, 그 남자는 바로 술집 지배인이었다! 지배인은 체포되었고, 보석금을 지불하고 일단 풀려났다. 그러나 다음 법정이 열리면 재판을 받아야 했다. 지배인 남자는 변명을 늘어놓았다. 술에 취해서, 지독히도 많이 취한 상태에서 친구 둘과 함께, 그 호텔에 투숙하고 있다는 떠돌이 여자를 만나려고 호텔로 갔다는 것이다! 남자들은 너무 많이 취해 계단을 올라오기는 했으나 방을 잘못 알고 노크를 한 것이었다! 그 남자들은 내 방을 찾고 있었다! 내가 누구인지 사람들은 몰랐다. 사람들은 '신문팔이 사내'가 어느 날 밤 나를 이곳으로 데리고 왔다는 것만 알고 있었다! 그제야 칼즈배드가 큰 도시라

일러 주며, 손수 내 가방을 여관까지 옮겨 주었던 '신문팔이 사내' 생각이 났다. 그 뒤로 나는 단 한 번도 그 사내를 보지 못했다.

"아가씨도 체포될지 모르는뎁쇼."

흑인 짐꾼이 확신을 갖고 말했다. 그런 소문을 들은 날 나는 하도 힘이 없어서 우체국으로 갈 수도 없었을 뿐만 아니라 거리에 나다니는 것도 무서웠다. 여관 여주인은 아침에 사나운 얼굴로 내 방에 들어오더니 나를 "창녀"라고 불렀다. 그러면서 다음날 아침까지 방세를 내고 나가라고 소리쳤다! 내 정신은 몹시 가벼운 상태였기 때문에 일어서기라도 했다면 현기증으로 다시 쓰러지고 말았을 것이다. 주인 여자의 목소리는 꿈결같이 아득하게 들려왔다. 나는 "몸이 아파요." 하고 주인 여자에게 말했다. 그러나 주인 여자는 "몸이 아픈 게 아닐걸!"이라고 말했다. 주인 여자에게 나는 천한 "창녀"였을 뿐이다.

주인 여자가 나가 버렸다. 나는 머릿속이 너무 가뿐하다 못해 기쁠 지경이었다. 하지만 내 몸은 허기졌다.

'아마도 이런 게 죽음일 거야. 내가 늘 두려워하던 만큼 고통스러운 것은 아닌가 봐. 어쩌면 이대로 잠든 뒤 못 깨어날지도 모르지.'

그날 밤 나는 문까지 걸을 힘조차 없어 문도 못 잠갔다. 다음 날, 방을 청소하러 들어온 흑인 짐꾼이 나를 발견했다.

'나는 침대 다리 옆에 몸을 기대고 있었지. 거울 속의 나는 무척 하얗게 가물거리고 있었는데, 공기와 뒤섞여 춤추고 있었어. 창밖으로는 나뭇잎을 살랑이는 바람소리가 아주 부드러웠어. 나는 그쪽으로 몸을 돌렸는데 그때 바닥에 넘어져 정신을 잃고 말았던 것 같아.'

흑인 짐꾼은 그 모퉁이 술집에 가서 지배인과 함께 위스키를 가지고 왔다. 짐꾼과 지배인이 위스키를 내 목에 부어 넣자 눈앞의 모든 것이 사라졌다. 그러더니 조금 있다 가물가물 춤을 추며 다시 나타났다. 그러고는 또 사라지기를 되풀이했다. 내 두뇌의 일부는 저 뒤편에 조용히 자리 잡고 앉아서 내 일이 아니라는 듯, 무심하게 존재와 비존재 사이를 지켜보고 있었다. 어찌 되건 상관없다는 식이었다. 다른 부분은 싸우고 있었다. 흑인 짐꾼과 술집 지배인이 이야기를 나누고 있었고 내 머리와 피에는 불이 붙은 것 같았다. 저 뒤편에 있는 내 의식은 모든 사물을 인식하기는 했다. 그러나 어떤 결론도 내릴 수 없었고, 판단도 힘들었다. 다만 술집 지배인이 뜨거운 국을 가져와 내 목에 흘려 넣자 구토증과 현기증이 전신에 일어나서 의식을 잃었다가 다시 깨어났던 기억이 날 뿐이다. 술집 지배인이 방을 드나들 때마다 다투고 있는 의식 한편에서는 '이제 끝이구나. 그러나 뭐 문제될 건 없지.' 하고 생각했다. 그러나 의식의 다른 편에서는 두려움이나 즐거움 같은 것에 아무런 관심도 없었다. 사물들은 그저 존재할 뿐, 그 이상도 그 이하도 아니었다.

한참 후 방 안이 점차 또렷하고 분명하게 보이기 시작했다. 술집 지배인이 긴 시간 간격을 두고 왔다 갔다 했다. 다음날이 되자 나는 거울을 쳐다보며 누워 있을 수 있게 되었고, 몸을 돌리지 않고 열리고 닫히는 문을 지켜보았다. 술집 지배인이 그곳에 서 있었고 순간적으로 내 머릿속에는 '무슨 상관이람. 어쨌든 죽을 몸인데……' 하는 생각이 스쳐 지나갔다. 그 이후에도 여러 날 동안 지배인은 변함없이 국을 갖고 왔고 다음에는 고기도 한 조각 가져왔다. 지배인이 떠난 뒤, 나는 고기를 종이에 싸 베개 밑에 넣었다. 지금은 비록 그 고기를 먹을 수 없지만 내일이나 모레, 아니면 그 다음 주에라도 먹을 생각이었다. 고기를 그렇게 오래 보관할 수 없다는 생각은 미처 떠오르지도 않았다. 시간이 꽤 늦은 오후에도 그 술집 지배인은 종종 와서 나를 내려다보며 서 있었다. 어느 날 지배인은 호주머니를 뒤지더니 무엇인가를 내 품에 떨어뜨렸다.

"이거 내 한 달 임금인데, 당신이 더 요긴하게 잘 쓸 수 있을 것 같아요."

저 위에서, 이렇게 말하는 지배인의 목소리가 들렸다.

이런 경우에 어떻게 해야 할지 나는 오랫동안 생각해 보았다. 초인적인 정신력을 발휘해 손을 뻗었다. 그러고는 그 새 지폐를 집어 고기를 감춰 놓은 베개 밑 바로 옆에다 숨겨 놓을 작정이었다. 그런데 고기는 없었다! 침대 정리를 하던 짐꾼이 치운 모양이었다.

당연한 일이었다. 모든 일이 잘 풀렸다.

며칠 후 주인 여자가 내 방에 들어왔다. 그때까지도 나를 향한 적대감은 아직 누그러지지 않은 상태였다. 나는 조용히 방세를 지불했다. 그러고는 "걸을 수만 있게 되면 곧바로 여기서 나가겠어요." 하고 말했다.

나는 오랜 시간을 창가의 큰 의자에 앉아 있었다. 그 앞을 흑인 짐꾼이 왔다 갔다 했다.

"아가씨, 뭐 필요한 게 있으면 날 부르기만 해요. 무서워하지 말고."

나는 이제 그 짐꾼이 무섭지 않았다. 그 흑인 짐꾼은 내가 칼즈배드에서 만난 사람 중에 가장 친절한 사람이었다. 또한 나를 돌보던 손길은 어떤 간호사보다 훌륭했다.

부드러운 남풍이 내 얼굴을 간질였으며 바깥에서는 나뭇잎들이 바람결에 나부끼고 있었다. 바람은 항상 나를 따라다녔다. 어느 날 밤 새 한 마리가 나뭇가지에 앉아 노래를 불렀다. 나는 창문 가까이 기어가서 귀를 기울였다. 어디선가 나이팅게일에 관해 읽은 적이 있는데, 이 새가 바로 밤마다 달콤하게 노래한다는 그 새일까? 촉촉한 멜로디가 어둠 속에서 쏟아져 나왔다. 사랑이란 이런 게 틀림없어. 바람처럼 느껴질 거야.

지루하고 외로운 나날이었다. 다리는 여전히 후들거렸고, 마음속에는 희망과 두려움, 욕망이 혼란스럽게 엉켜 있었다. 몹시 불안했고 채울 수 없는 갈망으로 가득했다. 가끔 저녁 때 술집 지배인과 창가에 마주앉아 이야기를 나누고는 했다. 지배인은 이제 아주 겸손해 보였다! 우리는 우리가 아는 것들, 가족, 일상적인 사소한 일, 술집에 오는 사내들, 그 남자들이 지껄여 대는 이야기와 자신의 대꾸, 곧 칼즈배드를 떠나 애리조나로 가려는 내 계획 등에 관해 이야기를 했다. 하지만 지배인이 체포되었던 일에 관해서는 말하지 않았다. 우리가 모르는 것은 지적인 세계였다. 사고의 물결이 앞을 헤쳐 가는 지적인 세계에 대해서 우리는 알지 못했다. 우리의 무지는 심연처럼 깊고 어두웠다. 우리, 지배인과 나는 일과 음식에 관해서는 잘 알았다. 또 어떤 사람들은 생계를 위해서 일하지만 어떤 부류의 사람들은 그렇지 않다는 것도 알았다. 우리는 사랑이나 열정이 존재한다는 것을 알았다. 내가 책에서 얻은 지식은 몇 시간만 말하면 금방 동이 나고 말 정도였다. 하지만 사람은 늘 역사적인 사건이 발생한 연대나 학교 규칙, 타자 치는 일이나 단어 철자를 쓰는 방법 등에 관해서만 말하며 앉아 있을 수는 없다.

"저는 학교 선생님이었어요."

내가 지배인에게 말했다.

"그런데 왜 그만뒀죠?"

"저의 자격증 기한이 2년밖에 되질 않아서요. 또 시험을 봐야 하는데 그러질 못했어요."

"당신은 클리프톤에서 일자릴 찾을 건가요?"

"네."

"결혼할 생각을 해 본 적이 있나요?"

"아뇨."

"그럼, 지금 결혼할 생각을 한번 해 보라고 한다면, 당신과 나 말이오, 당신은 뭐라고 할 건가요? 이봐요! 난 당신이 괜히 얌전 빼는 줄 알았소. 난 그런 여자들을 아는데, 난 당신이 전에 그런 곳에 있었다고 잘못 생각했소!"

지배인은 자기 약점을 다 털어 버리려는 듯 계속 말했다. 그 말은 내 머릿속에서 빙글빙글 맴돌았다. 지배인이 나에게 청혼한 것은 내가 "전에 그런 곳에 있지" 않았기 때문이었다! 육체로 나를 판단하다니, 그것은 부당하고 수치스러운 일로 느껴졌다. 나는 먹지 못해서 거의 죽을 뻔했는데, 결국 그 일로 남자와 결혼하는 데 적절한 조건임을 드러냈던 것이다. 막연한 분노가 치밀었다. 아래층 주인 여자와도, 복도 건너편의 그 여자와도 놀아났던 이 남자는 도대체 무슨 일을 했기에 나와 결혼할 권리를 가지게 되었는가? 그 남자는 내게 돈을 주었다. 그렇다. 내 생각은 더 멀리 나아갔다. 그래, 여자는 처녀여야 하고, 남자는 돈이 있어야 하는 거였지. 나는 새삼, 남녀 관계가 이런 것임을 알게 되었다. 그런 관계에는 무언가 비열한 것이 있었지만, 정확히 어떤 점에서인지 나는 몰랐다. 어쨌든 그것은 거래였고 나는 그렇게 장사할 마음은 추호도 없었다. 나는 저 남자에게 돈을 갚을 거야. 곧바로 빅 벅에게 가서 내 힘으로 돈을 벌어서, 어떤 남자가 나와 결혼할 권리가 있는지 똑똑히 보아야겠어!

그 남자는 나의 대답을 기다리고 있었다.

"아뇨, 난 결혼 따위는 믿지 않아요."

나는 날카롭게 쏘아붙였다.

'나는 절대로 결혼하지 않을 거야.'

. 지배인은 다음날 해질 무렵에 와서 다시 창가에 앉았다. 지배인이 온 뒤에야 내가 그 남자를 내심 기다리고 있었다는 것을 알게 되었다. 마룻바닥에 떨어진 베개를 집어 올려 내 머리 밑에 잘 놓아 주는 남자의 손길은 부드러웠다. 그런 일을 해 주는 누군가가 곁에 있다는 것은 참 좋은 일이라는 생각이 머릿속을 스치고 지나갔다. 다정함, 사랑과 자애로움은 늘 그랬지. 그리고 나머지도. 바깥에서는 바람이 나무 꼭대기를 스치며 속삭이고 있었다. 새는 그 첫 노래를 지저귀고 있었고 나는 그 새를 보기 위해 몸을 바깥쪽으로 굽혔다. 내가 몸을 앞으로 기울이는데 남자가 갑자기 나를 붙잡았고 모든 것이 아득해졌다, 거의. 하지만 그것은 사랑은 아니었다. 다만 사랑을 애타게 갈구하는 마음이었다. 남자의 팔은 완강하게 나를 붙잡았으나 입술은 조심스럽고 자상하고 아주 부드러웠다. 정신이 든 뒤 내가 지배인의 팔에서 몸을 빼내자 그 남자는 조용히, 갑작스럽게 나가 버렸다. 그 남자가 가 버렸는데도 나를 어루만지던 남자의 손길은 여전히 내 목 언저리에 머물러 있었다. 나의 영혼과 육체 모두가 고독했다.

새벽이 되고 일상적이 날이 밝아 오자 나는 모든 것들이, 울고 잔소리하는 부인들과 그 부인들에게 욕을 퍼부어 대는 남편들 생각이 났다. 부인들은 부끄러운 줄도 모르고 옷을 간청했다. "제발, 당신은 내가 얼마나 당신을 사랑하는지 잘 알잖아요!" 음식은 또 어떤가.

'나는 내가 먹을 음식은 내가 벌어 먹겠어. 처녀성, 비록 내가 가진 게 몸밖에 없을지라도 어떤 남자건 그것으로 나를 판단하도록 두지는 않을 테야! 나는 절대로 결혼 따위는 하지 않을 거야. 아기도 절대 낳지 않을 거고. 절대로 사랑에 빠질 정도로 약한 존재는 되지 않겠어!'

나는 날이 밝기 전에 가방을 꾸렸고, 기차 시간을 맞추느라고 침대에 누워서 기다렸다. 남쪽으로 가는 첫 기차가 오려면 아직 한 시간은 더 있어야 했다. 몇 분 후 나는 몸을 일으켜 조심조심 계단을 내려와 흑인 짐꾼의 방문을 두드렸다. 가방을 들 힘이 없다고 말하자 짐꾼은 서둘러 문을 닫고는 몇 분 후 나를 따라나섰다. 짐꾼은 한 팔로 나를 부축하고 역까지 데려다 주었다. 동녘 하늘은 서서히 여명에 물들고 있었다.

빅 벅에 대한 기억은 내게 소중했다. 빅 벅은 문을 드나들 때 늘 몸을 굽혀야만 했다. 키가 크고 몸집이 거대한 빅 벅은 말이 없었다. 그것은 강한 자존심을 지키는 방패일 뿐이었다. 빅 벅보다 미국 서부의 정신에 가까운 사람이 또 있을지 나는 궁금하다. 빅 벅이 했던 모든 일에는 아이러니와 함께 유머가 있었다. 빅 벅은 자신이 소유하고 있거나 벌어들인 모든 물질적인 것에 관대했다. 하지만 빅 벅은 전근대적인 사고의 소유자로 멕시코인이나 인디언, 모르몬교도와 몸이 약한 남자들은 열등한 존재라는 생각에 대해 우직한 확신을 갖고 있었다. 내가 짧은 옷을 입기 시작한 즈음, 그러니까 소녀티를 낼 즈음부터 빅 벅과 알고 지내는 사이였다. 빅 벅은 내게 총 쏘는 법과 야생마를 올가미로 잡는 법, 칼 장난 등을 가르쳐 주었다. 그렇게 하여 빅 벅은 내게서 여성적인 모든 것을 없애버리려고 노력했다. 내가 여성이라는 사실은 빅 벅을 조금도 관대하게 만들지 못했다. 내가 남자와 똑같이 내 행동의 결과 하나하나와 정면으로 맞서야 한다고 빅 벅은 여러 번 강조했다. 내가 화를 내며 빅 벅을 때리거나 뭔가를 집어 던지면 빅 벅은 자기 손에다 나를 올려놓고 빙빙 돌렸다.

빅 벅은 내 아버지보다 키는 컸지만 나이는 더 젊었다. 빅 벅은 또 귀를 덮을 정도로 구레나룻을 길렀다. 추운 날씨에는 외투를 입겠지만, 이번에 애리조나의 작열하는 태양 아래서 만났을 때는 평상복 차림이었다. 빅 벅은 푸른 셔츠 위에 보기 좋은 조끼를 입고 갈색 바지 자락은 무릎 밑에까지 오는 부츠 안으로 밀어 넣었다. 그리고 눈을 어지럽히는 뜨거운 햇빛을 막을 양으로 높이 세워 늘어뜨린 회색 모자를 앞쪽으로 약간 내려 당겨 썼다. 빅 벅도 한때는 카우보이였지만 서부는 변해 가고 있었다. 카우보이들은 읍내나 도시로 몰려들고 있었다. 내가 빅 벅을 다시 만났을 때는 클리프턴에서 구리 제품을 만드는 기계공이었다. 빅 벅은 그 일을 혼자 배웠으며 앞으로도 계속 그 일을 할 거라고 말했다.

빅 벅은 오랜만에 만난 나를 진지하게 요모조모 뜯어보았다. 세월이 흐르는 동안 내 키도 많이 자랐고, 내 몸에는 여성의 낙인이 찍혀 있었다. 그러나 빅 벅은 아무 감정도 없는 사람처럼 그저 이렇게 말했을 뿐이다.

"어쭈, 손가락 두 개 정도 몸매가 넓어졌구먼!"

내가 빅 벅에게 그간 있었던 일을 모두 이야기했을 때, 빅 벅은 아무 대꾸도, 논평도 하지 않았다. 내 이야기는 혼란스러웠고 연결이 잘 되지 않았으나 대충 중요한 윤곽은 알아들었다. 빅 벅은 자기 친구 블랙키와 함께 살고 있는 호텔에 내가 쓸 방 하나를 잡아 주었고, 서른댓 살 먹었겠지만 쉰 살쯤으로 보이는 뚱뚱하고 쾌활한 주인 여자 마에게 나를 인사시켰다. 마는 나를 "벅 아가씨"라고 불렀다.

"주인 여자가 널 '벅 아가씨'라고 부른다고 해서 괜히 잘난 척해 봐야 국물도 없을걸!"

빅 벅은 나중에 이렇게 말했다.

"왜냐하면 이 고장에는 숙녀처럼 굴며 거들먹거리는 여자는 하나도 없으니까. 네가 여기 온다고 편지했을 때, 난 주인 여자에게 내 여동생이 온다고 말해 뒀지. 블랙키 말고는 다들 그렇게 알고 있으니 그렇게 알고 행동하는 게 좋을 거야."

내 방은 사내들이 술집과 그 이웃에 있는 당구장을 쿵쾅거리며 드나드는 뒷골목이 내려다보이는 2층에 있었다. 그 골목에서는 날마다 싸움질이 벌어져서 나는 종종 창문에 몸을 붙이고 서서 싸움을 구경했다. 벅은 길 건너 중국 식당에서 내 식사를 대 먹도록 해 두었다고 말했다. 방이나 음식, 그 밖의 모든 것은 내가 벅에게 위협한 대로 일자리를 찾을 때까지 자기가 대접하는 거라고 빅 벅은 말했다. 그러나 벅은 마음속으로는 솔직히 내가 한 달 정도 빈둥거리며 놀고, 살이 나 좀 쪄야 할 거라고 생각했을 것이다.

강물이 어디에서 시작되어 흘러오는지는 내가 알 수는 없는 일이었다. 클리프톤 시는 그 강물에 의해 둘로 나뉜 어느 골짜기에 자리 잡고 있었다. 시 한쪽으로는 견고한 돌 벽이 서 있었고 다른 편에는 나무라곤 자랄 수 없는 가파르고 황량한 산허리가 있었다. 낮 동안에는 뜨거워서 물집이라도 생길 것 같은 태양이 그 돌 벽을 데웠고 자정이 지나야 겨우 공기가 조금 시원해졌다. 내가 머문 호텔은 그 도시에 있는 유일한 보도를 끼고 있는 것을 자랑으로 삼았다. 호텔이 끝나는 곳에서 그 보도도 끝났다. 거리 아래쪽에는 아무렇게나 만든 헛간이 하나 있었는데, 중국 세탁소였다. 거기서 나는 중국 말로 욕하는 법, 입에서 물을 혹 하고 뿜어내며 옷을 적시는 법을 배웠다. 그러나 둘 다 도무지 배우기가 쉽지 않다. 거리 위쪽으로는 페인트칠을 하지 않은 작은 단층집들이 강 한쪽을 따라 일렬로 늘어서 있었다. 그 너머로 구리 제품을 만드는 어두침침한 건물이 높이 솟아 골짜기를 가로막았다. 그리고 그 너머에 탄광들이 있었다. 산마루 꼭대기에는 아파치 족 추장이었던 제로니모의 전사들이 한때 백인 침입자들에 맞서 이 길을 지켰던 발자취가 일부 있었다. 꼭대기를 넘어서면 생명체라곤 하나도 없는 바위투성이 언덕들이 올망졸망 끝없이 죽 뻗어 있었고, 북쪽으로는 인간의 접근을 금하는 검은 산맥이 뻗어 있었다. 북쪽은 인간에게 버림받은 곳으로, 방울뱀이나 도마뱀만 사는 세계였다. 태양은 그 검은 바위투성이 언덕들을 튀기기라도 할 기세로, 강렬하게 내리쬐고 있었다. 바로 이런 곳이 지옥이리라.

어느 날 벅과 나는 인디언 발자취를 따라 말을 타고 가고 있었다. 엄청나게 맹렬한 태양이 벅의 유머를 발동시켰던 모양이다. 벅은 애리조나에서 태어난 어느 남자에 관한 옛날이야기를 들려주었다. 그 남자는 천수를 누리고 살다가 죽어 지옥으로 갔단다. 악마한테는 안된 일이지만, 남자는 지옥에 오자마자 독감에 걸려 밤에 담요를 달라고 했다는 것이다. 그 남자의 이야기는 이 황무지처럼 황량하다고 나는 평했다. 내 모자 끈은 땀에 절어 축 늘어져 있었다. 그러니 지금은 농담할 때가 아니었다. 한 남자가 곧 녹아 내릴 버터 덩어리 같은 모양으로 말안장에 앉아 있었다. 그 남자가 인디언의 자취를 따라 내려오다 골짜기로 가는 길에 접어드는 모습을, 벽과 나는 구경했다. 그 남자의 피부는 검은 가죽처럼 탔고, 말은 갈기를 늘어뜨려 거의 땅바닥에 닿을 지경이었다. 남자는 우리에게 인사하느라고 겨우 손을 들어 올려 보였다.

"저 남자는 자기 담요 때문에 돌아온 옛날이야기 속에 나오는 그 남자 같군."

벽은 모자 테 아래 웃음을 띠고 무심하게 말했다.

"하지만 아냐. 저 남잔 숲 감시원이군 그래."

"숲 감시원이라고요? 또 농담하는 거예요?"

"아니야. 저기에도 나무가 한둘쯤은 있으니까 하는 말이야. 저기에 목장이 하나 있는데 저 모르몬교도는 일주일에 한 번, 우편물을 가지러 클리프톤에 와."

"저 남자가 왜 모르몬교도라는 거예요?"

"저 작자 말 타는 꼴 좀 보라고! 모르몬교도라면 내 눈은 못 속이지. 저치들은 자신을 부끄럽게 여기는 것 같다니까."

"부끄러워한다고요! 무엇 때문에요?"

"그걸 내가 어떻게 알아! 난 모르몬교도가 아닌데!"

그 말은 나를 화나게 했다. 태양도 나를 미치게 만들었다. 모든 게 화를 돋우었다. 나중에 도시에서 실제로 그 모르몬교도를 만났을 때 나는 발걸음을 멈추고 먼저 말을 걸었다.

그 후 나는 매주 그 남자를 만났다. 그 젊은이는 깡마르고 다리가 매우 길었다. 젊은이와 나는 말을 타고 옛날 제로니모의 발자취를 더듬으며 함께 화살촉을 찾았다. 남자는 나무가 다시금 자라기 시작한 먼 골짜기로 나를 데리고 갔다. 벼랑에 있는, 폐허가 된 고대 거주지들이 골짜기 벽 한편에 붙어 있었다! 벽은 그 남자를 점점 싫어하게 되었다. 벽은 그 남자를 모르몬교도라고 말했다! 그러더니 이제는 "당구 큐"라고 부르기 시작했다. 그러면서 "당구 큐"에 뼈대가 있는 점만 빼면 당구 큐와 꼭 닮았다고 덧붙였다. 어느 국경일 저녁, 무도회가 열린다는 곳으로 가던 중이었다. 벽은 골짜기를 내려가면서 아주 솔직한 생각을 말해 주었다.

"넌 늘 누군가와 사랑에 빠지는구나."

벽이 말했다. 내가 그 말에 격렬하게 반박하자 벽은 결심한 듯 내 말을 가로막았다.

"네가 고르는 남자들은 참 가관이더군! 처음에 네가 차 버린 작자는 짐이었지. 생각나. 6연발 총 하나와 말 한 필을 받고 짐과 결혼하겠다고 약속해 놓고는 얼마 안 돼 차 버렸지. 다음엔 술집 지배인과 사랑에 빠지더니 이번엔 모르몬교도라! 맞아, 네게 화살촉을 박아 넣은 팔찌와 반지를 만들어 준 인디언도 있구나. 내 생각엔 그 인디언도 네 마음에 두었던 것 같은데! 참 놀랍군! 넌 왜 점잖은 어떤 사람, 예를 들어 나 같은 사람과는 사랑에 빠지지 않는 거니?"

"아저씨랑요? 아저씨는 너무 나이가 많아요!"

"내 나이가 너무 많다고? 그러니? 난 마흔두 살밖에 안 먹었는데, 저 모르몬교도도 틀림없이 서른은 넘었을걸."

내가 아무 대답이 없자 벽은 계속했다.

"난 이 구레나룻 때문에 더 나이 들어 보일 뿐이라고. 면도기로 밀어 버리면 엄청 젊어 보일 거야."

어둠이 잠깐 동안 벽의 분노를 삼켜 버렸다. 벽이 계속해서 말했다.

"그래, 난 너보다 나이가 많지. 그러나 난 너를 제대로 대우할 거야, 모르몬교도나 술집 지배인은 그렇게 할 수 없을 거라고. 저 '당구 큐'만 해도 어머니가 둘인데다 생전에 열두 부인쯤은 거느릴 거야."

벽은 지금 우리가 가고 있는 무도회장에 "당구 큐"가 나타나리라는 것을 알고 있었다. 이 지역에는 여자들이 아주 드물었다. "당구 큐"는 춤을 추었지만 벽은 춤을 추지 않았다. 벽은 몸집이 큰 데다 몹시 점잔을 빼고 있어서, 이렇게 모두가 기념할 만한 날에도 춤을 추지 못했다. 애리조나는 바로 그때 막 주州로 승격

해 정식으로 아메리카 합중국에 속하게 되었다. 오늘은 애리조나가 준주準州로서 보내는 마지막 날이었다. 바로 이 위대한 날을 축하하는 자리였던 것이다. 이 날은 공휴일이었고 벽과 나는 아침 일찍 산등성이 길을 따라 골짜기를 오르내리며 말을 타고 와서 모렌치에 도착했다. 도시는 휘황찬란하게 꾸며져 있었다. 만국기와 장식 휘장, 거리에 매달아 놓은 중국식 등과 녹색 화환이 곳곳에 보였다. 그날 밤 대규모 춤판이 벌어질 예정이었는데, 거리 전체가 무도회장이 될 것이다. 우리는 어두워질 때까지 언덕으로 다시 말을 타고 갔다. 어디를 가든 우리 차림새가 썩 훌륭해 보이지는 않았을 것이다. 한때 빅 벽이 카우보이로 일하던 고원지대의 큰 목장에서 사내들이 몰려오고 있었고, 골짜기 아래쪽에 흩어져 있는 정착지에서는 모르몬교도들이 오고 있었다. 일을 끝낸 대부분의 남자들이 모두들 몰려오고 있었다. 그리고 나는 그 동네에서 얼마 안 되는 여자 중 하나였으니, 그때 그 지역에서는 전혀 시시한 대상이 아니었다.

어둠 속에서 나누던 우리의 대화는 결혼에 대해 벽이 화를 폭발시키는 것으로 끝나 버렸다. 화를 내며 이어 가던 벽의 연설은 평소와 달리 몹시 길었다. 나는 깜짝 놀라기는 했으나 벽의 연설은 나에게 아무런 영향도 주지 못했다. 우리는 할 말이 하나도 없는 사람들처럼 침묵 속에 있었다. 벽과 나는 무도회장으로 다시 말을 타고 와서는 말없이 말을 맸다. 무도회장이라고 해 봐야 큰 당구장에서 당구대들을 벽 쪽으로 밀쳐놓은 정도였을 뿐이다. 중국식 등이 위쪽 대들보에 매달려 있어서 만국기와 장식 휘장을 밝게 비추고 있었다. 녹색 화환은 구석 자리와 창 위에 비스듬히 받쳐 놓았다. 당구대 하나를 다른 것과 분리하여 방의 끝에 가져다 놓고 그 위에 널빤지를 펼쳐 놓았다. 바이올린 둘에 밴조와 기타, 아코디언이 각각 하나인 오케스트라를 위한 자리였다. 벽과 나는 벽 쪽에 붙여 놓은 당구대 하나에 앉아서 다리를 흔들며 춤을 구경했다.

"중년 여자들이 꽤 몰려들 왔군. 그렇지, 블랙키?"

벽은 친구에게 물었다. 블랙키는 수긍하듯 고개를 끄덕였고 이 여자 저 여자를 눈으로 훑어보면서 잎담배를 말았다. 비대한 몸집에 화장을 한 많은 여자들도 이곳 무도회장에 볼일이 있었다. 도시에서 온 처녀들도 몇몇 있었고, 목장에서 온 처녀도 몇 있었다. 블랙키와 나는 사각무를 출 때 춤판에 끼어들었다. 화장을 한 여자들이 한편에서 춤을 추었고 그 너머에 "당구 큐"와 함께 온 아름다운 소녀가 있었다. 남자들은 대부분 외투를 걸치지 않았으며 새 모자를 쓰고 밝은 조끼에 혁대를 찼으며 멋진 부츠를 신고 있었다. 춤이 끝난 후 나는 사람들을 헤치고 그 아름다운 소녀 쪽으로 갔다.

"멋진 춤이죠, 그렇죠?"

이야기를 하고 싶어서 이렇게 말을 걸었다.

"그래요, 하지만 저 위쪽이 더 멋져요. 그런데 아침 기차를 타고 학교를 가야 하기 때문에 거기까지 가지 못했죠."

그 여자는 숲 감시원처럼 천천히, 부드럽게 점잔을 빼며 말했다. 섬광처럼 스치는 생각이 있어서 나는 그 여학교가 어디냐고 물었다. 피닉스 근처에 있는 사범학교라고 했다. 나는 건방을 떨지 않으려고 애쓰면서 대답했다.

"전 선생님이었어요. 그리고 속기사 일을 공부해서 속기사가 되었답니다. 전 오래전에 학교를 마쳤으니까요!"

그 여자 역시 자신의 우월함을 감추려고 애쓰는 말투로 대꾸했다. 그 여자는 자신이 공부하고 있는 학교에서는 고등학교와 그 밖에 정상적인 교육 과정을 끝내려면 6년 이상을 공부해야 하는데 어떻게 나처럼 그렇게 일찍 공부를 마칠 수 있었는지 도무지 이해할 수 없다고 했다! 그 말은, 6년이라는 말은, 나의 허를 찔렀다!

그 여자와 나는 벽 옆에 있는 당구대로 나아갔다. 벽은 우리의 대화를 조용히 듣고만 있었다. 쌍쌍이 춤추며 스쳐 지나가는 사이로 바이올린은 낑낑, 기타는 딩딩거렸지만 나에게는 전혀 들리지 않았다. 나의 머릿속은 그 아름다운 소녀가 말하고 있는 것들을 배울 수 있는, 무슨 공부인지는 모르지만, 여하튼 공부하는 학교에 대한 상상으로 소용돌이치고 있었다. 공부를 끝마치는 데 아무리 오랜 시간이 걸린다고 해도 나라면 남보다 빨리 끝낼 수 있을 텐데……. 난 보통 사람들보다 아는 게 더 많았으니까! 이 소녀에게 6년이 필요하다면 난 2년이면 충분할 거야! 쇠약했던 나는 건강을 되찾기는 했으나, 겸허함까지 되찾지는 못했던 것이다.

"춤추시겠어요?"

햇살처럼 잘생긴 "당구 큐"가 내 앞에서 절을 했다. 그 남자와 나는 춤추는 사람들의 물결 속으로 휩쓸려 들어갔다. 그 방은 그저 당구장에 지나지 않았지만, 지금 내게는 위대한 학교와 세상에서 가장 멋진 파트너로 어른거리는 빛나는 무도회장이 아니었던가. 나는 저 기다랗게 번득이는 무도회장 아래에서 춤추고 있지 않은가. 아코디언은 유혹하듯 흔들리고, 밴조의 탁음은 낮고, 내 발은 마술의 날개에 실려 통로에, 달콤한 음악과 맑은 공기를 담은 반짝이는 긴 통로에, 박자를 맞추며 별들이 가득 찬 밤에 춤추지 않았던가.

무도회는 새벽 무렵에야 끝났다. 많은 여자들이 벌써 오래전에 파트너들과 밤 속으로 사라졌다. 벅과 다른 남자 세 명은 여러 시간 동안 구석에서 포커를 쳤다. 벅은 많은 돈을 따는 바람에 흥분했고 집에 돌아가려고 하지 않았다. 마침내 벅과 "당구 큐", 그 아름다운 소녀와 나는 말을 타고 집으로 향했다. 그들은 우리에게 "아디오스!"라고 소리쳤고, 다리를 건너기 위해 가던 방향을 바꾸었다.

우리가 호텔 앞에 멈추었을 때 벅이 나에게 말했다.

"넌 저 학교에 다니고 싶어진 거지? 내 보기엔 그런데……."

"그래요."

벅의 목소리는 피곤한 것 같았으나 조금 자랑스러워하는 기미도 있었다.

"좋아, 네가 뭔가 일을 찾을 때까지 여섯 달 동안은 돈을 대 주지. 늘 충분한 돈을 벌고 있는 것은 아니지만 도와줄게. 그리고 네가 돌아오고 싶다면 언제든 여기로 와. 그리고 결혼에 대해 다시 생각해 보고 싶다면 내가 했던 말은 아직 유효해. 나 역시 무식한 여자들은 좋아하지 않아. 그런 여자에게 내 돈을 허비하진 않을 거야!"

벅의 그림자가 나를 덮을 정도로 크고 어두워서 나는 당황했다.

"아저씨가 나를 도와준다면 언젠가 꼭 그 돈을 갚아 드릴 거예요. 공부가 끝나면, 내 생각에 그리 오래 걸리지는 않을 거예요. 한 일 년쯤만."

나는 일 년 이상의 기간은 생각할 수 없었다. 그 일 년도 길게 느껴졌다.

"난, 난, 모르겠어요. 내가 결혼을 원하게 될지는…… 생각해 볼게요."

나는 그럴 수 없을 거란 걸 잘 알면서도, 또 거짓말을 했다. 벅은 아무 대꾸도 하지 않았지만, 벅 또한 그 사실을 알고 있었으리라. 벅은 나를 너무 잘 알고 있었다.

벅이 안장에 큰 키를 똑바로 세우고 앉아서 돌아보지도 않고 어슴푸레한 여명 속으로 말을 타고 말없이 사라지던 모습이 생각난다. 마치 꿈결에서처럼…….

그 며칠 뒤, 해가 막 기울어 가는 오후였다. 나는 피닉스 부근에 있는, 붉은 벽돌로 된 학교 건물 앞에 서 있었다. 강둑 한편에 붙어 있는 그 작은 도시는, 작열하는 태양 아래서 가물가물 기진맥진한 채 평원을 달리다가 종종 보게 되는 신기루처럼, 사막에서 툭 솟아 나와 있었다. 언젠가 뉴멕시코 고원지대에서 이와 꼭 같은 도시를 본 적이 있었다. 내가 탄 말은 머리를 쳐들고 열심히 몸을 흔들며 갔다. 말을 타고 협곡으로 내려갔다가 다른 편으로 다시 올라와 보니 그 신기루는 사라져 버렸다. 수백 킬로미터 앞까지 보이는 공기 속에서 헛되게 신기루를 찾았던 것이다.

그러나 이 도시는 사라지지 않았다. 심지어 내가 오기를 기다리기라도 한 것처럼 편안히 있었다! 도시의 사방으로 쑥sagebrush과 선인장으로 뒤덮인 잿빛 사막이 기분 나쁘게 펼쳐져 있었다. 낮 동안에 태양은 사정없이 대지를 내리쬐더니 해질 녘에는 부드러운 유백색 광이 땅 위에 퍼지기 시작했다. 밤은 어느 순간 느닷없이 왔으며 깊은 하늘은 차갑게 빛나는 무수한 별을 뿜냈다. 하얗게 달빛이 비치는 밤마다 사막은 차가운 은빛으로 넘쳐흘렀으며 수많은 커다란 선인장은 하늘을 지키는 무서운 보초들처럼 뾰족한 팔을 쭉 내뻗고 서 있었다.

사막 저편 동쪽에는 붉고 푸른 잿빛 산맥이 헐벗은 채 험상궂게 땅에서 솟아

나 모습을 드러내고 있었다. 그곳에는 산신령이 있다고 했다. 을씨년스런 굴속으로 몰려갔다 밀려나오는 바람이 죽은 사람들의 혼령이라는 말도 있었다. 그런데 그곳에 출몰하는 귀신들은 북쪽의 나바호 족과 남쪽 아파치 족 사이 전쟁에서 죽은 사람들의 혼령이라고 했다. 나는 종종 그 산을 유심히 바라보았다. 그리고 내 손가락에 끼고 있는 화살촉 박힌 반지와 팔에 찬 화살촉 박힌 팔찌를 들여다보았다. 옛날 제로니모의 발자취를 따라 걷다가 주운 화살촉을 클리프톤 근처에 있는 은 세공장이에게 가져가서 은박을 입혀 만든 팔찌였다. 세공장이는 인디언이었다. 애리조나는 나를 감동시켰지만 미국 군인들에게는 아무런 우정도 느끼지 못했다. 미군들은 아파치 족 지도자인 제로니모를 추적해 잡은 후 부하 전사들까지 플로리다의 늪지로 몰아내 대부분 죽였던 것이다. 나는 제로니모가 자신이 사랑하는 대지를 지키기 위하여 왜 그렇게 오랜 세월을 싸웠는지 이해할 수 있었다. 이곳 사막은 선인장과 세이지나무, 방울뱀과 도마뱀만이 살 수 있을 것처럼, 음침하고 기분 나쁜 황무지였다. 정말이다. 그렇지만 사막 저 너머에는 달빛 속에서 아주 아름답게 빛나는 무엇인가가 있으니까 우리더러 계속 이리 와보라고 유혹했다. 그리고 만일 계속 사막 깊숙이 들어간다면 우리는 어느 순간, 그 수정 같은 맑은 공기를 꿰뚫고 멕시코에서부터 이쪽으로 유랑하는 인디언들의 야영지에서 들려오는 슬프고 단조로운 노래 소리를 들을 수 있으리라. 그 노래는 사막의 일부인 것 같았으며 어쩌면 유일하게 그곳에서 그 근원을 찾을 수 있을 것이다. 동경과 갈망, 그리고 황량함……

애리조나 사막은 내가 아는 다른 어느 곳보다 내 정신과 밀착된 장소 같았다. 그래서 산에 세운 거대한 루스벨트 댐이 강물을 가로막고 있는 데 분노했다. 그리고 나는 차츰 농사지로 만든 땅을 따라 불쑥불쑥 솟아 나온 모르몬교도 정착지와 도시가, 영성으로 가득 찬 사막을 살찐 인류가 부리는 개미 떼처럼 바꿔 놓은 것에 화가 났다.

한편 학교 임원들은 나를 어떻게 처리해야 할지 몰라 난감해했다. 내가 예비교육을 받지 않았기 때문이다. 임원들이 물었다.

"가족은 어떻게 되죠?"

"모두 죽었는데요!"

"모두 죽었어요?"

"이모가 한 분 있어요."

"이모 이름과 주소는 어떻게 되죠?"

이모의 이름과 주소를 가르쳐 주었다.

"부모님은 두 분 모두 돌아가셨나요?"

"예."

"아버지 직업은 뭐였죠?"

"의사였어요."

임원들은 더 이상 묻지 않았다. 학교 임원들은 내게 시험을 보게 했고 한참 동안 궁리하더니 나를 비정규 학생으로 입학을 시켜 주었다. 그 후 석 달 동안 나는 공부 말고는 아무것도 하지 않고 지냈다. 그것은 생전 처음이었다. 그리고 나는 무척 많은 것을 알게 되었다. 내게는 우아함도 매력도 거의 없다는 사실을, 말투는 투박하고 품행은 거칠고 세련되지 못하다는 사실을 알게 되었다. 또 집이 피닉스에 있는 잘 차려입은 소녀들이 여자나 결혼, 자식에 관해 서슴없이 쏟아 내는 내 증오심 때문에 나를 싫어한다는 사실도 알게 된 것이다.

그러나 나는 학교에서 다른 것들, 놀랄 만한 것들을 많이 배웠다. 공부하는 분위기에서, 그리고 선생님들의 동조적인 관심 속에서 내 정신은 신선하고 정력적으로 활동하기 시작했다. 동물학을 가르치는 어떤 선생님은 나를 실험실 조교로 채용해 얼마 안 되지만 월급도 주었다. 나는 더욱 열심히 공부했다. 그때 내가 얼마나 열심히 공부했는지! 개념과 생각이 내 정신 속에서 형태를 갖는 것을 지켜보는 일은 정말로 기묘했다. 공부가 이런 것인 줄은 전에는 상상도 못했다. 다섯 달도 못 되어 나는 주마다 펴내는 학교 신문의 편집장이 되었다. 나는 머리를 파묻고 더 열심히 공부했다. 내가 다른 사람들보다 더 많은 것을 할 수 있다고 말하지 않았던가!

나는 또 다른 것들도 배우게 되었다. 이 배움은 일종의 원시적이고 원초적인, 쓰디쓴 신념 같은 것을 내 마음에 심어 주었다. 내가 학교 신문 편집장이 되자 여학생들은 수업하러 오가는 길에 나와 함께 나란히 걷기 시작했다. 소녀들의 예의바른 태도에 어떻게 반응해야 할지 몰라 나는 당혹스러웠다. 예의바른 태도는 죄 많은 세계를 감추기 위한 것이었다. 젊은 남학생들이 때때로 좁은 편집실에 들러 나하고 이야기를 나누기도 했는데, 남학생들 역시 무척이나 공손했다. 나는 그런 예의를 별로 좋아하지 않았다. 나는 아름다움이나 지적 능력, 강인함의 과시, 승리 등으로 처녀가 존경받는다는 사실을 깨닫기 시작했다. 그러나 지적 능력이나 힘과 승리는 메마르고 멋없는 것들이라는 교훈을 금방 얻었다. 그것은 비극이었다. 나는 아름다움과 우아함과 사랑을 갈망했으니까.

경박한 것을 비웃는 지성인으로 행동해야 하는 것은 때때로 아주 힘들었다. 어느 날 저녁에 여학생들은 학교에서 여는 무도회를 준비했다. 여학생들은 우아한 이브닝드레스를 입고 기숙사 복도를 훨훨 날아 내려가 젊은 남자 파트너를 맞으러 접견실로 들어갔다. 여학생들의 경쾌한 발걸음이 내 방문 앞을 지나갔고 잠시 후 그 발걸음은 인생의 아름다움을 나누기 위하여 밤 속으로 사라졌다. 어떤 여학생이 내 방문을 가볍게 두드리더니 살짝 들여다보았다.

"넌 안 가니?"

"응, 못 가. 신문 사설을 써야 해."

나는 마치 춤 같은 것은 나보다 못한 사람들이나 하는 것이라고 생각한다는 듯, 무관심하게 대답했다!

내 가슴은 부러움과 불행하다는 느낌 때문에 무거웠다. 떠들썩하던 기숙사가 조용해졌을 때 나는 책상 앞에 앉아 지적인 일들의 아름다움에 대해 생각하려고 애썼다. 그러나 애리조나의 공기층은 얇고 맑아서 밤이면 멀리서도 소리가 들려왔다. 캠퍼스에서 낮고 고혹적인 멜로디가 들려왔다. 사설을 쓸 수가 없어서 창문 밖으로 기어 나와 잔디밭을 가로지르며 걸었다. 기숙사의 몇몇 창문에만 불이 켜져 있었다. 위층에 있는 뚱뚱하고 못생긴 모르몬교도 여학생 방과 식당에서 접시를 닦는 가난한 여학생 방에 불이 켜져 있었다. 내가 그들, 아름답지 못한 사람들 축에 낀다는 사실이 얼마나 싫었는지!

나는 장미 정원을 에워싸고 있는 울타리 그림자에 몸을 감추고 열려 있는 접견실의 넓은 창문을 통해 무도회를 구경했다. 아름다움과 음악, 흥겨움이 넘쳐났다. 어떤 쌍은 시원한 공기를 쐬려고 나왔다가 이리저리 살피더니 장미 덤불 가운데로 천천히 발걸음을 옮겼다. 요정 같은 모르몬교도 여학생과 그 파트너도 그랬다. 그 여학생은 그림자가 드리워진 연못 같은, 보랏빛이 감도는 푸른 눈동자를 갖고 있었다. 또 밤이면 몸에 꼭 달라붙는 노란 드레스를 입고 있었다. 나는 그 여학생이 혹시라도 나를 보고 창피를 줄까 봐 그림자 속으로 더 깊이 몸을 숨겼다.

그 여학생이 무도회장으로 돌아갔을 무렵, 나는 사막으로 가는 널찍한 길로 접어들었다. 그러고는 가끔 발걸음을 멈추고 멀리서 들려오는 음악 소리를 들었다. 마침내 길과 사막이 섞여 구분되지 않는 지점에 이르렀다. 이 사막에서는 거리낄 것이 없었다. 우리, 나의 벗인 바람과 외로움에 떨며 나를 부르는 밤새 한 마리는 점점 더 사막 깊이 들어갔다. 단 한 시간만이라도 근심 걱정 없이 자유로운 행복을 누릴 수 있다면! 단 한 시간만이라도 아름다움과 사랑에 감싸여 있을 수 있다면!

사막은 끝이 없었다. 그리고 밤에 망각의 세월, 열정이나 희망, 숭고한 결의와 같은 인간적인 모든 것을 다 삼켜 버리는 세월의 흔적만 사막에 새겨 놓는다. 무한한 우주 속에 아주 완벽하고 확고하게 걸려 있는 별들은 인간 영혼에게서 모든 세속적인 열정을 벗겨 내, 경이로움의 짐과 모든 것에 스며드는 불안만을 우리에게 남겨 놓는다.

그 여자는 스칸디나비아 반도에서 태어났다. 유달리 키가 크고 푸른 눈동자의 위엄 있는 금발 여인이었는데, 말투에 외국어 억양이 배어 있었다. 내 방에 들어온 그 여자는 다리를 절고 있었다. 그런 여자들은 책에서나 나오는 법이다. 키가 휜칠하고, 창백한 얼굴에 타고난 온화함과 위엄을 갖추고 있었다. 내가 제대로 기억한다면 여자들 중에는 다리를 저는 사람도 있었고, 부자도 있었다.

이 여신의 이름은 카린 라슨이었다. 여성참정권에 관해 주에서 개최한 토론대회를 들어 보려고 우리 학교에 왔다. 카린은 내 방을 죽 살펴보았다. 방에 걸려 있는 장갑과 승마용 모자, 멕시코산 누비이불이며, 가죽 혁대에 달린 케이스에 넣어 둔 내 권총까지. 나는 권총을 침대 다리에 비끄러매 두었다. 카린은 책상에 두고 종이 자를 때 쓰는 단도를 보았다. 그런 다음 방 중간에 서서 호기심에 가득 찬 눈으로 나를 위아래로 훑어보았다.

"그렇습니까!"

카린은 나를 찬찬히 뜯어보며 마침내 말했다.

"그렇습니까!"

나도 카린을 눈여겨보며 내 목소리가 카린만큼 부드러웠을까 궁금해하며 말했다.

"저는 동부에서 왔지요, 그렇지만 지금은 피닉스에서 가르쳐요. 당신은 어디 출신인가요?"

카린이 말했다.

"그래요, 난 어디나 다 내 고향이라고 생각하오."

카린은 자기 오빠와 가까이 있으려고, 또 세상살이를 조금 더 보려고 서부로 오게 되었다고 했다. 이곳은 재미있는 곳 같아 보인다고도 했다. 어디에서도 여기 사람들만큼 재미있는 사람들을 만나지 못할 거라고 했다. 카린은 퍽 재미난 사람이었는데, 자신은 가르치는 일에 아무런 존경심도 없는 선생이며, 아는 바가 전혀 없는 것을 가르치도록 교육받았다고 했다. 교육 기관들이란 일반적으로 "케케묵은 데다, 반동적이고 비창조적이면서 또한 정적靜的인" 것 같다고 하더니 놀랍게도 내 생각은 어떠냐고 물었다. 어떤 종류의 학교건 거기에 무슨 잘못된 점이 있을 수 있으리라는 생각을 나는 추호도 해 본 적이 없었다. 또 카린이 말하는 '사회'란 유행을 따르는 사교계 사람들을 뜻하는 게 아니라, 나를 포함하여 모든 사람을 일컫는다는 사실을 알게 되었다.

그런 다음 카린의 오빠 너트 라슨이 왔다. 너트는 이십대 초반의 젊은이였는데, 카린보다 눈이 더 깊고 푸르다는 점 말고는 여동생과 무척 많이 닮은 사람이었다. 나하고 악수할 때 너트의 눈은 웃고 있었다. 너트의 말투에도 카린과 똑같은 외국어 억양이 배어 있었다. 너트가 아주 세련되고 정중하게 대해서 나는 무척 당황했다. 너트는 때때로 나를 뚫어지게 쳐다보고는 했는데 그럴 때마다 내 뺨은 발갛게 달아올랐다. 그럴수록 나의 얼굴이 더욱더 투박하고 못나게 느껴졌다.

카린을 만난 그 달에 나와 카린, 너트는 종종 함께 어울려 다녔다. 어느 날 저녁, 우리는 차를 몰고 가서 보기로 한 야퀴 인디언들의 부활절 춤에 대해 이야기하면서 캠퍼스의 후추나무 아래 서 있었다. 너트와 카린은 내가 매우 무식한 사람으로 느껴지게 했다. 우리가 사막에 있는 야퀴 족 마을에 도착했을 때, 두 사람은 겉으로 드러난 모습 이상을 꿰뚫어 보고, 내가 이해하지 못하는 것들을 보는 것 같았다. 야퀴 족 마을에는 오두막집 몇 채가 모여 있었는데, 그나마 대부분의 오두막집에는 기둥이 받치고 있는 지붕만 남아 있었다. 어디서나 작달막하고 거무스레한 인디언들이 납작하게 멕시코식으로 구운 옥수수 빵과 매콤한 멕시코 요리를 팔고 있었다. 우리는 헐겁고 빛바랜 옥양목 상의를 걸친 인디언 여자들이 모여 있는 지붕 아래로 가서 웅크리고 앉았다. 깨끗하게 치운 장소가 가운데 있었고 그 가장자리 가까이 악기를 연주하는 사람들이 앉아 있었다. 한 사람은 조야한 드럼을 가볍게 치고 있었으며 다른 한 사람은 콩이나 조약돌을 채운, 기다랗고 누런 호리병을 땅에다 쳐서 부드럽게 살랑거리는 소리를 냈다. 남자들은 허리께를 가리는 옷 말고는 거의 벌거벗은 상태였으며, 머리에는 동물 머리 가죽을 쓰고 있었다.

한가운데에는 악기 연주자와 같은 옷차림을 한 뚱뚱한 인디언이 댄서로 춤을 추기 위해 서 있었다. 댄서의 허리춤을 묶고 있는 끈은 허리 주위의 살이 접힌 데로 들어가서 보이지 않았다. 댄서는 주위를 빙글빙글 돌거나 가로지르며 다니거나 뒷걸음질치며 춤을 추었다. 여자들은 박수를 치거나 낮고 단조로운 음색의

배경음악을 넣어 주었다. 어떤 때는 특별하고 우아한 댄서의 발동작을 웃음소리
나 큰소리로 칭찬해 주었다.

우리는 길쭉하고 나지막한 다른 집 지붕으로 이동했는데 거기에서는 허리만
가린 남자들이 두 열로 서서 서로 얼굴을 맞대고 춤을 추고 있었다. 그 춤은 일
종의 오래 겨루기 춤이었는데 남자들 대부분이 이미 열두 시간 내지 열네 시간
동안 춤을 추고 있는 거라고 했다. 가끔 지쳐서 대열을 벗어나는 사람이 한 사람
씩 나왔다. 지붕을 받치고 있는 중심 기둥에 작은 성모마리아 성상이 있었고, 그
위에 십자가가 하나 달려 있었다. 그 앞에서 남자들은 한 줄로 서서 앞으로 나왔
다 뒤로 물러가면서, 엇갈리거나 자리를 바꾸면서 춤을 추었다. 이 인디언들은
가톨릭 신자들이었고, 마침 부활절을 축하하는 날이었다. 춤은 마지막 사람이
지쳐서 쓰러지거나 스스로 물러날 때까지 계속된다고 했다. 춤은 남자들만 추었
다. 종교 또한 남자들의 도구였던가? 인디언 부인들과 처녀들은 그 기묘한 음악
의 리듬에 맞춰 몸을 위아래로 까딱까딱 움직이면서 가사 없이 낮은 목소리로
웅얼거리며 바깥에 죽 늘어서 있었다.

"우리 종교랑 양식이 똑같아. 그런데 성모마리아와 십자가가 한가운데 같이 매
달려 있는 모습은 좀 이상한걸?"

카린이 너트에게 말했다. 너트가 동생에게 웃어 보이자 금니가 보였다.

"그래, 나도 당장 이 사람들처럼 무릎이라도 꿇고 춤을 추고 싶어. 이 춤은 훨씬
건강해 보이고 훨씬 더 큰 기쁨을 주는군."

나는 두 사람 뒤에 서서, 두 사람이 무엇인가를 적으며 내게는 낯설기 짝이 없
는 이야기를 나누는 모습을 지켜보았다. 두 사람 사이의 사랑과 동료 의식, 이해
심은 아주 깊이가 있고 아름다웠다. 사랑도 이처럼 아름답고 자유로울 수 있을
지 궁금했다. 사람이 과연 따뜻하면서도 약하지 않을 수 있을까? 정말로 여성에
게 위험과 종속이 없는 그런 사랑이 존재할 수 있을까?

빛, 관념, 사상……. 여전히 내 길은 막혀 있었다. 나는 학교에 돌아와서 내 인
생을 가로막고 있는 장애를 가만히 응시했다. 나는 모든 장애, 즉, 일, 돈, 공부

를 부숴 버리고 말겠어!

내가 학생이 된 지 어느덧 여섯 달이 지났다. 나는 학생들이 여러 해 동안 그 학교에서 받아 보려고 헛되이 애썼던 우등상장을 받게 되었다. 그러자 빅 벅은 이제 더 이상 돈을 보내 주지 않았다. 벅이 돕겠다고 약속한 여섯 달이 지나갔고 벅은 이제 나 혼자 헤쳐 나갈 수 있기를 바란다고 편지에 썼다. 내가 보낸 편지를 받은 벅은 다시는 내가 클리프톤으로 돌아가지 않을 거라는 사실을 알게 된 것이다. 그래서 벅은 블랙키와 함께 멕시코로 가서 혁명을 돕기로 결정했다. 벅은 살아남으면 편지를 쓸 것이요, 아니면 "아디오스"라고 했다!

벅 주위를 막았던 침묵은 결코 깨어지지 않았다.

나는 공부도 해야 했고, 생활비도 벌어야 했다. 두 가지를 함께 하느라고 발버둥을 쳤다. 타자 치는 일이며 기숙사 마룻바닥 청소 등, 내가 할 수 있는 일이면 가리지 않고 무엇이든 했다. 공부는 밤늦은 시간에만 할 수 있었는데 지친 내 머리는 빨리 돌아가지 않았다. 아무리 일을 해도 생활비를 감당할 수가 없었다.

이제 한 달만 있으면 학년이 끝나지만 나는 삶의 많은 희망을 사막에 버려둔 채 피닉스에서 일자리를 얻기 위해 학교를 떠났다. 카린과 너트는 내 불행한 이야기를 듣고 웃었다. 학교가 반드시 우리에게 제대로 가르쳐 주지는 않는다고, 오히려 가끔씩은 학교가 지성을 왜곡시키고 파괴시킨다고 주장했다. 그러나 두 사람이 하는 말은 내게 아무 의미도 없었다. 두 사람은 건전한 지식에 확고하게 발 딛고 있었고 정상에서는 쉽게 비판할 수 있었을 테니까.

나는 일자리를 찾기는 했으나 삶에 대한 불만이 밤낮으로 나를 좀먹고 고통스럽게 해서 괴로웠다. 앞으로 공부를 계속할 전망은 없었다. 너트와 카린은 샌프란시스코로 가려고 했으며 다시는 돌아오지 않을 것이었다. 가물거리던 빛이 점차 더 희미해졌으며 나의 고독은 더욱 커져만 갔다.

카린과 너트가 출발하기 전날 밤에는 달빛이 고요하게 흘렀다. 너트와 나는 교외 아래쪽에 난 다리를 건너 사막으로 통하는 하얗고 딱딱한 길을 따라 말을 달렸다. 무언가 내 말을 화나게 했는지 말은 자기 재갈을 이빨로 물더니 차가운

밤공기를 가르며 찢어 버렸다. 내 말이 난폭하게 행동한다는 것을 느끼자마자, 마음 속 깊이 늘 내가 말을 두려워했다는 것을 깨닫게 됐다. 나는 말을 타면서도 늘 무서워했다. 바로 지금 그 맹목적인 두려움이 나를 사로잡았다. 절망적인 기분으로 고개를 돌려 너트를 불렀다. 말 역시 나의 두려움을 알았는지 더 사납게 앞으로 돌진했다. 절망한 내가 소리를 지르자 너트의 얼굴은 사색이 되었다. 너트는 자기 말을 무섭게 몰아서 내 고삐를 잡으려고 했다. 우리는 나란히 달렸고, 바람이 너트의 높고 하얀 이마에서부터 뒤로 머리카락을 흩날렸다. 너트는 거의 말의 목을 끌어안다시피 몸을 굽힌 채 달리다가 손으로 내 고삐를 잡더니 확 잡아당겨서 내 말을 진정시키려고 했다. 하얗게 질리고 땀투성이가 된 내 말은 뒷다리로 서서 몸체를 빙 돌리더니 미친 듯이 요동쳤고, 나는 똑바로 일어섰다. 긴장한 내 다리는 몹시 떨렸고, 곧바로 세이지나무 덤불 그림자 속으로 쓰러졌다. 말을 진정시키며 나무에 매려고 애쓰고 있는 너트의 목소리가 들려왔다. 곧 너트가 나를 향해 급히 다가왔다. 너트는 아래로 몸을 굽혔고, 나는 너트의 팔을 잡고 일어서려고 했다. 어떤 전율이 너트의 근육을 타고 흘렀다! 너트는 내 옆에 무릎을 꿇더니 팔로 나를 안았다. 너트의 부드럽고 하얀 셔츠를 타고 떨리는 고동 소리가 느껴졌다. 너트는 외로운 사막이 자기 말을 듣기라도 하는 양, 원초적인 말, 황홀한 말을 속삭였다. 모든 것을 포용하는 다정한 너트의 손길 속에서 크나큰 평화가 나의 온몸과 정신을 휩쓸었다. 그리고 너트의 입술은 달빛이 조용한 물 위에 떨어질 때처럼 애무하듯 다감했다.

대지의 딸

Daughter of Earth

6 부

사랑이란 무엇이었던가? 내가 어릴 때 읽었던 동화들과 좀 더 나중에 읽었던 소설들을 혼란스럽고 화려하게 함께 섞어 놓은 어떤 것, 매우 사랑스럽지만 금지된 어떤 것이 사랑이라고 나는 생각했다. 내게 사랑은 저 금지된 표현인 '성性'과 연관된 어떤 행위가 아직은 아니었다. 성욕은 사랑 안에서 어떤 자리도 차지하지 못했다. 성행위는 폭력, 결혼이나 매춘을 뜻했으며 결혼은 자식, 울고 잔소리하는 부인과 불평하는 남편을 뜻했다. 성性이란 불행을, 내가 무서워서 싫어하고 피하고자 하는 모든 것을 뜻했던 것이다.

너트를 알게 된 이후로도 그런 생각들이 종종 내 머리를 스쳐 지나갔다. 나는 나의 거칠고 도전적인 태도 이면에 존재하고 있는, 사랑과 다정함과 친구를 향한 갈망 때문에 부끄러웠다. 내 나이 이제 겨우 열아홉 살이었으니 감정은 발달하지 못했고 육체도 아직 완전히 성숙하지 못한 상태였다. 나는 생각은 별로 하지 않고 행동은 많이 했다. 해가 갈수록 성적性的 표현에 대한 공포는 커졌다. 그러면서도 나는 처녀성과 소위 여자의 '순결'에 적개심을 가지고 있었다. 그리고 그것을 암시하는 어떤 표현에 대해서도 격렬하게 반응했다. 남자들이 그런 기준으로 여성을 판단한다는 사실은 늘 나를 수치스럽게 만들었다.

나는 결혼을 증오했으며 기혼 여성이 되느니 차라리 창녀가 되는 편이 낫겠다고 생각했다. 그러면 나는 자신을 보호하고, 먹이고, 존중할 수 있으며, 내 몸을 마음대로 할 수 있는 권한을 유지할 수 있을 거라고 생각했다. 창녀들은 자식을 갖지 않으며, 남자들도 감히 창녀를 때리려고 덤벼들지 않으니까, 남자 말에 복종할 필요가 없었다. 기혼 여성의 '체면'은 노예 상태와 열등감을 받아들임으로써 지켜지는 것 같았다. 남자들은 자유롭고 지성적인 여자를 좋아하지 않는다. 아무도 결혼 전에 남자들이 여자와 맺은 관계를 잘못이라고 생각하지 않는다. 남자들이 '젊은 오기로 난봉을 부린' 것쯤으로 치부된다. '타락한' 남자나 '부정한' 남자나 '몸을 망친' 남자란 말 자체가 없었다. 그런데 왜 남자들은 여자에 대해서는 그런 말들을 해 왔던가? 나는 그 이유를 발견했다! 여자들은 생계 때문에 남자에게 의지해야만 했다. 여자가 자기 생활비를 벌며 평생 그렇게 산다면 남자처럼 독립적으로 살 수 있다. 바로 그 점이 사람들이 남자를 경멸하지 않는 까닭이었다.

이런 일들을 생각하면서 나는 피닉스에 혼자 있었다. 너트와 카린은 샌프란시스코로 가 버렸다. 두 사람은 나를 매우 비참하게 만들었다. 너트와 카린은 공부도 많이 했으며 아름답고 지성적인 사람들이었다. 너트와 카린은 먹고 사는 일을 시시콜콜 걱정하지 않았으며, 배를 곯아 보는 것도 모험으로 받아들일 사람들이었다. 너트는 나더러 샌프란시스코로 와서 자기들과 합류하자는 편지를 써 왔다. 너트는 사랑과 결혼에 대해서도 썼는데 그 내용은 내가 생각하는 결혼의 모습과 영 딴판이었다. 너트는 편지에 썼다.

"난 돈은 없어요. 그러나 당신을 사랑해요. 당신이 나와 결혼한다면 우리는 가난하게 살기는 하겠지만 우리 둘 다 젊으니 일과 공부를 함께할 수 있을 거요."

나는 결혼을 해서도 친구처럼 지내며 내 생활비를 벌 수도 있겠다고 생각했다. 사랑. 나는 사랑이 무엇인지를 몰랐다. 나는 외로웠다. 그래, 나는 불확실함과 무지가 두려웠다. 너트는 사랑과 일과 공부에 대해 말했다. 내가 갈망하는 모든 것들이 너트 안에 결합되어 있었다. 그러나 성행위와 아이에 대한 두려움이 여전히 앞을 가로막았다. 나는 너트와 카린한테 가서 미래가 어떻게 펼쳐질지 보기로 결심했다. 너트와 결혼하지 않는다 하더라도 너트와 카린과 함께 있는다는 것 자체가 나한테는 큰 힘이었다. 카린과 너트를 통해 나는 다른 세계를 배울 수 있기 때문이었다. 두 사람은 내가 여태껏 만나 온 사람 중에 유일하게 독립적 사상을 구체화하고 있는 사람들이었다. 그런 사상은 책에 나오는 것도 아니었다. 두 사람은 어떤 생각이 머리를 스치는 순간 바로 그 생각을 현실의 문자로 만들어 내는 사람들이었다. 그런 일은 아주 놀라운 것이었다. 너트와 카린이 피닉스에 있었을 때 함께 사상극(drama of ideas, 생각과 이념의 차이가 갈등의 기본이 되는 연극. 옮긴이)을 보러 간 적이 있다. 사상극을 보는 건 처음이었다. 얼마나 신기했는지 모른다. 〈12파운드짜리 표정The Twelve Pound Look〉이라는 극이었는데, 소극장에서 보았다. 너트와 카린은 그 연극에 빠져 있었지만 나는 죽고 싶을 정도로 지겨웠다. 열심히 대사를 듣고 있는 두 사람 모습이 아니었다면 무대 위에서 진행되는 일이 중요한 일인지도 몰랐을 것이다. 나막신 춤추기나 큰 음악 소리, 거친 농담, 야한 의상과 매우 현란한 연기와 같이 뭔가 시끌벅적한 것이 아닌 이상, 나는 어떤 것도 제대로 이해하지 못했다. 사람들이 자연스럽게 연기하는 모습을 담은 것도, 연극에서 사상을 이야기하는 것도 참으로 이상했다. 그 연극은 돈을 저축해 타자기를 사서 자기 생활비를 벌 수 있게 된 어떤 기혼 여성에 관한 것 같았다. 연극이라는 것이 그런 우스운 일을 노닥거리는 것이라니! 그런 관념으로는 나를 반짝 깨어 있게 만들지 못했다. 카린과 너트는 이런 관념의 세계에 살고 있었다는 사실을 그때 깨달았다. 그 연극에서 이야기하는 관념이라는 게 나에게는 너무나 자연스러운 것이었다. 그런 걸로 굳이 희곡을 써야 하는 까닭을 나는 알 수 없었다.

샌프란시스코로 가려고 가방을 챙기고 있는데 동생 조지가 보낸 편지가 도착했다. 그 편지를 읽는 동안 내 마음은 무겁게 가라앉았다. 그리고 오랫동안 조심스럽게 구축해 놓았던 망각의 휘장은 뚝 떨어지고 말았다. 트리니다드에서 동생들과 헤어진 이후 조지가 편지를 보내 온 것은 이번이 처음이었다. 그리고 지금 내가 들고 있는 그 편지는 나에 대한 고소장이나 다름없었다. 나는 편지 내용을 믿고 싶지 않아서 한 번 읽은 다음, 두 번 더 읽었다. 조지는 편지에서 나를 비난하고 있었다. 아버지가 일 년 전쯤 오클라호마에 있는 어느 농장에 내 남동생들, 조지와 댄을 맡겼다고 했다. 조지와 댄은 곧 그 농장에서 어느 잔인한 농부에게 넘겨졌다. 학교는커녕 새벽부터 밤까지 짐승처럼 일만 했다고 했다. 댄은 농부에게 얼마나 얻어맞았는지, 피부가 벗겨지고 피가 등을 타고 흘러내릴 지경이었다고 했다. 이 모든 이야기가 누나인 나를 비난하고 있었다. 샌프란시스코로 가서 더 나은 삶을 살고자 했던 나를 비난하며 편지에 적혀 있는 내용은 얼마나 끔찍했는지!

그 편지를 받은 때로부터 오랜 세월이 흘렀는데도, 그때 입은 상처는 조금도 치유되지 못했다. 기독교에서 말하는 하나님이 아니라, 사막이 나의 위안이었고 도피처였으므로 나는 사막을 찾아 나섰다. 어느 맑은 밤, 너트와 함께 말을 달렸고 너트가 내게 사랑을 고백했던 그 하얀 길 아래로 접어들었다. 몇 시간을, 시간과 함께 걸었다. 너무나 혹독한 불행을 느끼면 오히려 마음은 평온해지는 것일까? 사막에서는 아무것도 움직이지 않았다. 외롭게 노래 부르던 그 작은 잿빛 새도 움직이지 않았고, 세이지나무를 어루만지는 바람도 불지 않았다. 낮게 기운 별들도 꼼짝 않고 있었다. 그러나 내 앞에는 상처 입은 내 동생, 셔츠는 찢어지고 등에는 피가 흐르는 내 동생이 언제까지나 걸어 다녔다. 오른편을 쳐다보았다. 거기서도 동생은 내 앞을 어른거리며 걷고 있었다. 눈을 돌려 하늘을 향해 팔을 뻗치고 서 있는 거대한 선인장을 보았다. 이제 동생은 그쪽으로 걸어가고 있었다. 동생은 앞에서 걸었고 나도 동생을 따라 걸었다. 내 동생의 영상은 그 밤에 내게 그토록 아린 상처가 되었다. 내 마음속의 상처는 기억 속에 깊게 아로새겨졌다. 인간의 모든 열정과 고통, 욕망을 품어 안는 사막조차도 그 상처만은 파묻지 못할 것이다.

그날 밤은 끝나지 않을 것처럼 길었다. 나는 내 발자국을 되밟으며 돌아와 새벽녘에야 집에 도착했다. 어디로 가야 할까? 동부로? 아니면 서부로? 평원의 저 앙상한 집에서 내가 증오하는 아버지에게 밥을 얻어먹으며 내 인생을 허비해야 한단 말인가? 내가 그 길을 간다면 나를 위한 미래는 어디에 있을 수 있단 말인가? 나이 들고 지치면 공부할 희망과 욕구조차 잃어버리겠지. 동생들에게 밥을 먹이고 옷을 해 입히고 싶어도 도대체 무슨 돈으로 그렇게 한단 말인가? 거기에서는 돈을 벌 길이 없다. 동생들도 마찬가지다. 내가 그곳에 간다면 양식만 축내는 군식구밖에 안 될 것이다.

나는 너트의 편지를 꺼내어 조지의 편지 옆에 놓아두었다. 인생은 힘겨운 것이며 내게 엄혹한 교훈들을 가르쳐 주었다. 고향으로 돌아가지는 않겠어. 동생들을 데려와서 학교에 보낼 정도로 돈을 많이 벌 수 있을 때까지 쉬지 않고 공부를 해야지.

그런 다음 나는 편지 세 통을 썼다. 한 통은 아버지에게 썼다. 편지에다 아버지가 동생들에게 한 짓을 나무랐다. 그리고 동생들을 다시 데려와 잘 보살피고 학교에 보내라고 요구했다. 또 한 통은 조지에게 썼다. 내가 가진 돈을 몽땅 넣어 보내니, 동생 댄을 데리고 아버지에게 돌아가라고 했다. 마지막 한 통은 농부에게 썼다. 편지를 쓰려니 살의와 함께 격렬한 감정이 솟구쳤다.

"당신이 어린 내 동생의 몸을 피가 흐를 때까지 때렸다지? 내 동생들을 짐승처럼 부려먹으면서? 지금은 돈이 없어 당신에게 당장 뛰어가지 못하지만, 기다려! 언젠가 시간이 내 편이 되는 날, 반드시 당신에게 갈 거야. 내가 늙어 할머니가 되더라도 절대로 당신을 잊지 않고 반드시 찾아갈 거야. 내 두 손으로 당신을 죽이고 말겠어!"

편지 세 통을 다 썼을 때, 동쪽으로 반듯하게 난 길 아래에서 첫 번째 아침 햇살이 사막 위로 나타나고 있었다. 그리고 작은 잿빛 새가 여명 속에서, 저 아래 어디에선가 새벽의 노래를 부르고 있었다.

산속의 떡갈나무 잎이 붉게 물들 때쯤 나는 샌프란시스코에서 너트와 카린을 만났다. 우리는 아파트를 하나 구했고 모두 일자리를 얻었다. 너트와 나는 결혼 문제를 의논했다.

"난 자식을 원하지 않아요, 너트."

"나도 마찬가지요. 어쨌든 꽤 오랫동안 말이오."

"그런 말이 아니라 자식 자체를 바라지 않는다는 말이에요. 이 세상에 있는 아이들로 충분해요. 내게는 돌봐야 할 남동생들과 여동생도 있고요."

"좋아요. 그 점에 우리 동의한 거요."

"나는 가정을 꾸미거나 식사 준비를 하고 빨래하고 청소하는 일도 원하지 않아요. 난 내 생활비를 벌고 당신은 당신 생활비를 벌었으면 좋겠어요."

"나도 같은 생각이오. 나는 이 일을 그만두고 다른 일을 할 수 있도록 많은 돈을 벌고 싶소. 난 지금 하는 일이 싫소."

나는 우리 결혼이 다른 사람들의 결혼과 같아서는 안 된다고 생각했다. 너트는 나의 내면에 자리를 잡고 있는 독이 얼마나 뿌리 깊은 것인지 몰랐다. 나는 결혼이라는 것이 성행위 없이도 가능하다고 생각했다. 또한 우리 두 사람이 함께 일하고 친구로 남는, 일종의 낭만적인 친구 관계라고 생각했던 것이다! 너트가 몇 달 동안 일 때문에 도시를 떠나 남쪽 사막으로 가야 한다는 통보를 받았는데도 우리는 결혼을 주저하고 있었다. 너트가 떠나는 날, 내가 일하고 있는 사무실로 찾아왔다. 그날 우리는 점심을 함께 먹고 내가 역까지 배웅하기로 했다. 역으로 가는 길에 우리는 시청을 지나게 되었는데, 너트가 갑자기 나를 향해 몸을 돌리더니 이러는 것이었다.

"우리 지금 들어가서 결혼 서약서를 받아 오면 어떨까?"

결혼 서약서를 받는 데는 2분밖에 안 걸렸다. 비용은 2달러였다. 나는 결혼 비용의 절반을 부담하겠다고 고집을 부렸다. 우리 둘은 우리가 저지르고 있는 무모한 일에 웃음이 났다. 카린이 들으면 얼마나 놀랄까? 시청에서 나온 뒤 너트는 다시 한번 갑자기 발걸음을 멈추었다.

"내 말 좀 들어봐. 우리 지금 당장 올라가서 결혼식을 올리는 것이 어떨까?"

승강기 소년이 우리를 위아래로 훑어보더니 아무 말도 하지 않고 1층에 멈춰 섰다. 그리고는 비웃듯이, "오른쪽 세 번째 방이에요." 하고 방향을 가르쳐 주었다. 잠시 동안 우리는 우리 목적을 알아차린 소년에게서 심한 모욕을 느꼈다. 우리가 무슨 죄라도 저지른 사람처럼 보였단 말인가? 너트와 나는 머뭇거리며 오른쪽 세 번째 방문으로 발걸음을 옮겼다. 작고 동글동글하게 생긴 남자가 셔츠 바람으로 앉아서 무슨 책인가를 찾느라 땀을 뻘뻘 흘리고 있었다.

"잠깐 기다려요."

그 남자는 홀끗 쳐다보더니 우리가 온 목적을 말할 시간도 주지 않고 말했다. 남자는 금방 준비를 마쳤다.

"참, 증인이 있어야겠는데요!"

그러고는 안쪽 문을 열고 누군가에게 목청껏 고함을 질렀다. 금세 작고 뚱뚱하며 둥글둥글한 또 한 명의 남자가 땀을 흘리며 나타났다. 그 남자 역시 셔츠 바람이었다. 남자는 금세 상황을 파악했는지, "겉옷을 입어야겠군." 하고 말했다. 몸집이 작은 시청 직원도 그래야 한다고 생각했던지 자기 책상 위쪽에 있는 못에 걸어 놓은, 번쩍거리는 털로 짠 낡고 검은 옷을 입었다.

우리 모두는 그 자리에 섰다. 자그마한 몸집의 증인은 똑바로 서서 위엄 있는 표정을 지으려고 애썼고, 시청 직원의 얼굴은 번들거렸다. 시청 직원이 우리 결혼 서약서를 들여다보았다.

"자, 당신은 이 여자를 아내로 받아들이겠습니까?"

시청 직원은 의례도 없이 너트를 바라보면서 바로 물었다.

너트와 나는 놀라서 서로 얼굴만 쳐다보았다. 너무나 불시에 그런 질문을 받았기 때문이다. 우리는 결혼 서약이라는 것이 이럴 줄은 몰랐다!

"뭐가 잘못되었소?"

직원이 놀란 듯 물었다.

"너무 갑작스러워서요."

너트가 설명했다.

"갑작스럽다고요! 그럼 당신은 결혼하고 싶은지 어떤지도 잘 모른단 말이오?"

"아뇨, 결혼하고 싶죠. 그러나 선생이 다짜고짜 그 질문부터 하기에……."

"이봐요, 젊은이. 그럼 내가 뭘 해 주기를 바라오? 훌라 춤이라도 출까요?"

너트는 웃었다.

"그 생각도 나쁘진 않군요!"

너트는 좀 더 진지한 얼굴을 했고 작고 뚱뚱한 남자는 아까 했던 질문을 되풀이했다.

"당신은 이 여자를 아내로 받아들이겠습니까?"

"네!"

대답은 그렇게 했지만 너트의 목소리에는 웃음기가 조금 담겨 있었다. 작은 남자는 이번에는 내 편으로 몸을 돌려 근엄하게 물었다.

"당신은 여기 이 남자를 남편으로 받아들이겠습니까?"

나한테 그런 질문을 하다니! 갑자기, 내가 정말 그럴 준비가 되어 있는지 의심스러웠다! 나는 지금 얼마나 어리석은 입장에 처해 있는가! 전에는 항상, 내가 어떤 나쁜 처지에 몰리더라도 저 구석만 돌면 거기에서 빠져나올 수 있었고 용기를 완전히 잃은 적은 없었다. 그러나 이곳은 빠져나갈 구멍이 없는 막다른 골목이었다! 결혼하겠다는 내 결심은 순식간에 사라져 버렸다. 어머니의 죽음이 돌이킬 수 없는 것이듯, 그런 종류의 막다른 선택에 맞닥뜨린 느낌이었다.

"네, 하고 말해요."

너트가 내 귀에 대고 재촉했다.

"당신이 해야 할 일은 어서 그렇다고 대답하고 여기를 빠져나가는 것이오."

작은 남자는 땀을 흘리면서 나를 엄숙하게 계속 쳐다보았다.

"겁먹을 필요 없어요. 사람들은 하루 종일 이러는 걸요. 자, 당신은 여기 있는 이 남자를 당신 남편으로 받아들이겠소?"

"네, 그런 것 같군요."

결혼에 대한 대답이 이 모양이라니!

작은 남자는 법이 요구하는 의식은 끝났지만 결혼 서약이 주는 위엄이 우리에게 좀 더 깊이 새겨져야 한다고 생각하는 것 같았다. 남자는 웃고 싶은 것을 억지로 참고 있는 것 같은 너트의 목소리와 얼굴이 마음에 들지 않았던 모양이다.

작은 남자는 낭만적인 남자였던 것인지도 몰랐다. 이윽고 듣기 싫은 소리를 되풀이하기로 결심했는지 남자는 너트에게 또 다른 질문을 하기 위해 몸을 돌렸다. 그 질문이 남자가 지어 낸 거란 걸 지금은 알지만, 그걸 몰랐던 그때는 꽤나 깊은 인상을 받았다.

"당신은 인생의 온갖 풍파 속에서도, 해가 뜨거나 비가 오거나 폭풍이 불어와도 이 여자를 부양하겠습니까?"

남자는 그 물음이 우리를 묶어 줄 거라고 생각했던 것이다!

"그렇습니다."

너트의 목소리는 웃음을 억지로 참고 있었다. 나는 왜 너트가 웃으려 드는지 이해할 수 없었다. 지금 질문은 몹시 심각한 질문으로 생각되었고, 특히 '풍파'라는 말은 나로서는 난생 처음 들어 본 말이었다. 게다가 성행위와 관계가 있는 수상쩍은 울림을 갖고 있었다.

"그리고 당신도 인생의 온갖 풍파 속에서도, 해가 뜨거나 비가 오거나 폭풍이 불어와도 이 남자를 부양하겠습니까?"

그 남자는 나에게도 같은 질문을 했다! 어쨌든 나와 너트는 아기를 갖지 않기로 동의했으니 내가 여기서 무슨 말을 하든 문제가 될 것은 없었다. 그래서 나 역시 동의했다.

"결혼반지는 갖고 왔어요?"

"아뇨, 우리는 반지 같은 것은 믿지 않습니다!"

이처럼 공식적인 절차를 정면으로 부정하는 너트의 소리를 듣자, 나도 모르게 자랑스러워져 턱을 추켜세웠다.

"그럼 됐어요, 다 끝났어요. 5달러 내세요."

너트가 반, 내가 반을 지불했다. 나는 맨 처음부터 정확하게 출발하려고 했다. 내가 너트의 소유물이기라도 한 것처럼 너트가 내 결혼 비용을 다 지불하게 둘 수는 없었다. 너트는 남아 있는 2달러 50센트를 보고 웃었다.

"이 돈으로 기차에서 맛있는 식사를 해야겠군."

너트는 말했다. 시청 직원은 우리 사이에 이루어진 이 거래를 경악스러운 표정으로, 한편으로는 그래서는 안 된다는 표정으로 바라보았다.

우리가 서약서에 이름과 주소를 쓰고 증인이 날인을 하자 시청 직원은 겉옷을 벗어 책상 위쪽에 걸린 못에 다시 걸고는 책더미 쪽으로 갔다. 직원은 지겨운 듯 우리를 바라보며, 약 한 달쯤 있으면 다른 사람들처럼 새크라멘토에서 결혼 서류를 받을 거라고 말했다.

"그리고 다음에 여기 올 때는 준비 좀 제대로 하고 와요! 결혼은 신중한 일이란 말이오."

시청 직원은 못마땅한 표정으로 너트에게 말했다.

우리는 길거리에 나와서 서로를 쳐다보며 서 있었다. 나는 "그 사람 두꺼비처럼 징그러웠어요." 하고 큰소리로 외쳤다. 그러자 너트는 "그 남자는 참 돈도 쉽게 벌어. 한 번에 5달러나 말이야!" 하고 대답했다.

"그 남자가 처음에는 나를 아주 혼란스럽게 만들었어."

"다시 올라가 우리 돈을 돌려달라고 한 다음 우리 이름을 지우고 싶은 기분이 들어요."

"그럴 수는 없어, 그게 법이니까."

"우리가 이렇게 빨리 결혼을 하다니! 난 조금 얼떨떨해요. 당신은 그렇지 않아요? 하나도 자연스럽지가 않아요."

"뭐 좀 먹고 나면 괜찮을 거야. 자, 음악이 있는 식당으로 가요. 그리고 나는 서둘러 기차를 타러 가야 해."

우리는 음악이 흐르는 어느 식당으로 갔다. 나는 교회 음악 같은 분위기가 나서 싫다고 했다. 너트는 허튼소리 말라고 했다. 그 곡은 바그너가 지은 "순례자의 합창Philgrim's Chorous"이라고 했다. 나는 바그너가 뭐하는 사람이며 "순례하는 합창단"은 또 누구인지 의문투성이였다. 그러나 너트가 배운 사람이었기 때문에 너트를 믿고, 너트의 말대로 "밥이나 먹으러" 식당으로 들어갔다.

카린과 카린의 남자 친구 밥과 함께 나는 사회주의자 야유회에 갔다. 밥은 변호사이면서 사회주의자였다. 밥은 검은 눈에 검은 머리를 하고 있었는데 성질이 불같고 철두철미한 원칙주의자였다.

우리는 샌프란시스코 외곽 지대에 있는 숲으로 갔다. 넓은 야외에 회전목마가 세워져 있었다. 장난감 총을 쏘는 곳, 값싼 군것질거리를 파는 몇몇 간이매점들, 아무렇게나 대충 만든 춤판도 있었다. 젊은 남녀, 청소년, 아이들 무리를 헤치며 걷는 동안 거북한 마음이 생겼다. 이 사람들에게는 아름다운 구석이라고는 하나도 없었다. 게다가 싸구려 옷을 입은 티가 역력했으며 음산하고 처량한 표정을 하고 있었다. 내가 늘 가까이 하면서 증오해 오던 것들과 별반 다를 게 없었다. 회전목마는 공기를 가르며 귀에 거슬리는, 삐걱이는 양철 소리를 냈다. 가까운 곳에서는 어떤 연사가 셔츠 바람으로 군중들에게 열변을 토하고 있었다. 연설을 듣는 남녀 군중은 땅콩과 팝콘을 우물거리며 먹었다. 때때로 그 연사의 목소리가 회전목마 소리를 삼키거나, 회전목마 소리가 연설을 삼키거나 했다.

"왜 당신은 우리를 이곳으로 데리고 왔죠? 저 사람들 좀 보세요! 어쩜 저렇게 싸구려 티가 나고 못생겼는지 몰라."

나는 밥에게 항의했다. 밥은 번득이는 눈빛으로 나를 돌아보았다.

"그래요, 저 사람들은 싸구려에다 추해요! 그러나 저들을 저렇게 만든 게 뭘까요? 한번 잘 생각해 보세요, 대체 무엇이 저 사람들을 저렇게 만들었을까요?"

"글쎄요, 무엇 때문이죠?"

"제도입니다!"

나는 더 이상 어떤 말도 할 수 없었다. 나는 밥이 말하는 제도라는 말이 무얼 뜻하는지도 정확하게 몰랐다. 다만 "저들을 저렇게 만든 게 뭘까요?" 하고 열띤 어조로 말하던 밥의 말이 내 마음에 아로새겨졌다. 그 뒤로도 나는 그 말을 수없이 생각해 보았다.

너트는 남부 사막으로 가기 전에 샌프란시스코에 돌아와 있었다. 남부 사막에서는 콜로라도 강에서 시작하여 전국을 연결하는 운하가 건설되는 중이었다. 나는 그곳에 가고 싶지 않았다. 도시에 있어야 학교에 더 가까이 있을 수 있고 돈도 더 많이 벌 수 있을 것 같았다. 카린은 뉴욕으로 떠나기 전에 자신의 속마음을 솔직하고 관대하게 꺼내 보였다. 내가 바보일 뿐만 아니라 자기 오빠와 결혼해 놓고도 부인으로 살지 않음으로써 오빠에게 해를 끼치고 있다는 이야기였다. 그 말은 나를 화나게 했다. 너트와 나는 결혼하기 전에 아이를 갖지 않기로 동의했다고 카린에게 말했다. 그랬더니 카린은 나의 무지에 무척 놀라는 것이었다. 나는 너트가 다른 사람들과 같은 결혼 생활을 원한다면 당장 이혼해 줄 수도 있다고 덧붙였다. 카린은 사랑이란 남자를 따라 사막이라도 쫓아갈 수 있어야 하는 거라고 주장했다. 그런 게 사랑이라면 사랑은 여성의 적이라고, 또한 확실히 내 적이라고 대답했다. 내 삶의 목적은 공부하는 데 있지, 남자 주위나 맴도는 데 있지 않다고 말했다. 카린은 나에게 사랑에 대해 아무것도 모른다고 반박했다. 나는 "그래서 하늘에 감사한다!"고 대답했다.

여덟 달 이상 떨어져 지낸 너트가 돌아왔다. 너트 앞에서 나는 카린과 한 논쟁을 냉정하게 끄집어냈다. 카린이 말한 대로의 결혼을 원한다면, 나는 결혼을 지속할 생각이 없다고 말했다. 물론 내가 완전히 옳다고, 우리 삶은 우리 인생이니까 우리가 원하는 대로 살 권리가 있다고 너트는 힘 있게 말했다. 너트에게 불타올랐던 적대감은 너트가 사랑하는 누이보다 내 편에 서서 이야기하자, 눈 녹듯이 사라졌다. 갑자기 우리는 서로를 아주 친밀하게 느꼈던 것 같다.

"너트, 그곳에 가서도 학교에 다시 다닐 수 있을 만큼 돈을 벌 수 있을까?"

너트는 나를 팔로 안았다. 그러고는 사막에 있는 도시에서 우리 둘 다 돈을 많이 벌 수 있을 테니, 일 년 후에는 다시 학교로 돌아갈 수 있을 거라고 말했다. 나는 도시에서 일하고 그동안 자기는 사막에서 일하면 샌프란시스코에 있을 때보다 더 많은 돈을 벌 수 있다고 너트가 말했다.

나는 너트와 함께 갔다. 온순하고 다정하며, 여자를 평등한 존재로만 보는 너트와 말이다. 너트는 여자를 평등한 존재가 아닌 다른 존재로는 꿈에서조차 생각지 않았다. 너트는 좋은 것만 봐 온 남자였다. 그랬는데도, 냉혹하고 왜곡된 사회가 내게 심어 놓은 가장 쓰디쓴 결과물만 받아들여야 하는 게 너트의 숙명이었다. 우리가 함께 살기 시작한 뒤 몇 달 동안 너트는 충격을 받거나, 아연실색하거나, 고통스러워하면서 내 앞에 서 있곤 했다. 남쪽으로 옮긴 뒤 내가 늘 두려워하던 성관계를 시작했기 때문이다. 너트도 나만큼이나 미숙하고 무지했다. 성관계에서는, 적어도 나한테는, 어떤 아름다움도 찾을 수 없었다. 내 머릿속에는 아이, 가난, 공부할 기회를 잃게 할 일에 대한 두려움만 맴돌 뿐이었다. 나에게 아기가 생긴다면 내 동생들, 베아트리체와 댄과 조지는 어떻게 해야 한단 말인가!

너트를 미워한 적도 있었다. 처음에는 나도 내가 왜 그랬는지 몰랐다. 사람들은 나, 마리 로저스는 땅속에 묻어 버리고 기껏 너트의 부속품이나 된 것처럼 나를 '라슨 부인'이라고 불렀다. 그 호칭은 나를 조롱하는 것 같았다. 내 주위의 모든 것들이 이러한 느낌을 더더욱 강화시켰다. 우리 아파트 옆집에 살고 있던 젊은 부부도 그랬다. 결혼하자 그 집 부인은 일을 그만두고 하루 종일 남편이 돌아오기만 기다리면서 집에 있었다. 젊은 부부는 순전히 성관계로 묶인 삶을 살았다. 두세 달 만에 그 여자의 입과 얼굴에 발진이 솟아나기 시작했는데, 아파트 사람들은 그게 무슨 병인지 다 알았다. 그 여자는 아이를 가져 몸도 무거운 상태였는데, 결혼 관계 안에서는 매독도 용인되었다. 그걸 보고 나는 너트에게 이렇게 말했다.

"봐요, 이제 틀림없이 저 집 남편은 부인을 때릴 거야. 저 여자는 이젠 더 이상 생활비를 벌 수도 없고 병까지 걸렸으니 그 여자와 결혼하겠다는 남자도 없을 걸. 자기 부인이니까 이제 마음대로 때리겠지!"

내 상처를 치유해 주려고 애쓰는 너트에게 나는 이런 식으로 경고했다. 너트는 얼굴을 고통으로 일그러뜨린 채 창가에 서서 나를 응시했다. 그 후 여러 날 동안 옆집에서 시끄러운 소음이 들릴 때마다 불안하게 귀를 기울이고 있는 너트의 모습을 나는 보았다.

마침내 그 일이 일어났을 때 너트는 집에 없었다. 칸막이를 통해 여자의 비명 소리가 들렸다. 곧이어 두세 번 철썩 하는 소리가 나더니 의자인지 식탁인지가 뒤집어지는 소리가 들렸다. 아내의 울음만큼 더 사무치는 게 있을까?

남편이 이틀 후에 다시 아내를 때렸을 때, 여자는 울면서 복도로 뛰쳐나왔다. 너트가 돌아왔을 때 그 이야기를 해 주었다. 어느 누구도 감히 남편을 막지 않았다. 그 여자는 남자의 부인이었으니까. 어떤 때는 스스로 무슨 일인지도 모를 정도로 나는 남자와 결혼, 너트와 내 결혼에 대해 격렬하게 반응했다. 이웃집 부부가 싸우는 소리를 들을 때면 무엇인가가 나를 맹목적으로 만들었다. 걷잡을 수 없는 어떤 감정이 금방 폭발해 튀어나오면서 가슴 속에서는 난폭한 충동이 일어났다. 어느 날 너트가 소리쳤다.

"마리! 이런 일을 또다시 당신 입에 올리는 날에는 나는 자살하고 말 거야!"

그렇지만 나는 또다시 그런 일을 입에 올렸다. 한번은 너트가 마룻바닥에 몸을 던지고 의자에 머리를 쿵쿵 치는 것이었다. 무서워진 나는 너트를 일으켜 세워 침대에다 눕혔다.

"당신은 무정하고 잔인한 사람이야! 난 죽고 싶어!"

"그러면서 왜 이혼하지 않는 거예요? 나는 반대하지 않아요."

"당신을 사랑하니까."

"사랑한다고! 그건 변명이 되지 않아요. 그건 당신이 약하다는 말밖에 안돼요!"

"제발, 마리. 그러지 마!"

왜 나는 너트에게 그토록 심한 상처를 주었을까? 그렇게나 천성이 훌륭하고 고상했던 너트를? 나는 모른다. 너트가 내 내면의 무엇을 건드렸다는 것만 지금 알 뿐이다. 나 때문에 너트가 겪은 고통보다 더 심한 고통을 겪으면서 내가 싸우고 있었던 대상은 너트가 아니었다. 나는 정신적으로 무자비한 전쟁을 치르고 있었다. 사랑을 갈구하는 마음과, 세상에 태어나면서부터 내 존재의 기초를 이루고 있는 사랑과 성에 관한 왜곡된 관념 사이의 전쟁이었다.

마침내 너트는 모래사막으로 멀리 떠나, 여러 달 동안 돌아오지 않았다. 나는 사막 가장자리에 솟아오른 조그만 도시, 엘 센트로El Centro에 혼자 남았다. 집이 백여 채 정도 있었고 남자들은 운하 길가를 따라 땅을 차지할 양으로 쏟아져 들어왔다. 하룻밤 사이에 목조 하숙집이 세워졌고 방세는 엄청나게 올랐다. 땅은 아주 많았다. 지나간 오랜 세월 동안, 당당했던 호수나 바다의 바닥보다 더 넓은 사막이 펼쳐져 있었던 것이다. 사막에서는 물이 필요했는데, 이제 그 물이 오고 있었다. 그러나 사막은 뜨거웠다. 운하로 끌어들여 온 바닷물의 수면 위쪽은 물론 아래쪽도 참을 수 없을 정도로 뜨거웠기 때문이다. 어떤 때는 그늘에서도 섭씨 48도나 되었다. 아무리 눈을 닦고 봐도 그늘은 도무지 찾아볼 수 없었다! 사막에서는 물집을 생기게 할 것 같은 열풍이 불어왔다. 그리고 서쪽의 시에라산맥이 바람을 막고 있어 바다에서 비를 몰고 오지 못했다.

나는 엘 센트로 시의 한 호텔에서 공식 속기사로 일하게 됐다. 대합실에 나와 앉아 로스앤젤레스에서 쏟아져 들어오는 땅 투기꾼을 위해 타자를 쳐 주는 일이었다. 투기꾼들은 대개 욕심 많고 뚱뚱한 악덕 투기꾼들이었다. 그 사람들은 땅을 많이 사들였고, 땅이 필요한 가난한 사람들이 땅을 사기 위해 생명을 저당 잡힐 때까지 그 땅을 놓지 않았다. 악덕 투기꾼들은 타자 한 장에 10센트나 받는 건 너무 비싸다고 다른 투기꾼 앞에서 떠벌렸다. 그러면서 받아 칠 내용을 나한테 불렀다. 타자 한 장에 10센트 버는 것 말고 더 많은 돈을 벌 기회가 나에게는 널려 있었다. 배가 불룩 튀어나온 어떤 투기업자는 어느 날, 긴 담배를 위쪽으로 꼬나물고 내 책상 옆에 무겁게 내려앉았다. 그러더니 땀을 철철 흘리는 동글한 얼굴에서 모자를 뒤로 밀쳐 내고 호주머니에 손을 찔러 넣은 채, '제안'을 하나 했다.

내가 짤막하게 대답만 하는 데 화가 난 투기업자는 마침내 "얼마면 되겠소?" 하고 물었다.

"여기에 타자 쳐 주는 일을 하는 사람이 당신 혼자라고 해서 가격을 너무 올려서는 안 될 거요. 하루 밤에 5달러 이상을 지불하지는 않겠소. 내 방은 9호실이오. 가격이 적절하다면 들러요, 기다리고 있을 테니까."

로스앤젤레스의 어느 신문과 연결되어 있는 그 투기업자는 짐짓 자선이라도 베푸는 듯한 태도를 보였다. 투기업자는 보수를 주고 신문의 통신원 일을 내게 시키려고 나선 것이었다.

"아무 일도 안 하고 돈을 벌 수 있는 것은 아니잖소."

투기업자는 자신이 자애로운 사람인 양 장난기 섞인 웃음을 싱긋 웃으며 말했다. 돈을 벌 수 있는 기회였으며, 내 야망도 충족시킬 수 있는 일이었다. 투기업자와 나는 협상을 했다.

"보수를 받지 않는 대신, 내가 쓴 글로 벌어들이는 돈의 몇 퍼센트를 당신께 드리도록 하지요."

내가 제안했다. 나는 퍼센트로 이익을 할당하는 법도 배웠던 것이다. 투기업자는 자기 처지를 늘어놓았다.

"당신은 결혼한 여자고 남편도 여기 없소. 나도 결혼한 남자고, 아내가 여기 없기는 피장파장인데, 당신은 결혼하지 않은 사람처럼 너무 그러는군요. 다시 한 번 내 제안을 이리저리 생각해 보면 내 쪽보다 당신이 더 많이 벌게 될 거요."

며칠 뒤 투기업자는 다시 그 화제를 꺼냈다.

"내 계약 조건은 전에 말했던 대로, 보수를 받지 않고 퍼센트로 이익을 할당받는 거예요. 나는 더 이상 할 말이 없어요."

내가 거듭 말했다. 결국 내가 쓴 기사에서 나오는 수입의 20퍼센트를 그 사람이 받는 대신, 내 회계를 감독하는 것으로 마무리되었다. 그러면서 투기업자는 내가 부정직하게 일을 한 게 발각되는 날이면 그날로 일을 그만두어야 한다고 경고했다. 아니, 내가 그 일자리를 잃는 걸 꼭 보고 말겠다고 했다!

이렇게 하여 나는 언론계에 입문하게 되었다. 업자는 "세상만평" 기사에 대해서는 내게 팁을 주기도 했는데, 그때마다 '그냥 주는 돈'이라고 말하지 않은 적이 없었다. 그래서 나는 오히려 그 남자가 자기한테는 돌아올 게 하나도 없는 팁까지 장부에 적고 있는 게 아닐까 의아했다.

'일, 돈, 학교. 다시 일, 돈, 학교!'가 교향악의 주 악상처럼 내 머리를 스쳐 가는 나날이었다. 나는 일하는 시간의 반 정도만 호텔에서 보냈는데, 이제 한 장당 타자 비용은 20센트가 되었다.

"지독한 사기꾼 같으니……."

투기업자들은 투덜댔다.

"내가 일거리를 달라고 사정한 적은 없어요."

투기업자들에게 나는 이렇게 말하곤 했다.

얼굴빛이 갈색 가죽같이 된 너트가 일주일 동안 집에 와 있다가 다시 떠났다. 이제 나는 꽤 많은 돈을 저축했고 내 앞에 미래는 활짝 열려 있었다. 이렇게 2년 만 지나면 너트와 나는 사막을 떠나 학교를 다닐 만한 곳으로 갈 수 있을 만큼 충분한 돈을 모으게 될 것이다.

그런데 나는 내 몸에 이상이 있음을, '일, 돈, 학교'의 삼중주 음악 소리를 잠 잠하게 하는 무슨 일이 일어나고 있음을 느꼈다. 나는 우리 아파트 주인 여자에 게 아침마다 구역질이 나서 못살겠다고 불평을 늘어놓았다. 그 여자는 성관계와 출생이 무슨 꼴사나운 농지거리라도 되는지 상스럽게 웃었다.

"아기 가졌구먼!"

주인 여자가 그 말을 하는 순간, 나는 몸을 홱 돌려 방을 나왔다. 지난 몇 주 동안 잠잠했던 공포, 원한, 증오가 태풍처럼 나를 또다시 휩쓸고 지나갔다. 이제 모든 희망이 사라져 버리고 말았다. 내가 그동안 몸부림치며 빠져나오려고 했던 지옥, 남편에게 음식과 옷을 의지하며 성가시게 잔소리하는 아내들의 지옥, 공 부란 그저 꿈에 지나지 않는 그런 지옥에 다시금 내던져지는 내 모습이 보이는 것 같았다. 나는 응어리진 증오심에 휩싸여 아기를 생각해 보았다.

"전 아기를 갖지 않을 거예요! 전 아기를 낳지 않을 거라고요. 먼저 내가 자살하 고 말걸요. 어떻게 해야 할지 말해 줘요."

아기를 갖게 된 것이 주인 여자 잘못이라도 되는 양, 나는 소리를 질렀다.

나는 사막에 나 있는 길을 따라 미친 듯이 말을 달렸다. 그리고 말에서 내려서 는 지쳐 쓰러질 때까지 울고 증오하면서 또 울고 증오하면서 막 뛰었다. 그래도 여전히 아침마다 나오는 구역질을 막을 수는 없었다. 내가 얼마나 무지했던지, 내 몸속에서 적이 더 자라지 못하도록 굶기까지 했다. 당구장 위층에 있는 병원의 의사는 낙태는 불법이므로 도와줄 방법이 없다고 말했다. 의사는 약국에 가서 어떤 약을 사 먹고 몸에 이상이 있으면 수술을 해 줄 법적 권리가 생긴다고 가르쳐 주었다.

"수술비는 얼마나 드나요?"

"당신한테는 특별히 싸게, 100달러에 해 드리지요."

지금껏 저축해 온 돈이 몽땅 다 들어가는 수술이었다! 그래도 그 편이 싸게 먹히는 것이리라. 나는 진찰비로 10달러를 지불하고 약국에 들렀다. 내 신체 구조에 대해 아무것도 몰랐던 나는 그저 맹목적인 두려움에 떨고만 있었다. 내 몸에 대해 알려고 하는 노력도 남몰래 했다. 그러나 그 당시 정신 상태가 분명하지 못한 데다 겁에 질려 있었으므로 제대로 배우지도 못했다. 나는 신체 구조의 기능이나 역할, 자라나는 생명의 본성이나 임신에 대해서 최소한의 지식도 없는 상태였다.

"당신 잘못이에요. 이리 와서 날 이 지옥에서 빼내 줘요. 그렇지 않으면 죽어 버리고 말 거예요."

마침내 나는 너트에게 편지를 썼다. 여러 날이 흘렀으나 답장이 없었다. 어느 날 밤 나는 목욕통에 받아 놓은 물에 얼굴을 마구 밀어 넣었다. 그러나 물속에서 숨을 쉬지 않고 있을 수가 없었다. 물 튀기는 소리와 캑캑거리는 소리를 들은 주인 여자가 뛰어와 나를 물에서 끌어냈다. 며칠 뒤에야 너트가 집에 왔다. 너트는 의사에게 가서 말했다.

"당신이 지금 당장 수술해 주지 않으면 우린 시내로 가서 수술할 수밖에 없소. 무슨 일이든 조처를 취해 주지 않으면 내 아내는 일주일도 못 되어 자살할 거란 말이오."

의사는 내 폐와 심장을 검진하더니 자신이 의심했던 대로라고 말했다. 내가 결핵에 걸린 상태이기 때문에 수술이 불가피하다는 것이었다! 그런 상태로 아이를 낳는다면 위험하다고 했다.

내가 의식을 회복했을 때 너트는 침대 맡에 앉아 웃고 있었다. 너트를 보고 있노라니 웃고 있는 너트의 모습이 참을 수 없을 만큼 증오스러웠다. 증오하고, 증오하고, 또 증오했다! 내 몸이 열려 상처를 입고 영원 앞에 섰는데 어떻게 감히 웃을 수 있단 말인가. 아이 하나가 내 몸 밖으로 나왔다. 지금 내 몸과 마음은 그 아이를 부르고 있다. 그런데 어떻게 감히 웃을 수가 있단 말인가. 이 우주에서 혼자라는 고독을 온몸으로 느끼고 있는 내 앞에서 어떻게 웃을 수 있단 말인가. 어떻게 감히 너트가……. 너트는 아무것도, 아무것도, 정말로 아무것도 모르는 남자로구나!

내가 모아 두었던 돈이 몽땅 사라졌고 너트는 사막으로 되돌아갔다. 나는 너트가 수술비를 지불하지 못하게 했다. 내 몸을 수술한 것이니까 어떤 남자라도 수술비를 물게 할 수는 없다고 말했다. 그 말을 들은 너트의 얼굴은 창백해졌다.

산 너머에 정규 학교가 하나 있다는 것을 알게 된 나는 그 학교에서 공부를 계속 할 수 없겠느냐고 문의하는 편지를 썼다. 한 달 후에 온 답장에는 충분하지는 않겠지만 돈도 벌어 가며 공부를 할 수 있다고 적혀 있었다. 나는 너트에게 편지를 썼다.

"지금 가면 돌아오지 않을 거예요. 당신이 나를 만나고 싶다면 나 있는 곳으로 찾아오세요."

그 학교에서 보낸 3년 세월은 그다지 행복하지 못했다. 이름을 묻는 사람들에게 나는 마리 로저스라고, 아버지는 의사였는데 죽었다고, 남편 이름은 너트 라슨이라고 대답했다.

"그러면 당신 이름은 라슨이잖아요!"

사람들은 소리쳤다.

"내 이름은 마리 로저스예요!"

"결혼했다고 했잖아요!"

"그래요. 그러나 나는 로저스라는 이름으로 태어났어요. 그리고 그 이름으로 죽을 거예요."

"안됐지만, 라슨 부인, 당신 이름은 이제 라슨이라고요."

이런 것들이 거기서 공부하는 3년을 망쳐 놓았다. 나이 든 여선생님 한 분은 나를 동정하며 말했다.

"당신은 결혼한 여자니까 살림을 하고 아이들이나 키워야 하는데, 생활비를 벌고 있어야 하다니 부끄러운 줄 알아요!"

나는 그 말을 대번에 반박했고, 우리는 두 세계를 갈라놓는 만灣을 사이에 둔 사람들처럼 서로를 노려보았다. 여선생은 틀림없이 나를 질이 나쁜 여자라 생각했을 것이다! 그러나 나는 내가 아직 노예 상태에 있는 여자가 아니라는 사실을 똑똑히 인식하고 있었다.

다른 어떤 선생은 내 외모를 좀 더 단정하게 보이도록 애쓸 수 없냐고 물었다. 그러면서 자기 집에 와 드레스 하나를 가져가라며, 자기 집에 올 차비까지 내놓았다. 나는 곧 돌아섰고 그 여자와 나는 어떻게도 메워질 수 없는 간격을 두고 서로를 노려보았다.

선생들은 당황하면서도 신기한 듯 나를 살폈다. 선생들은 한결같이 내가 올바르지 않다는 느낌을 갖고 있었다. 나는 우아함도 모르고 배은망덕하며 냉정한 여자로 비쳤을 것이다. 그나마 선생들이 나를 눈감아 준 것은 내가 공부를 열심히 했기 때문이다. 고통이나 허기보다 나를 더 황폐하게 만드는 정신적 갈등을 안고, 나는 필사적으로 공부했다. 오랜 시간 타자를 쳤으며, 중간에 수업이 있을 때만 일을 멈추고 수업에 달려가곤 했다. 식비와 숙박비를 벌기 위해 하숙집에서는 식탁 시중을 들었다. 밤에는 머리를 책에 파묻고 머리가 빙빙 돌 때까지 공부했다. 이런 삶은 내 젊음과 건강, 달콤함과 상냥함, 젊기 때문에 가질 수 있는 자발성을 다 앗아가 버렸다. 내 앞에는 이제 조금만 더 고생하면 이 학교에서 졸업장을 딸 수 있다는 생각, 곧 베아트리체와 조지를 도울 수 있다는 생각뿐이었다.

그 와중에 도시는 떠들썩했다. 엠마 골드만Emma Goldman이라는 여성이 사회극social drama에 관한 특별 강연을 한다는 공고가 나붙었다. 도시의 사업가들은 그 강연을 허용할 수 없다고 맞섰다. 나는 엠마 골드만이 누구냐고 물었다. 엠마 골드만은 아주 끔찍한 여자라고, 강의를 아주 길게 하고, 무료 강연에서 위험한 말을 하고 다니는 공공 인사라는 대답이 돌아왔다. 나는 서점에서 사람들이 벌이는 토론을 들으려고 발걸음을 멈추었다. 토론자들은 서점 주인 여자, 젊은 의사, 한때 우리 학교에서 연주한 적이 있는 음악가, 그리고 사회주의자인 젊은 목사였다. 그 사람들 덕분에 엠마 골드만이 유명한 여성 연사이자 작가이며 사회정의와 자유를 위해 싸우는 사람이라는 것을 알게 되었다. 사람들은 엠마가 강연할 권리가 있는지 없는지를 놓고 격렬한 토론을 벌이고 있었다.

엠마가 강연을 못 하게 막은 후 여러 날 동안 공개적인 싸움이 사납게 일어났다. 사업가들이 자유 언론의 권리를 요구하는 남성 노동자와 여성 노동자들에게 덤벼들었고, 경찰은 노동자들과 맞서고 있었다. 나는 그 사람들의 이야기 내용에 대해 아는 바가 거의 없었지만 귀담아들었다. 자유 언론을 반대하는 사람들은 내가 접했던 땅 투기꾼들과 비슷했다. 노동자들과 사회주의자들이 말하는 내용이 내 감정과 신념을 잘 표현해 주었다. 경찰과 사업가들이 좀 밀리자 나 또한 행동하기 시작했고, 경찰과 사업가들의 공격을 무찌르는 일을 도왔다. 감옥은 노동자들과 사회주의자, 각기 기차를 타고 몰려온 〈세계산업노동자동맹〉(Industrial Workers of the World, 미국 사회주의 운동의 한 흐름으로 William D. Haywood가 1905년에 창설했다. 이 조직은 미국 서부 지역의 작은 광산촌이나 철도역 노동자들에게 열렬한 호응을 얻었으며 1913년경에 비합법 과격 투쟁 노선으로 사회당에서 축출당했다. 특히 캘리포니아 남부 지방을 중심으로 강한 조직망을 갖고 있었다. 옮긴이) 회원, 많은 지식인들로 가득 찼다. 〈세계산업노동자동맹〉이 주도하여 여러 달 캘리포니아에서 소요를 일으켰던 자유 언론 투쟁은 이렇게 시작되었다. 나는 옳다고 믿는 것을 위해 내가 할 수 있는 일을 힘껏 맡았다. 나는 동료들에게 퍼부어지는 입에 담을 수 없는 욕설을 들었다. 그리고 감옥에 갇히고 매를 맞는 모습, 소방 호스에서 뿜어져 나오는 물로 거리 집회가 무산되는 모습을 보았다. 나는 용케 체포당하지 않고 도망쳤는데, 그런 싸움은 내면에 꽉 막혀 있던 에너지를 확 분출시켰다. 사실 지금 문제가 되고 있는 깊은 논쟁에 대해서는 거의 아는 바가 없었다. 나는 늘, 먼저 느끼고 행동하며 생각은 나중에 하는 사람이었으니까.

내가 처음으로 경찰의 손길을 느꼈던 것은 바로 이 투쟁에서였다. 나는 얼마 안 되는 사람들 틈에 끼어 있었는데 앞에서 경찰 두 명이, 손을 호주머니에 넣은 채 평화롭게 걸어가고 있는 어떤 노동자를 고의적으로 밀면서 걸어가는 것이었다. 그중 경찰 한 명이 노동자를 어떻게나 밀어댔던지, 상대편 경찰에게 넘어져 몸을 부딪치고 말았다. 그러자 몸을 부딪친 경찰은 노동자의 옷자락을 낚아채더니 법을 수호하는 경찰을 공격한다고 땅바닥에 내동댕이치는 것이었다. 경찰들이 내 말을 들을 수 있을 것이라는 데 생각이 미치자, 무서워 떨렸지만 나는 소리를 질렀다.

"거짓말이에요. 저 경찰이 먼저 노동자를 밀었어요. 난 똑똑히 봤어요. 저 남자는 손을 호주머니에 넣고 있었거든요."

그러거나 말거나 경찰은 벌써 그 노동자를 덮치고 있었다. 경찰들은 엎드린 노동자의 얼굴을 뒤집어 때렸다. 나는 노동자의 눈에서 피가 솟구쳐 나오는 모습을 부들부들 떨며 바라보았다. 한 무리의 노동자들이 다가왔고, 나도 노동자들과 합류했다. 나는 경찰 한 명의 등에 힘껏 뛰어올라 경찰을 할퀴었다. 고함치는 소리가 들렸고 황급히 달리는 발자국 소리도 들렸다. 저쪽 구석에서 경찰 한 분대가 달려왔다. 푸른 원숭이같이 털이 많은 어떤 경찰이 뒤에서 나를 낚아채더니 허공에 내동댕이쳤다. 나는 경찰 제복의 단추 하나를 손에 꽉 움켜잡고 있었다. 노동자 두 명이 나를 일으켜 세워 함께 뛰었다. 어느 인쇄소 복도에서 나와 노동자들은 곤봉으로 거리를 정리하는 경찰들의 모습을, 눈도 못 뜰 정도로 피를 흘리는 노동자에게 "법을 수호하는 경찰을 공격했다"고 발로 차며 경찰서로 질질 끌고 가는 모습을 지켜보았다!

예전에 내가 그랬던 것처럼 이번에는 여동생 베아트리체가 광야에서 왔다. 내가 학교를 마치고 선생님으로 일하며 첫 달 월급을 탔을 때 베아트리체에게 여비를 보냈다. 다시 만난 베아트리체에게서는 이전의 나보다도 산과 사막에서 자란 아이라는 점이 훨씬 또렷하게 드러났다. 그것도 우리를 고양시키는 산과 사막의 장엄함이나 위엄 같은 게 아니라, 인간의 몸과 정신을 망치는 황폐하고 험악한 삶의 모양새를 더 많이 갖고 있었다. 베아트리체의 눈은 치료를 받은 후 안경을 써야 할 정도였으며 치아 또한 여러 달에 걸쳐 교정을 받아야 했다. 오래전에 다쳤던 등뼈도 치료해야 했다.

4년 만에 만난 동생은 그동안 살았던 흙빛과 같은 갈색 피부에다 말도 없고 의심만 가득한 적대적인 여자로, 또 이방인으로 내게 왔다. 베아트리체는 키가 크고 구릿빛 피부를 가진 아가씨로 자랐으며, 검은 머리카락은 아름다운 이마 뒤로 수수하게 넘기고 있었다. 동생은 고통스러운 삶을 살아 온 아이답지 않게, 입술에 웃음을 머금고 있었다. 그리고 지금 황량한 무덤 속에 누워 있는 우리 어머니를 꼭 닮은, 어둡고 깊이 있는 아름다운 눈을 갖고 있었다.

나는 거센 억양과 사투리를 고쳐서 세상에 '돋보이려고' 시도한 끝에 좀 더 세련된 말투를 쓰게 되었다. 베아트리체는 그런 내 말투를 싫어했다. 동생이 내 말투를 싫어한다는 것은 경멸하는 듯한 표정으로 침묵하는 데서 드러났다. 베아트리체가 옷을 벗을 때, 억센 갈색의 커다란 팔과 가장자리가 근육으로 뭉쳐진 등을 보았다. 동생이 스타킹을 벗을 때 나는 깜짝 놀랐다. 몇 년 전, 베아트리체가 가늘고 긴 다리에 짧은 옷을 입었을 때 빅 벅이 아주 근엄한 얼굴로 다음과 같이 말했던 적이 한번 있었기 때문이다.

"베아트리체야, 넌 자라서 아주 훌륭한 가수가 되어야 해."

"왜요?"

자기한테 아첨하는 말을 기대하며 베아트리체는 물었다.

"네 다리가 나이팅게일 다리 같아서야."

빅 벅이 대답했다. 그랬던 다리는 이제 더 이상 나이팅게일의 다리 같은 면모라곤 없었다. 다리 역시 갈색이었는데 엉덩이 쪽에서 발목까지 상처투성이였다.

한쪽 아래 살점이 찢겨져 나갔으며 검게 변한 피부만이 뼈를 감추고 있었다. 전에 말을 타다가 철사로 된 울타리에 넘어져 다리 살이 그렇게 찢어진 거라고 했다. 패혈증 기미가 보여 사람들이 찢긴 자리를 도려낸 뒤 뜸질을 했다는 것이다! 산간벽지의 장엄한 목장 지대에 의사는 없었다. 베아트리체의 몸 곳곳에는 매를 맞은 듯한 흉터도 남아 있었다. 동생의 손은 셔츠나 작업복 바지를 빠는 것 같은 고된 일을 하느라 상처투성이였으며 거칠거칠했다. 베아트리체는 늘 피곤해했고, 목장에서 보낸 시간을 빨리 잊고 싶어했다.

너트는 하던 일을 잠시 멈추고 베아트리체와 나를 만나러 왔다. 너트와 베아트리체는 서로 아래위를 비판하듯 쳐다보았다. 너트는 베아트리체에게 팔을 뻗어 자기 손가락으로 동생의 팔을 살짝 눌러 보며 물었다.

"처제는 외모만큼 자신이 강한 여자라고 생각하고 있겠지?"

베아트리체는 날쌔게 형부의 팔을 잡더니 단번에 자기 힘을 과시했다. 잠시 후 너트는 마룻바닥에 완전히 대자로 뻗은 채 누워 있었고, 베아트리체는 너트의 배 위에 올라타고 앉아 우정 어린 충고를 하고 있었다.

"나발도 못 불면서 악단에 끼어들려고 생각하지 마세요."

베아트리체는 충고했다.

내가 베아트리체에게 공부를 해 보는 게 어떻겠느냐고 말하자, 동생은 나를 험악하게 노려보았다. 베아트리체는 공부할 마음이 조금도 없었다. 그래서 나는 베아트리체에게 외로울 때는 저쪽 거리에 있는, 남자들과 학교에서 온 여러 여학생들이 모여 가구와 악기를 만드는 작업장에 가 보라고 했다. 베아트리체의 입술은 경멸하듯 씰룩거렸다. 악기라니! 그러나 동생은 몰래 길거리 저쪽을 훔쳐보았다.

시간이 흘러갈수록 베아트리체는 초조해했다. 이곳에는 말도 없냐고 물었다.

"아니, 있어. 그렇지만 말을 빌리려면 돈을 주어야 해."

나 자신만큼이나 베아트리체를 잘 안다고 믿었던 나는 이렇게 말했다.

"베아트리체, 매달 말에 내 월급을 정확하게 반으로 갈라 갖자꾸나. 우리 각자 생활비를 반씩 부담하고 남는 돈은 각자 자기 쓰고 싶은 대로 하는 거야. 그럼 네가 원하는 만큼 이 도시에서 실컷, 온갖 말을 탈 수 있을 거야. 아니면 그 돈을 갖고 목장으로 돌아갈 수도 있고……. 네가 원한다면 말이야."

우리가 처음으로 내 월급을 나누어 가졌을 때 나는 흥미진진하게 베아트리체의 행동을 기다렸다. 그러나 베아트리체는 자기 몫의 돈을 말 타는 데 쓰지도 않았으며 그렇다고 이곳을 떠날 차표를 끊는 데 쓰지도 않았다. 어느 날 베아트리체는 이리저리 돌아다니다가 학교 작업장까지 와서 주변을 살펴보았다. 그러고는 기계와 공구를 자세히 조사해 보거나 이리저리 돌려 보았다.

"그건 대패야."

선생님이 베아트리체에게 설명했다.

"오, 그래요? 전 대패 위에서 자랐지요!"

베아트리체는 경멸조로 말을 되받았다. 선생님은 더 이상 베아트리체에게 아무 설명도 해 주려고 하지 않았다. 베아트리체는 학생들이 작업하고 있는 멕시코산 마호가니 나무를 시험해 보더니, 학생들이 톱질하거나 망치질하는 모습을 멸시하듯 바라보았다. 그렇게 하는 것은 공구를 제대로 다루는 방법이 아닌데, 하는 표정으로. 얼마 후 베아트리체는 일을 하기 시작했다.

"내 목표는 거기서 몇 가지 물건을 실제로 만드는 거야."

베아트리체는 내게 알렸다. 베아트리체는 우리가 세들어 살고 있는 자그마한 단층집에 잘 어울리는 가구를 만들기 시작했고, 식탁과 책장, 의자와 옷걸이와 발판을 만들었다. 베아트리체는 긴 갈색 팔로 톱질을 하고 대패질을 했으며 갈고 윤을 냈다. 베아트리체는 공구 같은 것을 하나도 두려워하지 않는 사람처럼 망치질을 했다! 전혀 여자답지 않게 말이다! 베아트리체는 자신의 망치질에 대단히 만족했으며, 다른 사람들의 귀가 너무 예민하여 그 소리를 참기 힘들어했더라도 조금도 개의치 않았다.

어느 날 베아트리체는 영어 수업에 등록했고, "목공 일을 하다 보면 필요하게 될 수학과 기하학을 조금 공부할 생각"이라고 말했다. 얼마 후에 베아트리체는

"문학과 역사를 조금 공부하고 싶고, 바구니 짜는 법과 본 뜨는 법도 배울 거"라고 했다. 몇 달이 지나자 베아트리체는 "언니, 봐! 내가 도박판에 조금만 손쓰면 지긋지긋한 도박판 전체를 뒤집어 놓고 말걸!" 하고 말했다.

베아트리체는 학교와 선생님들을 좋아하게 되었고, 몇 달 만에 하얀 운동복 차림을 한 우아한 여학생으로 탈바꿈했다. 그러나 베아트리체는 한 인간의 능력과 가치를 최종적으로 결정지을 수 있는 것은 육체의 힘이라는 믿음은 바꾸지 않았다. 그리고 도전을 받으면 베아트리체는 종종 "한 손으로 뒷짐을 지고 섀미(chamois, 무두질한 염소나 양의 부드러운 가죽. 옮긴이)가죽에 관한" 논란을 해결하거나 그 질문을 토의하려고 했다.

그래도 여전히 베아트리체와 나는 서로 이방인으로 남아 있었다. 헤어져 있었던 오랜 세월과 우리의 타고난 천성 때문이었다. 베아트리체는 나를 인간적으로 싫어했다. 베아트리체가 보기에 내 동료들은 "계급"도 전혀 없는 사람들이었다. 어떤 것도 베아트리체로 하여금 사회주의자의 복도로 발을 디디게끔 유인할 수 없었다. 그리고 훨씬 나중에 제1차 세계대전이 발발하여 세계를 진동시키는 소동 속에서 베아트리체는, "한 손을 뒷짐 지고도 이 세상을 혼내 줄 수 있는" 잘생긴 젊은이들과 군악의 화려한 행렬을 보며, 여자들은 이 세상을 "대청소하는 일"을 도와줄 수 없다는 점을 유감으로 생각했다.

베아트리체가 나와 함께 생활한 지 1년쯤 지났을 때 캘리포니아 대학이 내게 문을 열어 주었다. 비록 내가 다닐 수 있는 학기는 짧은 여름 석 달뿐이었지만 무척이나 소중한 것이었다. 너트는 며칠 안으로 우리와 합류할 거라는 편지를 보내 왔다. 그해 여름 베아트리체와 나는 커다란 철문을 밀고 들어와 대학 캠퍼스에 우뚝 서 보았다. 마치 동화의 책장을 넘기고 있는 기분이 들었다. 여기 오기까지 얼마나 숱한 세월을 고생했으며 얼마나 많은 고통을 겪었던가! 내가 대학생이 되었다니, 꿈을 꾸고 있는 것은 아닌가 하는 감정에 사로잡혔다!

이윽고 나는 나를 대학생으로 등록시킬 카드를 손에 쥐게 되었다. 베아트리체는 특별 학생으로 입학 허가를 받았다. 우리는 등록실을 나와 남녀의 무리를 헤치고 서둘러 왔다. 마음이 한없이 약해져서 울고 싶은 충동이 나를 압도해 왔기 때문이다. 우리는 소나무 숲을 지나 버려진 채 명상에 잠긴 것처럼 서 있는 그리스 극장까지 갔다. 우리 위에 있는 소나무들이 근심 걱정이라도 있는 것처럼 한숨을 쉬었다. 그러나 소나무가 나만큼 걱정이 많지는 않았으리라. 나를 수심에 가득 차게 하는 것은 조지에 대한 생각이었다. '다음 해에는 조지도 데려올 수 있을 만큼 충분히 돈을 벌 수 있을 거야.' 베아트리체는 무슨 생각을 하고 있는지 도무지 종잡을 수 없었다. 베아트리체의 침묵은 내가 수상쩍게 여기는 어떤 깊은 감정을 감추고 있는 것 같았다. 그러나 그 감정의 본질이 무엇인지 나는 전혀 몰랐다.

대학 생활이 여러 주 계속되는 동안 우리 둘 다 지칠 줄 모르고 맹렬하게 공부했다. 나는 캠퍼스를 서둘러 걸어가는 베아트리체의 거무스레한 머리를 종종 힐끔 훔쳐보았다. 우리 뒤를 바싹 쫓아오는 것 같은 시간에 조급하기도 했지만 새로운 힘이 솟아나 나를 앞으로 나아가게 했다. 너트가 우리와 합류해 아파트에서 함께 살았다. 선생으로 일했던 곳의 억압적인 분위기와 고된 업무에서 해방된 나의 정신은 수정처럼 맑고 강했다. 나는 빛의 날개를 타고 앞으로 실려 가는 듯한 기분이었다.

그렇지만 대학의 유쾌하고 공감하는 분위기에서조차도 나는 갈등했다. 임신에 대한 공포가 나를 잡아먹으려는 새처럼 머리에서 떠나지 않았다. 반항하려는 충동도 좀처럼 잠들지 않고 따라다녔다. 이런 반항은 어느 인류학 수업 시간에 시작되었다. 그 수업에서 학생 한 명이 흑인의 열등함을 과학적으로 증명하는 증거는 없다는 주장에 반박한 것이다. 유색인종은 선천적으로 열등한 존재라고 했으며, 우리가 해야 할 일이란 그 사실을 확인하기 위해 그들을 한번 쳐다보기만 하면 된다는 것이었다! 그 학생 뒤에는 인도에서 온 홀쭉한 학생이 어두운 얼굴로 앉아 있었다. 내 자리에서 멀지 않은 곳에는 흑인 소녀 한 명이 앉아 있었고, 강의실 뒤편에는 아메리칸디언도 한 명 앉아 있었다. 나는 자리에서 벌떡 일어나서 자기가 옳다고 주장하는 그 학생에게 도전했다. 우리 사이의 논쟁이 재미있다고 생각했는지 흥미로운 듯, 교수는 우리를 방해하지 않고 우리 토론에 귀를 기울였다.

"당신은 흑인과도 결혼하겠네요?"

그 학생은 물었다.

"내가 아는 부류의 백인 남자들과 결혼하느니 난 흑인과 결혼하겠어요!"

나는 신랄한 어조로 대답했다. 교수가 소리쳤다.

"자! 자! 문제를 과학적으로 토론해야지!"

너트와 그 학생은 교실 바깥으로 나와서까지 너트는 공손하게, 오래전에 마음이 굳어 버린 그 학생은 독선적으로 계속 그 문제를 토론했다. 나는 나무를 뿌리째 땅에서 뽑아내 버릴 수 있었으면, 하는 기분으로 캠퍼스를 마구 달렸다. 그런 다음 나는 집으로 돌아와서 아시아에 관한 나의 첫 번째 에세이를, 백인이 야만인이었을 때 이미 인류의 문명에 기여하고 있었던 중국에 관한 에세이를 썼던 것이다!

대학 공부가 무척 멋지게 진행되던 그때, 또다시 아침마다 구역질이 시작되었다. 어두운 날개의 그림자가 더 자주 내 머리를 스쳤다. 여자만 이런 짐을 감당해야 하고 남자는 여전히 자유롭고 행복하다는 게 몹시 부당하게 생각되었다.

나는 이 궁지에서 벗어날 길을 두루 찾아보았다. 나는 다시는 평생 아기를 갖지 못하는 수술을 받을 수도 있다고 너트에게 넌지시 암시했다. 너트는 그런 수술에는 반대했다. 정신에 아주 나쁜 영향을 준다는 것이었다. 내게는 그 편이 이렇게 싸우고 두려워하는 것보다는 나을 것 같았다. 낙태를 하는 것은 불법이므로 의사가 도울 길도 없다고 사람들은 말했다. 살이 빠지면서 공부는 내가 감당하기에는 너무 큰 짐이 되었다. 나는 너트에게 나보다 더 큰 책임이 있다며, 심한 말들을 해대기 시작했다! 그때 너트는 얼마나 창백하고 불행하게 보였는지!

우리는 몰래 낙태 수술을 하는 어떤 의사를 알게 되었다. 두렵기는 너트도 마찬가지였지만 어쩔 수 없다는 절망적인 기분으로 그곳에 갔다. 불법 수술을 하는 그 집은 샌프란시스코의 널찍하고 점잖은 거리에 있었다. 그 거리에서 남자 의사가 여자에게 불법 수술을 해 주고 많은 돈을 벌고 있었다. 우리는 다른 여자들, 젊었든 늙었든 점잖은 가정주부들, 아내와 어머니로 가득 찬 대기실에서 두 시간 동안 기다렸다. 옷을 잘 차려입은 여자들, 돈이 있는 여자들만 그 수술을 받을 수 있었다. 약 15분마다 한 명씩 불려 나갔다. 여닫는 문으로 여자들이 들어갔다가 나왔다. 나는 가슴이 아팠고, 너트에게 꼭 붙어 있었다. 드디어 내 차례가 되었다. 우리는 황급히 뒷방으로 갔다.

수술이 끝난 뒤, 너트가 나를 부축하여 택시 타는 데로 데리고 가려고 했다. 간호사는 "걸으세요! 그렇지 않으면 사람들이 이 집을 수상하게 생각할 거예요!" 하고 화가 난 목소리로 명령했다. 나는 도저히 걸을 수가 없었다. 택시 타는 곳까지 건너가느라고 나는 초인적으로, 죽을힘을 다해 걸었다. 거기서 택시를 잡지 못해 할 수 없이 전차를 타야만 했다. 얼마나 더 오래 고통을 참을 수 있을지, 한치 앞도 모른 채 전차 계단을 겨우 올라갔다. 식은땀이 이마로 흘러내리자 나는 좌석에 드러누워 너트의 팔을 잡으려고 했다.

"일어나 앉지 못해! 사람들이 당신을 쳐다보고 있어. 사람들이 보는 앞에서 소란을 떨고 싶어?"

너트의 목소리는 가혹하고 화가 나 있었다. 나는 충격을 받고는 똑바로 몸을 일으켜 세웠다. 그러고는 두 눈을 꼭 감고 머리를 창문에 기댔다. 너트는 화가 나 있었다. 너트는 교양을 갖춘 사람이어서 "소란"을 참을 수가 없었던 것이다.

"일어나 앉지 못해!" 하는 소리는 내 머릿속에서 고통과 뒤범벅이 되었다. "일어나 앉지 못해…… 일어나 앉지 못해……" 그 소리는 얼마나 리듬감 있게 울렸던지! 우리 집 아파트까지 끝없이 이어지는 계단을 올라가서 침대에 몸을 던졌다. "일어나 앉지 못해…… 일어나 앉지 못해……" 하는 소리가 맥박과 박자를 맞추며 뜨거운 머리를 지나갔다.

너트는 다시 다정한 사람으로 돌아와 있었다. 그러나 나는 너트를 외면한 채 고개를 벽 쪽으로 돌리고 말했다. 이제 너트의 친절은 내게 아무 소용도 없었다. 나더러 그렇게 일어나 앉으라고 명령을 내린 다음에는.

그것이 우리 관계의 끝이었다. 너트에게 그렇게나 잔인하게 굴었던 내가, 너트가 단 한 번 내게 저지른 잔인한 짓을 용서할 수 없었던 것이다. 너트의 말은 남편이 부인에게 하는 명령이었다. 나는 어떤 남자에게라도 소유당하지 않을 것이고, 명령을 받지도 않을 것이다. 당시 너트가 아주 흥분한 상태였다는 점도 내게는 고쳐 생각할 이유가 되지 못했다.

나는 전에 근무하던 학교로 돌아갔고 너트는 캘리포니아 대학에 그냥 남아 있었다. 우리는 서로 격의 없는 편지를 주고받으면서 이혼에 합의했다. 너트가 다시 결혼할 경우를 생각해서 파탄에 이른 책임을 나한테 두고 이혼 수속을 밟는 편이 낫겠다고 나는 말했다. 이제 내가 상처를 입힐 사람은 아무도 없을 것이며, 나는 앞으로 다시는 결혼하지 않을 테니까 그러라고 했다. 내 편지는 계속되었다.

"내 잘못을 순순히 받아들이겠어요. 비난받아야 할 사람은 나예요. 나는 결혼하고 싶지 않았어요. 결혼은 너무 끔찍해요. 나는 결혼하지 말았어야 했어요. 내 잘못이에요. 당신은 나를 사랑했는데 나는 사랑에 무슨 의미가 있는지 모르고 있으니까요. 내 이름을 다시 찾고 싶을 뿐이에요."

나를 사랑한 너트는 이런 절차에 반대했지만 내가 남편을 버린 것으로, 이혼 수속을 진행시켰다. 나는 너트 가족의 결혼 선물이었던 은 제품을 돌려주었다. 2주일이 지난 후 나는 너트에게서 받은 편지 중 가장 자상한 편지를 받았다.

"이제 이혼하여 당신은 다시 마리 로저스가 되었소. 여기 앉아 내 주위로 떨어지는 붉고 노란 낙엽을 보노라니 무척 슬플 뿐이오. 나는 당신을 무척이나 소중하게 사랑했소. 당신은 내 첫사랑이었고, 또 마지막 사랑일 거라고 나는 생각하오. 우리 결혼은 실패였소. 어쨌건 아무 쓸데없는 실패였소. 내가 도저히 이해할 수 없는 것들이 늘 우리 사이에 있었소. 내가 너무나 무지했던 탓도 있었을 거요. 이제 우리는 친구가 될 수 있고, 언제든 나는 당신을 도울 준비가 되어 있을 것이오. 어려운 일이 있거든 내가 당신을 도울 수 있게 알려 주시오."

나는 그 편지를 더 이상 읽고 싶지 않았다. 나는 그 편지가 내 마음속에서 무언가를 또 일깨워 사랑을 갈구하게 만들지 않도록 편지를 재빨리 죽 훑어 내렸다. 사랑은 여자의 적이었으니까. 나의 사랑이 무엇을 뜻하는지 이제 알았다. 내가 계속 사랑을 갈구하면 모든 것은 끝장이었다. 베아트리체와 조지를 공부시킨다는 계획과도 끝이라는 뜻이었다. 그럴 수는 없어! 나는 너트의 편지에 귀 기울이지 않을 거야!

그때 나의 정신은 내 영혼을 아주 강압적으로 장악하고 있었다. 그리고 남녀 사이의 사랑에 대한 욕구와 남녀 사이의 상냥함을 바라는 마음에 억압과 망각의 휘장을 치기 시작했다. 어딘가에 고독과 불확실함, 슬픔이 있었다. 그러나 나는 머리를 세차게 흔들었다. '그런 것들은 약자들이나 바라는 거야.' 나는 다시 자유로운 사람이 되었고 내 이름은 이제 마리 로저스였다. 이 세상이 내 고향이고, 바람이 내 친구였다.

힌두인 한 명이 자기 나라에 대해 강의하려고 우리 학교에 왔다. 재단 이사로 있는 영국 남자 두 명이 이 강의에 대한 소문을 듣고는 강의를 반대했다. 나는 그 까닭이 궁금했다. 덕분에 처음으로 인도가 영국의 지배하에 있다는 사실을 알게 되었다. 그 인도 사람이 자기 사상을 먼저 교수진과 재단에 발표한 뒤 만족스럽다면 강연을 허용할 거라고 했다.

홀쭉한 얼굴에 진지한 눈, 큰 키에 가무잡잡한 피부색의 나이 든 인도 사람이 왔다. 인도 사람은 중앙 출입구 계단에 서 있는 나를 지나갔다. 남자 주변의 무엇인가가 나를 몹시 슬프게 만들었다. 사람을 피부색으로 판단하는 그런 땅에서 그 사람이 유색인 남자였기 때문이었으리라. 피지배 계층에 속하는 사람이어서 굴욕을 당하고 있어서였을지도.

한 시간 후에 회의실 문이 다시 열렸다. 젊은 선생과 영국 태생의 재단 이사 중 한 명이 나오면서 열띤 논쟁을 벌이고 있었다.

"저 사람은 선동가요!"

재단 이사는 붉으락푸르락 화가 나서 흥분한 얼굴로 소리 지르고 있었다.

"그 사람은 자기 나라의 독립을 변호하고 있을 뿐이오. 우리도 우리나라를 위해서 똑같은 일을 하지요. 우리 역시 나라를 위해 싸우고 스스로를 애국자라고 부르잖소!"

젊은 선생은 대꾸했다.

"그 사람은 반역자요! 반역자란 말이오!"

"반역자라고요! 누구한테 반역자죠? 영국민에게요? 그러나 자기 민족에게는 반역자가 아니지요!"

선생은 놀란 얼굴로 받아쳤다.

그렇다! 그 인도인은 자기 나라의 자유를 변호했다! 그렇다면 그 사람이 옳은 게 틀림없다. 문이 다시 열리더니 인도인이 혼자 걸어 나왔다. 다른 강연 때와는 달리 어느 누구도 그를 따라 나오지 않았고, 악수를 청하는 사람도 없었다. 재단 이사들이 무언의 힘을 휘두르고 있었기 때문이다. 그 사람의 표정이 하도 특이해서 다시금 나는 어떤 슬픔을 느꼈다. 그 사람은 나를 지나 계단을 내려갔다. 나는 그 사람을 그림자처럼 뒤따랐다. '내가 말을 걸면 그 사람이 오해할지도 몰라. 지금은 아직 계단 아래에 있지만 금방 사라지고 말겠지.' 나는 날쌔게 그 사람 옆으로 갔다.

"사람들이 선생님 강연장에 들여보내 주지 않았어요. 그러나 어떤 선생님이 말씀하길, 당신 나라의 자유를 위한 연설이었다고 하더군요. 선생님 강연을 듣지 못해 유감입니다."

그 사람이 보기에 나는 미국인 중 하나이며, 다소 엉뚱하고 이상한 아가씨일 뿐이라는 사실을 깨달았다. 그 사람은 짤막하고 형식적인 대답을 했다. 그 목소리에 깃든 열망이 느껴져 나는 놀랐다.

"이름과 주소를 가르쳐 주시오. 흥미로운 읽을거리를 보내 주겠소."

이름과 주소를 적고 있는 사이 계단을 내려오던 발자국이 우리 쪽으로 다가오는 소리를 들었다. 나는 몸을 돌려 영국 태생의 이사를 보았다. 이사는 우리 둘 다를 쳐다보고 내가 인도인에게 적어 주고 있던 주소를 흘낏 보더니 인사도 하지 않고 그냥 지나갔다.

우리 대학 총장은 아주 분명하고 위엄 있는 얼굴을 하고 있었다.

"당신도 물론 잘 이해하고 있겠지요. 당신이 더 이상 이 학교에 머물 수 없다는 사실을 말이오. 당신의 사상, 태도, 행동이 여기 있는 젊은 남녀 학생들에게는 적절하지 않아요. 다른 직장을 찾아보도록 해요. 빠르면 빠를수록 좋겠소!"

여학생 담당 학장(Dean of Women, 1910년대만 해도 남녀 구분이 엄격하고 여학생은 소수라서 따로 담당하는 학장이 있었다. 옮긴이)이 자신의 타고난 상냥함이 허용하는 한 엄한 표정을 지으려고 애쓰면서 옆에 서 있었다.

"제발 여동생을 위해서라도 다른 데로 가는 게 최선일 거예요. 기분 나쁘게 생각하지 말고요. 그러나 당신이 동생에게 나쁜 영향을 미치고 있다는 건 분명해요."

많은 일이 잘못되어 가고 있다는 걸 깨달았다. 학교 사람 가운데, 내가 사회주의자로서 시내에서 남자들과 함께 있는 것을 보았다는 사람들이 있었다. 게다가 좋지 않은 책을, 예컨대 엘렌 케이Ellen Key의 『사랑과 결혼*Love and Marrage*』같은 것들을 다른 여학생이 읽도록 했다는 것이다.

"이봐요. 당신이 정말로 사회주의 운동을 공부한다면 사회주의자들이 자유연애를 믿고 있다는 사실도 모르진 않겠죠?"

여학생 학장이 간청하는 목소리로 말했다.

"사회주의자들이 자유연애를 믿고 있을지도 모르지요. 그러나 공화당 사람들과 민주당 사람들은 자유연애를 실천하고 있지요!"

나는 잽싸게 되받아쳤다. 이런 대답은 시내에서 배운 것이었다!

"그만 됐어요!"

공화당원이었던 총장이 끼어들었다.

나는 그 자리를 나와 자포자기 상태에서 울었다. 내가 무슨 잘못을 했는지 알 수가 없었다. 사랑하는 동생에게 내가 나쁜 영향을 미치고 있었다니! 그렇지만 베아트리체도 나를 비난하고 있었지. 동생은 침묵으로 나를 비난했다. 별 문제 아닐 거야! 다른 곳에서는, 좀 더 낫겠지.

천천히 기차가 덴버역 플랫폼으로 들어와 멈추었다. 나는 기차에서 내렸다. 검은 모피 외투에 모자를 쓴 가냘픈 몸매의 헬렌 이모가 내게 다가왔다. 화장을 한 이모 뺨에다 입을 맞추며, 나는 이모의 새소리 같은 웃음소리와 놀리는 목소리를 들었다. 우리의 해후를 누군가가 뒤에서 지켜보며 서 있었다. 그 여자의 얼굴이나 눈, 입과 피부색, 모자 밑으로 흐르는 머리카락, 게다가 키 역시 나만 한 게 나 자신과 착각할 정도여서 깜짝 놀라 뚫어지게 쳐다보았다! 그 여자가 이쪽으로 걸어오는데, 세상에, 걸음걸이마저 나와 똑같았다! 또 한 명의 내가 플랫폼에서 일어나 나온 것 같았다. 나와 다른 점은, 그 여자는 옷을 잘 차려입었으며 뺨과 입술에 화장을 했다는 점이다.

나와 동갑내기 사촌이자 아주머니뻘 되는 밀드레드를 못 본 지 거의 15년이 다 되어 갔다. 15년 전 밀드레드는 버릇이 고약한, 별로 질이 좋지 않은 소녀였다. 우리는 신기해하며 서로를 바라보았다. 그러나 어린 시절과 마찬가지로 여전히 서로를 달가워하지는 않았다. 밀드레드의 목소리는 쉬어 있었다. 밀드레드의 어떤 점인가가, 나로 하여금 자꾸만 변명거리를 찾게 했다. 밀드레드는 턱을 약간 도전적으로 추켜올리고 있었다.

우리는 이모와 밀드레드가 함께 살고 있는 집에 당도했다. 헬렌 이모는 자기 방에 내가 쓸 간이침대를 갖다 놓았다. 한쪽 벽에는 다정한 모습의 남녀와 날개 달린 천사를 그린 감상적인 그림이, 다른 쪽 벽에는 나무 조각품이 걸려 있었다. 이모의 화장대 위에는 조각하여 색칠해 놓은 상자들이 놓여 있었다. 손으로 만든 상자 중에 어떤 것은 조각이 엉망이었고 어떤 것은 아주 멋지고 정교했다.

내가 나무 조각품을 살펴보자 이모는 내 뒤에서 약간 수줍어하며 말했다.

"내가 만들었어."

"이모가?"

"그래. 어떤 목수한테 배웠단다. 외로울 때 소일거리지 뭐! 이 의자도 사서 조각한 거고, 저 침대 틀도 조각한 거야!"

나는 이모가 만들었다는 의자와 침대 디자인을 손가락으로 더듬으며 이리저리 살펴보았다. 그런 다음 몸을 돌려 이모를 바라보았다. 지난번보다 많이 늙어서 공들여 한 화장기가 역력했다. 화장을 했는데도 이마와 눈과 입 주위의 주름살은 숨기지 못했다. 창문 밑에 놓여 있던 상자에서 다른 나무 조각품을 끄집어내는 이모는 새처럼 수줍어했다.

"봐서 알겠지만 그리 훌륭한 건 아냐!"

이모가 말했다.

"놀라워요! 글쎄, 베아트리체가 만든 것만큼이나 멋져요. 이모는 세밀하게 조각하는 반면 베아트리체는 큼직하게 만든다는 차이는 있지만요."

이모의 얼굴은 이제 자연스럽게 홍조를 띠었다.

"그래, 사실은 나도 꽤 멋지다고 생각하거든. 그러나 네가 좋아하리라고는 생각 안 했지!"

"이거 말고 또 있어요?"

"응, 있어. 아주 멋지지는 않아."

"아니에요, 멋져요! 왜 그런 말을 해요?"

"오늘은 네가 온다고 해서 작업을 안 하는 거야."

이모는 예전에 능숙하게 셔츠 다리는 기계를 다루던 세탁소 시절의 자부심이 되살아난 것처럼 보였다. 이모는 계속 설명했다.

"나는 약 백 명쯤 되는 아가씨들과 함께 공장에서 일해. (이모는 아직도 자신을 아가씨라고 불렀다.) 대학에서 필요로 하는 페넌트(pennant, 가늘고 긴 세모꼴의 깃발. 옮긴이)를 만드는 공장이야. 밀드레드와 나, 둘 다 거기서 일해. 이 집에는 그 공장에서 일하는 아가씨들이 몇 명 살아."

이모는 오후에 내게 공장 구경을 시켜 준다고 데리고 나갔다. 아가씨들이 죽열을 지어 앉아서 대학생들이 방을 장식하는 데 쓰는 페넌트를 만드느라고 재봉틀을 밟고 있었다. 헬렌 이모가 제일 높은 주급을 받았는데 일주일에 7달러였다. 그런 다음 우리는 '아가씨들'이 사는 이모 집으로 돌아왔다. 나는 이해할 수 있을 것 같았다. 이모는 늙어 가고 있었고, 남자들은 젊은 여자를 좋아하니까. 이모는 공장 일을 하고 있어서, 그동안 모아 놓은 얼마 안 되는 돈을 손대지 않고 그럭저럭 지낼 수 있었다. 이모 주변에 '친구들'이 하나도 없을 때가 언제고 올 테니 그렇게 지냈다.

밀드레드는 더 젊고, 더 성공적인 삶을 살았다. 밀드레드는 버는 족족 아무렇게나 옷 사는 데 다 써 버렸다. 남자들이란 밀드레드에게 돈을 갖다 주는 지갑일 뿐, 아무 의미도 없었다. 이모 집 복도 아래쪽에 사는 몇 사람은 이모처럼 미래가 불확실한, 나이 든 여자들이었다. 밀드레드처럼 거칠고 상스러운 여자도 몇 명 있었는데, 이들은 인생을 사물로 된 물질로 보고 기회가 있을 때 움켜잡아야 한다고만 생각했다.

이모와 함께 지낸 여러 날 동안, 이모를 보러 온 남자는 하나도 없었다. 어쩌면 이모가 나를 생각해서 잠시 쉬는 중이었는지도 모른다. 어느 날 밤 이모와 나는 잠을 이루지 못하고 각자 자기 침대에 몇 시간째 누워 있었다. 언제나처럼 바깥문이 열렸다 닫힌 뒤, 몇 시간 동안 그대로였다. 계단을 오르는 발자국 소리가 들렸고 잠시 우리 집 복도에서 멈추었다가 계속 지나갔다. 남자들의 목소리가 여기저기서 울렸고 가끔 여자들의 웃음소리도 들렸다. 묵직한 발걸음이 계단을 내려갔고 바깥문이 열리더니 다시 닫혔다. 도시의 점잖은 남자들이 이제 부인과 딸들, 여동생들과 어머니에게로 돌아가고 있는 중이었다.

헬렌 이모와 나는 침대에 누워 어둠을 휘저으며 이야기를 나누었다.

"이모, 나는 이런 생활은 참을 수가 없어요. 이모가 이 생활을 어떻게 견디는지, 도무지 알 수가 없어요."

내가 말했다.

"가진 게 없는 거지들이 뭘 선택하며 살 순 없으니까……. 그럼 내가 달리 무슨 일을 할 수 있을지 말 좀 해 보렴."

이모가 덧붙였다. 이모에게 해 줄 말이 없었다. 얼마 후 이모가 다시 물었다.

"너는 왜 뉴욕에 가려고 하니?"

"베아트리체와 내가 먹고 살 일자리도 얻고, 대학에서 공부도 하려고요. 뉴욕에 사는 친구가 하나 있는데, 낮에는 일하고 밤에는 대학에 다닐 수 있다고 해요."

"대학에 다닐 거라고? 너 아직도 공부가 끝나지 않은 거니?"

"네. 역사, 문학, 경제학……, 아무튼 배우고 싶은 게 많아요. 글 쓰는 법도 그렇고요."

"난 네가 공부를 다 끝내서 그런 것 정도는 다 잘 알게 된 줄 알았는데."

"아니에요. 배울수록 배울 게 더 많이 생겨요. 새 책을 읽을 때마다 내가 아는 게 참 없다는 걸 깨닫게 되거든요."

이모는 잠시 아무 말도 하지 않았다.

"이 세상 책을 모조리 다 읽을 수 있는 사람은 없을 거라고 난 생각하는데, 안 그러니? 어떻든 네 말대로 많이 안다는 것은 참 멋진 일일 거라는 생각은 드는구나."

잠시 후 이모가 계속 말했다.

"그러면 너는 앞으로 돈을 많이 벌겠구나."

"모르겠어요. 많이 벌지는 못할 거예요. 돈을 많이 버는 방법을 잘 모르는 것 같기도 하고요."

"그렇다면 공부를 더 많이 하는 게 무슨 소용이람?"

"더 많은 것들을 배우고 싶으니까요."

다시 침묵이 흘렀다. 우리 둘 다 어둠 속을 응시하면서 누워 있었다. 그때 이모의 말소리가 어두운 방 안을 울렸다.

"너, 한 번 결혼했지?"

"네."

"왜 부자와 결혼하지 않았니? 교육도 받았는데."

나는 이 질문에 대해 천천히 생각하면서 말했다.

"제가 아는 사람 중에는 부자가 없어요. 아니, 부자를 안다고 하더라도 그 남자와 결혼할 수 있었을지는 모르겠어요. 어쨌건 제가 했던 그 한 번의 결혼에 유감이 참 많아요. 이제 더 이상 남자와 관계를 맺는 걸 원하지 않아요. 부자건 가난한 사람이건, 제게는 마찬가지인걸요."

내 말을 들은 이모는 감정을 상하게 하지 않으려는 듯 머뭇거리며 말했다.

"그러나 마리야, 네가 아주 아주 교육을 많이 받게 되면 부자와 결혼하게 될지도 몰라. 네 몸을 아낄 필요가 뭐 있니? 너도 언젠가는 늙을 텐데."

"이모! 저는 몸을 아끼고 있는 게 아니에요. 아무튼 저는 어떤 남자건, 남자를 위해 몸을 아끼고 있는 건 아니란 말이에요. 내가 부자가 된다면 그건 남자 때문이 아니라 내가 번 돈 때문이어야 해요."

그런 말을 하고 나서 나는 부끄러움을 느꼈다. 저쪽에 누워 있는 이모는 내가 이모를 비난하고 있다고 생각했을지도 모른다. 무척이나 다정하고 친절한 이모는 여섯 달 동안이나 내가 학교에 다닐 수 있도록 해 주었다. 우리 방은 어둠으로 가라앉아 있었으며 도시 밖은 윙윙거리고 있었다.

"그런 뜻으로 한 말은 아니었어요, 이모. 그러나 내가 많은 걸 배운다면 나 혼자 힘으로 많은 돈을 벌 수 있을 거라고 생각하는 건 사실이에요."

"그래, 그건 멋진 일일 거야."

나는 불안하게 몸을 뒤척였다. 덜컹, 여닫는 문소리와 지나가는 발걸음 소리가 사이사이 들려오는 밤은, 끔찍했다. 바깥의 도시는 점점 침묵 속으로 가라앉고 있었다. 나는 이 짧은 인생의 흉한 얼굴 앞에서 비참함을 느꼈다. 그렇게 쓸데없는 고통을…… 아주 쓸모없는, 너무나 쓸모가 없는.

이모가 말을 시작하는 바람에 나는 생각을 멈추었다. 이모는 무슨 은밀한 이야기라도 있는 사람처럼 말했다.

"봐, 마리야, 난 새로운 일을 배우고 있단다. 공장 일이 넌덜머리나서……. 난 예전처럼 강하지는 않으니까. 그래서 주사위 던지는 법을 배우고 있단다. 그걸 배우는 데는 시간이 많이 걸린대. 하지만 참 재미있어. 좀 배우고 나면 담배 가게에서 일자리를 얻을 거야. 담배를 타 가려고 남자들이 들어와서 주사위를 어떻게 흔드는지 너 알고 있니? 그렇지, 거기서 좋은 일자리를 얻을 수 있다면 힘은 별로 들지 않을 거야. 게다가 멋진 남자들도 만나고."

나는 머리를 담요로 덮어 버렸다. 이모의 힘없는 목소리가 더 이상 들리지 않을 때 담요를 다시 걷어 내고는 창문으로 보이는 둥근 하늘에 높이 솟아올라 반짝이는 별을 바라보며 누워 있었다. 무엇이 좋고 무엇이 나쁘다는 생각은 들지 않았다. 그저 만물이 거기 존재하고 있을 뿐이었다. 모든 것이 그저 참아 내야 할 것들인 셈이다. 나는 어느덧 깊은 잠 속으로 떨어졌다. 내가 여태껏 봐 온 것 가운데 그 어떤 것보다도 밝은 빛에 둘러싸인 커다란 이모가 희미하게 꿈속에서 나를 따라다녔다. 잠을 깨고 나서도 몇 시간이나 꿈의 잔상이 남아 있었다. 나는 제 길을 변함없이 가고 있는 별들을 쳐다보며 누워 있었다.

청교도적으로 근엄한 덴버 시를 떠나는 날, 이모는 나를 배웅하러 나와 주었다. 내 뺨에 입을 맞추는 이모의 눈에는 눈물이 잔뜩 고여 있었고, 무언가 간청하는 듯한 표정이었다. 이모가 미처 표현할 수 없는 무언가가 있었다. 내 기분은 한없이 가라앉아 나를 떠날 줄 모르고 붙어 다녔다. 이모를 두고 멀리 떠난다는 것이 마치 이모를 배반하는 것처럼 느껴졌다. 내가 이모 곁에 남는다 해도 할 수 있는 일은 아무것도 없었다. 어머니 곁을 떠나는 것만 같았다. 떠나는 것 말고 내가 더 무엇을 할 수 있을까. 베아트리체, 조지, 그리고 시간이 나를 바짝 쫓아오고 있었다. 불쌍한 이모, 더 나중이라면 몰라도 지금 당장은 내가 해 드릴 수 있는 것은 아무것도 없었다. 시간이 더 흘러 이모가 늙은 노인이 될 때면 몰라도.

한 가지 생각이 불현듯 떠올랐다. 곧바로 뉴욕으로 가지 말고, 한 번도 만나 본 적이 없는 로버트 햄튼을 만나러 남쪽으로 가 보자는 것이다. 로버트 햄튼은 여러 해 동안 자신의 낡은 고등학교 교과서를 보내 주었고, 내가 공부할 수 있도록 해 주었으며, 후에는 입학시험에 합격해 대학에 들어갈 수 있도록 해 준 장본인이었다. 로버트는 편지로 내가 공부할 수 있도록 격려했고, 로버트의 사진은 내 책상 위에 여러 해 동안 걸려 있었다. 로버트가 보내 준 헌 책들은 지금도 나에게는 보물이었다.

로버트와 소식이 끊긴 지 2년이 넘었다. 몇 년 전부터 로버트의 편지가 제때 오지 않았으며, 흥미를 돋우기는커녕 지루하기까지 했다. 아버지가 돌아가시자 로버트는 다니던 고등학교를 중도에 포기하고 남부의 작은 도시에서 일을 해야 했다. 로버트가 월급을 받아 어머니와 미혼의 여동생을 부양하는 데 쓴다는 것을 알고 있었지만, 무슨 일을 하는지는 몰랐다. 그저 중요한 일을 하고 있을 거라고만 생각했다.

로버트는 내 마음속에서, 여전히 저 멀리 있는 영웅이었다. 대개의 영웅들이 그렇듯 로버트는 나에게, 웃을 일이 있더라도 엄숙하게 미소 짓는, 키가 크고 거무스레한 사람이었다. 경박하게 떠들어 대는 사람들 속에서도 조용하고 엄격한, 학식 있는 남자였다. 내가 로버트를 만난다면, 로버트는 높은 자리에 고상하게 앉아서 나를 내려다볼 것이라 믿었다. 그리고 먼저 말을 하지 않고 내가 말을 걸기를 기다릴 남자였다! 상상 속의 로버트는 아주 근엄하고 지혜로워서 나와 자리를 같이하는 겸손함도 보여 줄 것이며, 혀가 굳어 버린 것 같은 나의 침묵도 이해하고, 당황하여 지껄이는 내 말도 잘 이해할 남자였다!

너트와 결혼했을 때는 마치 이 남자를 배반한 것 같은 기분을 느꼈다. 저 남쪽 도시에 전보를 보내고 시카고에서 회답을 기다리고 있는 내가 건방지게 느껴질 정도였다. 그러나 막상 회답이 왔을 때 나는 가방을 꾸려서 바로 출발할 준비를 했다. 기차가 자그마한 역사로 굴러 들어온 것은 밤 아홉 시였다. 몇몇 여행자들이 기차에서 내릴 준비를 했다. 나는 다른 사람들이 모두 다 내릴 때까지 기다렸다. 그리고 나서도 침착하려고 노력하면서 망설였다. 그런 다음 천천히 계단을 내려서서 주위를 둘러보며 서 있었다. 아무도 보이지 않았다. 멀리 작은 남자 한 사람이 보일 뿐이었다. 검은 중절모를 쓰고, 금방이라도 구부러진 어깨 아래로 흘러내릴 것 같은 소매 긴 외투를 입은 작은 남자뿐이었다.

'로버트 햄톤은 기차 시간을 제대로 맞춰 나오지 못했나 보군. 내가 로버트에

게 더 이상 무엇을 기대한단 말인가! 로버트는 무척 바쁠 거야.'

그렇게 생각하는 것이 마음을 편안하게 해 주었다.

멀리 서 있던 그 작은 남자는 밤에 작은 기차역에 내리는 여자를 기다리는 사람처럼, 나를 쳐다보았다. 로버트는 부자연스럽게 웃었다. 나는 가방을 집어 들고 부리나케 로버트를 지나쳐 갔다. 작은 남자의 낡고 검은색 외투 자락에 단추 하나가 실에 매달려 바람에 휘날리는 것을 보았다. 남자의 외투에는 먼지가 앉은 기름얼룩이 두 개 있었는데, 가스 불빛에 선명하게 보였다. 남자는 내 가방을 들어 주려는 듯 내가 지나가는 앞 쪽으로 따라왔다. 나는 그 남자를 보지 못한 것처럼 서둘러 걸어갔다. 그때 남자가 나를 불렀다.

"마리 로저스 양!"

나는 몸을 돌려 쳐다보았다. 남자가 다가왔고, 나는 불빛 아래 반짝이는 그 작은 남자의 얼굴을 내려다보았다. 남자의 머리 꼭대기가 가까스로 내 어깨까지밖에 오지 않았다. 큰 중산모는 로버트의 귀까지 내려와 있었다. 로버트는 씩씩하게 모자를 벗었다.

"자, 마리! 나를 모르겠소? 나는 당신을 어느 곳에서건 금방 알아보겠는데요! 당신은 사진과 꼭 같구려. 키는 좀 더 크고. 하지만 그것은 중요하지 않아요! 나를 못 알아보겠소?"

내 얼굴을 들여다보는 로버트의 얼굴은 나를 놀라게 해 준 데 대한 긍지와 기쁨으로 가득 차 있었다.

"알아, 아, 보겠는데요……. 당신을 금방 알아볼 거라고 생각했어요!"

"어서 가요, 내가 훌륭한 호텔을 잡아 주겠소. 얼마나 오래 머물 건가요?"

"금방 떠날 거예요. 되도록 빨리 뉴욕에 가야 하거든요. 다음 기차를 타려고 하는데, 기차 시간을 확인하는 곳이 어디죠?"

기차표 판매원이 자정을 조금 지나면 다음 기차가 떠난다고 말해 주자 로버트는 몹시 실망한 표정을 지었다. 로버트는 나를 식당으로 데리고 가겠다고 말했다. 우리는 터벅터벅 진창길을 걸었다. 로버트와 함께 걷기 위해서는 보폭을 좁게 해야 했다. 로버트가 가늘지만 열렬한 목소리로 열을 내며 지껄이는 동안 로버트의 중절모가 가끔 내 어깨를 스쳤다. 로버트가 날마다 식사를 하는 괜찮은 식당이 있다며, 그곳으로 나를 데리고 갔다. 나는 기뻤다.

'아마 은과 수정으로 장식된 멋진 식탁에, 하얀 천이 깔려 있을 거야. 어디서 내가 그런 식탁을 보았더라? 맞아, 옛날에 로버트 이름과 주소를 찾아낸 그 싸구려 잡지에서였어. 잡지에 나오는 남자들은 저녁에 입는 검은색 양복 차림에 네모진 턱을 한 잘생긴 사람들이었어. 여자들은 가슴이 푹 파인 드레스를 입고 있었지. 우리가 이야기를 나눌 수 있을 만한 그런 곳으로 갈 거야. 아무튼 로버트는 매우 학식 있는 남자니까. 로버트의 키가 내 어깨쯤밖에 닿지 않고 목청이 높고 가늘다고 해서 왜 기분이 나빠져야 하는 걸까? 남자를 그런 기준으로 판단해서는 안 돼. 나폴레옹도 몸집이 큰 사람은 아니었잖아!'

로버트와 나는 좁은 도로를 내려갔다. 로버트는 자기가 점심을 먹는 식당이라며 앞장서 들어갔다. 식당 벽에는 의자들이 일렬로 놓여 있었다. 식당 한가운데에는 대리석으로 마감을 한, 크고 둥근 식탁이 있었다. 그리고 남자들은 식탁 주위에 선 채로 식사를 하고 있었다. 우리는 푸른색과 흰색 타일로 된 마루를 지나서 음식이 놓여 있는 기다란 식탁으로 갔다. 로버트는 쟁반 하나를 집더니 나더러도 집으라고 했다. 우리는 죽 걸으며 원하는 음식을 골랐다. 나는 먹고 싶은 생각도 없었고, 얼떨떨하기만 했다. 로버트는 자기가 내 쟁반에 음식을 채워 줘야 한다고 느꼈던 모양이다. 로버트는 내게 말했다.

"자, 이제 먹어요! 내가 당신을 초대했고, 돈은 내가 낼 테니 아무 걱정 말고!"

그 말을 하는 로버트의 목소리는 의기양양했다. 우리는 의자에 앉은 뒤 의자의 큰 팔걸이에 쟁반을 놓았다. 식당 안의 남자들은 모두 모자를 쓰고 식사를 했다. 그러나 로버트는 나한테 경의를 표하느라 모자를 벗었다. 우리가 어떤 이야기를 했는지 기억이 나지 않는다. 로버트는 가느다란 목소리로 자꾸만 무언가 이야기를 했다. 로버트는 내가 입을 다물고 있는 것이 신경 쓰이는 눈치였다. 로버트가 상처를 입을 것 같아, 이야기가 무척 재미있지만 피곤하다고 말해 주었다.

나는 내 말이 진정임을 확신시키느라고 "당신 생활에 관해 이야기해 주세요." 하고 청했다.

로버트는 식당 뒤편에 있는 YMCA 건물의 꼭대기 층에 산다고 말했다. 그곳은 훌륭하고 값도 싸며 사람을 사람답게 취급해 주는 곳이라고 했다. 아버지가 돌아가신 후 로버트는 큰 식료품점에서 장부 일을 봐 주며 이 도시에서 살았다. 식료품점 주인은 로버트가 없었으면 자기가 어떻게 가게를 꾸려 나갔을지 난감했단다. 다른 점원들이 일을 제대로 처리하지 못했을 때 마침 주인이 로버트를 불렀고, 로버트가 그 일을 잘 해냈다고 했다. 꼭 이렇게! 로버트는 자신이 얼마나 잽싸게 일을 처리하는지 나한테 보여 주려고 자기 손가락을 움켜잡았다.

'아니, 이건 아니야. 극장 하나도 없는 이런 도시에서, 이런 모습이라니. 하긴 로버트가 극장 같은 것을 어떻게 생각했는지도 잘 모르겠어.'

장로교 교회의 지하실에서 한 달에 두 번 교회 친목회가 있었다고 했다. 교회에 나오는 여자들은 훌륭했는데 그중 나이 든 축에 속하는 여자들이 로버트를 좋아했다. 여자들은 제대로 된 부류의 남자들을 잘 알아보았다! 그래, 로버트는 독서를 많이 하는 편이었으니까! 허튼소리라곤 없고 생생하고 괜찮은 이야기를 전달해 주는 훌륭하고 깨끗한 신문, 『새터데이 이브닝 포스트』 같은 신문을 읽는 남자였던 것이다! 이 이야기들을 내가 읽어 본 적이 있었던가? 내가 『포스트』지에 실리는 광고 하나당 비용이 얼마인지 알았던가? 이 신문 독자가 몇 백만 명이나 되는지 나는 알고 있었던가? 아니, 나는 하나도 몰랐다. 중요한 것은 로버트가 사람들이 많이 읽고 비싼 광고료를 지불해야 하는 그런 잡지의 독자라는 점을 자랑스럽게 생각하고 있다는, 바로 그 점이었다.

로버트는 내게 여러 가지를 물었다. 내가 기독교 신자가 아니라고 하자, 갑자기 로버트의 목소리는 침울해졌다.

"왜 내가 기독교 신자가 되어야 하나요, 왜?"

로버트는 여태 살아오면서 이런 질문은 들어 본 적이 없었다! 내가 기도를 드리지 않는다는 사실은 로버트의 마음을 찢어 놓았다.

"기도하라고요? 무엇을 위해서요? 내가 기도를 했더라면 어머니나 남동생을 구할 수 있었나요? 아버지의 술을 끊게 하고 이모를 매춘업에서 구할 수 있었을까요?"

나는 물었다. 로버트는 얼굴을 돌려 버렸다. 매춘 운운하면서 내가 이모까지 들먹였기 때문이다! 나는 계속 말했다.

"기도하라고요! 내가 무엇 때문에 기도를 해야 하죠? 나 자신의 안식을 위해서? 내가 왜 안식을 누려야 하는 거죠? 세상이 왜 안식을 얻어야 하는 거죠? 왜 당신은 안식을 얻으려고 하는 거죠? 나는 오늘의 안식에는 관심이 없어요. 사정이 달라지기 전까지는요!"

"하나님을 믿고 기도하면 변화가 있을 거요."

"사람들은 늘 하나님께 기도하고 믿어 왔어요. 그런데 우리가 지금 어떻게 살고 있는지 한번 보라고요!"

"마리, 당신이 사회주의를 믿지 않기를 바라오. 너무 심한 말을 하고 있어요."

"나는 사회주의자예요. 아니, 사회주의자였어요. 이제 〈세계산업노동자동맹〉에 가입할 생각이에요. 그 단체 회원 몇몇을 시카고에서 이미 만났고, 그전에는 캘리포니아에서 몇 사람을 만났어요. 그 사람들은 자신이 믿는 바를 내게 말해 주었어요."

"그 사람들이 부랑자들이라는 말을 당신한테 하지 않던가요? 〈세계산업노동자동맹〉이라는 말은 '나는 일을 하지 않겠다'는 뜻이오. 그 사람들은 틀림없이 그런 말은 당신한테 하지 않았을 거요."

"그래요. 그런 뜻이라면 부자들이 그 단체에 가입해야겠는데요? 부자들은 일을 하지 않으니까요."

로버트는 다음 말을 하면서 얼굴을 돌려 버렸다.

"사회주의와 〈세계산업노동자동맹〉은 가정과 여성의 순결을 파괴할 거요."

"이보세요. 그건 우리 가정도, 내 이모의 '순결'도 파괴시키지 않았어요. 그래도 우리 가정이나 이모의 순결은 파괴되고 말았어요. 자, 누가 그 짓을 했는지

나한테 말해 줄래요?"

나는 로버트의 뒤통수에다 대고 계속 말을 했다.

"도대체 순결이라는 게 뭐죠? 그게 알고 싶어요! 순결이라는 것은 남자와 함께 살지 않는 것을 의미하죠. 그렇다면 모든 기혼 여성들은 몽땅 다 순결하지 않은 거예요? 이 말은 당신한테 꼭 해야겠어요. 난 내가 순결한가, 그렇지 않은가를 어떤 남자라도 절대로 마음대로 판단하도록 내버려 두지 않을 거예요! 당신이 말하는 그런 순결에는 아무 의미도 없다고요."

"당신은 순결하지 않기를 바란다는 말이오?"

로버트는 비참함으로 일그러진 얼굴을 내 쪽으로 돌리며 말하기 시작했다.

"어떤 남자라도 내 육체를 기준으로 나를 판단하지 못하게 하겠다는 말이에요!"

우리 사이에 침묵이 흘렀다.

"나는 당신은 좀 다른 사람일 거라고 생각했소."

로버트가 잠시 후 말을 잇기 시작했다.

"나와 종류가 다른 아가씨들이 세상에는 많이 있지요."

로버트의 얼굴이 너무나 불행해 보여서 나는 좀 미안한 마음이 들었다. 그래서 거북했지만, 이렇게 말했다.

"미안해요. 당신은 기도하는 것을 좋아할 수 있겠지요. 그러나 저는 그렇지 않아요. 기도가 어느 일에서건 나를 도와주지는 않을 테니까요."

로버트는 내가 변했다는 것을 알아차렸다. 로버트는 다시 말하기 시작했다.

"내가 당신한테 설명해 줄 수 있을 텐데……. 당신이 하루나 이틀쯤 머문다면 정말로 잘 설명해 줄 수 있소. 근처의 강을 따라 함께 걷거나 나무 밑에서라도 이야기를 나눌 수 있을 거요. 나는 내내 그런 일을 생각해 왔지요. 그저 팔짱을 끼고 이야기를 나누는 것 말이오. 아무리 생각해도, 그걸 함께 나눌 사람이 이곳에는 없어요. 또 당신은 좀 다를 거라고 생각했소. 내가 당신을 비난하려고 한 말이 아니라는 걸 이해해 주구려."

자정이 지났으나 로버트는 쉬지 않고 이야기했다. 로버트의 희망은 기독교에 있었다. 한 인간의 영혼을 구하기에는 너무 짧은 시간이었지만 로버트는 내게 최선을 다했다. 로버트는 기차가 플랫폼에 들어오는 순간까지 계속 이야기했다. 로버트는 내 가방을 기차 승강 계단 위로 올려 주었다. 내가 작별 인사를 하려고 로버트 쪽으로 몸을 돌렸을 때였다.

"마리, 당신은 아마 대학에서 공부하게 되겠지요. 내게 다 읽은 당신 헌책들을 좀 보내 주겠소? 읽고 세상 돌아가는 형편에 맞추어 나갈 수 있도록 말이오. 여기 있다간 어떤 친구라도 진흙탕에 빠져 꼼짝 못 해요. 당신한테 더 이상 필요 없게 된 책을 보낸다면 비용도 들지 않을 테고……"

기차가 굴러가자 나는 층계를 비틀거리며 올라갔다. 내 헌책들이라니! 나는 뒤돌아보았다. 로버트는 가스 불빛 아래 서 있었다. 로버트의 초라한 외투는 어깨를 미끄러져 내려올 것 같았다. 실오라기 하나에 의지해 느슨하게 매달려 있던 단추 하나가 바람이 불자 빙글빙글 돌았다.

뉴욕은 새롭고 이상한 세계였다. 거대하고 비인간적이며 무자비한 도시였다. 카린이 그랜드센트럴역에 나를 마중 나온 날 밤부터 나는 뉴욕이 무정하다는 것을 느낄 수 있었다. 가로등 불빛이 거울에 비치듯 도로에 반짝였다. 거리를 훑어보다가 거리 양편에서 솟아 나온 건물들을 바라보았다. 도시를 조금이라도 부드럽게 보이게 할 초록색이라곤 조금도 없는 돌 건물들이었다. 잿빛에다 차갑기만한 이런 건물들에는 어떤 사람들이 살고 있을까? 사람들도 건물과 비슷할까? 이런 것들이 궁금했다. 나는 내가 무척 외롭고, 아주 약하며 왜소한 존재라고 느껴졌다. 이러한 느낌은 여러 달 동안 나를 따라다녔다. 언제나 나는 자신의 욕구에 따라 삶을 만들어 나가기를 바라는 인격체이자 개인이었다. 그러나 이곳 뉴욕은 나를 무지하고 초라하며, 대수롭지 않은 존재로 만들어 버렸다. 나는 누구의 관심도 끌지 못하는 수백만 명 가운데 한 명일 뿐이었다. 뉴욕은 나라는 사람이 존재하고 있다는 것조차 몰랐고, 상관도 하지 않았다.

여동생을 먹여 살려야 했고, 나도 먹고 살아야 했기 때문에 나는 바로 일자리를 찾아야만 했다. 카린이 가르쳐 준 대로 신문과 잡지에 실린 '구인란'을 샅샅이 훑었다. 덕분에 그래픽 잡지사에서 속기사 두 명을 구하고 있다는 것을 겨우 알아냈다. 다음날 나는 지원서를 냈고, 시험을 보았다. 그리고 곧 고용되었다. 오전 시간에는 주로 서평 담당 편집장이 불러 주는 기사를 받아썼으며, 오후에는 다른 아가씨 속기사들과 함께 어떤 방에 앉아서 타자를 쳤다. 서평 담당 편집장은 최근에 미국으로 건너온 영국 사람이었다. 편집장은 자유주의자로서, 미국이 '용광로'라는 인상을 깨뜨리는 일을 자신의 소명인 양 자처하는 영국 애국지사였다. 내 짐작인데 영국 국민들은 어느 때고 누구와도, 어느 것과도 섞이는 법이 없었다. 편집장은 영국적인 모든 것을 전도했고, 미국이 세계대전에 참여해야 한다고 끝없이 주장했다. 편집장은 미국적인 것들에 반감을 가지고 있었다. 편집장은 나를 향해서도, 내가 미국인으로 태어났기 때문에 뭔가 잘못을 저지른 사람처럼 느끼게 만들었고, 늘 방어하는 기분이 들게 했다. 편집장을 향한 방어적인 적대감이 마음속에서 자라났으나 일자리를 잃을지도 모른다는 두려움 때문에 아무 말도 하지 못했다. 나는 다른 편집장에게로 일자리를 옮기기를 바랐다. 다른 편집장들은 격의 없고 친절하며 자유로운 정신을 지닌 사람들이었다. 나는 그 사람들에게 친밀감을 느끼고 있었다. 내 고독을 가라앉히려면 사람들에게 먼저 다가가야 한다는 욕구에서 비롯된 친밀감이었다. 복도에서 만난 다른 편집장들의 다정한 인사나 때때로 하는 대화는 그저 지나가는 것이었지만, 내 삶과 사고에 보여 주는 관심 때문에 꾹 참고 내 일을 계속할 수 있었다.

잡지사에서 일한 지 여러 주가 지난 어느 날 나는 용기를 내어 편집장에게 요청했다. 내가 직접 서평 하나를 쓸 수 있도록 허락해 달라고 말이다. 나는 편집장의 손을 통해 다른 사람에게 넘어가는 많은 책을 보았다. 내가 서평을 쓰고 싶다고 한 책은 아메리카인디언을 다루고 있는 책이었다. 얇은 데다 눈에 띄게 중요한 점도 없는 책이어서 편집장은 결국 허락했다. 나는 그 책을 몇 번이고 읽었으며 〈아메리카인디언협회〉의 서기에게 그 책에 대한 내 생각을 써 보냈다. 그러면서 그 책에 반대하는 내 견해가 옳은지 문의하는 편지를 보냈다. 서기는 답장에서 내 견해를 지지해 주었을 뿐 아니라 그 협회의 잡지들을 보내 주면서 워싱턴에 있는 인디언 사무국과는 다른 많은 정보를 내게 주었다. 나는 그 잡지를 통해 알게 된 것과 서기의 견해, 나의 새로운 지식을 서평에 잘 조화시켰다. 그런 뒤에 편집장에게 서평을 보여 주었다. 처음부터 편집장은 내 서평에 반대했다. 편집장은 얼기설기 억지로 꿰어 맞춰서라도, 어떤 제도, 어떤 일을 단지 존재한다는 이유만으로 본능적으로 지지하는 자유주의자였기 때문이다. 편집장은 줄곧 내 생각에 반대만 했다. 내가 서평을 쓰느라 본 잡지와 편지를 보여 준 뒤에야 겨우 서평을 싣겠다고 하더니, 결국 대부분을 삭제하고 실었다.

이 사건은 내 적대감을 더 깊게 했다. 그 일이 있은 후 나는 조금 망설이면서 지금 막 도착한 두 권의 새 책 서평을 누군가 다른 사람이 쓰도록 하는 게 어떻겠느냐고 말했다. 두 책 중 하나는 인도의 민족주의 운동사에 관한 책이었으며, 다른 하나는 지난 2세기 동안 영국이 인도에서 얻은 이익을 다루는 경제학 책이었다. 편집장은 내 제안에 강력하게 반대하더니 이렇게 말했다.

"책 제목만 봐도 아무 가치도 없고 언급할 가치도 없다는 것을 충분히 알겠어."

"저는 고등학교에서 아이들을 가르치는 친구와 함께 살고 있는데, 그 친구는 이 책들이 아주 가치 있다고 말하던데요."

편집장의 거부에 나는 이렇게 답했다.

"제목부터가 과학적이지 않은 책이라는 걸 여실히 드러내는데 뭐."

편집장은 차갑게 대답했다.

"과학적이라고요? 뭐가 과학적인 것이죠? 편집장님은 그 책들을 쳐다보지도 않았어요. 이상한 제목을 가진 온갖 책들 서평은 다 실으면서요."

나는 항변했다. 편집장은 회전의자를 빙 돌려 내게 등을 보이며 말했다.

"오후 네 시까지 여기로 내 편지를 갖고 와."

나는 수십 명의 속기사들이 아무 질문도 없이, 잡지가 어떤 내용을 담아야 하는지 자신들과는 무관하다고 생각하며 일하고 있는 사무실로 돌아왔다. 나는 한참 동안 내 자리에 앉아서 굴욕감과 분노를 느끼며 내 일을 증오했다. 내 생각을 갖고 그것을 표현하는 방법을 배우고 싶은 갈증으로 애타는 이때, 저런 남자의 생각을 받아 적느라고 시간을 보내야 하는 어쩔 수 없는 상황을 증오했다. 나는 타자기의 소음 속에서 일하고 있는 아가씨들, 능숙하고 겉보기에는 만족하고 있는 아가씨들을 쭉 훑어보았다. 속기사들은 나처럼 일주일에 20달러에서 25달러를 벌면서 해가 바뀌도록 다른 사람들의 생각만 받아 적고 타자만 칠 뿐이었다. 왜 나는 이런 삶에 만족하고 행복해할 수 없는 걸까? 왜 나는 이런 삶을 받아들이고 있는 아가씨들에게 분개하는 것일까? 왜 나는 서평 담당 편집장이 사무실에서 갑자기 쓰러져 죽기만을 바랄까?

하루 일이 끝나면 나는 워싱턴광장 거리에 있는 카린의 아파트로 가서 큰 스튜디오 같은 거실의 간이침대에서 잠을 잤다. 거실에는 큰 피아노가 한 대 놓여 있었고, 피아노 위에는 종종 키 낮은 그릇에 노란 꽃들이 꽂혀 있었다. 노란 꽃들은 대개 수선화였다. 카린 자신이 수선화같이 키가 컸으며 금발에다 고개를 약간 숙이고 있었다. 카린은 섬세하고 총명한 여자였다. 카린은 큰 피아노와 그 위의 꽃병, 검푸른 빛깔의 수수한 카펫, 좁은 틀에 끼워 놓은 정교한 수채화로 꾸며 놓은 자신의 집과 비슷한 분위기를 풍겼다. 카린과 그 집이 풍기는 분위기는 아름다웠다. 그 아름다움은 내 것은 아니었다. 내가 그런 아름다움을 이해하고 감상하는 데는 수년의 세월이 더 필요했다. 나는 아무 의미도 없어 보이는 그림들을 감상할 수 없었다. 나는 남자나 여자가 적극적으로 무엇인가를 행동하고 있는 모습을 담은 그림은 이해할 수 있었다. 문학이나 음악도 마찬가지였다. 민중 음악은 이야기를 담고 있었지만 카린이 저녁마다 연주하는 고전음악은 도저히 이해할 수 없었다. 나는 카린에게서 쇼팽이나 베토벤, 모차르트와 그 밖의 다른 유럽의 작곡가들이 있다는 것을 배워 알게 되었다. 카린은 이 작곡가들 사이의 차이를 이해하도록, 여러 작곡가의 음악을 종종 연주해 주었다. 그러나 내게는 모두 똑같이 들렸다. 카린은 쇼팽의 어느 작품을 종종 연주했는데, 나도 점점 그 음악을 알아듣게 되어 좋아할 수 있었다. 문학도 마찬가지였다. 나는 문체나 형식, 작가에 대해서는 아무것도 모르고 줄거리 때문에 읽는다. 나는 사람들이 말할 때처럼 자연스럽게 글을 쓰지 않고, 운문을 쓰는 까닭을 이해할 수 없었다. 그래서 시는 늘 내게 낯설었다. 카린은 시집도 여러 권 갖고 있었는데, 가끔 피아노 옆에 서서 피아노 위에 놓여 있는 몇 권의 시집 중에서 몇 편의 시를 골라 읽고는 했다. 나는 시가 말하고자 하는 뜻을 겨우겨우 이해할 정도였다. 시 역시 노력하고 투쟁하는 이야기를 읊는다면 시의 목적을 좀 더 쉽게 이해할 수 있었을 것이다.

오후 다섯 시에 사무실이 문을 닫으면 나는 이 훌륭한 취향의 세계, 추상적인 사고와 아름다움으로 채워진 세계로 들어섰다. 이 세계는 추상 이상의 것을 담고 있었다. 카린은 현대 교육에 관심을 갖는 선생이었을 뿐만 아니라 사회주의자였다. 저녁마다 카린의 아파트로 가는 긴 계단을 올라오는 사람들이 많았다. 사람들은 내키는 대로 넓은 간이침대에 눕거나, 마룻바닥에 앉거나, 의자에 자리를 차지하고 앉아서 담배를 피우며 뉴욕 시에서의 삶에 관해, 연극이나 사회주의, 무정부주의, 예술, 신예 작가, 사랑과 정신분석학, 철학과 죽음에 관해 토론했다. 사람들은 자기 주위의 삶에서 사회적 주제를 탐색하고 있는 것 같았다. 아주 많은 사람들이 자기감정에 너무 깊은 영향을 미치지 않는 선에서, 미국적인 가벼운 태도로 심각한 일들에 관해 말했다. 더 깊은 곳으로 들어가지 않고 표면만 피상적으로 다룰 만큼, 그 사람들은 현명했다. 뉴욕 시에서 더 깊은 곳으로 끌려들어 가기는 너무나 쉬웠기 때문이다.

나는 그 사람들이 현명했던 건지, 겉핥기에 만족하는 사람들이었는지 지금도 모르겠다. 어느 경우건 그 사람들이나 그 사람들이 살아가는 방식은 내게 이상해 보였다. 사람들이 약삭빠르게 유머 있는 대답을 하면 나는 할 말을 잃었다. 어떻게 저렇게 재빨리 재치 있는 생각을 할 수 있는지 감탄했다. 내가 말을 하면 사람들은 미소를 짓거나 소리 내어 웃었다. 내가 만났던 어떤 '통개학자'에 대해 이야기했을 때는, 내 발음을 들은 사람들이 소리 내어 웃었다. 그러자 한 사람이 사람들에게 면박을 주었다.

"웃지 말아요, 그렇게 웃으면 우리 삶에서 유쾌하게 웃을 일이 얼마 남지 않을 거요."

사람들이 다 가 버렸을 때 카린은 그 단어를 어떻게 발음해야 하는지 내게 가르쳐 주었다. 그러나 그 웃음은 내 가슴속에 쓰라린 감정을 남겨 놓았다. 시간이 갈수록 나 역시 그들처럼 학교에서 얻은 매우 형식적이고 무미건조한 지식이 거의 가치 없게 여겨졌고, 여기서는 아예 부적절해 보인다는 사실을 깨닫게 되었다. 그 사람들은 책에서 읽은 것을 반복하지 않고 자기 주변의 삶을 표현할 줄 알았다. 그리고 책을 읽을 때는 비판적이고 회의적으로 또 비교하면서 읽었다.

카린은 가끔 많은 지식인들이 오는 사회주의자 지부 모임에 나를 데리고 갔다. 그곳에서 나는 두들겨 맞은 것과 같은 경이로움과 혼란 속에 그들 틈에 앉아 있었다. 카린이 사람들에게 나를 소개해 주면 사람들은 자동적으로 손을 내밀었다. 그러나 눈은 누군가 다른 사람에게 두고 대화를 멈추지는 않았다. 나는 지나가면서 붙잡는 의자만도 못한 존재였다. 나는 무엇인가 배우기를 바라면서 그 모임에 갔다 왔지만 호수에 던져진 돌멩이 하나만큼의 인상도 그들과 그들 세계에 심어 주지 못했다. 그 사람들은 내게 혼란과 무력한 감정, 굴욕감과 분노의 감정까지 남겨 주었다. 나는 그 사람들이 지금 알고 있는 것들을 어떻게 배웠는지 전혀 알지 못했고, 그 사람들은 내게 그 방법을 일러 줄 시간도, 관심도 없었다. 그 사람들은 이미 많은 독서를 한 사람들이라, 나 같은 사람이 어떻게 출발해야 하는지를 알 까닭이 없었다. 나는 사회과학의 기본을 배우기 위해 어떤 책을 읽어야 하는지도 몰랐다. 설령 내가 공공도서관에 간다고 하더라도 어떤 책을 달라고 해야 할지 알지 못했다. 그들 중 많은 사람들이, 노동자계급 내부에는 어떤 마술적인 힘과 지식이 묻어 있어서 결정적인 순간에 사회혁명의 형태로 그 모습을 드러내 이 세상의 얼굴을 변혁시킬 거라고 믿고 있었다. 멀리서 노동자들을 이상화하고 있는, 흥미롭고 매력적인 지성인들이 대부분이었다. 나와 실제로 대화를 나눈 사람들은 삶과 경험이 책보다 더 많은 가치가 있다고 말하면서 내가 대학에 다니며 공부하는 일을 그만두라고 설득했다. 어떤 사람들은 내 순진함을 흥미롭게 생각하면서 내 순진함에 혼란을 주고 싶어하지는 않았다. 나는 정말로 순진했고 단순했다. 카린의 친구 중 어떤 사람이 "자, 메디슨스퀘어가든에서 벌어지고 있는 반전 시위에 갑시다." 하고 제안했다. 그러자 다른 사람들이 동의했다. 나는 금방 거기로 가려고 일어섰다. 그러나 나는 그들이 움직이는 데 한 시간이나 걸린다는 것은 몰랐다. 그동안 그냥 앉아서, 행동하는 것에 관해 느끼는 복합 심리를 극복하지 못하는 무능력을 유머 있게 토의할 줄은 몰랐던 것이다. 그들 중 한 사람이라는 표시는 일종의 복합 심리에 있는 것 같았고, 나 자신도 결국 그런 복합 심리를 갖게 될 거라는 점도 당연하게 여겨졌다. 그동안에는 나는 미숙한 풋내기였다. 서툴고 무지하며 막연하게 원한만 가득 안고 '통계학자' 대신에 '통개학자'라고 발음하면서 어떤 제안을 받더라도 곧바로 행동하는 사람이었다.

이즈음 〈세계산업노동자동맹〉의 회원과 만나서 대화를 나눈 일이 생각난다. 그 사람은 선원이었는데 노동자 차림새를 하고 있었고, 붉은 머리칼과 푸른 눈을 하고 있었다. 우리는 함께 영화를 보러 갔으며, 나중에는 차일즈 식당에서 하얀 대리석 식탁을 마주보고 앉아 저녁까지 먹었다. 그러고는 자정이 넘도록 이야기를 나누었다. 그 사람은 아는 것이 많았으며 외국에도 많이 가 보았다. 그 사람은 노동자계급을 이야기할 때, 약간 거리가 있는 경이로운 대상처럼 말하지 않았다. 자신이 바로 노동자계급의 일부였기 때문이다. 그 사람은 내가 지금 어울리는 지식인을 경멸했다. 나는 그를 "레드"라고 불렀으며 레드는 나를 "마리"라고 불렀다. 우리는 아주 자연스럽게 함께 어울려 잘 지냈다. 다음날 저녁에 레드는 새 넥타이를 매고 카린의 아파트에서 우리와 함께 저녁 시간을 보내러 왔다. 사람들이 많이 있었는데 레드는 여자들 중 한 명을, 담배 피우고 칵테일이나 마시며 분홍빛 차를 마시는 "응접실 사회주의자"라고 불렀다. 모든 것이 무척 재미있었다. 레드가 배를 타느라고 가 버렸을 때 나는 아주 슬펐고 그 뒤로 다시는 보지 못했다.

나는 지금 내 앞에 놓여 있는 편지를 읽고 또 읽었다. 남동생 조지가 보낸 편지였다. 나는 나와 함께 생활하는 사람 중 어느 누구도 이해하지 못할 게 두려워 아무에게도 그 편지 내용을 말할 수가 없었다. 그 사람들은 노동자계급 사람들을 이상화하고 있었다. 나는 그 사람들이 가난과 무지 속에서 자라나는 해악을 이해하지 못할까 봐 두려웠다. 그 사람들은 내 남동생이 배가 고파 빵을 훔쳤다면 정당하지만 말을 훔치는 건 안 된다고 말할 것이다. 동생을 무척이나 사랑했던 나도 그런 감정을 느꼈으니까.

조지가 편지를 보낸 곳은 감옥이었다. 내게 도움을 호소하는 편지였다. 조지는 자기가 왜 말을 훔쳤는지, 어쩌다가 그랬는지에 대해서는 설명하지 않았다. 변명도 없었고 후회한다는 말도 쓰지 않았다. 그저 말을 훔쳤고 재판을 기다리고 있다고, 감옥에 있으니 도와 달라고만 했다.

조지의 편지는 나를 고통스럽게 했다. 내가 마지막으로 본 조지의 모습을 떠올려 보았다. 조지는 아직 작은 소년이었고 기차역 플랫폼에서 댄의 손을 잡고 눈에는 눈물을 가득 담은 채 내가 떠나가는 모습을 지켜보고 있었다. 잿빛이었던 이른 아침에 본, 트리니다드에서 조지와 댄이 아버지와 함께 살고 있던 방도 생각났다. 여러 해 동안 쌓인 먼지로 가득 찬 마룻바닥에 나 있던 커다란 구멍도 눈에 선했다. 댄이 매를 맞아 피가 등줄기를 타고 흘러내렸다고 써 보낸 편지 속에서 울부짖던 조지의 목소리도 생생했다. 그 이후로 나는 조지에게 아무 소식도 듣지 못했고 벌써 여러 해가 흘렀다. 조지의 어린 가슴속에서 무엇이 자라났고, 그 세월을 넘어 조지의 젊은 삶에서 무엇이 자라고 있었는지 나는 알지 못한다. 그곳의 삶은 힘겹고 무자비했을 것이며 아름다운 무엇이 자라날 가능성은 거의 없었다. 조지는 어머니나 누나의 다정함도 모르고 교육도 가르침도 받지 못한 채 가난 속에서 자랐다. 그리고 어린 손을 놀리게 된 때부터 빵을 벌기 위해 일을 했다. 어떤 일을 했는지 잘 몰라도 처음에는 분명 아이가 할 수 있는 특별한 기술이 필요치 않은 일을, 다음에는 소년이 할 수 있는 일을, 더 커서는 미숙련 노동자가 몸으로 할 수 있는 것이면 어떤 일이건 했을 것이다. 조지의 영혼 안에서 무슨 일이 일어났는지, 조지가 성인 남자가 되었을 때 어떤 부류의 존재가 될지 아무도 몰랐고, 관심도 없었다. 아버지도 그랬을 것이다. 그래, 아버지 자신도 희생자였으니까. 내 동생의 삶을 생각하면 나무도 없이 여기저기 거친 초원의 풀더미만 펼쳐져 있는 회색 평원이 떠오른다.

조지가 말을 훔쳤다. 왜 말을 훔쳐야만 했을까? 나는 지금 자문해 본다. 생활비를 버는 데 그 말이 필요했을 것이다. 조지도 아마 나처럼 많은 에너지와 원한을 갖고 있어서 반항하지 않고는 자기 삶의 가난과 절망을 참을 수가 없었을 것이다.

나중에야 나는 이런저런 것들을 깨달을 수 있었으며, 지금은 명확하게 알고 있다. 그러나 조지의 편지를 앞에 펼쳐 둔 그때는 알지 못했다. 나는 충격이 가시기도 전에 조지에게 편지를 썼다. 베아트리체가 공부를 끝내고 조지를 도와줄 돈을 충분히 모을 때까지 기다릴 수 없었느냐고 물었다. 내 능력껏 조지를 도와 기술을 배우도록 어딘가 보내 줄 계획이라는 걸 몰랐느냐고, 나도 살기가 힘들었지만 도둑질은 하지 않았다고, 조지가 살았던 그런 삶 말고 다른 삶을 생각할 수는 없었느냐고, 내가 그랬던 것처럼 좀 더 오래 버티고 일할 힘을 갖든가 그렇지 않으면 굶을 수는 없었느냐고 나는 편지에다 썼다. 독선적으로 내 불행과 실망을 쏟아 부으며 여러 장의 편지를 썼다. 그렇게 퍼부어도 괜찮을 만한 일을 내가 조지에게 해 주었던가? 편지를 쓰면서도 내 잘못이라는 생각이 들었다. 내가 조지와 댄을 버리고 떠났기 때문이다. 도둑질로 감옥에 갇혀 재판을 기다리느라 충분히 고통을 겪고 있을 조지를 잊어버린 채 나 자신에 대한 원망만 앞세우며 편지를 썼다. 그때만 해도 조지는 아직 소년일 뿐이었는데 말이다.

갖고 있던 돈 모두와 카린에게 빌릴 수 있는 돈 모두를 편지에 넣어 보냈다. 돈을 빌리면서도 이유는 말하지 않았다.

여러 주가 지나갔고 회답은 오지 않았다. 조지가 돈이나 편지를 잘 받았는지 알 길이 없었다. 날이 갈수록 조지에게 편지 쓴 것을 후회했다. 내 편지는 너무나 독선적이었고 이해심이라곤 조금도 없었다. 베아트리체의 공부가 끝나자마자 조지에게 다시 편지를 쓰거나 찾아가 볼 거라고 나는 다짐했다.

그 후 몇 주일이 더 지난 어느 날 저녁, 일을 끝내고 집으로 돌아와 외투를 걸려고 몸을 돌리다가 현관문 아래 접힌 노란 전보 쪽지를 보았다. 팔을 앞으로 뻗다가 아무래도 전보가 조지와 관련된 것 같아서 잠시 멈춰 선 채 전보를 바라보았다. 혐의 사실이 인정되어 조지가 감옥에 갔을지 어떨지 궁금했다. 아니, 혹시 저 전보는 카린에게 온 것인지도 몰라. 나는 외투를 놓고 전보를 집어 들었다. 내 이름이 적힌 전보였다. 전보를 펼쳐 보았다.

"오늘 조지 사망. 댄으로부터."

나는 거실 쪽으로 가서 전보를 다시 한번 읽었다. 전보에 쓰인 말은 노란 종이에 있는 단어일 뿐이야, 단어는 그저 단어에 지나지 않는 거야, 하고 생각했다. 사실일 리가 없어. 그러나 사실이라는 것을 곧 깨닫게 되었다.

그날 밤 거리는 텅 비어 있었다. 울지도 않고 아무 생각도 없이 거리를 걷는 동안 가로등 불빛만 거리를 비추고 있었다. 하늘은 캄캄했다. 나무들이 있었고 허드슨 강이 거무스레하게 말없이 흐르고 있었다. 내가 리버사이드 공원에서 얼굴을 땅에 대고 몸을 뉘었을 때처럼 땅은 차갑고 축축했다. 언덕 위쪽, 리버사이드 거리에는 부유한 사람들이 사는 집들이 있었다. 평화롭고 사치스럽게 살고 잠자는 그들은, 낮에 아무 일도 하지 않는다. 그곳에 사는 여인들은 일이 무엇인지도 모른다. 내 어머니는 다감하고 감미로운 분이었지. 아버지가 저곳 남자들처럼 술을 많이 마시지 않았더라면……. 부잣집 아들들은 공부하러 가는데, 내 남동생들은 허기져서 죽는구나. 내 남동생, 아직 어린 나이에 그토록 비참하게 살다 갔구나. 우리는 저기 부유한 사람들 대신 값을 치르고 있는 거야. 우리, 내 남동생들과 나와 같은 사람들이…….

며칠 후 댄에게 편지가 왔다. 나는 그 편지를 한 번 읽고 불태워 버렸다. 더 이상 댄의 필체를 들여다볼 수도, 내용을 읽을 수도 없었기 때문이다. 댄은 부드럽게 표현하는 기교를 배우지 못해서 노골적으로 썼다. 조지는 오클라호마의 어느 도시에서 하수구 도랑을 파는 일용 노동자로 일하다 죽었다. 도랑벽이 허물어졌는데, 거기에 깔려 조지의 목이 부러졌다는 것이다. 사람들이 조지를 끌어내 보니 입과 눈에 진흙이 가득 차 있더라고 했다. 사람들이 조지를 어머니 옆에 묻어 주었고, 조지가 일하던 회사에서는 아버지에게 조지의 목숨 값으로 50달러를 지불했다고 했다.

편지는 계속되었다. 조지가 너무 어려서 말 주인은 고소를 취하했고, 덕분에 재판도 받지 않고 감옥에서 나왔다. 그런 다음 조지는 그전처럼 일용 노동자로 일할 자리를 찾았다. 조지는 내 편지를 받았지만 그런 편지를 쓴 나를 결코 용서하지 않겠다고 했단다. 조지가 어떤 상황에서 감옥에 갔는지 잘 알지도 못하면서, 조지처럼 일할 필요는 없었던 내가 그런 편지를 쓰다니, 나 자신이 부끄러웠다. 나는 도시에서 살았으며 공부도 하며 살 수 있었지만 조지는 그럴 수 없었다. 어느 누구도 그곳에서는 그럴 수 없었으리라.

이제 조지는 죽었다. 그리고 회사는 조지의 목숨이 50달러어치라고 생각했다.

그날 밤 나는 잊어버리려고, 모든 생각을 다 몰아내려고 애쓰며 뜬눈으로 지샜다. 도시의 소음이 점점 사그라지고 있었다. 너무 고요하여 가끔 지나가는 자동차 소리나 보도를 밟는 발자국 소리 말고는 아무 소리도 들리지 않았다. 나는 한바탕 울었다. 그러고는 지나간 세월을, 남동생들 곁을 떠나온 순간을, 내가 조지에게 보낸 편지를 잊어버리려고 애쓰며 가만히 누워 있었다. 조지가 죽던 상황을 말하는 댄의 말들을, 시궁창의 쥐처럼 입과 눈에 진흙이 가득 찬 채 끌려 나오던 조지의 모습을 잊기 위해 무진 애를 썼다. 이상하게 생긴 기둥으로 둘러싸인 작은 묘지가 있었고, 고인의 이름을 새겨 놓은 조그만 널빤지가 무덤 앞부분에 있었다. 잿빛 평원, 내 동생 댄과 늙은 아버지. 아니, 아니, 나는 생각하기도 싫어. 차라리 내 기억이 죽어 버렸으면 좋겠어.

여러 달이 지났고 미국은 전쟁에 참가했다. 나는 반전 캠페인에 참여하도록 부탁을 받고 거리에 나섰다. 지금 생각해 보면 이유도 모르고 행동하고 있었다. 조지에 대한 생각이 늘 나를 따라다녔다. 그래서 일하지 않는 시간에 내 모든 에너지와 생각을 흡수할 만한 일이면 어떤 것이든 기쁘게 했다. 물론 내게 비록 내 친구들 정도의 사회과학 지식은 없었다고는 해도, 전쟁에는 반대했다.

전쟁은 3년째 계속되고 있었으며 늘 토론 대상이었다. 미국이 전쟁에 개입할 위험은 있었다. 미국이 전쟁에 발을 들여놓지 않도록 하겠다는 선언에 힘입어 윌슨 대통령은 재선되었다. 나는 윌슨에 반대하는 휴즈 편의 연설을 듣기도 했지만 어쨌건 전쟁에는 반대했다. 그때 나는 적어도 서류상으로는 사회주의자였고, 윌슨 대통령의 반전 구호 때문에 당을 버리고 윌슨에게 투표했던 많은 사회주의자들 중 한 사람이었다. 나는 사회 형식과 제도에 대해 너무나 무지했고 막연하게만 알고 있었기 때문에 윌슨이나 그 밖의 어느 누구라도 그보다 더 강력한 힘과 조직의 도구에 지나지 않는다는 사실을 깨닫지는 못했다.

당시, 캘리포니아에 있던 내 주변에는 나와 비슷한 수준의 사회주의자들의 소집단 모임이 있었다. 우리는 전쟁에 관해 토론하고 여러 문제와 사회주의 사상을 공부하기 위해 어두컴컴하고 작은 방에 종종 모였다. 그 방은 당구장을 지나면 나왔는데 쪼개질 것 같은 마룻바닥이 깔린 네모난 방과 통해 있었다. 커다랗고 네모난 그 방 한구석에는 서글퍼 보이는 피아노가 한 대 있었다. 그 방에 이르는 작은 홀의 선반에는 사회주의자, 혹은 급진주의자 신문 여러 장과 아주 작은 활자에 질 나쁜 종이로 만든 논문과 팸플릿이 놓여 있었다. 주로 기술적 마르크스주의(technical Marxism, 마르크스주의의 이론적, 이념적 측면보다 가치, 생산량, 이익 등의 증가 및 감소를 둘러싼 다분히 수량경제학적 논의를 위주로 한다. 옮긴이) 이론을 다루고 있었다. 가끔 어떤 당원이 학습 모임을 공표하면 열 명이나 열두 명쯤 되는 남성 노동자들과 여성 노동자들과 함께 거기에도 참가했다. 그중 어떤 학습 시간이 생각난다. 그 모임의 리더는 무신론자였다. 첫 번째 모임 저녁 시간 전체를 종교의 기초인 '신앙'이라는 말과 과학의 기초인 '이성'이라는 단어의 뜻을 명백히 한정하면서 무신론에 관해 침착하게, 쉬지 않고 말했다. 나는 그런 주제에 관해 교육을 받아야 한다고 생각해 왔기 때문에 강의를 귀담아들었다. 그러나 다시는 그 모임에 나가지 않았다. 그렇게 물러서는 태도는 학습을 아예 포기하는 것 같아 보였지만 사실 그 사람은 너무 여러 번 같은 것을 반복해 말했다.

공공 집회에서도 똑같은 짓을 했기 때문에 지겨울 뿐이었다.

나는 다른 동아리에 가입했다. 그 동아리 리더는 우리에게 매우 작은 활자로 된 소책자를 주면서 조심스럽게 읽고 질문을 준비해 오라고 했다. 주제는 기술적 마르크스주의에 관한 것이었는데, 나는 잘 이해하지도 못했고 무슨 질문을 해야 할지도 몰랐다.

다른 사람들, 약간 냉담한 편인 동료들은 종종 우리를 불러 세워 단일세(Single Tax, 오로지 토지의 가치에만 조세를 부과하는 세제稅制. 토지세를 유일한 국가 조세 수입의 원천으로 삼도록 제안되었던 것인데 단일세 제도에서는 그 밖의 모든 조세를 폐지한다. 단일세라는 용어의 사용이나 근대 단일세 운동의 흐름은 1879년 헨리 조지가 『진보와 빈곤 *Progress and Poverty*』을 출간한 데서 시작되었다. 단일세 안은 그 뒤 수십 년간 상당한 지지를 얻었으나 점차 대중적 호소력을 상실했다. 옮긴이)를 옹호하곤 했다. 선거운동이 시작됐을 때는 사람들이 서로 자기들 운동 진영으로 나를 끌어들이려고 애를 썼다. 선거 기간 동안 나는, 선거가 곧 끝나 내가 영예롭게 자리를 뜰 수 있기만을 바랐다. 그러면서 내 여분의 시간을 모조리 선거를 위해 타자 쳐 주느라고 다 보냈다. 힘든 시간이었지만, 그 선거운동을 통해서 배운 것도 많았다. 적어도 '자연 증가분'(unearned increment, 땅 값 등 특별한 노력 없이 자연적으로 증가한 가치의 양. 옮긴이)이 무엇인지 정도는 설명할 수 있게 되었으니까.

한 달에 한두 번 우리 사회주의자 지부는 무도회를 마련해 젊은 노동자들을 끌어들이려고 안간힘을 썼다. 스무 명이나 서른 명쯤 되던 우리는 삐걱거리는 마루를 가진 네모나고 초라한 방에 모여들곤 했다. 그 도시의 사회주의자 변호사가 부인과 딸을 동반하고 왔다. 그 부부는 우리 도시 사회주의자들의 활동을 대부분 지원해 주고 있는, 매우 지성적이고 친절한 사람들이었다. 부인은 그런 자리를 위해 케이크를 구웠으며 학생인 딸은 코넷(cornet, 트럼펫보다 짧고 뚱뚱하고 소리는 부드럽고 어두운 관악기. 옮긴이)을 연주했다. 피아노가 띵똥거리고 코넷이 울려 퍼지자 우리는 유쾌하게 방 주위를 빙빙 돌았다. 나는 중년의 기계 기술자와 춤을 추었는데, 춤추는 동안 말은 한마디도 나누지 않았다. 자기 생각에 동

조할 개종자를 얻을 목적으로 온 어떤 나이 든 단일세 옹호자가 내 두 번째 춤
상대여서 두 번째는 단일세 이야기만 했다.

나는 이런 학습 동아리와 춤추는 자리에 몇 번 참석했지만 그곳에는 나를 잡
아 두기에 충분한 관심도, 아름다움도 거의 없었다. 학습 동아리의 지도자들은
그런 주제를 가르치는 데 꼭 필요한 것이 무엇인지 전혀 몰랐다. 베아트리체는
딱 한 번 학습 시간에 참석했고 다시는 가지 않았다. 그때 일은 슬프고 따분하게
기억된다.

유럽에서 벌어지고 있는 전쟁은 모든 사람을 뒤쫓고 있었다. 그러나 왜 그런
전쟁이 일어났는지, 현 제도의 본성상 전쟁은 반드시 일어날 수밖에 없었던 구
도와 같은, 내가 당연히 알아야만 할 것들에 대해서 나는 아무것도 몰랐다. 반전
구호를 들고 나온 윌슨에게 투표할 정도로 무지했다.

캘리포니아에서 접했던 사회주의 동아리 활동이나 반전운동은 이런 수준이었
다. 뉴욕이라고 해도 별반 다르지 않았다. 전쟁에서 총탄을 맞고 산화하는 것은
늘 선두의 졸병이다. 일선에 보내지는 졸병은 거의 노동자고, 부자들만이 장교
가 된다는 사실은 나도 알고 있었다. 그리고 카린과 신문사를 통해 미국 재정가
들이 연합국에 엄청난 돈을 빌려 주고 있으며, 미국 군수 업자들은 막대한 돈을
벌어들이고 있다는 것도 알게 됐다. 이 강력한 연합체들이 절대로 연합국의 패
배를 방관하지 않으리라는 것 또한 알게 됐다. 나는 인도에서 온 어떤 남자가 반
전 모임에서 영국이 독일과 싸우는 이유를, 독일이 상업적인 면에서나 해군력에
서나 인도로 가는 육로와 해로에 대한 영국의 지배를 위협하는 경쟁자이기 때문
이라고 설명하는 것을 들은 적이 있다. 나는 전형적인 미국인이다. 그러니 학교
에서 배운 미국 독립전쟁과 1812년 전쟁과 남북전쟁의 역사를 근거로, 영국에
대해서는 적대적인 편견을 갖고 있을 수밖에 없었다. 독일에 대해서는 전혀 아
는 바가 없었지만 영국은 언제나 흡혈귀이자 정복자였다.

유럽의 대학살에 미국이 개입해야 한다는 선전이 점점 맹위를 떨치고 있을
때, 나는 그래픽 잡지사에서 휴가를 얻었다. 휴가 때 나는 반전운동을 하는 순회

강연단에 참가했다. 평화주의자, 사회주의자, 무정부주의자로 구성된 우리 강연단은 여러 도시에서 열린 집회에 참석해 연설을 했다. 반전에 대한 공감이 널리 확산되어 있었기 때문에 우리를 초대하려는 모임이 많았다. 노동자들은 우리 연설을 듣기 위해 공장 바깥으로 나와 섰다. 한번은 강연 일행 가운데 누군가가 나를 앞으로 밀었다. 그러더니 뭔가 이야기를 해 달라고 했다. 내가 무슨 말을 할지 관심을 갖고 조용히 귀를 기울이고 있는 노동자들 앞에 선 것은 그때가 처음이었다. 나는 물론 책이나 사람들의 입을 통해 큰일을 맡게 된 어떤 남자나 여자가 이런 경우에 얼마나 의연하게 연설하고 행동하는지 들어 왔다. 그 큰인물이 자리에서 일어나 청중들을 어떻게 열광시키는지, 얼마나 유창하고 장엄하게 연설하는지, 어떤 말과 행동으로 청중들의 환호를 이끌어내는지 들었다. 그 사람들이 명성을 얻는 것은 그 순간부터였던 것 같다. 그러나 나는 소설 속의 인물이 아니었다. 그러니 자동차 범퍼 위에 서서 고개를 위로 치켜든 노동자들의 얼굴을 놀란 눈으로 내려다볼 뿐이었다. 나는 노동자들에게 줄 것이 없었다. 갑자기 내 자신이 얼마나 무식하고 혼란에 빠져 있는 사람이었던가를 깨달았다. 겨우 몇 마디 공허한 문장을 늘어놓고는 내려와 버렸다. 군중 속에 흩어져 있던 몇몇 당원이 내게 용기를 주려고 박수를 보내기는 했지만 아무 소용이 없었다. 다음 순간 누군가가 나 때문에 생긴 어색한 분위기를 되도록 재빨리 없애려는 듯 나를 대신해 자동차 범퍼로 올라섰다. 청중은 친절한 눈초리로 바라보았으나 더 이상 나에게 아무런 관심도 보이지 않았다. 나중에 많은 남자들이 무리지어 전쟁에 반대한다는 이야기를 나누는 것을 들었다. 그러나 나는 그들의 견해가 내 연설과는 아무 상관이 없다는 것을 알고 있었다.

언젠가 부잣집 자제들이 공부하고 있는 프린스턴을 지날 때였다. 운동복을 입은 한 떼의 학생들이 우리 차를 습격하려고 했다. 우리 사이에는 차를 멈추어야 하느냐, 학생들과 맞부딪혀야 하는가 의견이 분분했다. 우리 차를 운전하던 사람은 학생들과 맞부딪히면 오히려 소요를 일으켜 평화적인 분위기를 망가뜨린 주범으로 몰려 체포당할 거라고 했다.

운전하던 사람이 차를 멈추지 않으려고 하자 누군가 다른 의견을 내세웠다.

"아니죠, 그들이 소요를 일으키려고 하잖아요."

"그건 중요하지 않아요. 감옥에 가는 건 그들이 아니니까. 당신은 지금 우리가 어디에 있는지 알고는 있어요?"

나는 이번 전쟁에 반대하기는 했지만 열성적인 평화주의자는 아닌 데다가 차림새가 훌륭한 프린스턴 대학생들에게 내 감정을 썩 잘 표현할 수 있을 것 같지도 않았다.

워싱턴에서 카린과 나는 역 대합실 의자에서 잠을 잤다. 미국의 전쟁 개입을 반대하느라고 미국 전역에서 몰려든 수만 명의 남녀들로 워싱턴 시가 꽉 차 있었기 때문이다. 우리는 국회의사당 앞에서 수천 명씩 행진하곤 했다. 그때 있었던 일 가운데 참으로 상징적인 사건은 아직까지도 생생하다. 우리가 행진 중일 때였다. 키가 크고 가슴이 큰 어떤 여자가 몸에 꼭 끼는 검은 승마복을 우아하게 차려입고 우리 행렬을 팔꿈치로 헤치며 바로 내 앞 쪽까지 나왔다. 그 여자는 긴장과 증오로 가득한 눈으로 나를 내려다보았는데 내 머리를 곤봉으로 후려치고 싶다는 표정을 짓고 있었다. 그 여자는 사람들을 전쟁으로 몰아넣고, 자기들 편한 대로 법을 만들며, 자연과 산업을 소유할 권리를 자신들만 가진 양 행동하는 지배계급의 대명사인 것처럼 보였다. 우리에게 강제 노동을 시키고 있는 바로 그 지배계급 말이다. 그리고 그 여자 얼굴에 떠오른 증오의 빛이 강했던 만큼, 내 얼굴에도 애정의 빛은 털끝만큼도 비치지 않았다.

처음으로 카키색 군복을 입은 군대가 5번가를 행진해 내려왔다. 나는 그래픽 잡지사 사무실에서 군인들을 내려다보고 있었다. 미국이 전쟁을 선포한 후, 서평 담당 편집장은 기쁨에 가득 차 있었다. 유럽 사람들을 대학살하기 위해 카키색 군복을 입은 군대가 배를 타는 광경을 보면서 편집장은 몹시 행복해했다. 나는 쓰라림과 비참함을 느끼며 울었다. 편집장과 나 사이에 공개 언쟁이 있은 바로 그날, 나는 다른 부서로 자리를 바꾸었다. 편집장과 내 논쟁은 카린의 친구 오빠가 장교들 훈련장에 갔다가, 부인과 두 아이들을 부양해야 한다는 이유로군 복무를 면제받았다는 이야기에서 시작됐다. 카린의 친구인 여자는 물론, 그 오빠도 부자였다.

"여기 뉴욕에서, 발이 책상에서 미끄러져 내리지 않도록 구두에 박차를 달고 장교 군복을 입고 앉아 있는 노동자는 눈을 닦고 봐도 없겠지요. 그런 남자들은 모두 부자죠."

이런 말을 한 뒤 나는 다른 부서로 자리를 옮겨야 했다. 그때 로버트 햄튼이 자기도 곧 입대할 거라는 애국적인 편지를 보내 왔다. 로버트에게는 별로 문제 될 게 없는 것 같았다. 지금처럼 사는 것보다는 죽는 게 나을 테니까. 로버트 자신도 그것을 알고 있었던 것 같다.

"최전선마다 불행한 노동자들로 빼곡하게 찼으면 좋겠지요?"

언젠가 나는 이렇게 말한 적도 있다. 베아트리체도 자신이 전쟁에 관련된 일을 하고 있다고 편지로 썼다. 나는 그 일에 반대했지만 베아트리체는 조국을 위해서라면 우리 각자 무슨 일이든 해야 한다고 말했다. 나는 물었다.

"누구의 조국을 위해서 일한다는 거지?"

우리 어머니에게 그랬던 것처럼 평생을 고통스럽게 일하게 하는 조국? 아니면 베아트리체에게 그런 것처럼 굶주리게 하는 조국? 그도 아니면 이모에게 한 것처럼 창녀가 되게 하는 조국? 아니면 조지에게 그런 것처럼 아이를 쥐처럼 죽게 하는 그런 조국을 위해서?

댄에게서도 편지가 왔다. 내가 도와주지 않을 거라면 댄도 입대할 생각이라고 했다. 나는 베아트리체를 위해서는 온갖 것을 다해 주었지만 댄을 위해서는 아무것도 해 주지 못했다.

"누나는 나와 조지를 위해 어떤 일이든 해 주겠다고 늘 약속만 했지 아직 나한테 아무것도 해 준 게 없어. 나는 기계 일을 배우고 싶어. 난 더 이상 굶고는 못 살겠어. 일자리가 있다면 무슨 일이든 할 거야. 내가 뭘 좀 배우도록 누나가 도와주지 못한다면 나이를 속이고 입대하겠어."

그날 밤 나는 여러 시간 동안 잠들지 못하고 깨어 있었다. 조지를 잃은 것처럼 댄까지 잃게 되는 게 아닐까? 아니, 그래서는 안 돼. 댄은 열여덟 살도 안 된 소년이야. 돈, 어디서 돈을 구할 수 있을까? 내 봉급으로는 베아트리체와 둘이 살기도 빠듯해. 그나마 카린과 함께 사는 덕에 내가 살아갈 수 있는 건데. 그래, 이모가 있었지. 그러나 나 역시 이모처럼 돈을 벌 수 있는 몸을 가졌는데 무슨 염치로 이모가 저축해 놓은 돈을 빌려 달라고 할 수 있겠어? 무슨 권리로? 식비를 조금 줄이고 사무실까지 걸어 다니면 교통비를 줄일 수 있을 거야. 그래도 부족해. 나는 도대체 어떻게 남자에게 접근하는지 궁금했다. 내가 할 수 있을까? 브로드웨이로 가서 그런 일을 하는 아가씨들의 행동을 연구해 봐야겠어. 내가 남자에게 접근하는 모습을 상상해 보았을 때 나는 움츠러들고 말았다. 남자에게 뭐라고 말할까? 어디로 가야 할까? 체포된다면, 성병에 걸린다면 어떻게 하지? 그럼, 아예 돈을 못 벌게 되는 거지. 그렇게까지는 안 된다고 하더라도 남자들이 내게 돈을 조금밖에 주지 않는다면 소용이 없잖아. 내게는 많은 돈이 필요하니까 부자를 찾아야 해. 그러나 어디서 찾지? 나는 어디로 가야 할지, 어떻게 부자 남자들을 찾을지 전혀 몰랐다. 부자 남자들이 사는 주택가에는 훌륭한 집이 있을 거야. 나는 그 집들 중 어느 계단을 걸어 올라가서 안주인에게, "나는 당신 집의 매춘부 일자리를 구하러 왔는데요." 하거나, 아니면 그 비슷한 일을 하러 왔다고 말하는 내 모습을 그려 보았다. 아무래도 돈을 벌 수 있는 다른 방법을 찾아봐야겠어.

다음날 나는 돈을 빌리러 나섰다. 사무실에서 같이 일하는 두 아가씨에게 부탁했으나, 두 사람이 거절하는 바람에 몹시 당황스럽고 부끄러웠다. 내 가족들이 어떤 도움이 필요한지, 내가 사는 실제 모습이 어떤지 그 여인들에게 이야기한들 이해할 수 있을까? 가난과 허기는 수치스럽고 굴욕적인 것이며 가난하거나 배고픈 사람들을 존경하는 사람은 한 명도 없다. 늑대들은 불구가 되거나 상처 입은 자기 종족을 물어 죽인다. 나는 가끔씩 인간 존재들이 늑대처럼 느껴졌다.

"누구든지 있는 자는 받겠고, 없는 자는 그 있는 줄로 아는 것까지 빼앗기리라."

성경에서도 그렇게 말하고 있지 않은가! 어느 날 나는 우리 잡지사의 책임 편집장에게 가서 단도직입적으로 말했다.

"당신에게는 돈을 청할 친척들이 없나요?"

"있어요. 하지만 시간이 오래 걸려서요. 돈이 당장 필요하거든요."

"부모님은 어디 계시죠?"

"오클라호마에 계세요. 아버지는 의사세요. 하지만 아버지 연락을 기다리려면 시간이 너무 오래 걸려요. 제발, 제 인디언 팔찌와 반지를 내놓을게요. 그리고 편집장님이 저를 못 믿겠다면 매주 제 봉급에서 일부 떼어 가셔도 됩니다."

나는 거짓말을 했다. 나는 편집장의 눈을 똑바로 쳐다보았다. 내 말투는 솔직하고 성실했다. 나는 미숙련 노동자의 딸보다 의사 딸의 부탁을 거절하는 게 더 어려울 거라고 생각했다. 편집장이 무슨 생각을 했는지 모르겠지만 그는 나를 잠시 곰곰이 살피더니 말했다.

"팔찌와 반지는 도로 차고, 이 50달러 수표를 출납계에 갖다 주면 현금으로 줄 테니 받아 가요."

그날 밤 나는 그 돈을 댄에게 보내면서 몇 주만 더 버텨 보라고 편지를 썼다. 그 돈은 빌린 것이고 짧은 시간이나마 그 사이에 일자리를 찾아야 한다고 썼다. 나는 댄이 어떤 기술이든 배우는 데 앞으로 적어도 2, 3년은 걸리리라는 것을 알았다. 그동안은 내가 책도, 연극도, 음악도, 내가 바라는 어떤 것도 누릴 수 없다는 것을 뜻했다. 또한 내 학비를 낼 수 없어서 대학 공부를 연기해야 한다는 것을 뜻했다. 그러나 그것은 중요하지 않았다.

카린의 집에 온 어떤 아일랜드 여학생은 이 모든 문제에 대해 나와 논쟁을 벌였다. 그 여학생은 내 삶은 나 자신의 것이라고 말했다. 내가 남동생들이나 여동생을 이 세상에 존재하도록 한 것은 아니니까 내가 동생들을 책임져야 할 까닭은 없다고 했다. 내가 정말로 사회적 양심을 가졌다면 내가 계속 공부를 해 더 나은 일을 할 준비를 해야 한다고도 했다. 다른 이를 위해 시간과 돈을 쓰는 것은 쓸데없는 낭비라고 했다. 그런 행위를 논리적 결론까지 몰고 가 보면 자선에 불과하다는 것이다. 내 인생을 걸고 거지에게 줄 한푼을 버는 일과 다름없다고 했다. 오직 새로운 사회만이 가난을 씻어 버릴 수 있으니 그런 운동에 내 몸을 바쳐야 한다는 것이었다.

나는 그런 논의에 재치 있게 응대할 수가 없었다. 나를 남동생들과 묶는 끈은 아주 강했다. 조지를 이미 잃었는데, 댄까지 잃을 수는 없다고 했다. 동생들이 지금보다 더 어렸을 때, 내가 그 아이들을 버리고 도망친 이야기를 아일랜드 학생에게 이야기했다.

"너도 아이였으니 책임질 필요는 없잖니."

그 여학생이 말했다.

"나도 나이로 보면 아이였지. 하지만 나는 내가 하고 있는 일에 대한 의식이 있는 아이였어. 그런 의식이 있으면 책임을 질 줄도 알아야지."

여러 주일이 지나갔다. 댄에게서는 아무 연락도 없었다. 나는 형부에게 편지를 썼고 한 달 후 형부가 답장을 보냈다. 댄이 돈을 받았다고 했다. 댄은 이 일 저 일 했으나 늘 일거리가 있지는 않았다. 댄은 일자리가 생길 때까지 계속 굶고 있을 수는 없다고 판단했고, 결국 입대하여 지금 훈련장에 있다는 것이었다. 댄이 내게 편지를 쓸 것이며, 댄이 뉴욕을 거쳐 프랑스로 가는 배를 타게 된다면 나를 만나러 갈 거라고 했다.

형부의 편지를 받은 후 나는 아파트를 나와 여러 시간 동안 거리를 걸어 다녔다. 댄은 겨우 열여덟 살이었다. 그런데 지금 댄은 자신을 잘 먹이지도 못했고, 교육시키지도 못한 조국을 위해 목숨을 바치려 하고 있었다. 나는 뉴욕을 증오했고 노동자들의 몸뚱어리 위에 세워진 부를 증오했다. 5번가의 42번 거리에서 발걸음을 멈추고 나는 굴러가는 자동차들을, 내가 일생 벌 수 있는 돈보다 더 비싼 많은 승용차들을 바라보았다. 단 하루도 일해 본 적 없고, 앞으로도 결코 일 같은 것은 하지 않을 것이며, 전쟁에 나가 싸우지도 않을 사람들이 승용차에 편안하게 몸을 기대고 앉아 있었다.

나는 그저 말뿐인 글은 쓰지 않는다. 나는 인간의 살과 피에 관해서 쓴다. 경험과 신념에 뿌리를 두고 있는 증오심과 한이 있다. 말은 그 경험을 지워 버리지 못한다.

나는 댄을 기다리며 살펴보았다. 카키색 군복을 입은 남자들의 행렬이 도시를 행진할 때 나는 사람들을 헤치고 보도 끝까지 가서 군인들의 얼굴을 살폈다. 그 속에서 댄을 찾아낼지도 모른다는 미친 생각을 하면서, 나는 이리저리 살펴보았다. 행렬이 지나갔으나 댄의 얼굴은 보이지 않았다. 내 눈앞에 서린 안개 때문에 댄을 볼 수 없었던 것인지도 모른다. 갈색 얼굴과 푸른 눈을 한 군인들은 줄지어 세워 놓으니 모두가 똑같아 보였다. 모두 내 동생처럼 보였다. 군인들은 죽음을 향해 발걸음을 내딛으며 행진하고, 행진하고, 또 행진했다. 군인들이 발을 맞추고 있는 음악은 죽음의 드럼 소리로 들렸고, 들고 가는 깃발은 검은 조기로 보였다. 수천 명의 내 동생들이 행진했다. 굶주린 얼굴, 젊은 얼굴, 바람에 흩날리는 슬픈 얼굴들……

나는 그저 바랄 뿐이었다. 댄이 프랑스에서 죽지 않기를, 전쟁이 오래 끌지 않기를, 댄이 훈련을 끝냈을 때 전쟁이 끝나기를……. 전쟁터에 간다고 모두 죽는 것은 아니었다. 그러나 댄은 너무 어렸다. 댄이 돌아올 때까지 내가 돈을 저축할 수 있기를, 그래서 댄이 나와 함께 살며 함께 일하고 함께 공부하기를 바라는 마음뿐이었다.

시간은 흘러갔다. 베아트리체는 공부를 끝내고 선생이 되었다. 나는 형부에게 댄의 소식을 들으면 즉시 알려 달라는 편지를 보내 놓고는 무슨 소식이라도 있는지 늘 궁금해하며 집으로 돌아가곤 했다. 그러나 아무 소식도 없었다. 댄은 아직 훈련장에 있는 것일까? 아니면 다른 길로 프랑스로 실려 간 것일까? 여러 주일이 지나갔다. 나는 계속 기다렸다. 그리고 기다림은 점점 희미해졌다. 기다림은 침울함과 섞여 다시는 댄을 못 볼 것 같은 생각을 하게 했다.

대지의 딸

Daughter of
Earth 7 부

나는 고리키의 『어머니』를 읽고 있었다. 고리키가 온통 내 관심을 사로잡고 있는 바람에 나는 여러 주일 동안 다른 유럽과 영국 작가들의 작품은 하나도 읽지 못했다. 고리키는 새로운 발견이었다. 나는 종종 카린과 함께 고리키에 관해 이야기를 나누었고 카린은 내가 잘 이해하지 못하는 많은 것을 설명해 주었다. 카린은 고리키의 작품뿐만 아니라 영혼을 칭찬했다. 그러면서 고리키는 여성을, 남녀 사이의 친밀한 다정함을 소중하게 생각했고 대중들의 가슴속에 있는 아름다움을 향한 동경을 표현하는 작가라고 말했다. 내게 감명을 준 것은 고리키가 자유를 적극적으로 사랑한다는 점이었다. 나는 고리키가 주인공 이름을 '비터' (『어머니』의 남자 주인공 이름. 영어로 비터bitter는 신랄하다는 뜻을 지녔다. 옮긴이)로 택한 이유를 이해할 수 없었다. 고리키 자신은 전혀 신랄한 사람이 아니었기 때문이다. 그리고 고리키가 작품 속에서 아무리 비참한 조건에서라도 삶에 대해 무척 긍정적인 태도를 보여 주는 근원도 궁금했다. 이것이야말로 언제나 나를 괴롭히는 삶의 모순 중 하나였다. 나는 삶의 많은 모순을 회상해 보았다. 매우 비참한 상황인데도 나는 종종 웃고 싶은 충동을 느낀 적이 있었다. 조지의 죽음이 내게 일격을 가했는데도 나는 오히려 평온했다. 게다가 울 수도 없었다. 사랑을 해 본 적이 없는 사람은 고통도 결코 느끼지 못하며, 고통을 겪어 보지 못한 사람은 행복의 의미를 결코 알 수 없다고 누군가가 말했다. 나는 노동자들의 국제적인 구호도 생각났다.

"만국의 노동자여, 단결하라. 우리가 잃을 것은 족쇄요, 얻을 것은 새 세상이다."

이런 모순이 바로 역설이었다. 나의 전 생애를 통해 나는 끝없이 역설들과 부딪혀 왔다. 내가 아직도 이해하지 못한 역설들이 잔뜩 남아 있다.

조지가 죽고 댄은 군대로 가 버린 요 몇 달 동안 나 자신의 양심과 직면하느라고 나는 몹시 힘겨웠다. 그럴수록 자신을 추슬러 대학의 야간 강의에 몰두하려고 무척 애를 썼다. 나는 카린 집을 나와서 가구 몇 개만 갖춘 방에서 혼자 살기 시작했다. 온종일 사무실에서 일하고 일이 끝나기가 무섭게 서둘러 대학으로 갔다. 그렇게 하루 일과가 끝나면 파김치가 되어 지친 머리로 공부하려고 애를 썼다. 나는 또다시 과거를 향해 벽을 쌓기 시작했기 때문에 아버지 생각을 거의 하지 않았다. 어머니와 동생들 생각만으로도 고통스럽고 우울했다. 아버지나 이모를 생각하면 불행해졌다. 그리고 여동생은 언제나 이방인이었다. 아버지, 당신이 무척 서투르게 사랑했던 사람들에게 버림받아 저 외로운 무덤 옆에서 불침번을 서고 있는 백발의 남자가 틀림없이 아버지였을 것이다. 아버지가 자기 나름으로 사랑했던 여자, 그러나 마치 아버지에게 침이라도 뱉을 듯 죽어 갔던 어머니를 아버지는 평생 이해하지 못했다. 아버지는 일생 고된 노동을 해도 왜 그렇게 가난하게 살 수밖에 없는지도 이해하지 못했다. 나는 그런 아버지에게 연민이 아니라 망각의 벽을 쌓았다. 영혼 한구석에서는 아버지를 생각하고 있었을 것이다. 한밤중에 깨어나 좁고 어두운 방 안을 응시하며 누워 있을 때, 나를 가장 고통스럽게 하는 것은 아버지와 남동생들에 대한 기억이었다.

지금 내 앞에는 대학 졸업장이 놓여 있다. 졸업장 너머에는 나의 새로운 사회적 지위가 놓여 있을지 모른다. 언젠가는 이 졸업장 덕분에 돈과 권력까지 갖게 될지 모른다. 미국인의 심장에 새겨진 성공은 내 가슴에도 박혀 있었다. 사람들이 성공을 바라는 것은 대부분 쓸데없는 목적 때문이다. 내가 대학에서 배운 모든 것, 친구나 동료에게 배운 많은 것은 성공을 향한 욕망을 강화시켰을 뿐이다. 내가 아는 많은 사회주의자들조차 똑같았다. 사회주의자들의 지도자로 올라서는 것, 많은 사람들이 그것을 목표로 하고 있었다. 그들 중에 가난과 불의와 대중의 억압에 관해 강의하는 유명한 부자들도 있었다. 그 부자들은 유럽의 위대한 사람들과 개인적인 친분이 있는 것 같았고, 러시아혁명에 대해서도 자기들의 사유재산인 양 말했다. 언제나처럼 그 부자들의 빛나는 재치는 나를 멍하게 만들었다. 과연 언제쯤 저들처럼 유식한 사람이 될 수 있을까? 과연 나는 좌파와 우파의 차이를 저렇게 권위 있게 토론할 수 있게 될 것인가? 결코 그런 일은 없으리라. 저들이 이론을 공부할 시간에 나는 일을 해야 하는 노동자에 지나지 않았으니까. 부자 사회주의자들이 나보다 성실하지 않다는 말이 아니라, 단지 다른 세계에 속한 사람들이라는 이야기다.

나는 강한 느낌에 따라 격렬하게 반응했지, 조리 있는 생각은 거의 하지 않았다. 그런 나를 논쟁에서 거꾸러뜨리기는 쉬운 일이었다. 지금 그런 사건 하나가 생각난다. 대학 강의 시간이었는데 금발의 교수는 흠잡을 데 없이 옷을 잘 차려입었다. 교수는 또 남미에서 엄청난 이익을 거둬들이는 세계적인 규모의 고무회사 고문이기도 했다. 교수는 우리에게 아마존 강 유역에서 고무를 채취하는 일에 관해 이야기해 주었다. 그래서 우리는 고무를 채취하는 일이 얼마나 힘든 일인가를, 또 그런 사업에서는 하루에 여덟 시간만 노동해서는 안 된다는 것을 배워 알게 되었다! 하루에 여덟 시간만 일하면 우리나라에서 고무 값이 너무 많이 올라 대부분의 미국 사람들이 비옷 하나도 살 여유가 없게 된다는 것이었다! 그런 다음 교수는 아마존 강을 따라 지독한 열기 속에서 일하는 흑인들에 관해서 말했다. 원주민들은 새벽부터 어두워질 때까지 일하는 데 반대하지 않는다고 했다. 다짜고짜 일어선 나는 교수의 말에 항변했다.

"교수님 말씀을 믿을 수가 없습니다. 사람들이 그런 조건에서 일한다면 오히려 노동시간은 짧아야 하고 임금은 훨씬 많이 지불해야죠. 교수님은 왜 그들이 그런 일에는 신경도 쓰지 않는다는 투로 말씀하는 거죠?"

"그들은 정말 신경 쓰지 않아. 아니, 오히려 그렇게 일하는 것을 좋아해. 그들 중 한 명이 서서 매를 흠씬 맞고도 아주 만족해하며 걸어가는 모습도 봤는데?"

교수는 확신을 갖고 말했다.

"교수님 말씀을 믿을 수 없습니다. 그게 사실이라면 우리가 부끄러워할 일이죠!"

"분명히 말하는데 내가 정말로 봤다니까! 흑인이 너나 나 같은 줄 알고 있구나."

"교수님이 그 사람들의 감정이나 생각을 어떻게 알죠? 그 사람들의 고통에 대해 교수님이 무얼 알죠? 교수님이 무얼 알 수 있겠어요? 그리고 교수님은 흑인들이 피부색이 검다고 해서 우리보다 덜 민감하다고 믿고 있죠?"

"나는 흑인들과 함께 일도 했지. 우리 같으면 결코 참지 못할 일들을 흑인들은 참고 해내는 걸 보았어. 흑인들은 우리와 똑같이 느끼질 않아. 흑인들은 하루에 여덟 시간 일한다는 것은 들어 본 적도 없는 일이야. 여덟 시간 일하면 임금이 반으로 줄 테니까, 찬성하지도 않는 거지."

나는 너무나 화가 나서 대꾸할 말을 찾을 수가 없었다. 살인적인 열기 속에서 터무니없이 오랜 시간을, 그저 자기들 육신의 생명을 유지할 수 있을 정도의 돈만 받고 일하는 흑인들의 모습은 나의 내면에서 사나움을 일깨웠다. 어찌나 분노했던지, 교수를 죽이고 싶을 지경이었다. 누구든, 그것이 남자든 여자든, 남보다 자신의 이익에만 관심이 있다는 사실은 증오심과 공포심을 불러일으켰다. 그 사실에 맞닥뜨리고서야 인간들이 늑대라는 것을 깨달았다. 그 깨달음은 나를 섬뜩하게 했다. 말만으로는 동물처럼 행동해서는 안 된다는 것을 납득시킬 수 없다는 것을 알게 됐고, 그럴 수 있을 거라는 희망조차 지워 버렸다. 노예들은 짐승 같은 짓을 파괴시킬 수 있을 정도로 강해야 한다. 그렇게 되기 전에는 고통을 겪고 땅을 기어 다녀야 할 것이다. 나는 저 흑인 남자들, 맹목적으로 일만 하며 일하는 동안 땅만 쳐다보는, 굽은 어깨를 한 커다란 몸집의 남자들을 그려 보았다. 흑인 중 몇몇은 중얼거리고 있는 것 같았다. 삶을 앞에 두고 할 말을 못 하고 무기력해진 그 사람들 속에서, 인간성을 부정당하고 패배한 모든 사람들 속에서 나는 아버지와 남동생들의 모습을 보았던 것일까? 내가 흑인으로 태어나지 않고 백인으로 태어난 것, 노예가 아니라 자유인이 된 것은 순전히 우연이었다. 진리란 나 하나만이 아니라 모든 일반을 망라할 때만 진리라고 믿었다.

교수들은 나를 잠잠하게 만들 수 있었다. 교수들은 숫자와 도표, 지도와 책을 갖고 있었다. 굴하지 않는 저항 의식만이 내 유일한 대답이었다. 책과 도표가 우리의 정신을 죽여서 어떻게든 종속시키고 인간을 맹목적이거나 냉소적으로 만든다면 책과 도표란 나쁜 것일 수도 있다는 사실을 나는 배워 가고 있었다.

그때 내 삶으로 어떤 남자가 들어오게 되었다. 애인은 아니었다. 그 남자가 애인이 아니었던 게 내 잘못은 아니었다. 나는 막연한 동경과 혼란의 소용돌이 속에 있었기 때문이다. 그 남자는 선생이었고 지혜로운 사람이었다. 백발이 성성한 가무잡잡한 남자, 인도에서 온 남자로 얼굴은 못생겼지만 엄한 데가 있었다. 그 남자의 얼굴 한쪽 아래에는 상처가 있었고 한쪽 눈은 보이지 않았다. 그 남자는 짧은 시간 동안 내 삶의 문턱을 밟고 서 있었다. 그 사람은 늘 나를 경멸하는 듯한 태도로 대했다. 그 사람이 도대체 왜 나와 관계를 맺었는지는 지금도 풀 수 없는 수수께끼다. 먼 나라에 있자니 외로워서 그랬는지도 모른다. 아니, 어쩌면 내 마음속 깊이 사람의 정을 그리워하며 사랑할 어떤 사람, 아버지를 대신할 어떤 사람을 갈구하는 마음이 절절했던 내가 놓아 주지 않아서였는지도 모른다. 내 마음의 결핍을 채워 줄 수 있을 사람이라 생각했던 것이다. 나는 잡초처럼 원시적인 여자였다.

그 사람은 우리 대학에 강연하러 왔던 인도인으로, 언젠가 내가 서부에서 가르치던 학교에 한 번 온 적이 있는 바로 그 사람인 것 같았다. 나는 그 사람의 이름이 '란지뜨 씽Sardar Ranjit Singh'이며, 인도 북부에서 태어났고, 호전적 신앙을 가진 사람이라는 것을 알게 되었다. 순교자들의 육신 위에 세워진 부족 태생이라는 것도 알게 되었다. 인도의 자유를 위해 싸우다 감옥에서 자기 민족의 역사를 새롭게 알게 됐으며, 교수형까지 선고받았다는 사실도 알게 됐다. 그 사람이 처음 우리 대학에 연설하러 왔을 때, 자리에서 일어나 큰 키와 비쩍 마른 몸을 내보이는 순간, 못생긴 얼굴은 안중에도 없었다. 그 사람의 목소리에는 망명객이 담을 법한 절실한 호소가 있었다. 얼굴은 못생겼지만 목소리에는 호소력이 넘치는 게 신기했다. 존재의 비밀을 다 해결한 것 같은 평온한 얼굴은 경이롭기까지 했다. 교수는 씽이 역사가이며 인도사에 관해 강연해 줄 거라고 소개했다.

그때 씽이 한 강연의 세세한 내용을 지금은 거의 기억하지 못한다. 인도의 과거와 현재, 고통과 수난과 트럼펫 소리로 얼룩진 풍요로움과 아름다움에 관한 것이었다. 씽이 말한 내용에는 숱한 고통이 배어 있어서, 내게는 아주 친밀하게 다가왔다. 씽의 말은 새로운 세상을 위해 싸우자는 부름을 담고 있었기 때문에 나 자신의 삶과는 달랐다. 씽의 목소리는 어느덧 나를 사로잡아 부드럽게, 그러나 깊이 감동시켰다. 나는 몸을 앞으로 굽히고 내 좌석 팔걸이를 꼭 잡았다. 씽의 강연은 갑작스럽게 끝났다. 씽의 마지막 말은 분명 허공에다 내뱉은 것 같지만 어떤 도전이 담겨 있기도 했다.

"여러분 미국인들, 여러분의 제도와 문화를 창조하는 여유라는 것이 다른 사람들의 종속적인 육체에 기초를 둔 것이라면 여러분 마음이 평화로울 수 있을까요? 이 정글의 법칙이 여러분에게는 삶의 법칙인가요? 그렇다면 여러분은 영혼도, 목적도 없는 기계입니다. 나는 우리 인도 사람들이 지금 쟁취하려고 애쓰고 있는 자유에 관해 여러분에게 말한 바 있습니다. 여러분은 영국처럼, 여러분 자신만을 위한 자유 따위를 믿을 수 있습니까? 여러분의 전쟁은 민주주의를 위한 것이라고 여러분은 말합니다. 그렇지만 저는 그 말이 의심스럽습니다. 아시아는 지구의 4분의 3을 차지하고 있지만 여러분이 말하는 원칙은 아시아까지 확장된 것은 아닙니다."

씽은 강단을 떠나 통로로 내려왔고 내 주위의 학생들은 일어서서 강연장을 나가기 시작했다. 나는 일어서서 씽 앞으로 곧바로 걸어갔다.

"잠깐만요, 선생님. 언젠가 캘리포니아의 어떤 학교에도 오신 적이 있지요? 그때는 강연 허가가 떨어지지 않았고요. 저를 기억하시겠어요? 제가 선생님께 제 주소까지 적어 드렸는데요."

씽은 아주 공손하게 웃었다. 이런 식으로 씽에게 접근하는 여자들이 많았던 모양이다.

"잘 생각이 나지 않는군요. 당신도 알다시피 많은 학교들이 내 강연을 허락하지 않아서요. 나는 인도인이니까요!"

씽은 살짝 머리를 숙이더니 자신이 지나가도록 내가 비켜서기를 기다렸다.

"당신은 여기 학생인가요?"

내가 비켜서려고 하지 않자 씽이 물었다.

"네, 그래요. 경제학과 역사를 공부하지요. 우리 미국인들은 목적도 없는 기계 같다고 말씀하셨죠. 전 그 말뜻을 모르겠어요."

씽은 내 얼굴을 찬찬히 들여다보았고 어느새 예의 바른 웃음기도 사라져 버렸다. 씽은 어떻게 사람들이 저렇게 물질적인 존재가 되어 그런 사실조차 모르게 되었을까 의아해하는 것 같았다. 씽이 말했다.

"그것도 몰라요?"

"우리가 어떤 것을 알아야 하죠? 선생님, 가끔 저는 무슨 생각을 해야 할지 모를 때도 있어요."

"무슨 생각을 해야 할지 모른다고요!"

"무슨 공부를 해야 하고 무엇을 할지, 제게 가르쳐 주시지 않겠어요?"

아무 대답도 않고 서서 나를 바라보던 씽의 얼굴에 기묘한 표정이 떠올랐다. 그런 다음 씽은 지갑에서 명함 하나를 꺼냈다.

"정말로 원한다면, 당신 뜻이 진지하다면, 당신이 공부하고 싶은 게 인도라면 도와줄 수 있어요. 그게 아니라면 도와줄 수 없어요. 당신이 나와 대화를 하고 싶다면 토요일 오후에 와요. 그때는 집에 있으니까."

그제서야 나는 길을 비켜 주었다. 씽은 한 손을 가볍게 이마 쪽으로 쓸어 올리더니 통로를 내려갔다. 나는 씽의 명함을 쥐고 몸을 돌려 걸어가는 씽의 모습을 지켜보았다. 씽은 아주 꼿꼿하게 걸었으나 어깨는 굽어 있었다.

나는 지식과 사랑이 하나가 될 때 어느 것도 깨뜨릴 수 없는 힘을 창조한다는 점을 배웠다.

내게 그것을 가르쳐 준 것은 두 명의 아시아 남자였다. 그중 한 사람은 란지뜨 씽 선생님이었다. 우리를 삶과 화해시키고 결국 소멸과 화해시킬 수 있는 어떤 것이 있다면 배워야 한다. 나는 무지했고 란지뜨 씽은 내게 지식을 주었다. 나는 거칠고 종종 냉소적이었는데, 거친 태도는 두려움을 나타내며 냉소주의는 패배 라고 내게 가르쳤다. 씽은 위험인물이었다. 씽은 카시우스(Cassius, 셰익스피어의 『율리우스 카이사르*Julius Caesar*』에 나오는, 노예 신분이지만 자유를 열망하는 인물. 옮 긴이)처럼 생각을 너무 많이 했다. 나는 씽에게서 내가 갖지 못한 모든 것, 나 자 신과 같은 미국 사람 대부분이 갖지 못한 것들을 배웠다. 즉 사려 깊음과 인간 애, 자신의 땅에 대한 사랑과 함께 모든 인간의 자유를 열정적으로 바라는 마음, 지식을 좋은 목적에 사용하는 태도 말이다.

씽 앞에서는 늘 비천하고 아주 무지하다고 느껴졌다. 씽은 바로 그 주 토요일 저녁에 나와 함께 대화를 나누었다. 이야기를 나누는 동안 내 잔의 차는 다 식어 버렸다. 우리가 앉아 있는 식당 너머에 책이 쌓여 있는 작은 서재가 있었고, 오 후 햇살이 책상을 가로지르고 있었다. 씽은 조그만 아파트에 살았는데 아주 검 소하게 꾸며져 있었다. 나는 유식한 사람들은 언제나 부자이며 좋은 집에서 하 인을 부리며 산다고 생각해 왔다. 그러나 이 사람은 검소한 집에서 살고 있었고 부리는 하인도 없었다. 이 집의 가사일은 씽과 함께 살고 있는 두 명의 인도 학 생들이 도맡아하고 있었다.

나는 누구인가, 그동안 어떻게 살아왔으며 내 가족들은 어디에 있는가, 그리 고 무슨 공부를 하느냐는 질문을 차례로 받았다. 나는 씽에게 사실대로 말했고, 씽은 내 아버지가 의사라고 거짓말하지 않은 유일한 사람이었다. 씽은 내가 하 는 공부에 관심을 보였고 왜 공부를 하는지 물었다. 나는 그 답을 몰랐다.

"당신은 영국 사회사를 공부하고 있군요. 그러나 그 공부는 영국의 발전에 인도 가 끼친 영향을 공부하지 않으면 완전하지 못해요. 영국의 부富는 인도를 약탈 하는 데서 출발했죠. 당신이 영국의 인도 약탈사에 관해 공부해도 좋다는 교수의 허락을 받을 수 있다면 내가 도와주겠소."

씽이 이렇게 말했다. 나중에 씽은 또 지적했다.

"모두들 유럽사를 공부하니, 당신은 아시아의 역사를 공부하지 그래요."

내가 공부하는 데 아무 목적이 없다는 것을 인정하자 씽이 말했다.

"인도에서는 선생이 많이 필요하죠. 정복자가 아니라 친구로 올 선생 말이오. 당신한테는 가족도 없으니까 우리에게 와서 공부해 보면 어떻겠소?"

한 달도 못 되어 나는 뉴욕 시에서 하던 일을 그만두고 씽의 비서로 일하기 시작했다. 씽은 미국에 관한 책을 쓰고 있었다. 매일 아침 나는 씽의 작은 응접실 창가에 앉아서 씽의 원고를 타자로 쳤다. 매일 오후에는 대학에 가서 공부하고 저녁에는 씽의 집 근처에 새로 구한 내 방에 서둘러 들른 다음, 공부하러 씽의 아파트로 올라갔다. 타자 칠 것이 없는 아침도 있었고, 저녁 시간은 늘 길었다.

씽과 함께 사는 인도 학생들의 이름은 비렌과 꾸마르였다. 비렌은 이제 막 스물두 살이 되었고 자기 지식으로 내게 꼭 영향을 미쳐야 한다는 부담을 느끼고 있었다. 비렌은 가무잡잡했으며 홀쭉하고 키가 컸다. 얼굴은 잘생겼으나 아주 가난했다. 또한 비렌은 자기가 요리를 아주 잘한다고 생각했다. 꾸마르는 아직 스무 살도 채 안 되었고 소녀처럼 수줍음을 탔다. 꾸마르가 뭔가 동경하는 분위기와 부드러운 마음씨를 갖추고 아주 온순한 것은, 못생긴 얼굴 탓이 컸을 것이다. 우리는 란지뜨 씽에게 경의를 표하기 위해 그를 '사르다르지'(Sardarji, 원로 지도자라는 뜻을 지닌 사르다르의 경어. 이후 '선생님' 이라고 표기한다. 옮긴이)라고 불렀다. 내가 만일 미국 남자 셋과 그렇게 가깝게 살았더라면 무슨 일이 일어났을까를 종종 생각해 보았다. 그렇게 함께 사는 일조차 불가능했을 것이다. 나는 씽과 비렌, 꾸마르를 아버지처럼, 남동생처럼 느끼며 함께 살았다. 내가 그들과 쉽사리 어울리며 내 가족처럼 대했던 것도 바로 이 때문이었다.

나는 세 사람을 사랑하게 되었고 그들 또한 그랬으리라 믿는다. 비록 그 집을 방문하는 다른 남자들을 대하듯이 늘 조금 거리를 두고 공손하게 대하기는 했지만……. 비렌만은 자신의 위엄을 깨뜨리고 나와 싸웠다.

어느 날 타자를 치고 있는 내 등 뒤에서 비렌이 "마리!" 하고 말을 건넸다.

"넌 아일랜드 역사에 대해서도 모조리 다 알고 있다고 생각하는 모양인데!"

"그럼, 물론이지!"

"그래, 그건 조금 너무 심하지 않아! 니체가 쓴 것도 전부 다 읽었다고 생각하는 거야?"

"아니, 그렇지 않아! 난 니체 책을 읽지 않았어도 니체가 뭐라고 썼는지는 모조리 다 알고 있지!"

"그래! 넌 한 대 맞아야겠어!"

간이침대에 늘어져 있다가 긴 한쪽 다리를 마루에 쿵 하고 떨어뜨리더니 비렌은 법석을 떨며 일어섰다.

"그렇게 해 봐, 힘이 있으면!"

"뒤로 가지 못해! 이 멍청이 바보야!"

꾸마르가 나를 도와주기 위해 비렌에게 고함을 쳤다. 뒤에서 선생님의 목소리가 들려와 그 소동은 막을 내렸다.

"다시 또 그럴 테냐! 너희들 셋 모두 집 밖으로 나가. 적어도 두 시간 동안 돌아오지 마! 나도 내 집에서 조금은 쉴 권리가 있으니까!"

우리 셋은 차가운 보도를 내려다보며 명상에 잠겨 있어야 했다.

선생님과 나는 내가 읽은 책의 개요를 앞에 놓고 몇 시간이고 이야기하면서 아름다운 시간을 보냈다. 그것은 그저 책만 공부하는 시간이 아니었다. 인도 전체를 오래 여행하는 것이나 다름없었다. 그저 이상한 이름에 불과한 사람들이 아니라, 살아 있는 남자와 여자들이 내 앞에서 행진했다. 예술과 문학이 내 눈앞에서 펼쳐졌고, 부처가 사회혁명을 설교했으며, 위대한 제국이 흥했다가 쇠퇴했다. 침략자들이 들어와서 인도인들과 섞이며 인도인의 관습과 사상을 받아들였다. 산에는 요새가 있었고 야릇한 깃발이 나부꼈으며 트럼펫 소리도 들렸다. 아름다운 강이 흘렀고, 해가 솟아오르기 전 이른 새벽의 부드러운 초록 솜털로 뒤덮인 사막들이 있었다. 정글의 향기처럼 그 냄새들이 내게로 왔다. 멀리서 보랏빛 아지랑이가 가물거렸고 저녁에 암소들이 석양에 먼지 구름을 일으키면서 집으로 돌아올 때는 짤랑짤랑 종이 울렸다. 그래서 인도 사람들은 해가 기우는 것을 '암소먼지'라고 불렀다. 꽃들은 진한 향기를 내뿜으며 빛나는 꽃봉오리를 섬세하게 피워 냈다. 그 꽃들은 아침 같기도 했고, 여인들의 밝은 사리와 남자들의 순백 옷처럼 순하기도 했다. 밤하늘은 평평한 지붕 위에 옷을 입고 있는 여인의 그림자가 드리운 듯 진한 보랏빛이었다.

시간은 흘러갔고 우리는 계속 공부했다. 가끔은 힘에 버겁기도 했다. 그러나 그 일을 사랑하는 남자 때문에 아름다운 것이 되었다. 마지못해 나는 현실로 돌아왔고 선생님이 내 건너편에서 참고 도서를 설명해 주고 역사적 사실과 연대를 비교하며 다음에 할 공부를 새로 제시하는 모습을 보았다. 선생님은 내게 공부하는 훈련을 더 많이 쌓으라고 했다. 훈련을 하지 않으면 어떤 목적도 이룰 수 없다는 것이었다. 내게는 훈련이 부족하다는 것이었다. 그렇게 못생긴 사람이 사물을 아름답게 만드는 것이 참 묘했다.

일주일에 두 번, 하이데르 알리가 와서 내게 경제학을 가르쳐 주었다. 알리는 젊은 이슬람교도 교수였다. 알리는 금욕주의의 사도로, 통계학이라는 신을 경배했다. 숫자와 사실은 알리에게 거룩한 것이었다. 알리의 외모가 지금보다 아름답지 못했더라면 나는 알리에게 아무것도 배우려 들지 않았을 것이다. 알리는 아주 말랐고 걸음걸이는 우아했다. 남자건 여자건, 알리처럼 사랑스러운 얼굴을 한 사람을 나는 보지 못했다. 목 높이까지 꼭 죄는 검은 인도식 외투를 입고 있어서 알리의 얼굴은 더욱 날카롭게 드러나 보였다. 알리의 목소리는 칼날같이 날카로웠고 감성이니 사랑 따위와 같은 어리석은 짓들에 내줄 시간이 알리에게는 없었다. 알리는 나를 책상 한쪽에 앉히고 자신은 반대편 의자에 앉아서 공부를 시작했다. 알리는 내 안의 여성적인 싹수가 보이는 어떤 것이라도 깡그리 말살시켰다. 그러고는 내가 인도를 위해 일할 때 내 갑옷이 되어야 할 숫자들을 일렬로 내 주위에 세워야 한다고 생각했다. 나는 그 갑옷을 그리 잘 입지는 못했다. 그러나 내가 알리를 엿볼 수 있을 만한 구멍을 남기고, 어쨌든 입기는 입었다.

알리 교수의 눈은 무척이나 까맣고 깊었다. 알리의 이면에는 더 어두운 그림자가 깔려 있을 것 같은 분위기이기 때문에 종종 나는 알리가 무슨 말을 하고 있는지조차 잊어버렸다. 우리 머리 위의 전구에서 나오는 빛이 알리의 검은 머리칼을 비추었다. 알리의 머리를 살짝 건드려 본다면 새의 날개 같은 감촉을 느끼지 않았을까, 나는 생각했다. 머리를 옆으로 돌린 알리의 모습을 나는 숨을 죽이고 바라보았다. 정교하고 아름다운 예술을 인도인들이 창조했다는 게 놀랄 일도 아니라는 생각이 들었다.

"지금 내 말을 듣고 있는 거예요?"

설명 도중에 알리의 인정 없는 목소리가 끼어들었다.

"죄, 죄, 죄송합니다. 잠시 딴생각을 좀 하고 있었어요. 다시 설명해 주세요."

"잘 듣고 공책에 필기하지 않으면 진도를 더 나갈 수 없어요! 다른 것들을 암기할 수 없을 테니까!"

나는 열심히 들었고 알리가 설명하려고 멈출 때 말고는 알리의 길고 가느다란 손가락이 왔다 갔다 하는 책을 응시했다. 알리를 쳐다보면서 동시에 생각도 하는 것은 참 어려운 일이었다. 알리는 손가락조차 여자처럼 곱고 길며 가늘었다. 알리가 내게 가르쳐 주려고 한 연대와 숫자들, 인도의 운하 제도, 과거와 현재와 미래의 토지 소유 제도 등은 이미 잊어버린 지 오래다. 그러나 알리의 눈과 머리칼, 책 페이지 위로 움직이던 그 가늘고 기다란 집게손가락은 절대로 잊지 못할 것이다.

많은 인도인들이 란지뜨 씽의 집을 방문했고 인도인들은 하늘과 땅 사이의 온갖 것을 해부하려 들었다. 창백한 얼굴의 한 젊은이는 하얀 터번을 둘렀는데, 이름은 딸바르 씽이라고 했다. 딸바르가 어떤 화자에게서 다른 화자에게로 몸을 돌릴 때면, 딸바르의 검은 눈은 더욱 이글거렸다. 딸바르는 감정을 눈으로만 표현했으며, 앉아 있을 때는 손을 몸 아래로 떨어뜨리고 천천히 앞뒤로 흔들었다. 전에 들어 본 적이 없는 어떤 내용을 누군가 말할 때면 흔들던 손을 잠깐 멈추고 생각에 잠기는 것 같았다. 그런 다음 다시 손을 흔들었다. 딸바르는 주안 디아즈라는 학생과 함께 오곤 했다. 주안 디아즈는 유라시아인으로, 반은 힌두인이고 반은 포르투칼인이었는데 기독교를 믿고 있었다.

주안 디아즈는 다른 인도인들보다 매력적이었다. 머리칼이 어쩌나 검었던지, 빛을 걸러 낼 것만 같았다. 주안의 입가에는 가끔씩 냉소적인 웃음이 스쳐 갔으며 키가 커서 걸을 때면 등이 약간 굽었다. 주안은 남자들의 성실성을 거의 믿지 않았으며, 여자들에게는 아예 성실성 같은 것조차 없을 거라고 믿고 있었다. 주안의 말은 퍽 냉소적인 데다 상대방의 화를 돋우는 지적들로 가득 차 있었다.

기독교, 이슬람교, 힌두교, 시크교도가 선생님의 집에서 만나 토론을 했고, 동서양의 여자들이 갈기갈기 해부되었다. 사회주의, 공산주의, 무정부주의와 민주주의가 제각기 옹호자를 가지고 있었다. 어떤 사람은 하나님을 경배하는가 하면 어떤 자는 하나님의 존재 자체를 부인했다. 하이데르 알리는 최후까지 금욕주의를 옹호하는가 하면 주안 디아즈는 "칠백 마리의 쥐를 먹은 고양이가 순례를 떠나 메카로 갔다"고 응수했다. 내게는 지상에 내려온 신神처럼 보이는 사람을 주안이 공격하자 나는 곧 거기에 반대했다. 그러자 주안은 내게로 몸을 돌리더니 "빈 호리병의 콩 소리가 더 요란한 법"이라고 말하는 것이었다! 미리 어떤 논쟁에 대처하려는 듯 주안은 자신의 혁명적인 감성들은 여성에게까지 확장되지 않는다고 내뱉는 것이었다. 주안은 나와 내 생각이 자신을 계속 모욕한다고 생각하는 모양이었다.

제1차 세계대전은 이 집에서도 늘 우리 앞에 가로놓여 있었다. 나는 민주주의 구호들을 냉소적으로 지켜보는 아시아 태생 남자들의 눈으로 이 전쟁을 바라보게 되었다. 이 아시아 남자들의 눈은 슬퍼 보였고, 때때로 절망에 가득 차 있었다. 나는 어느 편이건 민주주의 구호를 믿고 있는 사람을 한 명도 기억해 내지 못한다. 그 사람들을 통해, 지적이고 혁명적인 남자들이 압제 때문에 얼마나 고통받는지 알게 되었다. 나는 내가 한恨이 무엇인지를 잘 안다고 생각했다. 그러나 그들과 지내면서 '한'이라는 단어의 의미를 잘 알고 있는 게 아니라는 사실을 깨달았다. 그 사람들과 헤어져 내 방으로 돌아온 밤이면 나는 종종 노예 상태를 파괴하도록 돕는 것이 어째서 내 운명이 아닌 걸까, 생각했다. 그러고는 어둠속을 뚫어져라 응시하곤 했다. 한줄기 빛도 보이지 않았다. 나는 너무 어렸고 무지했으며 또한 너무 약했다. 그리고 나는 나 혼자였을 뿐이다.

몇 주 내내 인도인들이 선생님의 식당에 모여 앉아 이야기를 나누는 것을 나는 귀담아들었다. 사람들은 자신의 역사와 문학에 관한 것들, 인종적 의식의 기초를 형성하는 저 수천 가지 속담과 인유隱喩들로 가득 찬 대화를 나누었다. 그 사람들의 광범위한 학습과 학식은 아주 깊은 감명을 주었다. 나중에 선생님에게 사람들이 이야기한 인유나 진술에 대해 설명해 달라고 부탁했다. 우리가 아침 일찍 함께 가는 산책 시간이면 선생님은 대화를 멈추고 설명해 주기도 했다. 우리의 대화는 인도인의 삶 전체로, 또한 나를 포함한 미국인의 삶 전체로 나아갔다.

선생님은 인도에서의 습관을 미국에 와서도 그대로 반복했다. 여름에는 새벽 다섯 시에 일어났고 겨울에는 그보다 좀 늦게 일어났다. 나는 센트럴공원 입구에서 선생님을 만나 아침 식사 시간까지 산책을 했다. 봄과 여름 아침에 잔디는 이슬에 젖어 있고 머리 위의 나뭇잎들은 물기로 반짝거렸다.

"결과나 보상도 없이 일하다니요? 어떻게 그런 말을 할 수 있어요? 그것은 불가능해요. 너무 힘들어요."

나는 선생님에게 반박했다.

"네가 처음 우리에게 오겠다고 했을 때, 선생님이 되는 건 어떻겠느냐고 한 적이 있지? 그런데 그 일을 거부하겠다니! 그렇다면 너는 무엇 때문에 우리에게 왔지? 우리 운동은 아주 힘겹고 잔인한 거야. 노예 상태는 가난, 무지, 미신, 질병, 불행과 같은 산물을 가져오는 법이지. 네가 생각하는 것만큼 아름답지도, 낭만적이지도 않고, 밉살스럽고 추하기만 해. 다른 것을 기대했다면 우리에게 와서는 안 돼. 네가 실망해 우리에게 등을 돌리는 건 시간문제일 거야."

"아니에요! 저는 선생님에게 등을 돌리는 일은 절대 하지 않을 거예요. 그러나 저는 가난과 무지와 미신을 증오해요."

"그렇다면 그런 것을 없애도록 우리를 도와."

"하지만 사람은 누구든 자기가 한 일의 결과를 보고 싶을 거예요."

"그럼 미국에 남아서 돈을 위해서 일해. 그러면 매주, 혹은 매달 많은 돈을 벌 거야. 넌 아주 미국적인 사람이고 삶에 대해 값싸고 피상적인 견해만, 이익에 관한 생각만 갖고 있으니."

"대체 선생님은 아무 희망도 없이, 제게 무슨 일을 시키고 싶으신데요?"

"사실 우리에게도 결과를 요구하는 게 필요해. 인도에서는 더더욱 절실하고. 하지만 만일 네 일의 목적이 아주 위대하고 진실한 것이라면 그것을 성취하기 위해 일하는 것 자체가, 비록 실패해서 가난하게 살게 된다고 할지라도 그것 자체가 충분한 보상이 된다는 말이야."

"그 말은 어쩐지 선생님의 조국이 자유롭게 되는 것을 기대하지 않는다는 말씀 같이 들리는군요. 선생님의 철학은 절망의 철학이에요."

"아니야. 내가 성공을 좇았다면 나는 이미 오래전에 절망해 이 일을 그만두고 말았을걸. 당연히 나도 우리 일이 성취되기를 바라지. 아직은 실패만 거듭했지만 그 때문에 일하고 있는 거야. 지금도 나는 내가 옳다는 걸 알아. 마리야, 그러한 신념이야말로 어떤 종류의 일을 하건 유일한 기초야. 옳다는 신념이야말로 삶의 유일한 기초인 거야. 일생 동안 일해도 결국 그 대가로 돌아오는 건 죽음뿐이야. 그런 사실 앞에서 너는 어떻게 보상을 말할 수 있니? 그리고 설사 성공하지 못하더라도 근본적이고 진실한 것을 위해 일하는 것 말고 다른 어떤 길을 선택할 수 있겠니?"

"저는 인간이에요, 선생님. 그리고 아직 어려요. 저는 삶에서 뭔가를 얻고 싶어요. 부유하고 편안한 사람들, 아니면 오래 산 노인들이나 선생님처럼 생각할 거예요."

"나는 늙지 않았어. 단지 앞서 살아온 세월이 몇 년 있을 뿐이야. 내가 이런 생각을 하는 건 단지 나이 때문이 아니야. 그래서 편안함과 안락함에 빠져 있는 부자들은 내 말의 의미를 깨닫지 못하는 거란다. 부자가 되는 동안 다른 사람들 뿐만 아니라 자신도 파괴해 버린 거야."

"선생님은 평생 먹고 살 게 충분히 있는 분이세요. 그게 선생님으로 하여금 정신적인 것에 관해 말하도록 만드는 걸 거예요."

"늘 먹을 게 충분했던 것은 아니야. 죽음이라는 게 이런 것이로구나, 하고 느꼈던 순간도 있었지. 그런 순간과 부딪혔을 때 비로소 생명의 가치에 대해 알게 돼. 이런 말을 새삼스럽게 하는 게 진부하다만 내가 너처럼 새로운 세상을 창조하기 위해 애쓰는 노동계급 사람들에게 눈을 돌리는 이유 중 하나이기도 하지. 너도 알다시피 노동계급 사람들은 생각하고, 꿈꾸고, 창조할 수 있지. 노동계급은 그렇게 해도 잃을 게 하나도 없기 때문이야. 노동계급에게는 집착하거나 걸림돌이 될 두려움도, 돈도, 사소한 소유물도 없으니까 말이야. 노동계급 사람들은 다른 계급 사람들과 달리 소유물에 집착하지 않으니까 막힘없이 미래를 분명하게 내다볼 수 있지."

우리는 공원의 커다란 옥석 앞에 잠시 발걸음을 멈추었다. 우리 머리 위에서는 가지를 넓게 활짝 편 나무가 이슬을 뚝뚝 떨구고 있었다. 선생님은 절절한 염원을 담은 목소리로 계속 이야기했다.

"나는 여성 역시 만인의 자유를 위해 일하기를 바란다. 여성도 노동계급 사람처럼, 아시아인처럼, 압제가 뭔지 알아야 해. 그러나 내가 두려워하는 것은……."

"오, 저는 여자들이 남자들보다 더 넓은 비전을 가지고 있다고 생각하지 않아요! 그건 개개인의 자질과 출신 계급에 달려 있어요."

산책을 하던 어느 날 아침이었다. 선생님은 직접 관람한 로스땅의 연극(Edmond Rostand, 1868. 4. 1.~1918. 12. 2. 19세기 프랑스의 극작가이자 시인. 《로마네스크》, 《사마리아 여인》 등의 작품이 있고 특히 《시라노 드 베르주라크》는 당시 자연주의에 싫증난 관객들에게 영웅주의와 연애 감정, 화려한 시 구절로 큰 성공을 거두었다. 옮긴이)에 대한 이야기를 했다.

"아주 흥미로웠지. 어떤 믿음이, 살해된 후에도 또다시 살아날 정도로 신실한 믿음이 우리 마음속에 있어야 한다고 말하는 구절이 있었어. 넌 어떠니? 난 참 좋더구나."

몇 번인가 선생님은 나라는 존재를 거의 잊어버리고 마치 내가 공기의 일부분인 것처럼 말한 적도 있었다. 한번은 선생님이 잠시 옥석 위에 앉아 쉬면서 이렇게 말했다.

"나는 이 나라에서 보통 사람들이 힘 있는 자리로 올라서는 걸 봤어. 그러고는 자신들이 맡게 된 책임을 수행하느라 영향력 있고 지적인 사람들로 발전하는 모습도 봤어. 그럴 때 나는 내 민족을 떠올리게 돼. 그 사람들 중에서 아주 능력 있고 창조적인 사람들도, 우리 민족을 지배하러 와서 우리 민족을 망치는 아주 평범한 영국인 앞에서는 뒷걸음을 치거든! 우리나라를 여러 세대에 걸쳐 고갈시켜서는 자신들과 제 나라 국민들의 호주머니만 채웠어. 그동안 우리 민족은 점점 더 가난과 무지에 빠져들어 갔고."

선생님의 목소리에 담긴 열정은 내가 할 말을 잃게 했다.

"죄송합니다."

내 말은 산꼭대기에서 깡통이 덜컹거리는 소리같이 들렸으리라. 선생님의 얼굴은 아주 홀쭉하게 일그러져 보였고 한쪽 뺨 아래로 난 상처는 제대로 치료받지 못한 어두운 상처 같았다. 나는 무력함을 느꼈고 공감을 표하는 말로 선생님의 마음을 움직일 수도 없었다. 선생님은 계속 말했다.

"너는 조국의 흙을 사랑한다는 게 무슨 말인지 모를 거야. 나? 나는 애국자지. 마리야, 때때로 나는 내 나라에 다시는 못 돌아갈까 봐 두려워. 때때로 나는 한밤중에 오랜 지병인 심장 발작 때문에 잠을 깬단다. 그러고는 혹시 이대로 죽는 게 아닐까, 생각하지. 그때 내게 가장 절실한 욕망이, 열정이 무엇인지 아니? 바로 생전에 내 나라 땅을 한 번 밟고 그 흙에 입 맞추고 싶다는 거야. 그 심정, 너, 이해할 수 있겠니?"

이렇게 말하면서 선생님은 손을 뻗어 검은 흙 한 줌을 집어 올렸다.

"선생님, 조국을 사랑한다는 게 바로 흙을 사랑한다는 말인가요? 그래요, 저는 사랑해요. 저는 서부의 산을 사랑해요. 사막도 사랑하죠. 그러나 사람들이 일반적으로 나라를 말할 때는 대개 정부와, 나라를 다스리는 권력자를 뜻해요. 그렇다면 저는 우리나라를 사랑하지 않아요. 하지만 땅은 사랑해요. 땅은 원래 우리 것이니 꼭 사랑해야 해요."

"무슨 말이지?"

"땅은 개인의 소유가 아니라, 일하고 살며 고통을 받는 우리 모두에게 속하는 것이어야 한다는 말이에요."

"네가 추방당하고, 네가 사는 이 나라 모두를 총칼로 무장한 외세가 지배한다고 하더라도 너는 조국을 사랑하는 마음으로 조국의 자유를 위해 일하려고 하겠 지?"

"그럼요, 물론이죠. 그러나 저는 우리나라를 몇몇 부자나 권력자의 수중에 넣어 주려고 일하지는 않을 거예요. 부자나 권력자는 우리더러 자신들을 위해 일하 라고 시키면서 우리를 가난에 빠뜨리지요. 그러면서도 '우리' 나라라고 말하죠. 오늘날 미국은 '우리' 나라가 아니라 '그들' 나라예요. 우리는 부자와 권력자에 게 복종할 때만 사는 게 허용될 뿐이지요."

선생님의 목소리가 천천히 울려 나왔다.

"인도 생각을 할 때면 나는 계급 생각은 하지 않아. 나는 그 땅, 고통 받고 있는 백성, 내가 태어난 고향, 감미로운 우리 말, 우리 역사, 이 모든 것을 생각하지."

"선생님이 농부였다면 지주 생각도 했을 거예요. 그리고 선생님이 노동자였다 면 사장 생각도 했겠죠."

"네 말이 맞을지도 몰라. 알다시피 나는 지주야. 아니, 지주였지. 그러나 내 땅 은 내 정치적 행위 때문에 정부가 몰수해 버렸어."

"선생님은 아주 우스꽝스러운 땅 주인이에요. 여기 미국에 그런 사람은 없어요."

선생님은 앉아 있던 옥석 위에서 천천히 몸을 일으키며 무거운 한숨을 내쉬었 다. 선생님은 가끔 한 번도 만난 적이 없는 사람에게 말을 걸듯 내게 이야기할 때도 있었다. 우리 둘은 접촉점이 없었다. 선생님에게 나는 설익고 충동적이며 미숙한 아가씨였을 뿐이다. 나는 선생님의 생애에서 짤막한 사건에 지나지 않았 다. 선생님의 삶은 길었고 하는 일도 강렬했다. 그리고 나는? 나더러 예속당한 나라의 자유를 위해 일하라니? 그리고 자신처럼 그 운동의 무게를 우리 어깨에 지고 있다는 느낌을 가지라니? 아니, 나는 그 뜻을 이해할 수가 없었다.

선생님은 자신이 몸담고 있는 운동을 도울 능력이 내게 있는지 의심스럽다는 뜻을 몇 번이나 내비쳤다. 선생님은 나를 아예 낙담시켜서 자신이 가고 있는 길에서 나를 내보내려고 애썼다. 어쨌건 아가씨에게는, 백인 아가씨에게는 너무 버거운 일이라고 선생님은 말했다.

"저는 두렵지 않아요!"

나는 도전적으로 대꾸했다.

"네가 어디서 무슨 일을 하건 그 일이 자유를 위한 것이고, 네 자신이 하는 일을 잘 알고 있다면 모두 다 같은 거야."

선생님이 나를 타일렀다.

"분명히 선생님의 대의는 좋은 것이잖아요!"

"내게는 그렇지. 거룩한 대의야."

"그리고 선생님의 대의는 자유를 위해 싸우는 노동자 투쟁의 일부죠, 그렇지 않은가요? 그리고 제가 그 일을 돕고 싶어하잖아요?"

"물론 그렇지. 하지만 네게 계속 지탱할 힘과 인내심이 있을지 난 의심스럽다. 넌 너무너무 미국적인 미국인이니까."

"항상 그 말을 들먹거려 나를 물리치지 마세요, 선생님!"

"마리야, 내 말을 들어봐. 우리 운동은 그냥 몇 달 신나는 모험을 즐긴다는 기분으로 할 수 있는 그런 일이 아니야. 이건 일생 동안 해야 할 일이고 게다가 위험해. 이 운동에 몸담고 일하려면 지식과 원칙을 위해 고통을 참아 낼 수 있는 능력이 필요해. 넌 원칙이 무엇인지도 알아야 할 거야. 그리고 이 일을 하다 보면 동물처럼 쫓기는 신세가 되기도 해. 안전하다는 느낌을 결코 갖지 못해."

"선생님, 왜 선생님은 저를 쫓아 버리려고 하죠? 선생님과 선생님 나라 사람들이 그런 일을 견딜 수 있다면 저도 할 수 있어요. 전 고통밖에 모르고 살아왔으니까요. 제가 선생님이 하는 운동에 대해 잘 모른다는 것은 사실이에요. 그러나 저는 공부할 수 있고 나중에 인도로 갈 수도 있죠. 댄이 정말로 돌아오지 못한다면 말이죠. 아마 그럴 거예요. 댄이 돌아온다면 몇 년 뒤에나 그럴 수 있겠지만요."

선생님은 한 손으로 내 머리를 부드럽게 어루만지며 "넌 참 좋은 아가씨야!" 하고 말했다. 그리고 우리는 웃고 말았다.

여러 달이 지났다. 그동안 란지뜨 씽이라는 아시아에서 온 남자, 유색인종 남자는 여태껏 내가 배운 어떤 것보다도 소중한 것들을 가르쳐 주었다. 나는 많은 것들에 대해 미숙하고 무지했지만 선생님은 나와 함께 일했다. 나는 함께 어울리기에 재미있는 사람은 아니었다. 그렇지만 선생님은 나와 함께 일했고 나를 가르쳐서 내 삶에 의미를 채워 주었다. 선생님은 자기 민족의 자유를 쟁취하는 운동에 나를 소개했다. 그 운동은 그 자체가 역사적 운동일 뿐만 아니라 해방을 위한 국제적 투쟁의 일부이자, 주요한 기둥 중 하나라는 것도 보여 주었다. 그것은 멀리 있는 운동이 아니었다. 나는 내 아버지를 대하듯 선생님을 사랑했으므로 다른 어떤 사람에게서보다 더 많이 배울 수 있었다.

행복이란 그 밖의 거의 모든 일에서도 그렇듯이, 내게는 잠깐 있다 사라지는 그런 것이었나 보다.

선생님은 내게 왔다가 다음 해 겨울이 미처 시작하기도 전에 가 버렸다. 지나가는 길에 선생님이 나를 주목했던 것도 상황 탓이었을 뿐이고, 내가 곧 반응을 보인 것도 상황 때문이었을 것이다. 그리고 선생님이 나의 애정을 이용하지 않고, 나를 위해서 쓸 만큼 현명한 사람이었던 것도 순전히 우연이었을까.

당시 나는 너무 무지하고 계발되지 못한 상태였다. 그래서 선생님이 나한테 가르쳤던 것을 내가 또 다른 사람들에게 가르칠 수도 있었을 모든 것의 의미를 제대로 파악할 수 없었다. 그것은 불운한 일이었다. 선생님을 통하여 나는 생전 처음으로 흔들릴 줄 모르는 원칙과, 한 대륙이 자유를 되찾기 위해 싸우는 투쟁과 운동이 얼마나 아름다운지 알게 되었다. 당시에도 그랬지만 지금도 나는 운동의 완전한 의미를 파악하지 못하고 있다. 그렇지 않았더라면 나는 아주 깊이 있고 진실하며 설득력 있는 말로, 외적인 것을 숭배하는 내 나라 사람들조차 내 말에 귀 기울이도록 할 수 있었을지도 모른다. 그래서 내 나라 사람들이 내 말을 듣고 인종과 피부색과 신념의 차이는 물줄기 표면에 드리운 그림자와 같으며 각자 나름의 아름다움을 더하고 있다는 것을 알게 해 줄 수 있었을지도 모른다. 그리고 어느 종류건, 어디서건 종속이란 인간의 위엄을 깎아내리는 것임을, 자신 탓이건 우리 탓이건 인간성을 충분히 계발시킬 수 없는 상황에 처한 사람들 편에서 싸우는 것에서 가장 고결한 기쁨을 느낄 수 있다는 것을 깨닫게 할 수 있었을지도 모른다. 또한 노예의 삶과는 다른 기초 위에서 사회를 건설하려고 하는 민족들의 자유를 위한 운동은 현실적일 뿐만 아니라 인류가 경험해 온 것 중에서 가장 위대한 윤리적 표현이라는 것을 보여 줄 수 있었을 것이다. 또 삶 자체가 단 하나의 영광스럽고 영원한 경험이며, 이 빙빙 도는 흙과 돌이 지상에서 누리는 자유 말고는 아무것도 삶의 반석이 될 수 없다는 것을 보여 줄 수 있었을지도 모른다. 우리는 백 걸음도 채 못 가 우리가 직접, 혹은 간접적으로 상처를 입히고 노예로 삼거나 죽인 사람들 곁에 설 것이기 때문이다.

이렇게 표현할 수 있을 정도로 충분히 배우지 못한 사람이더라도 앞의 내 말을 희미하게나마 이해는 할 것이다. 물론 이런 말이라도 할 수 있기를 바라는 것은 내 이기심에 지나지 않는다. 민족의 해방은 해방을 위해 조직하여 싸우는 큰 대중의 힘에 의해서만 성취할 수 있다는 깨달음에 따라 행동하지 않는다면 말이다.

"공부해. 공부를 해! 이제껏 네 삶이었던 불행에 대해 그저 물리적인 반응을 보이는 것과 해가 지날수록 사고와 행동의 분명한 선을 따라가는 것 사이에는 큰 차이가 있으니까."

선생님은 끊임없이 내게 명했다. 선생님은 내게 이렇게 말한 적도 있었다.

"신념을 네 행동의 기반으로 삼아. 네가 나한테 느끼는 정이 네게 영향을 미치도록 해서는 안 돼. 나는 바람과 같아. 나이도 먹을 만큼 먹은 데다 언젠가 죽어야 할 거야."

나는 대답했다.

"저는 늘 바람을 사랑했어요. 바람은 늘 내 동료였어요."

선생님은 내 말을 이해하지 못했다. 나는 계속했다.

"저는 종종 사랑이 없는 지식은 필요 없다고 생각했어요. 물론 여기서 말하는 사랑은 단순히 개인적인 사랑을 뜻하는 것은 아니에요. 위대하고 아름다운 사상에 대한 사랑을 뜻해요."

"네 말이 맞아. 나는 서양에 와서 많은 사람을 만났어. 가령 사회주의자를 봐. 사회주의자 중 많은 사람이 아주 편협한 시각을 갖고 있어. 우리 인도인들이 인도의 자유에 관해 말하려고 하면 사회주의자들은 우리를 민족주의자라고 말해. 인도의 노동계급 사람들은 인도의 상층 계급 사람들이 착취하도록 양도할 의사는 없다고, 영국 사회주의자들이 내게 말하는 소리를 들은 적도 있어. 그런 논리는 오늘날 존재하는 것보다 더 치명적인 제국주의를 은폐하고 있을 뿐이야. 그 논리는 윤리의 옷을 입고 있기 때문이야. 그 사람들은 자신을 사회주의자라고 부르면서도 제국주의적 장치가 없으면 우리나라를 지배할 수 없기 때문이지. 가끔 나는 우리 싸움이 그저 자본주의에 대항해 싸우는 게 아니라 아시아 전부가 서구 세계와 싸우는 것이라는 생각도 하지."

"그렇다면 러시아는요?"

내가 항의했다.

"러시아는 유일한 예외야. 그리고 러시아는 반은 아시아지."

"아니죠, 인종은 아무 상관없어요. 새로운 세계 질서가 탄생하고 있다는 것 말고는 아무것도 아닐 거예요. 새로운 질서는 동양적인 것도, 서양적인 것도 아닐 거예요."

친구이고, 아버지이며 교사였던 선생님이 가 버렸다. 어느 날 이른 아침, 선생님을 샌프란시스코로 실어 나르는 기차가 미끄러져 사라져 버렸고, 꾸마르와 나는 울었다. 비렌은 머리를 높이 세우고 서서 우는 법을 배웠다. 주안 디아즈는 작별 인사를 나눌 때 손을 이마로 들어 올렸고, 나는 선생님이 인사를 받으며 뭔가를 의심하는 듯 주안의 얼굴을 찬찬히 들여다보는 모습을 보았다. 그 눈길은 하도 인상적이어서 우리는 쉽게 잊어버리지 못했다. 하이데르 알리는 좀 떨어져서 있었는데 알리의 홀쭉하고 고운 얼굴은 슬퍼 보였다. 알리는 선생님과 낮은 목소리로 무슨 말을 주고받은 다음 재빨리 포옹한 뒤 뒤로 물러섰다. 알리는 몸을 돌려 빠른 걸음으로 나를 지나쳐 갔다. 알리가 지나갈 때 나는 고개를 숙이고 있었는데, 알리의 양복바지 아래가 너덜너덜하게 해진 모습과 낡아 닳아빠진 구두 뒤축을 보았다.

그날로 나는 다시 상가 쪽으로 이사를 했고, 낮에는 일을 하고 밤에는 대학에서 공부했다. 내가 살게 된 곳은 한쪽 끝에 벽난로가 있는 자그마한 방이었다. 빛이라고는 중앙의 가스 분출기를 통해서 들어오는 게 전부였다. 문에 작은 창문이 있고, 위쪽으로 창문이 하나 더 있었는데, 다른 방으로 통하면서 통풍 장치 역할도 했다. 나는 그 방이 마음에 든다고 말했다. 그 방을 쓰면 대학 학비를 낼 수 있고, 책도 살 수 있으며, 저축도 조금 할 수 있었기 때문이다. 방이 벽장 같다고 한들 무슨 상관인가. 어차피 나는 밤에만 머물 테니까.

도시는 다시 외롭고 냉랭하게 느껴졌다. 선생님의 집에서 영위하던 강렬하고 규칙적인 삶은 사라졌다. 선생님과 함께, 늘 새 취사도구에서부터 새로운 사회 형식에 이르기까지 모든 것에 관심을 갖고 공부하고 토론하던 남자들과의 모임도 사라졌다. 지금 내 주위에는 낮에 껌이나 씹어 대며 전날 밤의 '몹시 즐거운 한때'에 대해 지껄여 대는 아가씨와 총각만 있을 뿐이다. 그들은 "오, 자기!" 하며 감정을 잘 드러내는 소리를 질러 댔다. 때때로 나는 카린의 집에 들러서 카린의 친구들과 만났다. 그곳에서 내 주위 사람들이 혁명과 사회극, 정신분석학의 최신 사상에 따라 사람과 사물을 분석하는 말을 들으며 저녁 시간을 보냈다.

나는 다시 그래픽 잡지에서 일하게 됐다. 잡지사 사무실에는 애국적인 사람들 뿐이어서 전쟁에 반대하는 말을 하다가는 체포될 우려도 있었다. 내가 비판조로 한마디만 해도 어떤 아가씨는 손을 엉덩이에 척 갖다 붙이고, "이 나라가 싫으면 네 고국으로 돌아가지 그래?" 말하곤 했다. 그래서 이렇게 대꾸한 적이 있다.

"내 고국이라니! 내가 속한 민족은 백인들이 여기 오기도 전에 이미 여기에서 나라를 이루고 살았어. 내 민족은 아주 미국다운 미국인인데, 그런 나더러 어딜 가라는 거야?"

"그럼, 감옥에나 가야겠군!"

그 아가씨는 이렇게 말해 놓고, 자신의 명석함에 쏟아질 감탄의 미소를 포착하려고 주위를 둘러보았다.

사무실 일이 끝나면 나는 곧장 저녁 수업에 갔다. 하이데르 알리의 초라한 작은 방에서 보내는 한두 시간은 소중했다. 토요일 오후마다 알리는 눈을 반짝이고 앉아서 내게 사실과 숫자의 중요함과 아름다움을 가르쳤다. 드문 일이기는 했지만, 일요일 아침에 비렌과 꾸마르와 센트럴공원에서 만나 구석구석 누비고 다닐 때도 있었다. 가끔 주안 디아즈가 5번가에서 나를 만나면 환호하면서 차를 한잔 마시자고 했고, 나에게 "아직도 여성의 자유를 믿느냐"고 물었다. 주안이 웃는 표정으로 '자유로운 여성'이 그에게 무슨 뜻인지를 짐작할 수 있었다.

"당신은 사랑을 믿지 않죠?"

주안은 비아냥거렸다.

"할 일 없는 사람들에게는 사랑이란 좋은 것이죠."

"당신보다 더 감상에 빠지지 않던 여자도 그런 말을 한 걸 후회하던데……."

한겨울 어느 일요일 아침에 내 방문을 살짝 두드리는 소리가 나서 문을 열었더니, 눈까지 옷을 추켜올린 딸바르 씽이 서 있었다. 딸바르는 들어와서 외투를 벗고 자기가 온 이유를 놀랄 만큼 다급하게 말하기 시작했다.

"당신도 알다시피 저는 혁명가예요. 그렇지 않나요? 자, 저는 그 일로 왔어요. 책을 한 권 출판하려고 애쓰는 중인데 지금은 전시인 데다 책이 인도의 독립을 위한 것이라 출판사들이 모두 거절했어요."

딸바르는 이렇게 서두를 꺼냈다.

"네가 책을 썼다고!"

"아니오, 내가 쓴 것은 아니에요! 내 친구 두 명이 썼어요. 그들은 지금 이 나라에 없고요. 당신이라면 나를 도와줄 수 있을 텐데……."

"어떻게?"

"당신은 미국인이잖아요? 그러니 당신은 이 책을 인쇄업자에게 넘길 수 있을 것이고, 인쇄업자도 별로 겁내지 않을 거예요. 보다시피 당신 피부는 갈색이 아니니까."

딸바르는 좀 더 설명한 후에 내게 원고를 보여 주었다.

"누구에게도, 아무 말도 안 할 거죠? 약속할 수 있죠? 그리고 당신이 나를 위해 그런 일을 했다고 아무에게도 말해서는 안 돼요. 아무에게도 말하지 않겠죠? 꼭!"

딸바르는 잠시 머물러 출판에 관해 말하고는 떠났다.

다음날 대학에서 비렌을 만난 나는 지나가는 말처럼 물었다.

"딸바르 씽은 학생이지, 비렌?"

"그런 건 왜 물어?"

"아, 인도인에 대해 궁금한 게 많아서. 인도인은 모두 마음속으로 혁명가가 틀림없다는 게 내 생각이거든."

"마음속으로! 딸바르 씽은 마음 이상이죠! 딸바르는 인도의 어느 혁명 조직이 이리로 보냈다고 하던데요!"

"오, 오, 옷!"

"하지만 이건 절대 비밀이에요, 절대로!"

"알아. 딸바르는 무슨 일을 하고 있니?"

"아무도 서로 무슨 일을 하는지 몰라요. 그리고 묻지도 않아요. 우리는 상관없는 일을 묻고 다니는 사람을 오히려 의심해요."

"미안해. 딸바르는 내게 소년이나 마찬가지였거든."

"소년이라고요! 딸바르는 자신이 맡은 일을 해낼 정도의 나이는 먹었어요. 딸바르는 쇼펜하우어와 니체를 충분히 읽을 정도니까요!"

비렌은 쇼펜하우어와 니체를 숭배했다.

다음 일요일에 지난번과 같은 부드러운 노크 소리가 내 문을 다시 두드렸고, 딸바르 씽이 내 방의 음침한 불빛 아래, 몹시 하얗게 보이는 터번을 쓰고 들어왔다. 나는 성공했다고, 어떤 인쇄업자를 찾아냈으니까 출판될 거라고 말했다. 몇 주에 걸쳐 딸바르는 일요일마다 나를 찾아왔다. 책이 다 만들어진 후 우리는 여러 명의 관리들, 남녀 유명 인사에게 책을 보냈다.

그러던 어느 저녁, 학교에서 밤늦게 돌아와 보니 딸바르가 기다리고 있었다. 딸바르는 벽난로에 불을 지폈고 그 불을 지켜보며 서 있었다. 내가 들어서자 딸바르는 몸을 돌렸다.

"뭐가 잘못됐어?"

나는 소리쳤다.

딸바르는 숨어야 한다고 말했다. 여기 머물러 있다가는 체포된다는 것이었다. 영국 첩보원들이 모든 인도인을 추적하고 있으며, 그저께 집을 비운 사이 자기 방에 누군가가 침입해 수색한 흔적이 있더라는 것이다. 딸바르의 눈은 인도에서 그랬듯 모든 것을 금방 알아차렸던 모양이다.

"여기 주소록을 당신에게 맡기고 싶어요. 주소록에 있는 사람들은 여러 나라에 퍼져 있는 우리 쪽 사람들이에요. 이제 주소록은 내가 갖고 있으면 안 돼요."

딸바르는 호주머니에서 지갑을 꺼내더니 얇은 종이쪽지를 끄집어냈다. 흘끔 보니까 사람들 이름과 주소가 적혀 있었다. 러시아혁명에 관해 읽었던 것들이 생각났다. 러시아혁명 전에는 런던에서 이탈리아까지 '속삭이는 회랑'을 가진 마찌니(Giuseppe Mazzini, 1805. 6. 22~1872. 3. 10. 이탈리아의 정치 지도자. 불굴의 공화주의자로 이탈리아의 통일공화국을 추구했다. 청년이탈리아당 및 청년유럽당을 결성하고 밀라노 독립운동에도 참가했으며 빈곤한 망명생활을 하며 여러 차례 군사행동을 일으켰으나 전부 실패했다. '속삭이는 회랑'은 독립과 해방운동에 관한 속삭임이 국가를 넘어 계속 이어지는 것을 말한다. 옮긴이)가 있었고, 미국 혁명가들에게는 미국에서 프랑스까지 '속삭이는 자체 회랑'들이 있었다. 여기 미국에서, 나는 그런 식으로 운동하는 또 다른 운동가와 얼굴을 맞대고 서 있었던 것이다.

내 손 안에 든 얇은 종이쪽지를 들여다보면서 나는 물었다.

"이런 것을 맡길 정도로 나를 믿니?"

"그럼요. 그리고 당신이 그렇게 해 주어야만 해요. 내가 죽는다거나 다른 사람들처럼 체포된다고 생각해 봐요. 그런 일이 생긴다면 우리를 위해 일을 맡아 줄 누군가가 필요해요. 어쩌면 내가 실종될지도 몰라요. 우리에게는 흔히 있는 일이에요. 한번 실종된 사람은 다시 찾지 못했어요."

나는 딸바르를 유심히 보았다. 딸바르는 아직 어린데 '행방불명'이 곧 벌어질 일처럼 말하고 있었다. 이것이 선생님이 말하고자 했던 것일까? 내 남동생들이 떠올랐다. 그 아이들도 이 사람처럼 살아야만 했는데……. 그러나 내 남동생들은 노동자였고, 땅에서 한 치도 코를 뗄 수 없었다. 딸바르는 노동자가 아니었다. 딸바르는 공부를 했고, 죽을지도 모르는 이 길을 자유롭고 의식적으로 선택했다. 그렇게 살고, 그렇게 일하는 것이 무척 아름다워 보였다.

"잘 가지고 있고요. 당신은 미국인이니 언젠가 우리를 썩 잘 도울 수 있을 거예요. 영국 사람도 당신에게는 손대지 못할 테니까요. 무슨 일이 있어도 절대 불지 않을 거죠?"

딸바르는 종이를 건네면서 고개를 끄덕이며 내 대답을 재촉했다.

"그래, 절대 말하지 않을게. 날 믿어."

그런 다음 우리는 표지가 이중으로 되어 있는 내 부드러운 검은 가죽 노트에 김을 쐬어 안쪽 표지를 뜯어낸 다음 그 사이에 인도와 전 세계 각지에 퍼져 있는 인도인들의 주소록을 끼워 넣었다. 그런 다음 표지를 조심스럽게 봉했다.

"여기 적혀 있는 사람들 말고는 누구도 이 주소록을 가져가서는 안 돼요."

딸바르는 그렇게 말하더니 내가 아는 두 남자의 이름을 대 주었다. 딸바르 자신은 이틀 안에 떠날 것이며 그동안 새 주소지에 가 있을 거라고 했다. 나는 주소를 받아썼고, 딸바르가 가르쳐 준 비렌의 새 주소를 내 주소록에 써 넣었다.

방에서 나가려고 문으로 향하던 딸바르는 몸을 돌리더니 웃음을 띠고 접은 자기 손을 이마로 올리더니 인도 혁명가들처럼 "반데 마따람!", "조국이여, 경배합니다!" 하고 인사를 했다. 딸바르는 내 반응을 보려고 잠시 기다렸고, 나는 웃으며 서툴게 딸바르의 작별 인사를 받았다.

딸바르는 가 버렸고 나는 검은 노트를 응시하며 서 있었다. 사건 자체는 퍽 간단했지만 지금 내 앞에는 내 손에 목숨이 달린 사람들의 이름이 놓여 있었다. 서 있는 동안 이런 자각은 점점 명료해졌고, 그 사실이 나를 두려움에 떨게 했다. 딸바르에게 주소록을 다시 돌려주고 싶었지만 딸바르는 벌써 가 버렸다. 다시는 만나지 못할 것이다. 나는 생각을 정리하려고 의자에 앉았다. 이 일은 유쾌한 일은 아니었다. 사실 아주 버거운 책임으로 다가왔다. 나는 아는 것도 없었고, 거의 준비가 안 돼 있어 그런 책임을 떠맡을 수 없다고 느꼈다. 그러나 딸바르 말이 맞을지도 몰랐다. 나는 미국인이니까 손대지 않을 거야. 그렇게 친절하고, 학식도 풍부하고, 자신의 자유를 위해 싸우고 있는 이 사람들이 내게 도움을 청했는데 어떻게 거절할 수 있단 말인가? 그 사람들이 내게 요구하고 있는 것은 아주 사소한 일이야. 자기들이 체포될 경우를 생각해 종이쪽지를 보관하는 정도였다. 인도인들은 지배당하고 있었고 유색인이었으며, 미국에서도 보호받지 못하고 외롭게 있었다. 인도인들이 내게 도움을 청하러 왔다. 그 인도인들은 선생님의 고국 사람들이었고 또한 동지들이었으리라. 내 도움과 보호를 필요로 하는 어린 동생들을 버린 때를 생각해 보았다. 나는 이기적이었고 내 몸을 아끼려는 욕구 때문에 동생들을 희생시켰다.

나는 노트를 손에 꽉 쥐고 나를 믿고 필요로 하는 사람들이 누구건 간에 다시는 버리지 않겠다고 결심했다. 내게 인도인들은 내 의무와 책임감의 상징이 되었다. 인도인들은 내 아버지를, 그리고 한 명은 죽고 한 명은 살아남은, 어쩌면 한 명마저 전쟁터에서 죽었을지도 모르는, 내 남동생들을 대신하는 존재였다.

내가 책상 위에 검은 노트를 놓고 신문 한 장을 손에 쥔 채 서 있었던 것은 딸바르가 나를 방문한 지 이틀 뒤였다. 이제 나는 검은 노트를 내 손에서 떼 놓지 않을 생각이었다. 검은 노트는 대학 강의 중에서도 유명한 스페인어와 역사 과

목을 필기하고 있어서 늘 팔에 끼고 다녔다.

그래픽 잡지사에서 일을 끝내고 나오는 길에 신문 머리기사에 이끌려 신문 한 부를 사 가지고 왔다. 체포된 딸바르의 이름이 오후 신문에 크게 났던 것이다. 검은 노트를 팔에 꼭 끼고 몇 가지 필요한 것을 챙긴 후 나는 저녁 강의를 듣기 위해 집을 나섰다. 비렌이 야간 강의를 몇 개 듣고 있으니까 비렌은 꼭 찾을 수 있으리라고 생각했다. 비렌이 강의를 듣는 교실 앞에서 기다리고 있노라니 비렌이 복도 아래쪽으로 가는 게 보였다.

"신문 기사 읽었니?"

나는 만나자마자 비렌에게 물었다.

"몸조심해야 해. 하람자데는 도처에 있어!"

비렌은 영국 스파이를 의미하는 힌두어 욕을 했다. 나는 항변했다.

"영국 스파이들이 그럴 권리는 없어. 여긴 미국이고 우리를 귀찮게 굴면 우리는 항의할 수 있어."

비렌은 웃었다.

"항의한다고요? 그럼 체포되고 말아! 아니, 영악한 코브라와 싸울 때는 직접 맞붙기보다 긴 막대기를 사용해야지!"

나는 저녁 강의에 출석했지만 강의 내용은 한마디도 귀에 들어오지 않았다. 차라리 그냥 집에 돌아가 저녁이나 먹고 집에서 공부해야겠다. 아무 말도 귀에 들어오지 않는데 이렇게 앉아 있기만 하는 것은 쓸데없는 일이었다. 집에 돌아오는 길에 작은 나무 한 그루를 샀다. 그러고는 서둘러 내 방으로 가는 계단을 올랐다. 방문을 연 나는 무서워서 가만히 섰다. 누군가가 벽난로 옆에 서 있었기 때문이다! 나무를 담은 자루는 내 발밑 마룻바닥에 와르르 떨어졌고 거기 서 있던 남자가 내 쪽으로 얼굴을 돌렸다. 딸바르 씽이었다! 터번을 벗은 뒤에 보니 머리를 짧게 깎았다.

"맙소사!"

딸바르의 표정은 평온했지만 검은 눈은 더 진하고 깊어 보였다.

"그들이 나를 잡아 지하철에 태우려는 순간 도망쳤어요. 나를 도와줘야겠어요. 내가 비렌에게 가면 형사들이 비렌을 체포할 거예요. 당신은 미국인이니까 괜찮을 것 같아서……."

딸바르는 나무 자루를 집어 올리고 나서 문을 닫고 잠그더니 나를 의자에 앉혔다. 딸바르는 체포당해서 도망친 경위를 말해 주었다.

"우리 편 사람들이 속속 체포되고 있어요. 어떻게, 왜 그런지 나는 모르겠어요. 미국이 우리를 체포하라는 영국의 명령을 수행하고 있어요."

딸바르가 말했다.

"내가 무슨 일을 할 수 있을까?"

"나도 몰라요. 내가 국경을 넘을 수 있도록 도와줄 수 있을 거예요. 당신에게는 친구들이 있지요? 그 친구들이 내게 그 방법을 일러 줄 수 있지 않을까요?"

"그래. 친구들에게 물어볼게."

"당신이 도움을 줄 수 있다면 나한테 와서 말하거나 쪽지를 남겨요. 나는 지금 주택가 쪽에 있는 친구한테로 가요. 이게 그곳 주소예요. 당신은 거기로 와도 좋아요. 내 친구 알죠? 작달막한 키에 나이가 든 분 말이에요. 제발……. 누구에게도 내가 여기 왔다는 말은 하지 말아 주세요, 아무에게도."

나는 이틀 전에 딸바르가 가르쳐 준 이름 밑에다 주소를 적었다. 그런 다음 우리는 함께 나갔다. 딸바르는 오른쪽으로 갔고 나는 왼쪽으로 갔다.

딸바르가 가르쳐 준 집에 내가 당도한 것은 그날 밤 열한 시가 다 되어서였다. 키 작은 노인이 문을 열어 주었다.

"누구죠? 누구를 만나려는데?"

노인은 물었다.

"딸바르 씽이오."

"나가서 아직 돌아오지 않았소."

"그럼 쪽지를 남기고 갈게요."

나는 친구들을 통해서 알게 된 모든 정보를 쪽지에 써 넣고 봉한 다음 노인에게 주었다.

다시 거리로 나왔을 때 내 마음은 좀 편안해졌다. 딸바르가 내가 적어 놓은 대로 따라 하면 밤에 도시를 떠나 이번 주가 끝나기 전에 안전한 곳에 있을 수 있게 되리라.

내 방 근처에 이르러 나는 내 방의 검게 그을린 창문에서 불빛이 새어 나오고 있으며, 가스등이 켜져 있는 것을 발견했다. 딸바르 씽이 다시 나를 찾아온 것이겠지. 문을 황급히 연 나는 문턱에 서서 안을 들여다보았다.

주안 디아즈가 큰 외투로 몸을 감싼 채 내 책상 앞에 서서 책을 읽고 있었다.

"아레! 여기 어떻게 들어왔죠?"

나는 인도어 감탄사로 소리 질렀다.

"집주인이 열어 주었어요. 한 시간이나 기다렸다니까."

"그래요?"

"혹시 딸바르 씽이 여기 왔소?"

"딸바르 씽이라니요! 어떻게 그런 질문을 다 하죠? 이틀 전에 딸바르가 체포된 것도 몰라요?"

나는 숨가쁘게 말했다.

주안은 내 눈을 빤히 들여다보았다.

"오늘 저녁에 어떤 남자가 여기 왔다고 주인 여자가 그러던데요? 집주인은 그 사람이 딸바르라 생각하고 있었소."

"말도 안 되는 소리예요! 내 친구가 왔는데 주인 여자가 잘못 안 거예요."

주안은 눈자위를 조금 좁히고 얼굴을 찌푸리더니 내 얼굴을 살폈다.

"왜 내게 비밀로 하는 거죠? 알다시피 나도 혁명가요! 딸바르가 터번 대신에 모자를 썼다고 주인 여자가 내게 말했소. 당신들이 함께 나갔다는 것도 말이오!"

"분명히 말하는데요, 모두 허튼소리예요! 내 친구가 찾아와서 함께 학교에 들렀다가 방금 돌아왔을 뿐이에요. 감옥에 있는 사람이 대관절 어떻게 여기 올 수 있단 말인가요? 지금 나는 무척 피곤해요. 먹은 것도 없고요. 불을 피우고 뭘 좀 해 먹어야겠어요."

주안은 계속 나를 지켜보았다.

"앉아요. 차 한잔 만들어 드리죠."

내가 권했더니 주안은 웃으면서 외투를 벗고 앉았다.

"당신은 늘 이렇게 식사가 늦나요?"

"그래요, 밤늦기 전에는 시간을 낼 수가 없어요. 하루 종일 저 시시한 사무실에서 일한 다음 강의 시간에 맞추려고 허겁지겁 달려가야 하니까요."

가스 불을 켜서 냄비를 얹은 다음 나는 작은 화로 앞에 무릎을 꿇고 앉아 다시 불을 피우기 시작했다. 주안 디아즈는 내 등 가까이에 있는 의자에 앉아서 몸을 앞으로 굽히고 있었기 때문에 얼굴에 빛이 어른거렸다. 내 정신은 온통 딸바르 싱에게 가 있으면서도 이 남자가 왜 여기 왔는지 궁금했다. 왜 그때 하필이면 주안과 작별 인사를 나누는 선생님의 그 표정이 떠올랐을까!

"당신, 여기 왜 온 거죠?"

나는 어깨 너머로 주안에게 물었다.

"당신도 이 도시를 떠나려 하는군요! 그렇지만 이상해요, 이렇게 늦은 시간에!"

내가 말했다.

"그래요. 나도 이 도시를 빠져나갈 생각이에요. 그전에 당신을 먼저 보고 가려고 왔지요."

"여자에 대해 당신이 갖고 있는 생각에 비추어 보면 꽤 괜찮은 행동이군요."

"나는, 나는 당신을 다른 많은 여자들과 똑같다고 생각하진 않아요."

"아마 더 나쁜 여자로 생각하고 있겠지요."

"오, 아니오, 그 반대예요."

주안이 유쾌하게 웃으면서 몸을 뻗쳐 내 어깨를 가볍게 톡톡 쳤다. 나는 내 등 뒤의 누군가를 느꼈다. 나는 늘 방에서 그 존재를 느낄 수 있었다. 그 남자 주변에는 언제나 어떤 냄새가 났다. 어쩌면 이 도시를 떠나기 전에 나를 보러 왔다는 주안의 말이 사실일지도 몰랐다. 사람들이 모두 체포되고 있는 중이라고 딸바르도 말하지 않았던가!

"어디로 가려고요?"

몸을 살짝 돌려 일어서면서 내가 물었다. 그 순간 벽난로 불빛이 주안의 번쩍이는 혁대 장식으로 퍼졌고 거기에 내 눈길이 가고 말았다. 나는 내가 뭘 물었는지도 잊어버렸다. 내가 이렇게 앉아서 혁대 장식을 본 적이 있는데, 그게 어디였더라? 너무나 야릇하게 친숙한 주안의 얼굴이, 높은 이마가, 앞으로 굽힌 넓은 어깨가 바로 위에 있었다. 늘 내 방에 있던 그 존재의 주위에서 나던 냄새가 희미하게 맴돌았다. 아니, 그 냄새는 불에 넣은 소나무 장작에서 나는 것이었던가?

"당신의 혁대 장식은 초록색과 붉은색을 아로새긴 은 제품이군요, 그렇죠? 아니면 불빛 때문에 그렇게 보였나요?"

어떤 기억이 내게서 떠나지 않고 따라다녔다. 주안은 아주 가까이 몸을 굽혀 오고 있었다.

"당신, 내 혁대 장식 같은 것에도 관심이 있나요?"

나는 앉은 채로 몸을 돌려 주안을 올려다 보면서, 빈정거리는 투로 대답했다.

"나는 당신에 관한 어떤 것에도 관심 없어요!"

그렇게 야유하는 동안에도 내 속의 무엇이 힘을 잃는 것 같아서 나는 혼란에 빠졌다. 주안의 목소리는 내 귀 가까이에서 들렸다.

"내게 관심이 없다는 게 정말로 확실한가요?"

주안은 부드럽고 힘 있게 손을 내 어깨에 올려놓더니 내 팔을 따라 죽 쓸어내려 왔다. 그러더니 따뜻하고 떨리는 손으로 내 손을 꽉 잡았다. 재빠르고 충동적인 동작으로 주안은 나를 끌어당겨서 내 머리를 자신에게 기대도록 만들었다. 곧 주안의 입술이 바싹 다가왔다.

"왜 당신은 내게 거짓말을 하죠? 왜죠? 마리, 내게 사실을 말해 줘요. 딸바르가 여기 왔죠?"

주안이 속삭였다. 나는 빠져나오려고 몸을 확 움직였다.

"아니라고 하잖아요. 날 놓아 주세요!"

주안은 일어서면서 나도 함께 몸을 일으키도록 꽉 잡고 있었다. 뒤에서 그 흉악한 손을 풀어 주지 않고 있었다.

"마리, 말해 줘."

"나를 놓아 주세요, 주안! 내 말 듣고 있는 거예요?"

나는 맹목적인 두려움에 몸을 버둥거렸다. 내가 주안을 좋아한다는 것은 사실이었다. 그 사실에 수치를 느끼면서 그동안 억압해 왔던 내 피 속의 어떤 욕망이 내 정신과 싸우기 시작한 지 오래였다. 그 욕망은 뒤따르는 주안의 말에 꼭 붙잡히고 말았다.

"마리, 내 사랑. 당신, 나를 사랑하지, 그렇지? 내 사랑 마리!"

주안의 입술은 몹시 뜨거웠다.

"주안! 주안, 제발 나를 놓아 주세요."

나는 빠져나오려고 몸부림을 쳤다. 뒤쪽에 있던 의자가 뒤집혀 쓰러지면서, 우르르 소리를 냈다. 그러나 주안은 팔을 풀지 않았으며 뜨겁고 떨리는 손으로 내 두 손을 꽉 잡았다. 그 떨림을 내가 느끼는 순간 어떤 맹목적인 공포가 나를 사로잡았다. 그리고 무엇인가 내 목에 울컥 치밀어 올랐다. 주안은 날렵하게 나를 자기 팔 안으로 휘몰아 넣더니 커다란 어깨로 나를 눌렀다.

"그러지 말아요! 제발, 봐요……."

나는 숨이 막히는 소리로 겨우 말했다. 더 이상 아무 생각도 할 수가 없었다. 나는 숨을 쉬려고 헐떡이면서 내 허리 주위의 차갑고 무서운 떨림, 너무나 차서 나를 얼어 버리게 만들 것 같은 그 떨림과 싸웠다. 방 안은 흐릿하게 빙 돌았다가 분명하게 보였고, 다시 빙 돌았다. 공포, 새 한 마리가 어두운 날개를 활짝 펴고 와락 덤벼드는 그림자……. 주안은 나를 팔로 안고 침대로 데려가고 있었다. 주안의 입술은 불처럼 뜨거웠고…… 주안의 몸이 나를 덮쳤다.

주안은 방 주위를 서성거리고 있었다. 화로에서 나는 빛이 주안의 검은 머리칼에 퍼졌다. 나는 얼굴을 벽 쪽으로 향하고 있었다. 주안은 옆으로 와서 앉더니 내 어깨를 살짝 흔들었다.

"왜 그렇게 우는 거지, 마리? 자, 난 이제 갈 거요."

"가요!"

"물론, 당신은 내가 가 버리는 걸 원하지 않겠지?"

주안의 목소리에는 승리감과 웃음기가 감돌았다.

"난 오늘 밤에 죽고 말 거예요. 난 무서워요."

"자, 자! 그렇게 울지 마!"

"이제야 당신이 여기 왜 왔는지 알겠어요!"

"아니야, 아니야! 맹세코 난 작별 인사나 하러 왔다고. 그런데 당신이 날 비아냥 거렸잖아. 그리고 딸바르 씽에 대해서도 거짓말을 했고."

"난 딸바르 씽에 대해 절대로 거짓말하지 않았어!"

그렇게 몇 분이 흘렀다.

"나를 용서해. 마리, 나를 용서해 줘. 생각해 봐, 당신. 나를 용서해 줘. 이 일을 잊어버리겠다고, 아무에게도 말하지 않겠다고 내게 약속해 줘."

주안은 한 팔로 나를 감싸더니 간청했다.

"잊어버리라고! 아무에게도 말하지 말라고! 내가 말하면 안 되는 이유가 있나 요? 난 하나도 부끄럽지 않아요."

주안은 일어나 저쪽으로 걸어갔다. 주안이 말했다.

"그래서는 안 돼. 내 일을 망치고, 나를 망칠 거야. 우리 쪽 사람들이 이런 일을 어떻게 생각하는지 당신도 알잖아. 내 말 알아듣겠지?"

"너무 잘 들려!"

나는 두 발로 일어서서 주안에게 등을 돌린 채 벽난로를 보며 서 있었다. 주안 은 다시 시작했다.

"내가 당신을 좀 도우면 어떨까? 이 방은 초라해. 당신은 더 좋은 방에서 살아 야 해."

"난 당신에게서 도움 받고 싶지 않아!"

"내가 당신을 돕지 말아야 할 이유는 없잖아. 나는 당신보다 돈이 많아."

"당신은 나를 창녀로 만들고 싶어? 이미 그렇게 느껴지지만."

"뭐라고! 나는 동지로서 그저 당신을 좀 돕고 싶을 뿐이야."

"그럼, 이런 일이 있기 전에 도움을 줬어야지. 물론, 그때도 거절했겠지만."

주안이 불안하게 방을 왔다 갔다 하더니 잠시 방구석에서 걸음을 멈추는 소리와 가스불이 꺼지는 소리가 났다. 그런 다음 주안은 다시 돌아와서는 내 뒤, 책상 옆에 멈추어 섰다.

"난 떠나기 전에 당신을 보러 왔어. 그리고 당신이 어떤 방법으로건 딸바르 씽을 도왔을 경우 당신에게 경고해 주고 싶었지. 딸바르가 여기 왔다는 소리를 듣고 당신이 돌아올 때까지 기다렸던 것뿐이야."

"왜 계속 당신은 딸바르 씽이 여기 왔다고 우기는 거야!"

주안은 생각하는 듯 다시 조용히 있더니 말하기 시작했다.

"내가 이 모든 일의 책임을 질 거야. 그렇게 원한에 차서 말할 권리가 당신에게는 없어. 당신이 했던 말과 행동을 잘 기억해 봐. 당신이 내게 잠깐 있으라고 청했지. 난 바보가 아냐! 그리고 당신도 알다시피 나를 거부했던 것도 단지 시늉에 불과했어. 당신은 강한 여자인데 갑자기 약해졌어, 왜 그랬지? 비명을 지를 수도 있었는데 왜 갑자기 목소리에 힘이 없어졌냐고!"

주안의 말은 내 마음속 깊이 쓰라린 앙금이 되어 가라앉았다. 수치스러운 감정에 압도되어 나는 주안의 말을 곧이곧대로 받아들였다. 나는 주안을 똑바로 볼 수 없었으며, 전적으로 정직할 수도 없었다. 게다가 그런 일을 대놓고 이야기할 용기도 없었다. 너무나 충격적이고 부끄러운 일이었다. 그 당시 나는 주안의 말이 사실이라는 것을 의식조차 하지 못했다. 나는 성행위에 대해 솔직하지 못하고 부끄럽게 여기는 해악에 너무나 깊이 빠져 있었기 때문에 어떤 상황이든 분명하게 직시할 수가 없었다. 나에게 죄의식을 느끼게 만들기는 식은 죽 먹기였다. 종종 나를 괴롭혀 온 성적 욕구 때문에 자신을 죄인이라고 믿고 있었기 때문이다. 지금 주안이 좀 폭력적이었다고 해도, 주안의 말이 부분적으로는 사실인데도 조금도 내 책임을 느낄 수 없었다. 고상한 여자는 성적 욕망 따위는 느끼지 않으니까 책임을 지지 않아도 된다고 나는 생각했던 것이다! 그런 것이 수년 동안 지녀 왔던 내 사고방식이었다. 나 자신을 완벽하게 순진하다고 생각했기 때문에 나에게는 아무 책임도 없다고 생각하는 편이 더 편안하고 점잖은 일이었다. 그것이 남자들에게 불의를 저지르는 일이라도 말이다.

지금의 나는 그날 밤의 나와는 상당히 거리가 있다. 의식적으로건 무의식적으로건 내가 동의하지 않았으면 결코 그런 일은 일어날 수 없었다는 사실을, 내 안에 주안의 남성적인 면모에 대한 무의식적인 반응이 없었더라면 주안은 내 방에 왔을 때처럼 차분하게 내 방을 나갔으리라는 것을 비로소 깨닫는다. 내가 열두 살 정도 나이였다면 폭력으로 당할 수도 있었을 것이다. 그러나 그때 내 나이는 열두 살의 두 배도 더 된 나이였다. 여러 달, 여러 해 동안 욕망이 나의 영혼을 괴롭히고 있었으며 나는 내 성적 욕망을 억누르고 증오했다. 그때 이 남자가 머리칼에 향기와 빛을 내뿜으며 다가왔고 화로의 불빛을 반사하는 형형색색의 혁대 장식을 달고 왔던 것이다. 그런 남자는 여자에게서, 여자의 빈정거리는 말이나 눈빛에서 손동작 하나에서도 침묵 속에 담겨 있는 의미를 잘도 간파한다. 그러나 나는 너무나 부정직하게도 내가 수동적이나마 성행위에 참여했다는 사실을 인정할 수가 없었다.

"거짓말! 짐승 같은 놈!"

주안은 여자의 이중성과 위선에 경탄한 듯 희미하게 웃으며 나를 보고 서 있었다.

"당신은 자신이 자유로운 여성인 걸 늘 뽐내더니, 이제 성인이 아니라 순진한 소녀 행세를 하는군."

"나도 당신처럼 그냥 웃어넘겨야겠지. 당신이 내게 덤벼들었으니까!"

"난 웃고 있는 게 아냐! 그러나 당신이 늘 나를 놀려먹었다는 것은 당신도 알지. 무슨 권리로 당신은 내게 도전했지? 그래 놓고 이제 와 그 도전을 받아들였다고 나를 비난하는 건가?"

"농지거리가 싫으면 당장 내 앞에서 꺼져. 제발 이제 가 버려! 나를 좀 가만 놔
둬. 지긋지긋하다고, 사는 것도 당신도 지긋지긋해, 난 살고 싶지 않아."

"마리, 미안해. 울지 마. 갈게. 이해 못 하겠어. 내가 당신에게 요구한 것은 이
일에 관해 아무한테도 말하지 말라는 것뿐이야."

"나한테 잘못이 있다면 당신은 왜 두려운 거지?"

"두려워한다고? 두렵지 않아. 단지 내 일을 방해받고 싶지 않을 뿐이야."

그리고 우리 사이에는 긴 침묵이 흘렀다.

"자, 좋아. 아무한테도 말하지 않기로 약속해."

"그런데 당신 표정이 왜 그래? 마리, 나는 며칠 더 머물 거야."

"고맙군, 그래! 나는 내가 돌볼 수 있어. 자, 안 가?"

내 가슴과 목소리에는 원한이 들어 있었다. 주안은 외투를 집어 들고 아무 말
도 없이 가 버렸다. 뒤도 돌아보지 않았다. 주안이 계단을 내려가는 소리가 들렸
다. 망설이듯 잠시 멈추더니 계속 걸어갔다. 나는 도저히 멈출 수 있을 것 같지
않은 흐느낌을 억누르려고 애쓰며 급히 문에 몸을 기댔다. 이런 일을 둘 다 원했
더라도 둘 다 후회하는 심정이 든다면 그 일이 올바른 것이었는지 제대로 판단
하기 힘들다. 그래도 그 일은 공평치 않아! 바깥문이 살짝 열리더니 닫히는 소리
가 났다. 아니, 아니, 난 도무지 혼자 있을 수 없어. 나의 상념만 홀로 남아 있으
니 난 죽는 수밖에 없어. 나는 비틀거리며 계단을 내려가서 거리로 나섰다. 나는
주안을 부르려다가 그만두었다. 주안은 거리를 내려가고 있었는데 아치형 가로
등이 눈을 배경으로 주안의 어두운 옆모습을 선명히 비추고 있었다.

나는 돌아서서 비틀거리며 계단을 정신없이 다시 올라갔다. 내 방 한가운데
편지 하나가 놓여 있었다. 주안의 호주머니에서 떨어진 게 틀림없었다. 나는 편
지를 기계적으로 집어 올렸다. 어떤 여자에게 보내는 편지였는데, 뒷장에 주안
의 발신용 주소가 쓰여 있었다. 그런데 식탁 위에 돈이 놓여 있었다! 50달러짜리
수표가! 나는 수표를 노려보았다. 이렇게 하여 주안은 자신의 양심을 편안하게

하려고 했다. 주안은 창녀에게 지불하듯이 돈을 지불했던 것이다! 망연해진 나는 주안이 떨군 편지 옆에다 수표를 놓고 오늘 밤 일을 잊어버리려고 베개에 머리를 파묻었다. 눈을 떴을 때 이 모든 게 꿈이라는 걸 알게 된다면! 꿈이란 영원히 지속되는 것 같지만 아주 갑작스럽게 꾸는 것일 뿐이야.

꿈이 아니야, 사라지지 않잖아. 꿈이 아니었어! 벽난로 불이 꺼졌고 방은 추웠다. 밤이 꽤 깊었을 거야. 아주 으슥한 시간이 틀림없어. 시간은 그렇게 질질 흘러갔다. 가스등은 여전히 깜박이고 있었다. 나는 일어나 가스 불을 껐다가 다시 켰다. 이제 아침까지 가스가 새어 나오면 나는 영원히 잠들 수 있을 거야. 이제 나에게 앞날은 아무 상관이 없는 거야.

"가스 분출기 구멍을 열어 놓고 자다니, 어쩜 이렇게 멍청한 아가씨죠! 창문이 열려 있지 않았더라면 지금쯤 시체가 되었을 거예요. 저기 누워 있었는데, 옷은 걸치고 있었지요. 의자는 뒤집혀 있었고요."

주인 여자의 목소리가 희미하게 들려왔다. 주인 여자 목소리는 점차 사라졌다. 토할 것 같은 가스 냄새가 내 입과 코에 남아 있었고 멀리서 특히 단단하게 보이는 이상한 방의 윤곽이 보였다. 두 사람이 낮은 목소리로 이야기를 나누고 있었다. 하얀 앞치마를 두르고 모자를 쓴 어떤 여자가 내게 몸을 굽히고 있었는데 나를 조롱하는 것 같은 얼굴빛이었다. 내가 간신히 몸을 일으키려고 하는데 여자가 "엎드리세요!" 하고 명령했다. 나는 여자의 명령에 복종했다. 그러고 나니 내가 지금 새롭게 태어나고 있는 이 세상이 어찌나 무정하고 잔인한지 그 여자를 미워하게 됐다. 리듬을 맞춰 째깍째깍 소리 내며 움직이는 것이, 무슨 일이 일어나기를 기다리고 또 기다리는 것이 삶인가 보다. 나는 그런 삶의 장소에 있었다. 이제 째깍거리고 기다리는 가운데 나는 누군가의 실험 대상으로 이 지상에 다시 보내졌고 누군가 내게 실험을 행하고 있었으며, 움츠러드는 내 모습을 보고 웃고 있었다. 누군가 어디에선가 서서 지켜보며 웃고 빈정거리고 있었다. 왜 그들은 저렇게 조롱하는 걸까? 구역질하는 모습을 보고 말이다. 저것도 실험의 일부였던가. 내 위로 보이는 이 방은 왜 이리 하얗고 딱딱하기만 했을까. 전에는 야릇하게 기분 좋은 곳이었는데…….. 결코 끝나지 않을 것처럼, 저렇게 고통스럽게 기다리며 째깍거리는 소리 때문에 지금은 몹시 괴로운 곳이 되었다. 누군가가 내가 어떻게 하는지를 보려고 내게 실험을 하고 있었다. 여기 한 번 찌르네. 즐거움과 아픔. 웃음. 누군가가 나로 하여금 또 한 번 고통을 겪게 하려고 나를 이 지상에 다시 돌려보내고 있었다.

나는 사흘 동안 병원에 누워 있었다. 의사가 "자, 자! 오늘 아침은 어때요?" 하는 똑같은 질문을 할 때면 나는 벽 쪽으로 돌아누워 의사가 가기만 기다렸다.

혼자라는 것……. 조지는 언제고 나와 함께 있어야 했는데. 선생님도 가 버렸지. 나는 선생님을 어떻게 도울 수 있는지 알지 못했다. 나는 늘 혼자였던 것이다. 그리고 이 남자들, 새로운 내 남자 형제들 같았던 이들, 그들 또한 주안 디아즈와 똑같이 행동했을까? 왜 나는 늘 혼자여야만 할까?

"어쨌든 넌 무엇을 위해 몸을 아끼고 있는 거니?"

헬렌 이모는 말했다. 이모의 말이 내 머리를 두드리며 스쳐 갔다. 주안 디아즈 앞에서 울었던 나 자신을 얼마나 증오했는지 모른다. 나는 그렇게 바보였다. 그저 육체적인 일에 지나지 않는 일을 가지고. 얼마나 비참했는지 모른다. 왜 나도 그 남자처럼 행동할 수 없었을까. 웃어넘기고 주안에게 약간의 돈을 지불할 수는 없었단 말인가? 여자에게 쓴 편지도 하나 있었지. 나 같은 어떤 여자였겠지. 그런 여자들이 숱하게 있었는지도 모른다. 주안은 나를 비웃으며 내게 책임이 있다고 말했다. 왜 사람들은 이 지상에 나를 또다시 데려다 놓았을까?

웃음. 나도 웃으리라. 나를 가지고 실험하고 있는 자들은 이제 내가 웃는 모습을 보게 되리라. 내가 웃을 수 있다는 것도 알게 될 것이다. 왜 내가 순전히 육체적인 일 때문에 고통을 받아야 하는가? 남자들에게 나는 말하리라.

"와요, 와요! 내가 지금 가고 있어요. 내가 당신들을 돈으로 조금이나마 도울 수 있을 거예요!"

그런 다음 나는 식탁 위에 돈을 남기고 당당히 나가리라! 아침 일곱 시에 내 방문을 두드리는 소리가 났다. 내가 병원에서 돌아온 다음 날이었다. 나는 두 번째 노크 소리를 지겹게 들었다. 딸바르일지도 몰라. 아니야, 딸바르는 가 버렸지. 그리고 주안은 문을 아주 살짝 두드렸지.

나는 피곤한 몸을 이끌고 일어나서 문을 열었다. 바깥에서 문을 턱 가로막고 서 있는 남자는 딸바르 씽이 아니라 검은 중절모를 한쪽 눈 밑으로 비스듬히 눌러 쓴, 작달막하고 뚱뚱한 남자였다. 남자의 턱은 강압적인 데다 표정이 너무 잔인하게 보여서 어떻게나 겁이 났던지, 심장의 고동이 멎어 버릴 것만 같았다. 나는 본능적으로 문을 닫으려고 뒷걸음질을 쳤다. 그러나 그 남자는 문과 문 틀 사이에 육중한 발 하나를 밀어 넣어 억지로 문을 열게 하고서 놀랍게도 안으로 들어왔다.

"나와 함께 가야겠어요."

남자는 호주머니에서 금속 배지를 꺼내어 보여 주면서 통고했다. 형사라니!

"저는, 전 갈 수 없어요. 몸이 아파요. 옷도 안 입었고 아침도 못 먹었는데요."

"당장 함께 가지 않으면 붙잡아 갈 거요. 옷 입을 때까지 밖에서 기다리겠소."

형사가 뒤로 문을 닫을 때 나는 충격을 받아 어쩔 줄 모르고 서 있기만 했다.

"아직 안 됐소?"

몇 분 후 형사가 고함을 쳤다.

"몇 분 더 있으면 돼요."

나는 검은 노트에 대해 생각했다. 아니야. 공책을 갖고 가지는 못해.

"뭐하고 있는 거야? 그만하면 충분한 시간을 줬어!"

형사는 문을 열어젖히고 나를 노려보며 섰다.

"이리 나와!"

나는 모자와 재킷을 집어 들었다. 형사는 내가 지나가도록 옆으로 비켜 서더니 내 팔을 잡은 채 계단을 내려가도록 했다. 나는 형사의 힘센 손가락이 내 팔의 살을 파고드는 것도 거의 느끼지 못했다. 별안간 내 지갑의 주소록에 적혀 있는 딸바르와 비렌의 이름이 생각났기 때문이다.

지하철에서 나는 주소록을 끄집어내려고 지갑을 열었다. 형사의 작고 둥글며 엄한 눈은 내 모든 동작을 수상쩍은 듯 따라다니고 있었다. 겁이 난 나는 지갑을 다시 닫아 버렸다. 신경질적으로 나는 지갑을 찰칵 하고 열었다가 닫고 열었다가는 또 닫았다. 그런 다음 내 돈을 세고 또 세기 시작했다. 1달러 65센트였다가 1달러 75센트였다가 1달러와……. 형사는 나를 감시하는 데 싫증이 났던지 상가 지역 전철역에서 전철에 오르는 사람들 쪽으로 몸의 방향을 바꾸었다. 형사에게는 사람들이 모조리 수상하게 보이는 모양이다. 어쨌건 저들 중 몇몇은 일반 원칙에 따라 체포되어야 할 테니까. 나는 민첩하게 주소록을 열어 두 사람 주소가 적혀 있는 페이지를 찢어 냈다. 그리고 형사가 무정한 작은 눈으로 나에게 시선을 돌렸을 때 나는 그 페이지를 입속으로 밀어 넣고 흐늘흐늘해질 때까지 씹어서 삼켜 버렸다.

"으, 으헛!!"

형사는 눈을 좀 더 작고 더 엄하게 뜨고서는 으르렁거렸다. 지하철에서 내리자 형사는 다시 내 팔을 움켜잡고 브로드웨이를 바라보고 있는 어떤 고층건물 속으로 나를 밀어 넣었다. 우리는 엘리베이터를 탔고 꼭대기 층에 내렸다. 나는 그 층에 있는 작은 대기실로 밀어 넣어졌다. 문 위쪽의 광장에서 들어오는 빛으로 가득 찬 대기실은 잿빛이었다. 형사와 나는 그곳에서 여러 시간을 기다렸다. 다른 죄수들 역시 황소 목을 한 형사들에게 끌려 들어와 앉아서 기다렸다. 이 작고 어두운 방의 침묵을 깨트리는 것은 죄수가 발로 바닥을 톡톡 치는 소리, 파리 한 마리가 벽에 부딪히며 윙윙 나는 소리뿐이었다. 나는 두려움과 공포에 질려 가만히 앉아 기다렸다.

이윽고 안쪽 문이 열렸고 나는 긴 방으로 통하는 어떤 홀로 끌려갔다. 긴 방의 저 멀리 구석에는 입술이 아주 얇고 냉엄한 얼굴을 한 빼빼 마른 작은 남자가 책상 뒤에 앉아 있었다. 남자의 뒤쪽 벽에는 커다란 미국 지도가 걸려 있었다. 방 다른 쪽에는 벽에 붙여 놓은 테이블 하나에 의자 서너 개가 있었다. 나는 작은 남자의 책상 앞에 놓여 있는 의자에 앉았다.

나는 이름과 주소와 부모, 국적을 죽 댔다.

"아니오, 저는 독일에서 태어나지 않았어요. 부모님도 그렇지 않아요. 아주 분
명한 사실이에요. 제 아버지는 인디언 조상을 두었고, 어머니는 아주 오랜 토착
미국인 태생이었어요."

"인디언이라니 인도 태생 말이오?"

"아니오. 아메리카인디언 말이에요."

남자는 내가 인도에서 온 사람들을 알고 있는지 물었다. 나는 낮은 목소리로
대답했다.

"작년에 인도에서 강의하러 온 나이 든 인도인 교수와 그 집을 방문한 몇몇 학
생들 말고는 아는 인도인들이 없어요. 그런데 몇 달이 지나도록 그들을 만나지
못했어요. 그래요, 지금으로서는 제가 아는 인도인이 분명 한 명도 없어요."

"우연히 딸바르 씽이라는 사람을 알게 되지 않았나?"

"누구라고요?"

되물을 때, 내 심장 소리가 내 귀에까지 들릴 지경이었다. 그 남자는 묘한 뉘
앙스를 풍기며 질문을 되풀이했다.

"아니오."

남자는 냉소적으로 웃으면서 나를 바라보았다.

다른 남자들이 들어와서 앉더니 심문하는 모습을 지켜봤다. 그중 한 남자는
경우에 따라 질문을 한 가지씩 던졌다. 구석 자리에는 붉은 얼굴을 한 사람이 한
명 있었는데, 꽉 채워 넣은 소시지 같았다. 남자는 손을 바지 호주머니 깊숙이
찔러 넣고 있었다. 남자가 던지는 질문이 책상 뒤의 남자를 방해하기에 나는 날
쌔게 몸을 돌려 남자를 보았다. 남자의 영국식 발음 때문에 겁이 났던 것이다.
나는 남자를 빤히 쳐다보며 앉아 있었다. 남자는 큰 체구에 검은색 머리칼을 가
졌고 외모로 보면 약간 유태인같이 보였다. 비렌이 말했듯이 그 남자는 도처에
서 인도인들을 체포하고 있는 영국 스파이 중 한 명이었을 것이다. 나는 그 방에

서 심문을 받은 뒤, 남자가 인도의 벵골에 있는 비밀 첩보 부서인 CID(영국 경찰청 범죄 수사과, Criminal Investigation Department.)의 주요 스파이 중 한 명이라는 것을 알게 되었다. 남자의 억양과 외모는 나를 더 깊은 공포로 몰아넣었다. 이런 것이 선생님이 자신의 운동이 위험하다고 말한 의미였구나. 이 상황에 어떻게 대처해야 할까? 나는 한 번도 체포된 적이 없었으며 경찰이나 첩보원 앞에 서 본 적도 없었다. 다른 사람들은 이런 상황에서 어떻게 했을까? 첩보원이 사람들을 고문한다는 말은 사실일까? 나는 몇 달 동안 신문에서 그런 이야기를 읽었고 소문도 들었다. 두려움에 옴짝달싹 못한 채 주변의 남자들을 바라보았다. 나는 아는 것도 없고 막연했으며, 경험도 부족했다!

다른 남자들이 내 방에서 모든 것, 내 책, 옷, 심지어 내 더러운 빨랫감까지 다 들고 들어왔다. 나는 할 말을 잃고 남자들을 쳐다보았다. 남자들은 내 책을 차곡차곡 쌓고 있었고 나는 그 책들 중에 검은 노트가 끼여 있는 것을 보고는 깜짝 놀랐다. 여차하면 내가 제일 먼저 책상으로 걸어가 검은 노트를 집어, 내게서 그것을 빼앗아 가지 못하도록 싸우고 싶었다. 남자들이 빼앗아 가려고 하면 갈기갈기 찢어 버리고 싶었다. 주위에 있던 많은 남자들을 모두 죽 훑어보고 역부족임을 느꼈다. 게다가 설사 노트를 낚아챈다고 하더라도 꼭대기 층에서 1층까지 내려가 도망친들 무사하겠는가. 그러다 문득 사람들이 체포될 경우 변호사를 부를 권리가 있다는 말을 떠올렸다.

"내게는 변호사를 만날 권리가 있지 않나요?"

나는 일어서면서 말했다. 남자들은 웃었다. 취조관도 대답하면서 웃었다.

"오, 이것은 사소한 조사일 뿐이오, 로저스 양. 체포된 게 아니오."

"그럼 무슨 권리로 당신들은 내 책과 옷을 가져온 거죠?"

남자들은 다시 웃었고 취조관은 말했다.

"그저 아가씨가 어떤 사람인지 살펴보려고."

"변호사를 데려다 주세요!"

"아가씨는 무얼 요구할 권리 같은 건 없어!"

나는 죄수였다. 그리고 심문은 시작되었다.

"로저스 양, 담배 피워요? 욕도 잘하는군. 여기 '빌어먹을'이라는 말을 거리낌 없이 쓰고 있는 편지가 있네."

나는 대답하지 않았다. 취조관은 내 사적인 편지를 읽고 있었다. 그자들은 내 우편물까지 훔쳐보고 있었다!

"어느 교회에 나가지? 오, 기독교인이 아니군? 그런데 신은 믿는다고? 아냐! 이 아가씨 지금 무슨 말을 하고 있는 거야! 네 종교가 뭐야, 요가 수도자야?"

"내게는 종교가 없어요. 자유를 위해 일하는 사람들을 돕는 일 말고는."

남자들은 눈짓을 주고받았다.

"나도 그렇게 생각했지!"

취조관이 냉소적으로 소리치면서 입술을 꼭 다물었다. 가늘고 굳은 선이 입에 새겨졌다. 취조관은 카드 같은 것 하나를 집어 올렸는데 비렌이 내게 준 어떤 인도인의 낡은 사진이었다. 사진 속의 남자는 숱한 세월을 감옥에서 보내고 있다고 했다. 사진 위쪽에는 "조국이여, 경배합니다."라는 말의 힌두 어 "반데 마따람"이라는 글자가 적혀 있었다.

"반데 마따람이 누구지? 네 친구인가?"

취조관이 의심스럽다는 투로 물었다. 나는 아무 대답도 하지 않았다. 내 눈길은 공책이, 사람들의 생명이 달려 있는 공책이 끼여 있는 책 더미로 계속 갔다.

"이 편지는 어떻게 네가 갖고 있게 되었지?"

나는 흘끔 쳐다보았다. 주안 디아즈가 그날 밤 내 방에 떨어뜨린 편지였다! 그 편지는 식탁 위에 놓여 있었는데, 내가 병원에 있는 동안 그들이 내 집 안에 들어왔던 것일까? 그래, 맞아, 그랬구나. 전날 밤에도 그 편지는 집에 없었으니까.

"나도 어떻게 된 건지 모르겠어요."

취조관은 50달러짜리 수표를 자기 손에 떨어뜨렸다.

"이 돈 네 거야? 편지 옆에 놓여 있던데! 그래도 너는 인도인을 하나도 모른다는 말이지!"

취조관은 내 눈앞에서 편지와 돈을 흔들어 보였다.

"나는 한 명도 몰라요!"

이렇게 말하는데 목이 메었다.

"이보다 더한 것도 있지,"

어떤 목소리가 황급히 지적했다. 나는 눈을 들어 또 한 명의 남자가 내 어깨 가까이 서 있는 모습을 보았다. 취조관은 내게 다가와 몸을 굽혔다.

"병원에 입원해 있었다던데, 로저스 양. 가스 때문에 실려 온 것 같더라고 했지. 그 전날 밤 두 명의 인도인이 널 보러 왔다며? 이제 생각나?"

"무슨 말을 하고 있는지 모르겠는데요."

취조관은 화를 냈다.

"그럼, 네 기억이 돌아오도록 내가 도와주지. 두 명 중 한 명은 주안 디아즈였다. 이제 생각나? 네 방 의자는 왜 뒤집혀 있었고, 넌 왜 옷을 완전히 다 입은 채로 누워 있었지?"

나는 반쯤 몸을 일으켰다. 그날 밤, 넘어진 의자, 몸싸움, 돈, 책임, 가스……. 그 끝없는 밤과 멈출 줄 모르고 째깍거리는 시계 소리…….

취조관은 나를 유심히 관찰하면서 가까이 몸을 굽혔다.

"당신, 날 혼자 내버려둬요! 날 혼자 내버려두란 말이에요! 난 지쳤어요!"

나는 소리쳤다.

"자살하려고 한 이유가 뭐지?"

취조관은 내 팔을 붙잡고 물었다. 이 자들은 나를 어떻게 하려는 것일까? 울음이 나오려고 내 입술이 씰룩거렸다. 그러나 울음이 나오기 전에 어떤 기억이 되살아났다. 아주 이른 아침이었는데 선생님과 나는 센트럴공원의 큰 옥석 가까이에서 발걸음을 멈추었어. 그때 나뭇잎들이 이슬로 반짝이는 나뭇가지 하나가 우리 위에 늘어져 있었지. 내가 미끄러져서 넘어질 뻔하자 선생님, 지금 이 남자가 나를 붙잡듯이 붙잡아 주었어. 쑤시는 듯한 아픔이 바로 지금처럼 내 팔을 타고 흘러내렸지. 선생님은 나를 놓아 주고는 잠시 앉아 쉬면서 말했어. 무슨 말이었더라? 선생님이 몸담고 있는 운동은 아름다운 게 아니라 위험한 것이라고……. 나는 그 운동에 진지하게 내 삶을 바칠 정도로 충분히 강하지도 못하고 방법도 잘 모른다고……. 선생님은 "믿음이 다 죽어 버린 후에도 다시 되살아나는 신실한 믿음을 마음속에 품어야 한다."고 말하는 어떤 연극에 관해서도 이야기했어.

나는 방 주위를 둘러보며 살찐 남자들, 구석에 앉아 있는 영국인, 얄팍한 입술을 가진 취조관, 책상 위에 놓여 있는 검은색 노트를 두루 보았다. 나는 자리에 다시 앉았다. 취조관과 두 남자가 내 가까이에 서 있었다.

"그래, 서두를 것 없으니 천천히 말해 봐."

남자들 가운데 한 명이 말했다. 나는 그 사람을 빤히 쳐다보며 대답했다.

"날 가만 내버려둬요. 난 당신과 아무 상관도 없어요."

"아가씨, 지금은 전시야. 미국과 장난이나 치려고 하는 짓은 위험해!"

"미국이라고요! 그래요, 나도 당신들처럼 무척이나 미국적인 사람이죠. 그리고 영국 억양을 가진 저 구석에 있는 얼간이보다야 더 미국인이죠!"

"네가 신출내기라고 해서 일이 쉽게 끝나지는 않을 거야! 너는 함께 놀아난 이 누렁이 자식들을 보호하면서 자신을 위대한 사람인 양 생각하고 있다는 걸 나도 잘 안다고."

"누렁이 자식들이라니요!"

"아시아에서 온 작자들 말이야. 내가 무슨 말하는지 잘 알면서 뭘 그래!"

"어떤 아시아 사람들 말이죠?"

취조관이 단추 하나를 눌렀고 안쪽 사무실에서 남자 한 명이 왔다.

"이 남자를 곧 체포해."

이렇게 지시하면서 자기 책상에서 서류 하나를 꺼내 주었다. 나는 겁이 났지만, 저들이 말하고 있는 자가 누구일까 궁금해하면서 귀를 기울였다. 딸바르, 비렌, 선생님…….

"여기 네가 며칠 전 딸바르 씽에게 쓴 편지가 있는데, 우리나라에서 빠져나가는 방법을 잘도 알려 주고 있더군! 너는 딸바르가 법망을 피해 다니는 도망자라는 걸 알고 있었단 말이야! 미국 시민으로서 네가 지켜야 할 의무는 경찰에다 알리는 것이었어. 이 사람 어디 있지?"

묻는 내용으로 봐서 아직 딸바르는 체포되지 않았다. 나는 구석에 있는 영국 사람을 쳐다보았다. '미국 시민으로서 내 의무'라니, 참말로 우스웠다!

"당신이 무슨 말을 하는지 모르겠어요."

나는 대답했다.

"넌 거짓말하고 있어! 우리는 독일 스파이와 빈둥거리며 노닥거릴 생각은 추호도 없어!"

"누구더러 독일 스파이라고 하는 거야, 정말! 그럼, 당신은 더러운 영국 스파이군 그래!"

남자들은 벌떡 일어섰고, 취조관은 나한테 맞기라도 한 것처럼 얼굴색이 붉어지면서 냅다 고함쳤다.

"당장 사르다르 란지뜨 씽을 체포하고 말겠어!"

나는 벌떡 일어났다. 그때 나는 남자들이 급히 눈길을 서로 주고받는 것을 보았다. 나는 숨을 죽이고 남자들을 지켜보았다.

"그렇군! 인도인들을 알고 있군 그래!"

"내가 작년에 나이 든 인도인 한 분을 알고 지냈다고 말했잖아요. 그렇지만 저는 여러 달 그분을 뵙지 못했어요. 그분을 체포한다는 말이군요. 그분은 노인인데다 학자예요. 그런 분을 왜 귀찮게 하려는 거죠?"

"너, 그 사람 집에서 살기도 했지?"

"난 옆집에 살았고 그분을 위해 일을 해 주었어요."

"그럼, 그자가 네게 돈을 주었겠구만. 네가 한 서비스 때문에?"

"그분을 당신들 잣대로 판단하지 말아요!"

취조관은 콧방귀 뀌는 것으로 대답을 대신했다.

"그리고 이 사람, 딸바르 씽. 이 남자와는 무슨 관계였지?"

침묵.

"자, 우리에게 탁 터놓고 말해 봐. 아무리 오래전 일이라도 괜찮아. 네가 무슨 말을 해도 우린 놀라지 않아. 모두 결혼한 남자들이거든."

남자들 모두가 서서 나를 지켜보고 있었다. 기혼 남자들, 유부남들에게는 충격을 줄 수가 없다니! 그래! 아마 기혼 남성들은 다른 남자들보다 더 많이 타락한 사람들인지도 몰라. 나는 등을 돌리고 창문 쪽으로 걸어갔다. 저 사람들이 주소록을 찾아낸다면 어떻게 하지! 바깥에서는 태양이 빛나고 있었고 도시의 윙윙거리는 소음이 부드럽게 들려왔다.

"로저스 양, 우리는 당신 생각보다 당신 사생활에 대해 더 많이 알고 있어요. 당신이 이 인도인들에 대해 우리에게 사실대로 말해 준다면 신문사에서 얼씬도 못하게 해 주겠소."

기혼 남자 중의 한 사람이 내 등에다 대고 말했다. 남자들은 나를 역겹게 만들었다! 여기가 아니라, 깨끗한 거리에 나가 있다면 얼마나 좋을까! 창문 맞은편 건물에 길고 어두운 그림자가 드리우고 있었다.

"로저스 양, 당신은 미국 여자요. 순교자인 양 구는 것은 참 어리석은 일이오. 우리에게 사실대로 말한다면 10분 안에 이곳을 자유롭게 걸어 나갈 수 있소."

건너편 건물에 비치던 햇살은 아주 부드러웠고 이제 막 그림자가 드리워지려는 참이었다.

"물론 우리는 당신이 여기 오는 길에 삼켜 버린 주소들도 다 알고 있지."

내가 주소 적은 종이를 삼켜 버렸다는 것도 이 사람들에게 거의 문제될 게 없었구나! 이 기혼 남자들!

"그래요, 생각할 시간을 주겠소. 내일이면 생각을 바꾸게 될 테니까!"

나는 주위를 둘러보았다. 그자들은 바깥 홀에서 붉고 두꺼운 황소 목을 가진 두 남자를 불러들였다. 한 남자가 내 쪽으로 가로질러 오더니 내 팔을 잡았다. 으스스할 정도로 무서웠으나 저항은 할 수 없었다. 남자들은 나를 거리로 끌고 내려가 밀폐된 어떤 자동차에 태우고는 오랫동안 달렸다. 마침내 문이 열렸고 나는 끌어내려졌다. 위로 다리 하나가 놓여 있었다. 창문에 쇠창살을 쳐 놓은 어떤 건물 안으로 나를 밀쳐 넣었다. 사내 중 한 명이 건물 안 책상 뒤에 앉아 있던 한 남자에게 "연방 죄수요" 하고 말하기 위해 잠시 발걸음을 멈추었다. 그런 다음 나를 뒤편에 있는 어떤 방으로 밀어 넣었다. 거기서 거구의 어떤 여자 경찰관에게 몸수색을 당했다. 내가 저항할 때는 여자 경찰관의 큰 손이 내 살을 후벼 파는 것 같았다.

내가 다시 옷을 입자 여자 경찰관은 두터운 철문을 열더니 차가운 시멘트 통로로 나를 밀어 넣었다. 안쪽으로 빗장이 걸려 있던 문이 열리고, 나는 작은 감방 안으로 처넣어졌다. 여자 경찰관의 혁대에 붙어 있는 열쇠 꾸러미가 철 빗장에 부딪힐 때마다 쨍그렁거렸는데, 그 소리가 굉장히 귀에 거슬리고 싫었다. 이윽고 쨍그렁 하고 울리는 소리와 함께 문이 잠겼으며 나는 혼자가 되었다.

감방 바닥은 시멘트였고, 벽은 강철이었다. 문은 두꺼운 강철 빗장으로 만들어져 있었다. 편평한 강철 조각들을 교차시켜 만든 긴 의자가 침대였다. 담요나 덮을 만한 것도 하나 보이지 않았다. 구석에는 부서진 변기가 있었는데, 변기에서 물이 바닥으로 흘러나와 얇은 얼음 막이 덮여 있었다.

감방의 크기를 재 보았다. 길이가 네 발자국이었고, 넓이는 내 팔을 활짝 펴면 벽에 닿아서 몸 하나 겨우 움직일 정도였다. 빗장 지른 문으로 짧은 시멘트 복도가 내뿜는 섬뜩한 냉기가 스며들어 왔고, 그 끝에 있는 창살로 된 창문에서 빛 몇 줄기가 겨우 들어왔다. 무슨 소리가 들리는지 귀를 기울여 보았다. 위쪽 어디선가 어렴풋하게 톡톡 치는 소리가 났다. 멀리 다리 위에서 우르르 하는 소리도 들렸다. 누군가 망치질을 하고 있었다.

'틀림없이 강철을 두드리고 있었을 거야. 아마 다리 위에서 어떤 노동자가 그랬겠지. 그 노동자는 자유를 누릴 권리를 획득하기 위해 그동안 무슨 일을 했을까? 새처럼 저렇게 공중에 높이 앉아서!'

해가 기울어 어둠이 적처럼 찾아들었다. 다른 사람들은 이렇게 갇혔을 때 어떻게 했을까. 그것만이라도 안다면 얼마나 좋을까! 나는 강철 침대에 앉았다. 강철의 한기가 내 옷을 파고들어서 일어서고 말았다. 그러고는 몸을 조금이라도 따뜻하게 하려고 걸었다. 네 발자국을 걷고 돌아서 다시 네 발자국을 걸었다. 어두워지는 통로를 이렇게 걷는 게 무슨 짓이람! 나는 걸음을 멈추고 귀를 기울였다. 망치 소리도 멈추더니 귀를 기울이는 것 같았다! 나는 걸었다. 망치 소리도 걸었다! 나는 침대에 다시 앉았다……

'그런 생각들이 내 머릿속에 들어와서는 안 돼.'

나는 몸을 부르르 떨며 일어섰다. 선생님과 딸바르 씽을 어떻게 했을까? 그 사람들이 검은 노트를 찾아낸다면, 인도인들은 죽게 될 거야. 인도인들은 내게 책임이 있다고 늘 생각하겠지. 그 생각은 나를 괴롭혔다.

'내가 여기 이렇게 계속 남아 있어야 한다면 어떻게 하지! 내가 기어오를 수 있거나 빗장 사이로 나갈 수 있을 만큼 몸이 줄어들 수 있다면 얼마나 좋을까. 내가 복도의 창문으로 가서 딸바르 씽에게 쪽지를 보낼 수만 있다면……. 아냐, 딸바르는 적어 준 주소지에 없었어! 어떻게 하면 이곳을 빠져나가서 검은 노트를 손에 넣을 수 있을까. 이 같은 상황에 대처하는 무슨 방법이 분명히 있을 거야. 어쩌면 나갈 수 있을지도 몰라.'

나는 강철 침대 위에 서서 온 힘을 다하여 지붕을 밀어 보았다. 그러나 지붕은 강철로 되어 있는 데다 단단히 조여 있었다. 문 빗장들 사이의 공간은 겨우 팔 하나 들어갈 정도였다. 머리핀을 비틀어 열쇠 구멍에 밀어 넣으려고 해 보았는데, 돌아가지도 않았다!

나는 어둑어둑하고 고요한 통로 아래로 걸었다. 다른 무엇인가도 걷기 시작했다! 내가 멈추었더니, 그것도 멈추었다! 멀리서 톡톡 치는 소리가 들려왔다. 아마 그 남자가 들을 거야. 그 사람은 노동자이니 나를 도와줄 거야. 나는 큰소리로 불렀다. 통로 아래로 내 목소리는 울리고 또 울렸으며 문을 통해 내게로 다시 몰려와 내 귀에다 소리쳤다.

나는 침대의 차가운 빗장들 위에 누워 덜덜 떨면서 눈을 감고 있었다. 내 몸이 강철을 따뜻하게 해 줄지도 몰라. 어느덧 밤이 기울고 있었다. 얼마나 으스스하게 추웠던지……. 새벽은 결코 밝아 오지 않을 것만 같았다! 내일 무슨 일이 벌어질까? 노트를 찾아내서 인도인들이 다 죽고 그 동료들이 내가 자기들을 배반했다고 생각하면 어떻게 하지! 검은 노트는 내 정신 속에 뚜렷한 형상을 만들어 내 마침내 내 머리 자체가 검은 노트가 되어 버린 것 같았다.

새벽이 천천히 기어오듯 왔다. 새벽은 친구와도 같았다. 선생님이 내 소식을 듣는다면 나를 도와줄 거야. 그러나 지금은 머리가 아팠고, 지친 내 엉덩이는 차갑고 뻣뻣했다. 여러 시간이 흘렀다. 통로 아래로 기어들던 햇살 조각이 점차 밝아 왔다. 한참 후 열쇠가 우르르 하는 소리가 들렸고 여자 경찰관이 문을 열었는데 그 뒤로 형사 두 명이 서 있었다.

우리는 아무 말없이 다시 한 번, 브로드웨이에 있는 작고 어두운 대기실에 앉았다가 안쪽 통로를 통해 취조실로 들어가는 일을 되풀이했다. 굳은 얼굴을 한 마른 남자가 책상 뒤에 앉아 있었고, 다른 남자들도 취조실 안에 있었다. 시계가 오후 두 시를 가리켰다. 나는 내 책이 놓여 있던 테이블을 흘끔 보았는데 아직 검은 노트는 거기에 있었다.

"자, 로저스 양, 지금 우리에게 할 말은?"

"할 말이요? 감방이 얼어붙을 정도로 춥고 변기는 부서져 물이 바닥으로 흘러 내리고 있었어요. 덮을 것도 하나 없고 식사나 물도 주지 않았어요. 그런 줄 알고 있겠지만요."

"그런 줄 미리 알았어야지! 네가 어울렸던 남자들에 대해 해 줄 말은? 네가 쓴 편지에 대해 말 좀 해 보시지. 이 딸바르 씽이라는 사람, 어디 있지?"

"무슨 말을 하는지 모르겠네요!"

"어디 란지뜨 씽이 한 말을, 들어 보시지."

나는 열심히 들었다.

"란지뜨 씽이 샌프란시스코에서 널더러, '지도자가 되려는 야심을 가진 어리석은 아가씨'라는 것 말고는 자신이 아는 게 거의 없다고 말했다는 걸 말이야."

심문하던 남자는 입가에 야릇한 표정을 지었다. 나는 항상 사람들의 입을 보고 진실을 읽었다.

"거짓말쟁이! 란지뜨 씽은 그런 말을 입 밖에 담지 않았어, 잘 알겠지만!"

나는 충동적으로 소리를 질렀다. 그 남자는 몹시 화를 냈다.

"네게 입대한 남동생이 하나 있지. 스파이 누나가 있다는 걸 상사가 알면 네 동생 신상에 좋지 않을걸."

"당신은 부끄러운 줄 알아야 해! 내가 간첩이 아니라는 건 당신이 더 잘 알고 있어. 뭔가 알아내고 싶다면 적어도 내가 남동생을 여러 해 동안이나 못 봤고 동생이 어디 있는지도 모르며, 그저 민주주의를 위해 싸우느라 죽었을지도 모른다는 정도나 알아 두지 그래요!"

"우리가 곧 알아내고 말 거야!"

"내 남동생을 그냥 내버려두라고요. 그 애는 아직 소년일 뿐이에요. 죽었는지도 모르고, 굶주렸을 거라고요. 그렇지 않았다면 군대에 끌려가지도 않았을 텐데."

남자는 나를 비웃었다.

"이전에 했던 네 결혼이 생각나나? 네 친구 중에, 네 시누이기도 했던 카린도 체포되었어. 카린이 네 사생활에 대해 여러 가지를 말해 주었지. 인쇄하기에 좋은 내용들은 아니지만 말이야. 이 아시아 남자들이 여자를 이용한다는 것도 우리는 알고 있지."

"당신은 언제나 당신 잣대를 갖고 사람들을 판단하는군요!"

"아가씨, 지금 누구에게 말하고 있다고 생각하는 거지?"

"당신이 어제 말했죠. 당신이 상원 의원이었으며 지금은 연방정부에서 무보수로 일해 주는 민간인이라고 말이에요. 그 말은 당신이 부자라는 걸 뜻하죠."

"네가 신참내기라는 것도 아무 소용이 없겠군!"

나는 책상 뒷벽에 걸려 있는 지도를 곰곰이 살펴보았다. 덴버가 저기 있구나. 헬렌 이모가 살고 있는 곳이지. 이모는 아시아 남자는 한 명도 못 봤을 거야. 백인 남자들만 만났겠지. 애국자들만.

"네 친구 중에는 결혼도 안 하고 남자와 십 년씩이나 동거해 온 로레타라는 여자도 있군 그래! 사생아까지 낳았고 말이야. 그런 친구들이 또 있나?"

귀로는 남자의 말을 들으면서, 눈은 지도를 계속 더듬고 있었다. 저기 서부 오클라호마가 있군. 그곳에는 외로운 무덤이 세 개 있지. 아버지도 많이 늙으셨을 거야. 머리칼은 거의 백발이 되었을 거고, 어깨는 더 굽었겠지.

"대학 교수들도 네가 써 오는 내용들이 다분히 선동적이라고 그러더군."

다른 쪽 벽에 걸려 있는 지도의 어두운 지점이 프랑스일 거야. 좀 더 가까이 가서 볼 수만 있다면……. 댄은 프랑스로 실려 가서 죽었을 거야. 민주주의를 위해서…….

"주안 디아즈라는 사람, 어디 있지? 대답하지 않으면 도망자를 도운 죄로 널 기소하겠어. 전시에 그런 일을 하는 게 뭘 의미하는지 잘 알고 있겠지?"

저기 샌프란시스코도 보인다. 샌프란시스코는 안개 때문에 늘 잿빛을 띤 연두색 도시였어. 주안 디아즈는 거기서 일본으로 가는 배를 탈거라고 했는데. 나는 주안이 떠났는지 궁금했다.

남자들은 다시 다리 밑의 감옥으로 나를 끌고 갔다. 형사가 나를 감방 문으로 집어넣었을 때 나는 몸을 돌려 형사에게 손을 뻗어 보았다. 분명 형사도 인간일 테니, 나를 도와줄 거야! 내가 몸을 내뻗치자 형사는 벌떡 뛰어 일어나 자신을 보호하려는 듯 두 손으로 사납게 나를 문 안으로 밀어 버렸고, 나의 등 뒤로 철커덕 하는 소리가 났다. 우리는 둘 다 서로의 눈을 노려보며 서 있었다. 내 목은 누군가가 조르고 있는 것처럼 꽉 막혔다. 형사의 눈은 짐승의 눈과 같았다. 야수와 같이 아무 의식도 없는 사람.

"이상해요. 당신은 인간이 아니라 짐승같이 보여요. 당신과 나는 고작 며칠 동안 함께 있었어요. 저는 당신을 해치는 어떤 짓도 하지 않았는데, 당신은……."

나는 형사에게 말을 걸고 있었다. 형사는 나를 미친 사람 보듯 하더니, 강철 문에서 멀어져 갔다. 형사도 나를 무서워했다. 나는 다시 혼자 남았다.

멀리 공중 높은 데서 톡톡 치는 소리가 들려왔다. 물만이라도 주면 얼마나 좋을까! 밥을 먹고 싶은 생각은 없었다. 무섭고 지쳐 있는 데다 머리까지 아프니,

시장기라곤 없었다.

바닥에는 얼음이 있었지만, 더러웠다. 그런 것을 먹을 수는 없었다. 내일 그 형사가 가다가 어디서든 멈춰서 내게 물을 줄 거야.

나는 걸었다. 유령 같은 발걸음으로 통로를 천천히 걸었다. 톡톡 치는 소리가 또다시 멀리서 들려왔다. 나는 잊어버리려고 머리를 팔에 묻었다. 목과 위가 타는 것 같았다. 머리도 끔찍하도록 아팠다. 침묵, 갈증, 상념들, 남자들의 이름이 적혀 있는 검은 노트……. 선생님이 정말로 그런 말을 했을까, 그분도 역시? 그래, 그럴지도 몰라. 그렇지만 지도자 운운한 것은 무슨 뜻이었을까? 결국 그들은 나를 어떻게 할까? 공책……. 선생님은 내게 경고했지. 주안 디아즈, 그는 어디에 있을까? 내가 이런 상태에 빠져 있는 줄 알았으면 주안조차도 나를 도와주려고 했을 텐데, 주안은 여기 이 사람들보다는 훨씬 인간적이야. 떠오르는 얼굴들! 입과 눈에 진흙이 가득 차 버린 조지의 얼굴, 나 때문에 위험에 처해 있거나, 프랑스에서 죽었을지도 모르는 열여덟 살의 댄, 헬렌 이모. 임종을 맞아 눈을 커다랗게 뜨고 빛을 내던 어머니. 만일 그들이 주소록을 찾아냈다면……. 나는 벌떡 일어났다. 아, 나는 이 모든 것을 견딜 수가 없어. 이 어두운 침묵 속에서 혼자. 공포! 날카로운 비명 소리가 놀란 짐승처럼 통로를 따라 도망쳐서 방향을 바꾸어 내게 돌진해 왔다. 나는 귀를 막고 몸을 움츠리고는 기다렸다. 침묵, 어둠, 상념들, 검은 노트와 죽은 남자들…….

영원의 시간이 흘러갔을까. 잿빛 아지랑이가 복도로 스며들어 왔고 햇살도 희미하게 비쳤다. 그런 다음 브로드웨이에 있는 사무실로 가서 마른 얼굴의 남자, 결혼했기 때문에 무엇에도 놀라지 않는다는 사내들과 대면했다. 취조관은 나를 관찰하더니 주위에 있던 사내들과 눈길을 주고받았다. 내 책들을 눈여겨보았더니, 검은 가죽 노트가 보였다. 나는 깊이 안도의 숨을 들이쉬었다.

"자, 오늘 아침에는 말할 수 있겠나?"

"다신 그곳으로 날 보내지 말아 주세요. 바다에 물은 있지만 마실 물은 하나도 없어요. 난 몸이 아픈 데다 몹시 추워요."

기침을 하는 동안 허파가 찢어지는 것처럼 아팠다. 전날 밤은 얼어붙을 것같이 추웠던 것이다. 얼굴이 홀쭉한 남자는 매우 친절했다.

"신세가 참 딱하군. 나한테 네 나이 또래의 딸이 있는데, 넌 내 딸같이 느껴져. 지금부터 내 질문에 대답만 하면 몇 분 안에 자유로운 몸이 될 수 있지."

거짓말쟁이! 그 딸은 평생 노동이라곤 한번도 해 보지 않았을 것이다. 그런 사람들은 노동이 뭔지 모른다. 취조관은 자신을 "연방정부에 무보수로 일해 주는 민간인"이라고 말했다. 그건 그 사람이 아주 부자라는 것을 뜻했다. 나를 자기 딸이라니!

취조관은 자상하게 타일렀으나 내가 계속 침묵하자 방을 나가 버렸다. 방은 따뜻했고 편안했다. 내 입과 목이 그렇게 바싹 타지 않았더라면……. 그 남자들이 이 모든 일을 멈추든 말든 내가 별로 개의치 않는다고 생각했더라면 나는 목이 마르지 않은 척했을 것이다. 주위를 둘러보았다. 아무도, 아무도 방에 물을 남겨 놓지는 않았다. 나는 푹신한 의자에 몸을 기댔다, 눈을 꼭 감은 채.

문이 열리더니 어떤 사람이 나를 굽어보고 있었다. 넓적한 얼굴이 붉고 두터웠다.

"너, 독일 간첩이지?"

그 사람의 목소리는 냉정하고 위압적이었다. 큰 얼굴이 내 얼굴에 소름 돋는 숨을 내뿜어서 나는 겨우 대답했다.

"아니요."

그 사람의 입과 눈은 무척 잔인해 보였다. 그 사람이 날 칠 건지, 친다면 언제쯤일지 궁금했다. 맞는다는 것은 그리 대수롭지 않았다.

"사실대로 말해, 창녀 같은 년!"

그 사람의 억센 손이 내 어깨를 후려치자 너무 아파서 나는 한쪽으로 쓰러졌다. 내 몸은 심하게 흔들렸고 머리는 의자 뒤에 부딪혔다.

"사실대로 말하지 못해, 이년!"

그 사람은 또다시 내게 명령했다.

"난 당신에게 아무 짓도 안 했어요. 그런데 당신은 왜 나를 이렇게 대하는 거죠? 나를 풀어 줘. 당신, 무슨 권리로 내 몸에 손을 대는 거지! 나쁜 놈, 어서 풀어 줘!"

"사실만 말해!"

그 사람은 내 어깨를 잡고 턱을 앞으로 내밀면서 큰소리로 말했다.

"난 사실을 말했어. 당신도 알 텐데. 날 풀어 줘! 난 당신을 해치는 어떤 짓도 하지 않았어. 아니야, 난 간첩이 아니야. 내가 간첩이었다면 이렇게 가난하게 살지도 않았을 테고, 여기 비밀경찰에서 일했을 거야!"

그 사람은 또다시 의자 뒤에서 나를 쳤다.

"더러운 거짓말쟁이, 매춘부 같은 년! 넌 여기 오는 순간부터 거짓말만 했어!"

"짐승 같은 놈들! 네놈의 일이란 기껏 거짓말이나 하고 훔쳐보는 게 다야. 난 나가는 즉시 당신들이 나한테 한 짓을 떠들고 다닐 거고, 활자화하고 말겠어!"

"어디 두고 보자!"

내 머릿속은 분노로 이글거렸으나 무섭지는 않았다. 그 남자는 방을 나가 버렸다. 나는 부들부들 떨면서 녹초가 되어 몸을 뒤로 움츠렸다. 신경질적인 울음이 나를 부끄럽게 했다. 이 모든 일은 꿈일 거야, 악몽 같은 것 말이야.

그 사람들은 나를 다시 감방으로 데리고 갔다. 나는 아무 소리도 듣지 못했고 어떤 생각도 하지 못했다. 목과 배가 바싹 타는 듯한 느낌과 어깨와 머리에 묵직한 통증만 있을 뿐이었다. 침묵, 어둠, 상념들, 선생님의 얼굴과 검은 노트……. 비웃으며 비난하던 주안의 얼굴, 가스, 조지, 아버지, 딸바르, 한기, 침묵, 기침, 내일에 대한 두려움…….

여자 경찰관이 비명과 함께 감방 문을 세차게 흔드는 소리를 들었는지 와서 안을 들여다보았다.

"왜 소리를 지르고 있지?"

"물 좀 줘요!"

나는 빗장 너머 경찰관의 팔을 붙들었다.

"내 권한이 아니야."

"그럼, 저와 함께 좀 있어 줘요."

"너무 추운데."

"그럼, 문을 좀 열어서 당신 모습을 볼 수 있도록 해 줘요."

"여기 공기는 나까지 꽁꽁 얼게 할 거야."

"가지 말아요, 미쳐 버리겠어요. 아무 소리도 들리지 않고 어둡고 추워요. 갈증이 심해요, 제발!"

여자 경찰관은 사무실 문을 조금 열어 놓고 어디론가 갔다. 따뜻한 간이침대가 무척이나 포근해 보였고 부드러운 갈색 책상이 전등 불빛에 밝게 빛났으며 폭신한 팔걸이의자는 편안해 보였다.

여자 경찰관은 몇 분 후에 푸른색 제복을 입은 경찰관을 데리고 왔다.

"저 여자 눈 좀 봐요, 저 여자 머리도요!"

여자 경찰관이 남자 경찰관에게 말하고 있었다. 경찰관은 빗장 사이로 나를 뚫어지게 보았다. 성격이 좋아 보이는 아일랜드인이었다. 나는 기회를 잡았다.

"제발 제 말 좀 들어 봐요. 당신은 아일랜드 사람이죠? 저는 영국으로부터 민족의 독립을 쟁취하려던 인도인들을 도왔다는 이유로 여기 잡혀 왔어요. 당신은 아일랜드인이니까 잘 이해하겠죠? 몸이 아프고 추워요. 물 좀 주세요."

두 사람은 여자 경찰관 사무실로 돌아가 뭔가 말하며 서 있었다. 그런 다음 여자 경찰관은 사라졌고 남자 경찰관이 내게로 왔다.

"뭘 먹고 싶어요?"

"물이요."

"커피 한잔을 들면 더 좋지 않을까? 그렇지만 당신과 나만 알아야 하는 일이라는 걸 알겠죠?"

"그럼요, 당신과 나만 아는 일로 해 둬야죠. 걱정하지 마세요."

여자 경찰관이 더럽고 낡은 이불 두 장을 갖고 돌아오자 남자 경찰관은 나갔다. 여자 경찰관은 감방 문을 열고 내게 이불을 주었다.

"아침 일찍 이불을 다시 갖고 갈 거야. 우리는 지금 권한 밖의 일을 하고 있는 거라고."

여자 경찰관이 주의를 주었다.

"아무 말 않을게요."

약속의 의미로 여자 경찰관의 팔에 손을 올렸다. 남자 경찰관이 김이 나는 커피를 갖고 돌아왔다. 커피를 마시니 토할 것 같아서 자리에 누워야만 했다. 힘이 없었고 갈증만 더욱 심해졌다. 그러나 경찰관은 가 버렸고 또다시 불러들일 수는 없었다. 나는 더러운 이불 사이로 기어 들어가 잠을 자려고 애썼다.

나는 한 번 더 브로드웨이로 갔다. 장교복을 입은 키가 크고 잘생긴 젊은 남자가 티끌 하나 없는 부츠에 박차를 달고, 양지바른 창문에 혼자 앉아서 거리를 응시하고 있었다. 나는 문 가까이, 내 책들이 놓여 있던 테이블 가까이 서 있었다. 내 눈은 그리 높지 않은 책 더미들을 죽 훑어 내렸는데 검은 노트가 보이지 않았다. 책 몇 권을 치워 버렸나 본데 그중에 검은 노트도 있었나 보다. 나는 한 번 더 면밀하게 책을 살펴보았다. 내가 너무 아프고 현기증이 나서 똑똑히 볼 수 없었는지도 모른다. 책 더미를 아래까지 훑어보고, 또 한 번 아래위를 훑어보았으나 검은 노트는 찾을 수 없었다!

"당신 뭘 쳐다보고 있는 거지요?"

창가의 남자가 물었다. 나는 휘청거리며 반쯤 넋을 잃은 채, 남자 쪽으로 몸의 방향을 돌렸다.

"내 책들을 어떻게 하려는 거죠? 왜 내 책들을 여기 보관하고 있는 건가요? 누가 당신들에게 내 책을 마음대로 가져올 권리를 주었죠?"

검은 노트에 대해 물어보고 싶은 생각이 굴뚝 같았지만 감히 그러지는 못했다. 아직 그 명단을 찾아내지는 못했을 거야. 저 사람들이 어떤 질문을 하는지 보면 알 거야. 찾아냈다면 마침내 내가 이름들을 폭로했다고 떠들어 댔을 테니까. 검은 노트를 돌려달라고 할 명분이 없었다. 누구도 감옥에서 스페인어를 읽지는 않을 테니까. 나는 계속해서 기침을 했고 통증 때문에 머리가 무거웠다.

"해가 드는 쪽으로 와요. 그리고 저쪽 아래 거리를 한번 봐요."

장교가 말했다. 나는 햇살 속으로 들어가 장교 가까이 섰다.

"나는 승마를 해요. 당신은? 자, 여기 이 우스운 짓거리를 당장 끝내고 함께 승마나 하러 갑시다. 몇 분밖에 걸리지 않을 거요. 이 사람들이 알고 싶어하는 걸 말해요. 나는 당신을 믿어요. 우리 함께 잘 지낼 수 있을 거요."

장교가 이렇게 말하고 내 소맷자락을 잡더니, 다정하게 장난치듯 끌어당겼다.

"자, 마리! 이렇게 이름을 불러도 되겠죠? 이런 일일랑 잊어버리고 저녁 식사나 함께한 다음 공원을 가로질러 오랫동안 말이나 탑시다. 그럴 기분이 아니면 내게 소형 자동차가 있으니, 거기 누워 경치나 구경하던지요."

나는 몹시 피곤했고 온몸 마디마디가 쑤셨다. 그런데 이 남자는 어떻게 이런 말을 할 수 있을까? 나는 사흘이나 세수를 하지 못했고, 머리조차 빗지 않았으며, 옷차림도 엉망인데 말이다. 이렇게 잘생긴 젊은 장교가 내게 그런 제안을 하다니? 장교의 목소리는 계속 내 주위로 울렸다. 햇살을 받고 서서 듣노라니 기분이 좋아질 정도였다. 분명 무언가 수를 쓰고 있는 것인지도 몰랐다.

"우선 물부터 좀 들겠어요? 그럼, 저 사람들에게 다 털어놓고 끝을 낼 거죠, 그렇죠?"

장교는 나를 시험에 들게 했다.

"그래요. 생각해 볼게요. 우선 물부터 줘요."

"오, 그럼 일부터 끝낸 다음 실컷 물을 마시도록 하죠, 자!"

몸을 구부리고 자상한 눈빛으로 장난치듯 사랑스럽게 타이르는 장교에게서 정력적인 육체의 따뜻함이 느껴졌다. 회색을 띤 푸른 눈을 가진 장교는 아주 미남이었다. 장교의 몸짓과 육체는 그 사람이 보낸 안락한 시간과 훌륭한 보살핌을 짐작게 했다. 장교의 부드러운 턱 아래로 군복 옷깃이 목 주위를 단단히 조이고 있었고, 옷 색깔은 카키색이었다. 카키색 군복. 댄도 그런 제복을 입었겠지. 그리고 다른 소년들도 댄처럼 카키색 군복을 입고 있었지. 댄은 지금쯤 전쟁터에서 죽었을 거야. 카키색 옷을 입은 팔이 내 어깨를 가볍게 쳤다. 나는 몸을 움츠렸다.

"나를 혼자 있게 해 줘요!"

"나는 당신에게 진실을 말하고 있어요!"

"그럼 내게 물을 좀 줘요! 아뇨, 당신은 그러지 않을 거예요! 어제 어떤 남자가 나를 흔들어 대면서 어깨와 머리를 흠씬 때리더군요. 당신들은 모두 살인자들 무리야. 내 남동생들을 죽이고, 이제 나까지 죽이려고 하고 있어. 당신들은 모두 영국 간첩들이야!"

나는 의자에 고꾸라지면서 팔에 머리를 묻고 서럽게 울었다. 그 장교는 방을 나가 버렸다.

다시 감방에 돌아왔다. 갈증으로 목이 탔다. 또다시 침묵이, 어둠이, 내가 사랑했던 사람들의 얼굴이……. 그자들이 검은 노트를 열어젖히고 표지를 찢어발겨서 사람들의 이름을 인도와 세계 다른 지역으로 전송시킬 것이다. 한번도 만나 본 적 없는 그 사람들을 앞으로 다시는 만나지 못하겠지. 그 사람들에게 죄가 있다면 조국의 자유를 위해 싸운 것밖에 없는데. 명민하고 아름다운 사상을 가졌고 자상했던 남자들, 나를 믿었는데……. 내가 자기들을 배반했다고 생각할 거야. 나는 더러운 이불로 몸을 휘감은 채 철 침대에 앉아서 머리를 무릎 사이에 묻었다. 조용히 있어야겠지, 내일을 위해서.

똑딱거리는 시계 소리 사이로 자물쇠에 열쇠 돌리는 소리가 나더니 아일랜드인 경찰관이 뜨거운 커피를 가져와서 웃으며 서 있었다! 경찰관은 호주머니에서 커다란 빵 두 덩어리와 뜨거운 소시지를 꺼냈다.

"핫도그를 먹는 건 괜찮을 것 같아서……."

아일랜드인 경찰관이 빗장 사이로 웃었다. 여자 경찰관이 문을 열어 주었고 나는 복도로 나가서 남자 경찰관의 팔에 기댄 채 먹었다. 남자 경찰관에게, 취조관들이 노트에서 사람들의 이름을 찾아냈다고 생각하느냐고 묻고 싶었지만 용기가 나지 않았다.

나는 다음날에도 브로드웨이에 있는 취조실로 불려 갔다. 검은 노트는 테이블

위에 되돌아와 있지 않았다. 취조관은 시작했다.

"자, 로저스 양, 내가 묻는 질문에 딱 하나만 답하면 자유로운 몸이 될 수 있어요. 딸바르 씽에게 아가씨가 쓴 편지에 대해 설명해 봐요."

나는 거의 기절할 정도로 현기증이 났다. 말하기가 두려웠다. 이러다가는 나도 모르게 이 무리들을 도와줄 말을 할지도 몰랐다. 기침은 나를 몹시 고통스럽게 했다. 그런데 이들은 왜 그 한 가지 질문만 하는 걸까? 왜? 어째서 딸바르 씽의 주소는 묻지 않을까? 생각할 시간이 필요했다.

"제게 잠시 쉴 시간과 생각할 시간을 주세요. 너무 추워요."

"그래요, 서두를 것 없어요. 어제께 당신이 물을 달라고 했는데 아무도 물을 주지 않았다는 말을 들었지. 어리석은 작자들 같으니!"

취조관은 다정하게 말했다. 취조관은 황급히 다른 방으로 걸어가 누군가를 불렀고, 잠시 후 어떤 아가씨가 들어와 내 앞에 뜨거운 차를 갖다 놓았다. 얄팍한 찻잔이었는데, 붉은 일본식 문양이 곁에 새겨져 있었다. 일본식이라, 일본, 일본에 있는 주안 디아즈!

"차를 마셔요!"

취조관은 친절하게 권했다.

"찻잔이 추하고, 밉살스러워요."

취조관은 나를 이상하게 보더니 아무 말도 하지 않았다. 나는 의자 깊숙이 몸을 누이고 눈을 감았다. 그자들이 딸바르 씽의 주소를 묻지 않는 까닭을 알기만 한다면 얼마나 좋을까. 오, 그래. 저들이 딸바르를 체포한 게 틀림없어. 맞아, 바로 그거야! 그랬구나! 그 때문에 저들이 내게 친절하게 구는 거로군! 오늘 나를 여기로 데려왔을 때 바깥의 대기실을 통하지 않고 다른 문으로 나를 데리고 왔지. 왜 그랬을까. 왜 대기실을 피했을까? 그래, 딸바르 씽이 내가 늘 앉아 기다리던 그 작은 방에 있었는지도 몰라! 그 생각은 나를 괴롭혔다. 그럴지도 몰라! 나는 취조관 쪽을 향했다.

"괜찮다면 잠시만 화장실에 좀 다녀오고 싶은데요."

"그럼, 괜찮고말고!"

취조관은 여자 속기사 둘을 불렀다. 속기사들은 나를 데리고 안쪽 통로를 따라 걷기 시작했다. 그들은 바깥의 중심 복도로 통하는 문에서 방향을 바꾸었고 바로 내 앞으로 죄수들이 감금되어 있는 어둑어둑한 작은 대기실 문이 있었다. 한 걸음만 더 가면⋯⋯. 뭐라 그러면 잘못 알고 그랬다고 말하면 되지, 뭐. 나는 재빨리 앞으로 가서 문을 활짝 열었다.

방 건너편 벽 쪽에 딸바르 씽이 두 형사에게 붙들려 앉아 있었다! 딸바르는 재빨리 올려다보았다. 딸바르의 눈꺼풀이 아주 잠깐 바르르 떨리는 모습을 보았는데 바로 다음 순간, 딸바르는 나를 모르는 사람처럼 냉정하게 응시했다. 그러고는 아무것도 보지 않으려는 사람처럼 눈길을 다시 바닥으로 떨구었다. 형사들은 날카롭게 딸바르와 나를 번갈아 보았다. 그때 누군가가 뒤에서 나를 난폭하게 떠다밀어 나는 다시 취조실로 강제로 끌려갔다.

"이제 너한테서 알아낼 만한 것은 충분히 알아냈어!"

취조관은 소리를 냅다 질렀고 친절하고 인간적인 척하던 태도가 모두 사라졌다. 취조관은 형사 한 명을 남겨 두고 잠시 방을 나갔다. 서류 하나를 집어서 읽으려고 했는데, 형사는 내 손에서 그것을 휙 낚아채 갔다. 취조관이 되돌아왔다.

"저 여자요!"

취조관은 내게 고개를 끄덕이면서 소리쳤고, 두 형사가 앞으로 오더니 나를 붙잡았다. 형사들은 한마디 말도 없이 서둘러 나를 거리로 데리고 갔고, 더 멀리 있는 상가 지역의 어떤 건물 안으로 나를 밀어 넣었다. 이윽고 도착한 기다란 방 주위에는 일렬로 늘어선 남자들이 자리를 차지하고 있었다. 나중에야 이 사람들이 신문 기자들이라는 것을 알게 되었다. 내 뒤로 다른 발자국 소리들과 약하게나마 짤까닥 하는 소리가 들렸다. 나는 돌아보았다. 창백한 한쪽 뺨의 상처에서 피가 흐르는 딸바르 씽이 두 형사 사이에 끼여서 들어오고 있었다. 딸바르의 검은 눈은 이글거리는 석탄 같았고 입술은 얇고 핏기가 없었으며 팔에는 수갑이 채워져 있었다. 억제할 수 없는 격렬한 분노와 뜨거운 열기가 내 머리와 얼굴에 몰려왔다. 나는 앞으로 돌진해서 아무 생각도 않고 수갑을 덥석 물었다. 한 형사가 뒤에서 나를 낚아챘다. 나는 어깨에 엄청난 통증을 느꼈다.

그 몸싸움을 뚫고 딸바르 씽의 목소리가 들려왔다.

"그 여자에게서 손 떼지 못해!"

커다란 손 두 개가 나를 휘감았다. 수갑 찬 손이 번쩍, 하고 딸바르의 머리 위에서 흔들리는 순간 딸바르가 연약한 몸 전체를 실어, 나를 붙잡고 있는 형사한테 내리 덮쳤다. 바로 그때 "꼼짝 마!" 하는 소리가 나기에 봤더니, 무섭게도 형사가 딸바르 씽을 총으로 겨누고 있었다.

딸바르의 얼굴은 얼어붙어 버린 것 같았고, 뺨 위의 상처에서는 피가 계속 흐르고 있었다. 사람들이 딸바르를 붙잡아 방을 가로질러 질질 끌고 갔다. 그리고 방 가장자리에 앉아 있다가 이 흥분의 도가니에 놀라 일어선 백발의 관리 앞으로 여러 사람들이 나를 억지로 끌고 갔다. 백발의 관리는 이제 다시 자리에 앉았다. 내 쪽으로 몸을 트는 늙은 관리의 얼굴에는 경련이 일고 있었다.

"넌 네 나라를 사랑하는 마음도 없어? 너는 조국에 대항하는 이 무서운 음모를 폭로하는 일을 돕고 싶지도 않아?"

열 받은 늙은 관리가 소리 질렀다. 내 열정은 차갑고 이성적이었다.

"너는 백인 여자잖아! 이 기소장에 날인하기 전에 마지막으로 한 번 더 기회를 주지. 서명해 버리면 넌 재판을 받게 될 거고 감옥살이를 해야 할 게 거의 확실해. 묻겠다. 조국을 돕겠나?"

침묵.

책상 너머 딸바르가 그 검은 눈을 번쩍이며 피를 흘리며 지켜보고 있었다. 나는 딸바르의 얼굴에 난 상처를 보다가 수갑을 보았다. 관리는 나를 '백인 여자'라고 했다! 저 무덤 속의 내 어머니도 백인 여자였고, 헬렌 이모도 백인 여자였다. 내가 속한 계급의 모든 헬렌 이모들과 어머니들도 백인 여자들이었다! 내 조국이라고! 아니, 당신들의 조국이다!

"조국을 생각해!"

관리는 다시 소리쳤다.

"당신은 내 조국 사람이 아니에요!"

"무슨 말을 하는 거지? 무슨 말이야?"

"난 아무 잘못도 저지르지 않았어요. 한때 미국이 자신의 자유를 쟁취했을 때처럼 자유를 되찾기 위해 애쓰는 사람들을 도왔다는 이유로 당신은 지금 나를 비난하고 있어요!"

"이 사람들은 독일 간첩들이야!"

"아니에요. 벤저민 프랭클린이 프랑스 간첩이 아니었던 것처럼, 저 사람들도 독일 간첩이 아니에요."

"내 생전에 조국을 배반하는 백인 여자를 보게 되리라고는 생각도 못했어!"

"그런 말을 내뱉는 당신은 누구죠? 배반자는 바로 당신이야! 당신들은 모두 영국 첩보원들이야!"

노인은 아연실색했다. 화가 나서 신경질적인 동작으로 허리를 굽히더니 자기 앞에 놓인 서류에 서명을 했다. 자리에서 일어서는 노인의 창백하고 늙은 얼굴은 분노로 떨리고 있었다. 나는 나가는 노인의 모습을 지켜보았다. 이제는 화도 나지 않았다. 사람들 사이에, 나와 저 노인 사이에 가로놓인 간극이 이렇게 깊다는 게 그저 기이하게 보일 뿐이었다. 노인이 내 조국 사람이라고? 아니야, 낯선 사람이야. 이 사람들이 내 조국 사람들이라고? 아니, 내가 이해하지 못하는 이상한 존재일 뿐이야.

"배핸!"

딸바르 씽의 목소리가 내게 들려왔고 나는 딸바르 쪽으로 몸을 돌렸다. 딸바르의 눈은 따뜻하고 검었으며 거무스레한 소년 같은 얼굴이 빛나고 있었다. 두 형사의 육중한 손이 딸바르의 어깨를 내리쳤다.

"무슨 말이야? 너, 무슨 말했지?"

"그분을 좀 내버려 두세요, 배핸은 누이라는 말이에요!"

'무덤 감옥'이라는 이름은 냉혹한 유머를 가진 어떤 사람이 붙였는데, 그 이름이 끈덕지게 따라다녔다. 무덤 감옥의 음침한 회색 벽은 월가에서 10분쯤 떨어진 거리에서는 어렴풋이 보인다. 무덤 감옥은 가난한 사람들, 가난해서 범죄를 저지르는 사람들을 가둔 곳이니 월가의 그림자다. 감옥은 음산하고 냉소적이며 야만적인 곳이다. 인간 내면에 있는 야만성의 기념비라고나 할까. 남자들과 여자들이 축 늘어진 채 패배하고 타락하여 이곳을 지나간다. 감옥 안에는 석탄산 냄새가 도처에 배어 있고 으스름한 빛이 안개처럼 모든 것에 붙어 있다. 여자들만 수감되는 감옥 안에 독방 동이 있었다. 독방 동은 3층 높이로 널찍한 통로에 둘러싸여 있고, 이 통로들 위로 단조로운 돌 벽이 치솟아, 에워싸고 있다. 또 벽 꼭대기에는 작은 창문들이 일렬로 서 있다. 이곳에서 여자들은 미국 주 정부 소관의 이런저런 감옥에 수감되도록 판결하는 재판을 기다렸다. 그게 아니면 감옥만큼 무자비한 세상으로 다시 돌려보내는, 자유를 선고하는 재판을 기다렸다. 이곳에서 보내는 시간은 때로는 몇 주, 때로는 몇 달이었다. 기다리는 동안 어떤 여자들은 울기도 했다. 몇몇은 이곳의 절망적인 불행과 비교할 때 죽음이 오히려 휴식처럼 느껴지는 상태에서 몇 시간씩이고 가만히 앉아 보냈다. 또 어떤 여자들은 신물 나는 무서움 속에서 기다리는가 하면, 어떤 여자들은 거짓 허세 속에서 기다리고 있었다.

나는 무덤 감옥 문을 드나드는 저 끝없는 물결 속의 한 사람이었다. 내가 그런 사람이었다는 것은 좋은 일이다. 다른 사람의 고통과 맞닥뜨리는 일은 좋은 일이다. 그 고통을 이미 알고 있다면, 결코 잊지 않는 것도 좋은 일이다. 우리가 누구를 판단하기 전에 가장 비참한 사람들의 수준으로 내려가 보는 것도, 갖지 못한 자의 고통을 마음속으로 체험하고 되새기는 일도 좋은 일이다.

나는 아팠다. 걸을 때나 누워 있을 때나 늘, 나를 고문해 온 일을 모두 생각했다. 아직 살아 있기를 바라면서 댄, 선생님, 카린, 로레타를 생각했다. 그 다음에 검은 노트 생각이 났다. 짚으로 된 요에 거칠고 검은 담요를 덮어 놓은 간이침대에 앉아 있노라면 어둠이 스멀스멀 다가왔다. 나는 온갖 생각을 피하지 않았다.

주안 디아즈가 내 방에 온 이후로 며칠이 아니라 몇 해가 흘러간 것 같았다. 밤에 나는 가끔 침대에서 일어나 어두운 복도를 응시하며 대문같이 생긴 감방 문의 빗장을 붙잡고 서 있었다. 환상들이 머리에 몰려들었다. 감옥을 몰래 기어 나가 브로드웨이로 가서 내가 고문받던 건물의 계단을 올라가 비밀 첩보실에 들어가서 노트를 찾아낸 다음, 옷 앞섶에 감추고서 마술의 힘으로 다시 거리로 나서는 환상들이.

그러다가 정신을 차리면 감방 문 빗장을 붙잡고 서서 격렬하게 흔들고 있는 나를 발견하곤 했다. 그러면 발은 크고 머리는 굼뜬 여자 간수장이 와서, 한밤중에 이런 행동을 하는 의미가 뭐냐고 물었다. 나는 아무 대답도 하지 않고 빗장 사이로 여자 간수장을 빤히 쳐다보기만 했다. 내 사상, 내 신념도 나를 저버렸나 보다! 나는 돌아서서 벽에 대고 주먹을 쳤다. 무딘 반향이 유일한 반응이었다. 강렬한 생각이 빗장을 깨뜨리리라고 믿으며 빗장을 쳤다.

아침이 밝아 왔을 때 나는 몹시 아팠다. 몇 주 동안 좁은 감방 안에서 조악한 검은 담요 사이에 누워 지냈다. 겨우 일어서면 강철 빗장을 지른 문 앞으로, 오솔길처럼 나 있는 길고 넓은 복도를 서성이기도 했다. 젊었건 늙었건 여자들은 나와 함께 서성이거나 절망으로 무감각해진 얼굴로 낮고 거친 긴 의자에 죽 앉아 있었다. 대개 창녀나 살인자, 도둑이었다. 초범도 있었고 재범도 있었다. 모두 가난한 여자들이었다. 대부분 무식했고, 몇몇은 아주 타락했으며, 그 천박함으로 주위 분위기에 나쁜 영향을 미쳤다.

그들은 내가 한때 그랬던 것처럼 육체적인 여자들이었다. 내가 그 여자들과 유일하게 다른 점은, 생각을 하고 사상의 힘을 믿고 있다는 점뿐이었다. 먹고 잠자고 춤추며 노래하고 화려함과 웃음으로 세상을 즐기는 재미를 이 여자들한테서 빼앗아 버렸을 때, 그 여자들에게 이해나 저항 따위가 있을 리 없었다. 그런 여자들을 짐승처럼 만드는 일은 쉬웠다. 여자들에게는 자신을 지키도록 하는 게 아무것도 없었으니까.

감옥이 여죄수들에게 미치는 효과를 알게 된 것은, 나도 그 여자들처럼 몇 달이건 꽤 오랜 세월 동안 내 운명이 어떻게 될지 모르는 상황에 처해 있어 봤기 때문이다. 감옥의 관리들도, 감옥을 조사하는 사람들도, 판사들도 그것을 알지 못했다. 형刑을 사는 것은 인간의 육체보다 정신과 영혼에 더 많은 영향을 끼쳐, 무감각하고 비천하게 만든다는 사실을 말이다. 그런 여자들이 짐승 취급을 받으면 짐승처럼 행동한다. 두 번째로 짐승 취급을 받으면 대수롭지 않게 여기지만 처음에는 죽일 것같이 행동한다.

그런데 상류층에 속하는 어떤 여자, 검은 실크와 검은색 웃옷을 입은 여대생이 중절도죄로 우리 감옥에 들어왔다. 이 여대생은 1,500달러 상당의 물건을 훔쳤다고 했다. 이틀 후 여대생은 재판도 받지 않고 풀려났다. 여대생 집안의 영향력이 작용했다는 것이다. 여대생이 있었던 감방에 들어온 젊은 흑인 아가씨는 겨우 초록색 실크 스타킹 한 켤레를 훔쳤는데, 다음 주에 소년원에 수감되어야 하는 형을 받았다! 그 아가씨는 가난한 데다 흑인이었으니까.

어느 날 아침 아일랜드 출신으로 얼굴에 곰보 자국이 있고 무적(茂迪, forhorn, 안개 · 눈 · 비 등으로 시계視界가 나쁠 때, 다른 선박과의 충돌을 피하기 위해 붕 붕 하고 무적을 울리며 위치를 알린다. 옮긴이) 같은 목소리를 내는 닳아빠진 늙은 창녀가 내 침대맡에 서서 물었다.

"넌 이 호텔에 무엇 땜에 들어왔어?"

"말해도 무슨 소린지 이해하지 못할 거예요."

내가 대답했다. 그 여자는 내 침대 가까이 있던 길고 조잡한 의자에 몸을 누이더니 자신의 손을 불룩 튀어나온 늙은 배에 편안히 갖다 놓았다. 그 여자는 상처 입은 짐승처럼 빗장을 응시하며 앉아 있었다. 그러더니 나지막하고 쉰 목소리로 말했다.

"머리도 잘 돌아가고 예뻤던 시절이 있었는데……."

여자의 눈에는 자신이 젊고 감미로웠던 시절, 미국에 하녀로 건너오기 전 아일랜드의 초원에서 춤추던 날씬하고 아름다웠던 처녀 시절에 대한 그리움이 서렸다. 여자는 가난하고 무식했다. 은총, 하나님의 은총이 아니라, 나의 내부에

이기심과 무모함의 은총이 없었더라면 나도 저 창녀처럼 되었으리라. 그 여자는 옛날에는 틀림없이 유순하고 사랑스러웠을 것이며, 지금까지도 경건한 가톨릭 신자로 살았을 것이다. 남자가 여자에게서 찬양하는 모든 점을, 이 창녀는 갖고 있었다.

감방을 죽 돌아다닌 신부는 내 감방 문을 열고 들어와 대충 만들어 놓은 의자에 앉았다. 나는 신부님과 이야기를 나누었다. 나는 신부를 좋아하지 않았다. 신부가 결국 이렇게 말했다.

"당신 같은 여자들이 감옥에 들어오는 거예요. 가정이나 아이들을 믿지 않고, 책이나 믿는 여자들 말이오."

나는 팔꿈치를 딛고 일어서서, 바깥 복도에 있는 라디에이터에 45도 각도로 비스듬히 앉아 있는 늙은 아일랜드 여자를 바라보았다. 아일랜드 여자는 입에 담을 수 없는 야한 술집 노래를 부르고 있었다.

"저기 있는 나이 든 넬리를 보라고요. 저 여자는 분명히 여자다운 여자예요. 저 여자는 당신처럼 가톨릭 신자인 데다가 틀림없이 가정과 아이들을 믿고 있는, 달콤하고 다정한 여자였다고요. 당신은 저런 여자들에게는 왜 그런 말을 하지 않는 거죠? 그 사람들은 공부를 하지 않았어요."

"당신은 교육을 받은 여자요!"

신부가 대답했다.

"그래요, 저는 교육받은 여자예요. 교육을 아주 많이 받아서 언젠가 당신들, 그리스도를 믿는 사람들이 우리 인류를 패망시키려고 세운 감옥을 파괴하는 일을 도울 겁니다."

"당신은 사회주의자로군요?"

"그래요. 하지만 그 이상이라고도 볼 수 있죠."

뚱뚱한 금발 머리의 나이 든 위조 지폐범과도 이야기를 나누었다. 그 여자의 지갑에는 젊은 남자의 사진을 박아 넣은 작은 금합이 있었다. 그 여자는 사랑하는 남자를 위하여 숱한 세월을 일해 주었으며, 위조지폐도 만들었고, 망을 보다가 감옥에 들어오고 말았다. 여자는 중노동 7년형을 선고받던 날, 자기 남자가 오지 않아 슬피 울었다. 여자들은 모두 가슴에 사랑을 품고 있나 보다.

"오늘 재판이 열린다는 걸 몰랐을 거야."

그 여자는 진실을 감추고 말했다. 나 역시 성의를 다해 거짓으로 동조했다.

"그래요, 맞아요. 그분은 오늘 당신 재판이 있다는 걸 몰랐을 거예요. 어떻게 알 수가 있겠어요? 신문에도 안 나는데."

팔에 아기를 안고 들어온 열일곱 살, 어린 미혼모도 있었다. 엄마와 아기의 눈은 깨끗하고 짙은 푸른색이었으며 피부도 꽃잎처럼 보드랍고 연했다. 엄마와 아기는 너무 꼭 닮아서 서로 떨어질 수 없는 일부 같았다. 어머니 쪽 이름을 땄다는 '앨리스'라는 이름 말고는 아무것도 밝히지 않았다. 앨리스는 인생에 대해 순진무구했고 아주 고집스러운 데가 있었다. 그 여자가 내 옆에 앉아 있노라면 아기가 내게로 기어와서 어찌나 즐겁게 키득거리는지, 감옥에 있다는 사실조차 잊어버릴 지경이었다. 사생아 때문에 집에서 쫓겨난 앨리스는 자기도 아이도 먹고 살려고, 50달러를 훔치고 말았다. 앨리스는 자기 부모의 성도, 자신이 사랑했던 남자의 성도 밝히기를 거부했다. 더 이상 가족들을 부끄럽게 만들고 싶지 않아서다.

"만일 그분이 이 사실을 알면, 결코 나와 결혼하려고 들지 않을 거예요."

앨리스가 '그분'이라고 부르는 아이 아버지 이야기를 듣고 있던 어떤 여자가 웃으며 말했다.

"저 천사가 하는 말 좀 들어 봐. 그 남자가 자기와 결혼해 줄 거라고 생각하고 있네! 이 바보야, 그 남자가 너와 결혼하고 싶었으면 벌써 했을 텐데 그걸 몰라? 마음이 돌아서기 전에 기회를 잡아야지. 그 남자, 이 도시에 있는 아기는 겁나서 하나도 맘 놓고 때릴 수 없을걸. 누가 자기 앤 줄 모르니까!"

앨리스는 3년 동안 소년원에 가 있어야 했다. 그 기간이 끝나면 자기 부모를 창피하게 하는 일쯤 별로 걱정하지 않는 여자가 되어 있으리란 걸 나는 알았다.

붉은 머리칼에 아주 얼굴이 고운, 이제 막 스무 살에 접어든 아가씨가 있었다.

이 아가씨도 미혼모였는데 자신의 쌍둥이 아기들이 백일해에 걸려 치료하려고 입원해 있었던 병원에 병원비를 지불하려고 수표를 위조하는 바람에 체포되었다. 아기가 둘 다 죽고 말았다는 소식이 온 날, 나는 복도에 있었다. 두 명의 여죄수가 아가씨를 부축해 위층에 있는 아가씨의 감방으로 강철 계단을 밟고 올라가게 했다. 회색 벽에 기댄 그 여자의 머리칼은 부드러웠지만 얼굴은 죽은 사람처럼 창백했다. 그 여자는 부축하는 사람의 어깨에 힘없이 머리를 떨구고 있었다. 눈에서는 눈물 한 방울 나지 않았으나 쥐어짜는 듯한 격심한 흐느낌이 흘러나왔다. 여죄수들과 여자 관리 모두 똑같이 동정 어린 표정으로 잠잠히 위만 쳐다보며 서 있을 뿐이었다.

"오, 저 빌어먹을 개자식들!"

여죄수 한 명이 욕을 했다. 붉은 머리칼의 아가씨는 위조죄로 중노동 3년형을 선고받았다. 그 여자는 판사의 말을 듣고 있는 것 같지도 않았으며 어찌 되든 상관없다는 얼굴을 하고 있었다고 했다. 끌려 나가면서도 어리벙벙했던 하얀 얼굴은 뒤돌아보지도 않더라 했다.

이렇게 여섯 달이 지나가는 동안 나는 불운하고 초라하며 천한 사람들이 오가는 모습을 지켜보았다. 그곳에서 만난 이들은 한결같이 가난했다.

전쟁이 끝나자 나는 재판도 안 받고 석방되었다. 가뜩이나 감옥에 감도는 분위기 때문에 그동안 우울했다. 그런데 커다란 철문 뒤에 서서 출옥하는 내 모습을 바라보던 여자들의 눈길이 자꾸 떠올랐다. 나는 우울한 마음으로 자유롭게 걸어 다니는 사람들의 물결을 쳐다보았다.

'멈춰! 그리고 생각해 봐! 내가 알게 된 일, 내가 남겨 두고 온 일들에 귀를 기울이라고!'

이렇게 소리치고 싶은 충동을 느꼈다. 그랬더라면 사람들은 내가 미친 여자인 줄 알고 더 빨리 서둘러 지나갔을 것이다. 뒤로 무덤 감옥의 어두운 잿빛 벽이 치솟아 있는데도 오가는 사람들은 그곳이 보이지도 않는 듯했다!

비렌과 꾸마르가 감옥 문 앞에서 나를 맞아 주었다. 내가 물어볼 틈도 주지 않고 다른 인도인들의 소식을 말해 주었다. 비렌은 체포되었으나 며칠 갇혀 있다 풀려났고, 딸바르 씽과 하이데르 알리는 둘 다 감옥에 있다고 했다. 그 밖에 인도인 스무 명이 체포되고 재판을 받았으며 이감되었다. 이들은 모두 억류 중이었는데, 곧 인도로 추방될 거라고 했다. 추방이란 곧 죽음을 뜻하는 것이리라.

"선생님은요?"

"물론 잡히지 않았어요. 선생님은 이 나라를 떠났으니까요. 주안 디아즈도 사라져 버렸어요."

나는 복받치는 감정을 억제할 수 없어서 발작적으로 울기 시작했다. 거리를 황망히 오가는 사람들, 군중의 소음과 혼잡함, 소식들, 이 모든 것이 가슴을 쥐어뜯었다. 우리는 전차를 타고 어떤 건물의 꼭대기 층에 있는 비렌의 방으로 갔다. 비렌의 방에는 야전용 군인 침대가 놓여 있었고, 구석에 작은 서랍장도 놓여 있었다. 가스 불, 몇 개의 조리 그릇 말고는 가구라곤 거의 없었다. 나는 침대에 누웠고 비렌은 서랍장 하나에서 내 체포에 관한 신문 기사를 꺼냈다. 그중 하나는 다음과 같이 씌어 있었다.

"미국 여자가 122번가에 있는 집에서 검은 힌두인과 함께 체포되었다!"

계속 읽다 보니 다음 기사 내용이 나왔다.

"로저스라는 이 여자는 수수한 갈색 차림을 하고 있었는데 눈에는 광기가 역력했다. 이 여자는 자신의 힌두인 애인이 법정에 끌려 들어오자 형사들을 공격했다. 조국을 도울 의사가 없느냐는 질문을 받자 그럴 의사가 없다고 비꼬듯 대답했다. 다른 힌두인 애인에 관해 질문을 받자 여자는 대답하기를 거부했다. 용서할 수 없는 맹세에 동의한 적이 있느냐는 질문에도 여자는 돌같이 묵묵부답이었다.

체포된 이 여자의 힌두인 애인은 호주머니에 독약 병을 갖고 있었다. 남자가 법정에서 끌려 나갈 때 여자에게 어떤 비밀 암호를 외치자 이 여자도 똑같은 말로 응수했다! 이 두 사람은 미국 정부에 대항하여 카이저(Kaiser, 독일의 카이저 빌헬름 2세를 가리킨다. 옮긴이)와 트로츠키와 함께 음모를 꾸미고 있는 인도 무정부주의자들의 비밀 집단 소속이다!"

내가 기사를 다 읽을 때까지 기다리던 꾸마르가 말했다.

"정말 어처구니없는 기사죠?"

나는 또다시 아무 감각도 없이 울기 시작했다.

"마리! 마리!"

꾸마르는 우는 내 모습에 놀라 거듭 나를 불렀다. 비렌은 창문으로 걸어가서 벽을 계속 차고 있었다.

다음날 우리는 길버트 씨 사무실에 갔다. 길버트 씨는 비렌과 꾸마르가 구해 놓은 변호사인데, 내 석방을 위해 애써 주었다. 나를 반갑게 맞이한 길버트 씨는 육중한 몸매에 사자 머리를 하고 있었다. 얼핏 보아도 쉰 살은 넘어 보였다. 머리에는 백발도 드문드문 보였다. 길버트 씨는 지금 빠른 속도로 사라져 가고 있는 유형의 남자였다. 말하자면 미국이 혈기왕성하여 모든 사람의 자유를 믿고 있던 시절의 전통을 지키기 위해 싸우는 서부 사나이 유형이었다. 길버트 씨는 시종 침착하고 차분한 태도였으며 털이 북실북실한 눈썹 밑으로 푸른 잿빛 눈이 보였다. 나는 그분과 굳은 악수를 나누었다. 길버트 씨에게 이번 사건은 돈의 문제가 아니었다. 우리가 비용에 관해 말하자 길버트 씨는 살짝 웃었다. 길버트 씨는 소중하게 배우고 간직한 원칙을 지키고, 그 원칙을 위해 싸우는 보기 드문 남자 중 한 명이었다. 길버트 씨는 자신이 젊었던, 그래서 미국도 젊었던 시절의 정신으로 꽉 찬 새로운 세대가 일어나기를 바라면서 성채를 지키는 사람이었다. 지식과 힘, 둘 다를 가지고 있었던 길버트 씨는 자신이 갖고 있는 모든 것을, 자신이 생각하기에 훌륭한 싸움을 하고 있는 남녀를 변호하는 데 썼다.

"그들은 당신을 체포한 게 아니라 납치한 거요. 당신을 그렇게 체포한 것은 불법이었고, 그자들이 그 사실을 알도록 해야죠. 그럼, 그자들이 당신한테서 압수해 간 모든 걸 되찾게 될 거요."

길버트 씨가 말했다. 변호사가 말하는 동안 선생님을 생각했다. 두 사람은 아주 달랐지만 두 사람이 하는 말 이면에 깔려 있는 정신은 같은 원천에서 솟아 나오는 것 같았다. 그렇지만 변호사는 힘과 안전함의 기반에서 좀 더 평온함과 자신감을 지녔기 때문에 그 짐이 덜 무겁게 느껴졌다. 그런 미국 사람, 한때 맨발의 농촌 소년이었겠지만 상층계급 사람이 된 남자를 이렇게 만나 보니 참 이상했다. 그분 앞에 서면 침착한 잿빛 눈길과 몇 마디 말에도, 스스로를 아주 보잘것없고 무식한 사람처럼 느끼곤 했다. 나는 불안하고 예민하며 자제력도 없고 성급한 데다 말과 판단과 행동의 형식을 제대로 갖추지 못해 늘 울음을 터뜨리려고 했기 때문이다. 그러나 그분의 눈매와 태도에는 경의와 친절이 깃들어 있었다. 이 때문에 나는 더 비참해졌다. 나를 존중하는 것일까? 아니면 동정하는 것일까? 의심스러웠지만 어쨌건 감사하는 마음을 가졌다.

"걱정 말아요. 그자들이 인도인들을 추방하지는 못할 거요. 이 땅도 한때는 피난처였지. 계속 피난처가 되지 말라는 법도 없고. 우리가 지켜보고 있잖아요."

변호사는 이렇게 나를 위로했다. 대화가 잠시 끊겼을 때 변호사는 자상하게 말했다.

"남동생이 여기 왔었어요. 그 말을 당신한테 해 주어야 한다고 생각했소."

나는 내 귀를 의심했다. 댄은 거의 여섯 달 전에 프랑스로 실려 가면서, 내가 무덤 감옥에 수감된 지 한 주나 두 주 후에 뉴욕을 지나게 되었다. 동생은 나를 찾아 이 주소에서 저 주소로 기웃거렸고 마침내 무덤 감옥에까지 찾아와 교도소장에게 통사정을 했다. 그러나 면회를 허락하는 지방 검찰관의 허가서가 없으면 누구도 나를 만날 수 없었다. 댄은 지방 검찰관에게 갔고 군복을 입은 동생의 신원을 밝혔더니, 비밀첩보 부서의 취조관이 오더란다. 그자들은 내가 "독일 간첩으로 '힌두인과 동거하고 있었'으며, 군복을 입은 군인이 애국자라면 그런 누이는 포기해야 한다"고 동생에게 말했단다. 그것 말고는 길버트 씨도 그 부분에 관해서는 거의 아는 게 없었다.

"동생은 아주 순박하더군요. 그래요, 당신 동생의 눈은 푸른색이었고 머리칼은 검은색이었죠. 소년이었을 뿐인데도, 그자들이 어떤 말을 해도 누나에 대해 조금도 나쁘게 생각하지 않았어요."

변호사는 말했다. 결국 댄은 면회 허가서를 받지 못했다. 댄은 지방 검찰관에게 갔다가 무덤 감옥의 교도소장에게로 왔다 갔다 하면서 다투기도 하고 간청하기도 했다. 댄은 무덤 감옥 앞에서 여러 시간을 서 있기도 했고, 면회자용 문 앞에서 줄 서 있다가 보초와 언쟁을 벌이기도 했다. 동생은 내 친구들을 찾아다니며 도움을 요청하면서 거리를 배회했다. 그러다가 비렌과 꾸마르가 지금의 내 변호사에게로 댄을 데리고 갔다. 그러나 당국은 댄의 간청을 거절했을 뿐만 아니라 계속 그러면 혼내겠다고 위협했다.

나는 잠자코 그 이야기를 들으며 거리를 쏘다니던 동생을 머릿속에 그려 보았다. 댄은 무덤 감옥 앞에서 몇 시간이고 서서, 직업적으로 술수나 부리는 잔인한 남자들과 투박하게, 세련되지 못한 태도로 논쟁을 했다. 댄은 변호사에게 내 모습이 어떠냐고, 내 목소리는 어땠느냐고, 어떻게 지내고 있느냐고 물었다. 다른 사람들은 허락하면서 왜 자기에게는 허가서를 써 주지 않느냐고 항의했다. 그때 사람들이 댄을 프랑스로 가는 배에 실어 보냈다. 여러 달이 지났으나 댄에게서는 한 줄의 소식도 오지 않았다. 댄이 살아 있었다면 내게 편지를 썼을 것이다. 댄을 죽음의 길로 보내기 전에 나를 만나게 해 줄 수도 있었을 텐데……

겨울이 지나갔고 봄이 찾아왔다. 하이데르 알리와 딸바르 씽은 길버트 씨 덕분에 감옥에서 풀려났다. 나는 두 사람에게 검은 노트 이야기를 했다. 두 사람은 노트에 적힌 이름들이 발견되었을 리가 없다고 생각했다. 그랬다면 우리가 그런 이야기를 중간에 듣기라도 했을 것이다. 내 책과 서류를 되찾으려는 길버트 씨의 계획이 성공할지 어떨지 기다려 보는 수밖에 없었다.

나는 이제 갈색 눈에 숱 많은 갈색머리를 가진 젊은 아일랜드 아가씨와 함께 아파트에서 살고 있었다. 이 아가씨는 학생이었고 시도 썼는데, 생활비를 벌려고 일을 해 본 적이 한 번도 없어서 노동의 의미를 몰랐다. 이름은 플로렌스였는데, 나를 좋아하기는 했지만 이해하지는 못하는 친구였다. 플로렌스에게 삶이란 시와 음악, 문학과 사랑의 장소였다. 플로렌스는 내 삶의 방식에 항의했다.

"넌 왜 스스로를 십자가에 못 박니?"

여러 주일 동안 길버트 씨는 인도인 망명자들을 감옥에서 풀려나게 하고 인도로 추방당하는 걸 막으려고 애쓰며 법정에서 인도인들을 변호하느라고 싸웠다. 길버트 씨는 나를 납치한 비밀첩보부에 소송을 제기했고, 그자들이 불법으로 빼앗아 간 모든 것을 되돌려 주도록 만들었다. 마침내 길버트 씨와 내가 법원 명령서를 손에 쥐고 브로드웨이로 가는 날이 왔다. 나는 또다시 홀쭉한 얼굴의 취조관과, 결혼한 몸이라 어떤 일도 자기를 놀라게 할 수 없다던 그 남자와 대면했다. 법원 명령서를 본 취조관은 탈취 물건을 다 갖고 오라는 명령을 내렸고 누군가 몇 가지를 가지고 왔다. 취조관은 이게 전부라고 말했다. 내 책들을 샅샅이 살펴보았으나 검은 가죽 노트는 거기 없었다. 나는 길버트 씨에게조차 그 공책에 관한 이야기는 하지 않았다. 나는 다른 책들도 돌려달라고 요구했다.

잠시 후 남자들이 책과 서류를 더 가지고 왔고 거기에 검은 노트가 있었다. 너무 서두르거나 예민한 반응을 보이지 않으려고 애쓰며, 이게 전부라고 말했다. 길버트 씨가 아래에 불러 놓은 택시로 갖고 가려고 책을 정리하는 동안 나는 몇몇 서류와 노트를 집어서 손에 들고 갔다. 길버트 씨가 책을 정리하도록 내버려 두고 나는 재빨리 택시에 탔다. 노트를 열어 본 순간 내 눈을 믿을 수가 없어 멍하니 있었다. 노트에는 손도 대지 않았던 것이다. 도저히 믿기지 않아 나는 지갑에서 주머니칼을 꺼내 안쪽 표지를 급히 잘라 냈다. 부드럽고 얇은 여러 장의 종이들은 그대로 있었다. 도무지 믿어지지가 않아 종이에 적힌 이름들 위로 손가락을 대고 줄줄 내려가 보았다. 종이쪽지들은 딸바르가 넣어 둔 그대로였다! 길버트 씨에게는 다음날 딸바르를 만날 거라고 말하면서도, 택시 운전수에게는 내가 딸바르를 찾을 만한 곳으로 되도록 빨리 가자고 말하고 있었다.

감옥에서 나온 나는 일자리를 구할 수 없었다. 내 이름이 신문에 났고 그런 사실은 일자리를 얻는 데 별 도움이 되지 않았다. 그래픽 잡지사는 다시 일자리를 주겠다고 했지만 서평을 담당하고 있는 영국인 밑에서 일해야 하는 옛날 그 자리였다. 나는 다른 일을 찾아보았다. 길버트 씨의 격려에 힘입어 나는 감옥에서 만난 여자들의 삶을 단편소설로 썼고, 출판도 했다. 그리고 여러 잡지에 단편을 싣고 원고료를 받았다. 그중 한 이야기를 읽은 어떤 미국 여자분이 나를 만나러 왔다. 그 여자는 산아제한 운동의 지도자(마거릿 생어Margaret Sanger를 가리킨다. 옮긴이)였다.

"저는 인도에 대한 거라든가 당신이 한 일에 대해서는 하나도 몰라요. 그러나 저는 미국이 강단 있는 여성들을 필요로 한다고 믿어요. 우리에게는 그런 여성이 거의 없어요. 당신이 와서 내 잡지 일을 좀 거들어 주면 좋겠는데, 어때요?"

그 여자의 솔직한 이야기였다. 그렇게 해서 나는 그 여자의 잡지를 위해 여러 주 동안 일했다. 그곳에서 일하는 동안 나는 그 여자가 하는 일의 많은 부분을 알게 되었다. 이스트사이드의 가난에 찌든 여자들은 아이를 더 갖지 못하게 해 달라고 도움을 요청하러 왔다. 대가족을 부양한다는 두 남자가 찾아왔다. 자신들의 슬픈 이야기를 들려주던 두 남자는 자기들이 더 이상 아이를 갖지 않을 수 있도록 방법을 알려 달라고 했다. 첩보부에 붙잡혀 있었던 경험 때문이었는지 이제 첩보부 사람들은 금방 알아볼 수 있었다. 첩보부에 대해서는 간단한 정보만 제공해도 체포될 수 있었으며, 잡지 사무실에는 희생자를 잡으려고 애쓰는 첩자들이 늘 따라다녔다.

나의 새로운 미국인 여자 친구는 나를 인도인을 위한 일에서 빼내 자기 일로 끌어들이고 싶어했다. 그러나 그것은 불가능했다. 누군가 그랬다. 사람은 자신이 가장 큰 고통을 겪은 곳을 가장 사랑하는 법이라고. 사실일지도 모른다. 그러나 내 어린 시절과 소녀 시절에 했던 고생보다 감옥살이 고생이 더 심한 것이었는지 어떤지는 잘 모르겠다. 삶을 돌아보면 고통 말고는 생각나는 게 거의 없다. 인도인을 위한 일은 내가 선택했고, 원칙을 지키느라 고생한 첫 번째 일이었다. 그저 죽지 못해 사는 게 아니라 삶에 대한 일종의 반응이었고 표현이었다. 그동안 어떤 일도 내게 심어 주지 못했던 자긍심을 내게 주었고, 인간의 위엄이라는 게 이런 것이구나 하는 의식을 불어넣어 주었다.

나는 사무실 일이 끝나는 대로, 딸바르와 비렌이 자기들 일을 하기 위해 마련한 작은 사무실로 곧장 갔다. 비렌은 반나절 일하는 일자리를 얻었다. 딸바르는 아무 일도 찾을 수 없었다. 딸바르는 꽤 많이 써 놓은 논문 중에서 일부를 팔았다. 우리 세 사람은 각자 번 것을 나누어 썼는데 많은 돈은 아니었다. 딸바르와 나는 하루걸러 경찰에 보고를 해야 했고 딸바르에게는 정보원이 늘 그림자처럼 따라다녔다. 딸바르는 자기를 담당하는 정보원과 터놓고 지내는 사이가 되어, 어떤 때는 함께 걸으며 대화를 나누기도 했다. 딸바르는 담당 정보원이 젊고 못진 남자라고 말했다. 딸바르의 정보원은 실직하는 바람에 어쩔 수 없이 지금 일을 하게 되었다고 했다. 딸바르를 담당하는 정보원은 여자 친구와 극장에 가거나 소풍을 갈 때면, 그 시간 동안 한 일을 보고서에 쓸 수 있도록 나중에 딸바르에게 말해 달라고 했다. 딸바르는 정보원에게 평상시처럼 일하고 있었다고, 감옥에 갇혀 있는 인도인을 변호하는 기사를 썼고 그 기사는 신문사에 있다고 말했다. 그러면 정보원은 그렇게 보고했다.

이즈음 나는 많은 자유주의자들을 만났다. 교사도 있고, 작가도 있었으며, 연설가도 있었다. 자유주의자들이 내가 해야 할 일과 하지 말아야 할 일, 체포당했을 때 해야 했던 일과 해서는 안 되었던 일에 관해 긴 연설을 늘어놓았다. 무공훈장을 남겨 주었을지도 모르는, 민주주의를 위해 자기 목숨을 바친 동생을 내가 자랑스럽게 여겨야 했다는 것이다! 또 내가 머리를 숙이고, 할 수 있는 모든 것을 다해 감옥에서 나와야 했다는 것이다. 인도인의 강제추방 문제를 놓고 나와 토론하던 어떤 여자는 내가 인도인에게 성적 관심을 갖고 있었던 건 아닌지, 이리저리 찔러 보았다! 그렇지 않다는 사실을 확인한 뒤에야 그 여자는 기꺼이 인도인을 도우려고 했다. 어떤 남자는 나를 광신자로 여기고, 여러 해 동안 더 공부해 감정을 넣지 않고 논리를 따지는 법을 배워야 한다고 말했다. 몇 권의 책을 읽은 후 자신을 정신분석학자로 자처하는 남자와 클럽 도서관에서 우연히 부딪힌 적이 있었다. 그 남자는 잠깐 문 안에 서서 나를 관찰하더니 결국 물었다.

"왜 당신은 늘 찌푸린 표정을 하고 있나요? 왜 그렇게 항시 얼굴을 찌푸리고 있지요?"

나는 아무 대꾸도 하지 않았다. 감옥 생활을 겪은 후 내 상태가 좋지 않다는 것을 누구라도 알 거라고 생각했던 것이다. 그 남자는 계속 말했다.

"당신 자신에게 잘못이 있다고 난 생각하오. 당신이 당신 아버지를 사랑하고 있기 때문이지요."

나는 그 남자를 노려보았다. 이런 이야기를 지껄이는 남자를 두고 일어나 방을 나가 버렸다. 그 남자는 내 뒤통수에다 대고, "도망친다고 해서 벗어날 수는 없어요. 당신 무의식에 있으니까." 하고 말했다.

나는 이런 사람들 속에서 혼란과 불행을 느끼고 있었다. 그들은 한결같이 나를 밑바닥에서부터 변화시키기를 원했다. 사람들은 모두 친절했고 나를 도우려는 마음에서 그랬을 것이다. 그러나 그들의 충고를 따랐더라면 나는 한 번에 여러 다른 방향으로 정진해야 했을 것이다. 사람들은 내가 너무 완강해 나를 변화시킬 수가 없다고 말했다. 그 사람들이 개인적 삶의 행복에 이르는 열쇠를 지니고 있었을지도 모르겠다. 그 사람들은 자기 머리와 행동을 어떤 상황에건 잘 조정할 수 있었으니까.

일 년 동안 덴마크에 다녀올 준비를 하고 있던 카린이 어느 날, 내가 일하는 사무실로 젊은 부부를 데리고 왔다. 남편은 사회주의 일간지 중에서도 가장 앞서 나갔던 뉴욕의 사회주의 일간인 『콜』지의 기자였다. 그 젊은 남자는 나와 함께 길게 대화를 나누었다. 그 뒤 그 남자가 내가 『콜』지의 기자가 될 수 있도록 애써 주었다.

나는 『콜』지에서 유일한 여성이었다. 전체 신문사 직원의 눈길을 한몸에 받으며 일을 시작하는 게 겁이 나기는 했다. 뉴욕 시 사회주의 일간지 편집장은 프랑스계 미국인이었는데, 가늘고 창백한 얼굴을 하고 있었다. 편집장은 전에는 큰 뉴욕 일간지 중 한 신문사의 유럽 통신원이었는데, 편집장이 품고 있던 생각 때문에 해고되었다. 편집장은 아주 열정적으로 일했다. 편집장의 말은 채찍처럼 날카로웠다. 편집장은 불행한 연애 때문에 나중에 자살을 시도할 정도였고, 여자들한테 원한을 품고 있었다. 편집장이 내뱉는 여자에 관한 말들은 내가 편집장을 미워하고도 남게 만들었다. 그러나 내 첫 번째 기사를 놓고 함께 이야기를 해 본 후에는 좋아하게 되었다. 그 기사를 두고 편집장이 쏘아붙인 신랄한 지적은 내게 아무런 영향도 주지 않았다. 그 지적은 나 개인을 향한 것이 아니었기 때문이다. 나는 아일랜드인 대중 집회를 보도조차 할 수 없게 되자 침울하고 비참했다. 그렇지만 신문기사 쓰는 일에 대해 아무것도 모른다고 나를 평가한 편집장의 말이 옳다는 것을 깨달았다. 나는 가련한 모습으로 편집장 앞에 서서 편집장의 하얀 얼굴과 신랄한 입을 쳐다보았다. 편집장은 자기 책상에서 나와 내 타자기 앞에 앉더니 한 시간 동안 내가 쓴 기사를 문단마다 다시 고쳤다. 그러면서 자신이 지금 무슨 일을 하고 있으며 고치는 까닭은 무엇인지 가르쳐 주었다. 이후 여러 주 동안 편집장은 지칠 줄 모르는 인내심으로 똑같은 일을 하고 또 했다. 편집장은 내 기사에 대해서 특히 가혹하게 비판했으나 가혹한 지적은 개인의 인격과 전혀 관계가 없어서 내게 상처를 준 적은 없었다.

편집장이 내 힘에 부치는 분량의 과제를 내 앞에 쌓아 두었을 때는 편집장을 노예몰이꾼이라 몰아붙이기도 했다. 편집장은 인도나 중국과 관련된 것이면 무엇이건 내게 주었다. 그러더니 추방당한 러시아 공산주의자들을 다루는 특별한 일을 맡겼다. 나중에는 미국 공산당 창당에 개입했다고 반역죄로 재판받은 남자 네 명 중 두 명의 재판 관련 기사를 쓰게 했다. 이 사람들 중 한 명은 아일랜드 노동운동의 지도자였는데, 나는 날마다 법정에 나가 앉아서 증언 내용을 속기로 받아 적고 그것을 바탕으로 기사를 썼다. 우리 신문은 늘 기사가 삭제당할 위험에 처해 있었기 때문에, 뉴욕 시 사회주의 일간지의 편집장은 아주 엄했다. 나는 아침마다 법정에서 판사가 『콜』지를 들고 있는 모습을 보았다. 죄수가 최종 판결을 받고 싱싱 감옥으로 가게 되었을 때는, 어느 기차를 타고 가는지 묻고 다녔다. 그러고는 편집장에게 알리지도 않고 그랜드센트럴역에 가서 죄수를 호송할 만한 기차에 올라탔다. 그러고는 기차가 출발한 뒤에도 한참 기다렸다. 그런 다음 객실을 모두 뒤져, 마침내 흡연실 끝자리에서 무장한 두 형사 틈에 끼여 앉아 있는 아일랜드 노동운동 지도자를 발견했다.

나는 잠시 좀 떨어진 곳에 앉아서 살폈다. 두 형사도 명백한 아일랜드인이었으며 죄수와 이야기하는 중이었다. 기회를 봐서 기차에서 뛰어내릴 각오를 하고 그 사람들에게 다가갔다. 나는 아일랜드 지도자를 알아보았고, 그 지도자도 나를 알아보았다. 아일랜드 지도자는 깜짝 놀라며 다가오는 나를 쳐다보았다. 나는 단도직입적으로 두 형사에게, 내가 죄수의 친구이며 싱싱까지 그를 따라가고 싶다고 말했다.

"앞으로 오랫동안 저분을 못 뵐 것 같으니까요."

형사들이 나를 그 지도자의 애인으로 생각하게끔 말했더니 형사가 가볍게 웃으며 다른 형사에게 무언가 말을 했다. 죄수도 상황을 알아차리고 이렇게 청했다.

"그래요, 저 여자를 십 년이나 못 본다니 참 긴 세월이지요. 내 옆에 앉아 가도록 해 주면 안 되겠소?"

의논하다 다투기도 하더니 마침내 두 형사는 내가 죄수와 함께 싱싱 감옥까지 가게 하자는 데 동의했다.

우리는 함께 앉아서 아일랜드와 아일랜드 노동운동에 관해 이야기를 나누었고, 죄수를 싱싱 감옥으로 이송할 도시에 도착했다. 형사들은 마을 너머 쪽 높은 길로 죄수를 데리고 가더니 나와 함께 앞에서 천천히 걸어가도 좋다고 말했다. 우리 뒤에서 약간 거리를 두고 두 형사가 따라오는 동안 우리는 팔짱을 끼고 걸으며 대화에 깊이 몰두했다. 노동운동 지도자는 커다란 어깨를 아래로 구부린 채 나와 이야기를 나누었다. 그 지도자의 앞으로 내 어깨를 감추고 걸으면서 나는 아일랜드의 노동자와 미국 노동계급 사람들에게 전하는 최후 메시지를 속기로 받아 적었다. 우리는 싱싱에 도달했다. 사람들은 나를 그 지도자의 애인으로 생각해 죄수의 몸무게를 달고, 키를 재며, 지문을 찍고, 이름과 약력을 기록하는 절차를 보도록 허가했다. 그런 다음 사람들은 죄수를 커다란 철문을 지나 긴 통로 아래쪽으로 보냈다. 나는 빗장에 얼굴을 붙인 채 서 있었고, 그 지도자의 커다란 몸집이 사라지는 모습을 지켜보았다. 나를 가로막는 눈물 사이로, 내 시야를 벗어나기 직전에 그 지도자가 두 손을 들어 마지막 인사를 하는 것을 보았다. 나는 싱싱 벽 바깥으로 나가서 길옆 땅바닥에 앉아 죄수의 선고와 투옥, 최종 메시지에 대한 기사를 썼다.

내가 편집장 앞에 다시 나타난 것은 거의 자정이 다 되어 갈 무렵이었다. 『콜』지는 사회당의 공식 기관지였다. 공산주의 지도자의 최후 메시지는 공산당을 비판하는 부분도 있었지만 우리는 신문에 실었다.

나는 이때 당원은 아니었다. 러시아혁명의 반향이 많은 당원들에게처럼 내게도 미쳐 왔다. 사람들은 좌파와 우파로 나뉘었지만 나는 어느 편에도 가담하지 않았다. 우파의 전체 이데올로기는 생명력도, 활력도 없었기 때문에 내게 전혀 호소력이 없었다. 점진적 진보란 근시안적인 것으로 보였다. 나는 좌파에도 가담하지 않았는데, 많은 좌파 지도자들이 전에 내 적개심을 한껏 돋우었던 저 명민한 지식인들이었기 때문이다. 그 지식인들은 지도자들이었고, 나는 지도자들에게 아무 소용이 없는 사람이었다. 그 사람들에게 끌려다니고 싶지 않았다. 러시아혁명을 그 지식인들의 사유재산이라고 믿을 수가 없었다. 그 사람들은 극적으로, 신념을 갖고 싸웠으며, 또한 그 견해는 의심할 여지없이 옳았다. 그러나 나는 그들에게 끌려다니며 내 생각과 행동을 지시받으며 살고 싶지는 않았다. 내가 〈세계산업노동자동맹〉의 여러 회원을 만나 노동자들의 이야기를 듣고 대화를 나눈 끝에 그 조직의 회원이 된 것은 바로 이즈음이었다. 이 조직의 이데올로기와 형식이야말로 다른 어떤 조직보다 자연스럽게 보였다. 그 조직은 가장 확실하게 또 가장 가깝게 나 자신의 생활 방식과 생각을 표현하여 주었다. 사회당에서 가장 쓸데없고, 이루 말할 수 없이 어리석게 보였던 일 하나가 투표였다. 내가 〈세계산업노동자동맹〉에 가입했다고 해도, 그때나 지금도 적극적인 역할을 맡은 것은 아니었다. 나는 평상시처럼 『콜』지에서 내가 맡은 일을 계속했다.

일은 무척 힘들었다. 공산당 죄수들이 캐나다 국경 근처에 있는 댄모러 감옥에 이감되었을 때의 일이었다. 댄모러 감옥은 뉴욕 주에서 가장 열악한 감옥이어서 중죄인들만 그쪽으로 모였다. 그곳은 중세적 환경으로 악명이 높았다. 감옥 옆에는 정신병자 수용소가 있었는데, 종종 죄수들이 수용소로 옮겨지기도 했다.

편집장은 나더러 무슨 수단을 써서라도 댄모러 감옥의 상태를 조사해 오라고 지시했다. 나는 교도소장에게 보여 줄 소개장을 얻기 위해 뉴욕에 있는 아일랜드 조직의 정치적 연결망을 이용했고, 좀 두려운 마음으로 출발했다. 내가 신문사에서 나온 사람이라는 사실은 알리지 않았다. 소개장에는 범죄학을 연구하는 학생이라고 써 놓았다. 나는 캐나다 국경 근처에 있는 작은 도시에 해질녘에 도착했다. 감옥의 회색빛 돌 벽은 도시 위로 우뚝 치솟아 있었고, 그 너머로 정신병자 수용소가 있었다. 감옥에서 일하는 아일랜드인 보초에게 편지 한 통을 써 놓았던 터라, 그 보초부터 찾아갔다. 보초는 의심하지 않고 내게 자기 집 방 하나를 내주었으며, 그날 저녁 여러 시간 동안 감옥 담 주위와 수용소 주위를 함께 산책하면서 20년간 그곳에서 근무한 자기 일에 대해 이야기해 주었다.

다음날 아침, 그 보초가 나를 교도소장에게 소개했을 때는 조금 무서웠다. 교도소장은 나를 소개하는 편지들을 읽더니 범죄학을 공부하는 학생에게 자기 기관을 보여 주게 되어 몹시 기쁘다고 했다. 교도소장은 감옥으로 나를 안내했다. 길고 낮은 돌 복도를 따라 좁고 낮은 돌 감방이 양편으로 죽 늘어서 있었다. 교도소장은 죄수들의 독방으로 나를 데리고 갔다. 나는 감방 앞에 말없이 서서 창살 뒤에서 움직이는 소리, 발걸음이 왔다 갔다 하며 스치는 소리, 사로잡혀 있는 인간의 숨소리를 들었다. 교도소장이 '볼셰비키' 죄수 중 한 명이 짚단 위에 누워서 빵과 물을 먹고 살고 있다고 말하는 순간, 내 가슴이 요란하게 방망이질쳤다. 교도소장도 틀림없이 들었을 것이다. 오랫동안 서서 교도소장의 이야기를 듣노라니 내가 체포되어 서 있었을 때처럼 머리가 빙빙 돌았다. 이런 상황에 대처하는 무슨 방법이 있을 텐데……. 내 눈은 철문 아래위와 육중한 자물쇠를 훑어 내렸다. 내 뒤에는 무장한 교도소장이 서 있었다. 죄수를 소리쳐 불러 내 동지가 지금 바깥에 와 있다고 말하고 싶은 충동을 느꼈다.

다음에 교도소장은 습기가 차서 눅눅하고, 물기가 떨어지는 오래된 감방이 늘어선 복도로 안내했다. 여기서 사형을 선고받은 죄수들이 마지막 날을 기다렸고, 지금도 그러고 있다고 교도소장이 말했다. 어느 감방에는 짚 침대 하나가 보였고, 마른 빵 한 조각이 놓인 양은 접시도 있었다. 최근까지 누군가가 그곳에 있었던 모양이다.

지금은 쓰지 않는 전기의자도 보여 주었다.

"한번 앉아 봐요."

사람들이 말했다. 나는 움찔 했다. 내키지 않았지만 의자에 올라가 앉았다. 내 팔은 넓고 길쭉한 팔걸이에 놓였다. 보초들은 범죄학을 공부한다는 학생이 이렇게 간이 작다면서, 웃으며 내 팔과 다리를 끈으로 묶었다. 보초들은 내 머리에 강철 모자를 내리 씌우며, 항상 젖은 스펀지를 먼저 씌운다고 말했다. 나는 무서워서 아무 말도 못할 지경이었지만, 이 땅에서 좀 더 운이 없었던 사람들이 겪은 놀라운 일의 일부를 조금이라도 체험해 보려는 마음에 죽음의 의자에 앉았다.

사람들은 제분소에서 일하다가 감방으로 돌아오는 죄수들의 모습을 보도록 해 주었다. 일렬로 죽 늘어선 죄수들의 행렬이 감방으로 가는 길에 나를 지나쳤다. 어떤 죄수는 열여섯이나 열일곱 살이 될까 말까 한 소년들이었다. 우리 문명이 이곳까지 오게 만든 소년들의 얼굴을 차근차근 살펴보면서 내 마음은 납덩이처럼 무겁게 가라앉았다. 키가 크고 잿빛 머리칼을 한 죄수가 다가오는 모습이 보였다. 그 죄수는 눈을 내리깐 채, 얼굴은 창백하고 일그러져 있었다. 나는 아일랜드 노동운동 지도자가 나를 보지 못하도록 계단의 그림자 속으로 물러섰다. 모두 내가 아는 죄수들이라 좀 더 기다렸다가 나머지 죄수들의 얼굴을 보았다. 두 사람이 더 지나갔다. 그리고 한 사람이 혼자 지나갔다. 그날 밤은 잠을 이루지 못했다. 보초가 현관 앞에 나와 앉아서, 자기가 아는 죄수들 이야기를 했으나 아무 말도 들리지 않았다.

다음날 나는 교도소장에게 죄수 중 몇 명과 면담을 할 수 있겠느냐고 물었다. 교도소장은 탐탁해하지 않았다. 나는 좀 어린 축에 드는 죄수들에게 관심이 있으며, 정치범 한두 명을 면담하고 싶다고 말했다. 교도소장은 잠시 나를 주시하며 서 있었다. 그러더니 오늘은 안 되니까 내일 아침에 다시 오라고 했다.

다음날 아침 나는 다시 교도소장에게로 갔다. 교도소장의 얼굴을 보는 순간 내 가슴은 졸아들었다.

"네가 남자였으면 두들겨 패서 이 도시 바깥으로 차 버렸을 거야. 여자라 봐주는 거야. 당장 이 감옥과 우리 도시에서 꺼져."

교도소장은 으름장을 놓았다. 나중에서야 교도소장이 내 신원을 파악하려고 뉴욕 시 곳곳에 전화해 보았다는 사실을 알게 되었다. 나는 다음 기차로 뉴욕에 와서 댄모러 감옥에 관한 기사를 썼다. 이 때문에 아일랜드인 정치적 동지 몇 명을 잃기는 했지만 댄모러 감옥의 참상에 항의하는 대중 집회는 열 수 있었다.

이와 비슷한 다른 일도 했다. 어느 날 노동자 한 사람이 신문사에 와서 쓰레기를 실은 배들이 이스트 강변에 방치되고 있다고 했다. 내가 현장에 파견되었다. 열두 척에서 열다섯 척 되어 보이는 긴 거룻배가 뉴욕 시가 처리하지 못한 쓰레기를 가득 실은 채 쓰레기를 바다에 버리려고 강변 가까이에 늘어서 있는 모습을 보았다. 벌써 여러 날 있었다고 한다. 쓰레기에서 나온 파리 떼들이 노동자들의 볼품없는 숙소에 들어와, 잠자는 아기들 얼굴과 가구와 음식을 헤집고 다녔다. 그래서 죽은 아기들도 있다고 했다. 나는 아이들이 앓고 있거나 이미 죽어버린 가정 세 곳을 방문했다. 곳곳에서 항의하는 부인 무리와 만났다. 남자들은 수천 명이 서명한 민원서류를 보여 주었다. 그 사람들은 서류를 갖고 시청에 갔으나 시장을 만나지는 못했다고 했다. 나는 그 사람들이 가지고 있던 민원서류를 받았고, 시청에서 그냥 돌아온 남자들과 면담을 했다. 민원을 접수한 서기들은 거룻배에 소독약을 뿌렸으니 위험하지 않다고 우겼다는 것이다. 어떤 남자는 쓰디쓰게 내뱉었다.

"부잣집 쓰레기를 거둬서는 우리 코밑에 그 쓰레기를 그냥 둬요. 리버사이드 차도가 있는 허드슨 강에 그렇게 해 놓았다면 배들을 당장 깊은 바다 쪽으로 끌고 갔을 거예요."

민원서류를 갖고 시청에 도착한 나는 이미 몇몇 남자들이 그 일로 와 있다는 말도 들었다. 그리고 항구 바깥쪽에서 곧 커다란 국제 요트 경주가 열리기 때문에 며칠간 배들을 바다 쪽으로 끌어낼 수 없다는 사실도 알게 되었다! 미국과 유럽의 부자들이 참가하는 요트 경주가 끝나야 배들을 바다 쪽으로 끌고 나가서 쓰레기를 내버릴 수 있다는 것이다!

우리는 그 이야기를 신문에 실었다. 우리를 사회주의자 거짓말쟁이니 선동가라고 부르지 못하게 막았던 것은, 다음날 대자본가 신문사도 그 이야기를 조사해서 싣지 않을 수 없었기 때문이다. 그래서 배들을 치우기는 했지만 죽은 아이들은 다시 살아나지 못했다. 이 사건이 공개적인 주목을 받게 된 것도 순전히 우연이었다.

플로렌스가 방학을 보내러 뉴욕을 떠나면서 자기가 쓰던 방을, 손톱 손질하는 일을 하는 어떤 여자에게 세 주었다. 이 예쁜 아가씨 이름은 마거릿이었는데 붉은 머리칼과 고운 피부를 가지고 있었다. 마거릿은 아주 우아한 옷장도 가지고 있었다. 늦잠을 자고 일어난 마거릿과 나는 부엌에서 종종 함께 커피를 마시기도 했다. 마거릿은 뉴욕 시 어느 이발소에서 3년째 일하고 있다고 했다. 전에는 뉴욕 주 북부에서 살았는데 그때는 결혼한 몸이었다고 했다. 마거릿의 설명에 따르면 "남편이 자기더러 다른 남자들과 그 짓을 잘도 하더라고 말하면서 칼을 들이대며 쫓아다녔기" 때문에 남편에게서 도망쳐 나왔다고 한다.

마거릿은 신사들의 손톱을 손질한다고 했다. 내가 보기에 마거릿은 여자들에 대한 존경심은 조금도 갖고 있지 않았다. 마거릿은 우두머리 이발사와 자기가 벌인 싸움이라든가 '신사' 고객들과 나누는 대화에만 관심이 있었다. 어느 날 아침 마거릿은 말했다.

"물론 내가 신사 친구에게 말을 건다는 건 앞으론 꿈도 꾸지 못할 거야. 그분은 담배를 팔러 다니는 세일즈맨이었는데 말이야. 너도 알지? 한데 오늘 어떤 신사가 나를 보더니 너처럼 예쁜 여자가 면 블라우스를 입다니 부끄러운 일이라고 그러잖아."

"넌 뭐라고 대답했니?"

"저는 언제든 항상 기꺼이 실크를 받는답니다, 하고 말했지."

그렇지만 마거릿은 어느 신사든 자기를 싸구려 여자로 알도록 하는 일은 상상도 할 수 없다고 계속해서 말했다. 신사들은 아가씨를 헐값으로 손에 넣을 수 있다고 생각하는 버릇이 있지만, 어떤 아가씨가 올바른 취향을 지니고 있고 옷 입을 줄도 안다면 신사가 그런 실수는 결코 하지 않는 법이라고 했다. 마거릿은 남자가 나중에 아가씨를 존중하지 않으면서도 아가씨 주위를 빈둥거리게 내버려 두지 않을, 그런 아가씨가 멋질 거라고 말했다. 마거릿은 신사들이 25달러나 그 이상 나가는 선물을 해 줄 때만 같이 외출 나가는 어떤 여자 친구에 대해 신비한 듯 말했다. 물론 마거릿 자신도 그런 선물을 받는다면 무슨 일이건 했다는 말을 하지는 않았다. 밤늦게 집에 돌아왔을 때 때때로 나는 마거릿 방에서 남자 목소리를 들은 것 같기도 했다. 그런 말을 하면 마거릿은 자기의 신사 친구가 다시 도시에 돌아왔는데 자신과 밤늦도록 대화하는 것 정도는 내가 상관하지 않을 거라고 생각한다고 말했다. 마거릿은 사회주의자들은 그보다 더 나쁜 자유연애까지 믿고 있다는 소리를 들었는데, 나도 사회주의자니까 그렇게 생각할 거라고 믿었다는 것이다.

"너 신문사 일만 해 가지고는 돈을 많이 못 벌 거야. 내가 너라면 하루에 한 끼만 먹고 돈을 모아 멋진 실크 옷을 사 입을 거야. 네가 머리에 물결 모양의 웨이브를 넣고 멋진 옷을 차려입으면 백만 달러짜리로 보일 거야. 내가 뉴욕에 처음 왔을 때만 해도 면 스타킹을 신곤 했지만 이제는 실크를 걸치니까, 어느 신사건 내게 경의만 표하고 많은 돈을 쓰며 고급 레스토랑으로 가자고 하던걸. 네가 싸구려로 보이면 신사들도 널 그렇게 취급할 거야."

마거릿은 멘셰비키가 무엇이냐고 물었다. 말해 주었더니 "그래, 볼셰비키건 멘셰비키건 다른 신사들처럼 아가씨를 대하겠지." 하고 말했다.

플로렌스는 한 달 만에 돌아왔다. 마거릿은 돈이 없다면서 방세를 내지 않으려고 했다. 우리는 그 여자의 물건들을 복도에 끄집어 내놓는 아주 간단한 방법으로 그 여자를 내쫓으려 했다. 그때 마거릿이 우리에게 한 말을 신사 친구들이

들었으면 기절초풍을 했을 것이다. 플로렌스와 나는 하도 놀라서 서로 쳐다보기만 했다.

"저런 여자들이 그럭저럭 한세상 잘살 거야. 혹 모르지, 저 여자가 은행가와 결혼할지도."

플로렌스가 마지막으로 말했다.

나는 뜯지 않은 편지 두 장을 손에 쥐고 있었다. 하나는 덴마크 소인이 찍혀 있다. 카린이 보낸 것이었는데 예나 다름없이 자기한테 놀러오라는 내용이었다. 카린은 얼마 전에 덴마크로 갔다.

다른 편지는 뉴멕시코에서 왔는데 정식 교육을 받지 않은 사람의 필체였다. 나는 전에 딱 한 번 본 적이 있는 이 필체를 잊을 수 없었다. 내 동생 댄이 조지의 죽음에 대해 써 보냈던 그 편지의 필체였다. 도저히 믿을 수가 없어서 편지를 찢어 열었다. 편지는 "사랑하는 누나" 하고 시작했다. 두툼한 편지 마지막에는 "사랑으로, 댄." 하고 쓴 구절이 있었다.

나는 댄이 죽은 줄로만 생각했다. 댄이 프랑스로 실려 가기 전, 나를 만나려고 했던 헛된 시도들에 대해 길버트 씨가 내게 말했을 때 나는 댄의 죽음을 거의 확신하고 있었다. 그 이후로 여러 달이 흘렀고 단 한 줄의 소식도 없었다. 댄이 지금 써 보낸 편지는 뉴욕에서 나를 만나려고 노력한 이후 살아온 이야기였다. 댄이 자기감정을 표현하는 데 익숙하지는 못했지만 얼마나 비참한 생활을 해 왔는지 알 수 있었다. 편지를 읽으며, 조지가 감옥에 있었을 때 내가 한 행동과 댄의 행동을 비교해 보았다. 댄은 아무 질문도 하지 않았고 당국이 나에 대해 나쁘게 말한 어떤 내용도 믿지 않았다. 그러나 나는 독선적으로, 조지를 비난하는 편지를 썼다.

댄의 편지는 계속 전쟁 이야기였다. 댄은 프랑스에 도착하자마자 전선에 배치되었다. 그리고 가장 참혹한 전쟁터에 있었다. 댄은 민주주의니 영광이니 애국심에 대해서는 한마디도 쓰지 않고 행진하다가 엉덩이까지 차오르는, 자기 동료들의 피로 범벅이 된 물과 진흙 속에서 살기 위해 싸운 일들에 대해 썼다. 댄은 어디론가 내몰려 가는 이유도, 방향도 모르면서 행진할 때 겪은 절망과 공포에 대해 썼다. 자기가 본 것을 잊을 수 없으며, 밤에 꿈에서 깨 일어나면 전쟁을 또 한 번 치르는 것 같다고 했다. 주위의 모든 사람들이, 댄만큼 희망도 없고 무지한 친구들이 쓰러지는데도, 자기가 죽지 않은 것은 우연일 뿐이라고도 했다.

댄은 처음에 코블렌츠Coblenz에 있는 점령군에 있다가 나중에 뉴올리언스를 경유하여 미국으로 다시 실려 왔다. 댄은 물을 끌어와 땅을 개간할 돈 한 푼 없이, 뉴멕시코의 메마르고 버려진 땅을, 물이 날 가능성이라곤 전혀 없는 땅을 받은 군인 중 한 명이었다. 빵이 필요한 사람에게 돌을 던져 주는 꼴이라고나 할까. 댄에게는 사막에서 일할 빈손 말고는 아무것도 없었다. 지배계급은 미국으로 다시 실려 온 댄을, 자신들의 이익이 위험에 처해 있을 때면 언제고 싸움에 불러낼 수 있는 예비군에 소속시켜 놓았다.

댄의 편지는 다음과 같이 끝을 맺었다.

"나는 여기 있으면서 아버지와 매형과 함께 일하기로 결심했어. 나는 마리 누나가 전쟁에 어떤 생각을 갖고 있는지 몰라. 그렇지만 누나가 전쟁에 찬성하리라고는 생각 안 해. 그렇지 않았다면 감옥에 들어갔을 리가 없어. 누나한테 이 말만은 할 수 있어. 다음에 전쟁이 터지면 나는 싸우지 않을 거야. 사람들이 나를 벽에 세워 놓고 총을 쏜다 하더라도 나는 절대로 가지 않을 거야."

『콜』지는 조간신문이어서 우리는 밤에 일했다. 자정이 지나서 사무실을 나왔으며, 그 시간에야 저녁을 먹으러 근처 식당에 갔다. 거기서 우리는 종종 몇 시간이고 이야기를 나누었다. 동료들은 자신이 하고 있는 일을 열렬히 믿는 젊은이들이었다. 자기들 생각 때문에 큰 일간지에서 해고당한 두 사람을 뺀 나머지 사람들은 모두가 노동계급 출신이었다. 동료들에게서 나는 참으로 많은 것을 배웠다.

나는 새벽 네 시나 다섯 시에 집에 도착하기 일쑤였지만 다음날 정오 전에는 딸바르와 비렌이 일하는 작은 사무실에 일하러 나갔다. 우리는 인도로 추방될 인도인 죄수를 석방시키기 위한 캠페인을 벌이고 있었다. 인도인 죄수에게 인도로 추방되는 것은 죽음을 뜻했으므로, 우리는 지칠 줄 모르고 일했다.

사회주의자 친구들은 내가 인도인들과 함께 일하는 이유를 이해하지 못했다. 사회주의자들은 인도인들은 민족주의자며, 순수하게 민족주의적 혁명에만 관심을 가지고 있다고 했다. 나는 노동계급 출신이고, 노동계급에 헌신하는 일에서 더 나아가기 위해 인도인들과 함께 했을 뿐이라고 말했다. 사회주의자들 중 한 사람은 내 논의에 다음과 같이 응수했다.

"그래요, 인도는 비열한 사람들 때문에 고통을 겪고 있지요. 인도 민중은 영국 사람뿐만 아니라 현 지배자의 후임으로 들어앉기만을 바라는 인도인 자본가들과 봉건 지주들도 없애 버려야 하니까."

"인도 민중이 영국인을 쫓아내 버리려고 노력하지 말아야 할 까닭이라도 있는 거예요?"

"그건 아니지만 내가 그 문제에 대해 분명한 인식을 가져야 한다"고 그 사람은 말했다.

"좋아요, 그렇다면 내가 분명한 인식을 갖고 있다는 사실을 받아들이세요. 어쨌든 나는 인도인들과 함께 일할 테니까요."

"바보들만 멀리 있는 것을 위해, 그 사람들과 함께 일할 수 있지요."
그 사람이 주장했다.

"난 그 생각이 멀리 있는 것이라는 사실을 이해하지 못하겠어요. 나는 이 사람들이 어떤 부류건 개의치 않아요. 개인을 위해 일하고 있는 게 아니니까요. 저는 자유라는 관념을 위해 일하고 있지요. 이것이 내가 행복할 수 있는 길이고 나를 표현하는 길이기 때문에 나 자신을 위해 일하고 있는 거죠. 제가 '바보' 일 수도 있어요. 옳지 않다는 어떤 관념을 위해 일하느라고 돈도 벌지 못하는 사람은 모두 바보일 거예요."

"바로 이곳, 당신의 조국에서 올바른 일을 하는 것만으로도 족하지 않소!"

그 사람이 말을 이었다.

"저한테는 나라가 없어요. 내 조국은 압제에 대항해 싸우는 남자와 여자들이죠. 그들이 누구이건 어디에 있건 그건, 중요하지 않아요. 그들과 함께 하면 저는 마음이 편안해요. 서로를 이해하니까요. 그렇지 않은 사람들은 내게 외국인이나 마찬가지죠."

우리는 잠시 서서 생각했고 나는 합리화를 계속했다.

"당신 관점에서 보아도 저는 이 나라를 위해서 일하고 있는 셈이지요. 노동자들은 인도에 관해 몰라요. 제가 아는 미미한 것이나마 미국 노동자에게 가르칠 수 있겠지요. 노동자들이 인도를 조금 알게 되는 것만으로도 좋을 거예요."

그 사람은 마지막 말을 이해하지 못했다. 대부분의 동료들이 그랬다. 그 사람들은 항상 나를 피고 쪽에 서도록 몰아붙였다. 나는 왜 인도 독립운동에 가담하게 되었을까? 그 사람들이 옳을지도 모른다. 그리고 이 운동에 점점 더 깊이 빠져서 자꾸 내 생각과 행동의 중심에 세우는 것은 정상이 아닐지도 몰랐다. 친구들에게 자꾸 몰려 나 자신을 변호하는 입장에 서면서 그즈음 인도 친구들과도 많은 이야기를 나누었다. 그리고 매일 동료들에게 아시아 민중을 해방시키지 않고는 유럽이나 미국 노동자들이 해방될 수 없으며, 세계 자본주의의 중심 기둥 중 하나를 아시아 민중에게서 찾을 수 있다는 것을 설득시키려고 애썼다. 나는 책상 위에 중국과 그 부근, 중동, 아프리카 일부를 관할하는 전략적 기지로서 인도를 그려 놓은 지도를 걸어 두었다. 또한 내 친구들에게 러시아도 거의 인도만큼 멀리 떨어져 있는 나라인데 당신들의 눈은 항상 러시아혁명을 좇고 있다는 점을 지적했다. 인도에서 언젠가 혁명이 일어날 때 우리는 그곳 상황을 전혀 모르고 있을지도 모른다고 나는 말했다.

그들은 여성과 성과 노동계급에 대한 인도 상류계급 사람들의 태도가 보여 주는 쓰디쓴 진실에 내가 직면하도록 유도했다. 그럴 때마다 나는 "미국인들도 마찬가지로 원시적"이라고 대답했다. 미국인도 인도인과 비슷하게 여성을 성적 경험에 의해 '몸을 망치게' 되는 육체적 존재로 보아 왔다. 반면 남성은 이와 똑같은 경험에 의해 비로소 남자가 되었다. 인도인은 노동계급 사람을 선천적으로 열등하다고 간주했다. 미국인들은 가치 있는 남자라면 '출세할' 것이며, 출세하지 못한다면 그것은 당사자의 잘못이라고 여겼다. 그리고 '출세' 하기 위해서는 누군가의 등을 짓밟고 올라서야만 하며, 이 목적을 달성하기 위해 누군가를 예속시켜야 한다는 사실에 대해 한번이라도 멈춰 서서 생각하는 미국인은 없었다고도 말했다.

나는 독서하고 대화하며 토론했다. 인도인과 함께 일했으며 그 사람들에게 붙어 있었다. 왜 그랬을까? 답을 찾기 위해 나는 인도사와 인도의 상황들을 공부하고 나 자신의 동기를 분석하는 일에 점점 더 많은 시간을 할애했다. 그러나 나는 나를 인도인에게 묶어 주는 어떤 끈, 사랑의 끈을 미국 친구들에게 말할 수는 없었다. 그랬더라면 그 친구들은 슬며시 웃고 말았을 것이다. 그 친구들은 성적인 사랑밖에 몰랐으니까……. 그렇지만 그것은 성적 사랑은 아니었다. 나는 삶을 통해서 인간이 따뜻함과 정을 필요로 하는 존재라는 것을 알게 됐고, 또 따뜻함과 정을 동경했다. 나는 따뜻함과 다정함, 정을 찾는 사람들에게 늘 본능적으로 더 친숙하게 이끌렸다. 대부분의 남자들은 이런 부분에서 육체적 매력밖에 보지 않았다. 남자들이 그렇게 된 게 내 잘못이라고 여겼기 때문에 남자들의 제안에 모욕을 느낀 적은 거의 없었다.

인도인 사이에서 나는 내가 구하던 많은 것, 따뜻함, 성적 행위가 아닌 친밀한 가까움, 다정함을 찾았다. 선생님은 바로 이런 부분을 구체화하고 있는 분이었다. 여기서 나는 안식을 구했다. 내가 정말로 성숙한 여자였다면, 그리고 선생님이 덜 지혜로운 분이었다면 내 인생의 여정은 달라졌을지도 모른다. 그리고 나는 다른 남자를 기억하듯이 그렇게만 선생님을 기억하게 되었을 것이다. 그러나 선생님은 현명하고 훌륭한 분이었고, 사랑을 갈구하고 영혼을 쉬게 할 자리를 열망하는 내 마음을 오해하지 않았던 것이다. 나를 선생님께 묶어 준 사랑과 감사와 정의 끈은 선생님을 넘어서 인도 민중과 운동에까지 이어졌다. 이 끈 때문에 계급이나 정치적 차이, 지적 차이를 견뎌 낼 수 있었다.

그로부터 수년이 흐른 지금의 눈으로 이 글을 쓰고 있다. 이 운동의 길에 들어선 이후 고통과 우울함과 절망이 없었던 것은 아니었다. 다른 운동에서처럼 불행한 일도 있었다. 그렇지만 인간해방을 이루려는 이 운동의 큰 뜻은 내 정신을 굳건히 버티게 해 주었다. 인도 독립운동을 하던 남자들의 이상주의와 따뜻함이 내 가슴을 꼭 붙들어 두었듯이 말이다.

사람들은 거의 이것을 이해하지 못했다. 나는 늘 포위당한 것 같은 느낌이 들었으며 내 관심사와 행위에 대한 설명을 요구하는 친구들 한가운데 외로이 서 있었다. 최악의 경우에 친구들은 나를 미친 사람으로 생각했고, 정신병에 걸린 사람으로 보았다. 더 세련된 축에 끼는 사람들은 내가 어떤 인도인과 사랑에 빠져 동거한다는 것을 기정사실로 받아들였다. 그 친구들은 최소한 질문을 회피하면서 나를 그냥 내버려 두었다. 그 사람들은 몇 달 후에는 내가 똑같은 동기에서 이탈리아나 러시아, 파타고니아식 행동에 개입할지도 모른다고 생각했다. 인도인들에게 갔을 때, 나는 이 모든 사람들로부터 안식을 찾았다. 우리는 종종 의견이 일치하지 않아서 열띤 토론을 벌이거나 서로 다른 견해로 싸움까지 했지만, 또다시 만나기 위해서만 헤어졌다.

인도인을 변호하는 우리 운동은 나날이 앞으로 나아갔다. 나는 전에 한번도 이런 일을 해 본 적이 없는 사람처럼 일했다. 몇 달 아프고 절뚝거렸던 내 정신은 이제 강철처럼 단단해졌고 내 몸도 잡초처럼 강인했다. 내 존재의 모든 믿음과 열정은 이제 이 일에 집중되었다. 모든 망설임, 경찰이나 사회의 반대에 대한 두려움은 점차 나를 떠났다. 나는 내 동료들과 함께 말하고, 함께 글을 썼다. 내가 미국의 토착 대지를 형성하고 있다는 느낌마저 갖게 됐다. 인도인과 함께 일하면서 자신이 얼마나 미국적인 사람인가를 알았고, 내 조국의 흙을 타고난 사람임을 깨달았다. 그리하여 다른 사람들이 지적인 호소만 할 수 있었던 반면 나는 미국 민중의 원칙, 전통, 관념에 본능적으로 호소할 수 있었던 것이다. 나를 "배핸"이라는 호칭으로 부르는 사람들은 내 가슴을 따뜻하게 했다. 내 내면의 힘과 결단력을 키워 주었다. 그 안에는 사랑뿐만 아니라 동료 의식도 있었기 때문이다. 나는 그 사람들을 내 남동생, 내 아버지, 내 계급 사람들에게 주었을 법한 그런 사랑으로 사랑했다.

나는 또 하나의 미국을 알게 되었다. 그것은 작은 세상이었지만 자유를 위해 살고 싸우는 세상이었으며, 두려움이 없는 세상이었다. 몇몇은 우리를 도운 노동계급 남자와 여자들이었고, 몇몇은 아일랜드 남녀였다. 그리고 원래 부, 지위, 가문을 갖고 있었지만 모두 버리고 투옥된 인도 독립운동가들과 투옥된 미국 노동자를 돕는, 저 얼마 안 되는 소중한 영혼들이 생각난다. 그들은 한결같이 특징적인 신체 모습으로 떠오른다. 키가 크고 세련된 남녀들은 하루도 배고파 본 적이 없었으며, 공부하고 여행하고 창조하는 생활만 했다. 그러나 나중에는 자기가족의 체면을 손상시켰을 뿐만 아니라 가족을 배반한 변종 취급을 받았다. 아주 소수였지만 소중한 사람들이었다.

나는 이러한 미국에 감탄했다. 그리고 인도인을 사랑했다. 그러나 아무와도 친밀하게 대화를 나눌 수는 없었다. 나와 다른 사람들 사이에는, 나 스스로 만든 것이기는 하지만, 어떤 간극이 있었다. 어느 때고 나를 경외하는 기미가 보이면 나는 씁쓸한 감정을 느끼며 움츠러들었다. 마침내 모든 인도인 죄수들이 자유롭게 되는 날이 왔다. 그 사람들의 자유에 내가 도움이 되었다는 사실을 잘 알지만, 나를 경외한다는 표시를 하면 나는 여전히 인도인들로부터 움츠러들었다.

그 사람들은 미국인들처럼 여성에 대해 육체적인 기준을 갖고 있었다. 나 역시 마음속으로는 그 기준을 거부하고 있지만, 마찬가지로 육체적인 기준을 갖고 있었다. 나는 이 기준들에 도전하면서도 친구들에게는 안 그런 척했다. 나는 사생활과 대중에게 공개된 삶이라는 이중의 삶을 살았다. 성적 경험을 수치스럽고 혐오스럽다면서 몰래 정사를 가졌기 때문에, 친구들이 내게 보여 주는 경외를 받을 가치가 없다고 느꼈다. '누이'라는 호칭도, 맑은 눈을 가지고 나를 주시하는 길버트 씨가 보이는 경외도 받을 자격이 없다고 느꼈다. 이 모든 사람들이 내가 정사를 치르고 있다는 사실을 알았더라면 나를 존중하지 않았을 것이다. 적어도 인도인들은.

내 정신은 엄격하고 분명했으며, 굽힘 없는 확신을 갖고 일했다. 그러나 마음은 죄의식으로 무거웠고, 내 가슴에 귀를 기울이려고 하지 않았다. 나는 주위 남자들의 사생활에 대해서도 알고 있었다. 왜 그들은 저렇게 근심 걱정도 없이 행복한데 여성들만 다른 기준에 복종해야만 하는가? 적어도 나는 그러지 않을 거라고 다짐했으며, 실제로도 안 그랬다. 나는 다정함과 사랑을 갈구하면서도 두려워했다. 사랑을 하면 쉽게 노예가 되고 마는데, 나는 노예가 되지 않을 거야. 자유란 사랑보다도 고결한 것이니까. 적어도 지금은 그래. 하지만 언젠가는 그 둘이 하나가 되겠지.

내 은밀한 삶을 심사숙고하며 지적으로 합리화하는 과정은 여느 사업가와 비슷하다. 사업가는 사회가 아주 영예롭게 여긴다는 점만 달랐다. 내 삶과 사업하는 남자들 사이에 차이가 있다면, 내가 동거하는 남자들에게 돈을 지불하지 않았다는 점이다. 남자들에게 그런 모욕을 주는 짓은 삼갔다. 내가 남자들의 육체를 사려고 했던 것은 아니다. 우리 관계는 구매 행위가 아니라 우정에 기초를 두고 있었다. 오래전에 병원에 실려 갔던 그날 밤, 나는 남자들에게 모욕을 주려고 돈을 지불할 거라고 생각하기도 했다. 그러나 내가 알고 지냈던 남자들에게 그렇게 하기에는 그 사람들은 너무나 친절하고 인간적이었다.

그런 삶은 나와 함께 일하던 신문사 남자에게서부터 시작되었다. 그 남자는 건강하고 금발머리에, 나처럼 청교도주의 따위로 걱정하지 않는 유쾌하고 즐거운 짐승이었다.

"당신은 금욕주의자라서 신경과민이에요. 잘 봐요, 이제 내가 아주 흔쾌히 서비스를 제공할 테니."

그 남자는 어느 날 내 책상 위로 몸을 굽히며 웃었다.

"친구 양반, 받아들이죠."

내가 대답했다. 그 남자가 진담이냐고 물었을 때 나는 말했다.

"내가 사유재산이 아니며 당신도 사유재산이 아니라는 사실만 명심하세요. 그리고 비밀을 지켜야 하고요."

왜 그와 헤어졌는지 나는 모른다. 그 뒤에 만난 남자들과도 헤어진 까닭이 뭔지 알지 못했다. 그 사람은 우호적이고 동료 같은 남자였다. 그러나 우리가 비밀을 유지했기 때문에 우리 삶의 주위에 사악한 무엇인가가 있는 것 같았다. 자연스럽고 아름다운 일은 은밀한 상태로는 지속되지 못한다.

나는 어차피 오랜 시간을 나 자신과 맞서며 지낼 수 없을 것 같아서 그와 헤어졌다. 나중에 다른 남자 친구가 자신이 좋아했거나 사랑했던 사람의 모습을 내게서 발견했든지, 아니면 나의 호의를 친밀한 관계를 바라는 마음으로 잘못 해석했든지 간에, 내 파트너가 되곤 했다. 종종 나는 그저 그런 상황 속으로 표류했다. 그러다가 나의 지성과 심한 갈등을 일으키는, 내 병든 영혼이 거기에 반항하곤 했다. 나중이나 그때나 나는 종종 내면의 이런 정서적 갈등으로 산산이 찢기고 있었다. 어떤 식으로든 결론에 도달할 수도, 어떤 명확함도, 평화도 찾을 수가 없었다. 육체적으로는 성숙했지만 성숙과 더불어 찾아오는 충동들은 나를 수치스럽게 했다. 나는 이 수치를 고맙게 여기는 미국의 분위기 속에서 자연스럽지 못한 청교도적 태도를 갖고 있었다. 내 삶은 나 자신의 것임을, 내 주위의 기준은 위선적인 것임을 아는 나의 지성이 이런 수치심과 맞서고 있었다. 그러나 나는 철학적 명상을 일삼는 사람이 아니었다. 게다가 사랑에 목매단 채 내 삶과 어려움을 분석하느라고 여러 시간을 허비할 수도 없었다. 나는 생각하고 분석하는 대신 행동으로 반응했다. 내 반작용은 내가 알고 지냈던 남자들에게 터뜨렸다. 그때 나를 사랑해 나와 동거한 남자가 있었다.

"결혼하자고요?"

나는 그 사람에게 소리를 질렀다. 어느 늦은 밤, 어두운 거리를 따라 집으로 걸어오던 때의 일이다.

"아뇨, 나는 결혼하지 않아요. 대부분의 여자들이 사는 삶에 복종하고 싶은 마음 따위는 없어요. 양말이나 꿰매고 요리하고 청소하며 생활비를 남편에게 의존하면서, 달리 말해, 그저 죽지 못해 사는 삶을 살고 싶지 않아요."

"그런 삶을 살라고 당신에게 요구하지 않았소. 마리, 그런 생각을 하다니 당신은 참 잔인한 여자구려."

"결혼을 얘기하는 당신도 잔인한 남자예요. 결혼 말고는 아무것도 원하지 않는 여자들이 수도 없이 많으니까 그 여자들한테나 가세요. 절 내버려 두고."

가련하게도 그 남자는 모든 일을 끝장내 버리겠다고 말했다. 나는 대답했다.

"당신은 내게 결혼을 강요하려고 하는 거예요? 나가요. 그래야 당신이 더 고통받지 않을 거예요. 내가 잔인하게 대할 수밖에 없는 남자를 나는 증오할 테니까요."

그 사람은 아주 창백해졌다. 우리는 그 후 다시는 만나지 못했다. 그 사람은 결혼에 대해 나보다 더 많은 존경심을 품고 있는 여자를 만났을 것이다. 그 남자가 가 버린 날 밤, 그 남자의 일그러진 얼굴이 자꾸만 생각나서 잠을 이루지 못했다. 이렇게 기분이 좋지 않은 이유를 스스로에게 거듭 물었다. 얼마나 많은 남자들이 여자들에게 이보다 더 나쁜 일을 자행해 왔던가. 이 세상에는 결혼 제도와 남자들에 대한 사랑 때문에 노예처럼 살며 우는 여자들로 가득 차 있었다.

내 앞에서 눈물을 보인 남자도 있었다. 그 모습을 떠올리면 지금도 웃음이 난다. 그 남자는 작가였는데 남녀가 헤어지는 장면을 이야기 속에 써 넣을 때, 헤어지는 우리의 가슴 아픈 심정을 써 먹으리라는 것도 나는 알았다. 그래서 나는 가만히 앉아 비판적인 호기심을 갖고 그 남자를 관찰하면서, 울고 있는 작가를 지켜보았다. 남자는 썩 잘 울었다. 울기 좋아하는 남자였던 모양이다. 우는 것은 낭만적이고 아름다웠다. 그 남자는 영원한 추억에 관해 말하더니 스스로를 추슬러 꽤 당당한 모습을 보여 주었다. 남자는 잿빛 눈과 고운 갈색 머리칼을 가진 미남이었는데, 자신의 연애 소설마다 주인공으로 나왔다. 나는 그 작가의 소년다움을 은근히 좋아했다.

"그렇게 울지 말아요. 생각해 봐요, 제가 당신이 쓸 이야기에 새로운 구상을 제공했죠."

그렇게 그 사람을 위로했다.

"당신은 나한테 다시 돌아올 거야."

그 작가는 적어도 세 남자가 전에 내게 했던 말을 똑같이 반복하면서 나를 확신시켰다. 남자가 거부당할 수도 있다고 생각하는 남자는 아주 드문 법이다. 나는 냉소적으로 대답했다.

"오, 그래요. 당신은 매력적인 사람이니까 내가 돌아갈지도 모르죠. 그러나 내가 돌아갈 때까지 숨 죽이고 있지는 말아요."

나는 여러 남자들과 동거했기 때문에 지금쯤은 결혼에 반대하는 내 마음이 확실할 거라고 생각했다. 그런 과거가 있는 나와 결혼할 남자가 어디 있겠는가! 물론 여자들은 결혼 전에 독립적인 성생활을 한 남자들과도 결혼했다. 그렇지만 남자들은 그런 여자와 결혼하지 않았다. 내가 사랑에 빠져 아이를 원한다 할지라도 이제 결혼을 쉽사리 할 수 없는 몸이라는 사실은 내게 큰 위안을 주었다. 언제까지나 함께 있고 싶고 모든 것을 다 관용하고 싶을 정도로 사랑하는 남자를 만날까 봐 두려웠는데 현재의 내 삶은 그런 재난을 미리 잘 없애 버렸던 것이다.

이런 와중에도 나는 외롭고 무서웠다. 빈말로 들릴지 모르겠지만 나를 순진무구하게 느꼈던 것은 참 이상한 일이다. 많은 남자들과 동거할 수 있으면서 여전히 자신을 순진하고 경험 없는 여자로 느낀다는 말을 믿을 사람이 있을까! 그러나 정말로 그랬다. 내가 진실을 회피하고 싶었다면 지금 이렇게 쓰기 전에 그렇게 했을 것이다. 내가 왜 그런 느낌을 가졌는지 지금도 궁금하다. 아무도 사랑하지 않는 상태에서 이루어지는 단순한 성적 경험은 아무런 영향도 미치지 못했던 것 같다. 사랑이란 인간 영혼에 지울 수 없는 자국을 남기는 힘이다. 내가 알았던 남자들은 우호적이고 다정한 사람들이었다. 그들 본성 중에 다른 부분이 있었더라도 나는 그것을 체험하지 못했다. 나는 정말로 그 사람들이 고결하고 깨끗하며 좋은 사람들이라고 믿었다. 그 사람들과의 경험은 육체적 경험이었다기보다 인간적 모험이었다. 그 사람들은 내게 자기들의 일과 지적인 관심사들을 아주 많이 가르쳤다. 나는 책보다 이런 경험에서 더 많은 것을 배웠다. 그런 다음 점차 나는 이들 각자를 꿰뚫고 흐르고 있는 공통된 맥락을 추적하기 시작했다. 이들은 한결같이 '다 자란 소년'들이었다. 나는 이들을 유년기와 소년기에서 떼어 내서는 결코 생각할 수가 없었다. 그 사람들은 종종 내게 자기들의 어린 시절을 이야기했으며, 그런 이야기를 통해서 나는 그 사람들을 남자로 이해하게 되었다. 나는 어머니 같은 존재였으며 남자들도 대부분 그렇게 느꼈다. 이 점이 나의 지적인 작업의 기초를 이루었을 뿐만 아니라 개인적 인간관계의 기초였다. 이런 내 본성에 독이 스며들지 않고 잘 개발되었더라면 지금보다 더 많이 삶을 사랑했을 것이며, 행복하고 창조적인 삶을 살았을 것이다. 나는 삶을 무척 사랑한다. 지성과 동료 의식과 우정과 결합된 이런 정서는 아주 행복한 삶을 살 수 있게 한다.

사실 나는 내 영혼에 새겨진 기준과 계속 갈등을 일으키고 있었다. 나는 평화와 조화를 추구했으나 아무것도 찾지 못했다. 내 마음속에 평화가 없었기 때문이다. 쉴 장소를 제공하는 사람들은 많았지만 나는 안식을 찾지 못했다. 이른 아침 시간에 일을 끝낸 나는 종종 한적한 거리를 지나가곤 했다. 그러다 가끔 여자의 울음소리를 들었다. 아마도 결혼한 부인일 거야, 하고 생각하며 발걸음을 서두르는데 울음소리는 나를 떠나지 않았다. 여자들은 왜 저렇게 울면서 살아가는 걸까. 나는 여자들의 울음소리를 도무지 참을 수가 없어!

집에 도착하면 플로렌스가 어두운 방 안을 가로지르며 졸리는 목소리로 말하곤 했다.

"늦었네, 넌 일을 너무 열심히 해. 그게 어디 사는 거니? 아침 여덟 시에 일어나지? 일곱 신가?"

"여섯 시일걸!"

"미친 여자처럼 일해서 죄책감을 씻어 내려고 노력할 정도로 무슨 죄라도 지은 거니? 넌 죄 때문에 자신을 못살게 구는 기독교인 같아."

플로렌스가 말했다.

"죄라고? 난 죄 지은 것 없어. 기독교 신자도 아니고!"

그러고는 이교도인 내 몸을 침대 속에 던져 넣고 잠을 잤다.

날이 새자 침대맡에 플로렌스가 서 있었다. 플로렌스는 내 이마를 부드럽게 만졌고, 나는 불평했다.

"잠 좀 자자."

"일어나 일해야지, 그래야 네 죄가 씻길 거 아니니!"

플로렌스는 대꾸했다. 가끔 플로렌스는 밤에 말없이 침대 옆에 서서 나를 내려다보았다.

"감상적으로 굴지 말고, 잠이나 자!"

나는 소리쳤다.

"남자 친구와 함께 살면 넌 더 행복할 거야. 그리고 이렇게 미친 삶을 살지 않아도 될 거고 말이야."

플로렌스가 항의했다.

"그러니?"

침대맡에 서 있는 플로렌스의 머리칼에 빛이 막 엉켜 있던 때도 있었다. 그때 플로렌스는 부드럽고 어두운 눈빛으로, 호수에서 호수로 날아다녔지만 어느 곳에도 둥우리를 틀지 못한 야생 백조를 읊고 있는 카비르(Kabir, 15세기 말의 힌두교의 개혁자. 옮긴이) 시인의 시 구절을 인용했다. 나는 그 백조가 암컷이기를 바란다고 소리 질렀다. 수컷은 너무 오래 이런 것을 자기들만의 권한이라고 생각해 왔다.

한번은 플로렌스가 말했다.

"난 다른 친구들과 다른 방식으로 널 사랑해."

"사랑은 약한 사람들이나 하는 거야."

나는 그럴싸하게 대답했는데 플로렌스의 얼굴에 고통 같은 것이 스치고 지나갔다.

"넌 언젠가 사랑에 빠져서 결혼하고 주부가 되어 타성적으로 남편과 함께 살, 그런 유형의 아가씨야."

"그래. 넌 어느 날 사랑에 빠져 버리면 그저 모든 걸 다 끝장낼 그런 부류야! 남

자들에게는 내가 내내 맞서 싸울 만한 가치가 충분하지 않아. 그러니 내 삶의
방식을 지킬 거야. 네가 사랑에 빠지는지 어디 한번 끝까지 두고 봐야지!"
플로렌스가 내 말을 받았다. 나는 유쾌하게 웃었다.
"넌 서정시를 너무 많이 쓰고 있어."
"넌 사랑이란 말조차 무서워하고 있어. 사람은 누구나 자신의 약한 부분에 대해
서는 겁내는 거야."

가을이 되었을 때 나는 아디론댁스Adironndacks 산맥으로 날아갔다. 뉴욕 시
일간지 편집장은 못 가게 말렸다. 그러나 결국 내가 최근에 일을 잘 해내지 못하
고 있다는 데 편집장은 동의했다. 편집장은 이유가 뭐냐고 물었다. 편집장이 노
예몰이꾼이라서 그렇다고 나는 말했다. 편집장은 나하고 말할 때 늘 그러듯, 자
기 앞 책상의 나무 나이테를 훑고 있었다.
"그게 요즈음 네가 감상적인 기사를 쓰고 있는 이유는 아닐 거야."
편집장은 단언했다. 감상적인 기사를 쓰는 여자라는 말 때문에 우리는 말다툼
을 했지만 결국 편집장은 그 주 봉급을 받아서 떠나되, 이전처럼 일할 준비를 해
돌아오라고 말했다.
비렌과 딸바르는 내가 혼자 가는 이유를 이해할 수 없었다. 대부분의 인도인
들처럼 두 사람도 주위에 사람들이 있어야 하는 사회적 동물이었다. 나는 혼자
지내면서 나 자신의 삶에 대해 어떤 결단을 내리고 싶었다. 며칠 산속을 홀로 걸
으면 기분이 좀 나아져서 앞으로의 삶에 대해 계획을 세울 수 있을 거라고 막연
하게 생각하고 있었다. 이야기를 나눌 사람 하나 없이, 자신과 맞서는 일은 힘겨
웠다. 어느 누가 내게 이 일을 하고 저 일을 하지 말라고 말해 줄 수 있겠는가!
나 스스로 말은 그렇게 했지만 내 심기는 별반 차이가 없었다. 나는 유쾌하지 못
한 생각이나 기억을 회피하고 내 정신의 어둠 속으로 밀쳐 버리거나 두들겨 무
의식 속에 감추는 일에 탐닉했다.
지난 가을, 아디론댁스를 터덜터덜 걸었을 때만 해도 모든 게 불분명했다. 잊

어버리는 게 가장 좋고 손쉬운 방법 같았다. 나는 금욕하다가 성생활을 하고, 다시 금욕 생활을 하는 식의 미친 삶을 영위하고 있었다. 앞으로의 내 삶은 무감각한 삶의 연장이겠지. 나는 내면 갈등에 지쳤고 넌덜머리가 났다. 금욕주의도, 성생활도 어떤 휴식도 주지 못했다. 공적인 삶은 좋았다. 나를 존중해 주는 미국인도, 내가 영광스럽게 생각하는 미국인도 있었다. 나에 대해 아무것도 모르고 사랑하고 존중하는 인도인도 있었다. 왜 그 사람들로 충분하지 않은가? 왜 내 육체는 이렇게 고통 받고, 내 영혼은 이렇게 무거운 짐을 져야 하는가? 다시 뉴욕으로 돌아왔을 때는 떠날 때와 마찬가지로 지쳐 있었다.

며칠 지난 어느 오후, 5번가에서 비렌을 우연히 만났다. 비렌이 자기 방으로 오라고 했다. 미래의 계획을 토론하기 위한 모임이 열리는데 많은 나라에서 사람들이 오고 있다는 것이었다. 우리는 계단을 올라가 꼭대기 층에 있는 가구 없는 비렌의 방으로 갔다. 비렌은 몇 개의 야외용 의자를 더 가지고 나왔는데, 남자 두세 명이 이미 와 있었다. 나이 든 분이 나를 맞으러 일어섰다. 그 사람은 독일 사람들이 하는 식으로 발뒤꿈치를 찰칵, 하는 소리를 내며 부딪히더니 자신을 '후세인 알리 칸'이라고 소개했다. 그 사람은 다른 남자에게로 몸을 돌리더니 "파리에서 온 페로즈 짠드 동지"라고 소개했으며 우리는 고개를 숙였다. 다른 남자들이 속속 도착하기 시작했고 우리는 인사를 나누었다. 그때 뒤에서 귀에 익은 목소리가 들려서 나는 즉시 몸을 돌려 보았다. 구부정한 어깨와 조소하는 표정의 주안 디아즈가 페로즈 짠드와 이야기를 나누면서 호기심을 갖고 나를 주시하고 있었다. 주안이 내 쪽으로 걸어와서 손을 내밀었을 때는 신경질이 나려고 했다.

"여전하네요!"

주안은 웃으면서 말했다.

"왜 내가 늙어 보여야 하죠? 내가 마대 옷이나 입고 재에서 뒹굴기라도 할 줄 알았어요?"

주안의 웃음은 냉소적인 내 목소리에 기가 죽었다. 우리는 잠자코 서로 눈만 바라보며 서 있었다. 둘 중 한 명이 또다시 말을 걸기 전에, 누군가가 가볍고 빠른 발걸음으로 방에 들어오더니 모든 사람들에게 행복한 목소리로 소리치며 인사를 했다. 다른 사람들이 그 남자 주위로 모여들었다가 흩어졌는데 그 남자가 내 쪽으로 방향을 돌렸다. 연한 갈색 피부에 몹시 윤기 나는 검은 머리칼을 갖고 있었고, 말라 보였다. 짙은 눈썹으로 그림자가 드리운 그 남자의 눈은 나에게, 강렬한 보랏빛 하늘에 별들이 걸려 있는 인도의 깜깜한 밤하늘을 생각하도록 만들었다. 눈 위로는 어떤 헤아리기 어려운 슬픔의 휘장이 있었다. 저렇게 강렬한 인상의 사내가 왜 저런 슬픈 눈을 갖고 있을까! 남자는 삼십대 초반으로 보였다.

그 사람은 아무 의례도 없이 내 두 손을 꼭 잡고는 내 얼굴을 똑바로 들여다보았다. 나의 온 존재는 그 남자의 젊은 기운에 반응했다. 그 사람의 입술은 웃으면서 말을 했지만, 눈은 웃지 않았다. 강렬한 검은 눈은 나의 정신과 마음을 읽으려는 듯, 다정함도 친절함도 없이 내 얼굴을 탐색했다. 조국을 위하여 도움이 될 만한 것을 찾겠다는 희망으로 모든 사람, 모든 사물을 샅샅이 살피는 또 한 명의 인도인을 만나고 있는 중이었다.

"당신은……."

"난 아난드 만베까르요."

"아, 그러세요! 델리에서 오셨지요! 전쟁 동안 내내 감옥에 있었고요! 그래요, 전 당신을 알아요! 어떻게 인도를 떠나왔지요?"

"길은 있는 법이죠! 그리고 저 역시 당신을 압니다. 비렌이 내게 말해 줬지요."

아난드의 눈은 무언가를 살피고 있었지만 입술은 웃고 있었다. 아직도 내 손가락 위에 있는 아난드의 손가락들은 부드러우면서도 굽힐 줄 몰랐고, 길고 강인하면서 여렸다. 그런 손가락들은 아난드의 얼굴이나, 경력에 어울리지 않았다. 투옥되기 전 아난드의 말과 글은 인도에 관한 온갖 거짓말의 벽을 뚫고 나아갔기 때문이다. 그래서 아난드가 허약한 남자나 노인일 거라고 생각했다. 그러나 아난드는 젊었고, 경험을 통해 노련해졌으며, 스스로를 극복한 사람이었다. 아난드는 빛처럼 날렵하게 움직였고 또 말했다.

저녁 시간이 금세 흘러갔다. 아난드와 나는 구석에 있는 야외용 간이침대에 함께 앉아 있었다. 움직이는 사람들과 함께 방은 저 멀리 떨어져 있는 것만 같았다. 아난드만이 유일한 현실이었다. 나는 저녁 내내 인도의 지평선 위에 나타난 간디 옹호나 비판, 암리차르 대학살(Amritsar massacre, 1919년 4월 13일 인도 북부의 암리차르 시에서 일어난 학살 사건. 제1차 세계대전 뒤 인도에서는 간디를 선두로 인도의 독립을 위한 비폭력 저항운동이 전국적으로 전개되었고, 이에 대한 영국 측의 탄압도 가혹했다. 4월 13일 암리차르 시의 자리앙와라 바그 광장에서 영국의 인도 탄압법彈壓法인 로라트법에 반대하는 집회가 열렸다.영국 측은 무장도 하지 않은 군중에게 무력 제재를 감행, 약 4,000명이 죽고 약 1,000명이 다쳤다. 이 사건은 엄격한 보도관제로 4개월 동안이나 은폐되었는데. 이듬해 인도 국민회의파國民會議派에 의해 사건 조사 보고서가 공포되었다. 이 사건으로 암리차르는 대량 학살의 대명사가 되었다. 옮긴이) 묘사, 세계적 사건에 대한 토론이나 여성의 자유가 없이는 세계가 한걸음도 전진할 수 없다는, 여성에게까지 확대된 아난드의 혁명적인 여성관을 귀담아들었다. 내 귀는 아난드가 말하는 단어 하나하나에 쏠렸다. 아난드는 주안 디아즈의 견해를 공격했다. 나는 그런 생각을 품을 수 있는 남자가 존재한다는 사실을 거의 믿을 수 없어하면서도 열심히 들었다. 아난드는 내게 더 가까이 왔으며 우리는 계속 이야기를 나누었다. 내가 어쩌다가 지갑을 떨어뜨렸을 때 아난드는 지갑을 집어 올리더니 자기 손안에서 빙빙 돌리며 앉아 있었다. 그런 아난드의 모습을 바라보는 내 마음은 마구 떨렸다. 그리고 반역적인 질문 하나가 놀란 짐승처럼 내 정신을 뚫고 스쳐갔다. 아난드가 결혼했을까, 하는 의문이었다! 나 자신의 비열함에 대한 우습고 신랄한 비웃음이 생각의 박차를 타고 빨리 뒤쫓아 왔다. 그런 다음, 저런 남자가 인도에서 결혼하지 않은 채 남아 있을 리가 없다는 데 생각이 미치자 질투 비슷한 감정이 내 얼굴을 확확 달아오르게 했다. 나는 몸을 굽혀 아난드의 손에서 지갑을 낚아챘다. 아난드는 순순히 포기했지만 자신의 손가락이 내 손가락을 스치자 아주 잠깐 머뭇거렸다. 또다시 무엇인가가 내면에서 꿈틀거려서 나는 깜짝 놀란 표정으로 아난드의 얼굴을 쳐다보았다. 아난드의 눈은 나를 주시하고 있었는데 표정이 말할 수 없이 진지했다!

"미안해요!"

아난드가 큰소리로 말했으나, 전혀 미안해하는 마음이 담겨 있지 않은 눈길이었다. 나는 가려고 일어섰다. 아난드는 인도인이고 이런 일은 결코 생각할 수도 없어. 아난드도 함께 일어섰다. 우리는 창가에 서서 우리 정신에 찾아드는 모든 일에 대해 말하면서 저 너머 바다를 이룬 지붕들과 그 위의 하늘을 감상했다.

"우리는 세계의 끝에서 온 사람들인데, 이렇게 잘 맞는 게 참 이상하오."

아난드는 말했고 나는 몸을 돌려서 방 안에 있는 남자들을 바라보았다. 주안 디아즈가 방 한가운데 있는 전등 불빛 아래 서 있었는데, 내 눈과 마주쳤다.

"저기 가서 비렌과 이야기를 좀 나눠야겠어요."

나는 말했다. 그러나 가지 않았다. 아난드는 여전히 나와 이야기하고 있었고, 나는 그 소리에 귀 기울이며 계속 아난드의 얼굴과 하늘을 바라보고 있었다. 위험한 땅을 밟고 있다는 것을 알면서도 자리를 뜰 수가 없었던 것이다.

아난드가 나와 함께 플로렌스의 집까지 걸어온 것은 그로부터 일주일 후 어느 저녁때였다. 플로렌스는 캘리포니아로 여행 가서 아직 돌아오지 않았으므로 아파트에는 아무도 없었다. 아난드는 현관문에 도착하자 격의 없이 말했다.

"금방 잠자리에 들지 않을 거면 좀 더 이야기하는 게 어떨까요?"

우리는 아파트로 들어갔다. 아난드는 내 삶에 대해 물었다.

"당신이 우리와 함께 일하게 된 건 참 이상해요."

아난드는 말했다.

"이상하다고요? 왜요? 저는 자연스럽다고 생각하는데요. 저는 굶주림과 가난과 고독에 지쳤어요. 저는 우정과 이해와 안식처를 원해요."

"당신은 우리 일에서 안식을 찾지는 못할 거예요!"

"알아요. 그러나 나를 쉬게 해 주는 따뜻함과 친밀함을 찾을 거예요. 게다가 당신이 하는 운동의 위대한 순수함이 나를 사로잡고 있어요. 당신들은 타협하지 않고, 즉각 성공할 가망도 없는데 일하지요. 이 일에 자신들의 전 생애를 바치는 당신네 나라 사람들에 관해 저는 들은 것도, 읽은 것도 많아요. 사람들이 총을 맞거나 교수형을 당해도 자신들이 하고 있는 일을 열렬히 믿는다면서요. 이 운동은 가끔은 오싹해질 정도로 위대해요."

"그러나 당신은 여자로서, 또 한 인간으로서 사랑을 갈구하지 않나요?"

"제가 사랑이라고 생각하는 그런 것이 있기나 한지 모르겠어요. 물론 사랑을 추구했지요. 아뇨, 전 사랑을 원하지 않아요! 분명히 남녀 간에 성적인 행위는 있지만 제가 사랑이라고 부르는 것은 존재하지 않아요."

"그게 뭔데요?"

"이해심, 관용, 자유, 이 세 가지가 모두 결합된 것이죠."

"잘못 생각한 거요. 사랑은 존재해요. 그러나 사랑은 세 가지 모두를 초월해 존재하는 것이오."

우리는 플로렌스의 작은 작업실 한가운데 서서 말하고 있었다. 내가 외투 거는 양복걸이에 부딪히자 아난드가 내 어깨에서 양복걸이를 들어 올려 주려고 다가왔다. 아난드의 손이 부드럽게 내 어깨에 닿았고 나도 모르게 눈을 돌려 아난드의 얼굴을 쳐다보았다. 아난드는 약간 앞으로 구부리고 있었고, 진지하고 엄숙한 표정이었다. 검은 머리칼 때문에 아주 창백해 보였다. 우리는 오랫동안 서로를 마주보며 서 있었다. 외투가 스르르 내 발밑으로 떨어졌으며, 부드러우면서도 열의를 다해 말하는 아난드의 목소리가 들려왔다.

"이봐요. 당신은 사랑을 믿어야 해요. 난 당신을 찾을 수 있으리라는 기대를 늘 가지고 있었소."

내가 아난드를 똑바로 쳐다볼 수 있고, 아난드의 얼굴이 내 얼굴에 가까이 다가올 수 있도록 아난드는 내 몸을 조금 돌려놓았다.

"당신, 나를 사랑할 수 없을까? 나는 모두 이해해요. 이봐요, 여기가 당신이 안식할 곳이오."

아난드는 나를 팔로 안으려고 했다. 내면은 갈등했으나, 나의 육신은 약했다. 어떤 가벼움이 나를 휩쓸고 지나가더니 내 발을 꼭 묶고 있는 무거운 무게를 느슨하게 해 주었다. 별들이라도 가볍고 부드럽게 휩쓸어 버릴 수 있을 것 같은 경쾌한 감정이 내게 찾아와, 나를 사로잡고 있는 두려움과 싸우게 했다. 마침내 가벼움이 이겨서 그렇게 숱한 세월 내 영혼을 지키느라고 세워 온 보호벽이 아난드의 손길 아래 먼지처럼 부서지기 시작한다는 느낌을, 나는 받았다.

"나는 무서워요. 생각 좀 하게 해 줘요. 당신은 몰라요."

"뭘 몰라요?"

아난드는 부드럽게 웃었다.

"당신은 내가 누군지, 뭐 하는 사람인지도 모르잖아요."

"당신도 마찬가지요. 그러나 난 당신을 사랑해. 그것으로 충분해."

"아뇨, 아뇨. 그럴 수 없어요!"

그러나 아난드의 입술이 내 입에서 말을 빼앗아 가는 바람에 아무 말도 못 하고 말았다.

아난드와 나는 일주일 만에 결혼했다. 결혼에 아무 의문도 없는 것 같았으며, 다만 결혼했을 뿐이다. 플로렌스가 돌아올 때까지는 우리가 그냥 아파트에서 살겠다고 플로렌스에게 전보를 쳤다. 플로렌스의 답장에는 "내가 말한 대로야!" 하고 씌어 있었다.

갑자기 지구가 아주 아름답고 살기 좋은 곳으로 보였고 사람들도 좋아 보였다. 주안 디아즈조차 좋은 사람으로 느껴져서, 다시 만났을 때 나는 주안에게 아주 호의적으로 굴었다. 주안의 얼굴에 습관적으로 있던 냉소주의는 이제 새로운 색깔을 띠었다. 주안은 우리를 경멸하고 있는 것 같았다. 나는 모든 사람의 웃음 속에서 조롱을 읽고 있었나 보다. 나는 재혼이었고, 결혼의 의미가 짐승 같은 관계라는 사실을 가끔 상기했기 때문이다. 그렇지만 나는 아난드를 사랑했고, 아난드는 내 마음속에 떠오르는 모든 반대와 반작용을 납득시켜 버렸다. 그래서 대부분의 시간은 거의 잊고 지냈다.

나는 모든 사람들에게 친절하게 대하고 싶었다. 그래서 우리가 인도의 영국 관리 앞에 서서, 인생이라고 불리는 이 짧고 소중한 시간 속에서 우리 사는 모습을 보여 주고 다른 인간 존재를 종속시키는 것은 삶의 고상함과는 맞지 않는 일이라는 점을 그 사람들에게 설명할 수도 있지 않을까 종종 생각할 정도였다. 내가 그 사람들의 마음 아래로 기어 내려가서 보편적인 인간 의식의 한 지점을 찾아내 확실히 그 사람들을 설득할 수 있을지 궁금했다.

"그러지 말아요, 그래서는 안 돼. 사랑이 당신의 이성적 능력까지 파괴하도록 해서는 안 되오!"

아난드는 웃었다.

"사랑이 지성보다 강한 건가 봐요."

"그럴지도 몰라요. 그러나 사랑은 인간적인 특성을 가진 사람들에게 써야 하오. 우리가 대영제국을 다룰 때는 개별적인 인간 존재를 다루고 있는 게 아니라 강철 같은 제도를 다루고 있는 것이오. 자, 온갖 부류의 사람들과 이야기하는 당신의 모습을 난 보았소. 어저께 클럽에서 당신은 주식 시장에서 일하는 남자에게 잘못된 방법으로 돈을 벌고 있다는 사실을 확신시키려고 애쓰고 있었소."

"오, 그랬어요. 누굴 만나도 저는 제 생각을 말하죠. 사랑은 개인적인 것일 뿐만 아니라 사상과도 같아서, 사방으로 휩쓸고 다니며 사람들의 행동에 영향을 미치는 것이라고 저는 가끔 생각해요."

아난드에게 말했다.

"그래요. 하지만 사랑은 다른 것들과도 합쳐져야 하오. 당신이 내게 해 준, 무덤 감옥에서 보낸 첫날밤 이야기 생각나오? 당신의 사상이 강철 창살을 부수지는 못한다는 사실을 발견했다고 한 말 말이오."

"그러나 간디는 사랑의 힘을 믿고 있어요!"

"그렇소. 우리 인도인들은 새로운 투쟁 무기를 발전시키지 않고는 버틸 수 없을지도 몰라요. 우리에게는 총이 없으니까 다른 무엇을 사용해야만 하오. 그러나 간디 철학의 많은 부분이 예수 그리스도의 철학과 비슷하오. 절망의 철학 말이오. 간디는 끔찍한 정치적 난제에 부딪히면 오싹하여 개인적 완성을 설파해요. 간디는 둘을 결합하려고 노력하지만 간디의 전 정치 생활을 통해서 사회적 완성, 정치적 완성 대신에 개인적 완성을 설교해 왔던 것이오. 간디는 사회문제에 대해 불명확하고, 경제학에 대해서는 아무것도 몰라요. 간디는 영국 헌법 속에서 훈련을 받은 사람이오. 바로 이 점이 늘 인도 지도자들 체계에 작용하고 있는 독이오. 아주 무서운 독이지, 인도 지도자들을 나약하게 하여 영국 헌법 문구들을 위하느라 우리 백성을 거듭 배반하게 하지요."

"그러나 간디는 인도를 위해서 어느 혁명가보다도 많은 일을 하고 있어요!"

"맞아요. 그 점이 간디를 더욱 위험한 인물로 만드는 것이오. 결정적인 순간에 간디가 흔들릴까 봐 나는 두렵소. 이제 막 운동이 일어나고 있는 참이오. 그러나 간디는 지금까지도 막대한 영향력을 갖고 있소. 간디는 우리보다 전 세계에 더 중요한 사람이라고 나는 생각하오. 간디는 국제적 경향을 종합한 분이오. 그런 만큼 인도인으로서 특징적인 선을 잃고 있소."

일하고 공부하고 끝없이 토론하는 영광스런 나날이 사랑의 아름다움으로 풍부하고 화려하게 흘렀다. 나는 우리의 크나큰 행복이 가끔 두려웠다. 두 인간 존재 안에서 모든 것이 이렇게 잘 결합되는 일은 분명 오래 지속되지는 않으리라.

"마리, 당신은 사랑을 추구했는데 성행위만 발견했다고, 내게 말한 적 있지. 당신이 그런 뜻으로 말했다고 나는 생각하오. 내게 말해 줘요. 당신 삶에 다른 남자들이 있었는지를. 그랬소?"

아난드가 어느 날 자기 손에다 내 턱을 들어 올려놓으며 말했다.

"있었어요."

모든 일을 다 이해하는 것 같은 아난드의 눈을 들여다보았다.

"몇 명이나?"

"제발, 아난드. 그런 질문은 하지 말아요. 그건 너무 개인적인 일이에요. 그때 당신은 내 삶과는 아무 상관이 없었어요. 나를 사랑하고 내 사랑을 믿기만 하면 돼요. 저는 당신 말고 어느 누구도 사랑하지 않았어요. 저는, 저는, 나쁜 여자는 아니에요."

이렇게 말하는 나의 속눈썹이 바르르 떨리는 것을 느꼈다.

"나쁘다고? 나쁘다고? 나는 나쁘다는 말 같은 것은 하지 않았는데!"

아난드는 이상하게도 그 말을 되뇌었다. 일종의 흥분 같은 것이 아주 미미한 그림자를 드리운 채 아난드의 얼굴을 스쳤다. 내가 나쁜 아이였던 것처럼, 사악한 여자라고 마음속으로 믿고 있었나 보다. 아난드가 내게서 그 생각을 포착한 것은 아마도 내가 나쁜 여자라고 믿었기 때문이리라.

"난 더 이상 물어보지 않을 거요, 마리. 하나만 물어보고 그만두겠소. 그 남자들 중 한 사람이라도 내 나라 남자는 아니기를 바라오. 그랬겠지?"

아난드가 한 말 중에 "바란다"는 말에 내 온 정신을 모았다. 아난드의 굵은 눈썹 밑으로 자애로운 사랑과 영원한 동경으로 가득 찬 검은 두 눈이 나를 지켜보고 있었다. 아난드가 바란다니!

인간의 정신은 종종 빛처럼 민첩하게 작용하는 법인가. 내 정신이 그랬다. 어떤 영상이, 내 손을 벗어나는 것들을 찾느라고 고통스럽고 불확실했던 전 생애에 관한 영상이 내 마음속에 맺혔다. 그것은 허기였다. 나는 성적 표현에 대해 움츠러들며 무서워하는 태도를, 회피하고 수치스럽게 여기는 태도를 갖고 있었다. 그리고 다른 사람들도 그럴 거라는 사실을 당연하게 받아들였고 아난드도 그랬다. 아주 잠깐 동안이기는 하지만 주안 디아즈가 생각났다. 나는 그 기억을 회피하고 망각 속으로 밀어 넣으며, 내가 했던 약속에 대한 기억만 붙들었다. 그 비밀은 죽은 세월에 속한 것이었다.

나는 아난드를 마주 보고 서서 아난드의 얼굴을 살피며 아난드가 어떤 종류의 사람인지 궁금해했다. 아난드는 나와 다를까? 각기 고유하게 발전하기 마련인 아난드의 인종 때문에? 아난드가 내게 질문하며 "바란다"는 말을 한 지 1초나 흘렀을까. 그때 나는 아난드에게 대답했다.

"아뇨, 당신 조국 남자는 한 명도 없었어요."

"다행이오."

아난드는 말했다. 아난드가 기뻐하고 있다는 것을 나도 알아차렸다.

"왜죠?"

"나는 그런 식으로 당신을 알고 있는 남자 앞에 서 있고 싶지 않기 때문이오. 내 조국 남자 앞에서 말이오. 그런 일은 우리 운동으로 봐서도 있어서는 안 되오. 당신도 우리 동료들에 대해 잘 알 거요. 우리 동료들이 그런 여자들에 대해 갖는 생각도 알 거요. 운동을 어지럽히는 그런 일이 없어도 우리 일은 아주 힘들어요. 내 말을 오해하지 말아요. 나는 여성의 개인적 자유를 믿어요. 당신도 알지. 그러나 우리 동료들은 그렇지 않아요. 내 동료들은 어디서나 볼 수 있는 대부분의 남자들과 똑같아요."

"왜 당신이 그런 남자와 한 방에 있고 싶지 않은지 저는 잘 모르겠어요, 아난드. 왜 그런 기분을 느끼죠? 내가 알고 지냈던 남자들은 깨끗하고 지적인 남자들이었어요. 당신도 알겠지만, 당신은 남자죠. 당신은 소년이 아니며 당신이 나를 만날 때까지 사는 일이나 사랑하는 일을 가만히 기다리고 있기만 한 것도 아니라는 사실을 전 알아요. 저는 당신이 사랑했거나 함께 살았던 어느 여자라도 알게 되는 데 반대할 생각 없어요. 당신은 좋은 분이니까 그 여자도 틀림없이 좋은 분일 거예요. 결국 과거의 남자들이나 여자들이 당신이나 내게 무엇이죠? 우리는 서로 사랑해요. 우리 둘은 각자, 또 함께 서 있어요."

"맞는 말이오. 우리 둘은 서로를 사랑하고, 우리는 각자 또 함께 서 있소. 그러나 나도 인간이오. 우리 운동을 하는 사람 중에 어느 누구도 당신 삶에 그렇게 가깝게 끼어들지 않았다는 게 난 기뻐요."

"당신 태도는 내게 매우 죄의식을 느끼게 해요. 내가 죄라도 지은 사람처럼!"

"죄라고! 당신의 죄 개념은 좋은 것이든 나쁜 것이든 순전히 기독교적인 것이오. 나는 그런 원시적인 개념을 갖고 있지 않소. 나는 무엇이 사회적인 것이며 반사회적인 것인지만 알 뿐이오."

"당신이 그런지 어떤지 나로선 알지 못해요! 당신은 나처럼 독립적인 성생활을 한 여자를 반사회적인 여자로 보나요?"

"아니오. 당신이 누구에게도 해를 끼치지 않았다면 그건 순전히 사적이고 개인적인 문제요."

"그렇다면 왜 당신이 상관하죠?"

"나는 정치적인 이유 때문에만 상관할 뿐이오. 너무나 많은 서구 여성들이 인도인들에게 성애적인 관심만 보여 왔을 뿐이오. 나는 그런 여자와 결혼하지 않았소. 그런 일들이 우리에게 정치적으로 불리하게 이용되기를 원치 않아요."

아난드는 아주 합리적으로 말을 잘 했지만 나는 아난드를 보며 의심했다. 나는 여성을 순전히 육체적인 존재로 보는 남자의 태도에 인종적 요인이 관련되어 있다고 믿지는 않았다. 그리고 나 자신에게 성적 표현이 죄라는 믿음의 독이 뿌려져 있었기 때문에 어떤 두려움이 나를 사로잡았다. 그것은 그 순간부터 자라나서 어느 때는 공포로 치닫게 했다. 주안 디아즈가 늘 내 머릿속에 있었다. 아난드는 내 불안과 무서움을 감지했다. 우리는 서로 너무 가까웠고, 아난드는 빛처럼 예민한 사람이었기 때문이다. 아난드에게 말이란 태도나 얼굴 표정, 눈짓, 손동작보다도 의미가 없었다.

"난 주안 디아즈가 싫어."

언젠가 아난드는 내게 말했다.

"왜요?"

"당신을 쳐다보는 눈길 때문에."

나는 아난드와 나 자신을 경계하게 되었고, 아난드는 그 사실을 눈치챘다. 가끔 아난드의 눈은 나를 낯선 사람처럼 뒤쫓으며 자신이 이해할 수 없는 무엇인가를 찾는 눈길이었다. 그러면 나는 아주 터무니없이 무서웠다. 아난드를 미국인 남자 친구에게 소개한 적이 있었는데, 아난드는 그 사람을 적대적으로 대했다.

"왜 그렇게 행동했어요?"

나중에 아난드에게 물어보았다.

"그 남자도 당신이 동거했던 남자 중 하나요?"

"아뇨. 왜 그래요?"

"그런 남자와는 절대로 만나고 싶지 않아요."

"그런 느낌을 받는 사람이 당신 조국 남자들뿐이라고 전에 말했잖아요."

아난드는 갑자기 사납게 대들었다.

"당신은 감히, 내가 지금 질투하고 있다고 생각하는 거요?"

우리는 이방인처럼 서로 노려보았다. 나는 아난드가 질투하고 있다는 것을 알았고, 그 사실을 내가 알고 있다는 걸 아난드도 눈치챘다. 그러나 아난드는 자신의 내부에 있는 약점을 직시할 수 없는 남자였다. 아난드는 유약하고 부당한 감정을 증오했다. 아난드도 나처럼 자신을 직시할 수가 없었던 것이다.

그러던 어느 날 밤, 잠을 깨어 일어나 보니 아난드가 나를 굽어보며 서 있는 것이었다. 깜짝 놀란 나는, 이상하게 일그러진 아난드의 얼굴을 빤히 들여다보았다.

"남자들이 당신에게 했던 말을 내게 해 줘요."

아난드가 부탁했다.

"무슨, 무슨 남자들 말이에요?"

"당신이 동거했던 남자들 말이오!"

나는 충격과 놀라움에 떨면서 일어나 불을 켰고 아난드를 노려보며 방 건너편에 서 있었다. 아난드는 겨우 아무 감각도 없는 자기 손을 가련하게 얼굴 밑으로 내리고는 아무 말도 하지 않고 몸을 돌려 방을 나가 문을 닫았다. 나는 그날 밤 떨면서 한숨도 자지 못했다. 날이 밝고 우리가 서로 얼굴을 다시 대면했을 때, 아난드는 지난 밤 일에 대해서 아무 언급도 하지 않았다. 나 또한 그 일을 끄집어내기가 두려웠다. 아난드는 자신의 그런 면을 너무 증오해서, 다시 생각하거나 말하려고조차 하지 않을 것이기 때문이다. 지금은 안다. 아난드와 나는 서로를 잘 몰랐으며, 서로를 이해하지 못했다. 이해야말로 사랑의 기본인데 말이다.

우리 사이에 불화가 일어나고 있었을지라도 내게 아난드는 사랑이 뜻하는 모든 것, 일과 삶의 동지가 뜻하는 모든 것, 우정이 뜻하는 모든 것, 인간 마음의 다정함 그 모든 것이었다. 아난드는 내게 그런 존재였다. 나는 아난드에게서 내 삶에서 비어 있었던 모든 것을 추구했다. 우리 사이에 장애는 아무것도 없는 것 같았다. 나 자신의 영혼 안에 있는 장벽과 아난드 안에 있는 장벽을 빼면, 어떤 남자 친구가 나를 만나려고 다가올 때를 빼면, 주안 디아즈가 나를 적대적으로 대할 때를 빼면, 그럴 때만 아니라면!

어떤 밤에는 침대에 누워, 창문 밖으로 별이 점점이 박힌 새까만 하늘을 바라보았다. 그럴 때 우리 삶에서 가장 가치 있는 것이 무엇일까 생각해 보았다. 남녀를 막론하고 자신에게 행복을 가져다주게끔 자신의 삶을 사랑하며 살 자유, 정말로 위대한 일, 억압받는 사람들의 자유를 위한 투쟁과 동일선상에 있는 노동계급의 투쟁 같은 많은 것들이 있겠지. 나는 그 밖의 다른 것을, 모든 것에 스며드는 이해심과 관용을 갈망했다. 아난드와 나는 함께 잘해 낼 수 있을 것 같았다. 아니, 내가 그럴 수 있었을까? 나는 자신에 대해서나 타인에 대해서나 관용을 너무 모르는 사람 같았다. 이해심은? 나는 거의 이해하지도 못했다. 내가 바랐던 것은 내 삶의 어떤 행동과 반작용, 실수와 성취, 어리석음과 비합리성이라도 아난드가 이해해 주는 것이었다.

그런 밤들의 침묵 속에서 나는 아난드가 내게 한 말의 뜻을 생각해 보았다. 내게 아기가 생긴다면 그 아이의 아버지는 아난드뿐일 것이다. 이 말은 내가 이 세상에서 소멸할 때, 세월이 우리를 갈라놓아 우리 사이에 눈물바다가 밀려온다고 하더라도 아난드의 팔이 내 주위에 있기를, 아난드의 날랜 목소리가 이 지상에게 내가 듣는 마지막 목소리이기를, 아난드의 손길이 내 의식에 마지막으로 남는 기억이기를 바란다는 뜻이다. 그런 게 아난드에 대한 내 사랑이었다.

어느 날 오후 늦게 내가 『콜』지의 뉴욕 시 편집장에게 보고하는 자리였다. 편집장은 말했다.

"당신은 이번 주 들어 두 번이나 맡은 일을 잘 처리할 수 없다고 그러는데!"

우리 앞에는 파업 기록을 담은 커다란 책자가 놓여 있었고, 나는 그 내용 중에서 가장 중요한 항목을 골라서 기사를 써야 했다. 나는 여러 시간 동안 앉아서 한 줄 한 줄 반복해 읽었으나 페이지 너머로 아난드의 얼굴과 눈, 목소리만 어른거릴 뿐이었다. 편집장의 인내심은 한계에 도달했다.

"책을 갖고 가서 이틀 안에 기사를 써 갖고 와요."

그러나 기사를 쓰는 데는 닷새나 걸렸다. 기사가 나왔을 때 아난드가 물었다.

"왜 당신 이름을 냈소? 형편없어요. 값싼 미국식 자아요."

"신문사 사람들이 이름을 넣었어요."

"가서 이름을 빼 달라고 말해요. 아주 싸구려 미국 냄새가 나요."

나는 아난드와 논쟁을 벌였다. 아난드는 혐오하는 감정을 넘어 나를 아예 경멸했다. 아난드의 태도와 말에 가슴이 에이는 것 같아, 집을 나와 거리를 혼자 걸어 다녔다. 내 이름쯤은 아무 상관도 없었다. 문제는 아난드가 나를 "저급한 미국 사람"이라고 부른 것이었다. 내가 어쩔 수 있기라도 한 것처럼 말이다. 그날 저녁 편집장에게, 앞으로 나오는 기사에서는 내 이름을 빼 달라고 부탁했으나 거절당했다. 아난드는 매일 신문을 유심히 살폈고 내 이름을 보았다. 아난드의 침묵은 참을 수가 없었다. 나는 다시 신문기사에서 내 이름을 빼 달라고 우겼고 마침내 편집장은 "당신이 쓰고 있는 것이나 이름이나 뭐 마찬가지일 테니까!" 하며 승낙했다.

그즈음 나는 일에서 어떤 기쁨도 느끼지 못했다. 나는 내 기사에서 이름을 빼 버린 것이 싫었다. 자아 때문이 아니었다. 신념이 아니라, 개인적 압력 때문에 그렇게 한 것은 굴욕감을 주었다. 모든 힘, 모든 활력이 내 일에서 사라져 가고 있었다. 나는 불행했고 쓸쓸했으며, 때로는 한스러웠다. 그리고 나는 동지들 앞에서 수치심을 느꼈다. 이제 아난드와 나 사이에는 긴 침묵만이 흘렀다. 나와 불화를 가져오곤 하는 아난드 안의 어떤 점을 건드려야 하는 것인지도 알지 못했다. 종종 너무 비참해져서 아무 말도 할 수 없었다. 한번은 아난드가 물었다.

"당신, 왜 그리 말이 없소?"

나는 아무 대답도 하지 않고 애달프게 그를 쳐다보기만 했다. 그 질문을 또 하기에 나는 "모르겠어요." 하고 대답했다.

"당신, 무슨 생각을 하고 있소?"

"아무 생각도 안 해요."

"그건 사실이 아냐! 왜 당신은 내게 거리를 두려고 하오? 당신은 늘 어떤 비밀을 갖고 있는 사람 같아."

한번은 아난드와 함께 레스토랑에 갔는데 갑자기 나는 억제할 수 없는 고통과 비참함에 울고 말았다. 그것은 아주 창피한 일이었고 아난드는 얼굴이 백지장처럼 되어 찡그린 채 음식 값을 지불하고 나왔다.

아난드가 나를 놀려 주려고 내 등 뒤에서 웃으며 팔로 나를 감싸 안으려고 할 때면 현기증이 일어나곤 했다. 아무리 노력해도 불행이나 고통은 사라지지 않은 채 내 삶 전체를 어둡게 물들였다. 내 등 뒤에 아난드가 있는 것을 느끼면, 공포로 기절할 것만 같았다. 아난드는 내 면전에서 뒤로 물러섰다.

"뭐가 문제요?"

"제발, 여보, 내게 그렇게 다가오지 말아요. 무서워요!"

"무섭다고! 뭐가 무서워요?"

"오, 오, 아난드, 난 당신이 무서워요!"

"내가? 내가 왜 무섭지?"

"모르겠어요. 나는 다 무서워요. 당신이 나를 뒤에서 칠까 봐 무섭고! 나도 모르는 사이에……."

"마리!"

"나를 용서하세요, 아난드, 나도 이유를 몰라요. 정신이 나갔나 봐요."

"당신을 치다니! 용서하라니! 왜 그런 생각을 하게 됐을까? 마리, 스스로를 두렵게 만들고, 또 그런 말을 하도록 당신이 무슨 일이라도 저질렀단 말이오?"

아난드는 나를 낯선 사람처럼 경계하며 서 있었다. 내가 이유를 알면서도 거짓말을 하고 있다고 생각한다는 것을 나는 알아차렸다. 사람들은 가장 성애적인 문제에 관해 어떤 거짓말을 하고 살까. 아난드는 그 점에 관해 내가 거짓말을 하고 있다고 생각했고 내 사랑을 의심하고 있었다! 그러나 나는 아난드가 다른 여자들을 사랑했다고 해서, 나를 향한 사랑을 의심하지 않았다. 확실히 사랑이 사랑을 알아보는 법이어서, 분명히 내가 누구보다도 아난드를 사랑한다는 것을 아난드도 본능적으로 알 거라고 생각했던 것이다! 어떻게 아난드가 나를 의심할 수 있단 말인가?

나는 더욱 단단히, 우리 사랑을 지키겠다고 결심했다. 그런데 방에 들어가 방안을 둘러볼 때 누가 있었던가? 바로 끊임없이 경계하는 아난드의 눈길과 내 눈길이 만났다! 아난드는 아무 말도 하지 않았다. 우리의 사랑은 길을 찾아 싸우며 때때로 다른 일들을 잊어버리고 모두 극복하면서 지속되었다. 아난드의 눈에 무한한 신뢰와 사랑을 담고 있는 모습을 본 적도 여러 번 있었고, 그때 나는 한없이 겸허해지는 것을 느꼈다. 자신의 지성과 경륜, 삶 모두를 걸고 아난드가 나를 사랑하다니! 아니, 때때로 우리의 사랑은 아주 불가능하게도 보였다. 나는 이상한 곳에서, 별다른 때 내게 모습을 드러내며 고통을 주는 어떤 일에 부딪혀도 아난드의 다정함을 상기했다. 그리고 이 다정함은 아난드가 마치 내 아이라도 되는 것처럼 깊고 열정적인 보호 의식을 내 가슴에 일깨웠다. 이 사람은 남편이면서 동지이자 친구였다. 아니, 때로는 모든 게 꿈만 같았다. 그렇지만 나는 현실이었던 꿈 하나를 지키기로 결심했다.

인도인의 회합을 생각할 때마다 나는 삶의 영원한 역설을 생각하게 된다. 자신을 사랑하지도 않는 남자를 사랑하느라고 고통을 받고 끝까지 충실하게 남는 많은 여자들에 대한 기억이 떠오른다. 잔인하게 대하는 여자 때문에, 많은 좋은 여자들을 배반한 남자에 대한 기억도 떠오른다. 절망적이기 때문에 위대해 보이는 사랑, 기쁨과 끊임없는 동반자인 고통, 낮을 뒤따르는 밤, 머리칼 한 올의 차이도 없는 사랑과 증오에 대한 생각도 난다. 그리고 나는 피조물에 어쩔 수 없이 따라오는 소멸에 관해서도 생각한다. 그러나 무엇보다도 나에게는 최소한의 책임밖에 없는 한 가지 경험 때문에 내 일생의 사랑이라는 값을 치러야만 한다는 사실을 깨닫는다.

인도인 회의는 여러 날 끌었다. 내 맞은편에 앉아 있는 주안 디아즈의 태도는 호의적이지 못했다. 그때는 이유를 몰랐는데 지금 생각해 보니 여자인 내가 남자인 자기와 같은 길을 잘 걷고 있는 게 꼴사납게 비쳤을 게 틀림없다. 주안은 성 경험이 남성들의 삶은 풍부하게 하지만 여성의 삶은 망가뜨린다고 믿는 사람 중 하나였다.

내가 주안과 충돌한 것은 회의 막바지였다. 회의에 참석하고 있는 다른 사람들의 눈에는 개인의 인격과는 상관없는 일이었다. 그러나 주안 디아즈와 나에게는 그렇지 못했다. 주안이 내뱉는 모든 말 뒤에 가증스러운 냉소와 위협이 들어 있었다. 주안과 나를 번갈아 의문의 눈길로 살펴보는 아난드의 눈과 내 눈이 마주쳤는데, 그 무엇인가가 나의 내부에서 떨고 있었다. 아난드는 찾아내고 말 거야. 아난드는 어떤 것이든 찾아낼 정도로 민감한 사람이니까!

"저는 네 번째 제안에 반대합니다."

나는 일어서서 주안 디아즈가 내놓은 해결책에 반대 의견을 말했다. 아난드도 듣고 있다가 뒤따라 내 반대 의견을 지지했다. 아난드의 말이 끝나자 주안 디아즈는 두 발로 벌떡 일어섰다.

"우리 운동에 외국인이 영향을 미치는 데 나는 반대합니다. 외국인이 끼어드는 데 반대할 뿐만 아니라 우리에게 영향을 주는 여자들과 부인네들에게도 반대하는 바입니다."

나는 너무 화가 나서 얼굴빛이 하얗게 질린 채 일어섰다.

"외국인이라니요! 당신은 당신 나라 사람들의 생명을 구하는 일을 돕는 외국인들에 반대해서는 안 됩니다! 부인네들이라고요! 주안 디아즈, 당신은 나를 모욕해서는 안 됩니다! 나는 여기 누구 부인으로 와 있는 게 아니고 동지로서, 동료 일꾼으로 온 거예요. 나를 그리 대접할 것을 요구하는 바입니다!"

아난드도 화가 나 있었다.

"우리는 여기서 부인들 이야기를 하고 있는 게 아니오, 디아즈 동지. 외국인 이야기를 하자는 것도 아니고. 여러 해 동안 우리 운동에 몸담아 왔지만, 나 자신은 생각조차 할 수 없는 일을 제안할 정도로 용감무쌍한 사람을 보기는 이번이 처음이오. 로저스 동지와 결혼하지 않은 다른 동지들과 같은 입장에서, 나는 네 번째 안에 반대하는 바이오. 디아즈 당신이 우리에게 준 모욕에 대해 사과하지 않는다면 나는 이 회의에서 나가 버릴 것이오. 나는 한 사람의 남편으로서가 아니라 한 사람의 혁명가로서 이런 요구를 하는 것입니다."

"옳소."

비렌의 목소리가 구석에서 들려왔다.

"옳소."

하이데르 알리도 일어서면서 말했다.

아난드와 비렌도 회의실을 나가려고 일어섰으며, 나도 뒤따르려고 했다. 그러자 한 남자가 문 앞에서 길을 막고 서 있었다.

"만베까르! 당신이 가 버리면 이번 회의가 무산돼! 당신은 고국에서 온 유일한 사람이잖소!"

"당신은 디아즈와 나, 둘 중에 누가 나가는 게 좋겠소?"

"내가 나갈 이유가 없죠. 여자들이 항상 골칫거리요. 여자들이 우리 일에 끼어들지 못하게 합시다."

디아즈가 대꾸했다.

"아난드, 좋으시다면 남으세요. 제가 나갈게요. 회의가 저보다 중요하니까요."

"무슨 소리요? 이런 모욕을 당하고서! 동지들!"

아난드는 회의실 쪽으로 몸을 돌렸다.

"저 사람을 쫓아내지 않는다면 내가 나가겠소."

아난드의 어깨 너머로 주안 디아즈가 나를 주시하는 모습을 보았다. 사람들이 모두 일어섰다. 주안은 허리를 굽히고 후세인 알리 칸에게 무슨 말을 하고 있었고 칸의 얼굴은 몹시 충격을 받은 표정이었다. 피부가 고운 둥근 얼굴의 사업가 한 사람이 오더니 무슨 일인지 듣기 위해 그쪽으로 갔다. 아난드와 비렌, 하이데르 알리와 나는 회의장을 나왔다. 계단을 내려오는데 발 스치는 소리와 의자 소리가 한데 섞여서 들려왔다.

　그날 저녁 늦게, 누군가 우리 집 초인종을 눌렀다. 곧이어 누구냐고 묻는 아난드의 말소리가 들려왔다. 나는 누구인지 보러 나가지 않았다. 아난드는 자기 방으로 돌아오더니 찾아온 사람과 함께 집을 나섰다. 한 시간이 넘어서야 계단을 올라오는 발걸음 소리가 무겁게 나더니 문 앞에서 멈췄다. 아니, 저건 아난드의 발소리가 아니었다. 아난드가 집에 돌아올 때는 내게 빨리 오려고 서두르는 발소리가 났다. 지금 문 앞에 선 발걸음은 강철처럼 무거웠다. 조용했다. 열쇠를 돌리는 소리가 났다! 무거운 발걸음이 내 방문 쪽으로 다가오더니 문이 활짝 열렸고 아난드가 문간에 서 있었다. 나는 벌떡 일어섰는데, 내 가슴은 심하게 내리눌리는 것 같았다. 아난드의 얼굴은 창백한 잿빛이었다.

　"아난드! 무슨 일이에요?"

　아난드는 못 박힌 듯 서서 희망과 절망이 하나로 섞인 채 간절함을 담은 눈으로 나를 보았다.

　"마리, 당신, 주안 디아즈를 사랑한 적 있소?"

　"아뇨!"

　"그럼 내가 들은 이 말은 무슨 소리지? 사실인가? 당신 두 사람들 사이에, 얼마 전에 무슨 일이 있었소?"

　내 가슴은 분명히 숨이 멎는 듯했다. 아난드의 말을 믿을 수가 없었다. 낯선 어느 곳에선가 불쑥 나타난 말이었다. 내가 사랑하는 남자는 죽음처럼 차가운 얼굴을 하고 서 있었다. 그러면서 애절한 목소리로, 자기 말을 부인해 달라고 간청하고 있었다. 나는 아무 말 하지 않아도 아난드가 내 마음을 읽고 이해해 주기를 바라며 아난드의 얼굴을 바라보았다. 분명히 설명 따위는 필요 없었다!

　"마리, 대답해요. 사실인지 아닌지를!"

　"나는 그런 식으로는 말할 수 없어요."

　"그럼 사실이로군! 이제야 나는 요즈음 당신 태도를 이해하겠소!"

"내 말을 들어 보셔야 해요."

"듣고 싶지 않소, 이런 일이 있고 난 뒤에는!"

"당신과 나의 사랑으로 호소할게요."

"다시는 사랑이라는 말을 입 밖에 내지 말아요."

"그럼 동지로서, 한 인간으로서 말할게요!"

아난드는 서서 기다렸고 나는 몇 마디 했다.

"그 남자는 자기 일에 해를 끼칠 것이니 그 일에 대해 절대로 발설하지 않겠다는 서약을 받아 냈어요. 그런데 이제 와서 나를 해치고 우리 삶을 모조리 파괴하려고 당신에게 말했군요."

"내게 말해 준 사람은 디아즈가 아니었소. 그랬더라면 이렇게 지독한 기분은 아닐 거요. 후세인 알리 칸이 말했소. 칸은 당신 말을 듣지 말고 조국 사람으로서 자기들 편에 서라고 내게 호소했소. 당신이 디아즈를 사랑했는데 디아즈가 당신과 결혼해 주려 하지 않았으니까 당신이 디아즈에게 반대한다는 거요. 게다가 당신더러 품행이 단정하지 못한 여자라는 둥!"

아난드의 목소리는 텅 빈 공간에서 울려 나오듯 아득하게 느껴졌다. 내 목소리도 마찬가지였다.

"그래서 당신은 뭐라고 대답했죠?"

"난 믿지 않는다고 말했소. 그 말이 사실이라고 해도 내 결단에는 변함이 없다고 했소."

"고마워요."

"그러나 칸이 말하는 동안에는 나는 칸의 말을 믿었소. 당신의 태도가 나를 그렇게 만들었소. 칸이 말하는 동안 내가 회의장으로 들어가지 않으면 그 사람들이 우리 둘 다를 망칠 거라는 사실을 알았소."

"아난드! 내가 직접 회의장에 가서 모든 사람들 앞에서 말하겠어요. 나는 도처에서 온 남자들 앞에서 나의 소위 '방정치 못한 품행'을 다 털어놓고 한 사람의 인간 대 인간으로서 내가 이 세상의 어떤 좋은 남자 못지않게 좋은 사람이라는 것을 증명해 보이겠어요."

"좋아. 당신이 거기서 또 한 번……. 내가 증오하는 게 바로 그런 거요! 당신이 그 많은 남자들 앞에서 그런 말을 하려고 드는 것 말이오! 그들 중 어느 누구도 당신 말을 믿지 않을 것이고, 당신 말대로 설령 당신이 옳고 주안 디아즈가 그르다고 하더라도 당신을 더 이상 존경하지 않으리라는 것을 모르겠소? 디아즈는 남자고, 당신은 여자기 때문이오."

"내가 겨우 이런 정도의 남자들과 함께 일해 왔군요!"

"그래요! 그들은 조금 더 정직하고 솔직하며 그런 일에서 자유주의적이거나 현대적인 사람인 척하지 않는 점만 빼면 다른 남자들과 다를 게 없소! 미국 남자들처럼 굴지 않는단 말이오."

"결국 주안 디아즈만이 거짓말을 할 권한을 갖게 될 거라는 말이군요."

"당신이 저 남자들 앞에 선다는 생각만 해도 나는 살 수가 없소. 당신은 남자들을 몰라요. 당신은 아무 말도 해서는 안 돼요. 그들은 여기서 문제를 더 이상 확대시키지 않으면, 특히 내가 돌아가 그들과 함께 일한다면 나와 내 일을 충분히 존중할 거요!"

"뭐라고요! 당신 일이오? 아난드, 나는 어느 남자로부터 나를 변호하기 위해 당신의 일이나 이름, 당신의 명성이나 당신 아내라는 내 처지에 기대지는 않을 거예요!"

"내가 당신을 변호할 거요. 방법을 알아요. 당신은 남자들을 몰라요!"

"내 자신을 지키겠어요!"

"당신이 그런 생각으로, 그렇게 행동한다면 당신을 해치고 나를 해칠 뿐이오. 내 쪽에서 더 많은 상처를 받는단 말이오. 나는 당신 때문에 충분히 고통스럽소."

"나 때문에 충분히 고통을 겪었다고요? 무슨 말이죠, 아난드!"

"당신은 나를 친구가 아니라 적으로 취급해 왔소. 당신 행동은 나를 거짓말을 해야 하는 평범하고 멍청한 기독교 신자 남편처럼 대하는 것이었소! 더러운 일이오! 나는 이 일을 결코 잊을 수 없소. 당신은 늘 나한테 뭔가 숨기고 있었소."

"감추다니요? 그건 사실이 아니에요! 당신을 만나기 오래전에 내가 알던 남자에게 했던 약속을 지켰을 뿐이에요. 그리고 내가 당신에게 다른 남자 친구들 이야기를 했을 때 디아즈 이야기는 한 것이나 다름없어요."

"친구들이라고? 당신은 그자들을 그렇게 부르는군!"

"그래요, 다른 남자 친구들. 당신, 지금 말하는 것을 보니까 나를 제대로 이해하지 못했군요. 저는 당신에게 다 이야기했지만 당신은 올바르게 행동하지 않았어요!"

"왜 당신은 내게 거짓말을 했소? 왜 주안 디아즈 같은 악한 앞에 나를 무방비 상태로 남겨 두고 말았소? 이런 일을 이상한 남자에게서 듣고, 내 아내에 대해 제대로 대답할 수 없다는 게 무얼 뜻하는지 모른단 말이오!"

"아난드, 두 가지 까닭, 하나는 내가 디아즈에게 한 약속 때문에, 다른 하나는 당신에 대한 내 사랑 때문에 당신에게 말하지 못했다는 걸 이해 못 하겠어요? 우리 일과는 무관하게 내 삶에서 가장 소중한 당신의 사랑을 잃어버릴까 봐 나는 겁이 났어요."

"나라면 당신에게 무슨 일이든 다 말했을 거요. 당신과 내가 무언가 다르다고 생각한 적 없소. 나는 당신에게 감출 비밀이 없어요. 당신이 거짓말을 했다는 것을 알아 버린 이상, 당신이 그 밖에 누구에 관해서라도 거짓말을 했을지도……. 당신의 다른 남자 친구들이 모두 내 나라 사람인지도……. 내가 매일 그들과 마주 앉아서 독립적인 입장을 취하려고 할 때마다, 그들 중 한 사람이 일어나서 당신 때문에 나를 쳐부수려고 할지도 모른다는 것 말고 내가 무얼 알겠소!"

그때 나는 우리 사이에 이미 불신이, 주안 디아즈 때문에 생긴 그 불신이 깊숙이 뿌리내리고 있다는 것을 깨달았다. 내 혀는 벙어리처럼 굳어 버리고 말았다. 아난드에게서 모든 희망과 신뢰가 사라졌다. 아난드는 고문 받은 짐승처럼 서 있었다. 이제 우리 둘 중 아무도 말하지 않았다. 무거운 침묵 속에서 나의 생각은 어느덧 나의 등 뒤에서 벽난로 빛을 받고 앉아 있던 주안 디아즈와 그 옛날의 작은 방으로 다시 흘러갔다. 그 후 여러 달 동안 원한과 냉소주의, 사랑에 대한 불신과 삶에 대한 부정이 이미 내 피 속에 있던 독과 한데 섞여 있었다. 그러다가 참으로 짧고 행복했던 시간들, 그리고 지금……

그때 나는 내가 증오하고 있다는 것을 알았다!

"당신은 모든 게 내 잘못이라고 생각하고 있는 것 같군요! 주안 디아즈는 모두 옳고, 나는 모두 잘못된 사람으로 말이에요."

나는 아난드에게 항의했다.

"주안에 대한 내 생각이 어떤지는 총으로 가장 잘 보여 줄 수 있을 거요. 물론 내가 개인적인 이유 때문에 그런 짓을 했다는 말은 늘 따라다니겠지만 말이오. 당신을 진심으로 사랑했기 때문에 당신에게 하는 내 말에 원한이 가득 차 있는 거요."

아난드는 돌아서서 자기 방으로 갔다. 시간이 흘러가고 있었다. 나는 아난드의 방문을 열고 들어가 보았다. 아난드는 침대에 몸을 오그라뜨리고 머리를 침대 시트에 깊이 파묻은 채 망각 속에 가라앉으려는 사람처럼 엎드려 있었다. 나는 가만히 서서 거무스레한 윤곽을 지켜보았다. 그런 다음 몸을 구부려 아난드의 어깨를 어루만졌다. 아난드는 내 손길이 고통이라도 주는 것처럼 침대 시트 속으로 더 깊이 움츠러들었다. 그때 날개를 활짝 편 새 그림자가 기억을 휩쓸고 지나갔다. 저 멀리 어디선가, 나는 아난드를 이해시키고 말 거야. 이럴 수는 없어! 나는 아난드의 침대 옆에서 무릎을 꿇고 아무 말도 꺼낼 수 없어서 머리를 베개에 묻고 있었다. 침묵이 우리를 에워쌌다. 영원히 시간이 이렇게 지나가는가 싶더니 손 하나가 내 머리를 부드럽게 매만지며 고통으로 침울한 목소리로 말했다.

"여보, 가서 자요. 시간이 늦었어요. 내가 너무 지나쳤소. 나도 실수를 했을 거요. 날 조금만 내버려 둬요."

그것이 전부였다. 나는 일어나 내 방으로 갔다. 밤은 기울었고 나는 창문으로부터 길고 가느다란 하늘의 물결을 보다가 깊은 잠에 빠져 버렸다. 그리고 꿈을 꾸었다.

　나는 활짝 편 내 손 안의 항아리를 들여다보며 서 있었다. 항아리는 아름다운 형태를 갖춘 꽃병이었는데, 부드러운 선을 가졌고 넓고 나지막한 모양새였다. 고대 중국의 예술 작품들이 모두 그렇듯이, 정교한 꽃 그림이 그려져 있었다. 항아리가 너무나 아름답고 정교해, 햇빛 한줄기가 항아리에 비칠 때 항아리가 반짝이는 모습을 보려고 항아리를 멀리 떨어뜨려 놓았다. 내가 그 아름다움에 경탄하며 서 있을 때, 옆 아래쪽에서 틈이 하나 나기 시작하더니 곧 바닥까지, 위로, 또 꼭대기 주변으로 번져 나갔다. 그러고는 산산이 부서져 버렸다. 굴러다니던 조각은 내 손바닥에도 있었다. 나는 항아리를 깨지 않았다. 아무도 항아리를 깨뜨리지 않았다. 그러나 항아리는 깨졌고, 나 또한 무엇인지 모르는 어떤 것 때문에 돌이킬 수 없이 부서지고 말았다.

　절망이 다가왔다. 나는 몸을 돌렸고 잠에서 깨어났다. 아주 어두웠다. 한쪽 팔꿈치를 짚고 일어서서 귀를 기울였다. 아난드의 방에서는 아무 소리도 들리지 않았다. 죽음의 침묵이 만물에 다가왔다. 죽음보다 못한, 절망의 침묵이.

　나는 일을 좀 더 잘해 내든가, 신문사에서 내가 맡은 직위를 그만두든가 해야 하는 상태에 이르렀다. 내 글은 생명이 없는 죽은 글이었다. 이제 편집실로 들어가도 내게 인사하는 사람도 없었고, 함께 일하는 남자들도 나를 쳐다보지도 않았다. 번번이 나는 아예 보도조차 하지 않았다. 나는 필사적으로 내 상황에 대해 심사숙고해 보았다. 내가 이 일을 그만두면 어떤 종류의 일을 할 수 있을까? 또다시 다른 사람의 생각을 받아 적는 일로 되돌아가서 타자나 치며 하루를 보내야 하는 걸까? 아니면 내가 증오해 마지않는, 아내로서 또 주부로서, 결국 여성으로서의 일만 하며 집에 들어앉아야만 할까? 절망적인 기분으로 주위를 둘러보고는 어느 때보다 더 열심히 일하기 시작했다. 내 빵 때문에 다른 사람에게 의존해야 할 시간이 온다면 살고 싶은 마음이 없어질 것이다.

　어느 날, 밤늦은 시간에 사무실에서 집으로 돌아와 보니 아난드가 책상에 앉아 일하고 있었다. 나는 아난드를 가까이서 지켜보았다. 불빛이 아난드의 검은 머리칼을 비추고 있었는데 관자놀이 주위에 회색 머리칼이 있었다. 아난드는 내 쪽으로 몸을 돌렸다.

"우리 친구 몇몇이, 우리 인도인 친구들이 내일 저녁을 먹을 겸 만나자고 했소."

"주안 디아즈도 올 건가요?"

"그렇소. 이제 그만해요, 마리! 당신도 와야 해요! 내가 말했으니 이제 모두 해결된 거요!"

"해결되었다고요? 어떻게요?"

"그 사람들은 더 이상 그 이야기가 퍼지지 않도록 하겠다고 약속했소. 우리는 회의장에 돌아가는 거요. 그 사람들은 약속을 지킬 만큼 나를 충분히 존경하니까."

"이런 게 당신이 말하는 해결이라는 건가요! 당신에 대한 존경심이라고요? 저에 대한 존경심은 어떻게 되고요?"

"이게 최선의 길이오. 당신이 꼭 와야 해요."

"당신은 그 사람들이 약속을 지킬 거라고 믿어요, 그렇지요? 그렇겠죠, 물론. 그렇다면 왜 당신은 제가 주안 디아즈에게 한 약속을 지켜야만 했던 것은 이해하지 못하는 거죠?"

싸움을 포기하는 것은 힘들었다. 아난드의 얼굴을 똑바로 바라보는 내 눈은 또다시 아난드의 관자놀이에 가 있었다. 왜 내가 아난드에게 거짓말을 했는가를 아난드는 이해했다. 항복했다. 그러면서도 아난드의 정신이 감정에 맞서 싸우는 바람에, 아직 믿지는 못하고 있었다. 나를 향한 사랑을 포기하게 만든, 종잡을 수 없는 무엇이 아난드 주변에 있었다. 왜 나는 사랑을 되찾을 수 없었을까? 아난드가 이런 식으로 나오는데 왜 나는 그래서는 안 되는가? 아난드는 굴복해 버렸다. 왜 나는 그럴 수 없었던가? 나는 되돌려줄 무엇을 아난드에게 빚지고 있었다.

"가겠어요. 하지만 증오하면서 가는 거예요."

"그래요. 당신은 증오와 복수를 무척이나 소중히 여기는 것 같더군. 난 당신의 바로 그 점을 이해하지 못하겠소. 당신이 회의장에 와서 그동안 일어난 일 모두를 잊어버리고, 이 일이 있은 뒤에도 당신과 나 사이에 아무 문제도 없다는 것을 보여 주기를 바라오! 남자들에게 이런 교훈도 필요할 테니까"

"우리 사이에 아무 문제도 없다고요! 말만 들어도 웃음이 나는군요!"

다음날 우리가 식당에 들어갔을 때 여러 남자들이 식탁 주위에 앉아 있는 것이 보였다. 그 사람들은 다가가는 우리를 보지 못했다. 식탁을 두드리고 있던 누군가가 이렇게 말했다.

"우리는 혁명가들일까, 아니면 난폭한 남자들일까?"

그때 사람들이 우리를 보았고 대화는 갑자기 중단되었다. 아난드는 아무 일도 없었던 사람처럼 말했고 손을 뻗어 내 손 위에 살짝 올려놓았다. 아난드의 말이 맞는지도 몰라. 내 방식이 번번이 틀리고……. 나는 믿어야 해. 아난드는 주안 디아즈에게 뭔가를 설명하고 있었고 주안은 눈길을 식탁에 둔 채 듣고 있었으며, 다른 사람들도 침묵 속에서 듣고 있었다. 내 눈은 아난드의 손에 가 있었다. 아난드의 손가락은 길고 가늘지만 강했는데, 지금 아난드의 손은 신경쇠약에 걸린 사람의 손 같았다. 꼭 쥐었다가 폈다가, 쉴 새 없이 움직이며 냅킨을 뜯다가 식탁보를 쥐어뜯었다 했다. 아난드의 손이 이렇게 신경과민한 반응을 보인 적이 전에는 한번도 없었다! 나는 고개를 들어 하얗게 변해 가는 아난드의 관자놀이를 쳐다보았다.

모두들 식당을 나갈 차비를 하는데도 아난드는 계속 말했고 손은 불안하게 움직였다. 우리는 거리에 나와 서로 인사를 나누고 집 쪽으로 걷기 시작했다. 아난드와 주안은 따로 서서 말을 하고 있었다. 나는 아난드와 주안에게 합류했고, 우리 셋은 얼굴을 맞대고 섰다. 아난드가 내게로 손을 뻗어 내 손을 꼭 움켜잡았지만 나는 말을 멈출 수가 없었다.

"주안 디아즈! 왜 당신은 약속을, 당신이 나더러 지켜 달라고 신신당부했던 약속을 깨뜨렸죠? 왜 당신은 우리 약속을 우리에게 대항하는 정치적 무기로 쓰고 있죠? 아난드가 당신의 존경을 충분히 받을 만큼 행동하지 않았던가요? 저 역시 그러지 않았던가요?"

주안 디아즈는 냉소를 띤 얼굴로 웃으며 대답했다.

"만베까르를 다치게 할 생각은 없었소. 그저 어쩌다가 개인적으로 아는 친구에게 말하게 되었는데 그 말이 새어 나간 것뿐이오."

주안은 입술에 거짓 웃음을 띠고 있었다.

"그저 새어 나갔다고! 내게는 비밀을 지켜 달라고 해 놓고 그 일을 뽐내고 다녔어. 지어낸 이야기를 보태서 말이야. 뭘 어떻게 지어냈는지는 아무도 모르겠지만……. 참 비굴한 일이야!"

"그래, 참 고상도 하군! 이제 지나간 일이고, 만베까르에게 말한 대로 난 몹시 미안하게 생각하고 있소."

"지나간 일이고, 미안하다고! 그 일들이 아무것도 아니라고?"

나는 어둑어둑 펼쳐진 긴 회색빛 거리를 응시했다. 그때 아난드의 목소리가 들려왔다. 차라리 귀머거리였다면 좋았을 것이다.

"주안, 당신은 약속했소! 나를 존중하는 마음이 있다면 아무 말도 말고 그 이야기를 부인해요."

아난드를 존중하는 마음이라고! 약속을 지키라고! 아난드의 손이 신경질적으로 경련을 일으키고 있었다. 냉소적인 표정의 마르고 긴 얼굴을 한 키 큰 남자를 쳐다보며, 내가 왜 용기를 내어 지금 당장 저 남자의 목을 조르지 않는지 참 의아했다. 저 남자가 한쪽 부모로부터 인도인 피를 받지 않았더라면……. 저 남자가 우리 운동에 가담하고 있지만 않았더라도!

아난드와 나만 남았다. 아난드는 기운 없이 걷고 있었다. 아난드를 쳐다볼 때마다 희끗희끗한 머리카락이 눈에 띠었다. 그날 밤 나는 잠을 자려고 무진 애를 썼다. 여러 시간이 흘렀지만 잠은 오지 않았다. 그때 어둠을 뚫고 어떤 소리가, 이상한 소리가 들렸다. 바로 흐느낌 소리였다! 침대에서 벌떡 일어나 맨발로 어둠을 뚫고 달려가서 아난드의 침대 옆에 펄썩 앉았다. 아난드의 눈이 젖어 있었다. 나는 눈물을 줄줄 흘리면서 팔로 아난드의 머리를 감싸고 내 가슴에 바싹 끌어안았다. 아난드는 나를 밀어 버리려고 했지만, 나는 사납고 격렬하게 아난드를 꼭 안았다.

"괜찮을 거예요, 아난드! 괜찮을 거예요!"

아난드는 조용히 누워 있었다. 어둠처럼 침울한 아난드의 목소리가 들려왔다.

"여보, 난 병신이 된 것 같소. 손발이 다 꼼짝 못 하도록 묶여 있소. 나는 사적으로나 공적으로나 누구도 두려워해 본 적이 없었소. 그런데 이제는 어떤 사람이 내게 무슨 말을 하려고 일어서기만 해도 겁이 나는 거요. 언제나 말이오."

그 말은 계속해서 내 머릿속에 울렸다. 여태 살아오면서 많은 일이 있었지만 이보다는 덜 고통스러웠다. 차라리 평생 혼자 고독하게 사는 편이 나을 것 같았다. 내가 단 하루만 사랑하고 살더라도 말이다. 우리가 삶에서 요구할 수 있는 것에는 한계가 있을 수밖에 없는 모양이었다.

"그렇다면 당신은 나를 떠나야만 해요, 아난드. 설명이 필요하면 무슨 말이든 해요. 모든 걸 내 탓으로 돌려요. 이 일 때문에 나와 헤어졌다고 말해요. 그러면 그 사람들은 당신을 존경할 거예요. 당신 일이 저보다 더 중요하니까요."

"그럴 수는 없소. 나는 아주 오랫동안 당신을 기다리면서 살아 온 사람이었소. 당신 없는 내 삶은 공허할 것이오. 그렇지 않더라도 나는 원칙에 따라 남을 것이오."

나는 아난드의 품으로 파고들어가 가슴에 얼굴을 대고 누웠다. 뺨에 들려오는 일정한 고동 소리와 함께 나는 어지러운 선잠에 빠졌다.

나는 꿈을 꾸었다.

나는 이 세상의 바깥 가장자리에 서 있었다. 지구가 내 뒤, 저 밑에 있었다. 나는 내 몸무게 때문에 공중에 매달려 있었다. 내 주위로 잿빛이 가득 찬 깊고 푸른 우주가 있었다. 모습이 하나도 변하지 않고 끝없이, 내 앞으로, 내 위로, 내 밑으로, 이 빛깔 말고는 아무것도 펼쳐져 있지 않았다. 이게 바로 무한이라고 생각되었다.

그런 다음 나는 약간 위쪽을 응시하며 서 있었는데 광막함으로부터 눈물방울이 떨어지고 있었다. 눈물방울은 바로 내 얼굴 앞에 떨어졌는데, 크고 어두운 잿빛 방울이 줄기를 이루었고 그 방울 옆으로 작은 장밋빛 방울들이 줄기가 되어 떨어지고 있었다. 귀를 기울였다. 눈물방울은 내 밑으로 아무 소리도 없이, 무無 속으로 떨어졌다. 소리 날 게 하나도 없었다. 방울들이 왔다 갔다 하는 소리를 하나도 듣지 못했다. 눈물방울은 참으로 천천히, 끝없이 떨어졌다!

의문의 여지없이 그 굵고 잿빛 나는 눈물방울은 고통의 눈물로, 작은 장밋빛 눈물방울은 기쁨의 눈물로 인식됐다.

내 위로는 무한의 세계가 소리 없이, 끝없이 거대하게 펼쳐졌다. 낮게 웅성거리는 소리가 들렸다. 끝없는 우주의 소리가, 희미하게……. 엄청난 우주의 광대함이 내 존재를 가득 채웠다.

나는 불안하게 몸을 뒤척이다가 잠을 깼다. 무한이 내 영혼을 감쌌다. 무거운 절망이 나를 끌어당겼다. 아난드의 심장이 내 관자놀이에서 고동치고 있었다.

아난드는 책상에 앉아 글을 쓰고 있었다. 나는 아난드의 동료들이 출판하기로 결정한 잡지에 실을 기사를 그 앞에 놓았다. 아난드가 기사를 읽는 동안 나는 아난드의 머리칼을 쳐다보고 있었다. 뒤에서 희끗한 것이 분명하게 보였다. 한 달도 채 못 가서 이 머리칼도 하얗게 되겠구나! 내 눈은 아난드의 머리에서 떠날 줄을 몰랐다. 또 한번 나는 벽난로 불빛이 비치는 내 등 뒤, 주안 디아즈가 앉아 있던 작은 방과 그 후 여러 달, 나의 냉소, 나의 불행이 생각났다.

"좋은 기사는 아니오. 여보, 적어도 당분간 당신은 글 쓰는 것을 멈춰야 해요. 당신은 입에 담기도 싫은 일을 지금 하고 있소. 그리고 다른 이유에서도 글을 쓰지 않는 게 좋겠소."

아난드가 말했다.

"무슨 이유에서요?"

"당신이 쓴 글은 아무런 영향력도 없을 거요. 당신 생각들은, 당신 자신의 삶을 합리화하려는 시도라고밖에 사람들은 말하지 않을 거요."

"그걸 말이라고 하는 거예요!"

나는 소리를 질렀다.

"당신이 내게 어떤 짓을 했는지 생각해 봐!"

아난드가 벌떡 일어나면서 버럭 대꾸했다. 성난 말들이 우리 사이를 오갔다. 결국 내가 굴복했고 내 방으로 가서 울었다.

그날 밤 나는 꿈을 꾸었다.

크고 하얀 손이 내 앞에 손바닥을 위로 하고 펼쳐져 있었고, 그 주변에 가장 깜깜한 밤보다 더 검은 암흑이 있었다. 손은 그 모습 그대로 천천히 돌더니 손등은 암흑 속에 모습을 감추고 손바닥만 밝은 빛 속에 빛나고 있었다. 천천히 돌아 손바닥이 어둠 속으로 사라지면서 손등이 다시 보였다. 끊임없이 돌고 돌았다. 손이 돌 때마다 나는 흐으음, 하고 크게 맥박이 뛰는 소리를 들었다. 흐으음, 흐으음. 고동칠 때마다 하얀 손바닥이 나타났다가 사라졌고, 나타났다가 또 사라졌고, 나타났다가 사라졌다. 나는 삶과 죽음, 삶과 영원을 응시하고 있다는 것에 매혹을 느끼며 계속 보았다. 하얗게 빛나는 손바닥은 암흑 속에서 잠깐잠깐 반짝이는 삶이었다. 암흑은 영원이었다.

삶과 죽음, 삶과 죽음, 삶과 죽음이…… 내 의식을 통해 고동쳤다.

나는 소리를 지르며 잠을 깼다. 절망이 또다시 나를 옴짝달싹 못 하게 했다.

아난드가 문간에서 나를 바라보며 서 있었다.

"여보, 우리 동지 두 사람이 한 달만 돈을 좀 꾸고 싶대요. 그 사람들은 곧 유럽으로 출발하는데, 거기 가서 돈을 갚을 거라 하오. 내게 얼마간 돈이 있기는 한데, 당신, 지금 집에 좀 가진 것 있소?"

나는 아난드를 쳐다보았다. 내 시선은 하얗게 변해 가는 아난드의 머리칼에서 떨어질 줄 몰랐다. 아난드는 돈을 달라고 부탁하는 일을 싫어했다. 나는 아무것도 묻지 않고 금방 꺼내 주었다.

"들어오라고 해요."

"지금 밑에 있는데, 올라올 시간이 없다고 해서……."

아난드는 금방 돌아왔다.

"그런데 누구였어요?"

물어보았다. 아난드는 음울한 얼굴을 내 쪽으로 돌리더니 주안과, 그날 밤 아난드에게 찾아왔던 후세인 알리 칸이었다고 말했다.

"아난드, 그건 공갈로 돈을 갈취한 거잖아요!"

"당신 같으면 어떻게 했을까?"

"발로 걷어차 버렸겠죠!"

아난드는 분개하며 나를 바라보았다.

"나는 우리 일에 그런 개인적인 감정이 끼어드는 걸 용납할 수 없소!"

"우리한테 그따위 짓을 해 놓고서 여기 올 권리가 그자들에게는 없어요! 차라리 다른 사람에게 돈을 빌려야죠."

"당신처럼 했으면 그들은 유럽과 인도를 돌아다니며 당신 이야기를 떠들고 다닐 거요. 그래서 우리가 가는 곳마다 당신 이야기를 듣게 될 거고."

"그럼, 제가 진실을 말하겠어요!"

"누가 당신 말에 귀를 기울이거나 믿어 주겠소? 그자들의 이야기는 입으로 더 빨리 전해질 거요. 아무도 당신 말은 들으려 하지 않을 거요. 거짓이 진실보다 더 빨리 도는 법이오. 내가 다시 한번 당신에게 말하는데, 이 불행한 이야기는 묻어 버려야 해요. 더 이상 아무 소리가 안 나도록 말이오."

분노와 패배 의식이 나를 지치게 했다. 지붕 꼭대기라도 올라가서, 이렇게 함정에 빠져 있을 게 아니라 있는 그대로의 진실을 말하고 싶었다. 성에 관한 그런 참담한 이야기가 주안 디아즈가 아니라, 아난드와 나를 비참하게 만들고 있다는 생각만 해도 쓰디쓴 원한이 솟구쳐 나를 갉아먹었다! 나는 아난드와 맞서면 화가 나서 말을 잇지 못하고 서 있기만 했다. 그러나 내 눈길이 희끗희끗한 아난드의 관자놀이 주변에 머물면 분노는 고통으로 변했다. 죄의식과 혼란, 터무니없는 감정들이 나를 녹초로 만들면서 휘젓고 있었다.

그날 밤, 창문을 통해 캄캄한 하늘의 파편과 별을 바라보면서 여러 시간 잠을 이루지 못하고 누워 있었다. 우리 문제를 해결하는 길은 내가 아난드를 떠나 다시는 돌아오지 않는 것뿐이라는 데 생각이 미쳤다. 그러나 나는 그 생각을 묻어버렸다. 그 밖에 다른 출구를 찾아내야 한다. 떠나고 나면 나 말고는 어느 누구도 고통 받지 않을 것이다. 남자들이란 자신들의 성경험을 자랑으로가 아니면 이야기하지 않기 때문이다. 남자들이 생리적인 문제를 걸고넘어지는 것은 여자들에 대해서뿐이다. 내가 단순히 한 조각 살점으로밖에 생각되지 않는다는 게 나를 화나게 했다. 이런 일이 계속된다면 내 삶은 병들 것이다. 그러나 아난드와 헤어지면 내 일마저 포기해야 할지도 모른다. 이 일은 아난드만큼이나 내게 소중했다. 둘은 하나였다.

그날 밤 나는 꿈을 꾸었다.

나는 그 작은 방에 서 있었고 벽난로 불빛이 어떤 얼굴을 비추고 있었다. 누군가 불 앞에 앉아 있었다. 나는 좀 더 가까이, 더욱 가까이 가서 보았다. 아니야, 그 남자의 얼굴이 아니라 죽음의 얼굴이었다. 그리고 죽음은 돌아가신 어머니의 얼굴을 한 거대한 여자의 모습이었다! 그러나 남자의 구부정한 어깨를 하고 있었다! 뺨은 무덤에서 나온 것처럼 부풀어 있었고 입은 벌어져 있었는데, 끔찍했다.

죽음이 얼굴을 돌리자 무서운 입이 웃고 있었다. 말은 하지 않았다. 그 웃음은 나의 두려움을 위협하는 도전이었다. 나는 도전에 응수하려고 천천히 다가갔다. 공포로 떨면서도 몸을 굽히고, 처음에 한쪽 뺨에다 입을 맞춘 다음 다른 쪽 뺨에도 입을 맞추었다.

나는 다시 똑바로 일어섰다. 그러자 죽음이 또 웃었다. 그건 나의 비겁함에 또 도전하는 것이었다. 나는 그 끔찍한 얼굴을 보지 않으려고 두 눈을 감고 몸을 구부린 다음, 죽음의 입에 입을 맞추었다!

나는 비명을 지르며 잠을 깼다.

그날 밤 주위 분위기는 무겁게 가라앉아 있었다. 나는 침대 시트를 던지며 벌떡 일어나 방문을 열어젖히고 차가운 바닥을 가로질러 아난드의 방으로 황급히 갔다. 아난드는 꿈조차 내쫓아 버리려는 사람처럼 침대 시트에 머리를 푹 파묻고 엎드려 있었다. 그런 자세로 깊이 잠들어 있었다. 나는 몸을 구부려 아난드의 어깨를 만졌다. 잠을 자면서도 아난드는 내 손길에 어깨를 움츠렸다.

"아난드! 아난드! 아난드, 난 도저히 못 참겠어요!"

나는 낭패감을 느끼며 아난드를 흔들었다. 아난드는 흠칫 놀라며 잠을 깼다. 나는 얼굴을 아래쪽으로 한 채 아난드의 베개에 몸을 던지고 벌벌 떨며 엎드려 있었다.

몹시 아팠다. 머리는 무거웠으며 가슴은 답답했다. 누군가 내 목을 조르고 있는 것 같았다. 천장이 머리 위에서 흔들렸다. 여러 주일 동안 앓아누워 있었다. 좀 나아서 일어나 일하러 갔다가는 다시 자리에 드러눕고 말았다. 이런 증상은 내가 갑자기 기절해 마룻바닥에 넘어진 뒤 움직이지도 못하고 영원히 그럴 것처럼 누워 있었을 때부터 시작되었다. 실어증에다 내 몸이나 의지에 대한 통제력도 없었다. 마음은 우주를 가로질러 끝없이 떠다녔다. 조금 회복되어 다시 일자리로 돌아갔다가는 또 아프고, 아팠다가는 다시 회복했다. 지금 나는 침대에 다시 드러누워 있으며 곧 일어날 것이다. 고문의 끝이 보이지 않았다.

아난드는 불행해 보이는 새하얀 얼굴로 말했다.

"당신 병이 내 탓이라고 생각하고 있지?"

나는 얼굴을 벽 쪽으로 돌리고 아무 대꾸도 하지 않았다. 누구 잘못인지, 아니, 대관절 누가 잘못해서 생긴 일이 맞는 건지 알 수가 없었다. 그냥 잘못이 있었을 뿐이다. 무슨 병인지도 몰랐지만 이겨 낼 수 없는 공포가 나를 사로잡았다. 미쳤는지도 모른다! 아난드는 지칠 줄 모르고 자상하게 나를 간호했다. 의사도 불렀지만 아무도 어디가 잘못됐는지 원인을 찾을 수 없었다. 어떤 의사는 히스테리 같다고 하면서 요새 현대 여성들은 신경과민을 매력적으로 생각하는 경향이 있다고 말했다.

"나는 쉬고 싶어요, 난 평화를 원해요."

아난드에게 말했다.

"무슨 말이지?"

"떠나고 싶어요."

"나 없이, 아니면 나와 함께?"

"당신 없이 떠나고 싶어요. 아난드 들어 봐요. 덴마크에 있는 친구가 자기한테 놀러 오라고 몇 번이나 초대했어요. 그곳에 가 있으면 몸이 좀 나을 것 같아요."

"당신은 나 없이 가고 싶어하는군! 나와 함께 있지 않고 다른 사람들과 있으면 서 평화를 찾겠다는 말이군!"

나는 서럽게 울었다. 아직 내 마음은 희망을 붙들고 있었다. 그렇지 않았다면 벌써 떠나서 다시는 돌아오지 않았을 것이다. 아난드와 나는 서로를 파괴하고 있었다. 우리의 사랑은, 내 병은 우리를 파괴하고 있었다. 아난드는 내게 필사적으로 붙어 있었다. 나는 더 이상 머물 수가 없었다. 그 결과는 정신이상이나 죽음일 것이다.

어느 날 밤 나는 또다시 꿈을 꾸었다.

다시 난롯불이 벽에 비치고 있는 작은 방이 나왔다. 어떤 물체가 바닥에 축 엎드려 있었다. 거기로 몸을 굽혔을 때, 숱한 세월 내내 몸에 지니고 다녔던, 진주 손잡이가 달린 단도가 내 손 안에 있는 걸 알게 됐다. 불빛이 끈에 붙어 있는 은 손잡이를 비추었다. 내가 그 물체의 커다란 어깨를 건드리자 자기 무게로 빙그르 돌아 등을 대고 누웠다. 불빛이 얼굴에 스쳤다. 그래, 그 남자야, 주안 디아즈. 살아서도 그랬지만 죽어서도 잘생긴 남자. 나는 내 손에 있는 단도를 흘낏 쳐다보았는데, 피가 묻어 있었다. 말로 표현할 수 없는 불행이, 재난의 짐이 내 가슴을 가득 채웠다.

나는 소파에 앉아 있었다. 저 소파, 그리고 내 발 밑에 놓인 차가운 잿빛 시체와 이야기를 나누었다. 나는 아무 감각도 없이 말했다.

"네 어깨가 구부정해. 그리고 저 혁대 장식은 도둑맞았나 보군."

내 목소리가 방 안을 가득 채웠다. 죽은 사람이 웃는 얼굴로 대답했다.

"내가 네게 사 준 옷을 다 내놔!"

나는 비명을 지르며 잠에서 깼다. 아난드가 어둠을 뚫고 내게로 왔고 덜덜 떨리는 공포 속에서 나는 아난드에게 꼭 붙어 있었다.

"여보, 무슨 일이오? 무슨 일인데?"

"꿈을 꾸었어요. 꿈을 꾸었어요. 그런데, 아난드, 무슨 꿈이었는지는 잊어버렸어요!"

아난드에게 몸을 기대고 서럽게 울었다.

그런 다음 또다시 깊은 잠에 빠졌다. 갑자기 밤으로부터, 나의 마음 저 깊은 곳에서부터 분명한 음성이 또렷하게 들려왔다.

"세어 봐, 살아온 햇수를!"

나는 눈을 떴고 어둠을 노려보다가 어둠에 겁을 먹었다. 그리고 운명의 음성 같은 소리에 귀 기울이고 누워 있었다.

"세어 봐, 그 햇수를!"

무슨 뜻이었을까! 내 삶의 햇수들, 아난드 삶의 햇수들, 이 불행한 세월, 우리를 스쳐 지나가 버린 세월…….

시간이 한참 흘러서야 나는 겨우 또 잠이 들었다. 미쳐 가고 있는 게 아닐까? 아난드의 머리가 하얗게 쇠고 있었다.

"햇수를 세어 봐."

무슨 세월을? 무슨 햇수를? 가난의 세월, 외로움의 세월, 침울한 미래의 세월, 아난드와 함께할, 아니면, 아난드 없이? 내가 사랑했던 남자 없이. 내가 아난드 곁에 남아 있으면 아난드의 삶은 정치적으로나 개인적으로 망가지고 말 것이다. 세월이라고! 그날 밤 나는 햇수를 세어 보았다. 그리고 결심했다. 내가 염원했고 싸웠으며 거짓말까지 했던 그 사랑을 내게서 빼앗아 갈 최종 결심을 했다. 그로써 내가 사랑했던 운동 안의 내 일에 대한 희망까지 다 빼앗기더라도 말이다. 그런 결심을 하는 순간 나는 삶 자체를 포기하기로 결심한 사람 같아 보였다. 그러나 그때야 비로소 나는 여러 달 만에 처음으로, 꿈에 시달리지 않고 푹 잘 수 있었다.

아난드가 내 어깨를 부드럽게 흔들며 나를 깨운 것은 다음 날 오전 느지막한 때였다.

"여보, 일어나요. 무슨 일인지 들어 봐요. 일어나요, 마리! 기분 좀 나아졌나? 내 말 좀 들어 봐요, 뉴스를 갖고 왔어. 여기, 커피 좀 마시고."

나는 천천히 정신이 들기 시작했다.

"커피 끓여 줘서 고마워요."

아난드는 손으로 내 머리칼을 애무했다. 내 결심을 아난드에게 다 말할 때까지는 아난드가 좀 멀찍이 떨어져 있기를 바랐다.

"여보, 중대 뉴스요! 어떤 사람이 인도에서 일본을 거쳐 새로 왔는데, 주안 디아즈를 스파이라고 욕하고 있소."

아난드의 손이 내 머리칼을 스쳐 지나갔다. 결국, 내가 아주 무서운 꿈을 꾸었는지도 몰라. 날마다 비치는 햇빛은 아주 엄연한 사실이지. 결정하기 전에 조금 기다려 보자.

아난드의 목소리가 다가왔다. 아무 말 없이 나는 들었다.

"여태 스파이 활동을 했다는 거야. 주안은 전쟁 중에 인도에 있었는데, 혁명가라면 어느 누구도 인도에 갈 수도 없었으려니와 다시 돌아오지도 못했을 거요. 그런데도 주안은 안전하게 여러 곳을 다녔소."

아난드의 목소리는 이제 씁쓸하게 되었다.

"당신이 체포당한 것도 그자 때문이었을 거요."

나는 체포당하기 전에 있었던 병원을 떠올렸다. 그런 다음 그 전날 밤 일을……. 딸바르 씽의 근황을 물으러 온 주안은 자신도 모르는 어떤 일을 다른 여자가 알고 있다는 것을 참을 수 없었기 때문에 나를 밀고했다는 생각이 들었다. 첩보부 취조관이 내게 물은 것들, 선생님이 작별 인사를 나눌 때 지었던 묘한 표정이 떠올랐다.

아난드가 계속 이야기했다.

"그자가 우리에게 한 짓을 생각해 보고, 앞으로 우리에게 할 짓을 생각해 봐요. 이제 우리가 알아 버린 이상 그자는 자기가 당신과 맺은 관계를 공개적으로 자랑하고 다닐 거요. 나를 망치려고 그런 짓을 할 거요."

잠시 나는 누워 있었고 오랫동안 아난드는 조용했다. 나는 일어나 가운을 걸치고 의자에 몸을 꼭 붙이고 섰다.

"자, 아난드. 디아즈가 나와의 관계를 당신에게 불리하도록 다시는 이용하지 못할 거예요. 제가 그 기회를 안 줄 테니까요. 제가 떠나겠어요. 나는 지금의 이 상태를 더 이상 견딜 수가 없어요. 남자들은 그런 무기를 남자에 대적해 쓰지는 않아요. 오로지 여자에게만 쓰지요. 주안은 나를 통해서만 당신한테 상처를 줄 수 있어요. 그자는 나를 해칠 수는 없을 거예요. 제가 상처받기를 거부할 테니까요."

"무슨 말이요, 떠난다니!"

"다시는 돌아오지 않을 거예요. 그렇지 않으면 당신이 가야 해요. 우리는 더 이상 행복하지 않아요. 나는 아프고 일도 엉망이에요. 내가 아플 때 신문사 사람들이 많이 봐주었지만, 그 사람들도 언제까지나 그럴 수는 없을 거예요. 저는 신문사를 사직하고 떠나겠어요."

"가 버린다니, 어디로 말이요?"

"덴마크에 있는 카린에게로요. 카린이 거기 간 뒤부터 줄곧 다녀가라고 자꾸 그래요. 그곳으로 가겠어요."

"그럴 수는 없어! 당신은 나를 사랑한다고 말했소!"

"사랑해요, 그럼요. 그러나 당신과 저를 돌아보세요. 우리에게는 믿음도 이해도 없어요. 믿음과 이해가 없으면 사랑도 없는 거예요. 우리는 둘 다 너무 비참해요. 더 이상 버틸 수가 없어요."

"우리는 행복했소."

"너무 많은 대가를 치르고서, 그 짧은 순간 동안."

"우리가 바꿀 수도……."

"주안 디아즈의 이야기를 바꾼다고요? 늘 당신에게 불리한, 정치적 무기로 사용될 거예요. 내가 혼자 있는 편이 나아요."

"그럼, 우리 사랑은? 우리가 원하는 아이는 어떻게 하고?"

아난드는 쓰라린 목소리로 말했다. 나는 눈을 감고 소리쳤다.

"나를 더 이상 고통스럽게 하지 말아요! 사는 것도, 사랑도 다 싫어요!"

아난드는 발작적으로 몸을 움직이더니 얼굴을 손으로 덮었다.

"삶을 증오한다고? 처음 당신을 만났을 때는 그러지 않았는데!"

아난드를 몹시 놀라게 한 것은 내가 사랑이 아니라, 삶을 증오했기 때문이다. 그때 나는 나에 대한 아난드의 사랑이 아난드 자신을 사랑하는 마음보다 더 크다는 것을 깨달았다. 우리는 꽤 오래 아무 말도 않고 서 있기만 했다. 아난드가 말했다.

"이 일이 있은 뒤, 우리 사람들이 당신과 함께 일하지 않으리라는 것도 알아요?"

"그래야 한다면 그래야지요. 나 혼자 서는 수밖에……."

"그렇다면 나는 당신 삶에서 또 한 명의 남자에 지나지 않게 될 것이오!"

"아난드!"

"그런 말을 입에 담아 미안하오. 난 불행하오. 당신은 날 불행하고 비참하게 했고, 한을 갖도록 만들었소."

"항상 이런 식일 거예요. 제발 가세요. 그렇지 않으면 제가 나가겠어요."

이 말을 하는 동안, 생각도 할 수 없고 감정도 없는, 죽은 사람 같은 기분이 들었다.

"맙소사, 당신은 나를 죽이려고 하고 있소, 마리!"

"전 당신을 구원하려는 중이에요. 당장 나가세요. 그렇지 않으면 제가 나갈 거예요."

아난드가 내 방을 나가려고 하다가 의자에 부딪히는 소리를 들었다. 아난드가 나가자 문을 잠그고 몸을 침대에 내던진 뒤 얼굴을 침대에 파묻었다. 아난드 방에서는 한참 동안 아무 소리도 나지 않았다. 내 정신은 방 주위를, 트렁크로 갔다가 다시 돌아오는 행위를 반복하는 아난드의 발자국을 따라다녔다. 오랜 시간이 흘렀다. 아난드가 집을 나가더니 누군가와 함께 돌아왔다. 트렁크를 끌어내는 소리가 들렸다. 아난드의 발자국이 내 방 쪽으로 다가왔다. 아난드가 귀를 기울이는 동안 나는 아무 소리도 내지 않았다. 아난드의 발이 복도를 향해 터벅터벅 걸어가더니 문을 닫고 계단을 내려갔다. 바깥문이 쾅, 하고 닫혔다. 침묵. 공허. 여러 시간이 흘렀다. 침대 옆 커피는 오래전에 식었다. 나는 추웠고 아무 감각이 없었다. 천천히, 겨우 몸을 일으켜 짐을 싸기 시작했다. 이 집을 벗어나기 위해, 이 나라를 벗어나기 위해…….

다른 세상을 위해 투쟁했던 대지의 딸, 아그네스 스메들리

1. 스메들리가 살았던 시대(1892-1950)

남북전쟁(1861~1865) 이후로 미국 남부와 서부의 프런티어는 급격한 자본주의화와 산업화의 자장 속에 흡수되었다. 과학기술의 발전에 힘입어 대륙횡단 철도가 놓이면서 운송이 편리해졌고 통신 수단이 발전하면서 미국은 거대한 국가로 변모하는 와중에 있었다. 19세기 말에 이르기까지 가열찼던 미국 사회의 산업화는 그동안 미국인들을 지탱해 주었던 종교관, 인생관, 세계관에 커다란 변화를 가져왔다. 미국 정신의 주춧돌이라 여겨졌던 청교도주의는 쇠퇴하고 물질만능주의가 팽배했다. 농업 중심이었던 미국 남부 사람들은 백인, 흑인 가릴 것 없이 경제적 성공으로 대표되는 미국의 꿈을 실현하기 위해 도시로 몰려들어 대다수 빈민층을 형성했다. 그러면서도 미국의 도시들은 메트로폴리스로 눈부시게 성장해 나갔다. 말하자면 19세기 후반 미국은 19세기 내내 진척되었던 프런티어를 마침내 공식적으로 종식시켰던 시기였다.

이후 미국은 해외로 눈을 돌리게 된다. 해외 국가들에 대한 미국의 개입은 20세기 전반에 미국이 세계의 강국으로 발돋움하는 데 기여했다. 또한 미국은 해외로 관심을 돌림으로써 급성장한 산업사회의 폭발적인 계급 갈등, 경제 위기, 저소비와 같은 복잡한 국내문제를 해소시켰다. 파업과 저항으로 이어지는 반란의 에너지를 외부의 적에게 돌릴 수 있었기 때문이다. 미국과 스페인의 전쟁, 필리핀(괌) 전쟁은 순전히 영토를 정복하기 위한 전쟁이 아니라 미국 상품을 팔 수 있는 해외시장 개척의 전초전으로서 문화 개방을 강요하기 위한 것이었다. 이처럼 해외 전쟁으로 '문호 개방'을 선점하면서 다른 국가들과의 관계에서 유리한 고지를 차지하는 미국 방식은 유럽의 전통적 제국 건설보다 더 세련된 제국주의 방식이라 할 수 있다. 미국이 1897년에 하와이를 병합하고, 1898년에 쿠바와 푸에르토리코에 개입한 것도 해외시장을 개척하는 동시에 자원 확보망을 탄탄히 함으로써 19세기 미국의 번영을 계속 유지하기 위한 전략이었다.(하워드 진,『미국 민중사』1권, 514~515)

그러나 해외에서의 모험을 통해 애국심을 고양시키거나 선거로 에너지를 흡수하는 전략만으로 미국 체제의 근본 문제를 가리는 데 한계가 있었다. 전쟁과 국수주의는 계급적 분노와 착취를 유보시킬 수는 있었지만 완전히 억누르지는 못했다. 1898년에 미숙련 노동자 조직과 〈서부노동연맹West Labor Alliance〉이 창설되었으며 1901년에 사회당이 결성되었다. 사회당은 한때 당원이 10만 명에 육박했고 340개 지방자치제에 1,200명의 공직자를 보유하기도 했다. 유진 뎁스 Eugene Victor Debs가 기고하던 사회당의 주요 신문 『이성에의 호소Appeal to Reason』는 독자가 50만 명이었고, 전국 곳곳에 다른 많은 사회당 신문이 있어서 모두 합쳐 백만 명이 사회당의 신문을 구독했다. 사회주의는 주로 유태인과 독일인 사회주의자들로 구성된 도시 이민의 소규모 집단을 벗어나 미국적인 것으로 확대 발전되고 있었다. 오클라호마, 텍사스, 루이지애나, 아칸소 등에서는 55종의 사회당 주간지가 발간되었고 여름 캠프에는 수천 명이 모여들었다. 이들 서남부의 급진파는 미국 역사상 가장 강력한 지역 사회주의 운동을 만들어 낸 무명의 사람들로 구성되어 있었다.

1904년에 사회당 당원 가운데 여성은 3퍼센트에 불과했고, 그중 엠마 골드만 과 헬렌 켈러는 이름뿐인 투표권이나 민주주의를 비판하면서 투표보다 더 직접적이고 즉각적인 행동을, 투표소 바깥의 지속적인 투쟁을 신뢰했다. 여성문제에서는 산아제한을 주장하고 피임 방법을 널리 알리려 한 마거릿 생어Magaret Sanger의 영향력이 컸다. 사회당은 1910년대 내내 벌어졌던 여성참정권 운동에 거리를 두었을 뿐만 아니라 인종 문제를 놓고도 별다른 행동을 취하려 하지 않았다. 사회당은 인종 간의 절대적 평등을 역설만 했을 뿐, 그러한 평등을 이루기 위해서 특별한 조치가 필요하다는 생각을 하지도 않았고 실천하지도 못했다.

흑인들은 1903년에 흑인에 대한 여전한 린치, 채무 노역, 법적 차별, 공민권 박탈 등에 항의하기 위해 〈전국아프리카계미국인협의회National Afro-American Council〉를 창설했다. 그 이후 일리노이 주 스프링필드에서 일어난 인종 폭동은 1910년 〈전국유색인지위향상협회(National Association for the Advancement of Colored People, NAACP)〉를 결성하는 도화선이 되었다. 이 협회의 주요 활동은 법 제도와 교육 문제에 집중하고 있었지만 그 기관지 『위기The Crisis』의 초대 편집장이었던 듀보이스Du Bois가 주장한 "지속적이고 용감한 선동이야말로 자유로 가는 길"이라는 정신을 따르고 있었다. 비슷한 시기에 〈전국유색인여성협회 National Association for Colored Woman〉도 결성되어 인종차별뿐만 아니라 성차별 문제에 항의하고 그것을 개선하고자 하였다.

1913년에 콜로라도에서 석탄 파업이 일어나 파업 중 13명이 사망하는 등 총 66명이 희생된 '러들로Ludlow 학살 사건'이 일어났다. 이후 윌슨 대통령 시절 연방 정부는 새로운 법안을 마련해서 체제 안정, 질서, 중립성, 공정성의 이름으로 "불확실성과 골칫거리의 시기에 자본주의 체제를 안정화하기 위한" 개혁에 착수한다. 하워드 진에 따르면 윌슨 대통령이 내건 "혁신주의 시대의 개혁"이란 마지못해 하는 개혁이며 "근본적인 변화를 만들어 내는 게 아니라 민중의 봉기를 진정시키기 위한"(596) 눈가림에 지나지 않는다. 그러한 개혁은 그저 "자본주의 최악의 결점을 보완함으로써 체제의 안정을 기하고, 사회주의 운동의 칼날을 무디게 만들며, 자본과 노동 간의 격렬한 충돌이 더해 가는 시기에 계급 평화를 위한 일정한 조치를 부활시킬"(604) 뿐이었다.

윌슨의 이러한 개혁 노선은 민주주의의 수호를 돕는다는 명분으로 제1차 세계대전에 참전하는 것으로 나타난다. 제국주의 국가는 전쟁에서 자국의 노동계급이 희생되는 면보다 그 전리품의 일부를 받을 수 있는 가능성을 부각시켜 국민을 설득하고 호소해 참전 결정을 유도한다. 그 전쟁은 제국을 위한 전쟁, 자원을 위한 전쟁이지, 결코 노동계급을 위한 전쟁이 아니었다. 그런데도 국수주의 논리에 현혹된 미국 노동과 자본 진영은 단합하여 민주주의라는 이름으로 전 세계를 상시적인 전쟁 상태로 몰아가는 기이한 국가 체제를 20세기에 확립한다. 주기적으로 불황이 야기되고 위기가 찾아오는 미국 자본주의는 부자와 가난한 자 사이의 인위적인 이익 공동체를 만들어 내기 위해 국제적이고 주기적인 전쟁을 필요로 했다.(하워드 진, 2권 18~19) 그러한 전쟁은 간헐적인 운동을 통해 모습을 드러내던 가난한 사람들의 진정한 이익 공동체를 일거에 무산시켰다.

1917년 방첩법, 선발징병법, 〈미국수호연맹American Defence Alliance〉 등의 국수주의 법과 단체가 기승을 부렸으며, 1918년 종전까지 미군 병사 5만 명이 죽었다. 미국은 약소국의 수호자로서 이런 희생을 감수한다고 했지만 실상은 대기업과 국가가 밀착된, 가장 정교한 파시즘적 자본주의 지배 체제를 확립해 나가고 있었다. 하워드 진이 밝힌 바, "미국은 스페인의 지배를 받는 쿠바가 자유를 쟁취하도록 돕는 척하면서 군사기지와 투자, 간섭권 등을 통해 자체 세력을 쿠바에 이식했다. 미국은 하와이와 푸에르토리코, 괌을 강탈했으며 필리핀 사람들을 정복하기 위해 야만적인 전쟁을 수행했다. 미국은 수용과 위협으로 일본이 미국에 시장을 '개방'하게 했다. 미국은 중국을 착취하는 데 있어 다른 제국주의 강대국들과 동등한 기회를 누리기 위해 중국에서 문호 개방 정책을 선포했다. 미국은 중국에 대한 서구의 지배를 강요하기 위해 다른 나라들과 함께 베이징에 군대를 파견했고 30년 이상 주둔시켰다."(하워드 진, 2권, 98~99)

제1차 세계대전 때문에 유럽의 여러 나라들이 경제적 곤경과 무자비한 파괴에 시달렸지만 대서양 건너의 미국은 큰 피해를 입지 않았을 뿐만 아니라 미국에 또 한번의 경제 호황과 물질적 풍요를 가져다주었다. 제1차 세계대전으로 미국은 유럽 제국의 해체를 목격했으며 제국주의 패권이 북아메리카 대륙으로 옮겨 가는 기운을 감지했다. 1880년대에 북서 유럽계 이민자들이 많이 유입되었다면, 20세기 첫 20년 동안에는 동남 유럽계 이민자들이 많이 유입되었다. 1901년에서 1914년 사이에 유태인이 집중적으로 유입되었다. 그리하여 1892년에서 1924년 사이에 미국 역사상 가장 많은 이민자들이 미국으로 몰려들었고 흑인들과 다양한 인종의 이민자들은 미국의 생산력을 배가시켰다. 흔히 '대이민the Great Migration'의 시기라고 불리는 1900년에서 1910년 동안 유럽 동부와 남부 출신의 이민자들은 미국 전체 이민의 70퍼센트를 차지했다. 다른 문화와 언어권에서 갓 이민 온 사람들은 도시로 몰려 값싼 노동력을 제공했으며 도시의 빈민층을 형성했다. 또 이들은 백인 미국민들의 비난과 경멸의 대상이 되었으며 또한 자주 문제를 야기했다. 그러나 이들은 미국의 문화에 적응하려 노력하였고 미국을 '용광로the Melting Pot'라고 칭하기 시작한 것도 이때부터였다.

전후 1920년대 미국 사회는 라디오, 자동차, 항공기, 영상물의 발전에 힘입어 생활양식의 변화, 세대 간의 격차, 성에 대한 인식의 변화를 경험하고 있었다. 바야흐로 중산층 중심의 대중 소비문화가 등장한 것이다. 그 화려함과 격변의 이면에는 전쟁으로 그동안의 모든 이상적 가치에 대한 믿음을 상실하고 회복할 수 없는 정신적 외상을 얻게 된 개인과 문명에 대한 환멸과 불신으로 고통을 받는 개인의 내면적 삶이 있었다. 소비문화가 확산되는 분위기에서 그 고통은 문화 향락주의로 극복될 수 있을 것 같았다. 그리하여 1920년대는 지배 백인 계층이 마음껏 풍요를 누리는 한편 이주민, 소수 인종들의 빈곤이 강화되는 인종과 계급 차별의 시대이기도 했다. 또한 그 시대는 20세기 초 뉴올리언스의 허름한 술집에서 해방 노예들에 의해 연주되기 시작한 재즈가 〈오리지널 딕시랜드Original Dixieland〉라는 백인 밴드에 의해 대중화되고 상업화된 재즈 시대, 흑인 민속 문화의 부흥 속에서 흑인성을 재정의하는 '할렘 르네상스 시대'이기도 했다.

새로운 것을 향해 흥청거리며 희망적이던 분위기, 또 게토의 더러움을 대부분 은폐했던 카바레와 문학적 불빛은 1929년의 대공황에 의해 사그라졌다. 일순간에 경제와 희망이 와해되었고 현란한 베일 이면의 음울한 현실이 드러났다.

1929년 월가의 주식 폭락으로 시작된 대공황은 미국인들의 낙관론에 찬 물을 끼얹었다. 공황은 대부분의 사람들을 넘어뜨렸으나 흑인을 비롯한 유색인종 남녀들에게는 짚고 넘어질 것도 없었다. 흑인들은, 북부에서도 그랬지만 남부에서는 더욱 깊은 가난 속으로 떨어졌다. 메이슨 딕슨 라인(Mason and Dixon Line, 펜실베이니아와 메릴랜드의 식민지 경계 다툼을 해결하려고 영국인 측량사 메이슨과 딕슨이 설정한 선. 미국 독립혁명 때 노예제 폐지 문제를 두고 북쪽은 노예 자유를, 남쪽은 노예제 존손을 주장해 지금까지 미국의 북부와 남부를 가르는 정치적 · 사회적 분계선으로 여겨진다.) 밑에 살았던 흑인 대다수가 소작인으로 목화를 경작하고 있었다. 1929년에 파운드당 18센트 하던 면화가 1933년에 6센트로 떨어지자 남부의 흑인들은 생계를 유지하기가 어려웠고, 3분의 2가 파산하거나 더 큰 빚을 지게 되었다. 북부의 도시에서 흑인들의 실업률은 50퍼센트였는데 백인보다 30퍼센트에서 60퍼센트가 더 높았다. 실업 흑인 인구의 18퍼센트가, 백인은 그 10퍼센트가 구호에 의존했다. 1930년대는 실업과 가난의 시대로, "붉은 10년red decade"으로 규정된다. 전례가 없었던 장기 불황은 미국인들이 사회주의에 관심을 가지게 하는 계기가 되었다. 그러나 사회주의는 미국에서 제대로 뿌리를 내리지 못했다. 윌슨 대통령 시절부터 미국은 사회주의에 동조하는 사람들을 압박하며 국가적으로 반공주의를 표방하였기 때문이다.

매카시즘이라고 불리는 사회주의, 공산주의에 대한 이념적 핍박은 제2차 세계대전 중에 더 강화된다. 제2차 세계대전은 역사상 유례없이 잔혹했던 독일의 전체주의, 군국주의, 인종주의가 패하고 그와는 다른 무엇인가를 대변하는 영국, 소련, 미국 정부가 승리한 전쟁으로 여겨져 왔다. 그렇지만 과연 그 승리는 제국주의와 인종주의, 전체주의와 군국주의에 타격을 주는 것이었을까? 미국의 전시 정책이 생명과 자유와 행복의 추구라는, 전 세계 보통 사람들의 권리를 존중하는 것이었을까? 이런 질문은 미국 내부의 프런티어가 종식되자 끊임없이 해외에서 전쟁을 일으킴으로써 국내문제를 해외로 돌려 온 미국이라는 국가의 인종적 · 계급적 · 젠더적 차별 구조를 비판적으로 보는 데서 비롯된다.

미국의 제2차 세계대전 참전은 인종 소수자들의 권리를 보호하는 절차이자 원리인 민주주의를 위한 투쟁으로 재정의된다. 미국은 6백만 명의 유태인을 학살한 히틀러의 반인종주의에 맞서 싸웠고, 다카우 수용소에서 유태인을 해방시켰기 때문이다. 미국의 참전은 인종주의를 극복하고 민주주의를 실천하는 국가적 경험이었던 셈이며, 이로써 미국주의는 전 세계의 민주주의를 수호하기 위한 투쟁으로 확장된다. 제2차 세계대전을 통해 미국은 전 세계의 민주주의와 반인종주의를 수호하는 백인 문명의 대표임을 자임한다.

　그런데 미국의 반인종주의 임무는 미국 본토에 대한 공격으로 간주되었던 진주만 기습 이후 백인 남성 정치 엘리트들이 보여 준 행동에 의해 자가당착에 빠진다. 군사 지도자들과 민간 지도자들은 프랭클린 루스벨트 대통령에게 서부 해안에 있는 12만 명의 일본계 미국인을 재배치 캠프로 이동시키라는 압력을 행사했다. 루스벨트 대통령은 이 압력이 부당하다는 것을 알면서도 1942년 2월에 "행정 명령 9066"을 발부했다. 힘겹게 일구어 온 집과 사업체를 떠나 171대의 기차에 실려 서부 오지의 열 개 수용소로 강제로 끌려간 일본 태생 부모들(Issei, 1세대)과 미국 태생 아이들(Nisei, 2세대)은 심리적 충격과 국가에 대한 불충이라는 수치심에 직면해야 했다. 고뇌, 분노, 수치, 혼란, 좌절로 뒤엉킨 감정의 이면에는, 상대적으로 적은 수의 마이너리티로서 일본계 미국인들이 감수해야 했던 '어쩔 수 없다', '참아야 한다'는 체념이 깔려 있었다. 이들이 겪은 고통에 대한 인정은 1980년대에, 배상은 1990년대에 와서야 가능했다.

　제2차 세계대전 중에 일본계 미국인들은 인종차별주의와 전쟁 히스테리 때문에 곤혹스러운 처지에 있었다. 당시 진정한 미국인임을 입증하고 더 나은 미래를 위해 군복무를 자원했던 일본계 미국인은 3만 3천 명 정도였는데, 이들로 구성된 442연대는 특히 태평양 전선 및 유럽 전선에서 혁혁한 무공을 세워 미군이 승리하는 데 큰 역할을 하였다. 치카노 미국인 13,499명도, 21세에서 44세 사이의 인디언 6만 명도, 1940년에 총 23만 명 중 5천 명이었다가 1944년에 70만 명으로 늘어난 흑인 병사들도 백인들과 함께 열심히 싸웠다. 아시아계, 라틴계 미국인들도 제2차 세계대전이 자신들의 지위를 개선해 주기를 희망하면서 더 평등한 미국을 위해 싸웠다. 타카키Ronald Takaki의 주장대로 "제2차 세계대전은 해외에서의 파시즘과 국내에서의 인종차별주의에 맞서 '이중의 승리'를 거두기 위한 싸움을 함께 하자고 모든 인종의 미국인들에게 도전을 제기하고 있었다"(타카키, 『다른 거울A Different Mirror』, 395). 이와 같은 국가의 목적 아래 하나로 결집된 의식은 미국의 인종적·문화적 다양성을 통합시켜 미국인들로 하여금 같은 국민으로서 싸울 수 있게 했다.

듀보이스는 제2차 세계대전이 '인종적 평등을 위한 전쟁'이며, '백인뿐만 아니라 아시아, 라틴아메리카, 아프리카를 위한 민주주의 투쟁'이라고 보았다. 그러나 흑인 병사들로만 부대를 구성하는 인종 분리 정책에 직면한 흑인들은 다음과 같이 외쳤다. "짐 크로우 군대는 자유로운 세상을 위해 싸울 수 없다", "미국 니그로는 좀 더 나은 날에 대한 공허한 약속들 때문에 피 흘리는 게 지겹다. (…) 국내에서 민주주의를 누리지도 못하면서 외국의 민주주의를 위한 싸움에 왜 우리가 목숨을 바치겠는가?"(하워드 진, 2권 395) 제2차 세계대전 때 징병 거부자는 천만 명 중 4만 3천 명이었고 6천 명은 감옥에 갔다. 그렇지만 미국의 공식 역사에서 이들의 목소리는 거의 들을 수 없다.

여기서 미국이 참전을 결정한 이유가 과연 민주주의를 위한 것이었는지 다시 한번 의문을 제기할 필요가 있다. 1861년의 남북전쟁은 4백만 명의 흑인 노예를 해방시키기 위한 전쟁이 아니었듯이, 미국이 제2차 세계대전에 뛰어든 것도 유태인에 대한 히틀러의 인종주의적 공격을 물리치기 위한 것이 아니었다. 미국이 전쟁에 전면적으로 뛰어든 계기는 1941년 12월 7일, 하와이 진주만의 미 해군 기지에 대한 일본의 공격이었다. 미국의 참전은 "인종주의를 종식시키기 위해서가 아니라 미국식 체제의 근본 요소를 유지하기"(하워드 진, 2권 113) 위한 것이었다. 여기에서 미국식 체제의 근본 요소는 인종적·계급적·젠더적 차별 구조를 작동시켜 수백 년간 유지해 왔던 백인 남성 지배 체제를 사수하는 것이다.

전후 미국은 그저 힘 있는 국가가 아니라 전 세계를 통치하는 제국으로 발돋

움할 기회를 확실하게 포착해야 했다. 전후 시대는 발전된 과학기술과 생산성의 향상을 바탕으로 평화와 번영을 누리는, 고도의 소비주의 시대로 전환될 수 있었다. 풍부한 정치적·경제적·문화적 자원이 미국 사회 전체로 확산되면서 대학 입학률은 치솟았고 중산층은 아름답게 가꾸어진 교외로 이사했으며 출산율도 증가했다. 이렇게 눈에 띄는 변화들은 미국 사회와 문화 곳곳에 드리워진 어두운 그림자를 가리는 수단이 되기도 했다. 대부분의 유색인종 가족들은 백인 중심의 교외로 이사를 가고 싶어도 가지 못했으며, 현모양처라는 이상화된 여성상과 어울리지 않게 대부분의 여성들은 여전히 힘들게 바깥일을 해야 했다. 이 어두운 그림자는 국내 공산주의자들에 대한 두려움을 조장하는 사회 분위기 때문에 더욱 어두워졌다.

1950년대 매카시즘 시대에 정부 기관, 노동조합, 대학 등에서 공산주의자를 색출하려는 움직임이 고조되었다. 또한 정통 주류 지배층인 와스프(White-Anglo-Saxson-Protestant, WASP)의 미국적 정체성에 맞지 않는 게이와 레즈비언, 급진적 페미니스트들은 '비미국적un-American' 정체성을 조장함으로써 국가의 기강과 안보를 위험에 빠뜨린다는 이유로 이제 그냥 감시 대상이 아니라 곧바로 숙청 대상이 되었다. 주류와 다른 의견은 국가에 대한 불충이라 매도되면서 비주류의 목소리는 거의 매번 침묵을 강요당했다. 아그네스 스메들리도 20대부터 바로 그러한 이념적 박해와 첩보요원들의 감시에 시달려 왔으며 자신이 그토록 사랑했던 조국 땅을 결국 떠날 수밖에 없었던 것이다. 그러나 그 무엇으로도 짓밟을 수 없는 자유로운 영혼과 감성은 그러한 시대의 혹독한 압박을 딛고 지금 우리에게 살아 있는 목소리로 전달된다.▪

▪ 에필로그 중 1부는 옮긴이의 『다인종 다문화 시대의 미국 문화 읽기』(2009) 중 162~169, 204~207쪽 내용을 갖고 와서 조금 보완한 것임을 밝혀 둔다.

2. 아그네스 스메들리의 생애와 작품

스메들리는 미국의 벽지에서 태어난 여성으로서는 아주 특이한 생애를 살았다. 스메들리는 남북전쟁 후 미국이 급속한 산업화를 거치며 강력한 산업국가 건설에 매진하던 1892년에, 미국의 중서부 미주리 주에서, 노예처럼 일해도 언제나 궁핍한 생활을 면치 못하는 농가의 둘째 딸로 태어났다. 아버지 찰스 스메들리Charles Smedley는 잘생긴 외모에다 춤도 잘 추고 노래도 잘하는 입심 좋은 호인으로서 낭만적인 사람이었다. 그러나 자신의 삶을 규정하는 현실에 제대로 대응하지 못했고, 좌절과 무기력감만 느끼곤 했다. 찰스는 콜로라도 주의 광산으로 가서 광부로 일하기도 하고, 가족을 버리고 집을 나가 의사가 되겠다는 허황된 꿈을 좇는 등 여러 직업을 전전했다. 그러다 빈곤의 고통과 절망을 술로 잊으며 사는 폐인이 되었다. 어머니 사라 리디아 스메들리Sarah Lydia Smedley는 우수에 잠긴 깊고 푸른 눈을 가진 아름다운 분이었다. 그러나 현실감각 없고 무능력한 남편 때문에 추운 겨울날에도 다른 사람들의 옷가지를 세탁해야 했다. 세탁 일을 얼마나 오래 했던지, 손이 거의 검게 변해 버릴 정도였다. 결혼한 언니의 비참한 생활을 보고 자란 스메들리의 이모 틸리Tillie는 결혼 관계를 거부하고 창녀가 되어 언니와 조카들에게 음식과 옷을 대 주었다.

미국의 주 중에서도 미주리 주는 아주 가난한 주였다. 스메들리는 변경 지방의 가부장적 문화 속에서 성관계와 계급 관계의 적나라한 현실과 격렬하게 부딪치면서 살았다. 어린 스메들리는 가난한 기혼 여성의 처참하고 굴욕적인 삶의 실상을, 바로 자신의 어머니의 삶을 통해 피부로 절실히 느끼며 컸다. 스메들리 가족이 너무 고된 농장을 떠나 덜라과Delagua, 터쇼Tercio와 같은 광산촌을 전전하는 동안 스메들리가 받은 교육이라고는 초등학교에 다닌 몇 해가 전부였다. 그렇지만 딸이 자신과는 다른 삶을 살기를 바랐던 어머니의 간절한 희망과 스메들리 자신의 의지와 노력으로 우연한 기회에 뉴멕시코 주에서 실시하는 교사 채용 시험을 치를 수 있었다. 스메들리는 시험을 겨우 통과한 후 산간벽지의 어떤 학교에서 교사로 일하기 시작했다.

　그러던 중에 어머니는 고된 노동의 후유증과 영양실조로 돌아가셨다. 아버지는 남은 두 아들과 딸, 죽은 큰딸의 갓난아기를 돌보기는커녕 술로 도피했고 스메들리가 동생들과 조카를 돌보아야 했다. 이런 상황에서 스메들리는 집안일을 직접 하고 식구를 건사하는 일과 같은 전통적인 여성의 일이라는 것이, 결국 여성인 자신의 자유와 독립적인 삶을 좌절시키는 것이며, 그것은 부당하다는 생각을 하게 되었다. 결국 스메들리는 계속 이렇게 살면 모두가 불행할 뿐이라고 생각해, 가족을 버리고 이모한테 갔다. 이모의 도움으로 스메들리는 1911년에서 1912년까지 템프 정규 학교(Tempe Normal School, 현 애리조나 주립대학)에 다니는데, 거기서 스웨덴 출신의 어니스트 브런딘Ernest Brundin과 소버그 브런딘Thorburg Brundin을 만났다. 이들은 지성과 세련된 감각과 교양을 갖춘 사람들로, 열렬한 사회주의자였다. 두 사람은 스메들리의 정치의식에 큰 영향을 미쳤다.

　스메들리와 어니스트는 1912년에 결혼했는데, 각자 생활비를 내며 남편이 아내를 지배하는 전통적인 부부 관계가 아닌 평등한 삶을 실천하려고 했다. 그렇지만 스메들리에게 결혼은 임신과 양육이 여성의 일에 얼마나 치명적인 부담이 되며 여성의 삶을 어떻게 굴종적인 것으로 만드는지를 처절하게 깨닫는 계기가 되고 말았다. 스메들리의 낙태 결정을 결코 이해할 수 없었던 어니스트와의 갈등으로 둘은 1916년에 이혼하고 말았다. 1913년부터 이혼하기까지 다녔던 샌디에이고 정규 학교San Diego Normal School에서 만난 인도 개혁가 사스트리Shastri 박사와 여성해방 운동가 엠마 골드만Emma Goldman, 진보적 자유주의자들과 사회주의자들의 모임이었던 〈오픈포럼Open Forum〉의 공개강좌에서 만난 혁신주의 작가 업톤 싱클레어Upton Sinclair 등은 스메들리의 세계관을 형성하는 데 주요한 역할을 담당했다. 당대 미국의 사회주의 운동의 한 지류였던 〈세계산업노동자동맹(Industrial Workers of the World, I.W.W.)〉은 미국 서부 지역의 광산과 철도 지역에서 큰 세력을 확보하고 있었고, 다소 무모한 비합법 파업을 주도하는 등 무정부주의적 요소가 강했다. 스메들리는 노동자들을 이상화하기 일쑤인 부르주아 지식인들로 구성된 사회당보다 〈세계산업노동자동맹〉에 더 끌렸지만 사회당이 여성에게 공평하게 부여하는 힘 때문에 1916년까지 사회당원으로 남아 있었다.

이혼 후 뉴욕에 진출한 스메들리는 1917년에서 1920년까지 야간 학생으로 공부하는 한편, 뉴욕 대학에 다니며 사회주의 신문인 『콜The Call』지와 마거릿 생어의 『산아제한평론Birth Control Review』지에 기고하는 등 저널리스트로서의 경력을 쌓아 가기 시작했다. 그러던 중 인도 독립운동가들과 알게 되었으며, 인도인들과 교분이 있다는 이유로 당시 인도 독립운동을 지원했다는 혐의를 받아 (제1차 세계대전에서 영국은 미국과 동맹국이었기 때문에 영국에 반대하는 인도 독립운동가를 돕는 미국 사람은 반역자이며 독일 스파이로 지목받았다.) 툼즈Tombs 감옥에 여섯 달 동안 투옥되기도 했다. 이 감옥에서 스메들리는 「감방 동료들Cell Mates」이라는 짧은 이야기를 썼다. 감옥에서 나온 뒤 1920년 겨울에 스메들리는 베를린에서 활동하는 인도 독립운동가들과 합류하려고 대서양 횡단 화물선의 여자 안내원으로 취업해 베를린으로 갔다. 거기서 인도 망명정부를 조직하고 있었던 혁명가 비렌드라나스 차또파드햐야Virendranath Chattopadhyaya와 만나자마자 사랑에 빠져 동거를 시작했다.

그렇지만 두 사람의 사랑과 행복은 오래가지 못했다. 스메들리가 이전에 어떤 인도 남성과 맺었던 육체적인 관계를 인도 독립운동을 방해하려는 사람들이 악용하고, 차또 자신도 스메들리에 대한 경멸과 질시의 감정에서 벗어나지 못하고 스메들리를 괴롭혔기 때문이다. 이 때문에 스메들리는 발작을 일으키고 기절하는 병에 시달리게 되었으며 개인적인 사랑도, 일도 다 잃어버리게 된 정신적 상처와 충격을 이기지 못해 자살을 시도하기까지 했다. 1923년 무렵부터 스메들리는 프로이트를 잘 아는 네이프Naef 박사의 정신분석 요법으로 신경증 치료를 받게 되었으며 그 과정에서 정신분석학에 대해서도 관심을 갖게 되었다. 덴마크 여성 작가인 카린 마이켈리스Karin Michaelis의 도움으로 스메들리는 덴마크와 체코슬로바키아를 여행하며 자전적 소설 『대지의 딸』을 쓰게 됐고, 그러면서 정신의 안정을 찾게 되었다. 1925년경에는 스메들리 편에서 차또와의 관계 회복을 단호히 거부했고, 소설 마무리와 출판에만 몰두했다. 그 후 건강 때문에 몇 차례 소련을 방문하고 글 쓰는 일자리를 얻기 위해 뉴욕을 방문한 경우를 빼고는 1928년에서 1941년까지 스메들리는 거의 중국에서 살았다.

　1928년에 스메들리는 독일의 자유주의 신문인 『프랑크푸르트 차이퉁 *Frankfurt Zeitung*』지와 계약을 맺고 중국 특파원으로서 저널리스트의 생활을 시작했다. 스메들리는 장쉐량張學良이 지배하는 만주 땅을 처음 밟은 후 하얼빈에서 시작하여 펑톈奉天, 다롄對聯, 베이징, 상하이, 간토 지방을 취재했다. 중국을 지배하는 봉건 잔재, 중국을 위협하는 일본 제국주의, 그리고 최소한의 의식주마저 어려운 중국의 노동자, 농민의 일상생활은 스메들리에게 깊은 인상을 남겼다. 이 인상을 생생히 기록한 작품이 『중국의 운명*Chinese Destinies: Sketches of Present-day China*』(New York: The Vanguard Press, 1933)이다. 이 작품에서 스메들리는 중국 여성의 삶에 특히 깊은 관심을 보여 주고 있다. 스메들리가 중국 민중에게 강한 인상을 받은 것은 독립을 쟁취한 미국 시민들의 신념과 행동과 비슷한 점을 그들에게서 보았기 때문이다. 스메들리가 1936년에 예낭으로 가서 그 이후 여러 해 동안 홍군紅軍과 행진한 것도, 마르크스주의 이론과 실천에 대한 신념에서라기보다 중국 서부에서 숱한 역경을 뚫고 고결한 정신과 규율을 유지하는 홍군 전사들에게서 자유를 위해 싸운 미국인들을 떠올렸기 때문이다. 스메들리는 중국 역사를 올바로 이끌 사람들은 바로 홍군이라는 확신에 따라 행동했던 것이다.

　중국에서 스메들리는 유럽적인 근대 교육을 받은 부르주아 지식인은 물론 루쉰魯迅, 마오뚠茅盾, 딩링丁玲 등 진보적인 작가와 폭넓게 사귀었으며, "구국 7영웅"과 같은 혁명적 민주주의자들뿐만 아니라 중국 홍군의 마오쩌둥毛澤東, 주더朱德까지 만나게 되었다. 1937년 7월에 중일전쟁이 터진 후 계속 후퇴하는 중국을 위해 스메들리는 생명의 위협을 무릅쓰고 홍군과 함께 행동하며 보도를 했다. 이런 체험을 바탕으로 스메들리는 『중국 홍군은 진격한다*China Fights Back,*

An American Woman with the Eighth Route Army』(New York: The Vanguard Press, 1938)를 쓰게 되었다.

전쟁에서 얻은 병 때문에 1941년에 미국에 돌아온 스메들리는 에드거 스노 Edgar Snow 기자나, 소설가 캐서린 앤 포터Katherine Ann Porter와 가깝게 지내면서 신문과 잡지에 기고를 했다. 스메들리는 기고, 강연, 라디오 방송 등을 통해 미국 국민에게 일본 제국주의와 싸우는 중국의 입장을 호소하는 한편, 귀국하기까지 22년간에 걸친 중국에서 겪은 경험을 정리한 새로운 작품『중국 혁명의 노래*Battle Hymn of China*』(New York: Alfred A. Knopf, 1943)를 준비하여 1943년에 출간했다. 이 작품을 읽어 보면, 역사적인 아시아 전쟁이 스메들리에게는 먼 나라의 말썽거리가 아니라 자신의 인생 경험과 밀착된, 피어린 절절한 체험이었음을 알 수 있다. 이 작품은 분명 스메들리 개인의 체험을 그리고 있는데도 그 구도가 전체 현대 세계사를 조감하고 있는 듯 서사시적이다. 스메들리는 방관자적인 통신원으로서 역사의 표면을 수동적으로 묘사하는 게 아니라, 역사의 소용돌이에 온몸으로 뛰어들어 용기와 열정으로 부딪혔기 때문이다. 스메들리는 이미 『대지의 딸』에서 "아시아의 민중이 해방되지 않고는 진정한 해방은 없다."고 꿰뚫어 본 바 있다. 1945년 연합군이 승리한 직후부터 스메들리는 주더의 전기 『위대한 길*The Great Road: The Life and Times of Chu Teh*』(New York: Monthly Review Press, 1956)을 쓰기 시작했다. 전후 냉전 체제에 돌입하면서 이전 경력 때문에 스메들리는 소련 스파이로 몰려 아무데서도 일자리를 얻지 못하게 됐다. 1949년에 해방된 중국으로 가기 위해 런던을 경유해야만 했던 스메들리는 런던에 머무는 동안 받은 위궤양 수술의 후유증으로 1950년 5월 6일에 일생을 마감하게 된다. 『위대한 길』은 미완성인 채로 1956년에 출판되었다.∎

∎ 스메들리의 생애에 관해서는 Janice R. MacKinnon & Stephen R. MacKinnon, *Agenes Smedley: The Life and Times of an American Radical* (University of California Press. 1988)을 참조했다.

3. 아그네스 스메들리와 『대지의 딸』

　『대지의 딸』은 스메들리의 초기작으로, 자전적 소설이다. 여주인공 마리 로저스는 스메들리의 소설적 자아다. 이 소설은 자전적 소설 형식이 흔히 그렇듯이, 여주인공이 가난과 소외로 인한 무지와 즉자적 반응 상태를 벗어나 자신의 현실을 비판 의식을 갖고 이해하고 나아가 현실을 변혁하기 위해 애쓰는 교육 소설의 형식을 갖고 있다. 이렇게 『대지의 딸』은 바로 여성 자신의 느낌과 판단을 바탕으로 여성의 삶의 실상을 이해해 보려는 기본 구도를 갖고 있다는 점에서 페미니즘 문학에 속한다. 여기서 말하는 페미니즘 문학이란 작가의 성별에 상관없이 여성 문제에 깊은 관심을 갖고 문제를 제기하며 여성해방을 지향하는 문학을 일컫는다.

　스메들리는 여성 문제에 관해, 1900년대의 첫 10년 동안 미국에서 퍼졌던 급진적 여성해방 사상의 영향을 받고 있다. 예컨대 작품에서 언급되고 있는 엠마 골드만은 무정부주의적 혁명가로서, "여성은 결혼을 하든가 창녀로 살 수밖에 없도록 되어 있"으며, "결혼은 보험 계약과 같이, 사랑과는 다른 질서를 서로 보호한다는 합의"이며, "개인 관계는 사회구조와 분리될 수 없다"고 주장했다. 스메들리는 이런 페미니즘 사상뿐만 아니라 유럽 마르크스주의와 정신분석학적 전망도 받아들이고 있으며, 각 시각 사이의 모순을 충분히 인식하면서도 어느 한 가지 이론만으로는 완벽하지 못하다고 생각했다. 대신 스메들리는 여성의 삶을 설명하는 데 유용한 전망이라면 어느 것이건, 여성을 억압하고 좌절시키는 상황을 변화시키는 데 유효적절하게 활용하려고 한다. 제국주의적 자본주의 가부장제 사회인 20세기 초반의 미국에서 가난한 하층계급 여성의 삶은 복합적인 억압과 차별 구조들에 기반을 두고 있다. 그러한 현실은 한두 가지 이론이나 논리보다 더 복잡하고 풍부하며, 작품이 전하는 그 세밀한 양상들에서 독자들은 더 중요한 어떤 것을 느끼고 인식하게 될 것이다.

　이러한 대체적인 윤곽에 따라 『대지의 딸』을 당대(1920년대, 1930년대)를 대표하는 미국 부르주아 남성 작가들의 작품 세계와 당대 좌파 여성 작가들의 작품 세계와 간략하게 비교해 봄으로써 『대지의 딸』의 특성을 이해해 보자. 그 다음으로 작품의 구조와 주제를 차례로 살펴보는 것이 좋겠다. 피츠제럴드의 『위대한 개츠비*The Great Gatsby*』(1925)는 재즈 시대(Jazz age, 제1차 세계대전이 끝난 후 전시의 고통과 억압에 반발하듯 쾌락과 사치를 추구하면서 어떤 규범도 부정하며 부의 독점 과정이 더 진척되면서 특히 상층 계급 사람들의 아주 호화스럽고 무절제한 방탕한 생활과 조직 범죄, 도박, 밀주 등이 성행한 시대) 삶의 저류를 잘 포착하고 있다. 헤밍웨이의 『해는 또다시 떠오른다*The Sun Also Rises*』(1926)는 이상을 꿈꾸던 중상층 백인 남녀들이 잃어버린 세대(Lost generation, 『해는 또다시 떠오른다』의 속표지에서 거트루드 스타인이 "당신들은 모두 잃어버린 세대의 사람들입니다." 한 말에서 널리 쓰이게 된 용어다. 제1차 세계대전을 직접 겪은 미국의 젊은이들이 전쟁과 삶에 대한 환멸 때문에 인간으로서 고귀한 신념과 이상을 상실한 채, 뿌리 뽑힌 사람들처럼 방황하는 세대를 지칭한다.)로서 겪어야 했던 갈등과 아픔을 그려 주고 있다. 포크너의 『음향과 분노*The Sound and Fury*』(1929)는 비인간적인 흑인 노예제도 때문에 타락한 남부 백인 사회의 내밀한 부분을 파헤치고 있다.

이 작품들도 분명 20세기 초반 미국 현실을 다루고 있지만 미국 사회의 더 어두운 현실에서는 비켜 서 있다. 백인 부르주아 남성 작가들의 더 큰 문제는 당대 문단의 지배적 흐름이었던, 현실을 자연주의적으로 파악하는 태도 때문에 인간과 사회에 대한 의식이 다분히 기계주의적인 데다, 세계관에서는 낭만주의의 극단적 형태인 원시주의나 허무주의에 빠진다는 데 있었다. 백인 남성 작가들은 당대 미국 사회의 중상층 인물의 추악한 심리나 타락한 정신 상태를 작품의 핵심 주제로 삼아 그것을 세세하고 냉정하게 드러내는 데는 탁월했다. 그렇지만 그러한 상태를 야기한 열악하고 잘못된 현실의 모순을 뚫고 또다시 일어서는 인간의 끈질긴 투지나 성, 계급, 인종(민족)적 차별 없이 모두 자유롭고 평등한 세상에 대한 열망을 생동하는 언어로 밀도 있게 제시할 수는 없었다.

이에 비해 『대지의 딸』을 통해 스메들리가 그리고 있는 미국 현실은, 철길 너머 초라한 오두막집, 서부의 록펠러 소유 광산촌 광부들의 삶, 그 사람들의 지독한 가난과 무지다. 그러면서도 계급 착취 현실을 통해 체득하여 가는, 근본적 변혁을 향한 충동은 쉽사리 포기되지 않는다. 이 작품은 자연 풍경으로 도피하거나 거기서 위로받겠다는 생각에 머물지 않으며, 미국 체제로부터 상처 입은 인간을 풍부하게 해 주고 치유해 주는 자연을 제시하는 데 멈추지 않는다. 스메들리의 『대지의 딸』은 20세기 미국 문학사에서 훌륭한 작품들로 인정받고 있는 남성 작가 작품들이 형성하는 전통의 위대함에 균열을 일으키며 그 위대함을 재정의하도록 강력하게 촉구한다.

한편 『대지의 딸』은 1930년대 좌파 여성 작가들의 작품 세계와도 다르다. 특히 여성의 출산 문제에서 스메들리는 아주 급진적이고 과격하다. 필딩 버크 Fielding Burke의 『마음으로 부르는 집Call Home the Heart』(1932), 조세핀 허브스트Josephine Herbst의 『금 밧줄Rope of Gold』(1939), 테스 슬레싱어Tess Slesinger의 『홀리지 않는 사람들The Unpossessed』(1934)과 같은 작품을 보면 임신이나 출산, 양육 등을 여성의 삶에 어쩔 수 없는 영역으로 받아들이고 있다. 그렇지만 스메들리의 주인공은 여성이 일을 하고자 할 때 사회적 차원에서 전면적으로 양육 문제를 책임지지 않는다면 아이를 낳고 키우는 일은 누구보다도 여성에게 분명한 걸림돌임을 뼛속 깊이 잘 알고 있었다. 그래서 낙태를 두 번이나 감행한다. 이것을 두고 생명의 존엄함을 위배하는 반윤리적 행위라고 쉽게 비난할 수는 없을 것이다. 생계를 직접 책임져야 하는 하층계급 여성의 삶을 보면, 무책임한 아버지 대신 어머니 혼자 모든 책임을 져야 했기 때문이다. 이것을 너무나도 잘 아는 스메들리는 아이 부담까지 안고 여성이 일을 추구하고 사랑과 결혼에서 평등을 결코 요구할 수 없다는 것을 몸으로 너무 잘 알고 있었던 것이다.

『대지의 딸』은 소설 구조에서도 특이하다. 이 소설은 신화적(어린 시절: 1부, 2부)—소설적(처녀 시절: 3부, 4부, 5부)—자전적(아내와 여성 활동가 시절: 6부, 7부) 형식으로 옮아 가는 구조를 갖고 있다. 이런 형식적 변화는 일관된 이야기 서술에 관한 독자의 기대를 깨뜨리게 하며, 특히 어린 시절의 중요한 사건들과 사람들에 관한 회상 부분에는 이야기의 일관성이라곤 없다. 처녀 시절 이야기는 어린 시절 이야기보다는 좀 더 연대기 순으로 그려져 있고 성숙에 관한 소설 규범(집을 떠나 일을 찾고 연애도 하는 중에 성숙하는)에 맞게 그려져 있다. 마지막 6부, 7부는 자전적 형식을 취하고 있는데, 회고록 비슷한 일련의 독특한 상황을 제시하면서 저널리스트 화자의 입을 통한 정치적 분석, 여러 종류의 사회운동 단체의 회합, 사무실에서 벌이는 논쟁, 도시 변두리의 가난한 사람들이 겪는 시련, 사법 절차에 대한 묘사도 곁들이고 있다. 이 같은 구조의 변화는 일면 산만해 보일 수도 있는데 주인공의 무의식 세계에서 반복되며 나오는 이미지(꿈, 불, 지평선, 어둠)로 작품 전체의 일관성을 유지하고 있다.

작품의 주제 측면에서 『대지의 딸』은 성 억압과 계급 억압이 야기하는 고통과 왜곡을 이야기하는 것을 그 핵심으로 삼는다. 그 이야기는 어른이 되기까지 여성의 성 본능을 둘러싼 솔직 담백한 감정과 정치적 분석을 통해 제시되고 있다. 마리가 유년 시절에 배우는 정서적 교훈이란, 결혼 관계에서 성행위로 표현되곤 하는 사랑이 여성들에게 노예 같은 굴종적인 삶을 살게 한다는 것이다. 성행위로 입증되는 사랑은 남편이 아내를 경제적으로 보호하는 대신 아내에게 요구하는 조건이다. 이런 깨달음은 슬픈 민요의 후렴구처럼 이 소설에서 계속 나타난다. "아내인 여자들의 흐느낌보다 더 한스러운 것이 있을까?"

어릴 적부터 마리는 수컷 동물이 암컷보다 비싸고 여동생보다 남동생을 보았을 때 의기양양해한다는 것을, 아버지는 언제든지 어머니를 때릴 수 있고, 아버지 명령에 따르지 않으면 어머니를 버릴 수 있다는 것을, 가정적으로 무능한 아버지가 이모의 돈을 더럽다고 욕하며 이모를 내쫓을 수 있다는 것을 알게 된다. 그러나 어린 마리에게 결혼의 정치경제political economy를 가장 적나라하게 드러내어 주는 사건은 마리가 식모로 일하게 된 어느 신혼부부의 싸움이다. 남편은 아내를 부양하는 능력을 남성다움의 상징으로 여기며, 아내가 나가서 일을 하고 싶어 해도 남편의 체면을 깎는 일로 보고 집에서 빈들거리는 소유물 신세로 아내를 전락시킨다. 이들이 나눈 대화 중에 남편이 "내가 사 준 옷 다 내놔."

하고 소리를 지르면 "제발……. 내가 당신을 얼마나 사랑하는지 잘 알잖아요!" 하고 임신한 아내가 눈물을 흘리는 대목이 나온다. 사랑이라는 명목으로 아내가 옷을 구걸하는 장면인데, 아내가 이렇게 된 것은 이제 일을 하고 싶어도 직장으로 돌아갈 수 없게 되었기 때문이다.

마리는 신혼부부의 싸움을 통해서 일찍부터 아내나 어머니인 여성들이 형편 없이 무기력한 존재이며, 어머니들이 옷과 음식을 받는 대신 가족을 돌보아야 하며 결혼이라는 계약의 조건에 복종하도록 되어 있는 존재임을 깨닫는다. 이런 깨달음은 마리 정치의식의 핵심을 구성한다. 마리가 결혼 관계에서 가장 싫어하는 지배와 복종은 계급 관계에서나 사회당의 정치에서나 서구 제국주의나 일본 제국주의에서도 있었다. 그러나 마리에게 무엇보다 중요한 것은 여성이 존엄한 인간성을 지닌 인격체로서 독립적으로 살아야 한다는 자각과 실천이었다. 마리의 친척 가운데 독립적인 여성들로는 건장한 왕고모와 헬렌 이모가 있었다. 그렇지만 왕고모는 남성들을 꼼짝 못 하게 지배하고, 남편 외의 남자를 사귀는 식으로 여성의 자유를 남용한다. 이모는 성 노동자로서 기혼 여성들이 못 누리는, 자기 몸에 대한 최소한 권리를 갖지만 남성에게 성적 서비스를 제공해야만 살아갈 수 있다. 그래서 이모는 나이가 들자 어쩔 수 없이 공장 노동자의 초라한 삶을 살았다. 그러므로 둘 다 마리가 꿈꾸는 자유롭고 평등한 남녀 관계를 지도하는 인물이 되지는 못한다.

마리는 자신이 자세히 보고 겪은 어머니의 불행한 삶을 반복하지 않기 위해, 자신이 확실한 능력을 갖출 때까지는 가족을 위해 자신을 희생해서는 안 되며 누군가를 보호하고 보살피기보다 공부하는 길을 택해야 한다고 다짐한다. 그래서 결혼 생활 때문에 자기 공부를 방해받지 않는다는 조건을, 아이를 갖지 않는다는 조건을 확실하게 한 다음, 동료였던 너트와 결혼한다. 그렇지만 임신한 마리가 어쩔 수 없이 낙태를 하고 병원에서 돌아오는 길에 몸을 제대로 가누지 못하자, 아내의 고통보다 남편의 체면을 더 중시해 아내에게 똑바로 앉으라고 명령하는 남자를 용서하지 못한다.

이리하여 6부까지 마리는 사랑이라는 명목으로 여성을 예속화하는 어떤 시도와도 맞서 싸울 것이며, 가족이나 남자와의 정서적 밀착이 부당하게 여성을 옭아맨다면 차라리 이 세상을 고향 삼아 방황하며 바람을 동료로 삼겠다는 결심을 확고하게 한다. 그러면서도 마리가 거듭 제기하는 의문은 여성이 자율성을 잃지 않고도 사랑하며 자신을 필요로 하는 사람들을 도울 수는 없는가 하는 것이다. 7부에서는 진정으로 사랑하는 관계의 가능성을 다시 탐구하기 시작한다.

제7부의 전개 과정은 독자들을 당혹스럽게 한다. 마리가 성인으로 되어 가는 과정에서 서부의 목동, 광부, 모험가들과 만나던 흥미진진한 드라마는 첫 남편 너트와의 만남으로 끝나고 소설은 새로운 지평으로 나아간다. 이전의 마리는 경험을 통해 즉각 갖게 되는 예리한 느낌에 의해 인도되었다면, 이제 자신의 삶을 다른 모든 노동자들의 삶과 묶어 주고 그 의미를 설명해 주는 책과 관념의 세계로, 또 기존의 것을 변화시키는 운동으로 눈을 돌리게 된다.

마리의 지적 각성은 제1차 세계대전, 사회주의 운동의 성장과 후퇴, 인도 독립운동과 더불어 일어난다. 마리의 주변 세계는 더 이상 서부의 황량한 사막과 산, 대학 캠퍼스가 아니라 뉴욕 시의 잡지 사무실, 정치적 회합이 열리는 아파트다. 따라서 마리의 주요 화제도 더 이상 질질 짜는 부인들과 같은 개인적인 이야기가 아니라 경제, 사회사, 철학 등이다. 그리고 마리에게 일차적으로 중요한 관계는 가족이나 연인이 아니라 선생이나 혁명가다. 이제 개인적 관계는 뒷전으로 물러나고 일과 배움이 전면으로 나선다. 소설은 지금까지보다 명확하게 자전적 양상을 띠고 구체적인 상황, 구체적인 시간을 갖는다. 개인적 삶의 이야기에만 익숙한 독자들은 르포 스타일의 7부 이야기들이 재미없다고 느낄지도 모른다. 그러나 마리의 공적인 삶을 보여 주기 위해 앞부분의 소설 전개가 필요했다고 보는 편이 더 타당할 것이다. 마지막 대목인 7부의 주요 관심사는 마리가 인도 독립운동에 함께 하게 된 경위와 이 운동을 통해 지식과 사랑, 일과 개인적 친밀함을 통합하려는 마리의 최종 시도가 비극으로 끝나게 되는 내막이다.

마리가 처음으로 인도인을 만난 것은 서부에서 다니던 학교 강연장에서였고,

나중에 뉴욕에서도 만나게 된다. '란지뜨 씽'이라는 인도인 교수는 영국의 식민지 지배를 받고 있는 인도인이었다. 란지뜨 씽의 고독과 소외를 통해 마리는 자신이 선택한 삶의 어려움을 감지하게 된다. 죄의식과 혼란스러움을 느끼면서도 자유를 위해 가족을 버리고, 아내에게 명령하는 위치에 서려는 남편과 이혼하고, 여성으로서의 부드러움과 약해지려는 마음에 대해 스스로를 강철같이 굳건히 하는 마리는 인도인과 마찬가지로 미국에서 추방당한 사람이다. 마리는 추방된 자의 외로움이나 고행 같은 것에 빠져 있기보다, 지식과 관념을 좋은 사회적 목적을 위해 쓴다는 사상과 그에 따른 행동이라는 시야를 향해 나아간다.

마리의 지적 발전은 너트와 카린을 만남으로써 시작되었다. 두 사람과 함께 연극을 보면서 마리는 추상적인 '관념'이 존재한다는 것을 갑자기 인식하게 되며, 이 관념의 세계는 직접 경험에서 생기는 지식이나 책에서 얻는 사실적 지식과도 다르다는 것을 어렴풋이나마 느낀다. 나중에 뉴욕의 여러 정치 회합에서 마리는 논쟁도 잘 하지 못하고 사실이나 수치, 도표를 잘 끌어들이지 못하는 자신에 대해 질책하는 심정을 갖기도 한다. 그렇지만 인도인 교수의 가르침으로 마리는 체계적인 공부와 사고하는 법을 배우게 되며, 그런 능력이 갖는 힘에 대해 이해하게 된다. 영국 사회의 철저한 백인종 중심주의에 대해 의문을 갖기 시작하면서 마리는 영국 사회사를 공부하는 데서 인도를 빼면 얼마나 불완전한 지식이 되는가를 깨닫는다. 이런 과정을 통해 마리는 영국의 식민 지배에 맞서 싸웠던 미국이 인도의 반식민 해방운동에 동조하기보다 탄압하는 제국주의와 백인종 중심의 인종차별주의의 모순을 꿰뚫어 보게 되며, 자신의 생존을 넘어서는 목적을 위해 헌신하는 해방운동의 지평을 체득하게 된다.

마리는 해외에서 독립운동에 몸 바치는 인도인들의 명단을 숨겨 주었다가 스파이 혐의를 받아 심문을 받고 투옥되기도 한다. 그렇지만 자신이 가담한 운동이 세계사의 올바른 방향을 위해 옳다는 확신과, 여성을 노예로 만들기 일쑤인 남녀 간의 사랑과는 다른 차원의 깊은 우애, 유대감을 갖게 되어 진정한 해방감을 맛보게 된다. 여기서 마리는 전에 아주 부정적으로 여겼던 남녀 간의 사랑이 운동 및 활동과 통합될 수는 없을까, 하는 의문을 가진다. 한때 아예 포기했던 사랑의 가능성을 새로 탐색하다가 만난 인물이 바로 인도의 혁명가 아난드다. 그러나 작품의 결말 부분에서 드러나고 있는 것처럼 마리가 인도 남성인 주안 디아즈와 예전에 맺은 단 한 번의 육체 행위 때문에 아난드와의 관계는 파국에 이르고 만다. 마리는 백인 사회에서뿐만 아니라 인도 독립운동가들에게도 굳건히 존재하는 여성에 대한 특별한 요구의 무게를 견딜 수 없었기 때문이다. 이런 절망적인 상황에서 마리에게 떠오른 생각은 자기 나라를 벗어나야겠다는 것이다.

이렇게 실패한 사랑의 절망과 한을 품고 끝나는 소설 결말은 마리가 그렇게 벗어나고자 했던, 흐느끼는 부인의 모습으로 되돌아가는 순환 구조를 갖는다. 『대지의 딸』은 "여성이 해방되지 않고서는 진정한 해방이란 없고, 아시아 민중이 해방되지 않고서는 전 세계의 해방이란 없다"는 강력한 메시지를 우리에게 전하고 있다. 게다가 백인 여성 소설로서는 보기 드물게 광범위한 사회역사적 시야를 펼쳐 보이고 있다. 그런데도 제국주의적·자본주의적 가부장제의 심각한 문제를 해결하기 위한 일목요연한 사회적 전망을 제시하기보다 어쩔 수 없는 행위의 결과로 빚어진 개인의 상처와 치유에 더 많은 무게를 두고 있다. 그러면서도 소설 첫머리에서 작가는 소설 언어로써 더 이상 어찌할 수 없는 인간의 아픔에 대해서 날카로운 인식을 보여 주며 언어의 한계를 분명히 밝히고 있다.

나는 그저 말뿐인 글은 쓰지 않는다. 나는 인간의 살과 피에 관해서 쓴다. 경험과 신념에 뿌리를 두고 있는 증오심과 한이 있다. 말은 그 경험을 지워 버리지 못한다.

그렇지만 작가는 또한 소설 첫머리에서 이 작품을 쓰는 까닭을, '아름다움을 추구할 수 있었던 운 좋은 사람들을 위해서가 아니라 가난으로 지친 사람들, 부와 권력의 희생물이 된 사람들, 대의를 위해 싸우는 사람들을 위한 것'임을 분명히 하고 있다. 그러므로 작가가 혼신을 다해 추구한 사랑의 아름다움을 작가나 그 소설적 자아인 마리가 완벽하게 경험할 수 없었고 앞으로도 영원히 그럴 수

는 없다고 할지라도, 잃어버린 사랑과 잡을 수 없었던 아름다움 때문에 한탄만
하고 있지는 않을 것임을 시사한다. 작가 자신이 자살을 시도하기까지 큰 절망
에 빠졌고, 작품 첫머리에 나타나듯 모든 것을 삼킬 듯한 끝없는 수평선의 암울
한 이미지가 인간 삶의 덧없음과 무력감을 표현하고 있다. 그렇지만 여기에 압
도당하는 대신 마리는 대지에서 나왔으며, 자신의 투쟁이 대지의 투쟁이라고 굳
세게 말한다. 이 대목에서 우리는 성, 계급, 인종(민족)의 축에서 밑바닥인 이름
없고 힘없는 사람들이 삶에서 겪는 온갖 억압과 차별을 헤쳐 나오려는 강한 투
지와 힘을 느낀다. 바로 여기서 우리는 『대지의 딸』이 전하고자 하는 힘찬 진실
에 맞닥뜨리면서 복잡다단한 21세기의 삶을 이끌 사상의 원천을 다시 확인할 수
있을 것이다. ▪

▪ 작품 논의에서는 『대지의 딸』의 번역 대본인 *Daughter of Earth*(New York: The Feminist Press, 1987)
에 붙어 있는 Nancy Hoffman 교수의 후기와 Lee Edwards, *Psyche as Hero: Female Heroism and
Fictional Form*(Middletown:Wesleyan University Press, 1984)을 참조했음을 밝혀 둔다.

아그네스 스메들리 연보

1892년 2월 23일 미주리 주 캠프그라운드에서 찰스 스메들리와 사라 스메들리의 다섯 아이 중 둘째로 태어남.

1901년 초등학교에 입학함.

1903년 의사가 되겠다며 아버지 가출.

1904년 아버지가 무일푼으로 돌아온 뒤 콜로라도 남동쪽 광산 지역으로 이사함.

1905년 광산에서 일을 하고도 돈을 받지 못한 아버지는 다시 일거리를 찾아 집을 나감.

1907년 어린 아그네스는 어머니를 돕기 위해 초등학교를 그만둠.

1908년 터쇼에 머물다가 주립학교 교사 임용 시험에 통과해 교사로 일함.

1910년 어머니가 사망함.

1911년 여름까지 잡지사 직원으로, 방문 판매 일을 함. 템프 사범학교에 입학하여, 학보 『노멀 스튜던트』의 필진으로 활약함.(~1912년)

1912년 애리조나 주 여성참정권 채택 문제로 토론이 열리는 동안 소버그 브런딘에게 자신의 방을 내 준 것을 계기로 소버그의 남동생 어니스트 조지 브런딘과 4월에 처음 만나, 8월 24일에 결혼함.

1913년 첫 아이를 낙태함. 샌디에이고 사범학교에 다니기 시작함.(~1916년) 사회당원이란 것을 들켜 사범학교에서 해직당할 때까지 사범학교 산하 중학교 교직원 겸 타자를 가르치는 교사로 일함.

1914년 여동생 머틀을 사범학교 청강생으로 데려옴.

1915년 두 번째 낙태.

1916년 어니스트와 이혼함. 『프레스노 모닝 리퍼블리컨』 신문사에서 일했음.

1917년 스메들리에 대한 사찰이 시작되었으며, 그것은 평생 계속됨. 캘리포니아 대학의 인도 지도자 라즈파트 라이와 만났고, 비서가 됨.(3월) 남동생 존 사망.(4월)

1918년 스파이 혐의로 체포(3월)되었다가 보석금을 내고 석방됨.(12월)

1919년 마거릿 생어가 펴내는 『산아제한평론』의 부편집장 자리를 맡음.(2월) 『콜』지에서 일하기 시작함.

1920년 『콜』지의 정식 기자가 됨. 유럽으로 밀항함.(12월)

1921년 열두 살 이상 차이 나는 인도의 독립운동가(벵갈 출신) 비렌드라나스 차또파드하야와 독일에서 동거를 시작함.

1924년 차또와의 동거 생활은 스메들리의 심리를 몹시 불안하게 만들어 네이프 박사와 정신분석 치료를 시작함.

1925년 차또와 헤어져 체코슬로바키아로 갔다가 다시 덴마크의 작은 섬 터로에 옮겨 가 그곳에서 『대지의 딸』을 완성함. 베를린에 입성하여 버나드 쇼의 연극에 캐스팅되기도 함.(12월)

1926년 베를린 대학에서 수업을 들음.(1927년 봄 학기까지)

1927년 맹장염으로 식이요법을 시작함.

1928년 독일에 머무는 동안 돌기를 제거하는 수술과 자궁 치료를 받았고, 케테 콜비츠와 가까이 지냄. 『프랑크푸르트 차이퉁』과 계약을 맺고 중국 특파원으로 저널리스트 생활 시작. 중국행 기차를 탐.(11월)

1929년 암살(1928년 10월)당한 라즈파트 라이에 바치는 스메들리의 헌사가 인도에서 출판됨.(4월) 영국의 감시를 피하고자 중국의 프랑스 거류지로 거처를 옮겼는데, 가을에는 스메들리 집 쓰레기통 속에 시크교도 동료의 머리가 들어 있는 사건이 일어남.(5월) 루쉰과 교류를 시작함.(12월)

1930년 독일 출신의 공산주의자 리차드 소르게와 동거를 시작함.

1933년 소련에서 체류함.(~1934년) 『중국의 운명』 출간.

1934년 대공황을 겪고 있는 미국으로 돌아옴. 다시 중국 상해로 감.(10월)

1936년 대장정 당시 반대파 장학량에 의해 장개석이 납치된 사건을 라디오로 중계하여 저널리스
트로 명성을 날리기 시작함.

1937년 중국 공산당원 신청서를 제출했으나 거부됨.

1937년 홍군의 농부 출신 사령관 주더의 전기를 쓰기 위해 저녁마다 인터뷰를 시작함.

1938년 1937년 12월 일본의 남경 함락 후 중국의 새 수도가 된 한구에 도착했으며 영국 공산주
의자 프리다 우툴리와 친분을 맺음.

1938년 공산당과 국민당 휘하 항일부대를 주로 따라다니며 중국의 광범위한 지역을 취재
함.(~1940년)

1940년 쓸개 치료를 위해 비자도 없이 영국 땅 홍콩에 감.

1941년 캘리포니아로 향하는 노르웨이 화물선에 오름.

1943년~1944년 예술가를 후원하는 "야도 재단"의 도움을 받아 뉴욕에 거주하면서, 중국에 관한
권위적 저자가 되고자 순회연설을 열심히 함.

1943년 『중국 혁명의 노래』를 출판했으며 남부의 인종차별에 대한 스메들리의 공개적인 비판 이
후, FBI의 수사가 시작됨.

1948년 1930년부터 1934년까지 중국에서 러시아 정보 요원 일을 적극 수행했다는 혐의를 받아
조사가 강화됨.

1949년 중국으로 가기 위해 런던을 경유함.

1950년 옥스퍼드 대학병원에서 위장의 3분의 2를 잘라 내야 한다는 판정을 받음.(4월)

1950년 5월 6일 수술 다음 날 위 절제 수술의 후유증으로 사망함. 사인은 폐렴, 급성혈액순환장애.
유골은 영국의 '인민대표부'에 의해 중국으로 이송됨.

1951년 5월 6일 북경에서 장시간 추도식을 치른 후 혁명가 묘지에 안장되며 주더는 비석에 자필로
"미국의 혁명적 작가이자 중국 인민의 벗, 아그네스 스메들리를 추모하며"라고 새겨 넣음.

1956년 스메들리가 쓴 주더의 전기 『위대한 길』이 출간됨.